KERRY FISHER

Ein wunderbarer Sommer

GOLDMANN
Lesen erleben

Buch

Blühender Oleander, azurblauer Himmel, Sonne satt und Herzklopfen – auf Korsika hat Octavia Shelton unvergessliche Sommer verbracht und stets von einem romantischen Leben im Süden geträumt. Die Realität sieht leider anders aus: englisches Nieselwetter anstelle von Sonnenschein, Arbeitsalltag statt Abenteuer und Haushalt statt Herzklopfen. Verheiratet mit dem zuverlässigen, aber trägen Jonathan, verbringt Octavia ihre Zeit vor allem mit der Erziehung ihrer drei Kinder, mit Elternabenden und Bergen von Dreckwäsche. Als ihre beste Freundin Roberta sich von ihrem Fiesling von Ehemann trennt, kommt Octavia ins Grübeln. Wie wäre ihr eigenes Leben verlaufen, wenn sie auf Korsika geblieben wäre? Bei dem Mann, den sie nie vergessen konnte? Und wer sagt eigentlich, dass es zu spät ist, um einen Neuanfang zu wagen?

Weitere Informationen zu Kerry Fisher und ihren Werken finden Sie am Ende des Buches.

Kerry Fisher

Ein wunderbarer Sommer

Roman

Übersetzt
von Karin Dufner

GOLDMANN

Die Originalausgabe erschien 2015 unter dem Titel
»The Island Escape« bei Avon, a division of HarperCollins
Publishers, London.

Dieses Buch ist auch als E-Book erhältlich.

FSC www.fsc.org
MIX
Papier aus verantwortungsvollen Quellen
FSC® C014496

Verlagsgruppe Random House FSC® N001967

2. Auflage
Taschenbuchausgabe Juni 2016

Neumarkter Str. 28, 81673 München
Dieses Werk wurde vermittelt durch die
Literarische Agentur Thomas Schlück GmbH, 30827 Garbsen
Umschlaggestaltung: UNO Werbeagentur München
Umschlagbild: Picture Press/Julia Hoersch
LT · Herstellung: Str.
Satz: omnisatz GmbH, Berlin
Druck und Bindung: GGP Media GmbH, Pößneck
Printed in Germany
ISBN: 978-3-442-48212-2
www.goldmann-verlag.de

Besuchen Sie den Goldmann Verlag im Netz

Für
Steve, Cameron, Michaela und Poppy

Roberta

Zum Herumsitzen in Polizeigewahrsam hatte ich den falschen BH an.

Es war wirklich Murphys Gesetz, dass ich ausgerechnet heute das verfrühte Weihnachtsgeschenk von Scott ausprobieren musste. Allerdings hatte ich beim Anziehen nicht damit gerechnet, dass die Polizei meine Bluse als »Beweisstück« beschlagnahmen könnte. Die Absicht war eher gewesen, meinen Mann durch sexy Unterwäsche in eine festlichere Stimmung zu versetzen.

Nach unserer Ankunft auf dem Revier verfrachtete mich PC Julie Pikestaff, die Polizistin, die mich festgenommen hatte, in eine Arrestzelle. Ein himmelweiter Unterschied zu einem Hotelzimmer, wo einen Champagner und Rosen erwarten.

PC Pikestaff erklärte dem diensthabenden Polizisten hinter der Theke rasch den Grund meiner Festnahme. Dabei seufzte sie, als könnte sie sich nun auf einer Sonnenliege auf St. Lucia rekeln, wenn ich nicht wäre. »Sie muss die Bluse ausziehen. Die muss eingetütet werden.«

Der Polizist duckte sich unter der Theke hindurch und reichte Pikestaff einen weißen Overall. »Den kann sie anziehen, nachdem sie beim Erkennungsdienst war. Nehmen Sie ihr die Handschellen ab.«

Das Knarzen in meinen Schulterblättern, als ich die Arme nach vorn hob, erinnerte mich daran, dass ich wieder mit Pilates anfangen sollte. Die ungläubige Erstarrung, die mich auf der Fahrt zum Revier in ihrem Griff gehalten hatte, legte sich allmählich. Der Overall führte mir vor Augen, wie tief ich gesunken war.

Ich bemühte mich um den Tonfall, den ich auch bei Elternabenden anwandte, wenn die Lehrer meinen Fragen auswichen. Allerdings kam nur ein verzweifeltes Krächzen dabei heraus.

»Entschuldigen Sie«, sagte ich. »Das kann ich nicht anziehen.«

Menschen wie ich suchen Polizeireviere für gewöhnlich nur auf, um gestohlene iPads oder vermisste Siamkatzen zu melden. Ich war bereits dabei, meinen letzten Rest Würde zu retten. In diesem scheußlichen Raumanzug herumzurascheln hätte mir den Rest gegeben.

Pikestaff machte eine wegwerfende Handbewegung. »Schauen Sie, es ist doch nur, damit Sie etwas anhaben, während Ihre Bluse forensisch untersucht wird. Kein großes Drama.«

Noch ehe sie etwas hinzufügen konnte, kamen zwei Polizisten hereingestürmt. Sie hatten Mühe, zwei Mädchen Mitte zwanzig zu bändigen. Die eine hatte das Haar tiefschwarz gefärbt und trug schenkelhohe Stiefel und einen kaum vorhandenen roten Minirock. Die andere hatte einen neonpinkfarbenen Ganzkörperstrumpf an. Das Lycra hatte längst aufgegeben, die Fettwülste in Schach zu halten, und der Busen quoll ihr aus dem Ausschnitt wie ein Paar Boxhandschuhe. Die Mädchen fauchten und schlugen um sich, soweit die Handschellen es zuließen; sie wollten sich eindeutig an die Gurgel und überhäuften einander mit einem Schwall von Verwünschungen.

Ich sah Pikestaff an. Sie wirkte eher gelangweilt als schockiert. Offenbar ein ganz normaler Donnerstagabend.

Nur für mich nicht.

Verglichen mit diesen beiden Frauen waren Scotts Wutausbrüche wie ein Kaffeekränzchen mit der Handarbeitsgruppe meiner Mutter. Als das Mädchen in Lycra den Polizisten anspuckte, rann ihm der Speichel über die Jacke. Unterdessen versuchte die andere, jeden, den sie erwischen konnte, mit den Pfennigabsätzen ihrer Stiefel zu erstechen. Kein Wunder, dass Pikestaff es nebensächlich fand, wenn eine Frau mittleren Alters wie ich eine Bekleidungskrise hatte.

Sie schob mich zum Ende der Theke, während ich mich bemühte, das Tohuwabohu hinter mir nicht zu begaffen. Dabei betete ich, sie möge diese zwei bösen Kratzbürsten von mir fernhalten. Mit meinem Mittelschichtakzent und meiner Abneigung gegen Minröcke war unsere einzige Gemeinsamkeit der unglücklich gewählte Ort unserer Begegnung. Auch das F-Wort wäre mir niemals über die Lippen gekommen, obgleich Scott in dieser Hinsicht weniger Zurückhaltung an den Tag legte.

Wenn das Wort gegen mich gerichtet war, traf es mich wie ein Schlag in die Magengrube.

Pikestaff breitete ein Blatt Papier vor sich aus. Ich stand neben ihr und hatte das Gefühl, Konversation betreiben zu müssen. Aber was hätte ich sagen sollen? »Haben Sie häufig mittelalte Mittelklasse-Frauen hier?« »Geht es am Donnerstagabend immer so chaotisch zu?«

Ich konnte die Tränen nicht mehr zurückhalten und nahm mir ein Papiertaschentuch aus der Schachtel auf der Theke, fieses, billiges Zeug, das sofort zerfiel, sodass ich mir die Papierfetzen vom Gesicht pflücken musste.

Ohne auf meine kläglichen, leisen Schluchzer zu achten, begann Pikestaff, meine Personalien aufzunehmen. Sie schrieb und schrieb und knallte nach jeder Anwort ungeduldig einen Punkt auf die Seite, als habe sie einen ganz besonders grausigen Mord aufzuklären, sobald sie mit mir fertig war. »Alter?«

Neunundreißig. »Augenfarbe?« Braun. »Besondere Merkmale?« Keine. »Leeren Sie bitte Ihre Taschen. Und dann muss ich Sie durchsuchen.«

Ich starrte sie an, um festzustellen, ob das ihr Ernst war. Allerdings schien sie nicht zum Scherzen aufgelegt zu sein. Kein Ehering. Ich fragte mich, ob sie Kinder hatte. Schwer vorzustellen, dass sie jemanden in den Schlaf sang. Mein enttäuschender Tascheninhalt beschränkte sich auf ein Kleenex. Sie tastete mich ab. Glaubte sie wirklich, ich hätte ein Messer in meiner Hose versteckt? Knisternd öffnete sie eine Plastiktüte. »Gürtel und Schmuck bitte.«

Ich ließ Gürtel und Armreif hineingleiten. Bei der Halskette zögerte ich. Meine australischen Opale. Scott hatte sie mir aus dem weit entfernten Sydney, seiner Heimat, mitgebracht, von seiner ersten Reise nach Hause, vor dreizehn Jahren, nachdem Alicia geboren worden war. Ich wickelte die Kette in ein Papiertaschentuch und stopfte sie in eine Ecke der Tüte.

Dann warf ich den Ring mit dem großen Diamanten hinein, den Scott mir mit viel Tamtam an unserem fünften Hochzeitstag überreicht hatte. »Zeig den deinem Vater«, meinte er. »Ich habe dir doch gesagt, dass wir auch ohne seine Almosen überleben.« Jedes Mal, wenn ich den Ring ansah, musste ich an die Missbilligung meines Vates denken.

Pikestaff machte sich noch immer Notizen. Ihrer konzentrierten Miene nach zu urteilen würde ihr nicht die geringste Kleinigkeit entgehen.

Ich zog mir den Ehering vom Finger. Die Haut darunter war eingekerbt. Hell und glänzend nach vierzehn Jahren in der Dunkelheit.

»Den Ehering dürfen Sie behalten«, verkündete sie, fast ohne aufzublicken.

Einen Moment lang hielt ich ihn in der Hand und ließ die damit verbundenen Erinnerungen Revue passieren, bevor ich ihn mir wieder ansteckte.

Ich reichte ihr die Tüte, worauf sie weiterschrieb und ihren Inhalt auflistete. Dann schob sie mir unwirsch das Formular zu. »Bitte hier unterschreiben.« Meine Hand zitterte so sehr, dass ich kaum die Buchstaben meines Namens formen konnte.

»Sie haben das Recht auf einen Anwalt. Soll ich Ihnen einen besorgen, oder kennen Sie jemanden?«

»Anwalt? Nein. Danke.« Noch nie im Leben hatte ich auch nur einen Strafzettel fürs Falschparken kassiert. Die Sache würde sich doch nicht zu einer großen polizeilichen Ermittlung auswachsen? Ich war sicher, dass früher oder später einer von Pikestaffs Untergebenen antanzen und mir mitteilen würde, dass ich gehen könne.

Pikestaff musterte mich streng, als habe sie es mit einer geistig Minderbemittelten zu tun. »Möchten sie jemandem mitteilen, dass Sie hier sind? Sie haben das Recht auf einen Anruf.«

Obwohl der Widerstandsgeist allmählich der Angst wich, lehnte ich ab. Scott wusste ja, dass ich hier war. Das sollte eigentlich reichen.

Natürlich sollte das reichen.

Mit einer abschließenden Bewegung sammelte sie ihre Papiere ein und griff nach dem Overall. »Also gut. Dann gehen wir jetzt in eine Zelle, damit Sie sich umziehen können.«

Mein Entsetzen, in Kombination mit dem schockierenden Radau der beiden Frauen, die sich weiter Obszönitäten an den Kopf warfen, machte es mir unmöglich, klar zu denken. Würden die mich tatsächlich einsperren und zwingen, mich auszuziehen?

»Kann ich die Bluse nicht anbehalten? Dürfte ich nicht einfach hier sitzen, bis sich die Sache aufklärt? Ich verspreche, dass ich nicht abhauen werde.«

Wahrscheinlich hatte ich erwartet, dass sie eine Ausnahme machen würde, weil ich nicht lallte, nicht tätowiert war und innerhalb der letzten vierundzwanzig Stunden geduscht hatte.

Mit einem Kopfschütteln öffnete sie eine schwere graue Tür. »Ihre Bluse gilt als Beweisstück, weil Blut an der Manschette ist. Es hat keinen Sinn, dass wir uns hier herumstreiten, wir müssen sie Ihnen ausziehen. Wenn nötig, unter Anwendung von Gewalt.«

Ich riss die Augen weit auf, um meine Tränen zurückzudrängen, aber sie rannen mir die Wangen hinunter und durchweichten meine Bluse, während ich hinter ihr hertrottete. Nur wieder eine Straftäterin in Surrey, die man vor der Teepause abfertigen musste.

Vor jeder Zelle stand ein Paar Schuhe. Viel zu bald spürte auch ich den kalten Betonboden unter meinen Füßen. Meine Lacklederstiefel fielen unter all den Turnschuhen und Stilettopumps auf. Pikestaff schob sich das strähnige blonde Haar aus dem Gesicht. »Ihre Bluse.«

Ich gab mich geschlagen. Mein Stolz war sowieso schon dahin. Da ich nicht vorhatte, mich auf eine demütigende Rangelei mit einer Polizistin einzulassen, zog ich die Bluse aus und drückte sie ihr in die Hand, ohne ihr in die Augen zu schauen.

Sie legte den Overall auf die Matratze. »Sind Sie sicher, dass Sie den nicht anziehen wollen?«

»Ziemlich sicher, vielen Dank.« Ich straffte die Schultern und versuchte, nicht darauf zu achten, dass ich im BH, mehr Spitze als fester Stoff, vor einer wildfremden Frau stand. Pikestaffs angewiderter Miene nach zu urteilen tendierte ihr modischer Geschmack eher in Richtung Wanderstiefel und Kopftuch.

»Ihre Sache.«

Ihre wortlose Hartleibigkeit ließ einen winzigen Funken Rebellion in mir aufflammen. Sie hatte keine Ahnung von meinem Leben, nicht die geringste. Sollte sie doch ihr Urteil darüber fällen, was für eine Art Frau ich war. Meinetwegen konnte das die ganze Welt tun.

Etwas veränderte sich in ihrem Gesichtsausdruck. Ich erkannte die Anzeichen eines letzten Versuchs. »Kommen Sie schon, ziehen Sie ihn an. Sie möchten doch sicher nicht im BH vernommen werden. Da sind überall Überwachungskameras.«

Ich malte mir aus, wie ich, nur mit einem Hauch schwarzer Spitze verhüllt, durch das Polizeirevier schritt. Eine Horde von Polizisten, die auf die Überwachungsbildschirme zeigten und Witze rissen. Zu meinem Bedauern geriet meine Entschlossenheit ins Wanken. Ich schüttelte den Overall aus und schlüpfte hinein. Als ich den Reißverschluss zuzog, wurde ich von Schicksalsergebenheit ergriffen. Ich sah Pikestaff nicht an nur für den Fall, dass sich Selbstzufriedenheit und Triumphgefühl auf ihrem Gesicht abzeichneten.

Als sie ging, fiel die Tür mit einem hallenden Scheppern hinter ihr ins Schloss wie in einer billigen Krimiserie. Ich versuchte, mich abzulenken, indem ich an Leute dachte, die wegen ihrer Überzeugung ein Leben lang eingesperrt waren. Wie mochte es wohl sein, viele Jahre lang jeden Morgen in einer solch winzigen Zelle aufzuwachen? Aber stattdessen verbiss ich mich in die Frage, wie ich hier herauskommen sollte, bevor ich das eklige Metallklo in der Ecke benutzen musste. Ich zermarterte mir das Hirn darüber, wann ich zuletzt etwas getrunken hatte. Ein Glas Wein vor dem Abendessen gegen halb neun. Also vor drei Stunden. Ich betete darum, es mir die ganze Nacht verkneifen zu können.

Zusammengekauert saß ich auf der Matratze und versuchte, sie nicht mit bloßen Händen zu berühren. Ob Alicia wohl schon schlief? Die Vorstellung, dass sie morgen völlig aufgelöst und übermüdet würde zur Schule gehen müssen, war schrecklich.

Der bloße Gedanke an ihre entsetzte Miene, als ich von der Polizei abgeführt worden war, die rasch verfliegende aufgesetzte Coolness einer Jugendlichen. Bei diesem Anblick hatte ich beinahe die Fassung verloren. Hoffentlich hat sich mich noch über die Schulter rufen hören: »Keine Sorge, Schatz, das ist nur ein kleines Missverständnis«, während ich mich in den Streifenwagen duckte. Ich verließ mich – vermutlich vergeblich – darauf, dass Scott mehr daran gelegen war, sie zu trösten, anstatt ihr ausführlich zu erklären, ich hätte ihn »dazu getrieben«.

Aber es konnte doch nicht wirklich seine Absicht gewesen sein, mich hier in diesem stickigen Loch verrotten zu lassen. Jedes Mal, wenn jemand draußen auf dem Flur die Tür öffnete, wehte der Geruch nach abgestandenem Urin herein. Hin und wieder sah ich durch die Milchglasscheibe einen Schatten vorbeihuschen und redete mir jedes Mal ein, das müsse Scott sein, der gekommen war, um mich zu retten. In der Zelle gegenüber sang ein Mann *»Why are we waiting?«*. Die Person in der Nachbarzelle versuchte, die Tür einzuschlagen. Bei jedem Rums zuckte ich zusammen.

Nach einer halben Ewigkeit kündigte ein übelriechender Luftschwall die Ankunft eines Menschen an. Der Eisenriegel wurde zurückgeschoben, und ein dunkelhaariger Polizist, den ich noch nie gesehen hatte, kam mit einem Pappbecher herein. Wieder jemand, in dessen Gegenwart ich mich gedemütigt fühlte. Wie ich so dasaß, in einem Outfit, das eher für die Untersuchung eines Tatorts geeignet war und einen normalen gesellschaftlichen Umgang unmöglich machte. Ich verkleide mich ja nicht einmal für Mottopartys. Die Härchen an meinen Armen stellten sich elektrisch aufgeladen hoch, als ich sie vor der Brust verschränkte.

»Ist alles in Ordnung?« Seine Stimme war sanft. Nicht so feindselig wie die von Pikestaff.

Ich zuckte die Achseln und nickte.

»Hier.« Er reichte mir einen Tee. »Darf ich Ihnen einen Rat geben? Lehnen Sie den Pflichtverteidiger nicht ab.«

»Warum? Eigentlich sollte ich gar nicht hier sein.«

»Ich würde mir trotzdem einen nehmen, nur für alle Fälle. Beim ersten Mal kann es hier ein bisschen komisch sein, wenn man allein ist. Es ist doch Ihr erstes Mal, oder?«

»Ja.« Am liebsten hätte ich »natürlich« hinzugefügt.

»Besorgen Sie sich jemanden, der sich mit dem Geschäft auskennt. Ich sollte Ihnen das ja nicht sagen, aber sie haben Ihren Mann vernommen.« Er biss sich auf die Lippe und schaute in Richtung Tür. »Er wird Anzeige erstatten.«

Ich schnappte nach Luft. Ich hatte gedacht, Scott könne mich nicht mehr überraschen. Offenbar ein Irrtum. Noch gestern hatte ich geglaubt, wir hätten eine ruhige Phase erreicht. Wir hatten Scotts nächste Australienreise besprochen, wo er nach einem seiner Bauvorhaben sehen wollte, hatten Curry gegessen und die Nachrichten geschaut. Anschließend waren wir nach oben gegangen, um Sex zu haben. Guten Sex.

Und jetzt will er mich vor den Kadi zerren.

Mein Gott, ich brauchte tatsächlich einen Anwalt. Großer Gott. Das bedeutete Juristerei, Tonbandmitschnitte und Aussagen. Ich fing an zu zittern. Bis jetzt hatte ich nicht geglaubt, dass Scott diesen Mummenschanz wirklich durchziehen würde. Am liebsten hätte ich mich dem Polizisten zu Füßen geworfen und ihn angefleht, mich hier rauszulassen. Ich grübelte nach. Und seltsamerweise fielen mir mein Vater und sein Lieblingsausspruch ein. »Mit ein bisschen Rückgrat kannst du alles schaffen, Roberta, das liegt der Familie Deauville im Blut.« Vermutlich hat mein Vater nicht damit gerechnet, dass ich dieses Rückgrat einmal gegen *ihn* verwenden würde. Doch jetzt war ich dankbar dafür.

Ich schluckte und konzentrierte mich auf meine Atmung. »Könnten Sie mir bitte einen Anwalt vermitteln?« Meine Stimme bebte. »Und ich glaube, ich sollte besser jemanden anrufen.«

»Ich gebe am Empfang Bescheid«, sagte er mit einem Nicken. Dann legte er mir die Hand auf die Schulter. »Hören Sie auf zu zittern. Das wird schon wieder. Wen möchten Sie anrufen?«

Ich zögerte. Wer mochte wohl die *Sie-kommen-aus-dem-Gefängnis-frei*-Karte haben? Scott? Ihn anbetteln herzukommen und ihm erklären, das alles sei nur ein dummer Scherz gewesen? Das war eindeutig nicht Teil seines Plans. Meine Mutter? Nein, die neigte dazu, das Auftragen eines Sonntagsbratens in einen nationalen Notstand zu verwandeln. »O mein Gott, ich habe den Merrettich vergessen. Nur einen Moment, fangt schon mal an, sonst wird alles kalt. Es gibt nichts Scheußlicheres als kaltes Essen, greift zu.« Ich, mein BH und die Polizeizelle würden vermutlich dafür sorgen, dass sie Prozac benötigte. Meinen Vater? Ich war nicht sicher, ob er mir zu Hilfe eilen oder »geschieht dir recht« sagen würde.

Der Beamte betrachtete mich und wartete auf eine Antwort. Ich vertraute ihm. Selbst sein Name – laut Namensschild John Miller – klang beruhigend. Braver Staatsdiener. Er sah aus wie ein Typ, der einen tropfenden Wasserhahn in Ordnung bringen und, ohne zu fluchen, einen Reifen wechseln konnte. Wie jemand, der es aushielt, dass es auf der Welt noch andere Meinungen gab als seine eigene.

»Ich würde gerne meine beste Freundin Octavia Shelton anrufen.«

Er bugsierte mich aus der Zelle in ein Nebenzimmer, wo ich ihm die Nummer diktierte. Ich wusste, dass sie sicher schon im Bett lag. Malte mir aus, dass sie sich, eingemummelt in ein

Kuschelnachthemd und dicke Socken, an Jonathans Rücken schmiegte. Ich hatte sie schon immer wegen ihrer praktischen Nachtwäsche aufgezogen. Scott hätte mir das niemals durchgehen lassen. Es dauerte eine Ewigkeit, bis sie ranging. Joe Miller stellte sich als Mitarbeiter der Polizei von Surrey vor und fügte rasch hinzu, es gebe keinen Grund zur Sorge – obwohl das natürlich alles eine Frage des Blickwinkels war. Dann übergab er mir den Hörer.

Ich wurde von Erleichterung ergriffen.

Octavia würde eine Lösung finden.

Das tat sie immer.

Octavia

Ich hasste es, wenn mitten in der Nacht das verdammte Telefon klingelte. Gute Nachrichten konnten bis zum Morgen warten. Mein erster Gedanke war Mum. Es gefiel mir gar nicht, dass sie nach Dads Tod allein in diesem großen Haus wohnte. Beim ersten Läuten war ich wach; es dauerte nur ein wenig, bis ich den dämlichen Hörer unter den Jeans von gestern fand.

Ich versuchte noch immer, den Worten »Polizei von Surrey« einen Sinn zu verleihen, als Roberta selbst an den Apparat kam. Sie klang verdruckst, so als müsse sie vor einem feindlich gesinnten Publikum sprechen. Doch sobald sie »verhaftet« ausgesprochen hatte, überschlug sich ihre Stimme, sodass sie keinen zusammenhängenden Satz mehr herausbrachte. Alles, was ich verstand, waren »Scott« und »Anwalt« und dass ich ihr ein T-Shirt mitbringen müsse. Ganz langsam, ohne zu wissen, ob sie überhaupt etwas mitbekam, antwortete ich, dass ich gleich da sein würde, und schnappte mir dabei bereits einen Pulli vom Fußende des Bettes. Dann war der Polizist wieder in der Leitung. Als ich ihn fragte, ob ich sie sehen könne, erwiderte er »Häftlinge dürften während der Haft keinen Besuch empfangen«. Das versetzte mich in völlige Panik. Obwohl er erklärte, nicht zu wissen, wie lange Robertas »erkennungsdienstliche Behandlung« dauern würde, beschloss ich hinzufahren.

Ich zupfte an Jonathans Handgelenk, um in der Dunkelheit

seine Armbanduhr ablesen zu können. Kurz vor eins. Er wälzte sich im Schlaf. Ich schüttelte ihn. Dann noch einmal, um einiges fester. Und wenn die ganze Familie mit einer Machete niedergemetzelt würde – Jonathan würde sich die Decke nur ein bisschen höher über die Ohren ziehen. Also hielt ich ihm die Nase zu, damit er endlich die Augen aufschlug. Die Panik, Roberta könnte etwas wirklich Schlimmes zugestoßen sein, sorgte dafür, dass ich fest zudrückte.

Als er endlich, nach Luft schnappend, erwachte, blickte er sich um, als sehe er unser Schlafzimmer zum ersten Mal. Falls das Haus in Flammen gestanden hätte, hätte ich alle drei Kinder, den Hund und den Hamster gerettet und noch die riesigen afrikanischen Landschnecken in Sicherheit bringen können, ehe Jonathan gewusst hätte, wo er war.

»Roberta ist verhaftet worden. Ich fahre jetzt zur Polizei«, verkündete ich, während er noch immer blinzelte wie ein Maulwurf. Es ging mir wirklich auf den Wecker, dass mein Mann jedem dahinsiechenden Computer neues Leben einhauchen konnte, während er, was die nackten Fakten eines mitternächtlichen Anrufs betraf, die langsamste Gedankenverarbeitung auf dem ganzen Planeten hatte.

»Verhaftet? Was? Was ist passiert?« Beim Aufstehen stieß er fast sein Wasserglas um. »Ist sie verletzt?«

Ich schüttelte den Kopf. »Ich glaube nicht.«

»Wie lange wird das dauern?«

»Keine Ahnung. Sie konnte nicht richtig sprechen. Ich bin nicht sicher, dass es etwas mit Scott zu tun hat.«

»Verdammt, diese Roberta! Warum muss sie ihre Dramen immer um so eine unchristliche Uhrzeit abziehen?«

»Sie kann nichts dafür. Wollen wir hoffen, dass sie Scott nicht umgebracht hat«, erwiderte ich, während ich meine Haare mit einem von Pollys Schulhaarbändern bändigte.

»Also, falls sie die Welt von diesem arroganten Mistkerl befreit hat, kann ich nichts Schlechtes daran finden.«

»Sag so was nicht. Geh einfach wieder schlafen.« Ich hatte keine Lust auf eine Tirade dazu, dass Scott sich mit seinem protzigen Haus für den Allergrößten hielt, obwohl es stimmte.

Er kuschelte sich wieder ein, streckte jedoch die Hand aus, um meine zu drücken. Eine Sekunde lang hielt ich sie fest. Sie war warm wie immer. Ich schob den Anflug von Ärger beiseite, weil ich in einer eiskalten Dezembernacht aufbrechen musste, um die Scherben eines anderen Lebens zusammenzukehren. Nur dieses eine Mal hätte ich mir gewünscht, Jonathan wäre mitgekommen und hätte mir geholfen, das Auto zu enteisen und dafür zu sorgen, dass der blöde Volvo auch wirklich ansprang. Stattdessen griff ich nach meiner Handtasche und hoffte, dass Roberta keine Riesendummheit begangen hatte.

Obwohl, Scott hatte es bei Gott verdient.

Roberta

Als ich erfuhr, dass ich entlassen werden würde, hatte man mir schon DNA-Proben und Fingerabdrücke abgenommen und mich fotografiert wie eine gewöhnliche Verbrecherin. Ich hatte alles einem Anwalt und dann noch einmal einer anderen Polizistin erklärt, die mir wiederholt versicherte, sie wisse, wie schwierig das für mich sei.

Doch eigentlich hatte sie keinen blassen Schimmer. Alles an der Sache mit Scott war kompliziert gewesen: unsere Begegnung in Italien, wo er ein Sabbatjahr verbrachte und ich Kunst studierte; die darauf folgende Beziehung, die ein Pendeln zwischen Australien und England nötig machte; unsere Unterschiede, was den kulturellen Hintergrund, die Umgangsformen und Erziehung anging.

Nicht zu vergessen: die Ansichten unseres sozialen Umfelds zu diesen Thema.

Ich hatte versucht, das brave Mädchen zu sein, dem eine Zukunft mit einem Banker bestimmt war. Doch Scotts Beharrlichkeit war ich nicht gewachsen. Er fegte durch meine wohlgeordnete Welt und brachte Spontaneität und Kühnheit hinein. Entführte mich, direkt vom Flieger aus Australien kommend, aus der Unibibliothek. Sprühte mit Rasierschaum »Ich liebe dich« auf den Mini, den mein Dad mir zum einundzwanzigsten Geburtstag geschenkt hatte. Machte mir auf dem Waverley Friedhof in Sydney mit Blick auf das Meer einen Heiratsantrag.

Diese zurückhaltende DC Smithfield hielt mich vermutlich für eine verwöhnte Hausfrau, die sich an einen reichen Ehemann klammerte, damit sie jeden Tag shoppen gehen konnte. Ich hatte nicht die Kraft, ihr zu erklären, dass wir uns gemeinsam, Renovierung um Renovierung, abgemüht hatten, um Scotts Firma aufzubauen.

Als ich die Auflagen unterzeichnet und meine Schuld eingestanden hatte, war ich völlig erledigt und wollte einfach nur so schnell wie möglich in einem Bett liegen, das nicht in einer Zelle stand.

DC Smithfield teilte mir mit, sie müssten die erkennungsdienstliche Behandlung außerhalb der Arrestzelle fortsetzen, weil es dort Ärger mit einigen »gewalttätigen Festgenommenen« gebe. Ich wollte, was den von mir bevorzugten Ort meiner Entlassung anging, keine Haarspaltereien mit ihr anfangen. Sie brachte mich in den öffentlichen Bereich des Reviers, wo ich schon einmal gewesen war, um einen aus unserer Gartenlaube gestohlenen Rasenmäher zu melden.

Und zu meiner großen Freude saß da Octavia. Meine Seele erhielt einen Schubs, als hätte ich mich gerade mit einem Karton voller Lexika abgeschleppt und endlich einen Tisch gefunden, um ihn abzustellen.

Sie hastete auf mich zu. »Was zum Teufel ist passiert? Geht's dir gut?«

Ich fiel ihr in die Arme und atmete einen Schwall White Musk ein, den Duft, den sie verwendete, seit wir etwa dreizehn gewesen waren. Ich hätte sie auch mit verbundenen Augen erkannt. Octavia machte sich rasch von mir los. Ihr war die Methode à la Schweizer Messer angesichts eines solchen Dramas lieber.

Sie trat einen Schritt zurück und musterte mich in meinem Overall. »Herrje, ich habe nicht gedacht, dass du aussehen wirst wie ein Schneemann. Hast du das T-Shirt nicht gekriegt, das ich für dich abgegeben habe?«

Ich schüttelte den Kopf. Die Polizistin wirkte verlegen. »Ich erkundige mich, was da passiert ist. Jedenfalls können Sie jetzt wieder Ihre eigenen Sachen anziehen.«

»Sind die mit dir fertig?«, fragte Octavia. »Ich habe schon geglaubt, ich müsste die ganze Nacht hier rumhocken.«

»Sie haben sich zuerst um mich gekümmert, während sie darauf gewartet haben, dass die anderen wieder nüchtern werden.«

DC Smithfield bedeutete mir zu warten, bis sie die Formulare zusammengesucht hatte.

Als ich neben Octavia dasaß, wurde ich von Erleichterung ergriffen. Sie beugte sich zu mir hinüber. »Sag mir, dass du ihn nicht umgebracht hast«, raunte sie mir ins Ohr.

Ich warf einen Blick auf die Theke und antwortete mit gesenkter Stimme. »Mein Gott, nein. Nichts dergleichen. Ich muss nur meine Sachen einsammeln. Die Dinge sind ein wenig über die Stränge geschlagen. Es war fifty-fifty.«

»Und was ist passiert?«, hakte Octavia nach.

»Immer wieder das alte Lied.« Plötzlich wurde ich von Erschöpfung erfasst. Ich war es leid, über die Ereignisse zu sprechen, ja, auch nur darüber nachzudenken.

Octavia schüttelte den Kopf. »Wohl kaum dasselbe alte Lied. Bis jetzt bist du noch nie verhaftet worden.«

»Dasselbe alte Lied, nur eine Tonart höher. Scott ist wütend geworden, weil ich Alicia erlaubt habe, in einem schulterfreien T-Shirt ins Kino zu gehen. Es war kein aufreizendes Teil, nur ein normales T-Shirt. Er fand es zu nuttig.«

»Und?«

Es krampfte mir den Magen zusammen, als ich daran dachte, wie Scott mich angebrüllt hatte, wobei sein Sydney-Akzent immer mehr zutage trat.

»In Australien laufen die Geschäfte schlecht. Außerdem bahnt sich der Zoff schon seit einiger Zeit an. Ich habe einfach weitergemacht, das Essen gekocht und mich geweigert, mich provozieren zu lassen. Aber er hat nicht aufgehört und immer wieder darauf rumgehackt, dass ich so mit mir selbst beschäftigt sei, dass ich nicht mitkriegen würde, wie unsere Tochter sich in ein kleines Flittchen verwandelt. Ich könne von Glück reden, wenn er nicht mit ihr nach Australien verschwände, das Übliche eben. Als ich versucht habe, ihn wegzuschubsen, hat er mich nur mit einem Arm festgehalten und mir ins Gesicht gelacht.« Ich brach ab, weil sich ein Schluchzer in meine Stimme einschlich. »Dann meinte er, es sei vermutlich das Beste, dass wir nicht noch mehr Kinder hätten, weil ich so eine unfähige Mutter sei, und da bin ich ausgeflippt.«

Ein angewiderter Ausdruck malte sich auf Octavias Gesicht. »Mieses Schwein.« Sie drückte meine Hand. Octavia gehörte zu den wenigen Menschen, die verstanden, wie sehr mich meine zwei Fehlgeburten auch noch mehr als zehn Jahre später schmerzten.

»Und da habe ich die Bratpfanne genommen und sie ihm seitlich an den Kopf geknallt. Die Kante hat ihn an der Stirn getroffen, und dann hat es zu bluten angefangen. Du kennst mich ja. Ein Glück, dass ich nicht umgekippt bin. Ich hätte das nicht tun sollen. Wenn ich allerdings gewusst hätte, dass ich seinetwegen hier landen würde, hätte ich noch ein bisschen fester zugeschlagen.«

Octavia grinste kurz. »Omannomannomann. Der arme kleine Scott hat einen Klaps aufs Köpfchen gekriegt. Gott segne seine Weicheier. Ich nehme an, er ist nicht verblutet und hat dabei die Fliesen ruiniert?« Bei diesen Worten zuckte es um Octavias Mundwinkel. Auch ich musste kichern, das hysterische Lachen, das eine gute Alternative zu einem Tränenausbruch ist.

Octavia wurde wieder ernst. »Wie genau bist du eigentlich hier gelandet?«

»Er hat die Polizei gerufen. Behauptet, ich hätte ihn angegriffen. Also konnte sich der ganze Watermill Drive an dem aufregenden Spektakel von Blaulichtern vor unserem Haus ergötzen. Und beobachten, wie ich in Handschellen abgeführt wurde. Bestimmt brodelt in diesen Minuten schon die Gerüchteküche von ganz Surrey.«

»Er hat dir die Polizei auf den Hals gehetzt? Haben die denn nicht bemerkt, dass er etwa dreißig Kilo mehr wiegt als du und Muckis wie ein Ringer hat? Und du wiegst wie viel? Sechzig Kilo? Verdammter Mist. Offenbar haben die all die Male nicht mitgezählt, die er dich ausgesperrt und dich aufs Übelste beschimpft hat? Das ist ja wie ein Pinkelwettbewerb in einer Brauerei. Bei der britischen Polizei ist anscheinend Hopfen und Malz verloren.«

Octavia straffte die Schultern. Im ersten Moment hatte ich schon Angst, sie würde losmarschieren und ein paar Jungs hinter der Theke am Kragen packen. Ich war kurz davor, sie am Arm zurückzuhalten. Zum Glück waren alle mit einem Betrunkenen beschäftigt, der sich über den Diebstahl seines Fahrrads beklagte und jedes Mal einen hysterischen Anfall bekam, wenn er aufgefordet wurde, seinen Namen zu buchstabieren.

Ich versuchte, ihre Frage zu beantworten. »Scotts Verhalten war nie bedrohlich genug für eine Anzeige. Und ich hätte ihn nicht schlagen dürfen.«

»Er hat es, verdammt noch mal, verdient. Außerdem braucht man kein Genie zu sein, um zu wissen, dass er sich hätte verteidigen können. Was war es? Ein Kratzer? Ich habe Pflaster in meiner Handtasche. Vielleicht schaue ich ja kurz bei ihm vorbei und verabreiche seinem Köpfchen eine Eispackung, wenn ich schon einmal da bin. Möglicherweise verpisst er sich ja dann nach Sydney, und wir alle können aufatmen.«

»Morgen kommt seine Mutter, weil Weihnachten ist.« Ich starrte auf den Boden.

Octavia musterte mich entgeistert. »Morgen? Sorg dafür, dass sie im Hotel übernachtet. Du kannst nach dieser Sache nicht nach Hause gehen, so als sei nichts gewesen.«

»Ich muss. Es ist Weihnachten. Und ich möchte es Alicia nicht verderben. Danach überlege ich mir, was ich unternehme. Wenn überhaupt.«

Octavia schüttelte den Kopf. »Du kannst jetzt nicht mit ihm unter einem Dach wohnen. Das geht nicht.« Warum nur mussten alle an meinem Leben herumkritisieren?

Ich zuckte die Achseln. »Es ist ja nicht so, als ob ich jetzt richtig vorbestraft wäre. Es war nur eine Verwarnung.«

»Verwarnung?«

»Wegen Körperverletzung.«

»Körperverletzung?? Wegen eines Kratzers und einer kleinen Beule? Das ist doch Schwachsinn. Was für ein dämliches Arschloch.«

»Ich hätte mich nicht von ihm provozieren lassen dürfen – sicher hat er das mit den Babys nicht so gemeint. Du weißt doch, wie geknickt er damals war. Und eine Verwarnung bedeutet nur etwas, falls ich in einer Schule würde arbeiten wollen. Was ich natürlich nicht will.« Ich zwang mich zu einem Lächeln. Obwohl ich meine eigene Tochter liebte, fehlte mir Octavias angeborener Draht zu Kindern.

»Hättest du dich weigern können, die Verwarnung zu unterzeichnen?«

»Ja, aber wenn er die Anklage nicht zurückzieht, wäre die Sache vor Gericht gelandet.«

»Aber das hätte Scott doch sicherlich nicht getan. Vielleicht hat ihm die Vorstellung gefallen, dass du eine Weile in einer Zelle schmorst. Er hätte irgendeine hirnamputierte Tussi heiraten sollen, die ihm nie widerspricht. Was würden denn seine ganzen Machofreunde sagen, wenn sie herausfänden, dass seine bessere Hälfte ihm eins mit der Bratpfanne übergezogen hat? Die würden sich über ihn totlachen.«

Octavia wusste, dass Scott aufbrausend war. Doch ich hatte mich mit meinen Schilderungen unserer häufigen und hasserfüllten Auseinandersetzungen zurückgehalten. Sie hätte es einfach nicht verstanden. Für sie war eine Ehe ein Tortendiagramm, zusammengesetzt aus Hausarbeit, Kindererziehung und Beruf, mit einem kleinen Eckchen Romantik und Leidenschaft. Die Achterbahnfahrt aus Liebe und Leid, die ich mit Scott mitgemacht hatte, war ihr fremd – auch wenn wir bis jetzt noch nie so tief gesunken waren.

Die Hände in die Hüften gestemmt, wartete Octavia auf meine Erklärung.

»Scott hat ausgesagt. Er ist fest entschlossen, Anzeige zu erstatten. Deshalb hat der Anwalt mir geraten, ›die Tat‹ zuzugeben, wie er es nannte. Und darum habe ich der Verwarnung zugestimmt. Ich wollte einfach nur hier raus.«

Entsetzen malte sich auf Octavias Gesicht. Ihr Tonfall war ruhig. »Robbie, wohin soll das alles führen? Willst du bei ihm bleiben, bis er auch noch die letzte Spur Freude aus deinem Leben gesaugt hat? Vielleicht sorgt er ja beim nächsten Mal dafür, dass du wirklich hinter Gitter wanderst. Du kannst nicht so weitermachen.«

»Ich weiß.«

Octavia erwartete von mir, dass ich so war wie sie. Eine Entscheidung fällte, und zwar sofort. Einen Koffer packte und mich aus dem Staub machte. Aber ich war Alicia zumindest noch ein Weihnachtsfest schuldig. Von der Einsicht, dass ich nicht mehr so weiterleben konnte, bis zu einer endgültigen Trennung von Scott war es ein großer Schritt. Wenn er nach Australien zurückkehrte, würde ich ihn vermutlich niemals wiedersehen. Die Geschichte meines Erwachsenwerdens, mein Fels in der Brandung, würde für immer ausgelöscht sein.

Eine Menge Leute hätten Luftsprünge gemacht.

»Wissen deine Mum und dein Dad, dass du hier bist?«, fragte Octavia.

»Nein. Ich habe beschlossen, sie nicht mit dieser jüngsten Eskapade zu belasten. Ich glaube, ich habe dieses ›*O Liebling*‹ schon oft genug gehört. Das reicht für ein ganzes Leben.«

»Könntest du dir vorstellen, für ein paar Tage bei ihnen unterzuschlüpfen?«, erkundigte sich Octavia.

»Auf gar keinen Fall.« Der Platz in Surrey würde nicht für all die »hab ich's dir doch gleich gesagt« reichen.

»Dann komm zu mir. Bring Alicia mit. Immi soll bei Polly schlafen. Du kannst ihr Zimmer haben«, bot Octavia an.

»Nein, lieber nicht, aber danke. Alicia freut sich schon seit Monaten auf ein Weihnachten mit ihrer Großmutter, und ich will sie nicht enttäuschen. Scott wollte sicher nicht so weit gehen. Das ist kulturell bedingt. Du weißt ja, wie wichtig es ihm ist, dass alle Respekt vor ihm haben. Wahrscheinlich entspricht die Sache mit der Bratpfanne nicht ganz der Bewunderung, auf die er Anspruch zu haben glaubt. Sicher wird er sich vor Entschuldigungen förmlich überschlagen, wenn ich nach Hause komme.«

Octavia verdrehte die Augen. »*Respekt.* Der hat doch keine Ahnung, was dieses Wort bedeutet. Ganz gleich, was er jetzt behauptet, es ändert nichts an der Tatsache, dass er einfach nur brutal ist. Willst du wirklich nach Hause gehen und so tun, als sei nichts geschehen? *Ein Tässchen Tee, Schatz? Soll ich dir die Schuhe putzen?*« Verzweifelt rang sie die Hände. »*Oder soll ich dir einen blasen?*«

Schwarz oder Weiß. Das war Octavia. Normalerweise beneidete ich sie um ihre Entschlussfreudigkeit. Und liebte sie für ihre Treue. Doch im Moment war ich nicht in der Stimmung für einen Vortrag über mein absurdes Leben. Ich verstand, was sie meinte. Ich wusste nur nicht, wie ich nach Hause gehen und eine glückliche Weihnachtsmiene aufsetzen sollte.

Aber ich würde nach Hause gehen.

Octavia

Ich saß auf einer Bank und sah zu, wie Roberta diverse Zettel unterschrieb, damit sie ihre Sachen wiederbekam. Mir drehte sich noch immer der Kopf bei dem Gedanken, dass meine Freundin, meine lustige, wundervolle Freundin, jetzt polizeibekannt war. Keine Minute zweifelte ich daran, dass sie sich in spätestens einer Woche selbst die Schuld geben würde. Sie würde sich einreden, es sei keine große Sache gewesen, dass sie wegen Scott im Knast gelandet war, einfach nur der unvermeidbare Nachteil, wenn man eine leidenschaftliche Beziehung führte. Der Himmel allein wusste, warum eine Frau wie sie sich mit einem solchen Mann abgab. Immerhin war sie das Mädchen, das jedes Jahr einen neuen Strohhut und Lacrosse-Schläger bekam, während wir Stipendiatinnen in angegrauten Sportsachen und Blazern herumliefen, die mehrere Nummern zu groß waren. Das Mädchen, das wegen ihres Oberschichtnamens nie die Nase hoch trug, während ich meine Eltern aus der Arbeiterklasse verfluchte, weil sie mir einen Zungenbrecher wie »Octavia« verpasst hatten in der Hoffnung, dass aus mir einmal etwas »Besonderes« werden würde. Roberta war bei Schulbällen niemals das Mauerblümchen und hätte eigentlich in ein luftpolsterfoliengeschütztes Leben hineingleiten sollen, frei von Sorgen, Kampf und Schwierigkeiten. Allerdings war es ihr nie gelungen, den einfachen Weg zu wählen.

Ich beobachtete, wie sie mit DC Smithfield und einem

anderen Polizisten sprach. Wieder meldete sich der Anflug eines schlechten Gewissens, das mich ständig begleitete. Im Grunde ihres Herzens war Roberta immer mustergültig und führte ein Leben, das sich um zarte Teetassen aus Porzellan, überkandidelte Kunstausstellungen und Autoren drehte, von denen noch nie ein Mensch gehört hatte. Doch in der Schule hatte sie sich verzweifelt um meine Freundschaft bemüht und mich auf meine Ladendiebstahlsausflüge begleitet, auch wenn sie selbst nie etwas mitgehen ließ. Sie leistete mir Gesellschaft, wenn ich im Park die Kippen meines Vaters rauchte, und half mir, mir mit einer in zuvor erhitzter Limonade sterilisierten Nadel Ohrlöcher zu stechen. Dass mein Drachen-Tattoo nun auf meinem Hintern anstatt auf meiner Schulter prangte, hatte ich nur Robertas Einschreiten im Tätowiersalon zu verdanken.

Hätte sie mich nicht kennengelernt, sie hätte es vermutlich noch immer für einen Abstecher in die Unterwelt gehalten, wenn man seine Bibliotheksbücher zu spät zurückgab. Ich hatte sie in die Freuden der Rebellion eingeführt, die sie schnurstracks in Scotts Arme hatte taumeln lassen. Nicht zum ersten Mal fragte ich mich, ob ich mehr hätte tun sollen, um diese Hochzeit zu verhindern. Die wenigen Male, die ich das Thema ansprach, machte sie mir unmissverständlich klar, dass wir uns, falls wir Freundinnen bleiben wollten, auf einen Grundsatz einigen müssten: »Wenn du mich liebst, musst du auch meinen idiotischen Widerling von einem Ehemann lieben.«

Ich schaute auf die Uhr. Kurz vor drei. Morgen bei der Arbeit würde ich auf dem Zahnfleisch kriechen. Und dabei musste ich aus vollen Rohren schießen, um zweifelnde Eltern davon zu überzeugen, dass mein Waldkindergarten mit seinen Höhlen und Matschbäckereien ihren Nachwuchs um einiges mehr anregen würde als Kunststoffgeschirr und Puppenwagen. Ich sehnte mich nach meinem Bett. Der dunkelhaarige Polizist öffnete einen Plastikbeutel und übereichte Roberta verschiedene Gegenstände. Ich spitzte die Ohren, um ihn zu belauschen, und schnappte »Können Sie irgendwo bleiben, bis die Dinge geregelt sind?« auf.

Unwillkürlich fragte ich mich, ob er sich bei einer pummeligen braunhaarigen Frau mit Doppelkinnansatz und ohne Knöchel – nur Füßen, die in Beinen mündeten – wohl auch so ins Zeug gelegt hätte.

Roberta schleuderte ihr langes schwarzes Haar über die Schulter. Die Geste war mir vertraut. Ich wusste, dass sie den Kopf gesenkt hielt und die Augen erhoben hatte, diese dunkelbraunen Augen, die Männer magnetisch anzogen. Sie hatte keine Ahnung, wie attraktiv sie war. Noch eine Sache, die Scott in ihr erstickt hatte.

»Alles in Ordnung, keine Sorge. Meine Freundin fährt mich nach Hause«, erwiderte Roberta.

Der Beamte reichte Roberta eine Broschüre. »Vergessen Sie nicht, dass es eine Hotline für Opfer von häuslicher Gewalt gibt. Sie müssen das nicht aushalten. Aber wir können Ihnen nicht helfen, wenn Sie es nicht melden.«

Die Worte »häusliche Gewalt« ließen mich zusammenzucken. Wir beide hatten Scotts Wutanfälle als »aufbrausend« interpretiert. Robertas Standardsatz lautete: »Du weißt ja, wie er ist.« Nur dass der Polizist recht hatte.

Ich ging zur Theke und versuchte es noch einmal. »Bitte komm mit zu mir. Du kannst Alicia eine SMS schicken.«

»Nein, alles okay. Am besten fahre ich nach Hause und sehe nach ihr.«

Ich warf dem Polizisten einen Blick zu in der Hoffnung, er würde ihr verbieten, nach Hause zu gehen. Dass er sich mit ihr herumstreiten würde, damit ich es nicht musste. Seine Augen wanderten zwischen Roberta und mir hin und her, und zwar auf eine Art, die nicht nur das oberflächliche Abschätzen einer Situation beinhaltete. Auf unerklärliche Weise war die Erwartungshaltung auf mich übertragen worden; ich musste beweisen, dass ich Roberta zur Vernunft bringen konnte. Und ich schaffte es nicht, den Bullen zu enttäuschen. »Robbie, Alicia schläft inzwischen schon. Du kannst morgen früh mit Scott reden, wenn alle sich wieder beruhigt haben.«

Ich schaute den Polizisten an. Er nickte. Mein nächster Blick war hilfesuchender. Der Satz: »Komm, Junge, du stemmst dich jetzt mit der Schulter gegen den Elefanten und schiebst ihn bergauf – ich schiebe jetzt schon über ein Jahrzehnt und bräuchte ein bisschen Unterstützung, also hättest du bei mir was gut«, lag mir auf der Zunge.

Roberta hatte ihre typische trotzige Miene aufgesetzt. Es gelang ihr, gleichzeitig den Tränen nah, zerbrechlich und störrisch zu wirken. Ich war sicher, dass ich im umgekehrten Fall ausgesehen hätte wie ein Häufchen vergammeltes Corned Beef.

Der Bulle schaffte nur ein schwächliches »Manchmal ist es besser, wenn sich die Wogen ein bisschen glätten, Mrs Green. Warum gehen Sie nicht mit zu Ihrer Freundin?«

Roberta lächelte herzlich und dankte ihm, blieb ihm jedoch die Antwort schuldig. DC Smithfield begleitete sie in ein Nebenzimmer, damit sie sich umziehen konnte, und trug ihr die Stiefel nach. Alle wollten sich um Roberta kümmern.

Mit Ausnahme des Typen, den sie geheiratet hatte.

Roberta

Normalerweise biss Octavia sich auf die Zunge, wenn ich versuchte, Scotts erbärmliches Verhalten zu erklären. Doch nun, als sie mich nach Hause fuhr, machte sie aus ihrem Herzen keine Mördergrube und schlug den hilfsbereiten Ton meiner Mutter an – »aber warum denn eigentlich …?« Als ob diese an der Seele zehrenden Zweifel mir niemals von selbst in den Sinn gekommen wären.

Ich drehte mich von Octavia weg und betrachtete die Bäume, die in der Dunkelheit vorbeisausten. Ich wusste, dass Scott ein Mistkerl sein konnte. Eine Bestätigung hatte ich nicht nötig.

»Du kannst es dir immer noch anders überlegen und mit zu mir kommen«, sagte Octavia, ohne den Blick von der Straße zu nehmen. Die gewaltige Anstrengung, die es sie kostete, mich nicht an die Wand zu drängen, überwältigte uns beide und brachte jegliches Gespräch zum Verstummen.

Octavia war unglaublich hilfsbereit, doch ich wusste, wie Jonathan reagieren würde. Er würde so tun, als sei er froh, mich zu beherbergen, würde jedoch ein wenig zu zielstrebig in die Küche marschieren und eine Angestrengheit ausstrahlen wie eine Katze, die man vom warmen Kaminfeuer verjagt. Er würde mir die Kaffeetasse wegreißen, wenn sie noch nicht leer war, und mir jedes Mal meine Handtasche reichen, sobald ich sie wegstellte. Trotz meiner emotionalen Aufgewühltheit war mir außerdem klar, dass ich das morgendliche Chaos in Octavias Haushalt nicht aushalten würde. Die Kinder würden herumstreunen und überall Coco Pops verstreuen, während Jonathan sie mit Besen und Kehrblech verfolgte. Ich hatte nie begriffen, wie Octavia es aushielt, dass die Kinder kreischend lachten und Charlie auf sein Schlagzeug eindrosch, während Stan, ihr riesiger Schäferhund, viel zu groß für dieses kleine Haus, sich die Lunge aus dem Hals bellte. Und dabei waren die in Wohnzimmer und Küche laufenden Fernseher noch nicht einmal mitgerechnet.

Ich hatte mir beigebracht, ein Kind allein laut genug zu finden.

Nein, ich wollte nicht zu Octavia. Ich wollte mich in die obere Etage meines eigenen Hauses zurückziehen und mich ins Gästezimmer einschließen. Mit jeder Faser meines Körpers sehnte ich mich danach, mich unter eine saubere Decke zu kuscheln, die Verdunkelungsvorhänge zuzuziehen und alle anderen auszusperren.

Octavia hielt unter der großen Kastanie vor unserem Haus. »Soll ich mit reinkommen?«

»Nein. Du hast schon genug getan. Danke. Ich werde jetzt nicht mit Scott reden, selbst wenn er noch wach ist. Warte nicht. Sonst bist du morgen im Kindergarten total fertig. Schlaf noch ein paar Stunden.« Ich umarmte sie fest. Jeder brauchte einen Menschen, den er mitten in der Nacht anrufen konnte.

Ich richtete die Fernbedienung auf das elektrische Tor, stieg aus und ging die einsame Auffahrt meines Lebens entlang. Die kalte Luft stach mir in die Lunge. Mein Schlüssel funktionierte nicht an der Eingangstür. Nachdem ich eine Weile herumgepopelt hatte, war es mir klar. Natürlich, es war mir klar. Scott hatte von innen den Riegel vorgelegt.

Mistkerl.

Octavias Auto hatte sich noch immer nicht von der Stelle gerührt. Ihre Besorgnis fühlte sich allmählich erstickend an. Ich wollte, dass sie verschwand, damit ich in Ruhe die Trümmer meines Lebens zusammenklauben konnte. Selbst wenn es bedeutete, in der Gartenlaube zu schlafen.

Als ich die Fernbedienung auf das Garagentor richtete, ging es auf. Mit einem gezwungenen Lächeln winkte ich Octavia zu und machte wegscheuchende Handbewegungen. Nun hörte ich das Quietschen ihrer altersschwachen Stoßdämpfer, als sie schwerfällig den Rückwärtsgang einlegte.

Ich tastete mich am Gasgrill und dem riesigen Partyzelt vorbei, das Scott in seiner aufgesetzten Rolle als Gutsherr für nachbarschaftliche Sommerfeste verwendete. Die Tür zum Heizungskeller war offen. Also doch kein totaler Mistkerl. Ich stellte meine Stiefel in ihre angestammte winzige Lücke im Regal und schlich nach oben. Im Haus war es ruhig. Ich betete, Scott möge schon schlafen. Die Konfrontation am Morgen würde noch früh genug kommen. Unsere Schlafzimmertür war, zum Glück, geschlossen. Ich schaute noch mal bei Alicia vorbei, die zu einer Kugel zusammengerollt dalag. Vorsichtig strich ich ihr Haar glatt, steckte die Bettdecke um sie herum fest und hastete nach oben.

Der muffige Geruch des Polizeireviers haftete noch immer an meiner Haut. Doch obwohl das Badezimmer mit Sirenengesängen nach mir rief, wollte ich Scott nicht wecken. Ich brauchte Schlaf, bevor ich mich mit ihm herumstritt. Also zog ich mich aus und zögerte kurz. Schließlich zog ich die Unterwäsche wieder an. Es gab Gespräche, die man nicht nackt führen konnte. Dann schlüpfte ich unter die Decke. Meine Schultern und mein Nacken entspannten sich auf den dicken Daunenkissen. Anders als erwartet zog mich der Schlaf sofort in seine tröstende Umarmung.

Und dann wurde ich von Scott unsanft geweckt.

Frisch rasiert und in seinem blauen Lieblingshemd, kam er

hereingeschlendert. Eine elegantere Version des übersprudelnden Surfer-Boys, der mich vor knapp neunzehn Jahren in Venedig so begeistert hatte. Viel zu erfrischt wirkend für jemanden, der sich schon seit Stunden voller Schuld und Reue im Bett hätte wälzen sollen.

»Hi, seit wann bist du zurück?« Er klang, als hätte ich mich mit meinen Freundinnen in London auf einen Cocktail getroffen. Er stellte eine Tasse Tee auf den Nachttisch. Ich war nicht in der Lage, diesen freundlichen Mann mit dem Wüterich vom Vorabend in Einklang zu bringen.

Mein Kopf fühlte sich an, als hätte ihn jemand mit Steinen vollgestopft. Meine Augen waren trocken und voller Krümel. Seit Jahren schon war ich nicht mehr ins Bett gegangen, ohne mich zu duschen und einzucremen. Ich blinzelte, als hätte ich lange Zeit im Untergrund verbracht. Langsam ordnete mein Verstand die Ereignisse des vergangenen Tages.

»Keine Ahnung, wie viel Uhr es war. Etwa halb vier, was ich dir zu verdanken habe.« Krampfhaft bemühte ich mich um Vorwürfe und Wut. Eigentlich hatte ich gedacht, dass ich mich auf ihn stürzen, ihn an seinem perfekt gebügelten Hemdkragen packen und eine Erklärung aus ihm herausschütteln würde. Doch stattdessen fühlte ich mich wie der aufgeplatzte Sitzsack in Alicias Zimmer, eine Million winzige Styroporkugeln purzelten auf den Boden und ließen eine leere zusammengesackte Hülle zurück. Ich wartete darauf, dass er ein paar Stückchen aus dem Puzzlespiel wieder zusammenfügen würde, als dessen Ergebnis ich in diesem Drecksloch von einem Polizeirevier gelandet war.

Stattdessen zog Scott die Vorhänge ein Stück auf und fuhr mit dem Finger das Sims entlang. »Ich begreife einfach nicht, warum sich in diesem Zimmer immer Kondenswasser bildet.«

Mir ging es genauso, doch im Gegensatz zu Scott stand dieses Thema bei mir an Stelle viertausendundneunundzwanzig auf meiner unzählige Punkte umfassenden Liste der aktuellen Probleme. Schweigen erfüllte den Raum. Ich wollte einfach nur, dass er verschwand, damit ich duschen und mich wieder beruhigen konnte. »Du bist aber schon früh auf.«

Scott vereinbarte nur selten Sitzungen vor halb elf. »Mum landet um halb zwölf. Man weiß ja nie, ob es in der Gegend von Heathrow Stau gibt.«

Ich fuhr zusammen. Adele! Ich musste aufstehen und mich an die Arbeit machen. Die Putzfrau hatte ihr Bett frisch bezogen. Doch ich musste noch Kosmetika und Handtücher organisieren und Blumen besorgen. Außerdem musste ich nachschauen, ob mit Alicia alles in Ordnung war, bevor Adele hereingerauscht kam und mit ihrem nicht zu stoppenden Redefluss das Kommando übernahm.

Scott stand so ungerührt da, dass eine Wut in mir aufstieg, die meine Gliedmaßen mit Leben erfüllte. Am liebsten wäre ich aus dem Bett gesprungen, hätte die Bilder von den Wänden gerissen und sie auf seinem Kopf zerschmettert. Meine Kehle war so zugeschnürt, dass ich nicht sicher war, ob meine Puste reichen würde, um etwas zu sagen.

»Nur damit du es weißt. Ich bleibe noch über Weihnachten. Wegen Alicia. In den nächsten Tagen werde ich vergessen, was du mir angetan hast, und so gut wie möglich normal weiterleben. Aber sobald deine Mum weg ist, werden wir ein ernsthaftes Gespräch führen müssen.« Mein Kiefer war so angespannt, dass ich spürte, wie meine Weisheitszähne aneinanderrieben.

Eigentlich hatte ich erwartet, dass er sich stur stellen und wieder seine »Setz mich nicht unter Druck«-Nummer durchziehen würde. Doch er zuckte nur in kurzer Zurkenntnisnahme die Achseln. Ich wartete auf eine Erklärung oder gar eine Entschuldigung. Einen Hinweis darauf, dass er etwas begriffen hatte. Nämlich, dass ich die Sache heute nicht unter den Teppich kehren würde, zusammen mit den vielen anderen Kränkungen, die an dem anfänglich so großen Monolithen unserer Liebe nagten. Diesmal war er einen Schritt zu weit gegangen. Doch stattdessen sagte er nur: »Nachdem du gestern weg warst, habe ich die Quiche, die du gerade gebacken hast, aus dem Herd geholt und in den Kühlschrank gestellt. In Alufolie gewickelt. Hoffentlich war das richtig so.«

Quiche. Mein Gott. Ich hatte die halbe Nacht in einer Zelle verbracht, und jetzt redeten wir über Quiche. Bald würden wir für *Einer flog über das Kuckucksnest* vorsprechen können. Ich fühlte mich wie eine Gefangene in einer Realityshow, deren Teilnehmer nach ihrer Fähigkeit ausgesucht wurden, sich wie die Wahnsinnigen zu gebärden. Es wäre mir nicht weiter schwergefallen, ihnen diesen Gefallen zu tun, indem ich mich auf ihn stürzte, mit den Fäusten seine Brust bearbeitete und ihm das Gesicht zerkratzte, vor lauter Wut, dass die Liebe, die uns so viel bedeutet hatte, um die wir gekämpft und die wir verteidigt hatten, nun nichts weiter als ein Scherbenhaufen war und ich kaum noch die Kraft besaß, um eine letzte Chance zu flehen.

Scott näherte sich dem Bett, als wolle er mich zum Abschied küssen.

Doch ehe ich reagieren konnte, blieb er in einigen Metern Abstand stehen und winkte mir zu. »Dann gehe ich mal. Bis später«, sagte er.

Entweder hatte er meine Miene gedeutet oder erkannt, wie absolut ungepflegt ich war. Scott war ein Mann, der sich seine Frauen duftend und enthaart wünschte. Ich wusste nicht, ob ich momentan in der Lage gewesen wäre, wieder so eine Frau zu sein. Also versuchte ich, mir vorzustellen, wie ich nach unten ging, meine Sachen packte und zur Tür hinausspazierte.

Das Problem war nur, dass ich keine Bilder in der Dunkelheit heraufbeschwören konnte, die mich dort erwartete.

Octavia

Ich bereute nicht oft, dass ich einen ganzheitlichen Kindergarten gegründet hatte. Doch heute, zwei Tage vor Weihnachten, war einer dieser Momente. Meine ökologisch nachhaltige Überzeugung gestattete es mir nicht, die Kinder damit zu beschäftigen, Glitzersteinchen auf Styroporsterne zu kleben. Stattdessen veranstalteten wir eine richtiggehende Expedition in den Wald, um »Material« für Weihnachtsschmuck zu entdecken. Ergebnis war, dass sich einige Vierjährige mit Hundekacke beschmierten, ein kleines Mädchen Hasenkötel sammelte, um sie an Rudolph das Rentier zu verfüttern, und sich ein kleiner Junge in eine Pfütze setzte und Ente spielte. Zu guter Letzt drehte sich der Vormittag weniger um Weihnachtsschmuck als um Fäkalienkontrolle.

Als ich die Mädchen von meiner Mutter abholte und auf dem Heimweg noch einen Abstecher in den Supermarkt machte, war ich offiziell fix und fertig. Meine Stimmung besserte sich, als ich mich in die Parklücke neben Jonathans Rover zwängte. Offenbar hatte seine Firma ihn, von Weihnachtsstimmung beseelt, früher nach Hause gehen lassen. Jetzt konnte er mir helfen, die Einkäufe ins Haus zu schleppen. Ich hatte mich durch Tesco gekämpft und versucht, Kollisionen mit Leuten zu vermeiden, die offenbar erst am 23. Dezember entschieden hatten, dass sie einen Weihnachtspudding brauchten. Ich selbst hatte die Grundzutaten zwar schon gebunkert, doch das Gemüse kaufte ich immer frisch. Immi und Polly hatten die ganze Zeit über gequengelt: die Unlogik einer Achtjährigen im Wettstreit mit den pedantischen Anwandlungen einer Zehnjährigen. Sie stritten immer noch, wer den Schokoladennikolaus auf dem Weihnachtsbaum bekommen sollte. Mit dem letzten Rest Geduld, den ich aufbringen konnte, bat ich sie, an der Tür zu klingeln und Daddy zu bitten, beim Tragen zu helfen. Nach einer Weile machte Charlie auf. Er verströmte den unverkennbaren Geruch eines ungeduschten Jugendlichen, der den ganzen Tag vor dem Computer gehockt hatte.

»Wo ist Dad?«

»Im Bett.«

»Ist er krank?«

»Ich glaube nicht. Er meinte nur, dass er hundemüde ist und sich hinlegen muss.«

Hinlegen, der würde etwas zu hören kriegen. Wie immer ließ Jonathan Weihnachten einfach auf sich zukommen, ohne eine einzige Karte zu schreiben, das Ende des Klebebands von der Rolle zu popeln, geschweige denn, dass er je einen Einkaufswagen im Supermarkt oder einen Gemüseschäler angefasst hätte. Dann, an Heiligabend, riskierte er sein Leben mit den Worten: »Haben wir meinem Chef und seiner Frau eigentlich eine Karte geschickt?«

Ich knallte den Kofferraum zu, drückte Charlie ein paar Einkaufstüten in die Hand und marschierte die Stufen hinauf. Als ich ins Schlafzimmer gestürmt kam, lag Jonathan in seinem Slip mit Eingriff bäuchlings auf dem Bett. Seine Schultern hoben und senkten sich im Rhythmus eines tiefen Schlafs. Ich rüttelte ihn.

»Jonathan. Jonathan. Glaubst du, du könntest mir helfen, die Einkäufe reinzutragen?«

Grunzend und schnaufend kam er allmählich zu Bewusstsein.

»Was machst du da im Bett? Ich brauche Hilfe mit den Tüten. Jetzt wäre ein guter Zeitpunkt.«

Stöhnend drehte Jonathan sich auf den Rücken. »Kann Charlie das nicht übernehmen?«

»Kann er. Aber da du den Nachmittag freihast, könntest du vielleicht deinen Arsch bewegen und uns zur Hand gehen, anstatt am Weihnachtsmorgen aufzustehen und dich zu wundern, wie toll die Heinzelmännchen das wieder alles hingekriegt haben. Ich habe mir die ganze Zeit das Gezänk der Mädchen anhören müssen. Also wärst du mal an der Reihe.«

Er setzte sich auf und fuhr sich mit den Händen übers Gesicht. »Ich habe keinen freien Nachmittag.«

»Was ist dann mit dir los? Bist du krank?«

»Nein.« Er zog die Knie an die Brust. »Ich bin gefeuert.«

Meine Wut war im Nu verflogen. Ein schlechtes Gewissen füllte prompt die Lücke aus. Damit hatte ich nicht gerechnet. Ich wusste nicht, was ich sagen sollte. Also setzte ich mich aufs Bett und griff nach seiner Hand. »Verdammt. Wann haben die denn diese Bombe platzen lassen?«

»Sobald wir heute Morgen in die Firma gekommen sind. Fünf von uns wurden nacheinander zum Chef zitiert.« Jonathans Stimme klang stumpf und tonlos. Sein Gesicht war bleich und verquollen. Hoffentlich hatte er nicht geweint. Was ich an Jonathan am meisten liebte, war, dass er immer die Ruhe weg hatte. Wieder auf die Beine kam. Was gut war, denn meine Fähigkeiten als tröstende Ehefrau waren nicht sonderlich stark ausgeprägt.

»Aber warum du? Die haben dir in deinem letzten Mitarbeitergespräch doch gesagt, wie wichtig du für ihre Managementstrategie bist.«

»Kostensenkung. Wir müssen mit dem asiatischen Markt konkurrieren. Und da gibt es jede Menge junger Genies, frisch von der Uni, die das Gleiche können wie ich, vielleicht nicht besser, aber eindeutig billiger. Anscheinend ist Erfahrung in der Computerbranche nicht so sehr von Bedeutung, wie ich dachte. Also: ›Alles Gute, alter Junge, danke für Ihre harte Arbeit. Natürlich wird es eine kleine Abfindung geben, aber vergessen Sie beim Rausgehen Ihre Jacke nicht.‹«

»Diese Arschlöcher. Die waren schon immer auf dem Trip, dass neue Besen besser kehren. Denk nur an all die verdammten Feiertage, an denen du gearbeitet hast, weil sie niemandem zugetraut haben, die Systeme so gut am Laufen zu halten wie du.« Ich hatte Verständnis für die Leute, die ihren ehemaligen Arbeitsplatz stürmten und dort alles kurz und klein schlugen. Aber ich durfte mich nicht zu Gewalttaten hinreißen lassen.

Ich kuschelte mich an ihn. »Du Armer.« Jonathan ohne Arbeit konnte ich mir nicht vorstellen. Sie war sein Leben. Es bereitete ihm ein diebisches Vergnügen »in der Computerbranche« zu sein, eine streberhafte Freude, wenn die Leute »wie interessant« erwiderten, um zu verhindern, dass er es weiter ausführte, weil sie keine Ahnung hatten, wovon er redete. Das erste Entsetzen wich praktischen Überlegungen. Wie sollte ich es ertragen, dass er den ganzen Tag zu Hause herumsaß, während ich mit drei Kindern zur Schule hetzte und anschließend selbst arbeiten ging?

Dieser Vulkaneffekt war meine Stärke – das, was am meisten drängte, brach sofort an die Oberfläche. Jonathan hingegen verbrachte die Zeit, in der er sich nicht als Workaholic betätigte, damit, sich über nicht nach der Reihenfolge des Verfallsdatums geöffnete Milchkartons, Löffel im Gabelfach der Besteckschublade und fröhlich über Stuhllehnen drapierte Geschirrtücher aufzuregen. Unordnung verursachte ihm körperliche Schmerzen, während sie den Kindern und mir nicht einmal auffiel.

Als ich mit zweiundzwanzig feststellte, dass ich den sprichwörtlichen Braten in der Röhre hatte, war ich dankbar für Jonathans praktische Herangehensweise ans Leben gewesen. Im Laufe der Jahre jedoch hatte sich Jonathans Bedürfnis nach Überorganisation zur Spaßbremse entwickelt. Gott behüte, sollte auch nur die Spur von Farbe, Glitzer oder Leim nach einer Bastelorgie mit den Kindern unseren Küchentisch besudeln. Seine neueste Marotte – den Honig auf einem kleinen Stück Küchenrolle ins Regal zu stellen, damit kein Ring zurückblieb – löste in mir den Wunsch aus, sämtliche Oberflächen damit zu beschmieren und Stans Hundehaare darin zu verteilen. Die Aussicht, dass Jonathan auf der Lauer liegen würde, wenn ich, eine Spur von Schuhen, Mänteln und Taschen hinter mir herziehend, von der Arbeit kam, verhieß uns keine harmonische Zukunft.

Der Zeitpunkt war äußerst ungünstig, das nebensächliche Thema Geld aufs Tapet zu bringen, doch Timing war noch nie meine Stärke gewesen. Von meinem Einkommen als Inhaberin eines Kindergartens konnten wir nicht leben.

»Haben die Andeutungen gemacht, wie hoch die Abfindung wird?«

»Dem Gesetz entsprechend.«

Ich wollte kein Salz in offene Wunden streuen, indem ich nach einer genauen Summe fragte – obwohl ich schon in Gedanken unsere Ersparnisse und die Raten fürs Haus gegeneinander abwog. Doch alles, in dem das Wort »Gesetz« vorkam, klang gar nicht gut. Es war zu spät, um am Weihnachtsfest zu sparen. Inzwischen bereute ich die Ausgabe für die Xbox und ärgerte mich darüber, dass ich mich von Charlies »aber alle haben eine« hatte einwickeln lassen.

Ich zwang mich zu einem Lächeln. »Mach dir keine Sorgen, Schatz. Der Vorteil ist, dass dich niemand mehr am Neujahrstag ins Büro zitiert und du dich über die Feiertage mal so richtig ausruhen kannst. Bestimmt gibt es für dich da draußen einen anderen Job, einen viel besseren. Und bis dahin wird es toll sein, dich hier zu Hause zu haben.«

Ich drehte mich um und drückte ihn an mich. »Tut mir leid«, flüsterte er.

Ich küsste ihn auf den Scheitel und ging nach unten, um die Einkäufe ins Haus zu schleppen.

Und ja, ich hatte seinem Chef und dessen Frau eine gottverdammte Weihnachtskarte geschickt.

Roberta

Fröhliche Weihnachten, meine Schönste. Ich dachte, wir fangen den Tag gut an.«

Überall funkelte es vor weihnachtlichem Frohsinn für durchgeknallte Männer und gefängniserfahrene Ehefrauen – zumindest von Scotts Warte aus. Ich schlief noch immer im Gästezimmer. Als Adele, begleitet von ihrem üblichen Wirbelwind von Neuigkeiten aus Australien, vor einigen Tagen eingetroffen war, hatten Scott und ich einen Waffenstillstand geschlossen, der des Nahen Ostens würdig gewesen wäre. »Kaffee, Schatz? Sauvignon Blanc oder Chablis? Suppe oder Salat?« Sobald Adele und Alice im Bett waren, verschwand ich in die zweite Etage, beinahe ohne »gute Nacht« zu zischen.

Und da stand er nun und hielt mir ein Glas rosafarbenen Champagner hin wie an einem ganz gewöhnlichen Weihnachtsfest.

Ich nahm es und stützte den zarten Stiel auf meinen Bauch, schwankend, weil es so viel und gleichzeitig so wenig zu sagen gab. Scott trank einen großen Schluck und setzte sich auf die Bettkante.

Diesen Blick kannte ich.

Er zupfte an einem Zipfel der Bettdecke und sah so verspielt und frech aus wie der sonnenverwöhnte Glücksritter von damals, den ich in Italien kennengelernt hatte, während meines Studiums der Kunstgeschichte vor einer gefühlten Lebenszeit.

Er war so ganz anders als die Jungs, mit denen ich davor zu tun gehabt hatte. Die an mir herumschraubten, als wollten sie Capital Radio einstellen, literweise Bier in sich hineinkippten und nicht weiter dachten als bis zu ihrem Ferienjob in einer Kneipe. Drei Tage hatte ich mich gesträubt, Sex mit ihm zu haben, bevor er zu seiner Bustour aufbrach und versprach, mir zu schreiben. Octavia – typisch – hänselte mich nach Strich und Faden. »Australischer Sexgott trifft Großbritanniens Antwort auf Mutter Teresa. Von dem hörst du nie wieder etwas.« Sie irrte sich. Mit zweiundzwanzig wusste Scott, was er in dieser Welt wollte: Geld, Besitz, Status – und mich.

»Du hast einen tollen Körper«, sagte er und beugte sich über mich, um mir den Hals zu küssen. Ich wandte den Kopf ab.

»Komm schon. Wir haben an Weihnachten doch immer Sex.«

»Nur dass es diesmal kein normales Weihnachten ist, oder?«, entgegnete ich.

»Könnte es aber sein.«

»Wie denn? Wirklich, Scott, wie denn? Begreifst du nicht, dass es diesmal weiter gegangen ist als unsere gewöhnlichen Streitereien? Dass du eine Grenze überschritten hast?« Ich knallte mein Glas auf den Nachttisch.

»Du weißt, dass ich es nicht so gemeint habe. Ich habe im Eifer des Gefechts die Beherrschung verloren. Ich hatte einen schrecklichen Tag hinter mir. Die Bank will mir bei diesem Bauvorhaben in Queensland den Stecker ziehen. Dieser Risikokapital-Typ führt mich an der Nase herum. Ich habe meine Wut an dem falschen Menschen ausgelassen. Es tut mir wirklich leid. Ich hätte das nicht sagen sollen.« Er hielt inne. »Obwohl es mich noch immer fertigmacht. Ich hätte diese Babys geliebt.«

Die zusammengeballte Wut in meinem Bauch war unverkennbar, obwohl ich so gerne hätte glauben wollen, dass es ihm leidtat. Mein Gott, ich sehnte mich verzweifelt danach, akzeptieren zu können, dass er es wirklich bedauerte. Dass er am Ende war und vor Angst zitterte, ich könnte ihm diesmal nicht mehr vergeben. Ganz gleich, wie zornig ich in der Vergangenheit auch gewesen sein mochte, ich hatte niemals ernsthaft in Erwägung gezogen, ihn zu verlassen.

Doch er hatte mich zuvor auch nie wegen der Babys verhöhnt.

Unten knallte eine Tür. Sicher stand Alicia schon wegen unseres Geschenke-Auswickelrituals in den Startlöchern. Ich zuckte die Achseln, unfähig, irgendeinen Gedanken auszusprechen, der mich nicht noch mehr in Rage versetzen würde. Der Weihnachtsmorgen war nicht der richtige Zeitpunkt, um eine Debatte vom Zaun zu brechen, von der ich nicht wusste, wo sie enden würde. Octavia hatte vor all den Jahren recht gehabt: Scott war unberechenbar. Auch wenn ich fand, dass das aus ihrem Mund ein ziemlich starkes Stück war.

Es gehörte zu den Dingen, die ich an ihm liebte.

Ich nippte an meinem Champagner und spürte, wie die Bläschen sich wie tröstende Fühler in mir ausbreiteten.

Scott war das Sinnbild der Zerknirschtheit. Als er mir eine Haarsträhne hinters Ohr strich, schob ich ihn weg. »Komm schon, Liebling. Was kann ich tun, um es wiedergutzumachen?«

Ich zog die Knie an die Brust. Ganz gleich, wie oft ich auch duschte, Gestank und Schmutz der Polizeizelle blieben unnachgiebig an mir haften. »Nichts.«

»Es ist Weihnachten. Lass uns Spaß haben. Alicia zuliebe.«

Ich war unschlüssig, ob Scott sich einfach nur aus der Affäre ziehen wollte oder sein Verhalten aufrichtig bereute. Und ich wollte, dass Alicia einen wunderschönen Tag hatte.

Nur für den Fall, dass wunderschöne Tage plötzlich knapp werden sollten.

Vielleicht würde ich ihm im Laufe der Zeit ja verzeihen können.

Er drehte sich zu mir um und schob den Zeigefinger unter den seidenen Träger meines Nachthemds.

Aber jetzt kam es eindeutig noch nicht in Frage.

»Nein. Einfach nur nein. Lass mich in Ruhe.«

Er stand auf und wich, die Hände kapitulierend ausgebreitet, zurück. »Okay, okay, kein Grund, gleich böse zu werden.«

Wer im Glashaus sitzt …

Ich kletterte aus dem Bett. »Komm, wir müssen runter. Alicia ist noch in einem Alter, in dem man gespannt auf seine Geschenke ist.«

Scott leerte sein Glas und schüttelte den Kopf, als hätte ich eine Schraube locker. »Ich hoffe, du wirst den heutigen Tag nicht mit Rumgezicke verderben.«

Ich wartete, bis er draußen war, ehe ich ein Kissen an die Wand schleuderte.

Von unten hörte ich Alicia rufen. »Mum? Mum? Wann machen wir die Geschenke auf?«

»Ich bin oben!«, rief ich zurück. »Die Dusche neben unserem Schlafzimmer spinnt. Bin gleich da. Kannst du Oma Adele fragen, ob sie eine Tasse Kaffee möchte?«

Als ich in die Küche kam, war Adele schon dort, blockierte den Weg zum Kühlschrank und stand vor jedem Schrank, den ich öffnen wollte, wie ein Hund, den ich zu füttern vergessen hatte.

»Wo ist Scotty?«, erkundigte sie sich. »An Weihnachten war er immer als Erster auf. Als mein Jack noch lebte, sind wir um sechs aufgestanden, um den Tag so gut wie möglich zu nutzen. Ich habe kiloweise Kartoffeln gekauft, sie blanchiert und durch ein Sieb gedrückt. Und Jack, der war für den Truthahn zuständig. Den haben wir jedes Jahr bei Mr Saunders geholt.

Sein Haus ist das an unserer Straßenecke, du weißt schon, das mit dem blauen Tor und dem bootförmigen Vogelhäuschen im Vorgarten …«

Ein endloser Strom an Einzelheiten ergoss sich über mich, und zwar in dem schottischen Akzent, den Adele nie abgelegt hatte, obwohl sie vor fünfzig Jahren als Jugendliche nach Australien ausgewandert war. Ich warf die Kaffeemaschine an und flüchtete ins Gästeklo, um Octavia eine SMS zu schicken. Sie hatte sich ziemlich fertig angehört, als sie mir gestern von Jonathans Kündigung erzählt hatte. Dazu noch drei Kinder, die eine atemberaubende Menge außerschulischer Aktivitäten betrieben. Ich wusste, dass es auch mit Jonathans Verdienst finanziell bei ihnen nicht zum Besten stand, und fragte, wie ich Octavia wohl dazu überreden konnte, sich von mir Geld leihen zu lassen.

Frohe Weihnachten – hoffentlich alles okay bei dir. Hier einigermaßen erträgliche Festtagsstimmung. Das Känguru im Kilt hoppelt wild herum, aber an den anderen Fronten herrscht Ruhe. Wir gehen gleich mittagessen. Wann kannst du dich für einen Spaziergang verdrücken?

Wir waren am Weihnachtstag immer zu zweit spazieren gegangen. Als Teenies hatten wir unseren neuen Lidschatten vorgeführt und grässliche Strickpullis verglichen. In unseren Zwanzigern hatte ich versucht, Scotts übertriebene Geschenke herunterzuspielen. Selbst als wir pleite waren, hatte er den Baum mit kleinen Liebesbotschaften geschmückt, Souvenirs von Orten, die wir gemeinsam besucht, und Postkarten von Gemälden, die mich begeistert hatten. Sobald Charlie, kurz nach Octavias dreiundzwanzigstem Geburtstag, zur Welt gekommen war, hatte Jonathan der Romantik offenbar abgeschworen und war auf die praktische Schiene umgeschwenkt. Octavia tat das mit einem Lachen ab. »Schicke Höschen kaufen kann jeder. Nicht alle Frauen haben das Glück, einen Mann zu haben, der einen Schrank bauen kann, um sie darin aufzubewahren.«

Seit wir Kinder hatten, hatte sich unser Weihnachtsspaziergang in ein Ventil zum Dampfablassen verwandelt – eine Atempause, um über unsere Familien zu lästern, damit wir mit einem lächelnden Gesicht zurückkehren konnten. Heute war ich mehr als sonst froh über diese Fluchtmöglichkeit.

Das Piepsen meines Mobiltelefons zeigte mir Octavias Antwort an.

Jonathan stimmungsmäßig im Keller. Jammert, wie viel ich ausgegeben habe. Mum zitiert Horrorstatistiken vom Arbeitsmarkt aus der Daily Mail. *Kinder im Zuckerrausch. Frohes Fest! Kann unseren Spaziergang kaum erwarten – gegen vier?*

Arme Octavia. Keine Ahnung, wie sie Jonathan und seinen Geiz ertrug. Darauf hatte ich sie schon zu Anfang hingewiesen, worauf einer unserer wenigen heftigen Streits folgte, der zu einem Brüllduell zu dem Thema degenerierte, dass ich ja mit einem silbernen Löffel im Mund geboren sei. Allerdings musste man ihr zugutehalten, dass sie mich als Erste bejubelt hatte, als Scott und ich auf das Geld meines Dad verzichteten und unseren Lebensunterhalt damit verdienten, heruntergekommene alte Häuser aufzumöbeln.

Sollte das wirklich alles umsonst gewesen sein?

Octavia

Normalerweise liebte Jonathan es, den Weihnachtsbaum auszusuchen. Er konnte Stunden im Gartencenter verbringen und mit den Kindern darüber debattieren, bis sie das perfekte Exemplar gefunden hatten, die einzige norwegische Tanne der Welt, die es wert war, unser Wohnzimmer zu zieren. War das vollbracht, schleppte er den Baum an seinen angestammten Platz, genau zwischen Kamin und Kommode. Immi und Polly schmückten ihn dann, Jonathans starren Regeln in Sachen Abstände und Deko-Objekte folgend, während Charlie die Kugeln nach dem Motto Pi mal Daumen verteilte.

Dieses Jahr hingegen hatte Jonathan mit Begründungen wie »Ich habe keine Zeit / die Mädchen haben heute keine Lust / je länger wir warten, desto billiger werden die Bäume« aufgewartet, bis die einzige Erledigung, die ich ohne schlechtes Gewissen delegieren konnte, auch bei mir landete. Das Ergebnis war mager und wenig ansehnlich. Statt des lustigen Geplänkels, ob ein Engel oder ein Stern an die Christbaumspitze sollte, stritten die Kinder darüber, wer nun die dämlichen Glas-Rentiere aufhängen durfte und an wem die doofen alten Schneeflocken hängen blieben. Widerwillen hatte sich in meine Tagträume von einem fröhlichen Haushalt, zu den Klängen von *Once in Royal David's City* schwebend, eingeschlichen, und dieser hielt sich bis zum Weihnachtstag selbst.

Heute Morgen um acht trudelte Mum ein, als ob wir fünf

Stunden brauchen würden, um einen Braten für sechs Personen zuzubereiten. Sie stand lauernd in der Küche herum, ohne wirklich etwas zu tun, bis meine Nackenhaare vor Gereiztheit vibrierten.

Es gelang mir, sie zu verscheuchen, damit sie mit Immi Scrabble spielte, was hieß, dass ich gastronomiewürdige Mengen an Chablis in mich hineinschütten konnte, ohne mir einen Vortrag zum Thema vierzehn Einheiten Alkohol pro Woche einzuhandeln. Unser diesjähriges Umbauprojekt, nämlich die Wand zwischen Wohnzimmer und Esszimmer einzureißen, um einen großen Raum zu schaffen, schien sich allmählich als Fehler zu entpuppen. Denn anstatt sich mit ihrer Xbox verdrücken zu können, saßen Polly und Charlie direkt vor Mums Nase. Da Mum alles, was über einen Festnetzanschluss hinausging, für Teufelswerk hielt, war es nur eine Frage der Zeit, bis sie zu ihrer Predigt »Gib einem Kind einen Pappkarton, dann ist es glücklich und zufrieden« ansetzen würde.

Normalerweise hätte Charlie nur gelacht und »Ach Oma, beruhig dich« gesagt. Aber in diesem Jahr hallte ein lautstarkes »Herrgott noch mal, wir leben nicht mehr in den Fünfzigern« bis in die Küche. Gefolgt vom Zuknallen einer Tür.

Als ich den Kopf durch die Durchreiche steckte, sah ich, dass meine Mutter sich aufrichtete wie eine Meerkatze auf ihrem Aussichtshügel. Sie wendete sich von Jonathan, der an der perfekten Ausrichtung der Servietten herumpopelte, zu mir um, um festzustellen, wie wir mit dieser Krise umgehen würden: das blanke Entsetzen – ausgerechnet am Weihnachtstag war der Name Gottes besudelt worden.

Jonathan verdrehte die Augen und fuhr fort, das Besteck geradezurücken, das Polly wahllos auf den Tisch geworfen hatte. Ich versuchte es mit Robertas Eso-Mist und visualisierte mich auf Barbados in einer Hängematte liegend, stellte allerdings fest, dass nur ein scharfer Hinweis an meinen Ehemann etwas nützen würde.

»Jonathan, glaubst du, du könntest dich bitte um Charlie kümmern, während ich das Mittagessen fertig koche?« Für einen unbeteiligten Außenstehenden hätte ich vermutlich ganz ruhig geklungen, doch er hatte in sechzehn Jahren gelernt, was der Zischlaut in der Wortmitte von »Essen« zu bedeuten hatte. Nach einem letzten Zurechtrücken der Platzdeckchen trottete er nach oben.

Ich rief nach Polly. »Komm und stell die Preiselbeersoße auf den Tisch, Schatz.«

Keine Antwort. Ich rief noch einmal.

»Gleich.«

»Nein, jetzt, es gibt gleich Essen.«

»Ich bin mit dem Spiel noch nicht fertig.«

Ich verkniff mir, »Du kommst jetzt sofort her« zu brüllen. Vergiss die dämliche Jungfrauengeburt. Wenn meine Kinder beim ersten Mal meinen Anweisungen gefolgt wären, wäre das das eigentliche Weihnachtswunder gewesen.

Statt Polly erschien Immi in der Küche. »Ich habe Bauchweh. Ich will kein Mittagessen.«

Wirklich, im nächsten Jahr würde es einfach nur weiße Bohnen auf Toast geben.

»Wenn du etwas isst, fühlst du dich gleich besser. Ich habe dir dein Lieblingsessen gemacht, Blumenkohl mit Käse.«

»Ich habe keinen Hunger. Ich habe schon meine Süßigkeitenmischung aufgegessen. Möchtest du wissen, was drin war? Ein *Curly Wurly*, ein *Mars*, ein *Milky Way*, ein *Twix* – davon hab ich noch ein halbes – und eine Tüte Geleebonbons.«

Wenn das so weiterging, würden wir einen Termin beim zahnärztlichen Notdienst brauchen. »Ich dachte, Daddy hätte dir gesagt, du dürftest nur ein Teil essen.«

»Hat er auch. Aber als ich ihn gefragt habe, ob ich den Rest auch essen kann, hat er nur ›hm‹ gemacht und weiter in seinem Buch gelesen. Also hab ich gedacht, es wäre okay.«

Ich spürte, dass die Sache mit Christi Geburt immer realistischer für mich wurde.

»Die *Malteser* und *Revels* habe ich aber Stan gegeben. So gierig war ich nicht.«

»Du darfst Hunden keine Schokolade geben. Die vertragen das nicht. Ach, schon gut.« Ich fing wieder an, in der Soße zu rühren, die inzwischen klumpig geworden war.

Dann holte ich tief Luft und rief hinüber ins Wohnzimmer: »Mum, das Essen ist fertig. Kann ich dir die Sachen durch die Durchreiche angeben?«

Mum hastete herbei und beschäftigte sich mit dem Essen, als Jonathan gerade zurückkehrte.

»Charlie weigert sich runterzukommen.« In seinem Tonfall schwang etwas Klägliches mit, die Aufforderung an mich, die Sache in Ordnung zu bringen.

Das Essen wurde kalt, weshalb ich am liebsten selbst einen Wutanfall aufs Parkett gelegt hatte. Eindeutig ein verfrühtes Einsetzen der Wechseljahre – abkühlende Karotten waren mir wichtiger als der Weihnachtsblues meines Sohnes. Nicht zum ersten Mal trauerte ich der Zeit nach, in denen ich an sämtlichen Feiertagen mit meinem Rucksack herumgetrampt war und mich dabei von Bier und Chips ernährt hatte. Also stieg ich die Treppe hinauf und rief dabei Mum und Jonathan ein »Fangt schon mal an« zu in der Hoffnung, dass ihre Eigeninitiative genügen würde, ohne meine Anleitung ein paar Rosenkohlröschen auf Teller zu verteilen.

»Hau ab.« Charlie hatte die Nase in sein Kopfkissen gepresst.

»Bitte verdirb diesen Tag nicht, Schatz. Ich weiß, dass Oma nervt. Mich nervt sie auch. Und wenn ich einmal alt bin, wirst du bestimmt mein Gebiss im Müll verschwinden lassen, damit du nicht verstehst, was ich sage.«

»Ich hasse Weihnachten.«

»Ich auch.« Und das war mein voller Ernst.

Das sorgte dafür, dass Charlie sich aufsetzte. »Wie kannst du Weihnachten hassen?«

»Und wie ist das bei dir?« Ich lächelte und versuchte, nicht daran zu denken, dass sich auf meiner Soße sicher inzwischen eine Haut bildete. »Komm, Schatz, ich brauche deine Hilfe.«

Er stand auf, hin- und hergerissen zwischen dem Wunsch, mich zu umarmen und den Dickkopf zu spielen. »Okay. Sorry.«

Ich drückte seine Hand – oder besser das Ärmelbündchen seines Sweatshirts. Mit fünfzehn schien Charlie keine Hände mehr zu haben. Er trottete die Treppe hinunter, noch immer mein kleiner Junge, verborgen hinter der schlaksigen Miniaturausgabe eines Mannes.

Im Esszimmer verbreitete ich krampfhaft fröhliche Stimmung und betete darum, Mum möge sich nicht ausgerechnet diesen Augenblick aussuchen, um eine Entschuldigung einzufordern. »Fangen wir doch mit den Knallbonbons an.« Polly riss Immi das dicke Ende eines Knallbonbons aus der Hand und behauptete, diese habe ihr ein Paar Plastikohrringe stibitzt. Daraufhin brach Immi in Tränen aus, verkroch sich unter dem Tisch und weigerte sich herauszukommen, obwohl Polly sie ihr zurückgab.

Während ich die Chipolatas im Speckmantel auf Teller verteilte, hörte ich, dass Stan in der Küche seinen Schokoriegel erbrach. Echte Festtagsstimmung, langsam machte mein müder alter Hintern schlapp.

Ich überlegte, wann ich zum letzten Mal an Weihnachten Spaß gehabt hatte.

Plötzlich stand mir das Bild vor Augen, wie wir Neoprenanzüge ausgezogen, ein Surfbrett an einen verlassenen Strand gezerrt und uns mit ein paar Bier und Scampispießen um ein Lagerfeuer geschart hatten. Fast konnte ich das Seegras riechen, das an der Küste wuchs. Ich mit einundzwanzig Jahren, rosafarbenem Haar, Zehenringen und einem Hang zu gebatikten Klamotten. Ich hätte mich im Jetztzustand nicht mehr wiedererkannt.

Die uralte Sehnsucht, die ich begraben hatte, indem ich hin und wieder ein Schippchen Erde daraufschüttete, überkam mich völlig überraschend. Ich fragte mich, ob er jemals an mich dachte.

Roberta

Weihnachten im Hause Green war ein Anlass, alte australische Lieder zu singen. In diesem Jahr klammerte ich mich an das Ritual, um zu beweisen, dass wir noch eine in Sitten und Gebräuchen verwurzelte Familie waren. Ich saß auf dem Beifahrersitz, schloss die Augen und wunderte mich über Scott, der »Waltzing Matilda« schmetterte, als sei er unterwegs zum Bondi Beach, ohne sich um mehr als um den Stand der Wellen kümmern zu müssen. Trotz Alicias Flehen gelang es mir nicht einzustimmen.

Als wir vor dem Hotel eintrafen, betete ich, dass ich in diesem Jahr eine gute Wahl getroffen hatte. Ich war nicht sicher, ob ich eine von Scotts forensischen Nachforschungen, warum ausgerechnet heute der Rotkohl ausgegangen sei, würde ertragen können. Scott marschierte hinein, stellte sich beim Personal vor und donnerte ein »Frohe Weihnachten« in den Raum. Alicia folgte ihm auf den Fersen, so zart und geschmeidig in ihren silbernen Sandalen, wie Adele beleibt und gedrungen war. Enkelin und Großmutter hakten einander unter und wiesen auf den mit Glitzerherzen und scharlachroten Schleifen geschmückten Baum. Ich betrachtete die anderen Familien und fragte mich, ob auch ihr Lächeln eine Wut tarnte, die so heftig brodelte, dass sie sie in ihrer Brust vibrieren spüren konnten.

Schwarzweiß uniformierte Mitarbeiter boten uns an der Tür der holzgetäfelten Gaststube Buck's Fizz an. Scott nahm zwei

Gläser vom Tablett. Nachdem wir uns gesetzt hatten, reichte er eines davon Alicia.

»Sie ist noch keine achtzehn. Sie darf das hier nicht trinken«, wandte ich ein.

»Bleib locker. Wir haben Weihnachten, verdammt. Das dämliche britische Jugendschutzgesetz. Die werden uns deshalb schon nicht rausschmeißen. Es ist doch nur ein bisschen Limo und Orangensaft.«

Alicia sah mich an und wusste offenbar nicht, auf welche Seite sie sich schlagen sollte. Seit ich von der Polizei zurück war, verhielt sie sich ziemlich steif, und ich fand es schrecklich, dass sie die Friedensstifterin spielen musste und vor der unmöglichen Aufgabe stand, mich zu beschützen und gleichzeitig Scott nicht zu verärgern. Ich zwang mich zu einem Lächeln. »Daddy hat sicher recht. Tu es nur nicht zu auffällig.« Sie schaute sich um und trank einen großen Schluck.

Adele begeisterte sich für das Kaminfeuer. »In all den Jahren habe ich mich nicht an Weihnachten bei Sonnenschein gewöhnen können.« Und schon wieder stimmte sie ihre übliche Tirade an, wie viel es ihr bedeuten würde, wieder nach Schottland zu ziehen. Nur dass all ihre Brüder inzwischen tot seien und sie ihre Nichten und Neffen kaum kenne bis auf die kleine Caitlin, die sie immer wieder monatelang besuchte …

Scott gähnte und bestellte noch ein paar Drinks. Alicia fing an, eine SMS an irgendjemanden zu tippen. Adele machte gerade lange genug Pause, um ihr Essen zu ordern, und spulte dann weiter eine ellenlange Liste von Verwandten, inklusive ihres jeweiligen Wohnorts, herunter. »Mein Cousin Archie wohnt ja noch in Aberdeen, aber seine Frau Siobhan ist schon 1999 verstorben. Nein, lasst mich überlegen. Nicht 1999. Es muss 2000 gewesen sein, denn in dem Jahr fanden die olympischen Spiele in Sydney statt …«

Als die Kammmuscheln auf Erbspüree serviert wurden, hatte mein Lebenswille schon merklich nachgelassen. Scott hob sein Glas, um einen Trinkspruch auszubringen. Alicias Glas war leer, und sie hatte zwei rote Flecken auf den Wangen. Ich bestellte ihr einen Orangensaft. Das Gespräch plätscherte dahin. Alicia fragte Adele aus, ob man Kängurus zähmen könne, während Scott den Châteauneuf, den er ausgewählt hatte, in sich hineinkippte.

Gewaltige Platten mit Gänsebraten wurden serviert. »Ich frage mich nur, wie Octavia es schafft, für ihre ganze Sippe zu kochen«, sagte ich. »Es ist so ein Luxus, wenn alles für einen erledigt wird.«

Scott warf mir einen Blick zu. »Sie hat Jonathan nicht richtig im Griff. Ganz im Gegensatz zu dir, die vom ersten Tag an kein einziges Mal gekocht hat.«

Ich formte die Lippen zu einem Lächeln und bemühte mich um einen fröhlichen Tonfall. »Stimmt nicht. Ich koche schon, obwohl es mich ein bisschen stresst, wenn ich Horden von Leuten oder deine Geschäftsfreunde bewirten muss.«

Scott gefiel sich darin zu behaupten, ich sei zu faul, um auch nur einen Finger krumm zu machen. Die Wahrheit jedoch lautete, dass es seiner Ansicht nach ein Zeichen seines gesellschaftlichen Erfolgs war, wenn er andere fürs Putzen, für Reparaturen und die Gartenarbeit bezahlte. Er brüstete sich gern damit, seine Frau habe keine Zeit, berufstätig zu sein, denn »das Personal zu beaufsichtigen ist eine Ganztagsbeschäftigung«. Trotz Scotts abfälliger Bemerkung war die Küche ein Bereich, in dem ich mir noch ein wenig Selbstbestimmung bewahrt hatte.

Adele neben mir setzte zum Sprechen an; zweifellos bereitete sie eine Predigt darüber vor, dass sie stets die doppelte Menge kochte und die Hälfte einfror. Aber Scott war noch nicht fertig.

»Ach, lass den Unsinn. Wann hast du zum letzten Mal eine

richtige Mahlzeit gekocht? Etwas, das weder aus der Gefriertruhe noch aus der Mikrowelle war?« Er steckte eine ganze Kartoffel in den Mund und lehnte sich mit verschränkten Armen zurück.

Stirnrunzelnd legte Alicia die Gabel weg. »Dad, das stimmt nicht. An dem Abend, als du Mum die Polizei auf den Hals gehetzt hast, hat sie einen Fischauflauf vorbereitet. Und sie hat die Spargelquiche nach einem Rezept gebacken, das sie in einer Zeitschrift gefunden hat.«

Adele fuhr zu Scott herum. »Polizei? Was für eine Polizei, Scotty?«

Scott achtete nicht auf sie. Alles in mir verkrampfte sich, bereit für die Explosion. Ehe ich mir eine Ausrede einfallen lassen konnte, sofern so etwas überhaupt möglich war, drehte Scott sich zu Alicia um. Kartoffelstückchen spritzten aus seinem Mund und blieben an seinem Weinglas kleben. »Wenn du nicht angezogen wie ein kleines Flittchen aus dem Haus gegangen wärst, hätte ich nicht böse auf deine Mutter werden müssen.«

Beruhigend streckte ich die Hand aus. »Das ist doch alles vorbei und vergessen. Wir haben uns beide ein bisschen albern aufgeführt. Kommt schon, wir wollen uns doch Weihnachten nicht verderben.«

Eigentlich rechnete ich damit, dass Alicia wie immer einen Rückzieher machen und Scott beschwichtigen würde. Doch sie überraschte mich. »Ich verderbe hier gar nichts, ganz im Gegensatz zu Dad. Ich war nicht angezogen wie ein Flittchen, oder, Mum?«, meinte sie.

»Ich werde dieses Thema jetzt nicht erörtern«, entgegnete ich mit bemüht ruhiger Stimme.

Doch das Buck's Fizz hatte Alicia einen Mut verliehen, den ich bis jetzt noch nie bei ihr erlebt hatte. »Mit meinen Klamotten war alles in Ordnung. Das nennt man Mode, Dad. Du musst immer alles kaputtmachen. Keiras Mutter hat gesehen, wie die

Polizei Mum mitgenommen hat. Meine ganze Klasse hat gefragt, wie viele Jahre sie jetzt kriegt, und so getan, als würden sie mir Handschellen anlegen.« Sie zog die mageren Schultern hoch bis zu den Ohren.

»Warum hat die Polizei Roberta mitgenommen?« Adeles Augen waren weit aufgerissen. »Scotty? Das hast du mir gar nicht erzählt.«

Ich versuchte, die richtigen Worte aneinanderzufügen, um eine Erklärung zu liefern, die uns nicht den ganzen Tag vermiesen würde. Doch im selben Moment knallte Scott so heftig sein Besteck hin, dass die Gläser klirrten.

Er schob seinen Stuhl zurück, allerdings ohne aufzustehen. »Mum, halt den Mund. Das geht dich einen feuchten Kehricht an.« Ich wollte ihm die Hand auf den Arm legen, um ihn zu beruhigen, aber zu spät. »Und du hörst auf, mir den Mund zu verbieten, verdammt. Wenn du nicht so eine beschissene Mutter wärst, hätte ich nicht die Polizei rufen müssen.«

Das Schweigen im Raum breitete sich aus wie kippende Dominosteine, bis nur noch das Gelächter und Geplänkel von den Gästen am Fenster zu hören waren. Kühn drehte ich mich um und warf einen Blick in den Raum. Der Oberkellner marschierte bereits empört auf uns zu.

»Alles in Ordnung, Sir?«

»Ja. Alles bestens.« Scott klang weder zerknirscht noch versöhnlich.

Doch der Kellner rührte sich nicht von der Stelle. Ich bemerkte, dass die Frau am Nebentisch ihre Kinder aufforderte, still zu sein und sich nicht nach uns umzuschauen. Ich schloss die Augen. So gern hätte ich gelächelt und so getan, als sei alles in Ordnung. Ich betrachtete meinen Teller und griff zur Gabel. Aber mein Magen spielte nicht mit. Alicia kauerte auf ihrem Stuhl und strahlte aus jeder Pore Anspannung aus.

Adele rettete die Situation. »Verzeihen Sie den Lärm. Mein Sohn ist ein sehr temperamentvoller Mann, und vielleicht habe ich eine unpassende Bemerkung gemacht. So etwas kommt in den besten Familien vor. Wir wissen ja, wie wir einander auf die Palme bringen können, oder, Scotty?«

Scott murmelte etwas, was der Oberkellner mit einem spitzen »Wie Sie meinen, Sir« quittierte, bevor er sich zurückzog.

Niemand sagte ein Wort. Nicht einmal Adele. Alicia saß mir gegenüber. Dicke Tränen tropften auf ihren Teller. Als ich nach ihrer Hand griff, umklammerte sie meine Finger so fest wie damals als Kleinkind, wenn ein Hund an ihr geschnuppert hatte. »Ich kann nichts mehr essen.«

Vielleicht war es ihre gepresste Stimme. Es mochte auch am Getuschel in der Gaststube gelegen haben. An den Köpfen, die sich drehten, angeblich um Ausschau nach einem Kellner zu halten, doch in Wahrheit, um uns unverhohlen anzugaffen. Die Frau mit dem unmöglichen Eheman. Alicia war die Situation so peinlich, dass man es mit Händen greifen konnte; ihr ganzer Körper stand unter Anspannung. Eigentlich war es doch unsere Aufgabe, sie zu beschützen, nicht, sie öffentlich zum Gespött zu machen. Ich warf einen Blick auf Scott. Er hatte den Kiefer vorgeschoben. Der alte rechthaberische Ausdruck malte sich auf seinem Gesicht ab. Ich wurde von heller Wut ergriffen. Darauf folgte eine Welle der Erleichterung, als hätte ich gerade ein Paar scheußlich drückender Schuhe ausgezogen.

Nur weil ich unsere Ehe retten wollte, hieß das noch lange nicht, dass ich auch dazu in der Lage war.

Ich würde ihm nie etwas recht machen können. Niemals. Langsam stand ich auf, kramte in meiner Handtasche und gab Alicia den Schlüssel zum BMW. »Geh einfach mal kurz ins Auto, Schatz.«

Alicia hasste es, im Mittelpunkt zu stehen, und ihre Verwirrung mischte sich mit Erleichterung. Sie hastete an Scott vorbei, bevor er Gelegenheit hatte, Einwände zu erheben. Ich blickte Adele an, die an ihrer Halskette nestelte; man sah ihr jedes ihrer achtundsechzig Lebensjahre an. »Es tut mir leid, Adele. Wir hätten dich dieses Jahr nicht einladen sollen. In letzter Zeit ist es ein wenig schwierig bei uns.«

Ich hielt mich aufrecht und spannte jeden Bauchmuskel an, nur für den Fall, dass ich plötzlich wie eine Qualle in mich zusammensacken sollte. Es gab nur diese einzige Chance, es ihm zu sagen. Also kniff ich die Augen zusammen und ging aufs Ganze. Es klang kaum lauter als ein Flüstern.

»Ich verlasse dich.«

Scott lehnte sich zurück und rang ungläubig die Hände. »Mach dich nicht lächerlich. Wo willst du denn hin? Komm und setz dich wieder.«

Ich konnte dem nichts mehr hinzufügen. Zu viele neugierige Gesichter warteten auf die Fortsetzung des Dramas. Wieder ein Anlass, bei dem ein Zufallspublikum Zeuge werden würde, wenn Scott »sich durchsetzte«. Ich würde es der Liste von Grillabenden bei Sonnenschein hinzufügen, ruiniert durch einen vom Wein beflügelten Streit mit dem Gastgeber. Partys, bei denen Scott beschlossen hatte, sich einen Gast zur Brust zu nehmen, der angeblich mit mir flirtete. Restaurants, wo die Meinung des Küchenchefs in Sachen perfekte Zubereitung nicht mit der von Scott übereinstimmte. Inzwischen waren zu viele Bereiche meines Lebens in der Öffentlichkeit abgehandelt worden. Ich blickte den Mann an, den ich so lange geliebt hatte.

Vielleicht liebte ich ihn ja immer noch. Doch jetzt musste ich mich in Sicherheit bringen. Und Alicia.

Er sah aus, als glaube er mir nicht. Als dächte er noch immer, er besäße den Zauberspruch, den schlauen Trick, damit die dumme Roberta wieder parierte. Mein letzter Anblick von ihm war, wie er verdattert dasaß, als habe er mich mit Komplimenten überhäuft, während ich mich über die Fliege an der Wand aufregte.

Ich drehte mich um und richtete meine gesamte Kraft darauf, einen Fuß vor den anderen zu setzen. An der Tür rief ich dem Oberkellner mit gepresster Stimme ein »danke« und ein »entschuldigen Sie« zu, ohne die Antwort abzuwarten. Nur noch den Flur entlang. Über den Hof mit dem Weihnachtsbaum. Eine Rasenfläche. Und dann das Auto. Alicia stand neben der Beifahrertür und war so blass wie ein Eiszapfen in der Sonne. Ich stieß die letzten Worte hervor, die ich noch zustande brachte.

»Tut mir leid, Schatz. Ich habe mich gerade von deinem Vater getrennt.«

Octavia

Eigentlich rechnet man an Weihnachten nicht mit Überraschungsbesuchen. Als es also an der Tür läutete, glaubte ich, dass es Sternsinger wären, und überließ es Jonathan, sie abzuwimmeln, während ich mich um den Weinachtspudding kümmerte. Gerade goss ich Brandy darüber und übertrug Polly die Starrolle, ihn zu flambieren, als Jonathan mir zurief.

»Roberta ist hier. Mit Alicia.« Jonathan war kein Mann, der zu überschwänglichen Begrüßungen neigte.

Ich trat in den Flur hinaus und zwängte mich an Jonathan und den Anoraks vorbei, die sich an der Garderobe fröhlich vermehrten. Jonathan, offenbar der Ansicht, dass der Höflichkeit Genüge getan war, verdrückte sich wieder ins Esszimmer. Ich umarmte Roberta. »Frohe Weihnachten. Hallo, Alicia, Liebes. Kommt rein. Hattet ihr einen schönen Tag? Ihr seid zu früh dran, ich dachte, wir wollten um vier spazieren gehen.«

Ehe sie antworten konnte, rief Polly aus dem Esszimmer: »Mum! Mum! Wann flambieren wir den Pudding? Charlie sagt, er macht das jetzt, aber ich will.«

»Moment, ich komme gleich.«

Ich drehte mich wieder zu Roberta um. Schweigend nestelte sie an den Fransen ihres Schals. Mein Lächeln verflog.

Sie trat einen Schritt auf mich zu. »Entschuldige, dass ich dir das an Weihnachten antue. Ich weiß ja, dass du genug um die Ohren hast.« Mehr brachte sie nicht heraus. Sie stand nur da, und lautlose Tränen liefen ihr übers Gesicht. Alicia wirkte verstört. Ihre Miene war verschlossen und abwehrend. Ich seufzte in mich hinein.

»Doch nicht wieder Ärger mit Scott?«

Roberta nickte.

Polly begann wieder zu rufen.

Ich nahm Roberta am Arm. »Ach herrje, Mist. Lass mich nur rasch mit Polly den Weihnachtspudding flambieren. Bin gleich wieder da. Kommt rein.«

»Ist schon gut. Ich setze mich in die Küche. Esst nur in Ruhe auf. Wir wollen nicht stören.« Roberta sah eingefallen aus. Am liebsten hätte ich sie mit ins Esszimmer geschleppt und sie mit einer dicken Suppe und Rindereintopf aufgewärmt.

Ich schob sie den Flur entlang. »Mach dir einen Kaffee. Alicia, auf der Anrichte stehen Pralinen, Schatz. Bedien dich.«

Dann hetzte ich ins Wohnzimmer und setzte mich neben Polly. Jonathan zog die Augenbrauen hoch. Abgewandt, damit Mum es nicht sah. Ich verzog das Gesicht: »Mist!« Als Polly nach den Streichhölzern griff, streckte ich die Hand danach aus. »Warte, ich zeige dir, wie es geht.«

»Ich kann das. Ich bin kein Baby mehr.« Sie kratzte und kratzte, bis das Streichholz abbrach.

»Kommt Roberta nicht, um hallo zu sagen?«, erkundigte sich Mum.

»Später. Sie wollte uns nicht beim Mittagessen stören.« Dass Mum ihren Senf dazugab, konnte Roberta heute sicher nicht brauchen.

»Es ist sehr unhöflich von dir, sie in der Küche sitzen zu lassen.«

Ich unterbrach Mum, worauf sie die Lippen schürzte und etwas von Kinderstube murmelte. Dann wandte ich mich wieder an Polly.

»Also, Schatz, versuchen wir es noch einmal. Du musst das Streichholz vorsichtig, aber schnell anreißen.« Es juckte mir in den Fingern, die Hand auf ihre zu legen, um den Vorgang zu beschleunigen. Immerhin saß Roberta nebenan, und ihr Leben ging den Bach runter, während wir uns den Feinheiten der Pyrotechnik widmeten.

Mit konzentriert herausgestreckter Zunge fuhr Polly so lange mit dem Streichholz über die Schachtel, bis zur allgemeinen Erleichterung eine Flamme emporloderte. Ich schob ihr den Pudding zu. Der Brandy fing mit einem Zischen Feuer. Polly strahlte. Ich warf durch die Küchendurchreiche einen Blick auf Roberta und fragte mich, ob sie hier übernachten wollte. Jonathan hatte mir bereits einen Vortrag zum Thema »Gürtelengerschnallen« gehalten, als ob ich das nötig gehabt hätte. Er würde sich nicht darum reißen, sein Abendessen zu teilen.

Aus dem Augenwinkel bemerkte ich, dass Polly sich vorbeugte, um an dem Brandy zu schnuppern, der als blaue Dunstwolke über dem Pudding waberte. Gerade brachte ich noch ein »Vorsicht!« heraus, als schon eine Flamme Besitz von ihrem langen braunen Haar ergriff. Sie schrie auf. Jonathan schnappte sich eine Serviette und sein Weinglas, stürmte um den Tisch herum und fing an, sie mit Wein zu überschütten und die Flammen auszuschlagen. Ich sprang auf und tupfte mit einem Zipfel des Tischtuchs an ihr herum.

Polly fing an zu weinen. »Mein Gesicht, mein Gesicht.«

Im Zimmer roch es, als hätte ich einen Topf mit Reis anbrennen lassen. Jonathan hastete in die Küche und rief Roberta zu, sie solle Eis aus dem Gefrierschrank holen. Immi stürzte sich auf mich und klammerte sich mit entsetzter Miene an mir fest. Ich tätschelte sie, während ich den Schaden in Augenschein nahm.

Ein Haarbüschel war bis zur Hälfte verbrannt, sodass sich die verkohlten Enden vom Hellbraun abhoben. Ein roter senkrechter Striemen verlief über ihre Wange.

Jonathan kam mit einer Schüssel Eiswasser angelaufen. Polly zitterte, während wir ihr Gesicht kühlten. Jonathan hielt ihr das Haar zurück und beruhigte sie sanft. »Das brennt jetzt ein bisschen, aber alles wird gut.«

»Was ist mit meinen Haaren? In der Schule werden mich alle auslachen.« Ihre kleine Brust hob und senkte sich stoßweise.

»Wir wollten die Haare doch sowieso abschneiden lassen. Die Friseurin kriegt das schon wieder hin.« Ich beugte mich zu Jonathan hinüber. »Glaubst du, sie muss ins Krankenhaus?«

Ich dachte, ich hätte geflüstert, doch Polly heulte sofort los. »Krankenhaus? Ich will nicht ins Krankenhaus.«

Jonathan verzog das Gesicht. »Nein, ich denke nicht. Lass uns abwarten, wie es in ein paar Minuten aussieht.« So redete er weiter, hielt Polly die Hand und erklärte Immi, sie brauche sich keine Sorgen zu machen. Charlie hatte bereits beschlossen, dass Polly ein Riesentheater um nichts veranstaltete.

Robertas Kopf erschien in der Durchreiche. »Ist sie in Ordnung?«

Ich nickte. »Vielleicht wird sie ein paar Brandblasen kriegen, aber so schlimm ist es nicht. Am besten bleibst du drüben.«

Roberta lächelte beinahe. Schon beim Anblick von Brennnesselbläschen neigte sie dazu, ohnmächtig zu Boden zu sinken wie eine viktorianische Herzogin.

Während wir Pollys Wange ins Wasser hielten, raunte ich Jonathan zu, dass Roberta vermutlich bei uns übernachten müsse.

»An Weihnachten?«

Offenbar malte sich Ungläubigkeit auf meinem Gesicht. Robertas ganze Welt brach in sich zusamen, und Jonathan nörgelte wegen Überschneidungen im Terminkalender herum.

»Geh und kümmere dich um die beiden. Ich schaue nach Polly«, erwiderte er und zog sie an sich.

Ich rief nach Alicia und überredete Charlie – indem ich ihn mit Käsebällchen bestach –, ihr zu zeigen, wie man auf der Xbox Rugby League Live spielte. Alicia saß stocksteif auf einem Hocker. Sie wirkte immer, als täte sie einem einen Gefallen, indem sie die Raumluft mit einem teilte. Ich konnte verstehen, warum meine Kinder nicht richtig warm mit ihr wurden.

Ich griff nach einer Flasche Shiraz und einer mit Chablis und ging zu Roberta hinüber. Die Einsparungen beim Weinverbrauch würden wohl verschoben werden müssen.

»Was ist denn jetzt schon wieder passiert?« Ich schenkte uns beiden ein großes Glas Wein ein.

»Ich habe mich von ihm getrennt. Hoffentlich war das die richtige Entscheidung.«

Der böse Verdacht, dass sie sich noch in dieser Woche wieder mit ihm versöhnen würde, verhinderte, dass ich einen sponanen Freudentanz aufführte. Stattdessen bemühte ich mich um einen neutralen Standpunkt, obwohl ich am liebsten »Wurde auch langsam Zeit! Dieses Arschloch! Hurra!« gejubelt hätte. Dass ihre Familie aus ihrer Abneigung gegen Scott keinen Hehl gemacht hatte, hatte praktisch zu einem Kontaktabbruch geführt. Vor vielen Jahren hatte sie eine klare Linie gezogen, wie viel Kritik sie sich von mir anzuhören bereit war.

Also hielt ich den Mund, als sie mir ihren Tag im Überblick schilderte, einschließlich seines Vorschlags, eine schnelle Nummer würde alles wieder in Ordnung bringen.

Hoffentlich waren ihm die Eier explodiert.

Gerade beschrieb sie mir den tadelnd neben dem Tisch lauernden Oberkellner, als es an der Tür klopfte. Stan sprang bellend auf, wobei er beinahe den Küchentisch umwarf.

Herrje. Jetzt hatte ich schon einen arbeitslosen Mann, eine

ehemannlose Freundin und ein haarloses Kind, mit denen ich mich herumschlagen musste. Ich fragte mich, was sonst noch fehlte, und riss die Tür auf.

Natürlich. Der ehefraulose Wichser.

»Octavia. Hallo. Frohe Weihnachten.« Scott hatte wieder mal seinen honigsüßen Tonfall drauf. Der Inbegriff des Charmeurs, den Kopf zur Seite geneigt, ein blendend weißes, strahlendes Lächeln.

»Hallo.« Ich stemmte die Füße in den Boden und fragte mich, ob ich es schaffen würde zu verhindern, dass er das Haus stürmte.

»Wo ist Roberta?«

»Sie will dich nicht sehen.« Ich bemühte mich um einen sachlichen Ton.

»Jetzt komm schon. Ich muss nur kurz mit ihr reden, um alles zu klären.« Er machte einen kleinen Schritt vor.

Obwohl ich mich nicht von der Stelle rührte, brodelte mein Adrenalin. »Tut mir leid, Scott. Ich kann dich nicht reinlassen. Sie ist total fertig und erträgt dich im Moment nicht.«

Er tätschelte mir freundlich die Schulter, als könne ich ihm nach einem so gewinnenden Überzeugungsmanöver nichts mehr abschlagen.

Ich bewegte mich nicht und schwieg.

Im nächsten Moment war der Charme verflogen. Mit aufgeblasener Brust und gerecktem Kinn beugte er sich über mich.

»Mein Gott, du *kotzt* mich an. Du glaubst immer, alles besser zu wissen. Steckst deine dämliche Nase in Dinge, die dich nichts angehen. Machst mir Vorschriften, ob ich meine Frau sehen darf. Du holst sie jetzt her, damit ich mit ihr reden kann.«

Ich stützte die Hände an den Wänden ab, um die Tür zu blockieren. Dabei verlagerte ich mein Gewicht auf die Fersen, damit meine Beine zu zittern aufhörten. Und dann erschien Jonathan, dem Himmel sei Dank. »Gibt es Probleme?«

Ich war nicht sicher, ob Jonathan sich wirklich gut zum Friedensstifter eignete, insbesondere da die beiden Männer bei den Hunderten von Begegnungen im Laufe der Jahre nie einen Draht zueinander gefunden hatten. Jonathan hielt Scott für einen Flachwichser, und ich war sicher, dass Scott Jonathans sexuelle Präferenzen in ähnliche Worte kleidete.

Andererseits war Jonathans sprichwörtliche Gelassenheit vielleicht eine Hilfe, um Blutvergießen zu vermeiden, falls Scott die Beherrschung verlor. Vor allem angesichts der Tatsache, dass auch ich eher zu Gefühlsausbrüchen neigte.

»Ich möchte nur kurz mit Roberta plaudern.« Sein Tonfall hatte sich inzwischen völlig verändert. So als habe er nur rasch vorbeigeschaut, um sich den neuesten Ian Rankin auszuleihen.

»Tut mir leid, alter Junge. Geh nach Hause und beruhig dich. Reden könnt ihr morgen immer noch.«

»Johnny, hol sie einfach kurz her, ja?«

Jonathan hasste es, Johnny genannt zu werden. Er legte die Hand an die Tür und schickte sich an, sie zu schließen. »Zeit zu verschwinden. Heute redet sie nicht mehr mit dir.«

Scott stand da, die Hände in die Hüften gestemmt. Die Pranken eines Bauarbeiters. Gewaltige Schaufeln, die einem mit einem Schlag das halbe Gesicht zertrümmern konnten. Er trat vor und lehnte sich an den Türstock.

Jonathan scheuchte mich ins Haus. »Geh rein, Octavia. Scott und ich klären das.«

Ich musste an »Lamm auf dem Weg zur Schlachtbank« denken, flüchtete mich aber dennoch hinter ihn. Jonathan legte Scott die Hand auf den Unterarm. Offenbar hatte er gehört, wie ich nach Luft schnappte. Scott schüttelte seine Hand ab, wich jedoch zwei Stufen zurück. »Ich wette, das macht euch beiden einen Riesenspaß. Ein tolles Drama in eurem öden Leben. Wie peinlich. Ach, was ich noch sagen wollte. Es hat mir echt leidgetan zu hören, dass sie dich gefeuert haben, Johnny, alter Kumpel. Ein Jammer aber auch.«

Jonathan knallte die Tür zu und legte die Riegel vor. Ich umarmte ihn. Vor Erleichterung wurden mir die Knie weich. Jonathan würde einen neuen Job finden. Aber Scott würde für den Rest seines Lebens ein Flachwichser bleiben.

Roberta

An Silvester wäre ich am liebsten um acht ins Bett gegangen, um mich davor zu drücken, mich auf das neue Jahr freuen zu müssen. Doch Octavia hörte nicht auf mein Flehen, mich doch allein zu Hause zu lassen. Ich war nicht sicher, ob ich die tapfere Miene zustande bringen würde, die sie erwartete: Jedes Mal, wenn ich an Scott dachte, wäre ich am liebsten nach Hause geeilt, um mich noch einmal zu vergewissern, dass wir die Liebe, aus der ich einmal meine ganze Kraft und Hoffnung bezogen hatte, nicht wieder zum Leben erwecken konnten.

Doch Octavia war fest entschlossen, mich zu der Party bei Cher, meiner so ausgeflippten wie überschwänglichen Nachbarin, zu schleppen. Cher hatte in Octavia eine rebellische Seelenverwandte entdeckt, als ich die zwei einander vorgestellt hatte. Und immer wenn Cher eine kleine Feier veranstaltete, stand Octavia auf der Gästeliste. Was sich im Moment nicht unbedingt zu meinem Vorteil auswirkte. Da Alicia und ich noch immer bei Octavia wohnten und darauf warteten, ein neues Zuhause zu finden wie einäugige Hauskatzen, war es unmöglich, einfach zu tun, was man wollte.

Gleich nach Weihnachten hatte ich angekündigt, ich werde ins Hotel ziehen. Bis ich feststellte, dass Scott unser gemeinsames Konto abgeräumt hatte. Ich hätte mich ohrfeigen können, weil ich ihm nicht zuvorgekommen war. Ich konnte nicht fassen, dass sich unsere Beziehung – all die Leidenschaft und die angestrengten und andauernden Bemühungen – einmal nur auf den schnöden Mammon reduzieren würde.

Damit ich das wenige Geld, das ich auf meinem eigenen Bankkonto gebunkert hatte, nicht für ein Hotelzimmer hinauswarf, überredete mich Octavia, im neuen Jahr eine Wohnung zu mieten. Doch je länger Alicia und ich uns einander in Immis Zimmer auf der Pelle hockten, desto anziehender erschien mir der Gedanke, die Sache mit Scott wieder zu kitten.

Ich hasste mich selbst für meine Undankbarkeit. Octavia hatte alles getan, damit ich mich wie zu Hause fühlte, Jonathan beschwichtigt und den Kindern vielsagende Blicke zugeworfen. In einem Haus, das bereits aus allen Nähten platzte, war es nicht unbedingt optimal, dass ich mit Koffern voller Sachen, hastig gepackt – während Scott, wie ich wusste, seine Mutter zum Flughafen fuhr –, Raum beanspruchte. Dasselbe galt für die Badezimmersituation. Wenn ich nicht bald mehr Privatsphäre für meine morgendlichen Verrichtungen bekam, würde ich wohl mehr als eine Schale Trockenpflaumen zum Frühstück brauchen. Ich wusste nicht, was schlimmer war: Jonathan, der, sich laut räuspernd, vor dem einzigen Klo herumdrückte, weil ich es unabsichtlich zu »seiner Zeit« besetzt hatte, oder einen noch warmen Toilettensitz vorzufinden, wenn ich später zurückkam.

Da mir klar war, dass wir Octavia die Festtage verdorben hatten, wollte ich ihr nicht auch noch Silvester ruinieren. Sie weigerte sich, ohne mich zu Chers Fete zu gehen. Cher selbst hatte keine Zeit verschwendet und sie angerufen, um zu fragen, warum sie beobachtet hatte, wie ich in einem Streifenwagen abtransportiert wurde. Sie war empört, weil man so mit mir umgesprungen war, und teilte mir mit, Scott sei offiziell »ausgeladen«. Irgendwann fand ich mich damit ab, dass mir ein Abend bevorstand, an dem ich mich vor Peinlichkeit winden würde, während die Leute überlegten, wie man eine frisch getrennte Frau richtig ansprach.

Im Gegensatz zu mir hatte selbst Jonathan ausnahmsweise Lust auf eine Party. Trotz seiner häufig geäußerten Ansicht, die meisten Bekannten von Scott und mir hätten – seine Worte – »einen Stock im Arsch«, hielt er Chers Mann Patri für einen »tollen Typen«. Patris Familie war in den Fünfzigern aus Sardinien nach Großbritannien gekommen und hatte in den folgenden Jahrzehnten eine erfolgreiche Café- und Imbisskette aufgebaut. Inzwischen hatten sie ihre Geschäfte um einen großen Import-Export-Zweig erweitert. Doch Patri nannte, obwohl er sogar drinnen eine Sonnenbrille trug und einen guten Barolo zu schätzen wusste, Ross und Reiter noch immer beim Namen. Als Gastgeber konnte ihm in Sachen Großzügigkeit keiner das Wasser reichen – was Jonathan mit seinen spitzen Bemerkungen über Luxusvillen und deren Bewohner offenbar den Wind aus den Segeln nahm.

Octavia vergötterte Cher, auch wenn sie sie ständig als »Fußballspielerfrau« hänselte. Obwohl sie Missbilligung mimte, bewunderte sie Chers Luxusleben, die Köchin, die Haushälterin und dass Cher ihren Pinot Grigio einfach in die Spüle kippte, wenn sie mehr Lust auf einen Chardonnay hatte. Ein Leben mit Frischhaltefolie und Resteverwaltung kam für sie nicht in Frage.

Und für den Fall, dass ich mich je mit dem Gedanken getragen haben sollte abzusagen, hatte Cher auch Alicia eingeladen, was ein Nichterscheinen unmöglich machte. Chers Enkelin Loretta war sechzehn und – mit ihren kajalumrahmten Augen, den falschen Wimpern und einer Haarverlängerung, die ihr bis zum Hintern reichte – Alicias großes Vorbild in Sachen Coolness. Es war das erste Mal, dass sich seit dem Debakel im Restaurant am Weihnachtstag etwas anderes als Gleichgültigkeit in Alicias Miene gemalt hatte. Außerdem hatte ich den Verdacht, dass sie als Einzelkind ein wenig Abstand von Octavias ungebärdigem Dreigespann brauchte, das unter Aufsicht seiner Großmutter zu Hause geparkt werden würde.

Also zog ich schließlich das lange jadegrüne Kleid an, das Octavia bei unserem Abstecher nach Hause zusammengerafft hatte. Ich versteckte meine Augenringe unter Schminke und förderte von irgendwoher ein Lächeln zutage, das jeden Moment zusammenzufallen drohte.

Als das Taxi vor *Casa Nostra* – Patris kleiner Mafiascherz – stoppte, starrte ich auf mein altes Zuhause nebenan. Im Wohnzimmer brannte Licht. Ich fragte mich, ob Scott wohl zu Hause war. Er hatte sich geweigert, mir zu sagen, was er vorhatte, denn da er nicht mehr mit mir verheiratet sei, ginge es mich nichts an. Ich konnte einfach keinen so klaren Schnitt machen und mir vorstellen, dass wir in einem Jahr noch immer getrennt sein würden. Oder dass ich nie wieder durch meine Haustür treten würde.

Alicia hakte mich unter. Sie schaute mit Dackelaugen zu unserem Haus hinüber. Scott hatte nie viel Geduld mit ihr gehabt; er fand, dass ich sie verwöhnte, und predigte ihr ständig, sie solle »aufhören rumzuspinnen«. Alicia hatte sich kein einziges Mal nach Scott erkundigt. Ihre einzigen Fragen drehten sich darum, wann wir bei Octavia ausziehen würden. Ich machte ihr keinen Vorwurf, weil sie sich nach einem ruhigen, friedlichen Zuhause zurücksehnte, schaffte es momentan jedoch nicht, mich mit ihren Gefühlen zu beschäftigen, da ich mich selbst kaum auf den Beinen halten konnte. Reden, ja. Aber nicht jetzt.

Octavia gab sich Mühe, uns abzulenken. »Du siehst heute Abend hinreißend aus, Alicia. Deine Mum hatte früher mal genauso einen Minirock. Und ob du es glaubst oder nicht, wir hatten beide einen.« Ihre Anspannung lockerte sich, als Octavia fortfuhr, meine Stulpen-Phase zu schildern. Oder meine Angewohnheit, mir die Haare über Nacht zu winzigen Zöpfen zu flechten, sodass ich am nächsten Morgen aussah, als hätte ich versehentlich den Finger in die Steckdose gesteckt.

Als wir die Vordertreppe erreichten, ließ Jonathan mir den Vortritt. Mir war bereits aufgefallen, dass Männer sich in Frack und Fliege plötzlich wie Kavaliere benahmen, und Jonathan bildete da keine Ausnahme. Eine philippinische Hausangestellte – »Patris Phillies«, wie er sie mit einer lässigen Missachtung der Political Correctness nannte – öffnete die Tür. Cher stakste durch ihre mit Marmor ausgekleidete Vorhalle. Sie sah aus, als sei sie gerade in der Zirkusserie *The Big Top* aufgetreten. Eine Federboa schlängelte sich um ihren Hals, und ihr langes Kleid war fast bis zur Taille geschlitzt. Ihr straffes Gesicht bildete einen Gegensatz zu einem Dekolleté, das sie zu viele Sommer lang, in Babyöl mariniert, an der Costa Smeralda gebraten hatte.

»Frohes neues Jahr, ihr Lieben. Hallo, Alicia. Geh schon mal rauf, Loretta ist mit ein paar Freunden oben. Sie haben die Karaoke-Maschine angeworfen.«

Eigentlich erwartete ich, dass Alicia mich bitten würde, sie zu begleiten, doch sie winkte mir nur rasch zu und durchquerte die Vorhalle. Mit ihren langen Beinen unter dem Minirock erinnerte sie an eine Babygiraffe.

Cher schlug einen dramatischen Flüsterton an. »Ich bin ja so froh, dass du hier bist, Roberta. Diesem Kerl, der dein Ehemann ist, habe ich gesagt, er könne mich mal im Mondschein besuchen. Wir Mädels müssen zusammenhalten, stimmt's, meine Damen?«

Ich hoffte, dass Scott nicht allein dasaß und sich durch seine Single-Malt-Sammlung trank. Vielleicht war er ja mit seinen Kumpels von der Rugbymannschaft unterwegs. Seit wir uns kannten, hatte ich kein einziges Silvester ohne ihn verbracht. Und ich war nicht sicher, ob ich heute eine neue Tradition begründen wollte. Ich zwang mich, nicht an nebenan zu denken.

Goldene Armbänder klimperten, als Cher uns ins Wohnzimmer scheuchte. Inmitten von zusammengebundenen roten und silbernen Luftballons standen bereits zehn andere Paare herum. Einige philippinische Hausmädchen schlängelten sich mit Platten voller Ziegenkäsecrostini und Tabletts mit Kir Royal durch die Menge. Es war ein seltsames Gefühl, ohne Scott hier zu sein. Beinahe hätte ich an der Tür kehrtgemacht. Er war derjenige, der sich stets ins Getümmel stürzte, Hände schüttelte und mich in den Mittelpunkt des Geschehens zog. Octavia zwinkerte mir rasch zu und marschierte voraus. Ich machte mich auf einen Chor nach dem Motto »Wo ist Scott?« gefasst, doch Cher hatte bereits Vorarbeit geleistet. Manchmal konnte eine indiskrete Freundin ein echter Vorteil sein.

Patri, die Sonnenbrille auf dem Scheitel, steuerte schnurstracks auf mich zu. Mit seiner Samtjacke und dem angegrauten, schulterlangen Haar wirkte er wie ein alternder Rockstar. »Hallo, Octavia, Jonathan. Roberta, mein Schatz. Du siehst zum Anbeißen aus, keinen Tag älter als einundzwanzig. Dann gibt es im kommenden Jahr also eine Menge zu feiern, was?« Er umfasste meine Hände.

»Feiern?«

Offen gestanden hätte ich mich am liebsten in das Kaminfeuer gestürzt, das hinter mir knisterte.

»Ja, dass du diesen Kerl losgeworden bist. Ich konnte ihn noch nie leiden. Habe nie verstanden, was ein Klassemädchen wie du an so einem Proleten findest. Mein Opa war Bauer und hat auf dem Feld geschuftet. Mein Dad war Bauarbeiter. Aber wir wurden so erzogen, dass man Frauen gut behandelt. Jetzt wirst du jemanden finden, der dich verdient hat.« Er nahm einen langen Zug an seiner Zigarre und pustete einen Rauchring zur Decke. Dann hielt er eine Kellnerin auf. »Hier, trink einen Schluck Schampus.«

»Er hatte auch seine guten Seiten, Patri. Ich trage genauso viel Schuld wie er.« Ich fragte mich, ob mein Bedürfnis, Scott in Schutz zu nehmen, wohl je nachlassen würde. Wie viele Leute würden noch aus dem Gebüsch gekrochen kommen, um mir zu sagen, sie hätten ihn noch nie leiden können.

»Mach dich nicht selbst klein, Mädchen. Ich wusste, wie dieser Scott drauf war, egal, wie man es auch betrachtet. Er hätte merken müssen, wie viel Glück er mit dir gehabt hatte, bevor es aus war. Wie dem auch sei, Cheers, Liebes. Alles Gute für dich.«

Er prostete mir zu und schlenderte davon, wobei er den Männern auf den Rücken und den Frauen auf den Hintern klopfte.

Ich stieß mit Octavia und Jonathan an und versuchte, die sich immer stärker zusammenballende Trauer zurückzudrängen, die sich in meiner Brust aufbaute. In einer für ihn seltenen Anwandlung von Empathie versuchte Jonathan, für mich in die Bresche zu springen. »Ich weiß, dass Scott auch ganz in Ordnung und ein netter Kerl sein konnte, wenn er in der richtigen Stimmung war.«

Octavia konnte nicht länger an sich halten. »Ja, aber das mit der richtigen Stimmung wurde in letzter Zeit immer seltener.«

Ich verzog die Lippen zu einer Art Lächeln und versuchte, mit dem kleinen Finger die aufsteigenden Tränen wegzuwischen.

Octavia schüttelte den Kopf. »Ich werde keine Gnade mit dir haben, nur um deine Wimperntusche zu retten.« Bevor ich mich aufs Klo flüchten konnte, hatten die Lawsons, die ein paar Türen weiter wohnten, mich erspäht. Michelles einzige beiden Gesprächsthemen bestanden aus der Frage, wo man die besten weiterführenden Schulen fand, und ihrem Stoffwechsel. Der

Vorteil an einem Gespräch über zu ballststoffreiche oder -arme Ernährung war, dass die Redezeit nicht für eine Erörterung des Scheiterns meiner Ehe reichen würde. Bald waren wir in das Küsschen-Küsschen-Fiasko mit zusammenstoßenden Nasen und Wangen verwickelt, das wir Briten nie wirklich beherrschen werden.

»Wie *geht's* dir?«, fragte Michelle, als hätte ich gerade eine schmerzhafte Operation hinter mir, um einen Knoten an einer peinlichen Stelle entfernen zu lassen, und befände mich nun auf dem Weg der Besserung. Nach einer beiläufigen Begrüßung wandte sich Michelles Mann Simon, ein lauter Mensch, der sich für witziger hielt, als er war, Jonathan zu, um sich über die Kürzungen der Regierung im Gesundheitswesen zu ereifern.

Bevor wir uns zu sehr in die Vorzüge von Reismilch vertiefen konnten, schlug Cher auf einen Messinggong und scheuchte uns ins Esszimmer, wo Kristall und Silber auf einem gewaltigen Eichentisch funkelten. Sie kam auf mich zu und zeigte mir meinen Platz. »Roberta, ich habe dich neben Patri gesetzt. Er wird sich um dich kümmern.« Nie wäre mir eingefallen, dass ich nicht neben Octavia sitzen würde. Ich musste den Drang unterdrücken, mich an sie zu klammern und alle aufzufordern, die Plätze zu wechseln.

»Wie schön, danke.« Ich trank noch einen großen Schluck Champagner und winkte Octavia zu, die sich gerade am anderen Ende des Tisches niederließ.

Die Hände auf dem Schoß, starrte ich auf das Muster des eleganten Silberbestecks. Ich wollte nicht aufblicken, nur für den Fall, dass die Leute über mich tuschelten. Nein, ich war nicht einmal sicher, ob ich es schaffen würde, zum Weinglas zu greifen, ohne alles umzuwerfen und Chers teuerstes Waterford-Porzellan zu zerschmettern.

Michelle saß mir gegenüber. Wie immer hatte Patri – der es gern ein wenig förmlich und zeremoniell hatte – Speisekarten drucken lassen. Die Kellnerin reichte Michelle eine davon und wurde prompt zurückgerufen: »Enthält die Pilzsuppe Sahne? Ich kann kein Wild essen. Das ist barbarisch. Hat Cher für Alternativen gesorgt? Kürbis-Risotto? Ich vertrage keinen Reis. Könnten Sie nachfragen, ob sich das auch mit Quinoa zubereiten lässt?« Das arme Mädchen versprach zu schauen, was sich machen ließe, und flüchtete sich in die Küche.

Entsetzen machte sich in mir breit, als Simon neben mir Platz nahm. »Patri sitzt auf der anderen Seite, richtig? Eine Rose zwischen zwei Dornen.« Er warf einen Blick auf Michelle. »Okay, Miche? Am besten bringst du dir nächstes Mal ein Pausenbrot mit. Wir wollen ja nicht, dass du das Falsche isst und uns aus dem Zimmer furzt.«

Simon sah mich und Patri, Beifall heischend, an. Patri schnalzte nur missbilligend mit der Zunge. Michelle zischte eine Antwort, während ich mich darauf konzentrierte, mein Brötchen zu buttern.

Er wandte sich zu mir um und nickte in Richtung des Brotes in meiner Hand. »Wie schön, ein Mädchen mit Appetit essen zu sehen. Aber übertreib es nicht. Schließlich bist du jetzt wieder auf dem Markt. Du willst ja kein Pummelchen werden. Männer mögen ein bisschen Fleisch auf den Knochen, aber nicht zu viel.«

Ich musterte seinen Bauch, der sich wie ein Kissen zwischen seinen Hosenträgern wölbte, klatschte noch mehr Butter auf mein Brötchen und achtete nicht auf ihn, obwohl mir bald klar wurde, dass er wie ein Hund war, der sich unter dem Tisch an deinem Bein reibt, sobald die Besitzer nicht hinschauen.

»Also, steigst du als Single ins neue Jahr ein?«

»Dazu ist es noch zu früh. Ich muss das erstmal verarbeiten.«

»Ist sicher ein wenig einsam.«

Patri rettete mich, mit einem erlösenden *Pling*, als er mit dem Löffel an sein Weinglas klopfte. »Bevor ich zu angesäuselt bin, würden Cher und ich euch gerne zu unserem Silvesterdinner willkommen heißen. Da ich in meiner Jugend zu oft gekellnert habe, lasse ich das inzwischen. In diesem Haus müsst ihr euch selbst versorgen oder eine der Phillies fragen.« Er wies mit seiner Zigarre auf die Reihe von Flaschen auf dem Sideboard. »Der Vorteil ist, dass euch jeder Wunsch erfüllt wird. Wenn ihr nach Hause geht und ›herrje, waren die knauserig‹ sagt, habt ihr euch das selbst zuzuschreiben. *Buon appetito!*«

Patri setzte sich und drückte die Zigarre auf seinem Beilagenteller aus. »Ich habe Glück, Schätzchen, heute Abend neben dir zu sitzen.« Er senkte die Stimme. »Kommst du klar? Wo wohnst du momentan?«

»Zurzeit bei Octavia. Ich habe festgestellt, dass der Weihnachtstag nicht unbedingt ein guter Termin für die Wohnungssuche ist.«

Simon tunkte beinahe sein Kinn in meine Suppe, um das Gespräch belauschen zu können. Er stopfte sich ein großes Stück Brot in den Mund. »Du kannst jederzeit in unserem Gästezimmer übernachten und mich damit bezahlen, dass du mir einen bläst. Ha, ha, ha.«

Als er sich weiter vor Lachen ausschüttete, landeten Bröckchen Olivenciabatta auf meinen nackten Armen. Ich wagte es nicht, seine Frau anzusehen, und grübelte über eine passende Retourkutsche nach, falls es so etwas überhaupt gab.

Aber Patri duldete ein solches Betragen nicht. »Simon. Halt den Mund und hab ein bisschen Respekt.« Er legte den Löffel weg und wandte sich, den Ellbogen auf den Tisch gestützt, zu ihm um.

Das vertraute mulmige Gefühl regte sich, die Panik, dass sich hier ein Streit anbahnte. Also lächelte ich und versperrte Patri die Sicht auf Simon. Aus dem Augenwinkel bemerkte ich, dass Michelle die Lippen schürzte. »Schon gut, das war nur ein Witz, Patri, immer mit der Ruhe.«

Nicht im Mindesten peinlich berührt, tätschelte Simon mir den Arm und leerte sein Glas. »Roberta weiß, wie man sich amüsiert, oder, Schätzchen?«

Patri lehnte sich zwar zurück, doch sein goldener Siegelring klopfte verärgert auf die Tischplatte. Ich warf einen Blick auf Michelle. Sie berührte ihre Lippen mit dem Löffel, bevor sie die Schale wegschob. Es würde ein langer Abend werden. Ich sah den Tisch entlang in Richtung Octavia. Sie hatte den Kopf in den Nacken gelegt und lachte über den Scherz irgendeines neuen Freundes. Selbst Jonathan wirkte ausnahmsweise vergnügt, wobei es ihn immer aufheiterte, den Poully Fumé anderer Leute zu trinken anstatt das übliche Sonderangebot aus dem Supermarkt.

Als das Hauptgericht serviert wurde, bekam meine tapfere Fassade die ersten Risse. Patri hatte sich darin verbissen, Scotts Fehler aufzulisten, und schwenkte den Zeigefinger, um seine Worte zu untermauern.

»Es hat mir nie gefallen, wie er mit meinem Hund umgegangen ist, *porco cane*. Einem Kerl, der dieses miese mexikanische Bier trinkt, kann man einfach nicht trauen. Madonna, der Typ sollte einen Dankestanz aufführen, dass du es so lange mit ihm ausgehalten hast.«

Dieses Thema beschäftigte ihn beim Wildgang und einem Drittel des Knollenselleries – ein Wort, an dem Patri sich die Zunge abbrach. An manchen Stellen traf Patri, was Scotts Defizite anging, den Nagel so genau auf den Kopf – »Der hielt sich für den Größten!« –, dass ich schmunzeln musste. Ich wusste, dass er es nur gut meinte. Doch das allgemeine Bedürfnis, ihn bei jeder Gelegenheit in den Boden zu stampfen, löste in mir das Gefühl aus, dass ich eine absolute Idiotin war, weil ich ihn überhaupt geheiratet hatte. Ich hatte eine Riesenpanik, dass sich mein Auflachen jeden Moment in ein Schluchzen verwandeln könnte. Das Positive war, dass Simon sich ein anderes Opfer gesucht hatte, und seinen gelangweilten Tischnachbarn gegenüber Anekdoten über die Hirschjagd zum Besten gab. Michelle hatte vor lauter Missbilligung inzwischen ihr halbes Gesicht in die Wangen gesaugt. Allerdings konnte ich nicht feststellen, ob das etwas mit Simons Jagdgeschichten zu tun hatte oder damit, dass ihr gesamtes Leben nicht ihren Erwartungen entsprach.

Als ich schon glaubte, ich könnte Patri von mir ablenken, damit er sich um die anderen Gäste kümmerte, wurde der Pekankuchen serviert, und er wechselte das Thema, um seine verschiedenen gesellschaftlichen Verbindungen nach Ersatzehemännern für mich durchzugehen. »Vielleicht Sharky. Ein bisschen zu alt für dich, Anfang fünfzig. Aber ein netter Kerl. Verbringt die Sommer in Antibes. Hat auch eine nette Bude auf den Bahamas.« Hin und wieder rief er Cher über den Tisch hinweg etwas zu. »Hey, Schatz, ist Fred eigentlich schon von Queenie geschieden? Wie würde der sich für Roberta eignen?«

Dann nannte Cher ihn einen alten Idioten und riet mir, nicht auf ihn zu achten. »Die Hälfte von den Typen sind Exknackis, Roberta. Lass dich bloß nicht mit denen ein. Du müsstest das Geld im Garten ausbuddeln, bevor du auch nur zu Waitrose fahren kannst.«

Sie lachte über ihren eigenen Witz, während Octavia mir »Alles okay?« zuflüsterte.

Ich beschloss, mir eine kleine Lächelpause zu gönnen, indem ich mich in Chers Gästetoilette flüchtete. Mit den vergoldeten Spiegeln, Federn und Lichterketten erinnerte sie mich an ein Hotel in Paris. Ich schlug ein wenig Zeit tot, indem ich mich durch ihr Cremesortiment arbeitete. Mit der Lavendelhandcreme fing ich an und hörte damit auf, dass ich Körperlotion Duftnote Schönheitslilie in meine Ellbogen und Waden einmassierte. Wie ein Blumenladen zu riechen konnte nicht schlimmer sein als Patris Zigarrenduft. Ich unterzog die verschiedenen Parfüms und Rasierwasser einer Musterung. Von *Poison*, Chers Lieblingsduft, bekam ich Kopfschmerzen. *Charlie* erinnerte mich an meine Jugendzeit. *Issey Miyake Pour Homme.* Sehr frisch.

Kein *homme*, für den ich es kaufen konnte.

Schließlich griff ich nach einer violetten Rauchglasflasche. *Soul. Hugo Boss.* Scotts Lieblingsduft. Ich sprühte mir ein wenig auf die Handgelenke. Scotts Bild, wie er sich anzog, frisch rasiert und mit offenem Hemd, stand mir plötzlich vor Augen. Ich knallte die Flasche hin. Ich musste aufhören, mich selbst zu bemitleiden, und mich wieder zu den anderen gesellen. Als ich herauskam, wartete Michelle draußen. »Entschuldige. Ich habe nicht bemerkt, dass ich alles blockiere.«

»Wie geht es dir, Roberta?«

»Gut. Es ist nur ein wenig seltsam, allein unterwegs zu sein. Aber Patri und Simon kümmern sich um mich.«

»Ich denke, von nun an müssen wir unsere Männer im Auge behalten, weil du ja single bist. Aber Simon steht sowieso nicht auf versnobte Brünette.«

Ich musterte sie, um festzustellen, ob sie das ernst meinte, doch ihr Blick war stechend und argwöhnisch. Alles an ihr war so spitz und unnachgiebig wie ein gezückter Zahnstocher. Offenbar waren geschmacklose Scherze das, was die Ehe der Lawsons zusammenhielt.

Scott hatte sich Simon und Michelle stets an den Hals geworfen, weil Simon Verbindungen zum Bankenviertel hatte. Mir wurde klar, dass ich nicht mehr an irgendeine Paarsolidarität gebunden war. »Keine Sorge. Dir kann nichts passieren. Ich stehe meinerseits nicht auf fette Ochsenfrösche.«

Ohne ihre Antwort abzuwarten, stöckelte ich durchs Foyer. Auf dem Weg zu meinem Platz machte ich einen Abstecher zu Octavia und raunte ihr zu, dass ich nach dem Kaffee unauffällig verschwinden würde. »Tu das nicht. Du musst das neue Jahr begrüßen. Patri hat für alle Jugendlichen Wunderkerzen besorgt und außerdem Feuerwerk, das sie zünden können. Alicia hat einen Riesenspaß. Wir gehen gleich nach zwölf. Komm setz dich zu uns.«

Ich warf einen Blick auf ihre Begleiter. Alles Paare. Eine Frau erzählte den anderen, wie amüsant ihr Mann sei. Ein Mann löste vorsichtig das Haar seiner Frau von ihrer Halskette. Selbst Jonathan hatte den Arm um Octavias Schulter gelegt. Ich hatte gar nicht zu schätzen gewusst, was für ein Luxus es gewesen war, all die Jahre einen Mann an meiner Seite zu haben.

»Bin gleich zurück. Ich besorge mir nur eine Tasse Kaffee.«

Octavia nickte geistesabwesend und stimmte in einen Scherz ein, in dem es um die männliche Unfähigkeit ging, eine Klorolle zu wechseln. Und wenn ich angekündigt hätte, ich wollte im Garten einen Berggorilla einfangen, es wäre ihr nicht weiter aufgefallen. Erschöpftes Mitgefühl und Rotwein forderten ihren Tribut.

Am anderen Ende des Tisches hielt Patri Vorträge über die Vorzüge von sardischem Käse, und Simon allein hätte ich nicht ertragen. Also schlüpfte ich hinaus auf den Flur und in den Wintergarten. Ich liebte diesen Raum. Cher hatte wirklich ein Händchen für Pflanzen. Sie war die einzige Frau, die ich kannte, die aus einem Kern einen Avocadobaum züchten konnte. Ich bückte mich, um ihre Amaryllis zu bewundern. Rufe, Gelächter und Cher, die – ihre übliche Partyattraktion – *Jolene, Jolene, Jolene* von Dolly Parton von sich gab, wehten aus dem Esszimmer hinüber. Durch die Fenster spähte ich in den Garten hinaus. Mondschein. Der Inbegriff einer romantischen Nacht.

Ich konnte mir nicht vorstellen, jemand anderen zu küssen als Scott.

»Du hast auf mich gewartet, richtig?«

Ich wirbelte herum. Simon.

»Was macht denn ein hinreißendes Mädchen wie du so ganz allein hier?«

»Also … Ich wollte gerade wieder zurück zur Party.« Ich wich in Richtung Tür zurück. Er war wackelig auf den Beinen und wankte.

»Komm, gib mir einen Silvesterkuss.«

Plötzlich machte er einen Satz auf mich zu und schaffte es, dass seine wulstigen Lippen auf meiner nackten Schulter landeten. Er roch nach Wein. Ich schob ihn weg.

»Nein, lass das, Simon. Mach dich nicht lächerlich. Finger weg.«

»Jetzt zierst du dich also? Ihr Mädchen kurz vor vierzig könnt es euch nicht leisten, so wählerisch zu sein.«

Er wollte nach meinen Brüsten greifen. Ich stieß ihn weg, worauf er in ein Regal mit Graslilien torkelte. Als die Pflanzen in den Tod stürzten, ergossen sich Erde und Terrakotta über den Boden. Ich packte die nächtbeste Yucca und hielt sie wie ein Schwert vor meinen Körper. Dabei verfluchte ich mein langes Kleid, das sich ständig in den Absätzen der Stilettos verfing.

»Du weißt ja nicht, was du verpasst, du frigides Miststück. Ich wette, Scott hat sich anderweitig vergnügt, wenn das die Begrüßung war, die ihn zu Hause erwartet hat.«

»Simon, ich gebe dir einen guten Rat. Hau ab. Und sprich nie wieder ein Wort mit mir.« Tapfere Worte, die vermutlich wirksamer gewesen wären, hätte meine Stimme nicht zitternd und gepresst geklungen.

Wieder kam er näher. Schweiß glänzte auf seiner Stirn.

Ich überlegte noch, ob ich ihm die stachelige Yucca ins Gesicht rammen oder sie nach ihm werfen und zur Tür rennen sollte, als plötzlich das Licht im Wintergarten anging, sodass wir blinzelten wie die Maulwürfe. Ehe ich Gelegenheit hatte, etwas zu sagen, kam Patri hereinmarschiert, packte Simon am Kragen und schleifte ihn in die Vorhalle.

»*Porca miseria.* Du Dreckskerl. Raus. Und zwar sofort. Und nimm deine blöde Schnepfe von einer Ehefrau mit.«

Patri riss die Haustür auf und warf ihn hinaus. Simon war so damit beschäftigt, »Nutte« zu brüllen, dass er nicht auf die vereiste Vortreppe achtete. Sein Hintern landete mit einem dumpfen Krach auf einer Stufenkante. Auch wenn besagter Hintern gut gepolstert war, hatte es sicher wehgetan. Unterdessen schrie Patri in die Vorhalle hinein, ohne sich darum zu scheren, ob ihn jemand hörte, und wies die Phillies an, Michelle zu suchen und sie sofort vor die Tür zu setzen. Oder eher »SOFORT!«. Nur wenige Sekunden später drückte Patri Michelle ihren Kaschmirumhang in die Hand und bugsierte sie nach draußen. Für einen Typen Ende sechzig, der noch auf dem Totenbett mit einem Fingerschnippen ein letztes Glas Brandy bestellt hätte, fackelte er nicht lange.

Er knallte die Tür zu. »*Bastardo.* Roberta, was soll ich dazu sagen?« Er breitete die Arme aus. »Du bist Gast in meinem Haus, und so ein Kerl, ein Freund, glaubt, er könnte dich anbaggern?«

Allmählich normalisierte sich mein Herzschlag wieder. Ich sehnte mich nach einem heißen Waschlappen, um mir Arme und Brust abzurubbeln, wo Simon mich mit seinen Wurstfingern angetatscht hatte. Früher hatte ich allem eine komische Seite abgewinnen können und immer gelacht, auch wenn es nicht angebracht gewesen wäre. »Das Durcheinander tut mir leid. Schau dir nur Chers Blumentöpfe an.«

»Die Blumentöpfe? Wen interessieren schon Pflanzen? Verdammter Mistkerl. Der wird nie wieder einen Fuß in dieses Haus setzen. Sag mir, wie ich es wiedergutmachen kann, dass ich solche Idioten als Freunde habe.«

»Du brauchst dich nicht zu entschuldigen. Schließlich bis du nicht für ihn verantwortlich. Ich kann auf mich selbst aufpassen.« Ich presste mir die Finger gegen die Augen. Keine Ahnung, ob das auch stimmte.

»Nein, ich will etwas für dich tun. Was brauchst du?«

Mehr als alles andere brauchte ich ein Zuhause, aber ich wollte nicht, dass er sich in diesem Maße in mein Leben einmischte. Ich kannte Patri. Er würde sich nicht einfach nur nach Immobilien umschauen, sondern die Suche zu seiner Lebensaufgabe machen. Scott hatte mir ständig gepredigt, wir seien jemandem »ein Abendessen schuldig«, oder er »schulde jemandem einen Gefallen«. Ich wollte niemandem mehr etwas schuldig sein. Allerdings ließ Patri sich mit einem Nein nicht abspeisen.

Ich warf durch die Tür einen Blick auf Octavia in der Hoffnung, sie würde mir zu Hilfe eilen. Aber sie war voll in Fahrt und erzählte eine Geschichte, bei der anscheinend viel Händegefuchtel im Spiel war. Niemand hätte darauf getippt, dass sie wegen ihrer finanziellen Lage Todesängste ausstand.

Plötzlich hatte ich eine Idee und drehte mich zu Patri um. »Da gäbe es etwas, das du für mich tun könntest.« Ich berichtete ihm von Jonathans Arbeitslosigkeit. »Er ist sehr fleißig und kann jedes beliebige Computersystem reparieren oder neu installieren.«

Patri nickte. Seine dunklen Augen verengten sich. »Okay.«

»Okay was?«, hätte ich am liebsten nachgehakt. »Okay, du hast etwas für ihn? Okay, du hast mich verstanden?« Am liebsten wäre ich zu Octavia hinübergelaufen, um ihr die gute Nachricht zu überbringen. Aber keine Hoffnungen waren besser als falsche Hoffnungen.

Patri nahm mich an der Hand und begleitete mich zurück ins Esszimmer. »Komm. Gleich ist es Mitternacht. Ich hole jetzt die Kinder wegen des Feuerwerks runter.«

Prima. Das hieß, dass ich bald nach Hause gehen durfte. Octavia hastete auf mich zu. »Was war denn das für ein Tohuwabohu? Ich habe gar nicht bemerkt, dass du da draußen bist.«

»Das erzähle ich dir später. Lass uns das Feuerwerk anschauen. Dann muss ich aber wirklich nach Hause.«

Wir strömten in den Garten hinaus. Patri, Jonathan und die Jugendlichen scharrten sich um das Feuerwerk; alle brannten darauf, das Kommando zu übernehmen. Alicia riss lachend Witze. Ein Junge mit einem zerzausten blonden Haarschopf schien sich besonders für sie zu interessieren. Ich spitzte die Ohren. Keine Kraftausdrücke. Gewählte Redeweise. Er nahm seinen Schal ab und band ihn ihr um den Hals. Ihre Miene erhellte sich. Einsamkeit zog mich an einen dunklen Ort hinab.

Die Aufregung legte sich, als sich das Feuerwerk nicht anzünden ließ. Patri schleuderte seine Streichholzschachtel zu Boden und schickte verschiedene Phillies los, um Fackeln und Feuerzeuge zu holen. Mit wachsender Verärgerung wurde sein Englisch immer mehr von Italienisch abgelöst. Octavia und ich setzten uns in die Nähe des Zauns. Sie wandte das Gesicht zum Himmel. Ihre Sprache klang verwaschen.

»Immer wenn ich Sterne sehe, denke ich an Xavi. Auf Korsika gab es so viele davon. Ich frage mich, ob er in diesem Moment dasselbe sieht wie wir. Wahrscheinlich sogar mehr, weil es da nicht so viel Luftverschmutzung gibt. Falls er überhaupt noch dort ist. Er könnte überall sein.« Ihr Kopf sackte an meine Schulter. Ich konnte es nicht fassen, dass Octavia auch nach knapp zwei Jahrzehnten noch immer Xavi nachtrauerte. Sie hatte ihn seit Ewigkeiten nicht erwähnt. Nach dem, was er angerichtet hatte, hätte sie ihn aus ihrem Gedächtnis löschen sollen.

»Pst. Da kommt Jonathan.«

Aber Octavia ließ sich nicht von ihrem Thema abbringen. »Ich weiß bis heute nicht, was ich falsch gemacht habe. Ich habe ihn geliebt. Warum verschwinden Menschen, obwohl sie einen lieben?« Betrunken deutete sie mit dem Zeigefinger auf mich.

Ich hatte keine Antworten auf Octavias Liebesdramen von vor so vielen Jahren. Meine eigene Katastrophe war noch so frisch und sonderte in der Dunkelheit Schmerz ab. Ich war der letzte Mensch, von dem man Beziehungsratschläge erwarten konnte. Erschaudernd kuschelte ich mich unter ihre Kunstpelzstola. Aus der Holzbank kroch mir die Kälte in die Oberschenkel. Octavia schien nicht mit einer Erklärung zu rechnen.

Von der anderen Seite des Zauns drang ein vertrautes Geräusch an mein Ohr. Ein kehliges, aufgedrehtes Lachen. Keines, das nach gebrochenem Herzen oder einem letzten Rest von Selbstbeherrschung klang.

Scotts Lachen.

Octavia schwankte und sackte auf der Bank zusammen. Ihr fielen die Augen zu. Ich hingegen saß kerzengerade da und spitzte die Ohren, um Stimmen aufzufangen.

Eine hohe. Eine dunkle, verlockende. Der *Rums* des Deckels von unserem Whirlpool im Garten. Plätschern. Fröhliches Gekreische. Lautes Platschen. Gekicher. Stille. Noch mehr Stille.

Es krampfte mir den Magen zusammen. Er wusste, dass ich hier nebenan war. Mir wurde klar, dass ich mir ausgemalt hatte, Scott würde am Boden zerstört sein und Pläne schmieden, um mich zurückzuerobern. Nur dass das nicht sein Stil war. Da war es doch viel einfacher, sich eine andere zu suchen, die er mit seiner Prahlerei beeindrucken konnte, und mich im gleichen

Atemzug zu bestrafen. Nach all den Jahren auf der Achterbahn, den vielen Malen, die ich so gerne geflohen wäre, hoffte ich immer noch auf einen kleinen Funken Liebe, der nur darauf wartete, neu entfacht zu werden. Ich hielt mir Octavias Worte vor Augen. »Welcher Mann steckt die Frau, die er liebt, in eine Polizeizelle?« Sie hatte recht. Er hatte es nicht verdient, dass ich ihn vermisste. Aber ich tat es trotzdem.

Am liebsten hätte ich mit einem Stabhochsprung den Zaun überwunden, um zu sehen, was sich dort drüben tat. Ich wollte, dass alle zu reden aufhörten, damit ich besser lauschen konnte. Mein Verstand lief auf Hochtouren und suchte nach einer harmlosen Erklärung, allerdings ohne Ergebnis. Jubel brandete auf, als sich die erste Feuerwerksrakete in die Lüfte erhob, über dem Sommerhaus verharrte, die Äste der Platane streifte und im Himmel verschwand, ein winziger Funke im Universum.

Ich schlang mir die Arme um den Leib und wünschte mir eine Zeit herbei, in der ich nicht das Gefühl haben würde, dass mein Leben von innen heraus verfaulte.

Octavia

Der Januar verging wie im Fluge. Nachdem Jonathan sämtliche Stellenangebote im Umkreis von fünfzehn Kilometern abgegrast hatte, ermutigte ich ihn, sich für Jobs im Ausland zu bewerben. Je länger ich darüber nachdachte, desto mehr begeisterte mich diese Idee. Die Vorstellung, eine neue Umgebung erkunden zu können, löste in mir den Wunsch aus, zur nächsten Landkarte zu stürmen und eine Liste von Lieblingszielen aufzustellen. Italien. Barcelona. Paris. Wie gerne hätte ich die Kinder in eine fremde Kultur eingeführt und zugesehen, wie sich ihr Horizont erweiterte. Es ängstigte mich, dass Immi Schottland für die Hauptstadt von England hielt, dafür aber wusste, dass die Klamottenmarken Jack Wills und Superdry viel angesagter waren als die Supermarktsachen von Asda. In meiner Zeit mit Xavi hatte ich davon geträumt, dass meine Kinder zweisprachig aufwachsen würden. Vielleicht war das ja noch möglich. Doch trotz meiner Bemühungen, Jonathan Stellen in Tokio, Bangkok und Kuala Lumpur schmackhaft zu machen, war er an seinem Geburtstag Anfang Februar noch immer auf Jobs fixiert, die mit einer halben Stunde Pendeln zu erreichen waren.

Deshalb herrschte an besagtem Geburtstag nicht gerade Jubelstimmung. Obwohl ich natürlich wusste, dass er nun die letzten dreihundertvierundsechzig Tage neununddreißig sein würde, hinderte mich das nicht daran, vom Kindergarten in den Supermarkt zu hetzen und Filetsteaks zu kaufen, und zwar genau an dem Abend, an dem ich sie auch zubereiten wollte. Inzwischen lebten wir von einer Spardiät aus Linsen, Kichererbsen und Truthahnhack, weshalb ich froh über einen Anlass war, einmal im Luxus zu schwelgen. Gerade war ich nach Hause gekommen und marinierte das Fleisch in einer Mischung aus Sherry und Senf, als Roberta auftauchte.

Seit ihrer Trennung kamen Überraschungsbesuche nicht mehr häufig vor. Obwohl sie kurz nach Silvester eine absurd teure Wohnung in einem schicken neuen Wohnkomplex gemietet hatte – »Lieber klein und fein als groß und abgewrackt.« –, war sie immer öfter hier. Kurz dachte ich, sie hätte ein Geschenk für Jonathan mitgebracht. Ich schaute an ihr hinunter. Doch von einer der Hochglanz-Geschenktüten, ohne die Roberta nicht leben konnte, fehlte jede Spur. Sie duckte sich in ihren Trenchcoat und wirkte so abgehärmt und elend, dass ich sie sofort in die Küche brachte und die Kinder mit einer Packung HobNobs und dem Versprechen verscheuchte, dass es gleich Abendessen geben würde.

Kaum hatte die Tür sich geschlossen, teilte sie mir mit gepresster Stimme mit, Scott plane, mit seiner neuen Freundin Shana in ihrem alten Haus zusammenzuziehen. »Ich weiß, ich sollte mich freuen, weil er dann aufhören wird, mich dauernd zu belästigen und mir vorzuwerfen, was für eine miese Mutter ich bin. Aber ich denke ständig daran, dass er sie auf Händen tragen wird. All die Kleinigkeiten, die er so gut beherrscht. Alicia hat mir erzählt, dass ihr ein Dessousladen gehört und Scott dauernd ein Loblied darauf singt, was für eine tolle Geschäftsfrau sie doch ist.«

Ich sah die Tatsache, dass Scott sich nun eine andere bedauernswerte Frau geangelt hatte, als Grund, die Champagnerkorken knallen zu lassen und eine Riesenparty zu schmeißen. Allerdings hörte ich die Ungeduld in meiner Stimme, als ich sagte: »Wann hat er dich denn zuletzt auf Händen getragen? Ich weiß, dass er anfangs dieses ganze Weltreisetamtam und die großen Gesten durchgezogen hat. Doch abgesehen von einem Strauß Osterglocken, hin und wieder geschickt von seiner Sekretärin, ist er dir in letzter Zeit nicht gerade zu Füßen gelegen, oder? Bald wird er mit dieser Shana-Tussi genauso übel umspringen, wenn er seinen Willen nicht kriegt.«

Roberta seufzte. »Vielleicht hätte er ein bisschen mehr Respekt vor mir gehabt, wenn ich darauf bestanden hätte, selbst ein Geschäft zu eröffnen, anstatt ihm bei der Renovierung unserer Häuser zu helfen.« Sie klang angespannt, als habe sich etwas in ihr zu sehr zusammengeschnürt.

»Du hattest deinen eigenen Beruf, Roberta. Durch deinen Einsatz und deine Entwürfe sind die Häuser weggegangen wie warme Semmeln. Wenn du nicht jede Kleinigkeit organisiert und dich mit den dämlichen Baufirmen, Architekten und Landschaftsgärtnern herumgeschlagen hättest, hättet ihr im Leben nicht so viel Gewinn gemacht. Ohne dich hätte er seine Immobilienfirma nie auf die Beine stellen können.«

Roberta war in so vieler Hinsicht eine kluge Frau. Deshalb begriff ich es einfach nicht, warum sie auf dem Auge »Scott« blind war. Also beschäftigte ich mich damit, die Pilze aus dem Kühlschrank zu holen, damit sie meine entnervte Miene nicht sah. »Scott wollte nicht, dass du arbeiten gehst. Wenn ich mich recht entsinne, hat diese Hotelkette dir einen Auftrag angeboten, ihren Laden in der New Road auf Vordermann zu bringen, und er hat es dir praktisch verboten.«

»Dass er es mir verboten hat, glaube ich nicht, oder? Ich denke, er fand das Timing nur ziemlich ungünstig, weil Alicia noch so klein war und es schwierig gewesen wäre, eine gute Kinderbetreuung zu finden.«

Insbesondere dann, wenn ein Ehemann seinen Beitrag in der Rolle des Samenspenders erledigt sah.

»Ich habe es anders in Erinnerung. Wie dem auch sei, du kannst nicht leugnen, dass Scott ein Tyrann ist und dass du ohne ihn besser dran bist.« Mit zusammengebissenen Zähnen wartete ich ab. Roberta hatte sich stets jegliche Kritik an ihm verbeten, auch wenn er sich aufgeführt hatte wie die Axt im Walde.

Sie ließ ihren Kaffee in der Tasse kreisen. »Genau das ist es ja. Ich glaube nicht, dass ich besser dran bin. Wir haben in letzter Zeit viel darüber gesprochen, hauptsächlich um zu klären, wie es jetzt mit Alicia weitergeht, aber auch über uns. Es ist fast, als würde ich mit dem alten Scotty von damals reden, bevor er so aggressiv geworden ist. Ich frage mich, ob er die Fehlgeburten je verkraftet hat.«

»Niemand wollte diese kleinen Jungen mehr als du, und du bist darüber nicht verbittert geworden oder hast gar durchgedreht.« Inzwischen war meine Einstellung zu Scott so zynisch, dass ich kein Mitgefühl mehr für ihn aufbringen konnte.

»Ich weiß.« Eine Pause. Sie wandte den Blick ab. »Er sagt, wenn ich zurückkomme, macht er mit dieser anderen Frau Schluss.«

Von der Anstrengung, sie nicht davor zu warnen, zurückzukehren und sich ihre Chakras oder ihre Aura oder was auch immer in einer ihrer bescheuerten Eso-Therapien zurechtrücken zu lassen, damit sie endlich Vernunft annahm, platzte mir fast der Schädel. »Oho, was für ein romantischer Zug. Vielleicht schickt er die andere Sheila in die Wüste, falls du bereit bist, zu vergeben und zu vergessen. Nicht ›Ich werde dich immer lieben, mit gebrochenem Herzen dasitzen und mit Rasierklingen experimentieren, bis du mir eine zweite Chance gibst‹. Der Typ sollte vor dir den Boden ablecken und dich um Gnade anwinseln.«

»Die meiste Zeit waren wir glücklich. Ich weiß, er konnte schwierig sein, aber hat uns gut versorgt. Jetzt hat er zwar eine Freundin, aber fremdgegangen ist er früher nie.«

Ich kippte einen Schluck Balsamicoessig in die Marinade und versuchte, möglichst leise aufzuseufzen. »Ich halte es für natürlich, sich an die guten Zeiten zu erinnern und die schlechten zu vergessen. Aber kannst du deine rosarote Brille mal kurz polieren? Die Hälfte der Zeit durftest du nicht einmal mit deinen Freundinnen telefonieren, um ihm auch ja nicht das kleinste bisschen Aufmerksamkeit zu entziehen. Und dann wäre da noch die Kleinigkeit mit deinem Ausflug im Bullenwagen. Hinzu kommt, dass er dir den Zugang zu sämtlichem Geld gesperrt hat, sobald du ihn verlassen hast – Geld, das er nur mit deiner Hilfe verdienen konnte, ganz davon abgesehen, dass du auch noch seine Tochter durchfüttern musst.«

Roberta stützte den Kopf in die Hand. »Ich weiß. Dieses Gespräch habe ich mit ihm auch geführt. Er hat zugegeben, dass er sich falsch verhalten hat und dass er nicht richtig nachgedacht hat, als ich ihn verlassen habe. Inzwischen hat er Unterhaltszahlungen für mich festgesetzt, bis wir die Sache offiziell geregelt haben. Das heißt, wenn ich nicht zu ihm zurückkehre.« Ihre Stimme klang dünn und versank in ihrer Brust.

Ganz im Gegensatz dazu, befürchtete ich, meine eigene Stimme könne so laut aus meiner Brust hervorbrechen, dass die Nachbarn es hörten. »Warum solltest du das wollen?«

»Ich konnte mir ein Leben als alleinerziehende Mutter nie vorstellen. Ich habe das Gefühl, ich hätte alle enttäuscht, weil ich damals, als ich Scott heiratete, darauf bestanden habe, dass ich wusste, was ich tat. Ich möchte nicht, dass Alicia ohne Vater aufwächst. Außerdem hoffe ich, dass sie Scott näherkommt, wenn sie erst einmal älter ist. Und das wird nicht passieren, falls er mit dieser anderen Frau ein Baby kriegt.«

»Aber du willst doch auch nicht, dass Alicia in ihrer Jugend lernt, dass es okay ist, sich von einem Typen anbrüllen oder aussperren zu lassen, wenn er gerade Lust darauf hat. Sollte Alicia jemals eine Beziehung mit jemandem anfangen, der sie so behandelt wie Scott dich, dann würdest du auch glauben, dass du als Mutter versagt hast. Außerdem wächst sie nicht ohne Vater auf. Er kann sie sehen, wann er will, oder nicht?«

Roberta sackte immer mehr in sich zusammen und verschwand buchstäblich im Kragen ihres Mantels. Kaum zu fassen, dass das dieselbe Frau war, die in der Schule den Debattierclub geleitet hatte. Die unseren Parlamentsabgeordneten angeschrieben hatte, um gegen die Kürzungen von Geldern für den Kunstunterricht zu protestieren. Deren Leserbriefe an die *Times* legendär waren. Scott hatte sie im Laufe der Jahre so zermürbt, dass sie ihre eigene Meinung nicht wiedererkannt hätte, und hätte sie sie in den Hintern gebissen. Aber vielleicht verhielt ich mich ja wie Scott, wenn ich sie so lange weichklopfte, bis sie mir zustimmte, ganz gleich, ob sie meine Meinung nun teilte oder nicht.

Gerade überlegte ich, wie ich zurückrudern sollte, damit sie nicht glaubte, die ganze Welt habe sich gegen sie verschworen, als Jonathan hereinkam. Er wirkte erstaunt, Roberta zu sehen, obwohl er gleich auf der anderen Seite der Durchreiche gesessen hatte. Wie immer malte sich bei ihrem Anblick ein ängstlicher Ausdruck auf seinem Gesicht, so als befürchte er, sie würde wieder spontan zehn Tage bei uns einziehen wollen.

»Hi. Wie geht es dir? Läuft es inzwischen ein bisschen besser?«

Roberta zuckte die Achseln. »Alles in Ordnung, danke.«

Jonathan warf mir einen raschen Blick zu. »Klappt es mit der Wohnung?«

Als Roberta nickte, entspannten sich seine Schultern.

Mehr war nicht nötig, um Jonathan zu überzeugen, dass er nicht weiter zu ermitteln brauchte. »Ist es nicht bald Abendessenszeit? Ich freue mich schon auf mein Geburtstagssteak.«

Roberta schnappte nach Luft. »O Gott, du hast Geburtstag? Entschuldige. Dann gehe ich wohl besser.«

»Schon gut. Ich kann mir auch ein Sandwich machen, wenn du noch ein bisschen länger bleiben möchtest.«

Ich war hin- und hergerissen. Einerseits wollte ich Roberta nicht vor die Tür setzen. Andererseits fand ich, das Jonathan es verdient hatte, ausnahmsweise ganz oben auf der Liste zu stehen. Schließlich schaffte er es nur etwa einmal im Jahr, sich über die Kinder, ja, sogar den Hund hinwegzusetzen.

Roberta verstand den Wink, als Jonathan einen Kilobehälter Billigmargarine aus dem Kühlschrank holte, sich ein gewaltiges Sandwich belegte und eine ganze Packung Schinken verschlang. Ich musste meine gesamte Geburtstagsstimmung aufbringen, um nicht zu nörgeln anzufangen. Wenn er angesichts meines Steaks verkündete, er habe keinen Hunger mehr, würde es anstelle von Geburtstagssex einen Geburtstagszoff geben.

Ich brachte Roberta zur Tür, und wir redeten noch eine Weile draußen weiter. Jonathan hatte noch nie verstanden, dass wir einander so häufig sehen konnten, ohne dass uns je die Gesprächsthemen ausgingen. Ich umarmte sie fest. Ihre Schulterblätter waren so spitz, dass sie mir damit die Adern hätte aufschlitzen können.

»Vielleicht solltest du dir eine Ablenkung suchen«, schlug ich vor.

»Zum Beispiel?«

Manchmal stand die Frau wirklich auf der Leitung. Ich lachte auf. »Was hältst du von einem neuen Mann?«

»O mein Gott, das könnte ich nicht ertragen. Außerdem: Wie soll ich jemanden kennenlernen?«

»Übers Internet. Wenigstens kannst du dir dort ein Bild vom Aussehen des Typen machen, damit du nicht bei einem Warzenschwein landest.«

Roberta verzog das Gesicht. »Etwas Schlimmeres kann ich mir nicht vorstellen. Nicht auszudenken, wenn ich tatsächlich mit einem Fremden Sex haben müsste. Das ganze Rumgefummel, bis man sich in der eigenen Unterwäsche verheddert.«

»Sei nicht albern. Die Männer, die du kennenlernen wirst, haben die Sache mit dem BH inzwischen raus. Ich hätte mehr Sorge, ob sie noch einen hochkriegen. Wir könnten uns ja mal eine Webseite anschauen. Was ist mit der, für die sie ständig Werbung im Radio machen? Klick & Go? Du bist ja nicht verpflichtet, dich mit einem von denen zu treffen. Wir könnten einfach mal reinschauen und gucken, was da so geboten wird. Komm schon, es wird sicher lustig.«

»O ja, für dich wäre es bestimmt zum Totlachen.« Allerdings schien sie nicht vollständig abgeneigt.

In Anbetracht der Tatsache, dass sie in Sachen Scott wieder schwankte, war keine Zeit zu verlieren. »Gut. Dann komme ich morgen Abend vorbei, und wir fangen dein neues Leben an. Wir können dich ja unter falschem Namen anmelden.«

»Du kannst gerne vorbeikommen. Aber verkuppeln lasse ich mich von dir nicht.«

»Das werden wir noch sehen.«

Als sie zum Auto ging, war ihr Schritt ein wenig leichter geworden.

Roberta

Wenn Octavia sich erst einmal etwas in den Kopf gesetzt hatte, war sie nicht mehr aufzuhalten. Bevor sie am folgenden Abend bei mir auftauchte, war ich fest entschlossen, mich nicht von ihr zur Männersuche im Internet überreden zu lassen. Doch sie kam mit einer Flasche Schampus hereinspaziert, um »meinen Neuanfang zu feiern«.

Ehe ich mich versah, saßen wir an meiner winzigen Frühstückstheke und studierten die Fotos auf der Webseite von Klick & Go. Octavia fand eher die hageren Typen anziehend, während es für mich völlig ausgeschlossen war, mit jemandem auszugehen, der dieselbe Jeansgröße trug wie ich. Mir waren Männer lieber, die aussahen, als könnten sie es mit einem Bären aufnehmen und den Kampf nötigenfalls auch gewinnen. Sie stand auf dunkle, grüblerisch wirkende Männer, obwohl sie bei Jonathan gelandet war, der rötliches Haar hatte. Ich tendierte eher zu solchen mit skandinavischer Optik.

Octavia zeigte auf einen Mann, der das Sinnbild von Durchschnittlichkeit war. »Der sieht doch nett aus. Freundliche Augen. Ziemlich schickes Hemd.«

»Schick? Der sieht aus, als würde er seine Klamotten bei Topman kaufen. Ich wette, er hat eine Anglerzeitschrift abonniert. Wie findest du den da? Der ist ziemlich attraktiv.«

»Nein. Zu sehr der Typ Serienmörder. Guck mal, wie blass er ist.«

»So nötig habe ich es nun auch wieder nicht. Eine Stirn wie eine Eislaufbahn. Zu dünn.« Während wir einen großen Prozentsatz der männlichen Bevölkerung einzig und allein aufgrund ihres Haaransatzes aussonderten, wagte ich kaum, daran zu denken, was sie über mich sagen würden, sollte ich mein Foto in die brutale Welt des Internetdatings einstellen.

Ich fuhr mit dem Finger die Seite hinunter. »Ich wette, der heißt Quentin.«

»Cuthbert.« Octavia prustete in ihren Champagner.

»Cuthbert« war der Name, den wir jedem Jungen verpasst hatten, mit dem wir in der Schuldisco nicht tanzen wollten. »Nick« stand für die Typen, die uns gefielen. Kurz fühlte ich mich, als sei ich wieder fünfzehn und beurteilte einen Mann nach seiner Frisur und seinem Hemd. Wenn ich schon beim ersten Mal mit einer optimistischen und offenen Lebenseinstellung so grandios gescheitert war, wie hoch waren da wohl meine Chancen, belastet mit Verbitterung, einer halbwüchsigen Tochter und einem von einem Ehering eingeschnürten Herzen? Allerdings schien Scott den Neuanfang geschafft zu haben, weshalb es mir auch gelingen musste. Vielleicht würde es mir sogar guttun, jemand Neuen kennenzulernen. Einen Menschen, bei dem ich die sein konnte, die ich jetzt war. Nicht so wie damals mit zwanzig.

Octavia wählte einen Typen aus, der irgendwie slawisch aussah. Hohe Wangenknochen und leicht vorstehende Augen.

»Sieht ein bisschen amphibisch aus. Aber die Jacke ist gut. Und er hat schöne Hände. Okay, nehmen wir ihn in die engere Wahl. Er könnte mein Nick im fortgeschrittenen Alter sein«, meinte ich.

»Okay. Jetzt suchen wir uns noch einen aus, und dann erstellen wir dein Profil.« Octvia schenkte wieder nach. »Was ist mit dem? Der wirkt irgendwie mediterran. Und er hat tolle Haare. Erinnert mich ein bisschen an Xavi.«

»Jeder erinnert dich an Xavi. Wird langsam Zeit, dass du dir diese alte Liebe aus dem Kopf schlägst. Schließlich soll niemand Octavia Shelton vorwerfen, dass sie wankelmütig ist. Was mag wohl aus ihm geworden sein? Vielleicht ist er nach der ganzen Rumreiserei nach Cocciu zurückgekehrt, hat ein Mädchen aus dem Dorf geheiratet und ist jetzt ein dicklicher alter Mann, der am Wochenende mit dem Boot zum Angeln fährt.«

»Das bezweifle ich. Ich kann mir nicht vorstellen, dass er es für den Rest seines Lebens auf einer winzigen Insel aushält.« Octavia mochte tough sein, doch wenn sie über Xavi sprach, kam noch immer ihre weiche Seite zum Vorschein.

»Hast du dir je überlegt, Kontakt zu ihm aufzunehmen? Du hast ihn doch sicher gegoogelt, oder?«

Sie zögerte kurz. »Nein. Das käme mir wie ein Betrug vor und außerdem ein bisschen unseriös. Selbst wenn ich ihn finden würde … Ich führe jetzt ein anderes Leben. Vermutlich bin ich für ihn inzwischen eine Fickbekanntschaft, an die er sich kaum noch erinnert.«

»So ein Blödsinn. Du hast ihm das Herz gebrochen. Er hat dich total vergöttert. Wenn dein Dad nicht gestorben wär, hättest du wahrscheinlich mit ihm die Welt bereist.«

Octavia rang die Hände. »Kannst du dir vorstellen, was Mum gemacht hätte, wenn ich die Uni geschmissen hätte, um mit Xavi nach Neuseeland abzuhauen? Obwohl ich dort bestimmt mehr gelernt hätte als in dem dämlichen Französischstudium, mit dem ich nur meine Zeit vergeudet habe. Nicht unbedingt notwendig, wenn man einen Kindergarten leitet und Zweijährigen *Humpty Dumpty* beibringt. Aber egal, willst du den Typen jetzt in deine Liste aufnehmen oder nicht?« Sie leerte ihr Glas.

»Nur zu, zu Ehren deiner alten Flamme – oder sollte ich lieber Lagerfeuer sagen –, die du nie ganz gelöscht hast, kommt der Xavi-Doppelgänger auch auf die Liste.« Brav schrieb ich seinen Namen auf.

»Es hätte nie geklappt. Er war viel zu wild für mich.«

»Lügnerin. An Silvester bist du seinetwegen richtig sentimental geworden. Außerdem warst du damals selbst ziemlich wild.« Ich holte zwei Flaschen aus dem Miniweinregal und hielt sie Octavia hin. Sie entschied sich für den Rioja.

»Vielleicht war ich das mal, aber irgendwann muss man erwachsen werden. Man kann nicht ziellos durch die Weltgeschichte gondeln. Wie hätte ich da die Kinder mitschleppen sollen? Xavi war nur eine leidenschaftliche Affäre, bevor ich den Richtigen gefunden habe.« Octavia seufzte auf. »Komm, jetzt melden wir dich an. Ich nehme Cuthbert als dein Passwort.«

Ich erkannte Octavias Abwehrstrategie. Absurderweise nahm sie Jonathan stets in Schutz. Immer wenn ich sie darauf hinwies, dass er nicht sehr prickelnd zu sein schien, wurde sie schnippisch und meinte, er arbeite so hart, um drei Kinder zu ernähren. Als ob man *ein* Kind mit links hinkriegen würde. Ich war neugierig, ob Jonathan sich nun zu einem engagierten Zuschauer bei Fußball-, Rugby- oder Netzballspielen entwickeln würde, da er ja jetzt nicht mehr seinen Job als Ausrede hatte. Außerdem begriff ich nicht, wie sie seine Pedanterie aushielt. Er fuhr sogar mit dem Finger über die Treppengeländer, um sie auf Staub zu kontrollieren.

Dass sie ihn als den »Richtigen« bezeichnete, weckte meine hinterhältige Ader.

»Ich wette, Xavi ist auf Facebook. Du könntest mal kurz reinschauen, ohne dass er es merkt.«

»Ja, könnte ich, mache ich aber nicht. Ich bin sehr glücklich mit meinem Leben, danke. Jetzt füllen wir mal dein Profilformular aus.« Octavia brach sofort in Gelächter aus. »Oje, das ist eine echte intellektuelle Herausforderung. Klicken Sie die

Kästchen an, die auf Sie zutreffen. ›Ich führe gerne intellektuelle Gespräche.‹ Dickes, fettes Kreuz. ›Ich liebe Luxus.‹ Großer Doppelklick. ›Ich lasse mich leicht entmutigen.‹ Ich denke, da muss auch ein Kreuzchen hin.«

»Ich lasse mich überhaupt nicht leicht entmutigen.«

»Im Moment schon. Bei der Silvesterparty hast du mir jedes Mal, wenn wir miteinander gesprochen haben, gesagt, dass du nie wieder jemanden kennenlernen würdest.«

»Entschuldige bitte, dass ich ein wenig niedergeschlagen war. Ich hatte mich erst vor sechs Tagen von Scott getrennt.« Gewiss hätte Octavia eine Polonaise angeführt und alle zu Jubelrufen ermuntert.

Einen halben Fragebogen später, der meine Makel schonungslos im Internet präsentierte, brauchte ich eine Pause. »Komm, lass uns schauen, ob wir Xavi finden.«

»Eigentlich suchen wir einen Mann für *dich*«, protestierte Octavia nicht sehr überzeugend.

Ich schob sie beiseite, loggte mich über Alicias Konto bei Facebook ein und tippte Xavier Santoni ein. Kein Ergebnis.

»Wahrscheinlich lebt er in den korsischen Bergen und hütet Schafe«, meinte ich und schickte mich an, wieder mein gefürchtetes Dating-Profil anzuklicken.

Octavia legte mir die Hand auf den Arm. »Gib einfach mal Santoni ein – vielleicht stößt du so auf einen Verwandten von ihm.«

Ich versetzte ihr einen Rippenstoß. »Ich dachte, das interessiert dich nicht.«

»Daran bist ganz allein du schuld. Du hast den Geist aus der Flasche gelassen. Jahrelang habe ich mir ›Finger weg von Google‹ gesagt.«

Sechsundvierzig Ergebnisse für Santoni. Ich scrollte runter. Sie zeigte auf den Bildschirm.

»Klick den mal an. Ich glaube, das ist sein Cousin Magali.«

Ich ging in Magalis Bildergalerie. Wir betrachteten die Fotos, um festzustellen, ob sie in Cocciu entstanden waren oder nicht.

Octavia starrte auf den Bildschirm. »Das könnte Xavis Mutter sein. Oder vielleicht seine Tante. Oh, sieh mal, ich wette, das ist Magalis Tochter. Sie sieht genauso aus wie sie. Ich glaube, das ist der Garten seiner Eltern – bestimmt, das ist die Aussicht den Hügel hinunter, wo wir die Wildschweine mit ihren Frischlingen beobachtet haben, als du mich besucht hast.« Die glücklichen Erinnerungen malten ein Leuchten auf ihr Gesicht, wie ich es in letzter Zeit nur noch selten sah.

Sie bestand darauf, jeden Santoni anzuklicken, der auf Korsika lebte, hielt Ausschau nach ihren Freunden, musterte die Menschengruppen auf Partyfotos und untersuchte jedes Kindergesicht auf Ähnlichkeiten mit Xavi. Ich hatte das Gefühl, aus einer scherzhaften Laune heraus eine Katastrophe angezettelt zu haben.

Nach einer Weile seufzte Octavia auf. »Er ist nicht dabei. Wahrscheinlich wohnt er in einer Jurte in Ulan-Bator. Also wenden wir uns jetzt wieder unserer eigentlichen Aufgabe zu.« Sie zückte ihr Mobiltelefon, um ein Foto von mir zu machen. Ihre spielerische Stimmung war verflogen. Ich wusste, dass ich einen wunden Punkt getroffen hatte.

Xavi hatte ihr mehr bedeutet, als Jonathan es je tun würde.

Xavi hatte vor Energie gestrotzt und sich mit vollem Elan ins Leben gestürzt. Er hatte perfekt zu Octavia gepasst, die vor Ideen nur so gesprudelt hatte, zu ihrer grenzenlosen Begeisterungsfähigkeit. Rückblickend betrachtet war es eine Ewigkeit her, dass sie angeregt hatte, wir müssten uns am 1. Mai das Gesicht mit Tau waschen, um uns die ewige Jugend zu bewahren. Oder Tarotkarten legen. Ganz allmählich hatte ihre Ausgeflipptheit der Alltäglichkeit Platz gemacht. Vielleicht war es ja das Alter. Oder drei Kinder und ein anstrengender Job. Oder Jonathan. Ich hoffte, ich würde mich nicht in eine dieser verbitterten Frauen verwandeln, die an jeder Ehe etwas zu kritisieren hatte, nur weil ihre eigene ein Scherbenhaufen war. Ich grimassierte in die Kamera.

»Hör auf damit, sonst kriegst du bloß Zuschriften von Axtmördern mit stechendem Blick.« Octavia zoomte viel näher heran, als mir lieb war.

»Ich date sowieso keinen.«

»Natürlich wirst du das. Sobald sie dir sagen, wie hinreißend du bist, dass du aussiehst wie die junge Audrey Hepburn und dass sie ein Ferienhaus in Andalusien und eine Jacht in Antibes haben – ach, und übrigens ist für heute ein Abendessen im Savoy geplant –, wirst du dich danach verzehren, mit ihnen auszugehen. Außerdem suchst du ja keinen Ehemann, sondern nur eine Begleitung für einen Kinobesuch.«

»Dafür habe ich doch dich.« Ich nickte, als Octavia mir ein Foto zeigte, auf dem mein Teint nicht an ein Stück gammeligen Blauschimmelkäse erinnerte.

»Wenn du mit mir ins Odeon gehst, um dir eine romantische Komödie anzuschauen, wirst du keinen Typen treffen, richtig?«

»Dich scheint die ganze Sache mehr zu begeistern als mich.«

»Wenn ich in deiner Situation wäre, würde ich richtig einen draufmachen. Mich in Schale werfen. Mich um den Verstand vögeln. Vielleicht heiratest du ja in ein paar Jahren wieder und hängst ein halbes Jahrhundert lang mit demselben Typen fest.«

Etwas an Octavias Tonfall sorgte dafür, dass ich mich umdrehte und sie ansah.

Neid.

Octavia

Den Ehemaligen-Newsletter der Middleton School für Mädchen, der kurz vor Weihnachten eingetroffen war, hatte ich ignoriert. Ich hatte die allgemeinen niedrigen Erwartungen in mich enttäuscht, indem ich einen guten Abschluss geschafft hatte, und dachte noch immer ungern an meine Zeit an dieser Schule zurück. Als wichtigste Lektion hatte ich dort gelernt, dass ich in Sachen Anpassung eine Null war. Ohne meine symbiotische Beziehung mit Roberta – den Humor, ihr Bedürfnis nach Rebellion, die uns verbanden, und mein Bedürfnis nach jemandem, der sich im System auskannte, sodass ich es zu meinem Vorteil nutzen konnte –, wäre ich vermutlich ausgestiegen und auf die Berufsschule gegangen.

Also war meine Begeisterung nicht sonderlich groß, als sie mich anrief und vorschlug, wir sollten doch zum Klassentreffen gehen. »Wen willst du denn wiedersehen? Die alte Schnepfe Birdwistle wegen einer kurzen Lateinprüfung? Penelope Watson, damit sie mit Daddys neuem Bentley und Mummys neuem Pferd angibt? Ich kann es mir sowieso nicht leisten.«

»Ich möchte niemanden im Besonderen sehen, sondern habe nur angerufen, um dir zu sagen, dass noch ein paar Restkarten übrig sind. Vielleicht kann ich so meinen Bekanntenkreis erweitern, weil die meisten meiner anderen Freunde ja eigentlich Scotts Freunde sind. Ich finde es ziemlich öde, jeden Abend allein zu Hause zu sitzen. Komm schon. Ich zahle auch. Bitte, bitte.«

»Das kann ich nicht annehmen. Du gibst doch schon ein Vermögen für den Schuhkarton aus, in dem du wohnst.« Ich begriff noch immer nicht, warum sie sich eine Wohnung mit Pförtner und Wasserspielen ausgesucht hatte anstatt eine mit nützlicheren Eigenschaften wie zum Beispiel mehreren Zimmern und einem Garten.

»Scott hat im Moment eine großzügige Phase. Er hat sich einverstanden erklärt, die Miete zu übernehmen, bis wir alles geregelt haben. Wahrscheinlich will er mich bei Laune halten, damit ich nicht die Hälfte des Betriebsvermögens einfordere.«

»Und du lässt dich über den Tisch ziehen?«

Roberta seufzte ungeduldig auf.

»Ich will bloß eine ordentliche Abfindung, damit ich mein Leben weiterführen kann. Ich werde nicht Tausende von Pfund in Anwaltsgebühren stecken, nur um zu beweisen, wie viel Geld Scott hat. Ganz sicher ist der Löwenanteil inzwischen bei irgendeiner obskuren Bank am anderen Ende der Welt gebunkert. Wie dem auch sei, kommst du mit?«

»Herrje, wie habe ich diese Schule gehasst. Du warst das einzig Gute, was ich dort erlebt habe.« Trotzdem war ich von Robertas positivem Denken beeindruckt. Und ein wenig beschämt, weil ich mehr Lust hatte hinzugehen, wenn ich nicht meine eigenen fünfunddreißig Pfund verschwendete. Denn Jonathan ließ sich keine Gelegenheit entgehen, mir unter die Nase zu reiben, dass wir unser Geld nicht zum Fenster hinauswerfen dürften.

»Du hättest niemals einen ökologischen Kindergarten eröffnet, wenn die Starrheit an dieser Schule keine lebenslangen Narben bei dir hinterlassen hätte. Das ist jetzt deine Gelegenheit, denen zu zeigen, was du geschafft hast.« Zum Teufel mit der Innenarchitektur – Roberta hätte Karriere als Verhandlungsführerin bei Geiselnahmen machen können.

»Stimmt. Obwohl es ein wenig verdreht ist, sich auf diese Weise für jahrelanges Nachsitzen und Vorträge zum Thema Verantwortung zu bedanken«, erwiderte ich.

»Die Schule ist über zwanzig Jahre her.«

Ich zögerte, wohl wissend, dass ich nachgeben würde. Alles nur, damit Roberta nicht zu Scott zurückkehrte. »Also gut. Obwohl ich es bereuen werde.«

Nachdem ich mich einverstanden erklärt hatte, schob ich sämtliche Zweifel und Überlegungen beseite. Der Gedanke an diese Leute – Lehrer und Schülerinnen – erinnerte mich daran, wie erstickt ich mich in meiner Jugend gefühlt hatte. Roberta hatte meine Familie verglichen mit den strengen Regeln ihres Vaters als liberal empfunden – am Tisch sitzen bleiben zu müssen, bis jeder zu Ende gefrühstückt hatte, und bloß nicht im Nachthemd nach unten zu kommen. Es hatte ihr Spaß gemacht, sich von meiner Mum das Schneidern beibringen zu lassen oder den ganzen Tag, die Beine über der Sofalehne baumelnd, im Morgenmantel fernzusehen.

Nur dass meine Eltern nicht liberal, sondern einfach nur gute alte Arbeiterschicht gewesen waren. Mit großen Plänen für mich, weshalb sie ihre einzige Tochter zu einem Stipendium an einer Schule für die Reichen und Privilegierten gedrängt hatten. Ich war nicht sicher, ob sie ihr Experiment als durchschlagenden Erfolg werten konnten.

Am Abend des Klassentreffens holte Roberta mich ab. Sie war von Kopf bis Fuß aufgetakelt, mit aufgebauschtem dunklem Haar, einer weißen Palazzo-Hose, Spitzenbluse und hohen Hacken, in denen ich ausgesehen hätte, als käme ich gerade von meiner Schicht als Pole-Dancerin. Eigentlich hätte ich gern mehr Zeit damit verbracht, mich zurechtzumachen, doch Jonathan schmollte, weil ich ohne ihn ausging. Er brummelte, wir hätten nicht das Geld, um es für »Schnickschnack« auszugeben, und beharrte auf seiner schlechten Laune, selbst als ich ihm erklärte, dass Roberta alles bezahlen würde.

Er hatte beschlossen, den Abend am besten damit zu verbringen, unsere Renten auszurechnen. Nachdem ich die nötigen Unterlagen aus meiner »Einfach in die Schachtel schmeißen«-Ablage zutage gefördert hatte, blieben mir nur noch fünfzehn Minuten, um mich aufzuhübschen – behindert dadurch, dass der Spitzer für den Augenbrauenstift und mein einziges ordentliches Oberteil plötzlich verschwunden waren. Also begnügte ich mich mit der schwarzen Hose, die ich zur Arbeit trug, verbrachte kostbare fünf Minuten damit, mein Haar zu bändigen, damit es nicht in alle Richtungen abstand, und warf die eingetrocknete Wimperntusche in meine Handtasche, um mich im Auto zu schminken.

»Ich bin ein bisschen nervös«, sagte Roberta. »Ich dachte, es sei okay, über Scott zu reden, aber jetzt bin ich nicht mehr sicher.«

»So ein Blödsinn. Wenn sie dich sehen, werden sie denken, dass er ein Idiot war, dich gehen zu lassen. Wir werden uns bestimmt toll amüsieren.« Was ein Witz war, weil meine Angst mit jeder Kreuzung wuchs, mit der wir uns unserer von Grün umgebenen Schule in Sussex näherten.

Eigentlich wirkte Roberta eher aufgeregt als nervös. Als wir durch das Tor rollten, fing sie an, aus dem Fenster zu deuten. »Guck mal, da ist Veronica. Und Cinzia. O mein Gott, Elfrida sieht hinreißend aus. Sie ist wirklich elegant. Kann mich nicht dran erinnern, dass sie in der Schule auch so gewesen wäre.«

Ich versuchte, Interesse aufzubringen. Doch ich fühlte mich genauso wie damals. Das pummelige Mädchen aus ärmlichen Verhältnissen, das sich die Haare kreischbunt färben musste, um wahrgenommen zu werden.

»Wie lange müssen wir bleiben?«

Roberta zog schwungvoll die Handbremse an. »Was sagst du immer zu deinen Kleinen im Kindergarten? Ob man Spaß hat oder nicht, hängt von der inneren Einstellung ab?«

Ich verdrehte die Augen, öffnete die Beifahrertür und streckte einen Fuß aus dem Auto. »Also komm. Erstellen wir eine Statistik, wie viele von ihnen einen Eton-Absolventen geheiratet und einen Sohn namens Sebastian und eine Tochter namens Lucinda haben. Und wie viele dieser Frauen ihre Bildung zu mehr genutzt haben, als ihre neue Poggenpohl-Küche auszumessen.«

Roberta betrachtete mich, als hätte ich eine Schraube locker. »Auf ins Getümmel, meine Liebe.«

Wir befanden uns noch keine fünf Minuten auf dem Schulgelände, als sie schon klang, als würde sie gleich zu einem Lacrosse-Turnier antreten. Über den Vorplatz steuerten wir auf die Aula zu. Sobald wir drinnen waren, musterte ich die Parade aus Maxikleidern, hohen Hacken und rüschigen Stoffstückchen, Mitteldinger zwischen Stola und Strickjacke, die nur sehr elegante Menschen tragen können, ohne dabei auszusehen, als hätte sich ein Geschirrtuch versehentlich in ihrem BH-Träger verheddert. Während ich hinter Roberta hertrottete, beobachtete ich, wie aufrecht sie sich hielt und, typisch für sie, alle stilvoll begrüßte.

Sie passte hierher. Im Gegensatz zu mir.

Ich schnappte mir zwei Weingläser von einem vorbeischwebenden Tablett. Roberta winkte mich zu sich. »Erinnerst du dich noch an Verity? Sie arbeitet jetzt im Außenministerium und hat überall auf der Welt gelebt. Sogar in Rom. Stell dir vor, einfach jeden Tag in der Sixtinischen Kapelle reinschauen zu können.«

Ich lächelte. »Hallo, Verity. Natürlich erinnere ich mich. Du warst in meinem Französischkurs. Offenbar hast du deine

Sprachkenntnisse genutzt. Meine habe ich nur dazu gebraucht, um Croissants zu bestellen.«

Verity streckte die Hand aus. »Verzeihung, aber ich habe deinen Namen nicht verstanden.«

»Octavia. Damals Octavia Austin. Heute Shelton.«

Veritys Hand fuhr an ihr Gesicht. »Ach, du meine Güte, Octavia. Puh, ich habe dich gar nicht erkannt. Du siehst so ... äh ... normal aus. Und noch dazu verheiratet. Ich dachte, du hättest inzwischen rosafarbene Haare, wärst mit einer Rockband auf Tournee oder würdest in Borneo Orang-Utans retten.«

Das hatte ich auch gedacht.

»Nichts dergleichen.«

Roberta sprang für mich in die Bresche. »Octavia stellt ihr Licht unter den Scheffel. Sie hat einen ökologischen Kindergarten gegründet, wo die Kinder mindestens achtzig Prozent des Tages im Freien verbringen. Ziemlich spannende Sache.«

Verity hatte Mühe, ihr Entsetzen zu verhehlen. »Was, auch wenn es regnet?«

»Ja. Dann ziehen wir Regenmäntel und Gummistiefel an. Kinder, insbesondere Jungs, lernen am meisten durch Bewegung. Meiner Meinung nach.«

»Oh, wie innovativ«, zwitscherte Verity, wobei ihr Blick allerdings bereits durch den Raum wanderte.

Ich steckte die Nase in mein Glas und sendete unter halb geschlossenen Augenlidern ein telepathisches *Grrrr* an Roberta. Das »normal« stieß mir noch immer sauer auf. Ich hatte nicht schwachsinnig, lächerlich oder abgefahren wirken wollen, sondern vielleicht kreativ, exzentrisch und aufregend. Ich schaute an mir hinunter. Verity hatte recht. In meiner schwarzen Stoffhose, dem T-Shirt aus dem Supermarkt und der Strickjacke sah ich aus wie eine ganz gewöhnliche abgehetzte Mutter, die vor dem Schultor wartete.

Nichts an mir ließ vermuten, dass ich früher Röcke aus Vorhängen und Unterwäsche als Oberbekleidung angezogen hatte. Ganz zu schweigen von meinen Stretchjeans mit dem Leopardenmuster, die ich getragen hatte, bis Charlie geboren wurde und ich dafür zu dick war. Warum sollte Verity sich für mich interessieren? Die Eigenschaften, auf die ich so stolz gewesen war, das kreative Denken und die Kühnheit, hatten sich langsam in Luft aufgelöst. Zurückgeblieben waren ein Gesicht und eine Frau, an die man sich am nächsten Morgen kaum noch erinnern konnte.

Roberta nahm mich am Arm. »Komm, wir schauen uns die Fotos von unserem Jahrgang an.«

Ich murmelte noch immer »Normal, verdammt noch mal, normal« vor mich hin.

Wir durchsuchten die Fotos, bis wir eines von uns in unserem letzten Schuljahr entdeckten. Ich hatte schreckliche Schwierigkeiten gekriegt, weil ich die Wangen aufgeplustert hatte wie ein Kugelfisch. Meine Augen funkelten spitzbübisch, mein Haar war zu wasserstoffblonden Stacheln aufgestellt, mein Kompromiss, als man mir gedroht hatte, mich wegen meiner Pinkfärbung der Schule zu verweisen. Ich sah so strahlend, voller Leben aus. Roberta stand hinter mir und biss sich auf die Lippe, um sich ein Lachen zu verkneifen. Sie wies auf das Foto. »O mein Gott. Sieh dich nur an. Du kleiner Frechdachs. Weißt du noch, wie sauer Mrs Metcalf war?«

Es war einfach, Mrs Metcalfe nachzuäffen, weil sie lispelte und einen starken nordenglischen Akzent hatte. »Sie haben für alle das Foto ruiniert und dem Ansehen der Schule geschadet.«

Roberta lachte. »Diese Stimme würde ich überall erkennen«, sagte jemand hinter uns. »Du warst so eine tolle Schauspielerin.«

Als ich mich umdrehte, stand Fliss Morris vor mir, die Klassensprecherin, allgemeines Idol und der Star der Lacrosse- und Netzball-Mannschaft gewesen war. Dennoch hatte ich es geschafft, ihr beim Vorsprechen für *Annie* die Hauptrolle wegzuschnappen. »Keine rosafarbenen Haare mehr?«

Herrje, mir war gar nicht klar gewesen, dass außer den Haaren niemandem etwas von mir in Erinnerung geblieben war. »Nein. Nur matschiges Aschblond, wie es sich für eine Frau mittleren Alters gehört.«

»Haha. Jetzt erzähl mir bloß nicht, dass du als Ehefrau, Mutter von zwei Kindern und Lehrerin geendet bist.« Wie sie es aussprach, klang es so unwahrscheinlich, dass ich ihr am liebsten geantwortet hätte, ich sei Anthropologin und gerade von einem Forschungsprojekt bei den Inuits zurückgekehrt.

Stattdessen zuckte ich nur die Achseln. »Drei Kinder. Kindergärtnerin.«

Für jemanden, der angeblich so wohlerzogen war, gab sich Fliss wenig Mühe, ihre Erheiterung zu verhehlen. Kopfschüttelnd sagte sie immer wieder: »Ich fasse es nicht. Du machst mir Riesenhoffnungen für meine Tochter. Sie hat sich den Nabel piercen lassen, und der Himmel weiß, wie viele Ohrringe sie trägt. Vielleicht rebelliert sie ja jetzt und wird später bürgerlich so wie du.«

Bürgerlich. So verdammt bürgerlich.

Meiner Ansicht nach fiel das in dieselbe Kategorie wie »nett«, »freundlich« und »angenehm«. Keine Komplimente also. Ich wandte mich wieder den Fotos zu. »Du hast dich fast gar nicht verändert«, hätte ich mich gerne gerächt. »Immer noch Zähne wie Grabsteine und ein schnaubendes Lachen.« Aber natürlich war ich jetzt »bürgerlich«, weshalb es keine Alternative mehr darstellte, willkürlich Leute zu beleidigen, die man seit zwanzig Jahren nicht gesehen hatte.

Roberta hatte eine Blondine getroffen, an die ich mich noch

vage erinnerte. Sie tauschten sich über Scheidungen und Internetdating aus. Gerade wollte ich Fliss entfliehen, bevor sie mir noch mehr Minderwertigkeitskomplexe einimpfte, als Roberta quer durch den Saal einem älteren Herrn zuwinkte. Mein Gott, Mr Hardy, unser früherer Mathelehrer. Der hätte inzwischen doch schon längst tot sein müssen. Er steuerte schnurstracks auf uns zu. Ich stöhnte auf, als er heranmarschierte, kerzengerade Haltung und elegant.

»Roberta. Wie geht es Ihnen? Ich habe Sie sofort erkannt. Das Leben war hoffentlich sehr gut zu Ihnen. Es ist immer spannend zu sehen, wie die Menschen sich verändern. Und Felicity. Noch immer sportlich? Bezirksliga? Wirklich beeindruckend.« Er wandte sich an mich. »Ich glaube, Sie habe ich nicht unterrichtet, oder? Ihr Gesicht kommt mir ein wenig bekannt vor.« Er tippte sich an die Schläfe. »Mein Gedächtnis ist nicht das, was es mal war.«

Schicksalsergebenheit machte sich in meiner Magengrube breit. »Ich bin Octavia. Damals Octavia Austin.«

Die verblassten blauen Augen weiteten sich in Erstaunen. »Aber, aber, aber. Octavia Austin.« Mr Hardy lachte in sich hinein. »Ein hartes Stück Arbeit waren Sie. Ich weiß noch, dass Sie ein Matheheft mit einer unglaublich frechen Antwort hinter jeder Frage zurückgegeben haben.«

»War es ›Scheiße‹?«

Sobald das Wort heraus war, lief ich rot an. Rechts von mir kicherte Fliss, während Mr Hardys Oberkörper zurückfuhr, als habe er erwartet, dass ich das Wort über die Jahre vergessen hätte. Er spähte über seinen Brillenrand.

»Ja, ich glaube, das war es.« Er hielt inne. »Ich habe protestiert, als man Sie deshalb der Schule verweisen wollte. Ich dachte, Sie würden das als Belohnung, nicht als Strafe verstehen. Ich mochte Schülerinnen mit Widerspruchsgeist. Und davon hatten Sie jede Menge. So ein lebensfrohes Mädchen. Ich gehe davon aus, dass Sie, Algebra oder nicht, Ihren Lebensweg gefunden haben.«

Es war kaum zu fassen, wie viele Menschen man an einem einzigen Abend enttäuschen konnte. In zwei Jahrzehnten hatte ich mich von einer rebellischen Barrikadenstürmerin in eine alte Langweilerin verwandelt, die gar nichts mehr stürmte.

Roberta

Scott hatte meinen Glauben in meine Fähigkeit, die Spreu vom Weizen zu trennen, so sehr unterminiert, dass ich Octavia bat, eine Auswahl unter der erstaunlichen Anzahl von Männern zu treffen, die sich auf mein Profil bei Klick & Go gemeldet hatten. Die letzten anderthalb Wochen hatte ich damit verbracht, mich vor einem Date zu drücken, doch bei Octavia biss ich damit auf Granit. Mit heute Abend war ich nur einverstanden gewesen, weil Scott in einem Flieger aus Australien saß, was hieß, dass er nicht zufällig in das als Treffpunkt verabredete Restaurant spazieren würde.

Der erste Eindruck sagte mir, dass Octavia gut gewählt hatte. »Jake« war bereits da, saß vorn in dem kleinen mediterranen Bistro und hielt Ausschau nach mir. Häkchen. Er stand auf, sobald ich die Tür öffnete, flüsterte »Roberta?« und kam sofort auf mich zu. Häkchen. Blondes Haar, nicht so groß wie Scott, aber immerhin knapp eins achtzig. Ich war froh, dass ich nicht telefonisch abgesagt hatte. Während der Vorbereitungen war ich kurz davor gewesen, denn vor lauter Nervosität hatte ich die Wimperntusche in alle Richtungen verspritzt und noch mal von vorn anfangen müssen. Nun bedauerte ich, dass ich nach einem Blick auf meine teure Teerosen-Körperlotion beschlossen hatte, dass er es nicht wert war. Stattdessen hatte ich zu Alicias Kokosnuss-Körperbutter gegriffen und roch nun, als hätte ich mich in Sonnencreme geaalt.

Er schüttelte mir die Hand. Warm, weich und genau der richtige Druck. Häkchen. Ein bisschen sanfter, als ich gedacht hatte, aber verglichen mit Scott war jeder Mann zart.

»Ich bin Jake. Schön, dich kennenzulernen.«

Nicht: »Wie geht es dir?« Kleines Häkchen. Allerdings behauptete Octavia, dass nur die Queen, meine Eltern und ich diese Begrüßung noch benutzten. Er begleitete mich zu meinem Platz an einem Fenstertisch. Der verkrampfte Knoten in meinem Magen löste sich, als er das Wort ergriff.

»Lass uns etwas zu trinken bestellen. Was möchtest du?«

Ich stellte ihm eine kleine Falle. »Ich hätte gerne einen Weißwein bitte.«

Er griff zur Weinkarte. »Was bevorzugst du? Sancerre? Es gibt hier auch einen guten neuseeländischen Sauvignon Blanc.«

Häkchen. Kein Mann, der einen Krug Hauswein orderte. Während er die Getränke bestellte – höflich und respektvoll der Kellnerin gegenüber –, nahm ich viele positive Dinge an ihm wahr. Freundliche blaue Augen. Schickes Hemd. Eine herzerwärmende Art, Pausen zu machen, eine Art verbale Zurückhaltung, um einen zu Wort kommen zu lassen. Ein himmelweiter Unterschied zu Scott, der sich mit seinen Meinungen, Forderungen und Urteilen stets ins Rampenlicht drängte. Ich riskierte einen Blick auf seine Füße. Obwohl ich wusste, dass ich Kompromisse würde eingehen müssen, waren Vorurteile gegen scheußliche Schuhe eben eine Marotte von mir.

Ich sah mich im Restaurant um. Genug Nischen, Trennwände und leise Latino-Musik, sodass wir uns unterhalten konnten, ohne dem Paar am Nebentisch mitzuteilen, dass es sich um ein erstes Date handelte. Ich ging davon aus, dass ich zum Flirten emotional zu ausgetrocknet war. Am besten übten wir, indem wir ein geistreiches Gespräch führten, das bei meinem Gegenüber nicht automatisch zu dem Schluss führte, ich verträte lächerliche Ansichten. Aber schon während der Vorspeise ertappte ich mich dabei, dass ich mich vorbeugte und ihm in die Augen starrte. Nach dem Simon-Debakel war ich mehr als vorsichtig damit, nackte Haut zu zeigen. Doch die gefüllten Paprikaschoten waren noch nicht aufgegessen, als ich meine hochgeschlossene Tunika schon bereute. Ich wollte nicht, dass er später seinen Freunden erzählte, er habe versehentlich die Kategorie »Nonne« angekreuzt. Unauffällig schob ich meine Brüste nach vorn. Mist, bald würde ich nur noch zum Kaffeetrinken eingeladen werden. Natürlich konnte ich nicht erwarten, beim ersten Mal den richtigen Mann kennenzulernen. Ich musste zumindest damit rechnen, ein paar hoffnungslosen Fällen zu begegnen – mindestens fünfzehn Jahre älter als ihr Foto, Toupet oder einer Exfrauen-Zwangsstörung.

Aber Jake war entweder ein toller Schauspieler oder ein toller Typ. »Warum bist du denn Single, Roberta?«

»Zu viele Jahre mit dem falschen Mann. Offen gestanden, zu tyrannisch. Ich habe ihn endlich durchschaut.«

»Wie lange warst du mit ihm zusammen?«

»Fünfzehn Jahre. Vierzehn verheiratet.«

»Diese Fehleinschätzung kann dir niemand zum Vorwurf machen. Du musst ja noch ein Teenager gewesen sein, als du ihn kennengelernt hast. Ich habe meine Frau getroffen, als ich Ende zwanzig war, und die Warnsignale trotzdem nicht erkannt.« Er brach kleine Stücke von dem Brot ab und butterte jedes einzeln, anstatt sich eine Art Speckbrötchen zusammenzuklatschen.

Ich war Feuer und Flamme für einen Mann, der meine Fehler herunterspielte, anstatt sie zu betonen. Er hatte so etwas Entspanntes an sich. Es gefiel mir sehr, dass er sich für meine Meinungen interessierte und mich mit einem: »Das ist ein wirklich guter Einwand.«, »So habe ich noch gar nicht darüber nachgedacht.«, »Mann, einer klugen Frau wie dir begegnet man nur selten«, zum Weitersprechen ermutigte.

Allerdings kam ich mir nicht sehr klug vor. Wenn ich nur einen Funken Verstand gehabt hätte, hätte ich mir schon vor Jahren eingestanden, dass mein Dad in Sachen Scott recht gehabt hatte. Und wenn es nur der Einwand war, ich sei »viel zu jung, um meine Bildung wegzuwerfen und zu heiraten, ohne zuerst ein wenig gelebt zu haben«.

Irgenwann während des Hauptgangs schüttelte Jake den Kopf. »Ich verstehe nicht, warum du so über dich redest. Wenn ich dir glauben würde, was ich nicht tue, wärst du eine schauderhafte Köchin, eine schlechte Mutter, eine miserable Autofahrerin, eine faule Ehefrau und rettungslos verfettet. Ist das wirklich deine Meinung von dir, wenn du tief in dich hineinschaust?«

Ich steckte eine Gabel Lamm in den Mund, um nicht sofort antworten zu müssen. Als ich es schließlich tat, trat mir eine Tränenflut in die Augen. Ich versuchte, es scherzhaft zu nehmen. »Ich denke nicht, dass ich mich bis jetzt sonderlich hervorgetan habe.« Zu spät. Meine Tränen ließen sich nicht mehr verbergen. Ich legte das Besteck weg. »Entschuldige mich.«

Ich hastete zur Toilette, schloss mich in eine Kabine ein und schnappte mir ein Stück Klopapier, um zu verhindern, dass die Tränen auf meine Seidentunika tropften. Ich war noch nicht bereit dazu. Ganz und gar nicht. Da konnte Octavia noch so oft behaupten, es sei Zeit, wieder in den Sattel zu steigen, oder was für einen anzüglichen Ausdruck sie sonst benutzt haben mochte. Ich war ja so eine Idiotin. Ich wusch mir das Gesicht mit kaltem Wasser und ging wieder hinaus, wobei ich weiter kleine Schluchzer unterdrücken musste. Falls ich mich je wieder auf ein Date einlassen sollte, würde ich keinen Alkohol trinken.

Jake stand vor der Tür. Er streckte seine Hand aus. »Hey,

tut mir leid. Meine Ex hat immer gesagt, ich hätte ein schreckliches Timing.«

»Sei nicht nett zu mir. Bitte nicht. Ich glaube, ich gehe jetzt besser.«

»Nein, tu das nicht. Außer, das war alles nur Theater, und du willst dich verdrücken. Ich wette, du hast deiner Freundin eine SMS geschickt: ›Ruf mich in fünf Minuten an, es hätte einen Notfall gegeben.‹ Wenn dieses Telefon jetzt klingelt, werde ich sehr argwöhnisch ragieren.« Er reichte mir ein gebügeltes Taschentuch.

Ich würde ein weißes Taschentuch zum richtigen Zeitpunkt stets einer roten Rose vorziehen.

»Sieh mal, du warst sehr nett zu mir. Du kennst mich nicht. Ich bin sicher, dass es nicht deine Vorstellung von einem schönen Abend ist, die Schulter zum Ausweinen zu spielen. Lass mich die Rechnung bezahlen.«

»Warum essen wir nicht zuerst auf? Betrachten die Dinge von der positiven Seite? Ich habe dich weinen sehen, und ich mag dich immer noch.« Trotz meiner Tränen wurde mir klar, dass ich mich an einen Mann gewöhnen könnte, der so geradeheraus war. Kein Rätselraten.

Er lotste mich zurück zum Tisch. Ich setzte mich und griff nach meiner Gabel.

Jake lächelte. »Jetzt erzähle ich mal ein bisschen von mir, bis du entweder einschläfst oder glaubst, dass du weiterreden kannst.«

Er berichtete, dass er leidenschaftlicher Skifahrer sei. Obwohl mir das zu Schulzeiten auch Spaß gemacht hatte, hatte ich es wegen Scott aufgegeben, weil er diesen Sport dämlich fand. Jake hatte einen halbwüchsigen Sohn, dem er sehr nahestand. Er war seit einem halben Jahr geschieden und hatte einige horrormäßige Dates hinter sich. »Ich habe mich mit einer

Französin getroffen, die mich schon nach dem ersten Glas Wein gefragt hat, ob ich ihr mit ihren Schulden helfen und ihre Miete bezahlen könnte. Eine andere Frau wollte, dass ich sie auf eine Party begleite, um ihren Ex eifersüchtig zu machen. Dann war da noch eine völlig Durchgeknallte, die den ganzen Abend nur über Ben redete, wie süß er sei und wie sehr sie ihn liebte. Erst dachte ich, sie meinte ihren Sohn, bis ich festgestellt habe, dass Ben ihr Pferd ist.«

»Also bin ich deine Geschichte von der heulenden Neurotikerin?«

Jake lachte. »Nein. Du bist meine ›Du wirst nicht glauben, was für eine tolle Frau ich kennengelernt habe‹-Geschichte.«

Zum ersten Mal seit meiner Trennung von Scott konnte ich mir vorstellen, einen anderen Mann zu berühren.

Ich aß mein Lamm auf und fühlte mich selbstbewusst genug, zum Kaffee zu bleiben. Manchmal vergaß ich sogar, dass wir einander gar nicht kannten. Ich fühlte mich wie ich selbst, mein wahres Ich; das Ich mit echten Ansichten, die sich auf tief empfundene Einstellungen gründeten. Nicht wie die Frau, die ich durch Scott geworden war. Die, die einen Satz oft eine Nanosekunde verharren ließ und in Gedanken abwog, ob es in Ordnung sei, ihn auszusprechen. Ob eine belanglose Bemerkung später zu einem maßlosen Streit führen würde.

»Und was hast du jetzt vor?« Jake bestellte mehr Kaffee. Ich wollte noch nicht, dass der Abend endete, selbst wenn ich im Koffeeinrausch die Wände hochgehen sollte.

»Was meinst du damit?«

»Eine Scheidung ist immer ein Wendepunkt im Leben. Was ist deiner?«

»Herrje. Wir sind gerade erst dabei, die Scheidungsbedingungen auszuhandeln. Also habe ich noch nicht gewagt, so weit zu denken. Keine Ahnung.«

»Ich wette, du weißt es. Wenn du wirklich ehrlich mit dir bist, gibt da da sicher etwas, das du wegen deiner Ehe nicht getan hast und das du jetzt tun könntest. Bei mir war es Kochen. Meine Ex hat es gehasst, wenn ich Zeit in der Küche ›verschwendet‹ habe. Sie hielt es für eine Ausrede, um nicht mit ihr sprechen zu müssen.«

Ich lehnte mich zurück. Ein Teil von mir fühlte sich unter Druck gesetzt, ein wenig Tiefe zu zeigen, einen Traum, der sein Interesse wecken würde.

Ich hatte einen Traum.

Nur dass Scott ihn, wann immer ich ihn erwähnte, beiseitegefegt hatte, als sei ich eine niedliche Barbiepuppe mit Flausen im Kopf.

»Ich möchte nicht überkandidelt klingen.«

»Aber du möchtest auch nicht so klingen, als hättest du jegliche Veränderung, allen Ehrgeiz und die Hoffnung auf Entwicklung aufgegeben, oder?« Doch Jake lächelte, als ob er ein Mensch sei, der mich ermutigen, nicht heruntermachen würde.

Also erzählte ich es ihm. Ich sagte ihm, dass ich mein eigenes Innenarchitekturbüro eröffnen wollte, und zwar mit dem Schwerpunkt, das Leben von Menschen zu verändern, indem ich sie dazu anregte, Gegenstände und Traditionen in ihrem Zuhause, an die sie sich immer aus Gewohnheit, schlechtem Gewissen und Pflichtbewusstsein geklammert hatten, loszulassen. Dann wartete ich darauf, dass er dieselbe Reaktion zeigte wie Scott – ein Naserümpfen und die Aussage, das sei alles nur Eso-Mist, mit dem ich niemals Geld verdienen würde.

Aber das tat er nicht. Stattdessen stellte er mir Frage um Frage über meine Theorie in puncto Habseligkeiten und ob ich Dinge von zu Hause mitgenommen oder von vorn angefangen hätte. Er bot mir sogar an, seine Wohnung als Versuchskaninchen zu nutzen. Erst als der Kellner anfing, hinter dem Tresen sauberzumachen, winkte Jake nach der Rechung. Ich griff nach meiner Tasche, doch er stoppte mich mit einer Handbewegung.

»Nein. Das geht auf mich. Keine Widerrede. Beim nächsten Mal bist du dran.« Fragend hob er eine Augenbraue.

Eine kleine warme Welle stieg in mir hoch, als ich nickte. All die Jahre hatte ich meine Wimpern nach oben gebogen und meine Nagelhäute getrimmt, und dabei genügte ein kleiner Tränenausbruch.

Außerdem trug er Timberlands.

Octavia

Sicher würde ich bald die Saure Gurke des Jahres für meine Leistungen als Schönwetter-Freundin gewinnen, denn allmählich graute mir vor Robertas Anrufen. Meistens meldete sie sich gegen sieben Uhr abends. Wenn Alicia vor dem Fernseher abhing, war unser tägliches Gespräch offenbar ihre liebste Freizeitbeschäftigung. Da sie am Telefon immer so niedergeschlagen und matt klang, konnte ich sie ja schlecht mit »Tut mir leid, aber ich höre mir gerade Pollys Ansprache für die Schulversammlung an, kontrolliere Charlies Chemiehausaufgaben, koche Spaghetti bolognese und versuche, Jonathans letzte Jobabsage zu entziffern« abwimmeln.

Stattdessen ging ich, den Hörer zwischen Schulter und Ohr geklemmt, in der Küche hin und her, rührte mit einer Hand um und verscheuchte mit der anderen die Kinder. Die hielten einen Anruf nämlich für die perfekte Gelegenheit, mir unverständliche Botschaften zuzuflüstern oder sich mit Keksen vollzustopfen.

An diesem Abend hörte sich ihre Stimme jedoch anders an. Beinahe aufgekratzt. Sie hatte mir am Vorabend gesimst, sie käme gerade von einem Date, allerdings keine Details erwähnt. Sobald wir anfingen, über Jake zu reden, wurde mir klar, dass der Typ einen ziemlichen Eindruck hinterlassen hatte. Seit ihrer Trennung von Scott hatte Roberta eine Härte entwickelt, als bedeute das nackte Überleben, dass sie keinen Raum mehr für Nachsicht mit ihren Mitmenschen haben dürfe. Doch anstatt sofort zehn Punkte aufzulisten, die ihr an ihm missfielen, um mich zum Lachen zu bringen, klang sie total verträumt und meinte: »Er war reizend. Ich mochte ihn wirklich sehr.«

Ich bohrte nach all den Dingen, auf die ich neugierig war. »Wie sah er aus? Besser oder schlechter als auf dem Foto? Ist er gebildet?«

»Besser als auf dem Foto. Sehr freundliche Augen. Nicht aus Eton, drückt sich aber gut aus. Wenn ich es mir recht überlege, hat er einen leicht regionalen Akzent. Irgendwo aus dem Süden. Sogar Dad hätte ihn vielleicht gemocht.«

»So toll? Ach herrje.« Scott hatte Robertas Vater so mit seinem schulterklopfenden Kumpelgetue schockiert, dass dieser mich – das Mädchen, das seiner Ansicht nach »einen schlechten Einfluss« auf seine Tochter ausübte – angefleht hatte, Roberta zur Vernunft zu bringen. Zum ersten Mal im Leben teilte ich seine Auffassung, auch wenn unsere kombinierte Missbilligung nichts genutzt hatte, um es ihr auszureden.

»Hat er ein eigenes Haus? Was für ein Auto fährt er?« Ich holte die Wäsche aus der Maschine und fing an, Unterhosen und Socken über die Heizkörper zu breiten. Jonathan hatte verkündet, ein Wäschetrockner käme erst in in die Tüte, wenn er wieder einen Job hätte.

»Nach seinem Auto habe ich ihn nicht gefragt. Ich glaube, er wohnt drüben am Park. Habe aber keine Ahnung, ob es ein Haus oder eine Wohnung ist.«

»Du meine Güte, Roberta, du bist aus der Übung. Du stellst nicht die richtigen Fragen. Ich denke, den Typen sollte ich mir besser mal anschauen.«

»Ich hatte genug Geld. Es hat mich nicht glücklich gemacht.«

»Schon gut, aber glaube mir, jeden Penny umzudrehen ist auch nicht förderlich für eine Beziehung. Aber du weißt doch hoffentlich, was er von Beruf ist.« Immi kam herein und führte eine Ich-verhungere-Pantomime auf. Als ich ihr den Rücken zukehrte, trollte sie sich wieder.

»Natürlich. Es stand ja in seinem Profil. Er leitet eine Druckerei.«

»Hast du wenigstens rausgekriegt, ob er das im Hinterzimmer mit Gummistempeln tut oder ob er ein großes Unternehmen besitzt?«

»Ich bin gar nicht so sicher, ob mich das interessiert. Er schien ein echter Gentleman zu sein. Das Abendessen hat er auch bezahlt.«

Roberta, hineingeboren in eine Familie, die die Wochenenden auf Theaterpremieren, in Ausstellungen und in der Oper verbrachte, war ein Leben in der Boheme nicht vorherbestimmt. Zu Schulzeiten kam sie sehr gern zu mir, übernachtete in der schäbigen kleinen Mansarde, die ich hasste, und liebte Mums Pudding aus Puddingpulver und abgepackte Schokoröllchen.

Weil es nicht ihr wirkliches Leben war.

In der sechsten Klasse ging sie nur mit Jungs aus, die Autos hatten und sie schick zum Essen einluden. Ich konnte mich glücklich schätzen, wenn für mich eine Fanta im Park und ein bisschen Rumgeknutsche hinter dem Geräteschuppen heraussprang.

»Also?«

»Also was?«

»Hast du ihn geküsst?«

»Hab ich.«

»Und? Jetzt mach schon, erzähl mir die grausigen Einzelheiten. Ich führe hier ein Leben aus zweiter Hand.« Bis heute erinnerte ich mich an meinen ersten Kuss von Xavi auf dem Boot seines Vaters.

»Es war nett.«

»Nur nett? Oder feuerwerksmäßig toll?«

»Herrje, ich weiß nicht. Es ist so lange her, dass ich jemand anders als Scott geküsst habe. Es fühlte sich ein wenig seltsam an. Ich hätte gedacht, dass es peinlich werden würde. Aber ich hatte schon ein paar Gläser Wein intus, und es war in Ordnung. Er küsst wirklich gut.« Roberta hörte sich schwärmerisch an, als hätte sie ihre Ecken und Kanten in Lenor gebadet.

»Wirst du ihn wiedersehen?«

»Er möchte sich heute Abend mit mir treffen.«

Ich schnappte nach Luft. »O mein Gott. Gestern Abend und heute wieder? Jetzt sag nicht, dass er dir den ganzen Tag SMS geschickt hat.«

»Nicht den ganzen Tag. Ein oder zwei Mal. Nur: ›Ich fand gestern Abend sehr schön und freue mich darauf, dich zu sehen.‹«

»Der scheint echt Feuer gefangen zu haben. Jonathan simst mir nur, damit ich Geld auf sein Girokonto überweise. Wohin geht ihr?«

»Er kocht für mich.« Sie kicherte.

»*Chez lui?* Klingt nach großer Verführungsszene. Vergiss nicht, Kondome einzustecken.«

»Ich werde nicht mit ihm schlafen.« Sie klang schockiert. »Ich glaube, ich habe geistig noch nicht ganz verarbeitet, dass ich nicht mehr mit Scott verheiratet bin.«

Roberta konnte prüde sein wie eine Figur aus *Stolz und Vorurteil.* »Was hat das denn damit zu tun? Scott ist doch damit beschäftigt, am Tanga der Dessousgeschäft-Tussi zu zupfen.«

»Das ist mir klar. Aber ich bin nicht wie Scott. Ich habe noch nie beim zweiten Date mit jemandem geschlafen.«

Du meine Güte! Ich hatte mir die Mühe mit dem zweiten Date oft gespart und war gleich beim ersten im Bett gelandet.

»Du bist neununddreißig. Du hast ein Kind. Also brauchst du nicht mehr die schüchterne Jungfrau zu spielen.«

»Wenn ich mit ihm schlafe, könnte ihn das abtörnen.«

Ich knallte die Waschmaschine zu. »Warum denn das? Scott hatte auf diesem Gebiet doch auch nie etwas auszusetzen. Männer in unserem Alter sind sich bestimmt dessen bewusst, dass Frauen nicht glauben, sie hätten sich einen neuen Ehemann geangelt, nur weil sie mal Sex hatten.«

»Da bin ich nicht so sicher. Allein die Vorstellung jagt mir höllische Angst ein.«

Roberta gehörte zu den wenigen Frauen, die ich kannte, die einen Bikini nicht nur tragen, sondern auch dafür sorgen konnten, dass sich die Männer nach ihr umdrehten. »Der Typ ist ein echter Glückspilz. Du siehst hinreißend aus. Sei dankbar, dass du keine Titten hast, die du dir ins Taillenbündchen stecken könntest. Ruf mich morgen an und erzähl mir, wie es gelaufen ist.«

Als ich auflegte, fühlte ich mich unsexy und so, als sei der Zug für mich längst abgefahren. Keiner meiner Körperteile befand sich mehr dort, wo er hingehörte. Alles hing, anstatt abzustehen. Und obwohl ich mir einredete, dass es zwecklos war, sich an die Vergangenheit zu klammern, hatte ich das Klassentreffendebakel noch nicht verwunden. Selbst ohne bunt gefärbte Haare hätten die anderen mich wiedererkennen müssen. Kein Mensch hatte Roberta betrachtet und sich gefragt, welcher längst vergessene Niemand sie sein mochte. Damals war die Rebellion mein Markenzeichen gewesen, während sie sich auf Glamour verlassen hatte. Klar, sie hatte sich Glitzer ins Haar und Sternchen ins Gesicht geklebt und einen eng anliegenden Lycraoverall getragen, wenn wir zu Partys bei meiner Clique gingen. Doch damals wie heute zog sie die Blicke nicht durch ihre Kühnheit auf sich, sondern wegen ihrer Schönheit.

Ich war nie eine Schönheit gewesen. Und inzwischen war mir auch die Kühnheit abhandengekommen.

Ich schob ein paar Fischstäbchen ins Backrohr. Das fasste mein Leben so ungefähr zusammen. Damals, auf Korsika, hatte ich Barsche geangelt und über dem offenen Feuer gegrillt.

Xavi hätte nie zugelassen, dass ich mich in einen so blassen Abklatsch einer Abenteurerin verwandelt hätte. In eine Frau, die nach Brighton fuhr, silberfarbene Doc Martens und Plateausohlenschuhe aus rotem Lackleder anprobierte und sich schließlich für breit geschnittene schwarze Bequempumps aus dem Gesundheitsschuh-Sortiment von Marks & Spencer's entschied.

Mühsam versuchte ich mich zu erinnern, wann ich mich zum letzten Mal begehrenswert gefühlt hatte. Anfangs hatte Jonathan meine Unbekümmertheit bewundert, während ich ihn als sichere Absprungbasis sah. Später sagte er mir stets, ich solle mich zusammenreißen, was immer auch damit gemeint war.

Bei Xavi war ich mir vorgekommen wie das tapferste Mädchen der Welt, denn ich war immer bereit, mir meinen Minirucksack zu schnappen und loszuziehen, ohne zu wissen, wo ich heute übernachten würde. Ich wäre jede Wette eingegangen, dass Xavi, anders als Jonathan, nicht in regelmäßigen Abständen Fünfpencestücke im Wert von fünf Pfund zur Bank brachte.

Ich verteilte das Essen auf Tabletts, ließ die Kinder ausnahmsweise vor dem Fernseher essen und tat, als hätte ich in der Küche noch etwas zu erledigen. In Wahrheit jedoch war ich von dem Wunsch besessen herauszufinden, ob Xavi inzwischen eine Spießerfrisur und einen festen Job hatte. All die Jahre hatte ich der Versuchung widerstanden, ihn zu googeln, aus Angst, einfach nur seinen Namen einzutippen würde in mir Sehnsucht nach Dingen auslösen, an die eine verheiratete Frau mit drei

Kindern nicht einmal denken sollte. Doch seit dem Abend mit Roberta war Xavi mit seiner übersprudelnden Lebenslust da, stets bereit für ein neues Abenteuer, wenn das Leben mir einmal eine Pause zum Tagträumen gönnte.

Ich musste es wissen. Mit einem Mausklick riss ich die so sorgfältig errichteten Barrieren nieder, die meine Erinnerungen an Xavi in eine ferne Vergangenheit verbannt hatten.

Google. Xavier Santoni.

Ich fand einige, allerdings keinen auf Korsika. Ich weiterte meine Suche erst auf Frankreich, dann aufs restliche Europa und schließlich darüber hinaus aus. Betrachtete winzige Fotos und musterte Männer mittleren Alters, wobei ich mich bemühte, die hohen Wangenknochen, die gleichzeitig argwöhnisch und spitzbübisch dreinblickenden braunen Augen und seine straffe Körperhaltung, so als könne ihn jederzeit jemand hinter einem von Coccius mittelalterlichen Gemäuern her anspringen, im Geiste altern zu lassen.

Den Großteil des Abends verlor ich mich in Google Earth und zoomte jeden Zentimeter von Cocciu heran. Ich begann mit dem Internat, wo ich mit zwanzig ein Jahr lang Englisch unterrichtet hatte. Nach der Darstellung auf dem Bildschirm zu urteilen hatte es sich kaum verändert. Ich verharrte auf dem Haus seiner Eltern, vergrößerte die korsische Küste und redete mir ein, dass ich bestimmte Strände wiedererkannte. Immer wenn jemand in die Küche kam, klappte ich rasch den Laptop zu und nuschelte etwas von Buchführung.

Es war zwecklos. Ich ärgerte mich, weil ich mit diesem dämlichen Hubble-Teleskop aus dem Weltall zwar Bilder betrachten, doch keinen einzigen Hinweis auf den Mann in dem Winkel meines Herzens finden konnte, der für immer Korsika heißen würde. Ich führte mich lächerlich auf. Mein Leben war so langweilig, dass ich schon bei der bloßen Vorstellung, ein Foto von dem Mann zu entdecken, den ich vor zwei Jahrzehnten geliebt hatte, Herzklopfen bekam. Ich löschte meinen Suchverlauf.

Jetzt brauchte ich nur noch eine Löschfunktion für meine Gefühle.

Roberta

Ich stoppte vor Jakes Haus. Da es noch früh war, simste ich Alicia, dass ich an sie dachte, und schickte ihr liebe Grüße. Es wurmte mich, dass sie zwei Nächte die Woche bei Scott verbrachte, doch es war die einzige Möglichkeit, damit er eine Beziehung zu ihr aufbaute. Obwohl es sein erster Abend zu Hause nach zwei Wochen in Australien war, hatte sie eigentlich gar keine Lust gehabt hinzugehen. Ich hoffte, dass der Grund ein irregeleitetes Bedürfnis, meine Gefühle zu schonen, war und nicht etwa, dass sie ihn eigentlich gar nicht sehen wollte. Ich hatte mit ihr telefoniert, als sie nach der Schule bei ihm angekommen war, und sie hatte sehr verhalten geklungen. Im Hintergrund hatte Scott gegrummelt, worauf sie das Telefonat rasch beendet hatte. Hoffentlich war er nur so ungeduldig, weil er Zeit mit ihr verbringen wollte.

Gerade stieg ich aus dem Auto, als mein Telefon klingelte.

»Hi, Mum.« Alicias Stimme klang leise und weit entfernt.

»Hallo, Schatz. Ist alles in Ordnung? Du hast dich vorhin ein wenig traurig angehört.«

»Mir geht es gut. Shana ist hier.«

Eine urwüchsige Eifersucht durchfuhr mich. »Ist sie nett zu dir?«

»Sie ist okay. Sie ist erst sechsundzwanzig und glaubt, dass sie alles besser weiß. Zum Beispiel hat sie in Sachen Musik immer eine andere Meinung und versucht sogar zu rappen. Dad findet das total komisch, feuert sie an und macht mit. Es ist zum Fremdschämen. Und dann knutschen sie ständig rum.«

Ich war hin- und hergerissen. Ich wusste, dass ich sie abholen und nach Hause fahren sollte. Aber ich wollte den Abend mit Jake verbringen. Während Scott in Australien gewesen war, hatte ich mich ganz allein um Alicia gekümmert, in dieser winzigen Wohnung, ohne eine Sekunde Privatsphäre. Vielleicht war ich ja zu egoistisch, um Mutter zu sein. Vielleicht hatte Scott ja recht.

Ich seufzte lautlos auf. »Soll ich dich abholen?«

»Nein, schon gut. Ich gehe mit ein paar Freundinnen aus der Schule zu einer Party.«

»Lucy und Daniela?«

»Nein, Mädchen aus meiner Klasse. Du kennst sie nicht. Einer ihrer Brüder holt mich ab. Er hat seine Fahrprüfung bestanden.«

»Hat Daddy es dir erlaubt?«

»Ihm ist das egal. Für ihn ist es besser, wenn ich nicht da bin, dann können er und Shana rumvögeln.«

Ich wusste nicht, wie ich mit dieser letzten Bemerkung umgehen sollte. Warum konnte ich nicht sein wie Octavia? Die hätte so einen Satz nicht einfach in ein Vakuum fallen lassen. Der Himmel wusste, was für verdrehte Vorstellungen von einer Beziehung Alicia hatte. »Sei vorsichtig. Mir wäre es lieber, wenn Daddy dir ein Taxi rufen würde.«

»Mum. Es ist alles schon geplant. Wenn ich jetzt nicht mitfahre, werden alle glauben, dass ich ein verwöhnter Jammerlappen bin.«

Ich wurde von Wut ergriffen, weil Scott keinen Gedanken daran verschwendete, ob Alicia heil nach Hause kam oder dass sie mit weiß Gott wem in der Stadt unterwegs war. Ich hätte auf einer besseren Schule für Alicia bestehen sollen. Doch Scott hatte bestimmt, dass es die städtische Oberschule sein musste, weil er diesen »elitären Quatsch« ablehnte. »Schwimmen oder untergehen, Roberta.«

Nun war es zu spät dafür.

»Aber schnall dich auf jeden Fall an. Und steig nicht zu ihm ins Auto, wenn er getrunken hat, in Ordnung?«

Jake winkte mir von der Schwelle aus zu. Ich bedeutete ihm, dass ich in zwei Minuten da sein würde.

»Ich bin vierzehn, Mum. Also alt genug, um zu wissen, was ich tue.«

Ich hoffte, Scott würde darauf bestehen, dass sie um eine vernünftige Zeit nach Hause kam. Sie verabschiedete sich und legte auf. Sie hatte mich nicht einmal gefragt, wo ich war. Hut ab vor der Ichbezogenheit von Jugendlichen.

Als ich Jakes Einfahrt hinaufging, war ich weniger von Vorfreude erfüllt als noch vor zehn Minuten. Zumindest konnte ich Octavia nun berichten, dass er ein Haus besaß, aus den Dreißigern, mit Einfahrt und einem BMW mit Allradantrieb.

Also kein armer Schlucker.

Das schlechte Gewissen, das Alicia in mir ausgelöst hatte, war von beschämend kurzer Dauer, als Jake meine Hand nahm und mich auf beide Wangen küsste. »Komm rein. Ich freue mich so, dass du hier bist. Ich dachte schon, du würdest mich versetzen.«

Er strahlte ein Selbstbewusstsein aus, das mich eher beruhigte, als mich argwöhnisch zu machen. Im Haus roch es nach Ingwer und Zimt. Ein Mann, der nicht rasch zu Waitrose gefahren war, um eine Fertiglasagne zu besorgen. Er führte mich ins Wohnzimmer. »Hier, setz dich, ich hole dir ein Glas Wein. Weiß, richtig? Oder wäre dir Champagner lieber?«

»Ein Schlückchen Wein wäre wunderbar. Ich muss noch fahren.«

»Schauen wir, wie es läuft. Ich kann dir immer noch ein Taxi bestellen. Warte einen Moment, ich hole die Getränke.«

Ich nickte und atmete langsam aus. Ich war so nervös wie vor meiner Hochzeit mit Scott, wenn wir uns nach einigen Monaten Trennung wiedersahen. Da ich jetzt nicht an ihn denken wollte, zwang ich mich dazu, das Wohnzimmer in Augenschein zu nehmen. Sehr maskulin – viel dunkles Leder, braune Vorhänge, keine Deko-Objekte. Offener Kamin und große gemütliche Sofas, nicht die modernen Dinger, auf denen Scott bestanden hatte und die in etwa so bequem waren wie eine Scheibe Knäckebrot.

Ich hätte Wunder bewirken können, um diesen Raum ein wenig aufzulockern. Die Wand um den Kamin hätte ich mit dieser wundervollen Tapete mit Mohnblumendruck verkleidet, die ich bei John Lewis gesehen hatte. Ein cremefarbener Anstrich für die Wände, damit sie freundlicher und wärmer wirkten. Ein gemütlicher Flauschteppich, rote Vorhänge und Kissen, um alles abzurunden. Ich beschloss, dass es für Einrichtungstipps noch ein wenig früh war. Sonst würde Jake womöglich glauben, dass ich hier einziehen wollte.

Nichts wies darauf hin, dass in letzter Zeit eine Frau hier gewesen war. Ich nahm mir vor herauszufinden, ob er seit der Trennung von seiner Ehefrau eine ernsthafte Beziehung gehabt hatte.

Jake kehrte mit den Weingläsern und Knabberzeug aus der Küche zurück. Ich lehnte mich im Ledersessel nach hinten und bemühte mich um eine entspannte Mundhaltung.

»Hoffentlich magst du, was ich gekocht habe. Mein Sohn findet es okay, aber seine Mum verbringt auch nicht viel Zeit in der Küche, weshalb er es als willkommene Abwechslung sieht, hier etwas Ordentliches in den Magen zu kriegen. Es gibt marokkanisches Hühnchen. Ich hätte vorher fragen sollen. Du bist doch hoffentlich nicht allergisch gegen Nüsse?«

»Nein. Klingt lecker. Danke.«

»Gott, das ist so seltsam, oder? Jetzt sitzen wir herum und sind höflich zueinander. Am liebsten würde ich in eine Zeit vorspulen, in der wir uns miteinander wohlfühlen. Stattdessen hocke ich hier und denke mir: Mist, ich würde ihr gern etwas Nettes sagen, aber dann glaubt sie vielleicht, ich wäre ein durchgeknallter Stalker, und ergreift die Flucht.«

Ich lächelte ihm über den Rand meines Glases hinweg zu. Jakes Fähigkeit, Schwächen zuzugeben, machte ihn absurd anziehend. Ich wies mit dem Kopf auf sein Bücherregal. »Offenbar liest du gern.«

»Meine Frau ist regelmäßig ausgeflippt, weil ich lieber lese, als fernzusehen. Sie fand, das sei ein weiteres Zeichen für meinen Egoismus, weil ich mich abschotten würde, anstatt Erfahrungen zu teilen.«

»Ohne ein Buch kann ich nicht einschlafen.« Ich spürte, dass ich bei der bloßen Erwähnung des Insbettgehens errötete. Doch Jake lachte mich nicht aus, und wir führten ein spannendes Gespräch über Autoren, Regisseure und Dramatiker, das Scott mit dem Satz »Gib mir Bescheid, wenn Sylvester Stallone einen neuen Film rausbringt« abgetan hätte.

Nach einer Weile stand Jake auf. »Lass uns essen. Ich habe in der Küche gedeckt. Im Esszimmer fühle ich mich immer ein bisschen wie im Buckingham Palace, wenn man nur zu zweit ist und einander über den Tisch zurufen muss.«

»Dürfte ich mal kurz deine Toilette benutzen?« Ich hatte meine Nerven noch immer nicht im Griff. Ich öffnete die Tür, die er mir zeigte, und musterte mich streng im Spiegel. Dabei hielt ich mir vor Augen, dass es sich nur um ein Abendessen handelte, eine Unterhaltung mit jemandem, den ich nicht gut kannte. Kein Grund, schon in die Defensive zu gehen. Ich schaute mich um. Klodeckel runtergeklappt. Wunderbar. Ich hob ihn an. Ein leichter Bleichegeruch. Hallelujah. Als ich mir die Hände wusch, war das Handtuch steif und trocken. Mr-Muscle-Raumerfrischer auf dem Fensterbrett. Fantastisch. Ich dachte an Octavias Worte. »Sieh es einfach als netten Abend. Fang nicht an, zickig und arrogant zu werden.« Nur der Himmel wusste, wie sauertöpfisch ich wohl geworden wäre, hätte Octavia mich nicht mein Leben lang auf den Arm genommen. Anders als bei ihr kam das »Schwimm mit dem Strom«-Gen in meiner Familie nicht vor.

Ich ging in die Küche. Jake stand am Herd und rührte im Topf. Der Tisch war mit Kerzen, Stoffservietten und Beilagentellern gedeckt. Die Küche war älteren Datums – eher Landhausstil als der Granit und Edelstahl, an die ich gewöhnt war. Doch die Holzstühle wirkten so viel gemütlicher als die verchromten Barhocker an meinem Frühstückstresen.

Während Jake das Essen verteilte, erzählte er von seinem Sohn Angus und zeigte ein Foto von ihm, auf dem er einen großen Silberpokal hielt. »Er ist ein toller Tennisspieler. Ich kann ihn nicht mehr schlagen. Der Junge macht mich zur Schnecke.«

»Weiß er, dass du dich wieder mit Frauen triffst?«

»Ja natürlich. Er will unbedingt, dass ich eine Freundin finde. Wahrscheinlich glaubt er, ich merke nicht, was er selbst im Schilde führt, wenn ich Sex habe.« Eine Pause entstand. In einem Zeichentrickfilm hätte er vermutlich die Hand über den Mund geschlagen. Stattdessen verdrehte er die Augen. »Ich fasse es nicht, dass ich das wirklich gesagt habe«, meinte er.

Ich zuckte die Achseln. Angesichts der Tatsache, dass ich mir schon den ganzen Abend ausmalte, wie Jake wohl ohne Kleider aussah, hatte ich Mühe, schockiert zu wirken. Er fuhr fort, den Kokosnussreis zu verteilen. Dabei warf er mir einen ängstlichen Blick zu.

»Tut mir leid, das war echt daneben.« Er schenkte mir ein verlegenes Lächeln, das ihn wie einen frechen Teenager aussehen ließ. »Du bist einfach hinreißend. Das ist mir halt so rausgerutscht. Natürlich ist es nicht das Einzige, was ich an dir mag.«

»Danke.« In dem nun folgenden Schweigen wand ich mich vor Verlegenheit. Mein Körper war gar nicht so scharf auf einen Themenwechsel und wurde von aufregenden kleinen Pfeilen durchfahren.

Beim Essen erzählte Jake mir von seiner erfolgreichen Druckerei. Seine besten Kunden seien Pharmaunternehmen, Immobilienentwickler und Makler. Ich sparte mir die Anmerkung, dass Scott Immobilienentwickler war.

Genau genommen erwähnte ich ihn überhaupt nicht.

Stattdessen fielen mir immer mehr Dinge auf, die ich an Jake mochte. Seine langen Wimpern. Seine gerade Nase. Sein lockeres Lachen. Das Hühnchen war ein Gedicht, auch wenn ich ein undankbares Publikum war, denn er hätte mir auch eine Fertigterrine vorsetzen können, ohne dass ich es bemerkt hätte. Wenn ich genau hinhörte, konnte ich einen leichten West-County-Akzent ausmachen. Scotts australischer Akzent hatte mich nie gestört, doch ich hatte stets alles westlich von Berkshire als Provinz betrachtet. Allerdings hatte Jake nichts von einem Landei an sich. Nur melodische Erotik.

Er wies mit dem Kopf auf die Weinflasche. »Taxi?« Ich nickte und schob den Gedanken beiseite, dass ich mich selbst überraschen und über Nacht bleiben könnte. Kein Sex. Dazu war ich noch nicht bereit. Aber ich wollte das, was sich unter diesem grünen Hemd verbarg, eindeutig gründlicher unter die Lupe nehmen. Er grinste, und ich sah, wie sich sein ganzer Körper entspannte.

»Fantastisch. Jetzt habe ich nicht mehr das Gefühl, dass bei dir die Uhr tickt, wann du wieder verschwinden kannst. Das nimmt den Druck von mir, den Topunterhalter zu mimen, damit du nicht gehst.«

»Du möchtest also nicht, dass ich gehe?« Der Wein verlieh mir Mut.

»Hör auf, nach Komplimenten zu angeln. Ich glaube, du kennst die Antwort.«

Er stand auf, um abzuräumen, und strich mir im Vorbeigehen übers Haar. Fast konnte ich hören, wie mein Blutdruck anstieg, als mein Herzschlag schneller wurde.

»Nachtisch? Ich habe Tiramisu gemacht. Oder möchtest du eine Pause einlegen? Wir können es auch später noch essen.«

»Später, wenn das in Ordnung ist.« Ich wollte ihn einfach nur küssen. Vergiss den Nachtisch. Bald würde ich eine Papiertüte zum Hineinpusten brauchen.

»Dann setzen wir uns rüber und genießen das Kaminfeuer.«

Er bedeutete mir voranzugehen.

»Du bist ziemlich groß, was?«

»Für eine Frau schon. Aber nicht größer als du.«

Er wirbelte herum. »Nein. Lass uns schauen. Deine Schultern sind etwa fünf Zentimeter tiefer als meine. Wenn ich mich also vorbeuge und du dein Kinn ein kleines bisschen anhebst …« Er hob mein Gesicht an und berührte dann unglaublich sanft meinen Mund mit den Lippen, bis ich spürte, dass meine Beine zu zittern anfingen.

Das Kaminfeuer verkohlte die Rückseite meiner Jeans. Doch dieser Kuss war ein paar leichte Verbrennungen wert. Meine Gliedmaßen fühlten sich an, als seien lebenswichtige stützende Knochen entfernt worden.

»Komm, setzen wir uns. Es wird ein bisschen warm hier.« Er nahm meine Hand.

Schließlich lagen wir, Nase an Nase, auf dem Sofa und redeten den Unsinn, mit dem man nur am Anfang durchkommt. Er fuhr Muster an meinem Hals nach und richtete sich hin und wieder auf, um mich zu küssen. Jedes Mal schien sich mein ganzer Körper aufzulösen und verschmolz mit dem Sofa, bis sich mir der Kopf drehte und ich nur noch seinen kräftigen Körper an meinem spürte.

Ich fühlte mich wie ein Teenager, als wir auf dem Sofa knutschten, so als müssten wir unsere Kleider ordnen, sobald unsere Eltern zur Tür hereinkamen. Mit sicherer Hand knöpfte Jake mir die Bluse auf und öffnete meinen BH, wobei er lange genug den Kopf hob, um sich zu vergewissern, dass ich nichts dagegen hatte, bevor er meine Brüste küsste. Ich zuckte zusammen.

Obwohl ich wusste, dass es albern war, fühlte ich mich immer, als würde ich Scott betrügen.

Ich schob die Schuldgefühle weg und konzentrierte mich auf die unbeschreiblichen Gefühle, die Jake in mir auslöste. Gerade hatte ich Jake das Hemd aus der Hose gezogen und erkundete seine glatte Brust, als die Wohnzimmertür aufgerissen wurde.

In einem Männerhaushalt gab es kein Sofakissen, nach dem ich rasch hätte greifen können. Also konnte ich nicht mehr tun, als meine Brüste mit den Armen zu bedecken. Jake sprang auf und steckte sein Hemd in den Hosenbund. »Angus! Ich wusste nicht, dass du heute nach Hause kommst.«

Angus stand in der Tür und hielt sich die Augen zu wie in einer Komödie. Er war seinem Vater wie aus dem Gesicht geschnitten, eine blondere Version, zerzauster und schlaksiger. »Offensichtlich. Sorry, ich habe dir gesimst, Mum kann mich morgen nicht zur Schule fahren, weil sie früh zur Arbeit muss, deshalb muss ich hier übernachten.«

Jake fasste sich langsam. »Mein Telefon war abgeschaltet. Okay. Gib uns fünf Minuten, dann stelle ich euch vor.« Ein Schmunzeln schwang in seinem strengen Tonfall mit.

»Logo.«

Angus winkte mir zu und trollte sich. Ich hörte, wie der

Kühlschrank geöffnet und geschlossen wurde. Dann Geschirrgeklapper.

Ich konnte Jake nicht ansehen, schnappte mir BH und Bluse und schnallte meinen Gürtel zu. Jake legte mir die Hand auf den Arm. »Hey. Lauf nicht einfach weg. Ich wollte, dass du ihn kennenlernst. Nicht so, aber der verkraftet es schon. Es tut mir wirklich leid.«

»Nein, hör zu. Ich muss jetzt los. Ich kann nicht hier sitzen und höfliche Konversation mit Angus betreiben, nachdem er mich halbnackt gesehen hat.« Am liebsten hätte ich auf der Stelle die Flucht ergriffen.

Jake grinste. »Ich wette, der Anblick deiner Brüste war das Highlight seines jungen Lebens.«

Selbstironie gehörte nicht zu meinen am stärksten ausgebildeten Charaktereigenschaften. »Nein, das schaffe ich nicht. Ich hole mein Auto morgen ab.«

Er streckte die Hand nach mir aus. »Komm schon, reg dich nicht auf. Es war nur ein dummer Zufall. Niemand ist schuld.« Er zog ein Gesicht, als machte ich aus einer Mücke einen Elefanten. Wie gerne hätte ich ihn erlebt, wenn Alicia hereinspaziert wäre und ihn mit heruntergelassenen Hosen erwischt hätte.

Ich schob ihn weg und rief ein Taxi an. »Danke fürs Abendessen. Es war wunderbar.«

Ich marschierte hinaus in den Flur, um meinen Mantel zu holen, und hastete an der Küche vorbei, wo Angus Tiramisu direkt aus der Schüssel löffelte. Nachdem ich einem verdatterten Jake einen Kuss auf die Wange gedrückt hatte, eilte ich in die Kälte hinaus, um auf das Taxi zu warten, und knallte die Tür hinter mir zu.

Fast rannte ich den Gartenweg entlang und schwankte zwischen dem Gefühl, dass ich mich in schlechtem Licht dargestellt und dass Jake seine Planung offenbar durcheinandergebracht hatte. Kein Taxi in Sicht. Wenige Sekunden später hörte ich, wie sich die Haustür öffnete. Ich drehte mich nicht um.

Kräftige, warme Arme schlangen sich von hinten um mich.

»Roberta. Wir führen ein Leben mit Kindern. Ja, es ist peinlich. Nein, es war nicht die optimale Methode, dich mit Angus bekannt zu machen. Aber du brauchst deswegen nicht gleich auszuflippen. Wir sind nicht das einzige Paar, das sich trifft, sich mag, auf dem Sofa ein bisschen Spaß hat und von seinem chaotischen Nachwuchs überrascht wird.«

Ich wandte mich um. »Es ist so schwierig für mich. Ich habe, seit ich zwanzig bin, keinen neuen Mann mehr kennengelernt. Ich weiß nicht, ob ich mit all diesen Komplikationen klarkomme.«

»Angus ist keine Komplikation. Er ist ein Jugendlicher, der unerwartet nach Hause gekommen ist. Kein Kleinkind, um das ich mich rund um die Uhr kümmern muss. Aber er ist mein Sohn, und ich werde ihm das Nachhausekommen nicht verbieten. Beim nächsten Mal lasse ich allerdings mein Telefon an.« So wie er »beim nächsten Mal« aussprach, klang es nach einer Mischung aus Hoffnung und Frage.

Die Scheinwerfer des Taxis glitten die Straße entlang. Meine Wut legte sich. In meinem Alter war es unrealistisch zu erwarten, dass ein reizender Mann wie Jake kein Päckchen zu tragen hatte. »Entschuldige, dass ich so überreagiert habe.«

Jake küsste mich rasch und hielt mir die Autotür auf. »Und mir tut die Unterbrechung leid.«

»Mir auch.« Ich lehnte mich im Taxi zurück und berührte meine Lippen. Vielleicht gab es ja doch noch ein Leben nach Scott.

Octavia

Um die Mittagszeit erschien Roberta im Kindergarten, bepackt mit einer wunderbaren Tüte voller Picknick-Leckereien. Ich winkte sie herein und schob die Fotos, die ich durchgeschaut hatte, in die Schreibtischschublade. Den Vormittag hatte ich damit verbracht, abwechselnd nachzusehen, ob Xavi sich nicht plötzlich bei Facebook angemeldet hatte, und Fotos von mir mit zwanzig Jahren zu betrachten und mich zu fragen, wann ich wohl zu der Frau geworden war, die niemand wiedererkannte. In meiner Jugend hatte ich mich nie für hübsch gehalten, doch als ich die Bilder nun wieder musterte, entdeckte ich eine gewisse elfenhafte Attraktivität an mir, die ich nie zu schätzen gewusst hatte.

Roberta hätte sich keinen besseren Tag für ihren Besuch aussuchen können. Ich hatte mich noch immer nicht von einem Streit mit Jonathan am Vorabend erholt und brauchte jemanden, der mir bestätigte, dass ich recht hatte, auch falls das nicht stimmen sollte. »Gott sei Dank, dass du hier bist. Jetzt sieht der Tag schon viel rosiger aus.«

»Quält etwas deine Seele?« Roberta zog die Augenbrauen hoch. Das war ein Scherz zwischen uns, seit wir in der Schule gezwungen worden waren, *Desiderata* auswendig zu lernen.

»Ja, ich denke, wir können mit Fug und Recht behaupten, dass sich das Universum nicht nach Wunsch entwickelt.«

Ich berichtete ihr von meiner Debatte mit Jonathan, ob ich

zur Jahrestagung der Kindergartenleiter fahren sollte. Normalerweise jammerte ich entsetzlich bei der Vorstellung, ein Wochenende in einem sterilen Hotel für Geschäftsleute verbringen zu müssen, und überdies in Gesellschaft von Menschen, die zu heftig gestikulierten und übertrieben das Gesicht verzogen.

In diesem Jahr jedoch sehnte ich mich von ganzem Herzen nach Abstand – ganz gleich welcher Art – von Jonathans langem Gesicht. Sobald er die Augenbrauen hochgezogen und den Satz »Ich glaube nicht, dass wir uns das leisten können« ausgesprochen hatte, hatte ich darauf gebrannt, ein Wochenende lang zu verschwinden.

Ich dachte nur noch an die Gelegenheit, fünf Minuten lang auf einem Bett zu liegen, ohne von jemandem gerufen zu werden, bis in die Puppen aufzubleiben, zu viel billigen Shiraz zu trinken und wildfremden Leuten peinliche Geheimnisse anzuvertrauen.

Und meiner Sucht zu frönen, Xavi zu googeln.

»Vielleicht kannst du es dir ja nächstes Jahr leisten. Ist ja kein Weltuntergang, oder?«, meinte Roberta.

»Nein. Ist es nicht.«

Verglichen mit Robertas traumatischen Erfahrungen war es das wirklich nicht. Aber es war mir dennoch wichtig.

»Ich hätte es vorgezogen, wenn Jonathan seinen Standpunkt nicht dadurch untermauert hätte, dass er die überflüssigen Dinge auf meiner Einkaufsliste anstreicht. Wozu brauchten wir Brie statt Analogkäse? Limo, wenn wir auch Leitungswasser trinken können? Herrje, von unserem letzten Einkauf sind wir mit Plastikkäse und ›preiswertem‹ Klopapier zurückgekommen, mit dem ich mir fast die Haut vom Hintern geschmirgelt hätte. Ganz zu schweigen von dem haltbaren O-Saft, der noch nie mit einer Orange in Berührung gekommen ist.«

Robertas Gesichtsausdruck war ein Bild für die Götter. Ihr

Vater hatte noch nie eine Restaurantrechnung auch nur eines Blickes gewürdigt. Er überreichte dem Kellner einfach seine Kreditkarte mit den Worten »Ich vertraue Ihnen«.

Robertas Miene war gequält. »Welcher Mann vergeudet seine Zeit damit, Einkaufslisten zu lesen und zu entscheiden, was drin ist und was nicht?«

»Insbesondere dann, wenn er stattdessen mit Stan Gassi gehen oder die Jalousie in Pollys Zimmer reparieren könnte. Aber am meisten macht mich sauer, dass heute bei Morgengrauen ein neues MacBook Pro geliefert wurde. Gut, Blaubeeren, um mein Leben zu verlängern, stehen nicht länger auf dem Programm, aber es geht eben nichts über eine tolle Bildschirmauflösung.«

Roberta erschauderte. »Wie egoistisch.«

Obwohl Jonathans Ausflucht, er brauche einen besseren Computer für seine Bewerbungen, nichts dazu beigetragen hatte, mich zu beruhigen, war es wieder einmal ein Beweis für die widersprüchliche Natur des Menschen, dass es mich störte, wenn Roberta ihn durch den Kakao zog. Insbesondere deshalb, weil Scotts Defizite selbst aus dem Weltall nicht zu übersehen gewesen waren.

»Und, wie ist es mit Jake gelaufen?« Ich kramte in der Tüte.

»Super. Vegetarisches Sushi. Toll, dass du dich daran erinnerst.«

Roberta wickelte ein Hummersandwich aus und schilderte mir, wie Angus hereingeplatzt war. Ich lachte, bis ich Rotkohl auf meine Statistiken prustete.

»Du bist sicher die Einzige, die deswegen eine Krise kriegen würde. Er hatte das doch nicht geplant. Typisch, dass du ein großes Drama daraus machst. Wie war er heute Morgen? Hast du ihn gesehen, als du dein Auto abgeholt hast?«

Roberta trank von ihrem supergesunden Saft. Sie wirkte ein wenig verlegen. »Ich habe mich nicht getraut zu klingeln, nur für den Fall, dass Angus aufmacht.«

Ich verdrehte die Augen. »Gütiger Himmel. Du bist ja noch schlimmer als jeder Teenie. Jake scheint ein reizender Mensch zu sein und außerdem viel toleranter, als du vernünftigerweise erwarten kannst. Als ob Angus sich an deine Titten erinnern würde. Wahrscheinlich holt er sich jeden Abend in seinem Zimmer zu Körbchengröße H aus dem *Playboy* einen runter.«

Darüber musste sogar Roberta lachen. »Meinst du, ich sollte Jake anrufen?«

»Ja. Sobald du hier weg bist. Bevor er bei Klick & Go eine findet, die nicht so durchgeknallt ist wie du.«

Robertas ernstes Gesicht stimmte mich versöhnlich. »Oder so hinreißend schön und schlagfertig.«

Nachdem sie den letzten Löffel Joghurt verspeist hatte, konnte sie es kaum erwarten zu verschwinden. Seit sie sich das Dating-Virus eingefangen hatte, war sie eine Frau mit einer Mission. Ans Fensterbrett gelehnt, beobachtete ich, wie sie im Auto telefonierte. Sie hatte einen Ellbogen aufs Lenkrad gestützt und strich sich mit der freien Hand über die Augenbrauen, ihre Version des Nägelkauens. Ihre Miene war ernst, und dann, plötzlich, lächelte sie. Guter alter Jake. Offenbar war er sehr nachsichtig. Nach all den Jahren mit Scott hatte sie einen netten Mann wirklich verdient.

Ich durfte sie nicht beneiden. Nein, das durfte ich nicht.

Roberta

Ich schwebte in Gefahr, zur Immobilienmakler-Stalkerin zu werden. Ständig belästigte ich verschiedene mit durchdringend riechendem Rasierwasser eingenebelte junge Männer, ob sie nicht von einem Haus gehört hätten, das zum Verkauf stand. Nach zweieinhalb Monaten in einem Kaninchenbau mit offenem Grundriss sehnte ich mich verzweifelt nach einem richtigen Zuhause. Ich traf mich jetzt schon seit fünf Wochen mit Jake und war geradezu lächerlich begeistert, als er mich das erste Mal seine »Freundin« nannte. An guten Tagen sah ich den Kauf eines neuen Hauses als aufregenden Neuanfang, nicht als niederdrückendes Symbol meines Versagens. Ich brauchte nur ein wenig Glück, um etwas Ordentliches zu finden.

Inzwischen hatte ich unzählige Bruchbuden besichtigt, meist in Begleitung von Octavia, die an die Wände klopfte, um mir zu zeigen, wie mies die Bausubstanz neuer Häuser war. Ständig wollte sie mir etwas mit »ein bisschen mehr Charakter« aufschwatzen. Doch ich beharrte darauf, dass ich ein modernes und wartungsfreies Haus wollte. Schließlich nahm ich sie nicht mehr mit. Ich konnte nicht klar denken, während »ein starker Wind, und es ist vorbei« mir das Urteilsvermögen vernebelten.

Deshalb war ich überglücklich, als mich einer der Makler am Montagmorgen anrief. Am frühen Nachmittag hatte ich ein nagelneues Haus besichtigt, das ich kaufen wollte, das erste, bei dem ich nicht den Eindruck hatte, dass ich für den Rest meines Lebens unzufrieden sein würde. Es verfügte nicht über den Garderobenraum, den Wintergarten oder den Fitnesskeller, an die ich bis jetzt gewöhnt gewesen war, dafür jedoch über drei große Schlafzimmer und drei Bäder. Wie Octavia meinte, würde mich keiner deshalb bemitleiden. Zum Glück gab es keine Warteliste. Der Makler versicherte mir, in einem Monat wäre der Vertrag in trockenen Tüchern.

Gleich nach der Besichtigung rief ich Jake an. Er war am Flughafen, unterwegs zu einer Druckertagung in Deutschland.

»Klingt prima. Darf ich es mir anschauen?« Er musste die Ansagen im Hintergrund überschreien.

Ich wunderte mich über mich selbst, als ich feststellte, dass ich hoffte, er würde das Haus genauso lieben wie ich. »Natürlich, wenn du möchtest. Aber rede es mir nicht aus. Ich finde es perfekt.«

»Daran würde ich nicht im Traum denken. Mich interessiert nur, was für ein Haus sich der zukünftige Star der Innenarchitektur aussucht. Versuch, einen Termin für Freitag zu vereinbaren, wenn ich zurück bin.«

Ich lächelte, so überglücklich, dass er an mich glaubte. Als die Frau am Schalter ihn aufforderte, sein Gepäck auf die Waage zu stellen, verabschiedeten wir uns rasch. Zu meiner Überraschung fühlte ich mich so einsam wie schon seit Jahren nicht mehr. Seit dem »Angus-Abend« sahen wir uns regelmäßig. Ganz selten lud ich ihn in meine Wohnung ein, wenn Alicia nicht zu Hause war. Doch das Bett, das mir aus der Ecke des Wohnzimmers zuzwinkerte, machte mich nervös. Ich hatte ihn noch nicht bei mir übernachten lassen und trotz mehrerer Einladungen auch keine Nacht bei ihm verbracht. Falls ihn das störte, hinderten ihn seine guten Manieren offenbar daran, mich zu bedrängen.

Manchmal, am Vormittag, eiste er sich für eine halbe Stunde aus dem Büro los, damit wir einen Kaffee trinken gehen konnten. Dann hielten wir Händchen und blickten einander tief in die Augen, während die Minuten verflogen. Wir telefonierten jeden Tag, und zwar mehrmals. Allmählich gewöhnte ich mich daran, dass da jemand war, dessen Tonfall sich am anderen Ende der Leitung erhellte, wenn ihm klar wurde, wer am Apparat war.

Er hatte sogar einen Überraschungsausflug ins Londoner Designmuseum organisiert, wo er mich nach Lust und Laune umherschlendern ließ. Im Gegensatz zu Scott betrachtete er Dinge, die mich, aber nicht ihn interessierten, nicht als großes Opfer. Beim Nachmittagstee im Dorchester ermutigte er mich dazu zu glauben, dass es kein Luftschloss war, mich als Innenarchitektin selbstständig zu machen.

Bei jedem unserer Treffen flößte er mir tröpfchenweise Mut ein. »Du hast ein erstaunliches Gespür für Farben.« »Ich weiß, dass dir zu diesem Raum etwas einfallen würde.«

Nach einer Weile nahm ich meinen Mut zusammen und kontaktierte den neuen Gründungsberater meiner Bank. Ich hatte mich noch nie mit Start-up-Finanzierung beschäftigt – das war Scotts Gebiet –, doch Jake war ein Geschenk des Himmels. Ohne mir das Heft aus der Hand zu nehmen, besprach er verschiedene Geschäftskonzepte mit mir, bis meine Panik nachließ. Die wenigen Tage ohne ihn würden sehr lang werden.

Als ich um drei in die Tiefgarage meines Apartmenthauses einfuhr, hörte ich, wie eine SMS einging. Jake war einfach reizend. Wahrscheinlich hatte er meine Stimmung gedeutet. Doch als ich aufs Display starrte, krampfte es mir den Magen zusammen.

Können wir uns treffen? Wir müssen reden. Wuff.

Ein alter Scherz aus glücklicheren Zeiten. Scott. Scottie, der Hund. Wuff. Worüber wollte er denn reden? Das Finanzielle hatten wir schon so gut wie geklärt. Er würde mir meinen Anteil am Haus im Waterhill Drive ausbezahlen und mir eine Pauschale für mein neues Haus geben. Da sein monatlicher Unterhalt großzügig war, würden die Ratenzahlungen kein Problem sein, wenn ich mich sparsam verhielt. Vielleicht wollte er mich ja in letzter Minute noch über den Tisch ziehen. Zornig starrte ich auf das Telefon und suchte nach der Botschaft zwischen den Zeilen. Wuff war freundlich. Allerdings keine Küsse, doch die Tage des Küssens waren vermutlich vorbei. Dennoch war es ein Fortschritt verglichen mit seinen letzten Nachrichten, die meine Fähigkeiten als Mutter und Ehefrau anzweifelten.

Ich fuhr mit dem Aufzug hinauf zu meiner Wohnung im dritten Stock. Eine riesige Wolke breitete sich über meine Hochstimmung nach dem Hauskauf. Bei Scott musste ich vorsichtig sein. Er war durchaus in der Lage, meine Pläne aus reinem Mutwillen zu durchkreuzen. Vielleicht wollte er aber auch nur darüber sprechen, wie er eine bessere Beziehung zu Alicia aufbauen konnte. Sie verabscheute es noch immer, bei ihm zu übernachten.

Ich wusch mir die Hände und griff nach einem Handtuch, das ich bei meiner morgendlichen Badezimmer-Aufräumaktion offenbar übersehen hatte. Dann hängte ich einige Jacken an die Rückseite von Alicias Zimmertür, eine winzige Schuhschachtel, die sie hasste. Sie hatte meine Aufforderung ignoriert, ihr Bett zu machen. Seufzend stellte ich fest, dass sich ihre Sporttasche in der Bettdecke verheddert hatte. Sie hatte am nächsten Tag ein Schwimmturnier und würde anschließend bei Scott bleiben.

Ich beschloss, den Stier bei den Hörnern zu packen. Ich würde ihre Sachen vorbeibringen, herausfinden, was Scott wollte, und Shana kennenlernen, die nun Teil von Alicias Leben war, ob es mir gefiel oder nicht. Die SMS sparte ich mir – ich würde nicht um Erlaubnis bitten, ein Haus zu betreten, das mir im

Moment noch zum Teil gehörte, auch wenn Shana sich dort dauerhaft niedergelassen hatte. Ich zog den Lippenstift nach und trug noch eine Schicht Wimperntusche auf.

Das Auto fuhr praktisch von selbst zum Watermill Drive. Die Kirschbäume blühten. Als wir vor neun Jahren hierhergezogen waren, hatte ich geglaubt, angekommen zu sein. Bewiesen zu haben, dass alle unrecht hatten, die behaupteten, ich hätte einen Loser geheiratet. Selbst mein Dad musste zugeben, dass es eine Leistung von Scott gewesen war, es innerhalb von zehn Jahren vom mittellosen Surfer zum Villenbesitzer gebracht zu haben. Vielleicht hielt Shana sich ja jetzt für eine gemachte Frau.

Ich tippte den Code zum Tor ein und fuhr aufs Grundstück. Wenn ich Glück hatte, starrte Shana gerade auf den Überwachungsmonitor und fragte sich, wer zum Teufel ich war. Ich parkte vor dem von Säulen flankierten Eingang und läutete. Als ich den Bauch einzog, spürte ich, wie Adrenalin meinen Körper durchpulste.

Die Blondine, die die Tür öffnete, trug Jeans und ein ärmelloses T-Shirt. Octavia hätte sie wohl »Miss Tittenlos« getauft.

»Hallo, ich bin Roberta, Scotts Frau. Ich wollte nur rasch mit ihm reden.« Das Wort »Exfrau« benutzte ich nur, wenn es mir in den Kram passte. Selbst in meinen Ohren klang meine Stimme übertrieben arrogant.

»Hallo, ich bin Shana. Nett, Sie kennenzulernen.« Sie hielt mir die Hand hin. Fiese kurze Nägel, stumpf wie kleine Spaten. Ich hatte mit einer aufgestylten Intelligenzbestie gerechnet, die gerade einen Deal über zehntausend Push-up-BHs abgeschlossen hatte, während ihr Banker am anderen Ende der Leitung wartete.

Stattdessen wirkte sie eher, als hätte ich sie beim Leeren der Mülleimer gestört.

Sie zögerte. »Ich hole Scott. Er ist in seinem Büro im Garten.« Sie bat mich herein. »Möchten Sie in der Küche warten?«

»Wenn ich Lust dazu hätte, würde ich im Schlafzimmer warten, verdammt«, hätte ich am liebsten geantwortet. Doch stattdessen lächelte ich süßlich. »Danke, aber ich gehe rüber ins Büro.« Kurz zeichnete sich Panik auf ihrem Gesicht ab. Scott hatte offenbar eine neue Zielscheibe für seine Wutausbrüche gefunden. »Schon gut. Er hat mir eine SMS geschrieben. Er möchte mich sehen.«

Ohne darauf zu warten, von ihr in die Küche geführt zu werden, marschierte ich hinein und musste dabei gegen das Gefühl ankämpfen, in ein fremdes Haus eingedrungen zu sein. Im Flur roch es nach gekochtem Fisch. In der Küche türmte sich ein Haufen schmutziger Müslischalen neben der Spüle. Ein Rosenstrauß ließ in einer Vase die Köpfe hängen. Meine wundervolle Vase von Poole Pottery. Meine Arbeitsflächen aus schwarzem Granit waren verschmiert.

Shana heftete sich an meine Fersen. Ich wollte den Schlüssel aus seinem Versteck über der Terrassentür holen.

»Wir bewahren ihn nicht mehr dort auf. In einem so großen Haus bin ich in Sachen Sicherheit paranoid.« Sie griff in eine Schublade und kramte in einem Gewühl aus Telefonladegeräten und Computerkabeln herum. Aufräumen schien nicht ihre Stärke zu sein.

Das würde Scott nicht lange mitmachen. Ganz sicher nicht.

Es gelang mir, ihr den Schlüssel nicht aus der Hand zu reißen. Sie folgte mir hinaus in den Garten. Ihre hässlichen Birkenstocks schlurften hinter mir die Stufen hinunter.

Ich klopfte an Scotts Bürotür und steckte den Kopf hinein. »Hallo, Wuff.« Aus dem Augenwinkel bemerkte ich, wie Shana neugierig den Kopf zur Seite neigte. »Wuff« war unter die Gürtellinie gegangen.

Scott sprang auf. »Robbie!«

Er war die Überschwänglichkeit in Person, so als seien ihm stets nur liebevolle und zärtliche Worte über die Lippen gekommen. Er warf einen Blick auf Shana. »Hey, Shanie, ich muss mit Robbie ein paar Sachen besprechen. Kannst du uns einen Kaffee bringen, Baby?«

Shana erinnerte mich an ein Kind, dem man den Nachtisch gestrichen hatte. Plötzlich hatte ich Mitleid mit ihr und drehte mich zu ihr um. Sie war zu jung, um sich gegen Scotts Psychospielchen zu wehren. »Nein, für mich nicht, danke. Ich bleibe nicht lange. Ich wollte nur Alicias Schwimmsachen vorbeibringen.« Ich hielt die Tasche hoch.

Scott verzog das Gesicht. »Dann eben nur für mich. Nicht zu viel Milch.« Er besaß die bewundernswerte Fähigkeit, Abwimmeln und Respektlosigkeit in höflich klingende Sätze zu kleiden. Shana nickte und trollte sich in den Garten.

Scott schob seinen Bürostuhl zurück. »Hältst es wohl nicht ohne mich aus, Robster?«

Ich hasste es, wenn Scott mich so nannte. Er sprach nie jemanden mit seinem richtigen Namen an. Mein Vater würde sicher Luftsprünge machen, weil er in Zukunft von »alter Junge« oder »Davey-Boy« verschont blieb.

»Du wolltest mit mir reden.« Mein Tonfall war ruhig und bestimmt. Er gehörte zu den wenigen Männern, die ich kannte, die Fliederfarben tragen konnten. Außerdem hatte er sich ein wenig die Haare wachsen lassen, so lässig und sorgenfrei wie damals, als ich ihn kennengelernt hatte. Ich hielt mir vor Augen, dass sein jungenhaftes Lächeln prompt verflog, sobald er seinen Willen nicht bekam.

»Ja. Die Sache ist, dass wir meiner Ansicht nach viele Dinge gesagt haben, ohne sie so zu meinen. Wir müssen die Probleme bereinigen und einen kleinen Neuanfang versuchen. Ali zuliebe. Ich glaube, sie gibt mir die Schuld daran, wie sich die Sache entwickelt hat.«

Um des lieben Friedens willen verkniff ich mir ein »Wundert dich das?«. Ich würde das Beste daraus machen, dass Scott in charmanter Stimmung war. Wie immer war er überzeugt davon, dass ich sofort tun würde, was er wollte.

»Und was schwebt dir da so vor?«

»Darf ich dich zum Essen einladen?«

»Hätte Shana da nichts dagegen?« Ich blickte mich um. Nichts wies darauf hin, dass sie mit Scotts Kaffee angelaufen kam. Wenn sie nur einen Funken Verstand hatte, würde sie jetzt ihren Rucksack packen und verschwinden.

»Um die kümmere ich mich.« Derselbe alte Scott, der keinen Widerspruch duldete.

Mein Wunsch, eine Basis herzustellen, auf der ein vernünftiges Gespräch möglich war, kämpfte gegen das Bedürfnis, mich gegen ihn durchzusetzen. »Du lebst doch mit ihr zusammen, richtig? Wird es sie denn nicht stören, wenn du deine Noch-Nicht-Exfrau ausführst?«

Scott lachte auf. »Ach, das macht ihr nichts aus.«

»Warum möchtest du mit mir essen gehen? Was gibt es noch zu sagen? Abgesehen davon, dass es mit uns nicht geklappt hat?« Die Stimme klebte mir in der Kehle, und ich hatte Mühe, ein Wort herauszubringen. Tränen prickelten mir hinter den Augen.

»Ich will einige Dinge klären. Erzähl mir jetzt nicht, du hättest dir schon einen anderen geangelt.« Er hatte den stählernen Unterton angeschlagen, der normalerweise einem Streit voranging.

»Gütiger Himmel, nein. Wer könnte dir schon das Wasser reichen?« Ich biss die Zähne zusammen, um nicht einfach »Jake« herauszuplatzen. Mein weiterhin wackeliges neues

Selbstbewusstsein war einer frontalen Eifersuchtsattacke von Scott noch nicht gewachsen.

»Also Abendessen. Um acht. Chez François. Ich schicke meinen Fahrer, um dich abzuholen.«

»Nein, schon gut. Ich nehme ein Taxi.«

»Baby. Mein Fahrer. Keine Widerrede. Meine Frau hängt nicht an Straßenecken rum, um auf ein Taxi zu warten.«

»Dann bin ich also noch deine Frau?« Zum Glück konnte Octavia nicht sehen, wie ich sein Ego streichelte. Ich brachte es einfach nicht über mich, den letzten dünnen Faden zu durchtrennen, der uns noch miteinander verband.

»Vielleicht noch länger, als du glaubst.« Scott fing an, hektisch auf sein BlackBerry einzutippen. »Also bis Freitag.«

Ich begegnete Shana, die gerade mit einer Kaffeetasse den Gartenweg entlanggehuscht kam. Scott mochte nur die großen weißen Kaffeebecher von Villeroy und Boch. Auf dem Weg nach draußen nahm ich meine Poole-Pottery-Vase mit. Das Rot würde wundervoll in mein neues Haus passen.

Erst am Auto fiel mir ein, dass ich mich am Tag von Jakes Rückkehr aus Deutschland mit Scott verabredet hatte.

Octavia

Die Obduktionen von Jonathans Vorstellungsgesprächen liefen unterschiedlich ab. Abhängig von der jeweiligen Tagesform, kam er nach Hause und verkündete: »Heute hatte ich ein gutes Gefühl. Es gab nur noch zwei weitere Bewerber, und der Personaler fand offenbar, dass ich der Beste für den Job bin. Wird auch langsam Zeit, dass es klappt.« Die ersten Male freute ich mich mit ihm und malte mir schon aus, wie ich die Champagnerkorken knallen lassen und ihm sagen würde, ich hätte doch schon immer gewusst, dass er es schaffen würde.

Allerdings schrumpfte »der Beste für den Job« stets zu »Die Chemie hat nicht gestimmt.«, »Sie denken, ich bin für die Stelle überqualifiziert.« Oder »Der Posten war zu untergeordnet, in ein paar Monaten hätte ich den ganzen Laden schmeißen müssen.« Inzwischen hatte ich meine Erwartungen gesenkt und sparte meine Kräfte für die Aufräumarbeiten nach der Absage auf.

Noch schlimmer waren die Male, bei denen die Personaler »aussahen, als wären sie kaum alt genug, um sich selbst den Hintern abzuwischen«. Jonathan beglückte mich mit detaillierten Schilderungen jeder Frage, jedes Einwands und dem, wie er denen »Bescheid gegeben« hatte. Schlussfolgerung war, dass sie Angst vor der Konkurrenz hatten und ihn unmöglich mit an Bord nehmen konnten, weil sie alle arbeitslos werden würden, sobald er sie mit seinem Genie beiseitegefegt hatte.

Als Jonathan vor knapp drei Monaten die Kündigung erhalten hatte, hatte ich einen Anflug von Aufregung verspürt, weil wir vielleicht einen Neuanfang im Ausland wagen würden. Doch als eine Absage auf die andere folgte, wurde mir klar, dass die Zeit vor Charlies Geburt, als Jonathan mir das Haar gezaust und meine verrückten Einfälle mitgemacht hatte, unwiederbringlich vorbei war. Nun, drei Kinder später, befanden wir uns offenbar in einer Verantwortlichkeits-Stagnation. Es war unsere Pflicht, sie zum einen Ende der Schul-Wurstmaschine hineinzuschieben, damit am Schluss ordentliche kleine Industriesoldaten dabei herauskamen. Deshalb war »eine feste Stelle in einem Umkreis von fünfzig Kilometern und mit einer sicheren Rente« viel wichtiger, als »ans andere Ende der Welt zu rennen, ohne sich alles vorher gründlich zu überlegen«.

Leider war das gründliche Überlegen zum tausendsten Mal, wie Jonathan es einforderte, der Feind der Inspiration und Spontaneität, eines Lebens mit Freude im Herzen und Abenteuerlust in der Seele. Als Jonathan und meine Mutter mich »dem Baby zuliebe« in die Ehe gedrängt hatten, war ich so naiv gewesen zu glauben, dass mein Freigeist auf ihn abfärben würde. Stattdessen hatte sich sein Spießertum als der stärkere Einfluss entpuppt.

Mit zunehmend absackendem Kontostand verlor mein kleiner Traum von unkonventionell aufwachsenden Kindern in einem spanischen Orangenhain oder weltgewandten Frankophilen, die durch den Montmartre flanierten, an Haltbarkeit wie abgelaufene Schweineschnitzel. Ich hörte auf, an Thailand zu denken, und grübelte stattdessen über eine Umschuldung nach. An manchen Tagen sogar über einen Hausverkauf. Roberta hatte zwar versprochen, bei Patri ein gutes Wort für Jonathan einzulegen, aber wir hörten nie etwas von ihm. Ich wagte nicht, Roberta damit zu belästigen, weil sie selbst so viel um die Ohren hatte. Doch als ich gerade aufgegeben hatte, auf diese

Möglichkeit zu hoffen, rief Patri ihn an, um einen Termin zum Vorstellungsgespräch zu vereinbaren.

Zufällig war der Himmel am festgesetzten Tag bedeckt, die Zukunft sah düster aus, und Jonathans Stimmung war auf dem Tiefpunkt. Und wenn der Erzengel Gabriel persönlich zur Tür hereingestürmt gekommen wäre und in sein Horn gestoßen hätte, hätte Jonathan vermutlich nur den Fleck auf seinem weißen Gewand gesehen. Selbst als er in seine Jacke schlüpfte, meinte er zu mir, Patri wolle Roberta nur einen Gefallen tun, und der Job sei sowieso nicht vorhanden. »Das ist doch bloß Zeitverschwendung. Am besten sollte ich anrufen und absagen.«

»Tu das nicht. Geh einfach mit einer offenen Einstellung hin. Vielleicht ergibt sich ja etwas Neues daraus. Möglicherweise nicht jetzt, aber es könnte ein nützlicher Kontakt sein.«

»Ich habe jede Menge nützlicher Kontakte.«

»Ist der springende Punkt nicht, dass man nie weiß, was zum Erfolg führt? Heißt es nicht immer, man müsse die richtigen Leute kennen?«

»Ich kenne viele Leute, und bis jetzt hat mir das nichts gebracht, oder?«

Allmählich platzte mir der Kragen. Allerdings hätte ein Streit ihn nicht in die richtige Stimmung versetzt, um seinen Charme zu versprühen und schlagfertige Antworten zu geben. Also unterdrückte ich meine Gereiztheit. »Ich weiß, es ist frustrierend. Aber Roberta hat ein Loblied auf dich gesungen.«

»Ich brauche keine Almosen, sondern eine feste Stelle.«

Ich holte tief Luft und winkte ihm mit einem breiten Lächeln nach, um seiner niedergedrückten Untergangsstimmung Paroli zu bieten. Dann fuhr ich zur Arbeit, wo ich eine unerklärliche Freude daran hatte, im Regen mit einer Gruppe Vierjähriger nach Regenwürmern zu suchen.

Gerade bewunderten wir, wie sich ein dicker, fetter Wurm zurück in die Erde wühlte, als mich eine meiner Mitarbeiterinnen ans Telefon rief. »Es ist Jonathan. Er sagt, es ist wichtig.«

Widerwillig marschierte ich ins Büro, nachdem ich die Kinder angewiesen hatte, einen Ohrenkneifer zu fangen, bis ich zurück war.

Ich hatte keine großen Hoffnungen. Jonathans Vorstellung von *dringend* bedeutete normalerweise eine zusammengebrochene Internetverbindung.

»Ich hab's geschafft!«

»Was geschafft?«

»Einen Job zu kriegen!«

»Was? Bei Patri? Das ist ja phantastisch.« Ich wurde von Erleichterung ergriffen. Keine schwarze Wolke, die auf dem Sofa herumlungerte oder schmollend in der Küche stand und mir dabei zusah, wie ich die Spülmaschine ausräumte. Nicht mehr als Aufmunterungsinstanz für ein arbeitssuchendes Ego herhalten zu müssen. Keine verdammten »preiswerten« Teebeutel mehr, deren Ergebnis nach gekochten Kakerlaken schmeckte.

»Dreimal darfst du raten. Er möchte, dass ich das gesamte Computersystem seiner Firma auf Sardinien einrichte.«

»Kannst du das von hier aus tun?«

»Und jetzt kommt das Beste. Nächste Woche fliege ich rüber, um eine vorläufige Analyse vorzunehmen. Sobald ich weiß, was er braucht, bezahlt er uns beiden einen Kurztrip dorthin. Es ist höchste Zeit, dass du mal Abstand kriegst. Ich weiß, die letzten Monate waren nicht einfach. Wir sollten ohne die Kinder hinfahren. Schauen wir, ob deine Mutter auf sie aufpassen kann. Tagsüber muss ich arbeiten, aber abends können wir die Insel erkunden. Wenn wir bis zum Frühjahr warten, ist es sicher sonnig dort.«

Ich glaubte, Jonathan und ich hatten seit der Geburt der Kinder nicht mehr als einen Nachmittag allein miteinander verbracht. Hoffentlich würden wir nicht zu dem Schluss kommen, dass wir zu den Paaren gehörten, die sich beklommen im Restaurant umsahen und sich fragten, worüber all die anderen Leute nur redeten. Nun, vermutlich würden wir das herausfinden. Ich war nicht sicher, ob ich viel mehr zu berichten hatte als die unsystematische, aber häufige Internetsuche nach einer alten Liebe und meine Befürchtung, dass die Dichtung der Waschmaschine bald ihren Geist aufgeben würde.

Doch dann fiel mir noch etwas ein. Es erschreckte mich, wie aufregend ich das fand. Sardinien war nur eine kurze Überfahrt mit der Fähre von einer anderen Insel entfernt.

Korsika.

Roberta

Die fünf Tage, die Jake verreist war, erschienen mir wie eine Ewigkeit. Schon lange vor der Landung seines Flugzeugs war ich in Gatwick, um ihn abzuholen, und suchte die Menschenmenge nach seinem blonden Haarschopf ab. Kurz meldeten sich Erinnerungen an die Zeit, in der ich hier auf Scott gewartet hatte, wenn er aus Australien zurückkam, und mich verzweifelt nach dem Moment sehnte, in dem er mich in die Arme schloss und all die Wochen der Trennung von mir abfielen. Noch immer konnte ich es nicht glauben, dass diese große Liebe sich in Schmerz und Trauer verwandelt hatte.

Alle hatten gewusst, dass es nicht von Dauer sein würde, nur ich in meiner Dummheit und Sturheit nicht.

Ich drückte die Trauer weg, die sich seit Weihnachten hartnäckig an meine Fersen heftete. Obwohl ich meine Tage nicht mehr zusammengerollt im Bett verbringen wollte, wurde ich immer noch häufig von einer heftigen Verzweiflung ergriffen, die nur Jake vertreiben konnte. Ich reckte den Hals und hielt Ausschau nach ihm. Jedes Mal, wenn ein Mann mit seinem Körperbau durch die Tür kam, machte mein Herz einen Satz. Als er endlich auftauchte, wirkte er glücklich und entspannt, nicht etwa wie kurz vor einem Wutanfall, weil es ihm an der Gepäckausgabe, in der Warteschlange vor der Passkontrolle oder sonst irgendwo zu lange gedauert hatte, was Scott stets als persönliche Beleidigung auffasste.

Er zog mich zur Seite, um dem Menschenstrom Platz zu machen, und umarmte mich. Er roch nach Pfefferminz. Wie gerne wäre ich eine der Frauen gewesen, die sich ihrem Geliebten in die Arme warf, ohne sich um die Leute ringsherum zu kümmern. Doch nach einem raschen Kuss auf die Lippen, gewann mein verklemmtes Ich wieder die Oberhand.

»Ich habe dich vermisst.« Bei Jake klang es so leicht, solche einfachen Dinge auszusprechen.

Ich drückte seine Hand. »Ich hab Sandwiches mitgebracht. Weil ich nicht wusste, was du magst, hab ich verschiedene Sorten gekauft.«

Ich hatte vor Augen, wie Octavia mich gehänselt hätte. »Er sagt dir, dass er dich vermisst hat, und du antwortest *Shrimps mit Mayonnaise oder Käse und Gürkchen?*« Selbst ich verstand, dass sie das lustig finden würde.

»Du bist ein Schatz. Aber zuerst muss ich aus diesem Flughafen raus. Wollen wir erst zu mir fahren und dann am Golfplatz picknicken?«

Ich zögerte. Plötzlich fühlte ich mich befangen. »Ich habe mich gefragt, ob du dir nicht vorher mein neues Haus anschauen möchtest. Ich muss etwas wegen der Vorhänge ausmessen. Aber wenn du keine Lust hast, verlege ich den Termin.«

»Doch, sehr gerne.«

Ich liebte Jakes Fähigkeit, sich rasch umzustellen. Auf dem Weg zum Auto hielten wir Händchen. Scott war nie ein Freund vom Händchenhalten gewesen. Für ihn waren körperliche Berührungen für den Sex reserviert. Jake warf sein Gepäck in den Kofferraum und stieg ein, ohne sich nach einem eventuellen Hindernis hinter mir umzuschauen. Rückwärts aus einer Parklücke zu fahren gehörte offenbar auch zu den Dingen, die ich konnte, wenn Scott nicht dabei war.

Als wir vor meinem neuen Haus stoppten, stieß Jake einen

Pfiff aus. »Mannomann. Mir war gar nicht klar, dass du Blick auf den Park hast. Was für eine tolle Lage. Und außerdem nah am Bahnhof, falls du einen Designerauftrag in London kriegst.«

Ich war überglücklich, dass es ihm gefiel, wunderte mich aber über mich selbst, weil ich seine Zustimmung genoss, anstatt sie zu brauchen. Vielleicht hatte die Frau vor Scott, an die ich mich noch vage erinnerte, ja gerade ein Comeback. Die Frau, die ihre Meinung sagte, ohne ein »aber vielleicht irre ich mich ja« hinzuzufügen. Wurde auch langsam Zeit.

Der Makler hingegen beschloss, dass Jake derjenige war, bei dem er sich einschmeicheln musste, marschierte durchs Haus und wies ihn auf die Fußbodenheizung, auf das integrierte Smart-Fernsehen und die elektrischen Garagentore hin. Selbst als er die Elektroleitungen und die Alarmanlage erläuterte, nickte Jake höflich. Es war so entspannend, mit jemandem zusammen zu sein, den ich nicht, jederzeit zum Einschreiten bereit, mit Argusaugen beobachten musste. Ich konnte mir gar nicht vorstellen, mich für ihn entschuldigen zu müssen. Nachdem ich die Wohnzimmervorhänge ausgemessen hatte, ging ich in die Küche.

Jake öffnete den Weinkühlschrank. »Echt schick. Ich male mir einen faulen, sonnigen Samstag im Garten aus, während hier drin der Chablis kühlt.« Im nächsten Moment errötete er. »Natürlich nur, wenn du mich einlädst.«

Dass er sogar einige Monate im Voraus bis in den Sommer hinein dachte, ließ das Vertrauen eine weitere kleine Wurzel in meiner Seele schlagen. »Ich zeige dir die obere Etage.« Nun war ich mit dem Erröten an der Reihe. Es war an der Zeit, diese Schlafzimmergeschichte abzuhaken, damit endlich Schluss mit dem unausgesprochenen Wink mit dem Zaunpfahl war, sobald obere Etagen, Betten oder Kleiderausziehen erwähnt wurden.

Der Makler murmelte, er werde nach den Zählern in der Garage schauen. Nachdem Jake Bad und Gästezimmer bewundert hatte, gingen wir ins Schlafzimmer. Ich lehnte mich über den kleinen Balkon mit Blick auf den Park.

Er stand hinter mir und schlang mir die Arme um die Taille. »Darf ich dieses Zimmer mit dir einweihen?« Zum ersten Mal sprach Jake das Thema, dass wir miteinander schlafen könnten, direkt an. Ich wurde von Begierde ergriffen.

»Vielleicht.«

Er drehte mich zu sich herum und berührte meine Lippen mit seinen. »Gib mir Bescheid, wenn du bereit bist, all die Dinge zu hören, die ich dir sagen möchte.«

Ich kicherte, doch tief in meinem Innersten tanzte etwas. Kurz hatte ich Bilder vor Augen, wie wir am Wochenende im Bett die *Sunday Times* lasen. Gemütliche späte Frühstücke an dem Esstisch aus hellem Holz, den ich in der Stadt gesehen hatte. Im nächsten Moment schlug die Vorstellung, wie Scott Alicia abholte und dabei Jakes Auto bemerkte, wie eine Bombe in meine Gedanken ein. Ich fuhr zurück und steuerte auf die Treppe zu. »Komm, es ist fast halb drei. Lass uns zu Mittag essen.«

Sobald wir ins Auto stiegen, flaute meine Euphorie wegen meines neuen Hauses und des phantastischen Mannes, der mich offensichtlich mochte, ab. Ich musste offenbar noch ein Stück Wegs zurücklegen, bevor ich frei sprechen konnte, ohne mich vor der Antwort zu fürchten. Ich schob es vor mir her, Jake zu sagen, dass ich mich später mit Scott treffen und deshalb heute Abend keine Zeit haben würde. Anscheinend bemerkte er nicht, wie still ich plötzlich geworden war, und erzählte mir von den Innenarchitekturbroschüren, die er für mich auf der Ausstellung gesammelt hatte. Ich konnte mich nicht auf deutsche Küchen und neue Geräte konzentrieren. Ich hätte Scott absagen sollen, nicht Jake. Allerdings wollte ich noch ein letztes klärendes Gespräch mit ihm führen, den letzten Beweis dafür haben, dass unsere Liebe tatsächlich gestorben war.

Und ich wusste nicht, wie ich das erklären sollte.

Als wir schließlich bei Jake waren, platzte ich heraus, ich müsse gegen halb sieben zu Hause sein. Er betrachtete mich erstaunt und ein bisschen enttäuscht, doch ich ließ die Frage in der Luft hängen und beschäftigte mich damit, unser Picknick in einen Rucksack zu packen.

Wir schlenderten zum Golfplatz, huschten zwischen den Golfern hindurch über den Fairway und spazierten durch den Wald. Ich hatte mir von Jake Gummistiefel und einen Anorak geliehen. Ich wusste nicht, ob ich gekränkt sein sollte, als er feststellte, ich hätte noch nie so sexy ausgesehen.

Er lachte. »Nimm das Kompliment einfach an. Du bist wunderschön, natürlich, wie ein Mädchen aus der Joghurtwerbung oder so.«

Jake lehnte sich an einen Baum und legte die Arme um mich. »Ich mag es, wenn du meine Sachen anhast. Ich fand es schön, mir dein Haus anzuschauen. So fühle ich mich, als könntest du ein sehr wichtiger Mensch in meinem Leben werden.«

Ich küsste ihn, um nicht antworten zu müssen. In bemerkenswert kurzer Zeit war Jake mit Guten-Morgen-SMS und Gutenachtwünschen am Telefon Teil meines Lebens geworden. Und dennoch lungerte Scott noch immer in meinen Gedanken herum. Obwohl mir mein Verstand sagte, dass wir nie wieder zusammenkommen würden, hielt sich die Scham hartnäckig, mich nicht genug bemüht zu haben. Mit Jake zu schlafen wäre die endgültige Bestätigung gewesen, dass ich versagt hatte und meine Ehe gescheitert war.

Bis jetzt hatte ich mich davor gedrückt.

Doch hier, auf dem Golfplatz, löste sich meine Entschlossenheit allmählich in Luft auf. Jakes Gesicht war kalt, aber seine

Lippen waren warm. Obwohl ich in den dicken Anorak eingemummelt war, spürte ich, wie sich sein Becken gegen mich presste und wie mein eigenes die Begrüßung erwiderte. Er roch nach Shampoo.

»Lass uns nach Hause gehen, bevor ein alter Golfer unseretwegen noch einen Herzinfarkt kriegt. Ich schwöre, dass Angus nicht da ist. Er ist auf einem Schulausflug im Lake District.«

Ich nickte. Scott hatte immer gejammert, dass ich nicht im Hier und Jetzt leben konnte – »Carpe diem, Robster, carpe diem«. Und so schaffte ich es, mir den Einwand »Und was ist mit dem Picknick?« zu verkneifen.

Wir machten uns auf den Weg zu ihm und blieben immer wieder stehen, um uns hungrig und ungeduldig zu küssen. Ich warete darauf, dass ich mich befangen fühlen würde, als wir bei ihm ankamen. Doch Sex war das Gebiet, auf dem ich mir einen Rest Selbstachtung bewahrt hatte. Selbst wenn Scott mich gehasst hatte, hatte er mich immer gewollt. Jake zog mir die Gummistiefel aus, warf den Anorak auf den Boden und trug mich in sein Schlafzimmer. Ich hatte kaum Zeit festzustellen, dass der Raum bis auf ein riesiges Schlittenbett leer war, als er mich schon an sich zog, mir die Kleider über den Kopf streifte und dann geschickt erst meinen und dann seinen Gürtel öffnete.

»Komm. Sonst wird dir kalt.« Er schlug die Bettdecke zurück, und wir kuschelten uns kurz aneinander. Unsere Zungen liebkosten sich. Jakes Hände wanderten über meinen ganzen Körper, erst sanft, dann leidenschaftlicher. Er atmete laut aus und lächelte. »Alles in Ordnung?«

Ich antwortete nicht. Die Zeit zum Reden war längst vorbei. Ich schlüpfte einfach aus der Unterwäsche und streifte ihm dann die Boxershorts ab. Er zog mich an sich und glitt mit einem Aufstöhnen in mich hinein. Ich stemmte mich gegen ihn. Er biss sich auf die Lippen und stieß leise Seufzer aus. Scott hatte mich immer bekämpft, mir Anweisungen gegeben und Forderungen gestellt, sogar im Bett. Jake freute sich über das, was ihm geboten wurde, und er sah mich mit einem Ausdruck an, der in mir den Wunsch auslöste, dieser Moment möge ewig andauern.

Als das Tempo hitziger wurde und er Mühe hatte, sich zu beherrschen, ging sein Atem stockend, und ich genoss die Macht, die mir das verlieh. Er hatte den besorgten Blick eines Mannes, der nicht sicher war, wie lange er sich noch zurückhalten konnte. Ich wollte auf gar keinen Fall das Gespräch zum Thema »Nein, schon gut, keine Sorge, nächstes Mal bin ich dran« mit ihm führen. Deshalb stieß mein Becken fest gegen seines, ich bog den Rücken durch und umfasste seine Schultern, bis ich Gefühle erlebte, die so urwüchsig waren, dass ich nur mit Mühe einen Aufschrei unterdrücken konnte.

Jake rollte sich zur Seite. Er strich mir das Haar aus dem Gesicht und küsste mich. »Weißt du was? Ich bin dabei, mich in dich zu verlieben. Man sollte dich mit einer Gesundheitswarnung versehen.«

Ich antwortete nicht, sondern speicherte diesen Gesprächsfetzen für später ab, um ihn noch einmal Revue passieren zu lassen, wenn ich wieder klar denken konnte. Es war so lange her, dass Gefühle für mich so unkompliziert gewesen waren. Einfach nur pures Glück, ohne dass ein Bedürfnis nach Selbstverteidigung mitschwang. So lagen wir da, strichen einander über die Gesichter, streichelten uns und murmelten leise, bis wir offenbar dabei einschliefen. Als ich aufwachte, war es draußen stockfinster. Ich kuschelte mich an Jake. Seltsam, wie gut wir zusammenpassten, nachdem ich mich jahrelang an einen anderen Körper geschmiegt hatte.

Verdammt, Scott.

Ich befreite vorsichtig einen Arm, um auf die Uhr zu schauen. Viertel nach sieben. Ich sprang auf. Jakes Kopf fuhr hoch. »Wohin gehst du?«

»Es ist schon Viertel nach sieben. Ich komme zu spät.« Scott hasste es, wenn man ihn warten ließ. Unmöglich, rechtzeitig zu Hause zu sein, damit Scotts Fahrer mich abholen konnte. Rasch schlüpfte ich in die Kleider, griff nach meinem Telefon und verdrückte mich ins Bad.

Als Scott abhob, hatte ich Herzklopfen.

»Es tut mir wirklich leid. Ich bin viel zu spät dran. Hättest du was dagegen, wenn wir stattdessen in den Red Garden gehen? Das ist gleich um die Ecke von meiner Wohnung.«

Ich versuchte, so leise wie möglich zu sprechen, damit Jake nichts hörte. Scott verabscheute Änderungen in letzter Minute, wenn sie nicht von ihm kamen. Doch nach einem anfänglichen verärgerten Schnauben erbot er sich, zu mir nach Hause zu kommen, und legte in ziemlich aufgeräumter Stimmung auf.

Ich kehrte zurück ins Schlafzimmer, um mich von Jake zu verabschieden. Er saß auf der Bettkante. Seine Miene wirkte verspannt. Die Nähe der letzten Stunden hatte sich plötzlich in einen Ozean verwandelt. »Wohin gehst du heute Abend?«

»Nach Hause. Und dann kurz zum Abendessen. Es ist etwas passiert, das ich regeln muss.«

»Hat es mit Alicia zu tun?«

»Das habe ich nicht gesagt.«

»Du hast gar nichts gesagt. Deshalb habe ich angenommen, dass es um Alicia geht. Warum sonst solltest du unseren gemeinsamen Abend abblasen?« Jake zog die Boxershorts an und stand auf. »Ich bin nicht der Feind, Roberta. Du hast mich geliebt, als würdest du mich wirklich begehren, erzählst mir aber trotzdem nicht, was du vorhast. Gib mir einen Tipp.«

»Ich esse mit meinem Mann zu Abend. Exmann. Ich muss einige Dinge mit ihm besprechen.«

Jake zuckte die Achseln. »Und warum sagst du das nicht gleich? Ob es mir gefällt? Nein. Heißt das, dass du es nicht tun solltest? Nein. Aber ich hätte es gern, dass wir ehrlich miteinander wären.«

Er streckte die Hand nach mir aus, aber ich war in Panik, zu spät zu kommen. Scott würde mich unters Mikroskop legen. Ich musste wenigstens duschen. Also umarmte ich ihn nur rasch. »Tut mir leid. Ich hätte es dir erklären sollen. Wir reden morgen darüber.«

Ich hastete hinaus zum Auto und ließ einen kopfschüttelnden Jake zurück, der sich die Hose zumachte.

Octavia

Jonathan schaffte es, die Reise nach Sardinien so hinzustellen, als habe man ihn zur Zwangsarbeit in einem usbekischen Steinbruch verdonnert, obwohl er sich doch auf den Weg zur Costa Smeralda machen würde, um sich seinem geliebten Beruf zu widmen, und überdies noch in einem Umfeld aus weißen Sandstränden und millionenteuren Jachten.

Deshalb musste ich mich in der Woche vor seinem Aufbruch mit Fragen wie »Brauche ich Wasserreinigungstabletten?« und »Brauche ich Zinkcreme für meine Nase?« herumschlagen. Als wir bei »Ich nehme lieber Immodium mit, falls ich Dünnschiss kriege« angelangt waren, begann ich, die Tage zu zählen. Jonathans Interesse an seinen Darmfunktionen stand ganz an der Spitze der »Dinge, die die Chancen auf eine scharfe Nummer drastisch verringern«, gleich gefolgt von seiner Neigung zu der Annahme, dass es sich bei jedem Fleckchen trockener Haut um Krebs handelte. Die Kinder beanspruchten meinen geringen Vorrat an krankenpflegerischer Geduld vollends. Für Erwachsene war da nichts mehr übrig.

Am Abend vor seiner Abreise stellte ich jedoch zu meinem Erstaunen fest, dass ich ein wenig beunruhigt war. Die gelegentlichen Wochenendausflüge mit Roberta, die zu Anfang unserer Ehe noch stattgefunden hatten, waren weniger geworden, als knappe Finanzen und die Geburt der Kinder mich gezwungen hatten, von dieser Gewohnheit Abschied zu nehmen. Inzwischen verbrachten Jonathan und ich nur noch so selten eine Nacht getrennt, dass ich es mir nicht mehr vorstellen konnte, allein in unserem Bett zu schlafen. Nachdem sein Koffer gepackt und der Pass aufgespürt war und die Käsebrote für die Reise im Kühlschrank ruhten, wurde ich von Zuneigung ergriffen, als er mir die Hand hinhielt und verkündete, wir sollten früh zu Bett gehen.

Ich hastete ins Bad, fuhr mir mit dem Rasierer durch die Achselhöhlen, putzte mir die Zähne und besprühte mich mit einem Spritzer von dem Calvin-Klein-Parfüm, das ich ihm zu Weihnachten geschenkt hatte. Dabei fragte ich mich, ob ich den BH anlassen sollte. Selbst der Hund warf mir einen seltsamen Blick zu, wenn er mich nackt sah – so als sei er nicht sicher, ob er ein menschliches Wesen oder eine Kuh vor sich hatte. Der straffe Busen, früher mein ganzer Stolz, hing nun an meinem Brustkorb wie zwei Bergsteiger, die sich verzweifelt an ein zu reißen drohendes Seil klammerten. Mit finsterer Miene betrachtete ich mich im Spiegel, warf den BH in den Wäschekorb und huschte über den Treppenabsatz, wobei ich meine an Notfall-Torpedos gemahnenden Brüste mit einem Arm hochhielt.

Was Jonathans Interesse betraf, hätte ich genauso gut eine Geschenkschleife darum binden können. Er war bewusstlos und bis zum Hals in seinen gestreiften Pyjama eingeknöpft. Die *Scientific Computing World* lag zusammengerollt auf der Bettdecke. Es war kaum zu glauben, dass Jonathan einst darauf bestanden hatte, *Sex 365: Eine Stellung für jeden Tag* ordentlich durchzuarbeiten. Charlie war Ergebnis des geplatzten Kondoms beim »Heißen Samba« gewesen. Inzwischen konnte ich mich glücklich schätzen, wenn ich einen Zweiminutentango abbekam.

Von Selbsthass erfüllt, ließ ich mich in die Kissen sinken. Verdammtes Stillen. Niemand warnte einen, dass man sich dabei für den Rest des Lebens den Busen ruinierte mit der Folge, dass ein Artikel über Spambots einen Mann mehr faszinierte als guter alter Sex mit der eigenen Ehefrau.

Am nächsten Morgen fühlte ich mich noch immer wie das Mädchen, das in der Disco nie zum Tanzen aufgefordert wird. Jonathan schien das gar nicht wahrzunehmen, selbst als ich spöttisch anmerkte, wie man nach einem ganzen Tag Herumsitzen nur so müde sein konnte.

Er musterte mich erstaunt. »Ein gutes Gewissen ist ein sanftes Ruhekissen«, antwortete er nur. Und zwar im Tonfall einer Stimmerkennungssoftware mit begrenztem Repertoire.

Eigentlich hatte ich aufstehen, ihm Frühstück machen und einige »Wir vermissen dich«-Zettel in seinem Koffer verstecken wollen, damit er sie in der Fremde fand. Doch als er meine kläglich bestückte Hausapotheke auf den Kopf stellte, um »nur für alle Fälle« Hämorrhoidensalbe zu suchen, hätte er meinetwegen auch in ein Kriegsgebiet aufbrechen können. Als Patris Chauffeur erschien, sprang meine Gereiztheit auf und nieder wie eine in einer Blechdose gefangene Maus, weshalb ich die Kinder vorausschickte, um sich von ihm zu verabschieden. Immi winkte ihm mit Stans Pfote nach. Bei mir reichte es nur zu einer kurzen Umarmung und einem Streifen unserer Lippen, das sich anfühlte wie Dörrfisch.

Inzwischen war Jonathan vom süßen Duft des Berufslebens berauscht. Deshalb hätte er es vermutlich gar nicht bemerkt, wenn Stan ihm statt meiner einen dicken sabbernden Kuss verabreicht hätte.

Roberta

Ich stürmte in die Vorhalle meines Apartmenthauses. Scott saß, die Füße auf einem Tischchen liegend, da und spielte an seinem Mobiltelefon herum. Er erinnerte mich an eine Katze, die mit dem Schweif peitscht und überlegt, ob sie zuschlagen oder sich entspannt schlafen legen sollte. In seinem ganzen Leben war er noch nie pünktlich gewesen, und da war er nun, zehn Minuten zu früh. Unmöglich, dass ich mit meinem Ex ausging und dabei nach einem anderen Mann roch. Ich lief auf ihn zu. »Entschuldige, dass ich so kurzfristig umdisponiert habe. Ich gehe kurz rauf und dusche. Bin gleich zurück.«

Als er aufstand, wich ich zurück. »Du brauchst nicht zu duschen. Du siehst hinreißend aus. Lass uns sofort essen gehen. Ich habe eine Menge mit dir zu bereden.«

»Nein, nein. Ich habe heute Nachmittag eine anstrengende Wanderung gemacht. Bestimmt stinke ich.«

»Okay, dann komme ich mit rauf. Ich würde mir gerne anschauen, für was ich da bezahle.«

Ich versuchte, ihn abzuwimmeln. »Warum trinkst du nicht schon mal was im Restaurant, während ich mich umziehe? Wir treffen uns in ein paar Minuten.«

»Ich werde nicht hier rumsitzen wie bestellt und nicht abgeholt. Vergiss nicht, ich habe alles schon mal gesehen.«

Ich wusste nicht, was für ein Gesicht ich gemacht hatte, aber er lachte.

»Komm schon, Robbie. Alicia hat mir erzählt, dass du dir eine echt schicke Stadtwohnung geschnappt hast. Könnte mir ein paar Ideen für das Grundstück in der West Street geben, für das ich eine Kaufoption habe. Ich schaue mir die Nachrichten an, während du dich aufhübschst.«

Er nahm mich am Arm und führte mich zum Aufzug. Ich wusste gar nicht, wo ich hinsehen sollte. Mir war klar, dass ihm nichts entgehen würde: der Schlamm auf meiner Hose, das vom Bett zerzauste Haar, der verdrehte BH-Träger. Ich spürte, wie er mir in die Schulter einschnitt. Ich bemühte mich um einen gleichmütigen Ausdruck, hörte mich aber dennoch schlucken. Er lehnte sich an die Wand und musterte mich.

Diese klare Ansage machte mich nervös. »Ich habe einen Spaziergang gemacht. Wir haben uns verirrt. Deshalb bin ich zu spät dran.« Wir. Mist. Zug abgefahren.

»Wir? Wer ist ›wir‹?«

»Ich war mit ein paar Freunden unterwegs. Neuen Freunden. Mein guter Vorsatz zum neuen Jahr war, mehr an die frische Luft zu kommen. Es war so ein schöner Frühlingstag. Hier kann einem ein bisschen die Decke auf den Kopf fallen.« Hoffentlich war es mir gelungen, es so darzustellen, als ob ich einen Ausflug mit dem Wanderverein gemacht hätte.

»Freund oder Freunde?«

»Spielt das eine Rolle?«

Seine Miene verfinsterte sich. Ich unterdrückte den Anflug von Unbehagen. Ich hatte es nicht mehr nötig, seinen Ansprüchen zu genügen.

Scott trat als Erster aus dem Aufzug. »Für mich spielt es eine Rolle.« Seine Worte schwebten zwischen uns, sanft, liebkosend, beinahe verletzlich. Er klang wie bei unserer ersten Begegnung, bevor er mich in der Tasche gehabt hatte. Wenn Scott seinen Scheinwerfer auf einen richtete, fühlte man sich wie ein Star.

Vor der Wohnung nestelte ich am Schlüsselbund herum. Scott nahm mir die Schlüssel ab und öffnete die Tür. Beim Anblick der verchromten Küche und des Plasmafernsehers stieß er einen Pfiff aus. »Das ist ja alles Hightech.«

»Die meisten Mietwohnungen sind absolute Bruchbuden. Ich brauchte etwas, wo Alicia sich wohlfühlt. Es ist zwar ziemlich eng für uns beide, aber wenigstens sauber und modern.«

»Es war deine Entscheidung.«

Eher friss oder stirb. Ich ging nicht auf die Bemerkung ein.

Ich reichte Scott die Fernbedienung für den Fernseher und ein Bier aus dem Kühlschrank und klappte den Laptop zu. Als ich dabei eine Mail von Jake mit dem Betreff »Heute Nacht« bemerkte, machte mein Magen einen kleinen freudigen Satz.

»Fühl dich wie zu Hause.« Ich hastete ins Bad. Während ich unter die Dusche sprang, schloss ich die Augen und dachte mit einem Anflug von Sehnsucht an Jake. Hoffentlich war er nicht wütend auf mich. Ich schrubbte jede Spur von ihm ab und putzte mir die Zähne. Dann hielt ich Ausschau nach sauberer Unterwäsche. Die ich nicht mit ins Bad genommen hatte. Ich zögerte. Unterwäsche, die ich bei Jake getragen hatte, oder mich in ein Handtuch wickeln, um welche zu holen? Eigentlich albern, bei einem Mann, der in den letzten neunzehn Jahren jede Körperfalte von einem gesehen hatte, die Prüde zu spielen.

Wie ein verklemmter Teenie schlurfte ich zum Schrank, der in der Ecke von Küche/Schlafzimmer/Wohnzimmer stand. Scott blickte von dem Rugbyspiel auf, das er gerade verfolgte. »Was für ein Anblick für meine müden Augen. Du hast ein bisschen abgenommen. Du siehst gut aus, Baby. Dünn gefällst du mir besser.«

Meine Würde verbot es mir, »Ich habe nur meine Unterhose vergessen« zu antworten. Andererseits sollte er nicht glauben, dass ich ihm zu Ehren einen Striptease aufführte. »Dauert nicht mehr lange. Ich ziehe mich nur rasch an.«

»Und was wirst du für mich anziehen?«

»Geht dich nichts an«, war die erste Erwiderung, die mir einfiel. Scott hatte mir immer in meine Kleidung hineingeredet. Er hasste alles Weite und Unweibliche. Seit unserer Trennung genoss ich es, Palazzo-Hosen zu tragen. Da ich groß und schlank war, standen sie mir gut. Einerseits gönnte ich ihm die Freude nicht, andererseits würde uns ein Gespräch über Alicia leichter fallen, wenn er friedlich gestimmt war. Da wir so viel zu klären hatten und eine Rüschenbluse den Weg ebnen würde, warum sollte ich mich dann sträuben?

Scott kam zu mir herüber. Zu spät fiel mir ein, dass Jakes Trenchcoat im Schrank hing, weil ich ihm versprochen hatte, den Saum zu reparieren. Ich schnappte mir mein grünes Kleid und knallte die Schranktür zu.

Als ich Scott praktisch aus dem Weg rempelte, rutschte mir bei der Bewegung das Handtuch vom Oberkörper.

»Hoppla.« Scott umfasste meine Brüste. »Du hattest schon immer tolle Titten.«

Ich zog das Handtuch hoch. »Hör auf damit. Gib mir noch fünf Minuten, um mich zurechtzumachen.« Doch irgendwie war es auch Balsam für mein Selbstbewusstsein, dass er mich noch begehrte. Wenigstens hatte ich mehr im BH als Shana. Ich zerrte ein paar Stücke Unterwäsche aus einer Schublade und wandte mich in Richtung Bad.

Scott legte mir die Hand auf die Schulter. Ich drehte mich nicht um. Stand nur da, während Schuldgefühle, Bedürftigkeit, Scham und Trauer in mir durcheinanderwirbelten, ohne eine zusammenhängende Strategie zustande zu bringen. Er umarmte mich von hinten und beugte sich vor, bis seine Lippen mein Ohr berührten. »Du bist wunderschön.« Eine Hand wanderte wieder zu meinen Brüsten. Die andere drehte mich zu ihm herum. Ich umklammerte das Handtuch, hob den Arm als Barriere und erschauderte. An meinen Armen stellten sich sämtliche Härchen auf.

Obwohl ich versuchte, mich loszumachen, war mein Befreiungsversuch nur halbherzig.

Scott fragte kein zweites Mal. Er schob das Handtuch weg, fuhr mit der Hand über meinen Po und presste die Lippen fest auf meinen Mund. Seine Liebkosungen, die Küsse, der Druck seiner Hände und Lippen gehörten alle zu einem gut einstudierten Tanz, den wir nicht länger üben mussten. In jeder Bewegung erkannte ich die Dominanz und den Besitzanspruch wieder.

Das genaue Gegenteil von der selbstlosen Zärtlichkeit, die ich bei Jake erfahren hatte.

Eine selbstlose Zärtlichkeit, die ich gern wieder erlebt hätte.

Ich wich zurück. Scott fuhr fort, seinen Reißverschluss zu öffnen. »Was?«

»Ich kann das nicht. Es macht alles nur noch komplizierter. Ich will kein Ende einer Ehe im Schwebezustand.«

Scott stemmte die Hände in die Hüften. »Gerade hast du noch ganz anders gedacht.«

»Du lebst mit Shana zusammen.«

»Komm schon. Das ist nur Sex. Das weißt du doch.« Seine Stimme klang nun sanft. Er hielt mir die Hand hin. »Setz dich einen Moment. Keine Spielchen, ich schwöre.«

Ich bedeckte mich wieder und ließ mich auf der Bettkante nieder. Dabei beobachtete ich ihn und versuchte zu ergründen, ab wann alles bergab gegangen war. Früher einmal hatte er mich glauben gemacht, die Liebe könne alles überwinden. Inzwischen schüchterte er mich nur noch ein. Wie hatte sich das selbstbewusste Mädchen von damals in das verwandeln können, was ich heute war? Tränen sammelten sich in meinen Augenwinkeln.

»Robbie. Ich habe dich vermisst. Ich habe Fehler gemacht und mich wie ein kompletter Idiot aufgeführt.«

In Gedanken hörte ich Octavias Stimme. »Da hast du vollkommen recht.«

»Wir haben es zu weit kommen lassen.« Er beschrieb eine Geste in den Raum hinein. »Was machen wir denn? Du wohnst hier und hast kaum Platz, dich zu rühren. Du schläfst, isst und wohnst in einem Zimmer. Und ich hänge allein in dem großen alten Haus rum. Ich finde, wir sollten es noch einmal miteinander versuchen.«

Ich wartete darauf, dass er zu lachen anfing und seinen typischen »Reingelegt«-Spruch abließ. Aber er wirkte so ernst. Ich kannte diesen Mann. Hatte um ihn gekämpft. Ihn meinen Freundinnen und meiner Familie vorgezogen. Ich hatte eine Tochter mit ihm.

Vielleicht war es dumm von mir gewesen zu glauben, dass ich ihn je verlassen könnte.

Ich lehnte mich an ihn, seine vertrauten Körperformen passten sich in meine ein. Dann schloss ich die Augen und stellte mir vor, wieder mit Scott zusammenzuziehen und in mein altes Leben zurückzukehren. Ich hoffte, dass dieser Gedanke einen glücklichen kleinen Hüpfer in mir auslösen würde. Doch stattdessen wurde ich von Enttäuschung ergriffen. Ich machte mich los.

»Für uns gibt es keinen Neuanfang. Wir haben überhaupt nichts geklärt. Alle Probleme sind weiterhin aktuell, und noch ein paar mehr sind dazugekommen.«

»Und die wären?«

»Alicia weiß, wie schlecht es zwischen uns steht. Sie ist hin- und hergerissen. Sie hat gesehen, wie die Polizei mich abgeführt hat. Sie – und ich – weiß, dass du eine Beziehung mit Shana angefangen hast, sobald wir aus dem Haus waren. Das können wir nicht einfach unter den Teppich kehren.« Meine Stimme begann zu zittern.

Scott schüttelte den Kopf. »Du irrst dich. Wir gehören zusammen. Das hast du immer gesagt.«

Ich stand auf und öffnete das Fenster, weil ich das Gefühl hatte zu ersticken. »Ich würde jetzt gern etwas anziehen.«

»Warum bleibst du nicht einfach ausgezogen? Dann zeige ich dir, wie sehr ich dich liebe.«

»Sex ist nicht Liebe, Scott.«

»Was? Fängst du jetzt an, die Nonne zu spielen? Vor einer Minute hatte ich ganz den Eindruck, dass du auch Lust darauf hast.«

»Scott. Hier geht es nicht um Sex. Wirklich nicht. Sex war nie das Thema. Ich liebe dich. Das habe ich schon immer getan, aber ich kann nicht mehr mit dir zusammenleben. Wie könnte ich dir je wieder vertrauen?«

Scott hob die Hände. »Beruhig dich, Schatz. Vielleicht habe ich ein bisschen überreagiert. Ich stand beruflich unter großem Druck, du weißt doch, wie es in der Immobilienbranche läuft. Das überschwemmte Baugrundstück in Queensland, die Bodenabsenkung bei dem Projekt in Kent. Hab ein bisschen Nachsicht mit mir.«

»›In der Arbeit klappt es nicht so ganz, also hetze ich meiner Frau die Bullen auf den Hals.‹? So würden die meisten Ehemänner nicht reagieren.«

Scott presste die Lippen zusammen. Bevor er mir eine hasserfüllte Litanei über meine eigenen Fehler an den Kopf werfen konnte, flüchtete ich mich mit meinen Kleidern ins Bad. Ich versuchte, einen klaren Gedanken zu fassen, während mein BH ein Eigenleben entwickelte und sich wie Geißblatt um meine

Gliedmaßen wand. Dann hielt ich die Handgelenke unters kalte Wasser, zog mir das Kleid über den Kopf und kehrte zurück ins Zimmer.

»Wir werden immer auf die ein oder andere Weise miteinander verbunden bleiben. Wir haben Alicia und außerdem eine ellenlange gemeinsame Geschichte, gut und schlecht.« Ich schluckte und fragte mich zum wahrscheinlich hundertsten Mal, ob ich wohl eine große fröhliche Kinderschar zustande gebracht hätte, wenn wir mehr an einem Strang gezogen hätten. Wenn die Dynamik zwischen mir und Scott weniger konfliktbeladen gewesen wäre. »Doch die Wahrheit ist, dass du mich nicht sehr magst, zumindest benimmst du dich nicht so.«

»Falsch. Ich liebe dich.«

»Du liebst mich nicht, Scott.« Ein Schock durchfuhr mich, als mir, nach all den Jahren, klar wurde, dass das stimmte. »Du führst mich gern deinen Geschäftsfreunden vor, aber liebst du mich als die Person, die ich bin? Eindeutig nicht.«

Scott verzog das Gesicht. »Das ist einfach nicht wahr. Verdammt, ich bin vier Jahre lang zwischen Australien und hier hin und her geflogen, bis ich quasi in einem Dauer-Jetlag gelebt habe. Hätte ich das getan, wenn ich dich nicht lieben würde? Ich bin ans andere Ende der Welt gezogen, nur um mit dir zusammen zu sein.«

»Das war vor fünfzehn Jahren. Und seitdem trägst du deshalb immer einen kleinen Groll mit dir herum. Ich mache dir keinen Vorwurf daraus, doch ich glaube, du hast dich nie so richtig eingelebt. Vielleicht kommst du, nachdem du mit so viel Platz aufgewachsen bist, in einer Vorstadt einfach nicht zurecht. Möglicherweise hältst du es für meinen ›Fehler‹, dass wir keine weiteren Kinder bekommen haben. Aber ganz gleich, was dich auch wurmen mag, es läuft immer wieder auf mich hinaus.«

Scott schüttelte den Kopf, als sei ich eine Geisteskranke, die einen sinnlosen Streit anzetteln wollte. »Natürlich hätte ich gerne mehr Kinder gehabt, aber daran habe ich mich mit der Zeit gewöhnt. Nein, was mir wirklich den Rest gegeben hat, war, dass ich dir nie genügt habe. Deine Schulfreundinnen sind praktisch in Ohnmacht gefallen, weil du einen mittellosen Australier geheiratet hast. Dein Vater mit seinen Predigten über seriöses Geschäftsgebaren und dass ich nicht verstünde, ›wie die Dinge hier abgewickelt würden‹. Während er nur ein dämlicher Buchhalter war, ein bescheuerter LOHNSKLAVE. Die schiefen Blicke deiner Mutter, jedes Mal, wenn ich vergessen habe, ihr einen Stuhl zurechtzurücken oder die beschissene Tür aufzumachen, so als ob sie keine eigenen Arme hätte.«

Ich hatte das Gefühl, meine Ehe sei nicht mehr als eine kleine Flaumfeder auf meiner Hand, die nur darauf wartete, dass ein zarter Lufthauch sie für immer davonwehte. Die Angst davor, einen endgültigen Schlussstrich unter die große Liebe zu ziehen, die mich den Großteil meines Erwachsenendaseins beschäftigt hatte, kämpfte gegen die Gewissheit, dass eine Rückkehr zu Scott mich für den Rest meines Lebens seinen Launen unterwerfen würde. Ich würde meinen Traum von beruflicher Selbstständigkeit vergessen müssen. Und Jake.

»Tut mir leid, dass du es so empfindest.« Ich tätschelte ihm den Arm. »Jedenfalls würde es mich freuen, wenn wir nach vorn schauen könnten. Es wäre eine Hilfe für Alicia, wenn sie erleben würde, dass wir zivilisiert miteinander umgehen.«

»Also kommst du nicht zurück?« Ein Vorwurf, keine Bitte um Informationen.

Ich ließ die Schultern hängen. Meine Lippen waren trocken. »Ich würde sehr gerne, wenn ich das Gefühl hätte, dass es klappt. Aber wir schaffen das nicht, Scott. Selbst für dich waren die letzten Jahre sicher kein Spaß.«

»Das ist doch typisch für dich, oder? Kein Rückgrat, verdammt. Sobald es ein wenig haarig wird, verdrückst du dich.«

»Da muss ich dir widersprechen. Viele Frauen hätten dich schon viel früher verlassen.«

»Tja, dir hat es ja in den Kram gepasst, richtig? Ein Luxusleben zu führen, während ich mir den Arsch aufgerissen habe. Mit dieser ärmlichen Freundin von dir abzuhängen, die dich nur finanziell ausgenutzt hat.«

Ich verschränkte die Arme. »Octavia zahlt ihre Rechnungen selbst. Und ich habe genauso hart gearbeitet wie du, nur dass ich nicht dafür bezahlt worden bin. Wenn du dich noch erinnerst, wollte ich ein Innenarchitekturbüro eröffnen, aber du hast mich nicht gelassen.«

»Wer hätte dir schon einen Auftrag gegeben? Außerdem brauchte ich dich, um unsere Projekte auf Vordermann zu bringen.«

»Herrgott, Scott. Ich habe einen Uniabschluss. Bestimmt hätte mir jemand eine Chance gegeben.«

»Leg eine andere Platte auf. Wir alle wissen, dass Roberta Mrs Schlaumeier-Green einen Uniabschluss hat. In Kunst. Bei dir klingt es, als wärst du eine bescheuerte Neurochirurgin.«

»Ich will hier keine Punkte machen. Alicia soll nicht mit dem Gefühl aufwachsen, dass unser Leben normal war.«

»Was meinst du damit?«

»Ich will nicht, dass sie glaubt, dass es okay ist, wenn ein Mann sie anbrüllt, sobald sie eine andere Meinung hat. Dass er unhöflich zu ihren Freundinnen sein darf. Und dass er sie zum Sex zwingt, auch wenn sie keine Lust hat.«

»Wann habe ich dich jemals zum Sex gezwungen?«

Ich stützte den Kopf in die Hände. »Hier geht es NICHT um Sex, sondern darum, dass du nie einen Gedanken daran verschwendet hast, dass das, was ich zu sagen haben, was ich denke und was ich fühle, wichtig ist. Du wolltest immer nur deinen Willen durchsetzen, und wenn es nicht geklappt hat, bist du gemein geworden.«

»Du spinnst doch. Du hattest alles, was du wolltest, und es hat dir, verdammt noch mal, noch immer nicht gereicht. Das kleine Genie, das arme reiche Mädchen. Am besten heulst du dich bei deinem Daddy aus, weil der böse, böse Scott dich unglücklich gemacht hat.« Er schloss seinen Reißverschluss und zog den Gürtel fest zu.

Ich pustete Luft aus. »Ich wusste, dass du so reagieren würdest. Genau das ist der Grund, warum wir jetzt an diesem Punkt stehen.« Ich streckte die Hand nach ihm aus. »Ich halte mich nicht für ein kleines Genie, nur um das mal klarzustellen. Ich fühle mich eher wie eine absolute Versagerin.«

Er stieß meine Hand weg. »Verpiss dich mit deinem härenen Hemd und deiner Selbstbestrafungsscheiße. Du bist nicht mal so schön, wie du glaubst. Die Oberlippe wird ein bisschen dunkel.« Scott machte eine Bewegung, als streiche er sich über einen Schnurrbart.

Ich hatte wegen dieses kleinen Jungen, dieser schmollenden Göre, die keine Verantwortung für ihr Handeln übernehmen wollte, etwas Besonderes, eine gütige, ehrliche und gesunde Beziehung wie die mit Jake riskiert. Das hatte er nie getan und würde es niemals tun. Ich holte tief Luft. »Ich möchte, dass du jetzt gehst.«

»Ich bezahle diese Scheißwohnung, verdammt. Ich gehe, wann ich will.«

»In diesem Fall setze ich mich runter in die Vorhalle, bis du weg bist.«

Das war das letzte Mal, dass Scott den Ton angeben würde. Kein Betteln mehr. Kein Flehen. Kein Scott mehr, und damit basta.

Ich griff nach meiner Tasche, schlüpfte in ein Paar Ballerinas und verließ die Wohnung. Als ich den Treppenabsatz zur Hälfte hinter mir hatte, begann mein Körper, Adrenalin bis hinunter in meine Beine zu pumpen, sodass ich schneller lief. Ich hastete zum Lift und schaute mich dabei um. Keine Spur von ihm. Hektisch drückte ich auf den Knopf.

Ich wollte nicht hören, was Scott zu sagen hatte, wenn man ihm Zeit zum Nachdenken gab. Ich konnte keine weiteren Beleidigungen brauchen, um sie in den nächsten Wochen Revue passieren zu lassen und mich zu fragen, ob sie nicht vielleicht doch wahr waren. Der Aufzug kam, und ich drückte den Knopf fürs Erdgeschoss. Wünschte mir, die Türen mögen sich endlich schließen, und lehnte mich erleichtert zurück, als die Kabine nach unten fuhr. Meine Schritte hallten in bewusst gemessenem Tempo über den gefliesten Boden. In der Öffentlichkeit bewahrte Roberta Haltung. Ich nickte dem Pförtner zu, während ich so tat, als würde ich das schwarze Brett der »Fountain Apartments Community« studieren.

Broschüren zum Thema Gesichtslifting ohne Operation und Zellulitisbehandlung konkurrierten mit Werbung für Permanent Make-up und Fitness-Bootcamps um Platz. Ich musste mich noch immer daran gewöhnen, dass Jake kaum je eine Bemerkung über das Aussehen anderer Leute machte. Nicht einmal über meines. Ich war noch nicht dahintergekommen, ob das befreiend oder beleidigend war.

Noch immer kein Scott. Dieser Scheißkerl. Ich stellte mir vor, wie er oben saß, die Füße auf dem Sofa, und sich noch ein Bier genehmigte. Ich würde es ihm heimzahlen und wieder zu Jake fahren.

Also schrieb ich ihm eine SMS.

Scott geht gleich. Genauso anstrengend wie immer. Tut mir leid, dass ich so früh weg bin. Ist es zu spät zum Wiederkommen? Xxx

Zehn Minuten vergingen. Keine Antwort. Vielleicht war Jake ausgegangen. Ich konnte ja schlecht verlangen, dass er auf mich wartete. Gerade überlegte ich, ob ich Octavia anrufen sollte, als Scott aus dem Lift trat. Ich zuckte zusammen, bereit, auf ihn zuzueilen und ihn zu beschwichtigen, bevor wir dem Pförtner einen denkwürdigen Abend bereiteten.

Doch Scott schlenderte nur durch die Vorhalle und hob die Hand. »Wir müssen über eine Menge nachdenken, Robbie. Schade, dass das Abendessen ausgefallen ist. Wir reden bald mal wieder.« Mit einem Zwinkern spazierte er hinaus, als hätten wir den ersten sonnigen Frühlingstag, und er wolle nur rasch am Kiosk eine Zeitung kaufen gehen.

Nach neunzehn Jahren durchschaute ich diesen Mann immer noch nicht.

Octavia

Einige Tage nach Jonathans Abreise nach Sardinien rief Roberta an und fragte, ob sie heute Abend vorbeikommen könne. In letzter Zeit hatten unsere Treffen Nachrichtenüberblicken geglichen, Kurzabrissen der jüngsten Dramen in Robertas Leben. Da Jonathan weg war und die Mädchen schon im Bett lagen, würde ich sie endlich nach ihrer Meinung dazu fragen können, warum um alles in der Welt ich plötzlich diese seltsame Obsession in Sachen Xavi entwickelt hatte.

Roberta kam spät, was ungewöhnlich für sie war. Ständig spähte ich auf die Straße hinaus und hielt Ausschau nach ihrem Taxi. Ich konne es kaum erwarten, ohne Erklärung von Thema von Thema zu springen. Im Gegensatz zu Jonathan, der mich verdattert anstarrte, wenn ich über etwas anderes sprach, ohne ein »Ich wechsle jetzt das Thema«-Schild hochzuhalten, hatte Roberta kein Problem damit, wenn ich übergangslos von den Missetaten der Kinder, der Arthritis meiner Mutter, meinen verstopften Wasserohren und sonst allem redete, was ich einfach aus der Luft pflückte. Jonathans Unfähigkeit, sich die grundlegendenden Fakten über Menschen zu merken, die er kannte – ganz zu schweigen von denen, die er nicht kannte –, ließ meinen Schilderungen unweigerlich die Luft ausgehen.

Als Roberta endlich, eine Stunde zu spät, erschien, fiel ich ihr um den Hals und umarmt sie fest.

Sie schien ungeduldig, sich loszumachen. »Entschuldige die Verspätung. Uff, war das ein Tag heute.«

Ich schaute um die Wohnzimmertür herum, um mich zu vergewissern, dass Charlie sich am Computer nichts mit nackten Hinterteilen ansah, scheuchte sie dann in die Küche und schenkte den Wein ein. »Also, was ist los?«

Als ich mich setzte, fuhr ich erst einmal zusammen. Es war sicher das erste Mal in zehn Jahren, dass ich Roberta ungeschminkt erlebte. Ich hatte sie stets um ihren makellos alabasterfarbenen Teint beneidet. Ich brauchte eine grünlich getönte Creme, um meine Hautfarbe zu dämpfen, die eher wirkte, als hätte ich gerade mit einer Heugabel Strohballen umgeschichtet. Heute war es Roberta, die fleckig und gestresst wirkte. Sie trank einen großen Schluck Wein. »Ich kann Jake nicht erreichen. Er antwortet nicht auf meine Anrufe und Mails. Ich bin an seinem Haus vorbeigefahren, und er war da. Also weiß ich, dass er mir die kalte Schulter zeigt.«

»Warum sollte er das tun? Hattet ihr Streit?«

»Ich habe eine echte Dummheit gemacht.« Sie drehte sich um und streichelte Stan, anstatt mich anzusehen. Normalerweise kam sie nicht in seine Nähe, weil sie fand, dass ihre Hände anschließend rochen. Ich ahnte, was sie mit »Dummheit« meinte. Also griff ich nach meinem Glas und ließ den Inhalt kreisen.

Sie warf mir einen Seitenblick zu. »Du wirst stinksauer auf mich sein.«

»Du kehrst doch nicht etwa zu Scott zurück?« Es kostete mich Selbstbeherrschung, mein Glas leise abzustellen, anstatt es hinzuknallen.

»Nein. Auf gar keinen Fall.«

Ich war erleichtert. Roberta kraulte Stan weiter die Ohren.

»Was ist dann los?« Mein Tonfall war schärfer als beabsichtigt. Robertas Kopf fuhr hoch. Also lächelte ich und fügte hinzu: »Was hast du jetzt wieder angestellt?«

Roberta berichtete mir alles von Jake, ihrem »phantastischen, einfühlsamen Sex, zum ersten Mal wirklich toll.«

Als ich ihr so zuhörte, fühlte ich mich wie eine Oma in Liebestötern. Es war mir zu peinlich, Roberta zu gestehen, dass Jonathan eingeschlafen war, bevor ich das Bett überhaupt erreicht hatte. Als sie mir erzählte, sie habe mit Scott herumgeknutscht, war meine erste Reaktion »na und?«, gefolgt von nicht ausgesprochenem Erstaunen, dass sie sich überhaupt im selben Zimmer mit ihm aufhalten wollte. Geschweige denn, Körperflüssigkeiten auszutauschen.

»Du hältst mich jetzt bestimmt für eine Versagerin. Aber ich war so durcheinander. Ich glaube, ich hatte einfach noch nicht akzeptiert, dass es vorbei ist. Doch jetzt bin ich sicher, dass ich nichts mehr von ihm will.«

Ich zuckte die Achseln. »Wenigstens ein Fortschritt.«

Sie schilderte die Mail, die Jake ihr geschickt hatte. »Ich hatte erst Gelegenheit, sie zu lesen, nachdem Scott weg war. Sie war so lieb. Er schrieb, er wisse, es sei ein großer Schritt für mich gewesen, mit ihm zu schlafen, und ich solle wissen, dass er es nicht auf die leichte Schulter genommen habe. Dann schrieb er noch, wie peinlich es ihm sei zuzugeben, dass er ziemlich eifersüchtig ist, aber ich solle mich nicht weiter darum kümmern, denn verstandesmäßig sei ihm klar, dass ich eine funktionierende Arbeitsbeziehung mit Scott aufbauen müsse.«

»Und wo liegt das Problem? Er hat kapiert, dass du mit deinem Ex befreundet bleiben musst. Jake braucht ja nicht zu wissen, dass du aus nur dir bekannten Gründen beschlossen hast, Scott mit einem Kuss zu beglücken.«

»Obwohl ich ihm nicht verraten habe, dass Scott probiert hat, bei mir zu landen, nimmt er meine Anrufe nicht mehr an.

Ich verstehe das nicht. Erst schickt er mir eine erwachsene Mail, und dann verhält er sich sonderbar.«

Ich zog die Augenbrauen hoch. »Du findest *ihn* sonderbar?«

Roberta setzte ihre typisch streitlustige Miene auf. »Gut, ich weiß, dass du so etwas nie gemacht hättest, weil du so verdammt vernünftig bist.«

»Das hat nichts mit Vernunft zu tun. Ich hätte mich nicht auf die Situation eingelassen, einem Tyrannen eine zweite Chance zu geben.«

»Scott ist eigentlich kein Tyrann. Er hat einfach nur ganz klare Vorstellungen davon, was er will und wie seine Mitmenschen sich verhalten sollen.«

»Er ist ein Tyrann. Wann wirst du endlich aufhören, ihn zu verteidigen? Wir alle haben klare Vorstellungen davon, wie unsere Mitmenschen sich verhalten sollen, und wir werden auch oft enttäuscht. Allerdings stecken wir andere Leute nicht ins Gefängnis oder schüchtern sie ein, wenn sie uns widersprechen. Du verwechselst Liebe mit Unterwürfigkeit.« Die Ungeduld sorgte dafür, dass ich die Stimme erhob. Roberta hatte so viel mehr verdient. Warum kapierte sie das einfach nicht? »Es macht mich wirklich traurig, dass er noch immer dein Leben beherrscht, obwohl du dich von ihm scheiden lassen willst.«

»So etwas werde ich nicht mehr zulassen.« Ihr Tonfall war zögernd. »Meinst du, du könntest Jake für mich anrufen? Nur um zu schauen, ob sein Mobiltelefon funktioniert und ich mit der Annahme recht habe, dass er mich nicht absichtlich ignoriert?«

»Was soll ich ihm sagen? Meine Freundin steht auf dich, ist aber zu schüchtern, mit dir zu reden?«

Roberta zuckte die Achseln. »Tu einfach so, als hättest du dich verwählt. Zuzugeben, dass du meinetwegen anrufst, wäre zu peinlich.«

»Ich könnte behaupten, dass ich Stan suche«, erwiderte ich

und wies mit dem Kopf auf den Hund. Selbst Roberta musste schmunzeln.

Sogar ich hatte Herzklopfen, als Jake sich meldete. Roberta machte Stielaugen. Er klang argwöhnisch und ungeduldig, als ich fragte, ob er Stan gesehen habe. Roberta spitzte die Ohren, um seine Stimme zu hören.

Ich brauchte eine Sekunde, um ihr in die Augen zu schauen. »Er ist eindeutig da.«

»Klang er, als sei er zu Hause? Waren da Hintergrundgeräusche?«

Auf der Grundlage eines zwanzigsekündigen Telefonats konnte ich ihr seinen genauen Standort nicht nennen.

Roberta rang die Hände. »Ich verstehe die Männer nicht. Wahrscheinlich sollte ich morgen hinfahren und alles klären.«

Den restlichen Abend lang erkundigte sich Roberta höflich nach den Kindern, Jonathan und danach, wie die Geschäfte liefen. Allerdings merkte ich ihr an, dass sie mit jeder Faser ihres Körpers am liebsten ins Taxi gesprungen und sofort zu Jake gefahren wäre. Selbst als ich beichtete, dass ich das Internet nach Neuigkeiten von Xavi durchkämmt hatte, schüttelte sie nur den Kopf.

»Meinst du, du fühlst dich besser, wenn du ihn findest? Du bist nicht bereit, alles hinzuschmeißen und auf einem Boot zu leben. Glaube mir, woanders ist es auch nicht besser.«

Das wichtige Thema, das ich mit ihr besprechen wollte – nämlich, dass ich nicht aufhören konnte, an Xavi zu denken, und von einem Wiedersehen mit ihm träumte –, fiel unter den Tisch. Bevor Roberta die Büchse der Pandora geöffnet und mich dazu ermutigt hatte, nach ihm zu suchen, hatte ich mit Jonathan vor mich hingelebt und mich damit abgefunden, das die Ehe in mittleren Jahren nun einmal kein Feuerwerk war, ohne mein Schicksal wirklich in Frage zu stellen.

Doch inzwischen zweifelte ich an allem.

Warum wohnten wir in einer spießigen Kleinstadt, obwohl wir an jeden beliebigen Ort der Welt hätten ziehen können? Warum nahm Jonathan zu jedem Thema genau den Standpunkt mit dem geringsten Spaßfaktor ein? Und warum brodelte das Bedürfnis, nach all den Jahren zu wissen, wo Xavi war, nicht in Form von Wut in mir, sondern löste eine Sehnsucht aus, die ich mir niemals zugetraut hätte?

Nur dieses eine Mal hätte ich mir gewünscht, dass sich Roberta mit ihrem überragenden Verstand meinen Themen widmete und mir eine halbwegs vernünftige Erklärung dafür lieferte, warum sich eine viel beschäftigte Mutter von drei Kindern nach einem lockigen Chaoten verzehrte, den sie seit Jahrzehnten nicht gesehen hatte.

Allerdings lautete die nackte Wahrheit, dass ich in Robertas Augen verheiratet war. Ein warmer Körper im Bett und ein Mensch, der nach den Autoreifen schaute, bedeutete, dass ich keine Probleme hatte.

Roberta rieb sich die Augen und griff nach ihrer Handtasche. »Ich bin dann mal weg.«

»Du wirst Jake doch nicht etwa um Mitternacht zu Hause überfallen, oder?«

Sie schnaubte höhnisch. »Als ob du mich nicht kennen würdest. Nein, ich fahre auf direktem Weg nach Hause.«

Als ich die Tür schloss, wurde mir klar, dass Jonathan nicht angerufen hatte, um mir eine gute Nacht zu wünschen.

Roberta

Octavia hatte es mir bestätigt. Jake zeigte mir die kalte Schulter. Er hatte mir doch gesagt, er sei im Begriff, sich in mich zu verlieben. Warum verhielt er sich dann plötzlich wie das Hinterletzte? Offenbar hatte ich ihn gekränkt, und ich musste herausfinden, womit. Der Rioja, den ich mir mit Octavia genehmigt hatte, hatte mich von der Ratsamkeit, nein, der absoluten Notwendigkeit überzeugt, Jake eine Mail zu schicken, um die Sache ein für alle Mal zu klären. Zum Teufel mit dem Stolz. Also loggte ich mich ein und schrieb:

Lieber Jake,
es tut mir leid, falls ich dir irgendwie wehgetan haben sollte. Ich habe dich sehr gern und glaube, dass das zwischen uns etwas Besonderes ist. Bitte, bitte, melde dich bei mir – und wenn es nur ist, um persönlich mit mir Schluss zu machen! Ich halte die Ungewissheit nicht mehr aus.
Ganz liebe Grüße, Roberta

Sofort hatte ich die Antwort in meinem Posteingang.

Liebe Roberta,
ich gehe davon aus, dass die weitergeleitete Mail für sich spricht.
Jake

Hallo, Jake, alter Junge,
es ist jetzt 9:30, und du solltest wissen, dass ich die letzten fünfundvierzig Minuten mit meiner Frau im Bett hier in ihrer Wohnung verbracht habe. Ich stimme dir zu, dass Sex mit ihr »unbeschreiblich« ist, würde dir aber davon abraten, dich zu sehr auf sie einzulassen, da sie meiner Ansicht nach noch nicht bereit ist für einen Neuanfang. Wir haben in unserer Ehe einige Fehler gemacht, werden es aber noch einmal miteinander versuchen. Und das, alter Junge, bedeutet, wie ich glaube, dass du weg vom Fenster bist.

Mit den besten Wünschen
Scott Green

Octavia

Jonathans Woche in Sardinien raste in glückseliger Aufsässigkeit vorbei. Ich ließ Stan die Teller in der Spülmaschine ablecken und rekelte mich auf verschwenderische Weise in der heißen Badewanne, anstatt mich an Jonathans Vier-Minuten-Duschregel zu halten. Dennoch sollte er nicht glauben, dass wir ihn nicht vermisst hätten. Also malten Immi und ich ein »Willkommen zuhause«-Schild, und ich stellte den Champagner kalt. Auch wenn seine Abwesenheit die Sehnsucht nach ihm nicht gesteigert hatte, würde sie uns immerhin ein Gesprächsthema liefern. Leider schrumpelte mein dicker sexy Begrüßungskuss dahin wie eine hinten im Kühlschrank vergessene Rübe, als er mir seinen Aktenkoffer in die Hand drückte und sich beschwerte, die Mülleimer seien nicht geleert worden, ehe er noch einen Fuß ins Haus gesetzt hatte.

Ich klammerte mich an meinen Traum. »Champagner?«

»Gibt es denn was zu feiern?«

»Ja, dass du wieder hier bist. Dass du einen Job hast. Dass der April anfängt und der Winter aufhört. Dass wir das Haus nicht verkaufen müssen.«

Jonathan gähnte. »Verschieben wir das auf ein andermal. Ich bin total erledigt und lege mich gleich schlafen. Ein Tee wäre toll.«

Ich setzte den Kessel auf, holte ein Glas aus dem Schrank und entkorkte den Champagner. Dann prostete ich ihm zu, um ihn zu einer Bemerkung über meine »Verschwendungssucht« zu provozieren.

»Willkommen zu Hause.«

Noch ehe ich die Folie in den Müll geworfen hatte, steckte Jonathan schon einen Teelöffel oben in den Flaschenhals. Angesichts meiner momentanen Laune würde ich diesen Teelöffel nicht brauchen. Ich zwang mich, ihn zu fragen, wie seine Woche gelaufen war.

»Du solltest mal das Computersystem von denen sehen. Es wird ein echter Spaß werden, dort zu arbeiten. Eine Superanlage, aber keine Ahnung. Alles absolut Hightech vom Feinsten, aber wenn man sich anschaut, wie sie die nutzen, könnte es genau so gut eine Billigkiste vom Discounter sein.«

Und so ging es immer weiter, ein detaillierter Bericht über das Computersystem, die Verknüpfungen, die möglichen Probleme, die er schon voraussagen könne. Ohne einen Funken Interesse am Leben an der Heimatfront. Ich hätte mich geschmeichelt gefühlt, wenn er mir nur die Hälfte dieser Leidenschaft entgegengebracht hätte.

Beim Abendessen versuchte ich, ihm die Informationen über Sardinien zu entlocken, die mir am Herzen lagen: Würden wir bei unserem gemeinsamen Aufenthalt in einem altmodischen Fischerdorf wohnen, wo schwarzgekleidete Frauen Tischtücher aus Spitze klöppelten, oder in einer Betonwüste inmitten von Computeranlagen? Offenbar war Jonathan arbeitsmäßig so ausgehungert gewesen, dass er, selbst als er zu antworten versuchte, bald wieder bei den beruflichen Herausforderungen angelangt war, die ihn erwarteten.

»Lohnt es sich überhaupt, dass ich mitkomme?«

»Ich werde bis spätabends arbeiten.«

Ich sah zu, wie er das Couscous bis auf den letzten Krümel vom Teller kratzte, und schenkte mir das dritte Glas Champagner ein. »Deine Begeisterung überwältigt mich. Freust du dich denn nicht auf ein paar Tage kinderlosen Urlaub?«

»Doch. Aber ich möchte nicht, dass du mich anquengelst, weil ich nicht genug Zeit mit dir verbringen kann.« Jonathan zog die Schuhe aus und fing an, alte Zeitungen auszubreiten. Ich starrte ihn entgeistert an. Jetzt war er exakt eine Stunde und fünfundzwanzig Minuten zu Hause. Er holte die Schuhputzkiste hervor und begutachtete missbilligend das darin herrschende Chaos.

»Ich werde nicht quengeln.« Allerdings würde ich gleich explodieren wie eine Limoflasche, sobald man ein Pfefferminzbonbon hineinwarf, wenn er den verdammten Schrammen an seinen Schuhen weiterhin mehr Beachtung schenkte als meinem Bedürfnis nach einem Tapetenwechsel. Ich bemühte mich um einen neutralen Tonfall. »Ich dachte, Patri hätte angeboten zu bezahlen, wenn ich dich begleite.«

Jonathan musterte die Spitzen seiner Schuhe, als stünde die Kontrolle eines Feldwebels unmittelbar bevor. »Hat er. Aber es ist noch ein bisschen zu früh, um besondere Vergünstigungen zu verlangen.«

Langsame kreisförmige Bewegungen mit der Schuhbürste. Ich wartete auf einen Anflug von Dynamik, ein Angebot, die Sache irgendwann zu klären. Doch ich erntete nur ein Stirnrunzeln, während Jonathan mit dem Polierlappen hantierte.

»Würdest du ihn später fragen?«

Jonathan nickte geistesabwesend. Eine weitere Inspektion, noch mehr Polieren. Bis jetzt hatte es mich nie gestört, dass Jonathan sich so in seine Arbeit versenkte. In gewisser Weise war es optimal gewesen. Ich war nicht für einen bedürftigen, eifersüchtigen Mann geschaffen, der ständig Aufmerksamkeit von mir forderte. So hatte ich die Möglichkeit gehabt, in Ruhe meinen Kindergarten zu gründen und meine Kinder großzuziehen, unbehindert von Jonathans Marotte, die Äpfel in der Obstschale nach Alter umzuschichten.

Während er systematisch seine Computercodes durchforstete, hatten wir Pfannkuchen gebacken, eine Blumenwiese für die Bienen ausgesät und Stan Kunststücke beigebracht. Jonathan war nur dann gefragt, wenn genaue Erklärungen oder militärische Strategien vonnöten waren. Oder wenn bei einer Hausaufgabe in Naturwissenschaften aus Backpulver hergestelltes Bikarbonat und ein Essigvulkan gebraucht wurden.

Im Laufe der Zeit hatte die ganze Familie zu schätzen gelernt, dass ihm seine Computerbesessenheit weniger Zeit ließ, Haushaltskatastrophen wie den violetten Nagellack auf Pollys Teppich oder Immis Autogramm auf dem Wohnzimmerfensterbrett zur Kenntnis zu nehmen. Jonathan hatte seinen ordentlich aufgeräumten Bereich, ich meine chaotische, aber völlig normale Familienwelt. Ich hatte gehofft, dass sich eine Schnittmenge finden würde, dass wir in der Lage sein würden, im Leben des jeweils anderen zu koexistieren, ohne dazu eine eiserne Lunge zu brauchen.

Jonathan stellte die Schuhe weg und rückte die Schnürsenkel gerade.

»Wer hat denn die ganze weiße Schuhcreme leergemacht? Ich brauche sie für meine Turnschuhe.«

»Keine Ahnung. Vermutlich eines der Kinder.« Ich konnte es nicht ausstehen, wenn Jonathan sich mit gleißend weißen Turnschuhen auf den Weg machte.

»Ehrlich. Die Kinder setzen immer ihren Willen durch. Es wird langsam Zeit, dass sie anfangen, mitzuhelfen und ihre Sachen wegzuräumen.«

»Tut mir leid, wenn du dich von unserem Zuhause abgestoßen fühlst und die Kinder nicht in dein engstirniges Weltbild passen. Nur damit es mal gesagt wird: Mir ist es viel wichtiger, dass sie kreativ denken und ihren Horizont erweitern, als dass sie die dämlichen Handtücher gerade rücken oder ihre Brotrinden aufessen.« Der Champagner öffnete meiner Unverblümtheit eine Tür, die vermutlich besser geschlossen geblieben wäre. Ich fragte mich, warum Jonathan sich nicht einfach wieder nach Sardinien verdrückte.

Achselzuckend ging er mit seinen Turnschuhen zur Spüle, wo er die Dinger mit der Nagelbürste und Geschirrspülmittel schrubbte. Früher hatte ich es geliebt, dass er Ordnung in meine Welt gebracht hatte. Und ihm war es mit der Aufregung, die ich verbreitete, genauso gegangen. »Mein kleines Abenteuer«, nannte er mich. Ich fragte mich, wann wir angefangen hatten, uns in gegenüberliegenden Schützengräben zu verschanzen, anstatt an einem Strang zu ziehen.

Wir brauchten dringend gemeinsame Zeit, ohne jemanden, der um Hilfe bei den Physikhausaufgaben bat, sobald wir ein Gespräch begannen. Das sonnige Sardinien war da doch die optimale Lösung.

Roberta

Ich befolgte Octavias Rat und zwang mich zu warten, bis sich die Staubwolke ein wenig gesenkt hatte, bevor ich zu Jake fuhr. Dazu wählte ich einen Montag, zehn Tage nach dem Scott-Fiasko, da ich wusste, dass Angus dann beim Tennis sein würde. Ich klammerte mich an die Hoffnung, dass Jake mir eine Chance geben würde, wenn wir von Angesicht zu Angesicht miteinander sprachen. Als er die Tür öffnete, war seine Miene ernst und undurchdringlich.

»Darf ich es dir erklären? Ich habe nicht mit Scott geschlafen.«

»Und trotzdem warst du mit ihm in deinem Schlafzimmer?« Er verschränkte die Arme.

Mein Verstand arbeitete zu langsam. Ich brauchte einen Moment, um zu begreifen, dass er mir tatsächlich den Weg versperrte, anstatt mich hereinzubitten. »War ich, obwohl es ganz anders war. Wie du weißt, ist mein Wohnzimmer gleichzeitig mein Schlafzimmer.«

»Ich war schon öfter dort und habe mich deinem Bett keinen Meter genähert. Hattet ihr Sex?«

»Natürlich nicht.«

Warum diese hundertprozentige Verneinung so wichtig war, wollte mir nicht in den Kopf.

»Aber so ähnlich?«

Mir wurde klar, dass das, was ich mir und was er sich erhofft hatte, in der Mitte zerbarst und umkippte wie ein Gebäude unter der Abrissbirne. Dennoch konnte ich nicht lügen. Ich trat auf dem Fußabstreifer von einem Fuß auf den anderen.

»Ich war durcheinander. Vielleicht war ich noch nicht bereit dazu, mit dir zu schlafen. Er wollte mich zurück. Ich wollte sicher sein, dass ich das Richtige tue.«

»Beantworte meine Frage. Ist zwischen euch körperlich etwas gelaufen?«

»Ja, aber …«

Er wich einen Schritt zurück. Die Hand an der Tür. Einer Tür, die im Begriff war, sich zu schließen.

»Jake, ich kann es dir erklären. Ich weiß, dass ich eine Dummheit gemacht habe. Ich hätte ihn nicht in die Wohnung lassen sollen. Ich habe ihn nur geküsst.« Als ich seine Hand berühren wollte, riss er sie weg.

»Um der alten Zeiten willen? Obwohl wir uns nach so langem Warten gerade geliebt hatten? Ich dachte, es hätte dir etwas bedeutet. Tut mir leid, aber so läuft das bei mir nicht. Ich hatte schon mal eine Frau, die mit ihrem Exfreund abgehauen ist, mit dem sie sich während unserer Ehe immer wieder getroffen hat. Ich lasse mich auf keine Frau mehr ein, bei der ihr Ersatzmann schon in der Kulisse wartet.«

»Jake, bitte, hör mich an. Ich habe einen Fehler gemacht. Ich will mit dir zusammen sein. Scott und ich lassen uns scheiden.«

»Ich weigere mich, als dein Experiment herzuhalten. Dafür habe ich zu viele Jahre Detektiv gespielt. Ich habe mir geschworen, nie wieder in so eine Situation zu geraten. Und jetzt muss ich gehen.« Er sah mich mit seinen eindringlichen Augen finster an. Kurz zeigte sich ein weicher Ausdruck darin. Dann knallte er mir die Tür vor der Nase zu. Ich überlegte, ob ich klingeln oder durch den Briefschlitz rufen sollte wie eine Verzweifelte aus den *EastEnders*. Ein kleiner Funke Hoffnung blieb, dass er es sich anders überlegen und zurückkommen würde, wenn ich nur lange genug stehen blieb. Schließlich trieb mich die Verzweiflung zurück zum Auto, wo ich ins Lenkrad weinte, bis eine Frau, die mit ihrer Enkelin auf dem Weg zum Parkplatz war, ans Fenster klopfte, um sich zu erkundigen, ob mir etwas fehlte.

In den folgenden Tagen mailte ich Jake verschiedene Ergüsse, in denen ich mich entschuldigte und zu erklären versuchte. Er ignorierte mich. Seine Selbstverteidigungsstrategien und seine Entschlossenheit waren offenbar ebenso stark ausgeprägt wie Güte und Mitgefühl.

Mea culpa. Mir blieb nichts anderes übrig, als ihn zu vergessen.

Wenn ich abends ins Bett ging, spulten sich Bilder von Jake vor meinem geistigen Auge ab. Seine Marotte, an seinem Uhrarmband herumzunesteln. Wie er in die Ferne blickte, wenn er überlegte, was er sagen sollte. Seine Gelassenheit, als gäbe es auf der Welt kein einziges unlösbares Problem.

Abgesehen davon, dass ich meinen Mann geküsst hatte, natürlich.

Ich lag da, ging Gedanken um Gedanken nach und schrieb im Kopf Briefe, nur um sie morgens wieder zu verwerfen. So oft fuhr ich an seinem Haus vorbei, dass ich mich wunderte, warum ich noch nicht bei *Crimewatch* aufgetaucht war.

Wie eine Alkoholikerin, die versucht, sich besser zu fühlen, indem sie zum Frühstück eine Flasche Wodka trinkt, stürzte ich mich verbissen ins Onlinedating-Getümmel. Mein kläglicher Versuch der Selbsthilfe war, eine neue Liebe zu finden, um mir Jake und Scott endgültig auszutreiben. Die Internet-dating-Webseiten wussten mehr über mich als Octavia. Die Fragebogen erinnerten mich an Multiple-Choice-Prüfungen, in denen ich stets die falschen Kästchen ankreuzte.

Machte mich ein »Ja« bei der Frage, ob ich stets den Beipackzettel läse, bevor ich ein Medikament nähme, zu einer verantwortungsbewussten Erwachsenen oder zu einer Spaßbremse? Würde sich jemand, der bei klarem Verstand war, für mich entscheiden, wenn ich »Manchmal fühle ich mich versucht, andere hinter ihrem Rücken zu veräppeln« ankreuzte?

Zum Glück gab es kein Kästchen mit dem Inhalt »Gelegentlich lachen meine beste Freundin und ich über die Marotten anderer Leute, bis uns der Wein aus der Nase spritzt«.

Würde mich »Ich lenke das Gespräch häufig auf ein höheres Niveau« zu einem wortgewandten Professor führen, der fünf Kabinettsmitglieder aufzählen konnte, oder zu einem intellektuell abgehobenen Streber mit radikalen Ansichten in puncto globaler Verarmung oder schmelzender Gletscher? Die vier wichtigsten Gefühle, die ich in den letzten vier Monaten empfunden habe? Das war einfach. *Deprimiert, unfähig, einsam* und *Angst vor der Zukunft*. Ich klickte *optimistisch, gelassen, voller Energie* und *zuversichtlich* an.

Ich suchte einen Freund, keinen Typen, der mir helfen würde, Schlaftabletten zu horten.

Es dauerte nicht lange, bis sich mein gesellschaftliches Leben von der wirklichen auf die virtuelle Ebene verlagerte. Es bestand nur noch aus Zuzwinkern, Spaßfragen und dem Verabschieden von Typen, die sich schon in der zweiten Mail nach meinen liebsten Stellungen beim Sex erkundigten. Von der Anzahl der Männer, die mir zuzwinkerten, hing ab, ob es heute ein guter oder ein schlechter Tag werden würde. Ich erklärte mich einverstanden, mich mit einem Mann namens Rupert zu treffen, der in seinen Mails nicht von Sex sprach, Tierarzt war und Lesen, Joggen und Restaurantbesuche als seine Hobbys aufführte.

»Tierarzt ist gut. Der Name ist aber ein bisschen altmodisch«, merkte Octavia an. Ich war sicher, dass sie ihre Abneigung gegen ihren eigenen Namen auf andere Leute übertrug.

Ich sprang nicht darauf an. »Sonst scheint er in Ordnung zu sein. Außerdem, wer nicht wagt …«

Octavia hielt mir immer öfter Vorträge zum Thema »Du musst dich ans Alleinleben gewöhnen«, was meine Entschlossenheit nur befeuerte, wieder Teil eines »normalen« Paars zu sein. Alle, die mir predigten, ich müsse erst mal eine Weile Single sein, hatten einen Ehemann. Sie mussten sonntags nicht morgens aufwachen und sich überlegen, wie sie die vierzehn Stunden bis zur Schlafenszeit herumbringen sollten. Sie konnten eine Familienportion Auflauf zubereiten, ohne sechs Tage am Stück davon essen zu müssen. Sie waren zu Schulbällen und Dinnerpartys eingeladen; zu Festtagen, ohne Debatten darüber, wo die »Einzelperson« sitzen sollte.

Sie brauchten ihren Mann nicht einmal zu mögen. Sie hatten einfach einen.

Also sagte ich mein Mantra »für alles offen sein« vor mich hin, als ich Anfang April im Sonnenschein zum Café Rouge ging, um mich mit Rupert zu treffen. Ich erkannte ihn sofort. Zurückgelehnt, die Hände hinter dem Kopf. Ein wenig beleibter als auf seinen Fotos. Ein Bauch, der ihm über die Hose hing. Ein rosafarben geblümtes Hemd, das eher nach »Brite im Urlaub auf Barbados« aussah als nach einem weltgewandten Mann, der mit seiner Sexualität im Reinen war. Allerdings machte er einen netten und freundlichen Eindruck.

»Rupert?«

Er sprang auf. »Roberta. Hall-o.« Hatte er etwa gezwinkert? Aber doch sicher nicht. Kein Mensch über vierzehn zwinkerte. Vielleicht hatte er so viel Zeit auf Dating-Seiten verbracht, dass er es aufs wahre Leben übertrug. Es gelang ihm, mir so die Hand zu schütteln, dass ich ein Stückchen zu ihm hinübergezogen wurde, bis ich, um mein Gleichgewicht kämpfend, in jenem Niemandsland gefangen war, in dem ich nicht wusste, ob er mich nun auf die Wange küssen würde oder nicht. Er wich zurück, allerdings ohne meine Hand loszulassen, sodass ich mich fühlte wie eine Kuh, die abgeschätzt werden soll. Ich setzte mich unaufgefordert hin.

Er ließ sich mir gegenüber auf seinen Stuhl fallen und stützte das Kinn auf die Hände, was wohl »du hast meine volle Aufmerksamkeit« besagen sollte. Seine Augen waren strahlend und so rund wie der Rest von ihm. »Also, Roberta.«

Die vielen Jahre, in denen mein Vater mir das Motto »Die Manieren machen einen Menschen aus«, eingebläut hatte, verhinderten, dass ich »Also was?« entgegnete. Ich lächelte.

»Wollen wir Kaffee bestellen?«, fragte ich.

»Möchtest du keinen Drink?«

»Dafür ist es noch ein bisschen früh. Ich muss nachher noch meine Tochter abholen.«

»Es stört dich doch nicht, wenn ich etwas trinke?«, erwiderte er und orderte ein Glas Shiraz.

»Nun, Roberta, erzähl mir alles über dich.« Er beugte sich vor, als wolle er sich gleich Notizen machen.

Ich klopfte mir in Gedanken auf den Rücken. Den Fehler, dass ich hemmungslos auf dem Klo heulte, würde ich nicht wieder begehen.

»Du zuerst.«

»Keck. Das gefällt mir.« Er krümmte die Finger wie Tigerklauen und knurrte dazu.

Meine Gesichtsmuskeln hatten zwar Mühe, sich aufwärtszubewegen, aber ich wollte ihm eine Chance geben.

Er lehnte sich zurück. »Wie du weißt, bin ich Tierarzt. Habe hauptsächlich mit Rindern, Pferden und Schweinen zu tun. Nutztieren.«

Zumindest konnte ich das meinen Freundinnen erzählen, ohne herumdrucksen zu müssen. Kein Autohändler. Niemand, der Experimente an Affen durchführte. Kein Sexualtherapeut.

Er betete mir seine gesamte berufliche Litanei herunter. »Eigentlich liebe ich Hunde. Doch während meiner Ausbildung wurde ich zuerst auf einer Farm eingesetzt, und ich habe es nie mehr zu Haustieren zurück geschafft.« Er kramte in seiner Jacke und förderte seine Brieftasche zutage. »Schau, das sind meine Hunde, Boo-Boo und Remy.«

Ich betrachtete ein Foto von zwei rattenähnlichen Hunden mit riesigen Ohren. Sie erinnerten mich an die Gremlins. Es war schlimmer, als wenn einem ein hässliches Baby vorgeführt wurde, und man sich dennoch ein Kompliment aus den Rippen schneiden musste. Ich öffnete mehrmals den Mund, bevor ich die richtigen Worte fand. »Was … Was ist das für eine Rasse?« Ich bemühte mich um einen unverfänglichen Tonfall.

»Langhaarige Chihuahuas. Sie schlafen bei mir im Bett. Boo-Boo legt den Kopf am liebsten auf mein Kissen.«

Neben einer Fledermaus aufzuwachen gehörte nicht zu meinen Zukunftsphantasien.

»Sind sie nicht niedlich? Remy sitzt gern auf meinem Knie, wenn ich fernsehe. Er wird eifersüchtig, wenn ich mit jemand anders kuschle.« Wieder ein Zwinkern. Er bedeutete der Kellnerin, ihm noch ein Glas Wein zu bringen. Ich hatte meinen Kaffee noch nicht ausgetrunken.

Ich zermarterte mir das Hirn nach einem Gesprächsthema. »Hast du noch andere Haustiere?«

Als ob zwei räudige Hunde nicht genug gewesen wären.

Daraufhin wurde ich von Rupert mit einer Schilderung seiner Katze Fleecy beglückt, die am liebsten auf der Sofalehne saß und zu schnurren anfing, wenn die *Simpsons* kamen. Zeichentrickfilme für Erwachsene hatte ich noch nie verstanden.

Er machte mir vor, wie er ihr den Bauch kraulte und wie sie dabei die Pfötchen einrollte, bis ich glaubte, dass gleich jemand hinter dem Fensterblatt hervorspringen und ein Video à la *Versteckte Kamera* drehen würde, das auf immer und ewig im Internet kursieren sollte. Ich nickte lächelnd, als übe ich für eine Karriere als Bauchrednerin, während ich fieberhaft nach einem Fluchtweg suchte.

Plötzlich griff Rupert nach meiner Hand, wobei er meinen Cappuccino umschüttete. »Es ist so wunderbar, jemanden zu treffen, der auch Tiere liebt. Ich habe mich so gefreut zu lesen, dass du ein Tierheim betreibst.«

»Das einzige Haustier, das ich je hatte, war ein Hamster.« Ich erwähnte nicht, dass ich ihn Octavia vermacht hatte aus Angst, gebissen zu werden, wenn ich ihn aus dem Käfig nahm.

Ruckartig zog er die Hand zurück. »Ich dachte, du würdest ein Tierheim leiten? Die Frau, die Border Collies züchtet?«

»Tut mir leid. Nein. Ich glaube, du hast mich mit jemandem verwechselt.«

Rupert förderte sein BlackBerry zutage und murmelte in sich hinein. »Das muss Amanda gewesen sein. Oder vielleicht Shelley. Oder Tricia.« Er scrollte durch seine Mails. Dann blickte er mit triumphierender Miene auf. »Robyn heißt sie. Robyn Grant. Das ist sie. Sie liebt Collies. Entschuldige, da habe ich was durcheinandergebracht. Du weißt schon. Roberta Green, Robyn Grant, das kann schon passieren.« Er legte sein BlackBerry weg. »Aber das heißt nicht, dass wir keinen Spaß haben können.«

Ich glaubte, dass er sich um einen verführerischen Blick bemühte. Allerdings zog er die Augenlider hoch, als wolle er einen Moskito vertreiben.

»Ich denke, ich sollte jetzt besser gehen. Ich muss meine Tochter abholen.«

»Wirklich?« Er klang geistesabwesend, als versuche er, sich

die näheren Einzelheiten des tollen Lassie-Mädchens ins Gedächtnis zu rufen. Er winkte nach der Rechnung.

»Entschuldige, ich darf nicht zu spät kommen.« Gerade schlüpfte ich in die Jacke, als er sagte: »Machen wir fifty-fifty? Das wären dann sieben Pfund neunzig für jeden.«

Ich brachte es nicht über mich, ihn darauf hinzuweisen, dass ich nur einen Kaffee und er zwei große Gläser Wein gehabt hatte. Also legte ich einen Zehnpfundschein auf den Tisch und beobachtete, wie er sechs Pfundmünzen abzählte.

»Kann ich dich wiedersehen?«

Selbst jetzt zögerte ich noch. Wenn ich länger blieb, würde ich vermutlich mit ihm schlafen, nur weil es mir peinlich gewesen wäre, nein zu sagen.

Ich schulterte meine Tasche. »Im Moment habe ich viel um die Ohren. Ich schicke dir eine Mail, wenn ich Zeit habe.«

Ruperts Gesicht rötete sich. »Du wimmelst mich ab, richtig?«

»Ich glaube, du würdest dich mit einer Frau wohler fühlen, die tierlieber ist als ich.«

»Also *wimmelst* du mich ab.«

Offenbar war ein stilvoller Abgang nicht möglich. An den Nachbartischen wandten sich bereits die Köpfe, um das Spektakel zu begaffen. Ohne ihn anzusehen, erwiderte ich: »Nein, ich muss nur meine Tochter abholen.« Damit marschierte ich zur Tür.

Rupert folgte mir und zerrte mich am Arm. »Das ist nur eine Ausrede. Warum willst du jetzt weg? Du warst doch nur ganz kurz hier. Was ist los mit dir? Sechs der Mädchen, mit denen ich mich getroffen habe, wollten mich wiedersehen. Ich hatte sogar Sex mit dreien von ihnen.«

Ich flüchtete mich auf den Bürgersteig und nahm all meinen Mut zusammen, um unhöflich zu sein. »Tut mir leid. Ich muss jetzt sofort weg, sonst komme ich zu spät.«

Mit diesen Worten eilte ich davon, ohne auf seine »Warte mal«-Rufe zu achten. Ich ging so schnell, dass meine Fußsohlen schmerzhaft brannten. Während ich vor mich hin stapfte, spielte ich schon im Kopf durch, wie ich Octavia mit diesem neuesten Fiasko zum Lachen bringen würde. Doch noch während ich Rupert, Boo-Boo, den Hund, und Fleecy, die Katze, in Gedanken schilderte, stieg das altbekannte Gefühl der Demütigung und Verzweiflung in mir auf. Scott würde vor Lachen schreien, wenn er wüsste, dass ich meinen Sonntagnachmittag mit einem dicklichen Chihuahua-Besitzer verbrachte. Mit gesenktem Kopf stürmte ich durch die Vorhalle meines Apartmenthauses, erleichtert, dass der Pförtner gerade telefonierte, sodass wir keine Höflichkeiten austauschen mussten.

Ich sprang unter die Dusche, um Ruperts schwitzigen Händedruck abzuwaschen. Dabei sagte ich laut: »Ich werde nicht an Jake denken«, vor mich hin. Nachdem ich mich in ein Handtuch gewickelt hatte, griff ich nach der neuesten Innenarchitekturzeitschrift. Doch mein Laptop gab mir ein Zeichen. Vielleicht, ja, nur vielleicht war es die eine, die alle Erinnerungen an Jake auslöschen würde. In meinem Posteingang stapelten sich die Nachrichten.

Ich scrollte sie hinunter und klickte Jordi an, der seine Interessen an Architektur von Gaudi, Aquarellmalerei und Gedichte angab. Er klang interessant, doch seine zweite E-Mail, in der er schrieb, er habe an niemandem Interesse, der die Werke von Philip Larkin nicht wirklich zu schätzen wisse, war ziemlich abtörnend.

Ich löschte Mark, der als Hobbys Chillen und Xbox-Spielen auflistete. In diesem Fall konnte ich auch zu Octavia fahren und mir anschauen, wie Charlie sich, den Mund offen und die Augen leicht manisch glitzernd, in hirnlosen Killerorgien verlor. Ich löschte Natale, einen Italoamerikaner, auf dessen Hobbyliste Nacktbaden ganz oben stand. Niedlich war, dass er schrieb, ich könne ihn auch Weihnachten nennen, falls mir das besser gefiele, da Natale auf Italienisch Weihnachten bedeute.

»Dad, das ist mein Freund Weihnachten.« Nein, kam gar nicht in die Tüte.

Außerdem schickte ich den Elvis-Fan – »The King« – mitsamt seiner Tolle in die Wüste. Ich würde mich nicht mit einem Mann, der blaue Wildlederschuhe trug, in der Stadt blicken lassen.

Und so klickte ich mich durch die verschiedenen Eigenwerbungen von Männern mittleren Alters – ein Bild von einer riesigen Sonnenblume, selbst als Samen gezüchtet; Männer in ärmellosen T-Shirts, die Biergläser in der Hand hielten und ihre Muskeln spielen ließen; einer hatte sogar ein Schlangen-Tattoo, das sich um seinen dicken Hals wand. Die grässlichste Mail war die mit dem Betreff ZWEITE CHANCE, in der es hieß, seine gescheiterte Ehe habe ihn gelehrt, wie wichtig regelmäßiger Sex sei. Diese alte Leier. Ich klickte auf »Verabschieden«.

Die einzige zweite Chance, die ich wollte, war eine mit Jake.

Octavia

Mitte April hatte sich Jonathan wieder für zehn Tage nach Sardinien verabschiedet. Charlie war zu sehr damit beschäftigt, in seinem Zimmer unanständige Dinge mit Mädchen zu treiben, um es zu bemerken. Polly und Immi vermissten Jonathan mehr als er und wollten ständig ihren Daddy anrufen. Bei den wenigen Malen, die ich es ihnen erlaubte, seine Mobilfunknummer zu wählen, gewährte Jonathan ihnen ein paar Gesprächsminuten, in denen Immi ihm erzählte, sie habe in der Schule den Mathewettbewerb gewonnen, und Polly berichtete, sie spiele den Zinnmann im *Zauberer von Oz*, bevor er das Gesprächsthema darauf lenkte, wie teuer es sei, ein Mobiltelefon im Ausland anzurufen.

Die Frage »Möchtest du mit Mum sprechen?« führte stets zu derselben Antwort – er werde sich später vom Bürotelefon aus melden. Manchmal tat er das auch, doch viel häufiger traf eine SMS ein, es habe ein Problem gegeben, der Server sei zusammengebrochen, sie hätten da Schwierigkeiten mit dem System, weshalb wir das Telefonat auf morgen verschieben müssten.

So sehr war ich daran gewöhnt, von Jonathan eine Liste von Anweisungen zu erhalten – schau mal, ob wir den günstigsten Stromtarif haben, biete meine alten *Everyday-Practical-Electronics*-Zeitschriften bei eBay an, vergiss nicht, Immis Blazer bei der Schuluniformenbörse einzustellen –, dass ich mich richtiggehend schuldig fühlte, wenn ich mich bei einer Staffel *Breaking*

Bad mit einer Riesentüte Tortillachips auf dem Sofa rekelte. Oder wieder einmal einen Abend damit zubrachte, sämtliche Santonis bei LinkedIn zu durchforsten.

Allmählich jedoch entspannte sich die Stimmung im Haus. Ohne Jonathan, der Immis Vokabelliste an den Kühlschrank heftete, damit er sie Wörter wie »Onomatopoesie« und »Alliteration« abfragen konnte, noch ehe sie den ersten Löffel Rice Krispies im Mund hatte, stand sie weniger unter Druck und schien in der Schule besser voranzukommen. Wahrscheinlich war ich eine nachlässige Mutter, aber es war mir herzlich egal, ob Immi irgendwelche Fremdwörter richtig schrieb. Ich liebte ihre Lebenslust viel mehr als alle Abschlüsse, die das Schulsystem ihr zu bieten hatte.

Seit Jonathan nicht mehr an jedem Axthieb oder Wischer mit dem Schwamm herumkritisierte, hackte Charlie Holz und wusch das Auto beinahe mit Begeisterung, wenn auch mit manchmal fragwürdigem Ergebnis. Polly teilte zwar Jonathans Liebe zu Computern, doch selbst sie erkannte, dass uns seine Abwesenheit bei Tisch mehr Zeit ließ, uns über unser Leben auszutauschen, anstatt zu erörtern, wie wichtig es sei, Schraubenzieher stets an ihren Platz zurückzuräumen.

Innerhalb kurzer Zeit fingen wir an, uns zu bewegen und die Lücke zu füllen, die Jonathan hinterlassen hatte. Wenn er nicht aufpasste, würden die Wellen über seinem Kopf zusammenschlagen.

Trotz all der Jahre, die ich mich an Jonathans Pedanterie hatte gewöhnen müssen, sehnte ich mich noch immer zurück nach den kurzen sechs Monaten vor meiner ersten Schwangerschaft, in denen wir einander so wunderbar ergänzt hatten. Unsere gemeinsamen Reisen hatten toll geklappt. Ich schlug ein Reiseziel vor, und er organisierte alles so, dass wir keine dreizehn Stunden an irgendeinem Fährhafen warten mussten. Die verlorene Spontaneität machten wir mit der zusätzlichen Zeit im Schlafzimmer wett. Wir brauchten einfach ein paar kinderfreie Tage, um diesen Zustand wiederzubeleben. Also verfolgte ich trotz seiner Mauertechnik weiter meine Sardinienpläne. Bei jeder Gelegenheit erkundigte ich mich ausdrücklich danach. »Hast du heute schon mit Patri geredet?« »Möchtest du, dass ich ihn anrufe, falls du zu beschäftigt bist?« Ich wollte unter allen Umständen dorthin. Wenn wir erst einmal aus unserer Mama-und-Papa-Rolle geschlüpft waren, würde er mir danken.

Die Furcht davor, meine schwabbeligen weißen Gliedmaßen in einem schicken mediterranen Badeort zur Schau zu stellen, motivierte mich, jeden Tag vor der Arbeit auf der Wii mit dem Hula-Hoop-Reifen zu trainieren. Dadurch verlor ich zwar nicht viel Fett, entwickelte jedoch einen unbändigen Heißhunger auf Focaccia mit Parmaschinken und Mozarella, den nur der italienische Feinkostladen gleich um die Ecke vom Kindergarten stillen konnte. Eines Morgens stand ich da und betrachtete die riesige Italienkarte hinter der Theke, als mir ein kräftiger Rückenklopfer einen Schmerz durch den Arm schießen ließ.

»Octavia. Wie geht es dir? Kommst du klar damit, dass wir dir deinen Mann entführt haben? Ein sehr kluger Mann. Sehr klug.« Patri stand grinsend da. Das weiße Hemd und die Leinenjacke verliehen seinem attraktiven wettergegerbten Gesicht einen eleganten Charme.

»Die Kinder vermissen ihn. Ich auch ein bisschen. Aber ihm gefällt es dort sehr. Er sagt, es sei einfach wunderschön.«

»Wir versuchen, ihn nicht zu oft rüberzuschicken. Nur in den nächsten Monaten muss ich dich um Geduld bitten. Warum fliegst du nicht hin und besuchst ihn? Ständig predige ich ihm, er soll Octavia mitbringen. Ihr könnt euch ein Hotelzimmer oder eine Ferienwohnung mieten, was immer ihr wollt.« Er tätschelte seine Brieftasche. »Durch Jonathan werde ich viel

Geld verdienen. Ich kann es mir leisten, seine Frau glücklich zu machen.« Er zwinkerte. »Wenn es so ist wie bei mir zu Hause, ist die Frau für Urlaube, Partys und Freundschaften zuständig.« Er reichte mir eine Visitenkarte. »Ruf meine Sekretärin an. Wenn du dort bist, kannst du einen der Firmenwagen benutzen.«

Jonathan nahm den Grundsatz, Privates und Berufliches streng zu trennen, offenbar zu ernst. Ein Glück, dass er mich geheiratet hatte, um sich vor sich selbst zu retten. Eine zweite Einladung brauchte ich nicht.

Roberta

Obwohl Jake schon vor einem Monat Schluss mit mir gemacht hatte, wollte die Sehnsucht nach ihm einfach nicht nachlassen. Ich hörte auf, mir einzureden, dass mein Lieblingskräutertee nur im Supermarkt in seiner Straße am anderen Ende der Stadt zu bekommen war. Allerdings fand ich mich widerstrebend damit ab, dass ich mindestens einmal am Tag an seinem Haus vorbeifahren und mir wenigstens fünfmal sein Foto auf seiner Firmenwebseite anschauen würde.

Hin und wieder hatte ich einige Internet-Dates. Manchmal begegnete ich dabei einem sympathischen Mann und spielte mir vor, dass er mir gefiel, bis er mir eine SMS schrieb, um sich wieder mit mir zu verabreden, worauf ich mich dabei ertappte, dass ich Ausreden in Sachen Arbeit/Urlaub/Tochter vorschob, um ihn abzuwimmeln.

Dass ich sehr mit meiner Tochter beschäftigt war, war nicht einmal gelogen, denn das Zusammenleben mit Alicia entpuppte sich zunehmend als Herausforderung. Anfangs hatte ich sie dafür bewundert, wie sie mit unserer Trennung klargekommen war. Doch seit einigen Wochen blockte sie mich mit einem schmollenden Schweigen ab und sorgte durch ihr Herumhängen und ihre einsilbigen Antworten für eine angespannte Stimmung in unserer kleinen Wohnung. Für mich war es unmöglich herauszufinden, was sie bedrückte, wenn schon das Ergründen ihrer Wünsche zum Abendessen eine Enigma-Maschine nötig gemacht hätte. Zu meiner Schande fühlte ich mich fast erleichtert, wenn sie in der Schule war, damit ich mich auf Hausbesichtigungen und die Planung meines Innenarchitekturbüros konzentrieren konnte.

Eines Tages setzte ich mich aufs Sofa, um Beschreibungen von zum Verkauf stehenden Häusern zu studieren, als meine Hand auf etwas Feuchtes stieß, das zwischen den Lederpolstern klemmte. Ich zog es heraus. Ein benutztes Kondom. Mit einem angewiderten Aufschrei ließ ich es fallen. Wo um alles in der Welt kam das her? War es schon immer da gewesen? Ich hastete los, wusch mir die Hände und kehrte dann zurück, um es aus einem sicheren Abstand in Augenschein zu nehmen. Nicht eingetrocknet. Ich konnte noch die Flüssigkeit darin erkennen. Andererseits handelte es sich um Gummi. Darin trocknete vielleicht in hundert Jahren nichts. Ob es noch von den Vormietern stammte? Von Scott? Hatte er es als eine Art widerwärtigen Scherz dort versteckt?

Alicia.

Alicia, die mich ständig drängte auszugehen: zu Octavia, in den Tennisclub, zum Abendessen mit Nicole und Brenda. Ich hatte ihr die Begründung abgekauft, sie könne besser für die Schule lernen, wenn sie die Wohnung für sich habe. Das mulmige Gefühl, von dem ich ergriffen worden war, seit ich wusste, dass Scott eine Mail an Jake geschickt hatte, kehrte fünfhundertfach verstärkt zurück. Meine vierzehnjährige Tochter hatte Sex. Und ich hatte so um mich selbst gekreist, dass ich es nicht wahrgenommen hatte. Oder mich nicht dafür interessiert.

Nicht genug, um über den eigenen Tellerrand zu schauen und mehr zu sehen als meine eigenen Kränkungen und Katastrophen. Ich hatte mich nicht darum gekümmert, wie Alicia sich fühlte.

Ich stand auf. Dann rollte ich genug Klopapier aus, um eine

Strecke bis zum Mond auszulegen, und warf das Kondom in den Müll. So sehr hatte ich mich darum bemüht, einen neuen Freund zu finden, dass ich keinen Gedanken daran verschwendet hatte, dass mein Baby – und das war sie noch – sich der Erwachsenenwelt zugewandt hatte, um die von ihrer zerstörten Kindheit hinterlassene Lücke zu füllen. Meine Tochter, die noch kaum genug Busen hatte, um einen BH zu tragen, mimte nun die Mini-Lolita. Scott würde sich bestätigt fühlen: Ich war als Mutter eine Versagerin.

Ich griff nach meinem Mobiltelefon. Scott oder Octavia? Falls Scott die Angelegenheit auch nur im Entferntesten amüsant finden sollte, würde ich ihn ermorden müssen. Also rief ich Octavia an.

»Du hast schon wieder diese Reibeisenstimme. Was ist los?«

Ich erklärte ihr den Stand der Dinge. Sie lachte auf, als sie hörte, dass ich ein Kondom angefasst hatte. Allerdings hatte ich bei ihr nicht das Bedürfnis, in den Gartenschuppen zu laufen, um ein scharfkantiges Werkzeug zu holen, denn ich wusste, dass sie auf meiner Seite stand.

»Du solltest dankbar sein, dass sie so schlau ist, ein Kondom zu benutzen. Der Himmel weiß, ob Charlie genug Verstand dazu hätte. Vierzehn ist wirklich jung. Andererseits hatten wir alle mit sechzehn Sex. Wenn man also die kulturellen Veränderungen der letzten Jahrzehnte in Betracht zieht, ist es doch kein Weltuntergang.«

»Ich hatte mit sechzehn noch keinen Sex.« Ich kriegte es ja nicht einmal mit neununddreißig richtig hin.

»Ja, okay, alle außer dir, Eiskönigin. Wir anderen schon.«

Auf seltsame Weise tröstete es mich, dass ich meinen Sinn für Humor niemals vollständig verlieren würde, solange ich Octavia hatte. »Zwischen sechzehn und vierzehn besteht ein Riesenunterschied.«

»Soll ich mit ihr reden?«

Octavias Realismus und ihr Draht zu Kindern würden viel hilfreicher sein als mein hysterisches »Wie konntest du nur?«. Allerdings hatte ich mich mein Leben lang auf Octavia verlassen. Ich musste aufhören, sie je nach Situation als Sprungtuch oder als Rammbock zu benutzen.

»Das muss ich selbst erledigen, Liebes. Aber danke für das Angebot. Falls ich es an die Wand fahre, überlege ich es mir vielleicht noch mal.«

»Das wirst du nicht. Du bist stärker, als du glaubst.«

Ich fragte mich, ob ich einen Anflug von Gekränktheit in ihrer Stimme gehört hatte, weil ich ihre Hilfe nicht annahm.

Während ich im Auto saß und darauf wartete, dass Alicia aus der Schule kam, hatte ich jede Menge Zeit, darüber nachzudenken, was ich sagen wollte.

Mein Herz sank, als sie endlich erschien. Keine Spur von ihren besten Freundinnen Lucy und Daniela. Diese beiden Mädchen kannte ich nicht. Die Blondine war zu stark geschminkt. Eine dicke Schicht Foundation, viel zu dunkel für ihre junge Haut. Die Brünette hatte die Augen kräftig mit Kajal umrandet. Die beiden schienen älter als Alicia zu sein. Alle drei hatten die Röcke am Taillenbündchen eingerollt, sodass der leiseste Windhauch ihre Höschen – oder Tangas – der Welt offenbaren würde.

Es krampfte mir das Herz zusammen, als mir klar wurde, dass einige Jungen glauben könnten, sie sei schon weit genug für Sex.

Alicia ging auf der anderen Straßenseite vorbei. Dabei lachte sie auf eine Weise, die gar nicht zu ihr passte, laut und derb. Dann schrie sie einem Jungen am Ende der Straße etwas nach. Seine Antwort bestand aus einem gereckten Mittelfinger, zum großen Amüsement der Megären in ihrer Begleitung. Meine

Hände hinterließen schwitzige Stellen auf dem Lenkrad. Zu meiner Schande wusste ich nicht einmal, wo sie nach der Schule hinging. Ich hatte angenommen, dass sie mit Lucy und Daniela eine Cola trank oder ein bisschen durch Primark bummelte. Ich war gar nicht auf den Gedanken gekommen, das nachzuprüfen.

Da ich wusste, dass es den gesellschaftlichen Tod bedeutete, wenn man von seiner Mutter quer über die Straße gerufen wurde, entschied ich mich fürs Telefon. Ich beobachtete, wie sie in ihrer Tasche kramte und den Kopf schüttelte, als sie meinen Namen las. Sie sagte etwas zu den anderen Mädchen, die die Achseln zuckten, und setzte sich auf ein Mäuerchen.

Ich bemühte mich um einen lockeren Tonfall und versuchte es auf die Methode »War gerade in der Nähe, was hältst du von einem frühen Abendessen, damit wir mal aus der Wohnung rauskommen?«

»Ich wollte gerade mit ein paar Freundinnen in die Stadt.«

»Vielleicht möchten sie ja mitkommen«, erwiderte ich, wobei ich betete, dass das nicht der Fall sein würde.

Alicia seufzte. »Nein, das möchten sie ganz sicher nicht.«

Ich versuchte, nicht verzweifelt zu klingen. »Ich muss mit dir reden.«

Ich hörte, dass sich ihre Stimmung von entnervt zu neugierig wandelte. Offenbar war ihr noch nicht klar, dass sie das zentrale Thema war.

»Worüber?«

»Komm mit zum Abendessen, dann erfährst du es. Ich stehe auf der anderen Straßenseite.«

Sie rief ihren Freundinnen etwas zu, die ihre Rucksäcke schulterten und die Straße entlangschlurften. Ich winkte Alicia vom Auto aus zu. Sie brachte ein verkniffenes Lächeln zustande, als sie die Straße überquerte. Beim Einsteigen wurde sie schlagartig lockerer, so als sei sie gerade von der Bühne in die Kulisse getreten und müsse keine Rolle mehr spielen.

»Können wir zu Frederico's gehen? Da waren wir schon seit Ewigkeiten nicht mehr.«

Auf der Fahrt dorthin plauderten wir so angeregt wie schon lange nicht mehr: über den Schwimmwettbewerb, an dem sie teilnehmen würde, ihren neuen Musiklehrer, die Tatsache, dass Physik ihr mehr Spaß machte, als sie gedacht hatte. Es juckte mir in den Fingern, sie zu fragen, wer die beiden aufgetakelten Mädchen waren, doch ich fand es sinnvoller, mit dem Wichtigsten anzufangen, also mit dem Thema, mit wem meine Tochter Sex hatte. Sobald wir saßen und ihre Lieblingsbruschetta serviert worden war, neigte sie den Kopf zur Seite, eine Geste, die sie eindeutig von Scott hatte. »Also, warum musst du so dringend mit mir reden? Hast du das Haus endlich gekriegt?«

»Morgen ist Vertragsabschluss. Mit ein wenig Glück können wir Ende April einziehen. Es ist das perfekte Haus für uns. Wenn du möchtest, kaufen wir eine neue Bettdecke für dich.«

»Also gehst du nicht zurück zu Dad?«

»Nein.« Ich hatte erwartet, dass sie sich für ihn einsetzen würde, doch der Nachdruck in meiner Stimme schien ihr zu gefallen.

»Ich glaube nicht, dass du ihn glücklich gemacht hast, und du?«

Ich kaute umständlich auf einer Olive herum und entfernte den Kern, um Zeit zu gewinnen und diese ungerechte Bemerkung auf mich wirken zu lassen. Konzentrier dich. Angesichts der Wortkargheit, die inzwischen bei uns herrschte, war es ein Erfolg, dass wir dieses Gespräch überhaupt führten.

Ich brauchte nicht recht zu haben, um das Richtige zu tun.

»Nein, ich habe ihn nicht glücklich gemacht. Und umgekehrt war es genauso. Allerdings möchte ich nicht über deinen Vater sprechen, sondern darüber, dass ich besorgt um dich bin.«

Kurz malte sich ein banger Ausdruck auf Alicias Gesicht. »Mich? Mir geht es spitze.«

»Ich bin deshab ein wenig in Sorge, weil ich glaube, dass du etwas mit einem Jungen hast.«

Sofort wusste ich, dass ich mit meinem Verdacht den Nagel auf den Kopf getroffen hatte. Alicias blasse Haut verfärbte sich vom Hals aufwärts dunkelrosa.

»Mit was für einem Jungen?« Konzentriert schob sie kleine Stücke Tomate und Zwiebel auf ihrem Teller hin und her.

»Da ich das nicht weiß, würde ich mich freuen, wenn du mich aufklärst.«

»Ich habe nichts mit einem Jungen.«

»Und mit wem hattest du dann Sex?«

Alicias Kopf fuhr hoch. »Ich habe keinen Sex.« Tränen traten ihr in die Augen.

Ich musste mich beherrschen, um nicht »Hör auf zu lügen!« zu schreien. Irgendwie gelang es mir, ein »Ich bin nicht sauer« zutage zu fördern. »Doch ich möchte wirklich nicht, dass du in etwas verwickelt wirst, für das dir noch die emotionale Reife fehlt.«

Dieser Satz hätte auch von Octavia kommen können.

»Ich habe keinen Sex. Ich habe ja nicht mal einen Freund.«

Ich hatte sie schon überzeugender leugnen hören, dass sie das letzte Stück Käsekuchen gegessen hatte.

»Alicia, ich habe in der Wohnung ein Kondom gefunden. Das kann nur von dir sein.«

Alicia schien in sich zusammenzusacken. Die trotzige Teenagerfassade bröckelte stückweise, bis sie nur noch verängstigt und durcheinander wirkte. So wie damals mit sieben bei Feiern, wenn einem Popmusik das Hirn vernebelte und sich Kinder, aufgeputscht von blauer Zuckerlimo, von Hüpfburgen warfen.

Ein Gefühlstrampel von einer Kellnerin musste ausgerechnet jetzt ihr »Noch etwas zu trinken? Noch etwas Soße? Noch Leitungswasser?« abspulen. Ich verscheuchte sie und griff nach Alicias Hand. Nach kurzem Zögern umklammerte sie meine Finger.

»Tut mir leid.«

Inzwischen flossen die Tränen, als habe jemand nach Monaten der vor sich hinbrodelnden Trauer das Ventil eines Schnellkochtopfs geöffnet. Mir gelang es nur zu verhindern, dass ich selbst zu weinen anfing, indem ich mir streng vor Augen hielt, dass Alicia vielleicht in der Lage sein würde, mir ihre Probleme anzuvertrauen, wenn ich meine eigenen nicht in der Öffentlichkeit zur Schau stellte.

Ich aß eine große Gabel Salat Niçoise, um Zeit zu gewinnen und mein zitterndes Kinn unter Kontrolle zu bringen. »Es braucht dir nicht leidzutun. Aber ich muss wissen, was los ist. Mit wem schläfst du denn?«

Alicia presste sich die Serviette an die Augen. »Buzz.«

Ich wartete. Und dabei durchschoss mich der hässliche Gedanke, dass ein Junge namens Buzz sich vermutlich Straßenbahnschienen ins Haar rasierte, die Hose so tief trug, dass die Unterhose hervorlugte, und ein Mensch war, der sich Alicia Charlotte Louisa Deauville Green auf gar keinen Fall nähern durfte.

»Er ist auf der Berufsschule. Außerdem hat er mit mir Schluss gemacht. Er sagt, ich bin frigide.«

So frigide offenbar auch wieder nicht. Wie konnte man eine Vierzehnjährige als fridige bezeichnen? »Ich wette, der weiß gar nicht, was dieses Wort bedeutet.« Und schreiben konnte er es sicher auch nicht. »Bist du sicher, dass du nicht schwanger bist?« Bei diesen Worten versuchte ich, mich an die Tamponschachtel im Bad zu erinnern.

»Ich bin doch nicht doof, Mum.«

»Ich glaube nicht, dass du doof bist. Ich möchte nur, dass du dich richtig entscheidest, und jetzt ein Baby zu kriegen wäre keine gute Idee.«

Wieder die Minierwachsene. »Wir haben immer total aufgepasst.«

Immer. Immer? Wie verdammt oft war »immer« gewesen?

Irgendwann bei ihrer Pizza Hawaii mit den kindischen Ananasstückchen gelang es mir, die Geschichte zusammenzusetzen, wie ihre neuen besten Freundinnen Sinead und Jaqs sie adoptiert hatten, nachdem sie aus dem Leistungskurs Mathe geflogen war. Ich nahm mir vor, mich später mit dieser bis jetzt unbekannten wichtigen Information zu befassen. Und Teil des Aufnahmerituals in diese Clique war gewesen, mit Jaqs Bruder Buzz zu gehen.

»Ich fand ihn gar nicht so toll, Mum. Anfangs ein bisschen, weil er mir immer gesagt hat, dass ich so schön bin. Aber dann wollte er dauernd Sex mit mir haben. Ich wollte nicht, aber Jaqs und Sinead haben gemeint, dass ich so furchtbar prüde bin. Ständig haben sie darüber geredet, mit wie vielen Typen sie schon geschlafen haben.«

»Wann hast du das erste Mal mit ihm geschlafen?«

»An dem Abend, als ich zu der Party bin, während ich bei Dad übernachtet habe und du unterwegs warst. Buzz hat mich mit dem Auto abgeholt.«

Undeutlich erinnerte ich mich an meinen Vortrag zum Thema Sicherheitsgurte und dass sie ihn nicht betrunken ans Steuer lassen solle. Dass sie dafür sorgen müsse, dass er den Penis in der Hose behielt, hatte ich völlig vergessen.

Die Wahrheit lautete, dass ich nicht nachgehakt hatte, denn schließlich hatte ich Scott die Verantwortung übertragen und wollte mir den Abend mit Jake nicht verderben lassen. Wir redeten und redeten, bis Alicia endlich alles gebeichtet hatte.

Ein schäbiges Detail nach dem anderen ergoss sich über mich: dass sie manchmal Sex in der Wohnung gehabt hatten, wenn sie wussten, dass ich nicht zu Hause war. Dass Buzz überall herumerzählt hatte, sie habe Filzläuse. Dass die Jungs immer so taten, als führen sie Fahrrad, wenn sie vorbeikam.

Ich hatte ihre Wortkargheit auf die Pubertät geschoben, anstatt zu bemerken, dass sie eine Pubertierende war, die dringend Hilfe brauchte.

Ich rührte in meinem Latte macchiato herum. »Es tut mir leid. Ich war nicht da, als du mich gebraucht hast. Ich werde das niemals wieder zulassen.«

Nach einiger Überredung erklärte sie sich bereit, sich auf Geschlechtskrankheiten testen zu lassen, damit sie – und ich – wieder von vorn anfangen konnten. Es war Ironie des Schicksals, dass ich mein ganzes Leben lang dem Mantra meiner Mutter entsprochen hatte. »Wir sind keine Versagerfamilie.«

Nein. Keine Versagerfamilie. Nur eine Versagermutter.

Octavia

Trotz all meiner Strategien war es Jonathan gelungen, nach einer knappen Woche zu Hause – wieder ohne mich – vier Tage lang zu verschwinden. Anfangs genoss ich, obwohl ich entsetzlich jammerte, die kleinen Pausen von seiner Erbsenzählerei. Inzwischen schmälerten die Mühen, eine alleinerziehende Mutter zu sein, die hämische Freude, wenn ich einfach alles in den Trockner stopfte, ohne nachzuschauen, ob sich die Wäsche auch draußen aufhängen ließe. Ich war so erledigt, dass ich nur noch Kraft für meine vergebliche Suche nach Xavi aufbringen konnte.

Ich hatte nie gedacht, dass Jonathan mir mit den Kindern eine große Hilfe war. Doch wie sich herausstellte, war es allein die Anwesenheit eines anderen Erwachsenen im Haus, der die beiden Kleinen im Auge behielt – selbst wenn dieser Erwachsene über seinen E-Mails brütete –, die mir Freiraum verschaffte. Charlie, inzwischen sechzehn, war kaum noch zu Hause, weshalb ich mich nicht darauf verlassen konnte, dass er die Mädchen bewachte. Plötzlich war Schluss mit einem raschen Drink, einem späten Einkauf im Supermarkt oder gar einer Stunde Zumba, ohne einen Babysitter zu bestellen.

Ich gab mir Mühe, Roberta nichts vorzujammern, insbesondere deshalb, weil sie sich gerade ganz allein mit dem Problem »Sex mit einem bösen Buben« herumgeschlagen hatte. Offen gestanden waren die Möglichkeiten, überhaupt ein Gespräch mit Roberta zu führen, drastisch geschrumpft. Ich vermisste sie. Entweder war sie mit so genannten »Stimmungstafeln« für das Haus beschäftigt und beschaffte sich Stoffproben bei Osborne & Little, oder sie ging mit Alicia ins Geffrye Museum, um ihr zu zeigen, wie die Innenarchtektur sich im Laufe der Jahrzehnte verändert hatte.

Meiner Ansicht nach waren all die kulturellen Unternehmungen die beste Methode, eine Vierzehnjährige zur Suche nach Zerstreuungen zu motivieren, bei denen sie die Hose an den Knöcheln und die Füße auf dem Fensterbrett hatte. Doch Roberta hatte schon immer in höheren Sphären geschwebt.

Ich hatte sie seit über einer Woche nicht gesehen, als sie mich am Abend vor der Fertigstellung ihres neuen Hauses auf einen Drink einlud. Ein Tapetenwechsel war die Kosten für einen Babysitter allemal wert. Gerade wollte ich die kleine Kellerkneipe am Stadtrand vorschlagen, als sie mir mitteilte, wir würden ins The Clam gehen, und zwar mit ein paar ihrer neuen Tennisfreundinnen, von denen ich »begeistert« sein würde.

Ich schob den unangenehmen Gedanken beiseite, dass ich als Letzte eingeladen worden war.

Ich war noch nie im The Clam gewesen. Ich spähte durchs Fenster. Halb leer. Jede Menge Chrom. Abstrakte Kunst. Dann schob ich die Tür auf. Hitze, Rauch und die nervenzerfetzende Musik, auf die Charlie so stand, schlugen mir entgegen. Ich sah Roberta sofort. Sie saß auf einem hohen Barhocker.

Wie immer stellte sie alle am Tisch in den Schatten, und zwar nicht nur wegen ihres dunklen Haars und des blassen Teints. Sie hatte eine Präsenz, eine Reserviertheit an sich, die Frauen gegen sie aufbrachten und Männer herausforderten.

Auf dem Weg zum Tisch bereute ich, dass ich gekommen war. Roberta stand auf, um mich zu umarmen, während ihre Freundinnen herumrutschten und Platz an dem lächerlich kleinen Tisch machten, auf den kaum vier Gläser passten. Sie stellten sich vor, Brenda, Nicole.

Nicole streckte die Hand aus. »Nett, dich kennenzulernen.«

Ihr Akzent hatte etwas Derbes, ihr Äußeres war sehr glamourös.

Sofort fühlte ich mich wie ein hässliches Entlein. Nicole hatte die richtigen Fingernägel und Strähnchen im Haar und eine Kette mit einem einzigen Stein, der zu ihrer Bluse passte und genau mittig auf ihrem glatten und ausladenden Dekolleté prangte. »Ich habe schon so viel von dir gehört.« Dabei kicherte sie sonderbar, als habe sie erfahren, dass ich einem peinlichen Hobby frönte – dem Sammeln von Vibratoren zum Beispiel.

Brenda unterbrach ihr Gespräch mit Roberta kaum lang genug, um hallo zu sagen. Anscheinend hatte sie Mühe, ihre Augenlider in meine Richtung zu heben, was natürlich auch am Gewicht ihrer Wimperntusche liegen konnte. Möglicherweise erforderte es eine Extraschicht Maybelline, wenn man mit einem Omanamen durchs Leben wandeln musste. Sonst hätten die Leute ja denken können, dass man den ganzen Tag furzend im Lehnsessel saß.

»Was kann ich euch zu trinken besorgen?«, fragte Roberta.

»Ein kleines Glas Wein bitte. Ich bin mit dem Auto da.«

»Mit dem Auto?«

»Ja. Morgen habe ich Tag der offenen Tür für interessierte Eltern.«

Roberta stand auf, um die Getränke zu holen. »Octavia betreibt einen Kindergarten«, teilte sie Brenda und Nicole mit.

Nicole lachte. »Da musst du ja ganz schön viel Geduld haben. Ich habe einen Dreijähigen und ein Baby von sechs Monaten. Das reicht mir.«

»Ich glaube, meine Kinder haben es nicht leicht mit mir. Wenn ich nach Hause komme, bin ich ganz schön muffig drauf.

Wer passt denn heute auf deine Kinder auf?«, erkundigte ich mich, nur um höflich zu sein.

Diese harmlose Frage löste eine Tirade aus, wie schwierig es sei, das richtige Kindermädchen zu finden. Sie sei sogar letzte Woche vom Tennis nach Hause gerufen worden, weil der Dreijährige einen Trotzanfall gehabt habe. Ein Trauerspiel.

Brenda nippte an ihrem Wein, schaute sich im Raum um und tat nicht einmal so, als höre sie zu. Ich versuchte, mich an Freundinnen von Roberta zu erinnern, mit denen ich im Laufe der Jahre warm geworden wäre. Sie war ihren Mitmenschen gegenüber deutlich toleranter als ich. Außerdem hatte sie Nachsicht mit Frauen, die verdattert das Gesicht verzogen, sobald man ein politisches Thema ansprach – und die es dagegen brennend interessierte, was die für den Oscar nominierten Schauspielerinnen auf dem roten Teppich getragen hatten.

Roberta kehrte zurück, reichte mir meinen Wein und unterbrach den Vortrag zum Thema »Türkische Kindermädchen sind schlimmer als polnische«. Ich wäre jede Wette eingegangen, dass Nicole Istanbul auf einer Landkarte nicht gefunden hätte. »Nicole fängt bald wieder an zu arbeiten«, sagte Roberta.

Sie lächelte. »Ja. Mein Ex ist gekündigt worden, also wieder rein in die Tretmühle. Eigentlich freue ich mich darauf. Da kann ich endlich wieder meinen Verstand gebrauchen.«

»Was machst du denn beruflich?«, erkundigte ich mich, wobei ich mich fragte, wofür ein Mensch, der so oberflächliche Gespräche führte, bloß qualifiziert sein mochte.

»Ich bin Radiologin. Spezialisiert auf Gebärmuttererkrankungen.«

»Wow. Das ist aber ein verantwortungsvoller Beruf.« Hoffentlich war mir der Mund nicht offen stehen geblieben. »Dann wissen wir ja, an wen wir uns wenden können, wenn wir mit einem zwielichtigen Menschen geschlafen haben.«

Roberta warf mir einen warnenden Blick zu. »Kannst du nicht ein bisschen leiser sprechen?«

Aus irgendeinem Grund kränkte mich Robertas Bemerkung, als hätte ich sie vor ihren neuen Freundinnen blamiert. Nicole lachte auf. »Wenn ich mir das Niveau der Männer anschaue, denen ich so begegne, stehen die Chancen nicht hoch, dass ich überhaupt mit jemandem schlafe.« Roberta nickte zustimmend, doch ihre Miene verdüsterte sich kurz. Sie sprach zwar nicht mehr oft über Jake, aber ich wusste, dass sie ihm noch immer nachtrauerte. Dieses ganze Liebesdrama mit dem ersten Mann, der ihr über den Weg gelaufen war, klang für mich ein bisschen zu sehr nach Disney-Kitsch. Roberta musste ein wenig mehr über One-Night-Stands lernen, obwohl ich da leicht reden hatte. Schließlich war ich seit zwanzig Jahren nicht mehr auf dem Markt.

Ich prostete ihr zu. »Glückwunsch zum neuen Haus. Ich hoffe, es ist der Anfang einer wundervollen Zukunft.« Wir alle hoben unsere Gläser. Plötzlich erwachte Brenda ruckartig zum Leben wie eine widerspenstige Marionette, die sich verzweifelt nach einem Moment im Rampenlicht sehnt. »Ich spiele auch mit dem Gedanken, wieder arbeiten zu gehen.«

Ich wartete gerade lange genug, um unbeteiligt zu wirken, bevor ich die offensichtliche Frage stellte.

Sie klappte selbstzufrieden die Wimpern auf. »Ich bin Scheidungsanwältin.«

»Da gibt es sicher jede Menge zu tun.«

Brenda verzog die Lippen zu einem Lächeln. »Ich fange am besten langsam mit nur ein paar Fällen pro Woche an. Als ich meinem Ex den Laufpass gegeben habe, habe ich ein ordentliches Päckchen für mich herausgehandelt. Also mache ich es eher, um den Anschluss nicht zu verlieren, als aus finanziellen Gründen.«

Leute, die arbeiteten, um den Anschluss nicht zu verlieren, gingen mir auf den Wecker. Ich hätte die Möglichkeit begrüßt, »den Anschluss nicht verlieren zu wollen«, anstatt mir meinen alten Arsch abzuschuften, um mein schäbiges Reihenhaus und den betagten Volvo behalten zu dürfen. Das Gefühl, meine Talente vergeudet zu haben, das sich schon während dieses dämlichen Klassentreffens geregt hatte, meldete sich erneut. Ich verfiel in Schweigen.

Nicole versuchte, für mich in die Bresche zu springen. »Spielst du Tennis, Octavia?«

»Nein. Ich hasse Sport. Roberta war immer schrecklich sportlich. Erste Netzballmannschaft, Hockey und Waldlauf in der Schule. Ich stehe nur auf Tanzen. Und auf Sex.«

Roberta schnalzte peinlich berührt mit der Zunge. »Wirklich. Du denkst immer nur an das eine. Außerdem bist du gern gewandert. In unserer Jugend bist du ständig auf Berge geklettert. Octavia ist der abenteuerlustigste Mensch, den ich kenne.«

»Inzwischen besteht mein größtes Abenteuer darin, die Kinder bei Schnee zur Schule zu fahren.«

In letzter Zeit schaute ich immer öfter bei einem Trekking-Ausrüster gleich um die Ecke vom Kindergarten herein, um mir Rucksäcke und Wanderstiefel anzusehen. Ich malte mir aus, ich plante eine herausfordernde und gefährliche Reise in ein Land, wo ich noch nie zuvor gewesen war und wo ich Mut, Entschlossenheit und Durchhaltevermögen brauchen würde. An regnerischen grauen Tagen, an denen ich nachmittags noch die Buchführung erledigen musste, überlegte ich mir in der Mittagspause häufig, wie gut ich die Leute verstand, die einfach ihr Leben hinter sich ließen und immer weitergingen, bis es kein Zurück mehr gab.

»Für mich ist Sport wie ein Beruf. Ich weiß, dass ich an fünf Tagen die Woche um neun zum Tennis oder ins Fitnessstudio gehe, und daran lasse ich mich von nichts hindern. Bauarbeiter, Klempner und Autowerkstatt müssen sich da eben anpassen«, verkündete Brenda mit einem kurzen Blick auf ihren sonnengebräunten Bizeps unter dem ärmellosen T-Shirt, das sie trug, obwohl es draußen ziemlich kühl war. Bei ihr klang es, als opfere sie eine Stunde pro Tag, um in einer Suppenküche für Obdachlose auszuhelfen.

Zumindest verdrehte Roberta rasch die Augen in meine Richtung. »Octavia ist berufstätig und hat drei Kinder. Es ist ein bisschen schwierig, alles unter einen Hut zu bringen, wenn man um halb acht aus dem Haus und direkt nach der Arbeit die Kinder von der Schule abholen muss.«

»Schon, aber wir schaffen das alles allein, ohne einen Ehemann, der uns unterstützt.« Brenda hätte wohl die Lippen geschürzt, wenn Botox ihre Mimik nicht gelähmt hatte. Sie interessierte mich nicht genug, um eine Diskussion zum Thema »Wer von uns hat das schwierigste Leben« mit ihr anzuzetteln.

Nicole strich über den Pelz an ihrem Reverskragen und meinte: »Ich wüsste nicht, was ich ohne mein Kindermädchen täte. Mein Mann hat ohnehin kaum einen Finger krumm gemacht. Außerdem muss ich für sie keine schicke Unterwäsche anziehen.«

Ich fragte mich, wie Roberta diesen pubertären Mist bloß aushielt. Das Gespräch wandte sich Handtaschen zu – Radley oder nicht. Radley schien ein dringendes Problem zu sein. »Hast du die tolle weiße Tasche von Valentino gesehen, die Angela Jolie letztens hatte? Ich bin sofort auf eBay gegangen, um auch eine abzukriegen. Die Startgebote fingen bei achthundert Pfund an«, sagte Nicole.

»Wer gibt denn achthundert Pfund für eine Handtasche aus? Verschafft sie dir Freude im Wert von achthundert Pfund, also mehr als eine für siebzig?« Ich warf einen Blick auf meinen schwarzen Leinenbeutel.

Nicole kicherte. »Mir gefällt die Vorstellung, etwas zu besitzen, was sonst niemand hat. Mein Ex hat mir ständig Handtaschen gekauft, weil er wusste, dass er dann mehr Sex kriegt. Wenn er mit Prada anrückte, war ihm sein Blowjob sicher.«

Ich konnte nicht fassen, wie wartungsintensiv manche Frauen waren. Und was mich wirklich von den Socken haute, war die Tatsache, dass sie sich Männer geangelt hatten, die diese albernen Launen auch noch unterstützten. Jonathan kam auch nur mit zum Elternabend, wenn ich die Spitzendessous auspackte.

Ich erschauderte, als die Tür aufging und ein eisiger Windstoß uns beinahe umwehte. Eine Gruppe von Rugbyspieler-Typen kam herein, die einander kumpelhaft anrempelten und sich mit Spitznamen ansprachen.

»Hey, Wrighty, besorgst du die Drinks?«

»Tealeaf ist dran.«

»Sony Six Pints hat die letzte Runde ausgegeben.«

Offenbar hatte ich mich aus der Handtaschendebatte ausgeklinkt und länger hingestarrt, als es sich für eine glücklich verheiratete Frau schickte, denn plötzlich kam »Beaufort« auf mich zu, ein Kleiderschrank von einem Mann, dessen Hals an den Stamm einer Eiche erinnerte.

Er beugte sich vor und flüsterte mir ins Ohr: »Du siehst aus, als würdest du dich so langweilen, dass dir dein kleines Köpfchen platzt. Magst du rüberkommen und mit uns Jungs ein Bier trinken? Aber ich kann dir nicht versprechen, dass wir keine Kraftausdrücke benutzen.«

Es war so lange her, dass ein Typ, selbst einer, der aussah wie ein entfernter Verwandter eines afrikanischen Elefanten, mich zur Kenntnis genommen hatte. Dementsprechend errötete ich so heftig, dass ich spürte, wie mir am Kopf der Schweiß ausbrach. Die anderen drei hörten sofort auf zu reden.

»Nein, alles bestens. Ich habe nur gerade über Spitznamen

nachgedacht und darüber, dass Mädchen sie eigentlich nie verwenden.«

»Wenn man Rugby spielt, muss man einen Spitznamen haben. Den sucht man sich nicht selber aus. Den kriegt man von den Jungs verpasst. Siehst du den mit den langen blonden Haaren. Wir nennen ihn Airbag, weil er immer mit allen zusammenstößt. Der mit dem roten Hemd heißt Brick, weil er gebaut ist wie ein Backstein.«

Roberta und ihre Freundinnen beobachteten mich mit Stielaugen und warteten darauf, dass ich ihn verscheuchte. Allerdings handelte es sich, rein linguistisch betrachtet, um das spannendste Gespräch dieses Abends. Beaufort machte nicht den Eindruck, als habe er einen Abschluss in Biochemie, er hatte jedoch einen gewissen animalischen Charme. Sicher würde er bald bemerken, das ich ein eins fünfzig großer Fettkloß in einem Maxikleid aus dem letzten Jahr war und dass nur wenige Meter entfernt von mir schlanke und stromlinienförmige Supermodels zu seiner Verfügung standen. Doch er würdigte sie kaum eines Blickes.

»Warum kommst du nicht rüber und lernst die Jungs kennen?«

»Ich wollte gerade gehen.«

»Sei kein Frosch. Ich lade dich auf einen Drink ein. Was möchtest du? Cocktail? Was trinkt ihr Mädels denn am liebsten? Mojitos?«

Den drei Frauen fielen fast die Augen aus dem Kopf. Entweder konnten sie es nicht fassen, dass er mir ihnen gegenüber den Vorzug gegeben hatte. Oder sie waren entsetzt, dass ich lieber mit einer Horde angetrunkener Prolls abhängen wollte anstatt mit einem Grüppchen kulitivierter Mädchen.

Ich rutschte von meinem Barhocker. »Warum kommt ihr nicht alle mit?«

Brenda starrte mich an, als hätte ich sie gerade aufgefordert, Maden zu verspeisen. »Geh nur. Ich schaue mal rüber, wenn ich ausgetrunken habe«, erbot sich Roberta.

Typisch Roberta. Ein Abwimmelvorschlag par excellence. Sie war schon immer unfähig gewesen, einfach nur nein zu sagen.

Beaufort wies mit dem Kopf auf seine Kumpel. »Wir beißen nicht, richtig?« Doch die anderen verharrten auf ihren Hockern wie ein Trio Gartenzwerge ohne Angelruten. Ich ließ mich von Beaufort zu seinen Kumpeln schleppen, voller Erwartung, dass sie über mich hinwegschauen und ihre Energie darauf konzentrieren würden, Roberta anzulocken.

Beaufort beugte sich zu mir hinüber. »Deine Freundinnen da drüben? Du machst einen Eindruck, als wärst du lieber zu Hause und würdest *Corrie* glotzen.«

»Sie haben über Mode geredet. Und wie du sehen kannst, interessiere ich mich nicht sehr für Mode.«

Achselzuckend wies Beaufort auf seine Jeans und das T-Shirt. »Klamotten sind doch nur dazu da, dass man nicht splitterfasernackt rumlaufen muss, oder?«

Ich konnte den Blick nicht von seinem Hals abwenden. Er erinnerte mich an die Ringer, die Dad und ich uns, zusammengekuschelt auf dem Sofa, im Fernsehen angeschaut hatten. Er hatte immer gesagt, seine Tochter habe das Beste von beiden Welten abgekriegt: »Keine Angst, dich an deinen alten Dad zu kuscheln, aber genug Mumm, um in kleinere Länder einzumarschieren.« Dass ich in einem solchen Spießerleben gelandet war, hätte ihn bitter enttäuscht. Bevor ich in Depressionen versinken konnte, scharten sich Beauforts Freunde, die Gläser in der Hand, um mich, und wetteiferten darum, wer in unserem Geplänkel der Schlagfertigste war.

»Und wie heißt du?«

Ich wartete auf den unvermeidlichen Kommentar. »Also hast du sieben Brüder und Schwestern?« Dann stellten sie sich alle vor und debattierten die Herkunft ihrer Spitznamen.

»Butter – weil er immer den Ball fallen lässt.«

»Nein, das liegt daran, dass ich mich so gut auf dem Spielfeld verteile.«

Beaufort war der Einzige, bei dem sich alle einig waren. »So einen Sturm hast du noch nie gehört.«

Als Beaufort mit meinem Mojito zurückkam, spielten sie mir seine Furze vor und jammerten darüber, dass niemand bei einem Auswärtsspiel das Zimmer mit ihm teilen wolle. Das schien ihm nicht im Mindesten peinlich zu sein. »Verlogene Mistkerle, der ganze Haufen.«

Wenige Minuten später zerbrach ich mir nicht mehr den Kopf darüber, dass ich die anderen hatte sitzen lassen, und amüsierte mich einfach nur noch. Nachdem ich Robertas arbeitsloses Ego mit Glacéhandschuhen angefasst und versucht hatte, mich ihren nagelfeilenden Freundinnen anzupassen, war es befreiend, Kraftausdrücke zu benutzen, mir harte Sprüche einzufangen und keine Rücksicht auf Verluste zu nehmen, ohne am nächsten Morgen anrufen und mich entschuldigen zu müssen. Ich stand im Mittelpunkt, mein schlagfertiges Ich, nicht die Nörglerin, die allen die Hölle heißmachte, weil sie im Bad die Handtücher auf dem Boden liegen ließen. Ich fühlte mich zwanzig Jahre jünger, fünfzehn Kilo leichter und so aufgeregt, als würde ich gleich per Interrail in einen Sommer ohne feste Pläne aufbrechen.

Von Butter bekam ich das beste Kompliment: »Du könntest zu einem Auswärtsspiel mitkommen. Als unser Maskottchen. Alle werden sich darum prügeln, mit dir in einem Zimmer zu pennen. Aber verrat bloß nichts meiner Alten. Sie lässt mich nur mitfahren, weil sie glaubt, dass ich das Zimmer mit Beaufort teile und dass keine Frau, die noch alle Tassen im Schrank hat, ein Zimmer betreten würde, in dem er gefurzt hat.«

Hin und wieder fing ich Robertas Blick auf und winkte sie herüber. Doch sie rümpfte nur kopfschüttelnd die Nase, während die anderen beiden miteinander tuschelten.

Ich schaute auf die Uhr. Halb zwölf. Ich musste nach Hause. Die Babysitterin kostete mich nach Mitternacht zusätzliche zwei Pfund pro Stunde. Also verabschiedete ich mich, begleitet von einem Chor enttäuschten Protests. Beaufort beugte sich vor. »Kann ich dich wiedersehen?«

Ich zögerte. Seit Menschengedenken hatte kein Mann mehr Interesse an mir gezeigt. In einer Million Jahren hätte ich mich nicht als sexy eingestuft. Ich zeigte ihm meinen Ehering. »Sorry. Wäre nett gewesen.«

Er zuckte die Achseln. »Die hübschen Mädchen sind immer vergeben. Mein Pech. Gib mir Bescheid, wenn du wieder auf dem Markt bist. East Park Rugby Club. Du merkst dir doch meinen Namen, oder?«

»Wie sollte ich den vergessen? Vielen, vielen Dank. Es hat mir großen Spaß gemacht. Du hast mich davor gerettet, von tausend Handtaschen erschlagen zu werden.«

Seine Miene veränderte sich, als er an mir vorbeischaute. »Deine Freundin.«

Als ich mich umdrehte, stand Roberta direkt hinter mir. Offenbar hatte sie den letzten Teil des Gesprächs mitgehört. »Kommst du?«, fragte sie stirnrunzelnd. »Wir gehen auf ein Curry ins Spice King.«

»Nein, tut mir leid. Ich habe der Babysitterin versprochen, dass ich um Mitternacht zu Hause bin. Aber ich gehe mit euch raus.«

Roberta seufzte. Ich war ziemlich unhöflich gewesen. Allerdings suchte ich mir meine Freunde lieber selbst aus, anstatt sie mir aufs Auge drücken zu lassen. Roberta würde es verkraften. Ich hatte zahllose Abende mit ihr abgesessen, wenn ein toller Typ sie anbaggerte, während ich mit seinem Freund mit Quasimodo-Optik vorliebnehmen musste. Zumindest hatte sie ihre kleine Gefolgschaft zur Unterhaltung.

Gefolgt von Rufen und schrillen Pfiffen, verließen wir das Lokal. Nicole umarmte mich und verabschiedete sich überschwänglich. Brenda nahm meine Gegenwart kaum zur Kenntnis.

Genau wie Roberta.

Roberta

Zu meinem Mittagessen zur Hauseinweihung am 1. Mai hatten mehr Gäste zugesagt als erwartet, weshalb ich so hektisch herumhetzte wie ein Teenager auf dem Weg zum Schulball. Ich wollte die Frau sein, die zur Tür rauschte, das Haar lässig mit einem Bleistift hochgesteckt und ein Glas Schampus in der Hand, und die Gäste mit einem »alles noch ein bisschen provisorisch hier« hereinbat.

Stattdessen polierte ich Gläser, füllte Hummus aus dem Plastikbehälter in elegante Schalen um und rückte die Kerzen auf dem Klo zurecht. Ich hatte gehofft, eine Frau am Anfang eines neuen Lebens darstellen zu können. Nicht dass alle Ehefrauen hinter vorgehaltener Hand »arme Roberta« raunten und ihre Ehemänner drängten, mir beim Rasenmähen zu helfen, wenn der Sommer da war.

Ich hatte mit dem Gedanken gespielt, Jake einzuladen, nur für den unwahrscheinlichen Fall, dass er mir verziehen hatte. Nach Patris Silvesterfeier löste die Vorstellung, ohne einen Mann im Schlepptau auf einer Party zu sein – und sei es meine eigene – ein Gefühl in mir aus, als sei ich eine Schnecke, die ihr Haus verloren hatte. Doch letztlich hatte ich keine Lust auf eine erneute Demütigung. Und so beschloss ich, dass ich mich ja jederzeit in meinen Garderobenraum einschließen und die frisch gestrichenen Wände bewundern konnte, ein Steingrau, das ich so liebte, dass ich jedes Mal mit dem Finger darüberstreichen musste.

Alicia war so aufgeregt, wie ich sie seit Ewigkeiten nicht erlebt hatte. Sie verfügte über ein erstaunliches Gespür für Farben und Stil, weshalb ich das Schmücken des Wohnzimmers ihr überlassen hatte. Ich hatte ihr auch erlaubt, vier Freunde einzuladen. Allerdings hätte die Mühe, die es mich gekostet hatte, »aber nicht Jaqs und Sinead« zu sagen, vermutlich einen tosenden Ozean geteilt. Mein Herz lächelte, als ich an die vertrauten Stimmen von Lucy und Daniela dachte, und ich war auch nicht unglücklich darüber, dass Patris Enkelin Loretta erscheinen würde – nur an das Nasenpiercing würde ich mich noch gewöhnen müssen.

Bei der vierten Person zögerte Alicia. »Vielleicht sagst du nein.«

Ich versuchte es auf meine neue Octavia-Methode. »Nur zu, vielleicht ja nicht.«

»Darf ich Connor einladen? Lorettas Freund, den blonden Jungen von der Silvesterparty?«

Die Erleichterung, dass es sich weder um Buzz noch um seine abscheuliche Schwester handelte, erleicherte es mir unglaublich, einen weiteren jungen Mann in Alicias Leben willkommen zu heißen. »Natürlich. Aber kein Rumgeknutsche.«

Sie belohnte mich mit einem Augenrollen und einem »Muuuuum«. Allerdings schwang eine Wärme dabei mit, die mich glauben ließ, wir hätten wieder Kontakt zueinander gefunden, eine direkte Verbindung zwischen Mutter und Tochter, unabhängig von dem Familiendreieck mit all seinen Komplikationen. So lange ich nur an dem übertriebenen schwarzen Lidstrich, dem Widerstand gegen das tägliche Duschen und der schauderhaften Angewohnheit, ein »irgendwie« in jeden Satz einzuflechten, Anstoß nahm, schien Alicia ein verhältnismäßig normaler Teenager zu sein. Sie war eindeutig nicht mehr so voller Zorn und ein wenig gesprächiger. Ich hatte mir sogar ein paar SMS anschauen dürfen, in denen sie der grässlichen Jaqs mitteilte, sie solle sie in Ruhe lassen. Allmählich wurden die schlaflosen Nächte weniger, in denen ich über ihre verlorene Jungfräulichkeit nachgrübelte.

Ich schob diesen Gedankengang beiseite, als die ersten Freunde aus dem Tennisclub eintrafen. Vor lauter Nervosität freute ich mich allzu überschwänglich über die Frascatiflaschen und die Osterglockensträuße. Alicia war da viel gelassener, sammelte Jacken ein und bot Getränke an.

Von Octavia fehlte jede Spur. Eigentlich hatte sie früher kommen wollen, um bei Panikanfällen in letzter Minute einzuschreiten. Doch angesichts der Tatsache, wie sie mich im The Clam hatte abblitzen lassen, war ich eigentlich ganz zufrieden damit gewesen, allein herumzukramen. Octavia hielt massenweise Wein für das probate Mittel gegen sämtliche Partykatastrophen, während ich lieber auf Vasen, Kerzen und die richtige Beleuchtung setzte. Schließlich kam sie hereingestürmt, murmelte eine Entschuldigung und warf Jonathan finstere Blicke zu. Er war an diesem Morgen aus Sardinien zurückgekehrt und trug ein hellgrünes Hemd, das einem »gekauft in Italien« buchstäblich entgegenschrie. Eigentlich sah er recht gut aus. Verglichen mit ihm war Octavia milchflaschenweiß. Sie zischte Jonathan zu, er solle mir die Champagnerflasche überreichen, die unter seinem Arm klemmte.

»Soll ich sie aufmachen?« Es gelang ihm, wie ein wohlerzogener Partygast zu klingen. Allerdings war ich sicher, dass ich die Flasche versteckt hinter einem Vorhang wiederfinden würde, damit er auch sicher einen Gegenwert von mindestens fünfzehn Pfund von seinem kostbaren Veuve Cliquot abbekam.

»Könntest du das tun? Vielen Dank.«

Er trottete in die Küche. Ich drehte mich zu Octavia um. »Geht's dir gut?«

»Entschuldige die Verspätung. Ich habe ein paar abgelaufene Pfahlmuscheln gegessen und dafür bitter bezahlt, indem ich die ganzen letzten Tage gekotzt habe. Erst seit heute fühle ich mich ein bisschen besser.«

Ich schnalzte missbilligend mit der Zunge. Für Octavia war Schimmel auf Lebensmitteln eine Zugabe, kein »Betreten verboten«-Schild. »Danke, dass du trotzdem gekommen bist. Nur deinetwegen habe ich es so weit gebracht.«

»Sei nicht albern. Ohne dich hätte ich niemals die Uni abgeschlossen. Bis jetzt hatten wir unsere Lebenskrisen eben zeitversetzt.«

»Bist du sicher, dass du hier sein solltest? Du siehst ziemlich erledigt aus.«

Octavia verzog das Gesicht. »Alles in Ordnung. Obwohl ich mit dem Alkohol etwas vorsichtig sein sollte. Außerdem hätte ich einen Tag mit Jonathan allein zu Hause nicht ausgehalten. Allmählich geht er mir wirklich auf den Wecker. Er hat mir gerade mitgeteilt, dass er am Donnerstag wieder nach Sardinien fliegt.«

Jedes Mal, wenn ich Octavia traf, schien sie ein bisschen mehr von ihm genervt zu sein. Obwohl ich nie damit gerechnet hätte, dass ausgerechnet sie so jung heiraten würde, hatte ich ihre Hochzeit mit Jonathan befürwortet, als sie mit Charlie schwanger war. Ich hatte gedacht, Jonathan würde ein zuverlässiger Vater sein, und damals war er mir als der optimale Gegenpol zu ihren Ausschweifungen erschienen, insbesondere in den turbulenten Jahren nach dem Tod ihres Vaters und Xavis Verschwinden. Ganz gleich, wie oft sie auch beteuert hatte, sie könnte das Baby auch gut allein großziehen, hatte mich diese Vorstellung ziemlich erschreckt. Doch je älter Jonathan wurde, desto mehr hatte sich seine Beständigkeit als gnadenlose Spaßbremse erwiesen.

Allerdings wollte ich sie nicht in ihrer Unzufriedenheit bestätigen. »Wahrscheinlich ist es nicht immer ein Zuckerschlecken. So wie ich Patri kenne, lässt er Scott hart arbeiten. Der verlangt immer einen Gegenwert.«

Octavia seufzte. »Ich weiß. Aber wenigstens hat er abends frei. Ich muss fünfzigtausend Dinge unter einen Hut bringen, während er dämlichen Prosecco trinkt und Spaghetti in sich reinstopft.«

Was mich am Singledasein so sehr begeisterte, dass ich am liebsten mit ausgebreiteten Armen im Kreis herumgewirbelt wäre, war die absolute Freiheit von irgendwelchen Forderungen. Das Wissen, dass ich mich auf niemanden verlassen und auch niemanden enttäuschen konnte, überdeckte den Großteil meiner Wut. Kein unpassendes Geburtstagsgeschenk mehr, das mich kränkte. Kein Gejammere und Gestöhne, wenn am Sonntag die Verwandtschaft zum Mittagessen kam. Keine automatische Annahme, dass alle unangehmen Aufgaben – von der Diskussion mit der Autoversicherung bis zur Beseitigung des Wespennests – mein Job waren.

Niemand mehr, der mir vorschrieb, was ich zu denken hatte.

Ich lächelte. »Kannst du Jonathan nicht nach Sardinien begleiten?«

»Ich will ja unbedingt. Patri hat mich ausdrücklich eingeladen. Wenn es nach mir ginge, würde ich im nächsten Flieger sitzen. Da gibt es nur das kleine Problem mit den Kindern. Ich hatte gehofft, meine Mutter würde sie nehmen, aber sie ist so mit ihrem Golf und ihren Altdamenmittagessen beschäftigt, dass ich mich nicht getraut habe, sie zu fragen. Wahrscheinlich findet sie sie zu anstrengend, jetzt, wo sie älter sind.«

»Ich könnte mich ja um die Kinder kümmern.«

»Das ist echt verlockend, danke. Ich muss es mir noch überlegen. Es wäre kompliziert, sie zu ihren verschiedenen Schulen zu fahren.«

»Das kriege ich schon hin.«

»Außerdem müsste ich Jonathan überreden. Du weißt doch, wie schwer ihm das flexible Denken fällt. Er braucht Zeit, um zu kapieren, dass sich seine Frau am gleichen Ort befinden könnte wie sein Arbeitsplatz.«

In diesem Moment kam Brenda den Flur entlang. »Ganz viel Glück mit deinem neuen Zuhause«, verkündete sie und schloss mich in eine überschwängliche Umarmung. Dann überreichte sie mir eine Magnumflasche Champagner. »Ich krieche weiterhin auf dem Zahnfleisch. Hab noch immer einen Kater von deiner kleinen Party letztens am Abend. Du hast im Wohnzimmer Wunder bewirkt. Der Spiegel über dem Kamin sieht klasse aus.«

Ich spürte, wie Octavia neben mir herumrutschte. »Das war doch keine richtige Fete«, sagte ich schnell. »Nur ein spontanes Singletreffen. Brenda, du kennst Octavia ja noch von dem Abend im The Clam.«

Brenda antwortete mit einem Hallo und einem angedeuteten Lächeln. Octavia nickte.

»Brenda hat mir mit dem Spiegel geholfen. Wir haben eine Ewigkeit gebraucht, um ihn aufzuhängen, weil wir nicht die richtigen Dübel und keinen ordentlichen Bohrer hatten.«

Octavia quittierte das mit einem Lächeln, das selbst eine Hochgeschwindigkeitsblende nicht hätte einfangen können. »Du hättest mich anrufen sollen. Ich hätte mit Jonathans Werkzeugkasten vorbeikommen können.«

»Ich weiß. Aber ich habe das Gefühl, dass du wegen der Kinder jede Menge um die Ohren hast. Du hast mir doch sowieso schon so viel geholfen.«

Octavia begriff einfach nicht, dass ich die Dinge allein hinkriegen wollte, anstatt sie mir von ihr aus der Hand nehmen zu lassen. Es war leichter, neue Herausforderungen mit Menschen anzugehen, die mich nicht bereits als »gut im Shoppen, ständig im Schönheitssalon und an den Sofakissen herumzupfend« einsortiert hatten.

Allerdings war sie nicht in der Stimmung, sich beschwichtigen zu lassen. Sie verschwand, um sich etwas zu trinken zu holen, während Brenda mir von der letzten gescheiterten Ehe im Tennisclub berichtete.

Während ich für Brenda die passenden Grimassen schnitt, spähte ich durch den Türbogen in die Küche und hielt Ausschau nach Octavia. Sie stand an meinem Weinkühlschrank und wirkte so stachelig wie ein menschlicher Ligusterbusch. Ihr Blick wanderte über die Gäste. Sonst war Octavia stets diejenige, die Platten voller Oliven und Chips herumreichte und mit jedem, angefangen von Vikaren, obersten Richtern, einsilbigen Teenagern und besonders mürrischen Kleinkindern, mühelos ins Gespräch kam. Sie besaß die Fähigkeit, sich die Namen von Leuten zu merken, ebenso, wo sie ihre Urlaube verbrachten und wo ihre Kinder zur Schule gingen. Selbst Monate, manchmal Jahre, nach der letzten Begegnung erinnerte sie sich noch an denkwürdige Augenblicke im Leben anderer.

Ich schaute zu Jonathan hinüber. Er hatte den Kopf in den Nacken gelegt und lachte sein typisch pfeifendes Lachen. Normalerweise drückte er sich auf Partys herum und hielt Vorträge darüber, wie lange die Leber brauchte, um Alkohol abzubauen, bis wir alle flehten, er möge sich in ein abgedunkeltes Zimmer zurückziehen und dort Mineralwasser trinken. Fast war es, als hätten sie an diesem Tag die Rollen getauscht.

Ich stellte Brenda einem meiner alten Nachbarn vor und wollte gerade auf Octavia zusteuern, als Alicia mich heranwinkte. Sie stand neben einem sympathisch wirkenden blonden Jungen. »Mum, das ist Connor.«

Er schüttelte mir kräftig die Hand und schaute mir dabei in

die Augen. »Nett, Sie kennenzulernen. Ich habe Alicia gerade erzählt, dass meine Schulmannschaft oft im Club um die Ecke Tennis spielt. Sie veranstalten auch tolle Grillpartys. Vielleicht möchten Sie ja mal kommen.«

Am liebsten hätte ich an Ort und Stelle seine Mutter angerufen, um sie zu ihrer erstaunlichen Erziehungsleistung zu beglückwünschen. Der Junge war vermutlich noch keine sechzehn, aber charmant und offen und schien sich wohler in seiner Haut zu fühlen, als es mir vermutlich jemals gelingen würde.

»Das wäre sehr nett. Danke.« Etwas in mir entspannte sich, als hätte ich mich an ein Problem geklammert, das sich von selbst in Luft aufgelöst hatte. Alicia suchte, um Bestätigung heischend, Blickkontakt mit mir. Ich wies mit dem Kopf in Richtung Speisekammer. »Vielleicht könnte Connor dir helfen, die Eiskübel für das Bier zu holen.«

Die beiden trollten sich. Neben Alicias zierlicher Gestalt wirkte er sehr kompakt. Er beugte sich hinunter, um ihr etwas zuzuflüstern. Ich hoffte, dass es nicht »Hast du Kondome da?« gewesen war. Ich musste es schaffen, ihr wieder zu vertrauen. Also wirbelte ich herum und griff nach einer Platte mit Mini-Beef-Wellingtons, bevor sich weitere Zweifel breitmachen konnten.

Gerade hatte ich Octavia erreicht, als Nicole auf mich zumarschiert kam. An ihrer schlanken Figur kam der weiße Leinenanzug selbst an einem bewölkten Tag ausgezeichnet zur Geltung. Ich wies sie darauf hin, dass sie Octavia bereits in der Weinbar kennengelernt hatte.

»Octavia, hallo. Wie geht es dir? Läuft es noch gut im Kindergarten? Ich habe gerade deinen Mann getroffen. Ein kluger Kopf, richtig? Computer programmieren, du meine Güte. Ich komme gerade mal mit meinen SMS zurecht.«

Ich wünschte von Herzen, Octavia möge ein wenig freundlicher sein. Sie hatte die abgedroschenen Reden am vierzigsten Hochzeitstag meiner Eltern abgesessen, mit meiner Großmutter an deren neunundachtzigsten Geburtstag Walzer getanzt und die Kotze weggeputzt, als sich irgendein unerzogener Fratz an Alicias sechstem Geburstag übergeben hatte. Doch jetzt schien sie nicht in der Lage, Stimmung zu machen, obwohl sie doch nichts anders zu tun brauchte, als zu essen, zu trinken und sich ein bisschen zu amüsieren. Also hatte sie sich mit Jonathan gestritten. Wenn Scott und ich uns jedes Mal vor der Haustür unseres Gastgebers angefaucht hätten, wären wir bald nirgendwo mehr eingeladen worden.

Nicole blieb beharrlich, bis Octavia lockerer wurde, bat um Tipps, was die miserablen Schlafgewohnheiten ihres Dreijährigen anging, und lobte ihre Fachkenntnis. Während sich die beiden unterhielten, ließ ich den Blick über mein kleines Reich schweifen. Alicia war wieder mit ihren besten Freundinnen zusammen, und wenn sie schon unbedingt einen Freund haben musste, machte Connor den Eindruck, als würde er gut zu ihr sein. Gelächter wehte zwischen den Gruppen hin und her, begleitet von Gläserklirren, angeregtem Geplauder und der Hintergrundmusik von *Dirty Dancing*. Endlich konnte ich mein neues Haus genießen, denn ich war so sicher, die richtige Entscheidung getroffen zu haben. Nicole holte mich zurück ins Gespräch, indem sie ihr Glas hob.

»Auf zwei clevere Geschäftsfrauen. Eine bereits erfolgreich, und die andere wird es bald sein.«

Der kurze Moment, in dem ich mich entspannt ausgeklinkt und geglaubt hatte, dass das Leben selbst ohne Scott – oder Jake – noch positive Perspektiven für mich in petto hielt, löste sich in Sekundenschnelle in Luft auf.

Octavias Kopf fuhr hoch. »Geschäftsfrau?«

Nicole war nicht mehr zu bremsen. »Roberta wird der neue

Kevin McCloud. Patsy hat mir gerade erzählt, dass du ihr einen phantastischen Entwurf für ihr Wohnzimmer vorgelegt hast.«

Octavia machte ein verdattertes Gesicht. Ich wünschte, Nicole hätte sich nicht ausgerechnet diesen Zeitpunkt ausgesucht, um sich selbst zu meiner persönlichen PR-Beauftragten zu ernennen. »Ich habe beschlossen, die Sache mit dem Innenarchitekturbüro durchzuziehen. Ich liebe diesen Beruf, und ich glaube, es wird mir guttun, wieder arbeiten zu gehen.«

»Ich wusste, dass du mit dem Gedanken gespielt hast, aber ich dachte, du hättest ihn wieder verworfen, weil sich seit deinem Uniabschluss so viel geändert hat.«

Octavia stand der Mund leicht offen, so als hätte ich gerade angekündigt, ich wolle mit Sachen aus dem Baumarkt einen Atomreaktor bauen.

Nicole mischte sich ein. »Meiner Ansicht nach ist das nicht wichtig, solange man den richtigen Blick hat. Man braucht sich doch nur anzuschauen, was Roberta aus ihrem eigenen Wohnzimmer gemacht hat. Diese wunderschöne Rosentapete rings um den Kamin. Ich hätte sie niemals mit diesen Vorhängen kombiniert, aber die Wirkung ist erstaunlich. Ich kann es kaum erwarten, dass sie mit meinem Schlafzimmer anfängt.«

Octavia verschränkte die Arme. »Und wann hast du das entschieden? Es war mir gar nicht klar, dass der Laden schon läuft.«

Nicole wirkte ein wenig verdattert. Ich warf ihr einen verzweifelten Blick zu. »Ich habe die Firma ja noch gar nicht richtig gegründet. Nur ein paar Freundinnen, die mich gebeten haben, dass ich mir mal ihre Zimmer anschaue.«

»Es ist eine große Verantwortung, eine Firma zu leiten. Das kann man nicht einfach so nebenher machen. Ansonsten kommt nur eine Riesenpleite dabei heraus, glaube ich. Ich frage mich, ob es nicht besser wäre, wenn du dich zuerst anstellen lässt, um ein paar Erfahrungen zu sammeln.«

Es war unfassbar, dass die Menschen, die mir am nächsten standen, das wenigste Zutrauen in meine Fähigkeiten hatten. Natürlich hatte ich bis jetzt noch nie Gelegenheit gehabt, selbige unter Beweis zu stellen. Während Octavia sich abgemüht hatte, um drei Kinder und ihren ökologischen Kindergarten unter einen Hut zu bringen, hatte ich es mit einem Kind und dem Planen der Ausstattung für Scotts Immobilien verhältnismäßig einfach gehabt. Vermutlich dachte sie, dass sie in unserer Freundschaft das Monopol für harte Arbeit innehatte. Aber das war vorbei.

Ich sah Octavia direkt in die Augen. »Ich habe alles mit der Bank und dem neuen Unternehmensgründungsberater abgecheckt. Sie finden, dass es Potenzial hat. Ich habe keine Lust, für jemanden anders zu arbeiten und mir Vorschriften machen zu lassen. Das habe ich fast zwanzig Jahre lang mit Scott erlebt. Also werde ich lieber meine eigenen Fehler begehen. Ich bin fest entschlossen, mich selbst ernähren zu können, falls Scott die Zahlungen einstellt. Und Alicia.«

»Gute Idee. Gut für dich.«

Sie klang gekränkt. Allerdings machte sie einen Rückzieher. Es war nicht der richtige Moment, um ihr zu erklären, dass ich keine Lust auf eine Flut von Meinungsäußerungen und gut gemeinte Ratschläge gehabt hatte. Ich wollte einfach die Gelegenheit beim Schopf packen und mich der Herausforderung stellen, ohne dass jeder seinen Senf à la »Hast du dir das auch gründlich überlegt?« dazugab. Ich hatte genug eigene Zweifel, ohne mich auch noch mit denen der anderen herumschlagen zu müssen.

Ich griff nach einigen leeren Gläsern. Ja, ich hätte es ihr erzählen sollen. Allerdings fiel es mir zunehmend leichter, mich Menschen anzuvertrauen, die mich nicht so gut kannten. Die keine konkreten Vorstellungen davon hatten, wer ich war und was ich konnte.

Kurz entschlossen schob ich Nicole zu Brenda hinüber und steuerte auf die Stereoanlage zu. Ich legte *Brown-eyed Girl* von Van Morrison ein, und bald johlte die ganze Bande in einer Lautstärke mit, die uns bei den Nachbarn sicher nicht beliebt machen würde. Als ich mich umdrehte, stellte ich fest, dass Octavia mit Jonathan sprach. Ihr Kiefer war angespannt, und sie schüttelte den Kopf, während er die Achseln zuckte. Kurz darauf kam sie zu mir und umarmte mich rasch. »Wir müssen nach Hause. Die Kinder. Danke für den schönen Abend. Das Haus sieht spitze aus. Tolle Entscheidung.«

Jonathan küsste mich kurz auf die Wange. Ich blickte ihnen nach, als sie die Auffahrt entlanggingen, beide mit hochgezogenen Schultern, als müssten sie sich gegen einen schneidenden Wind stemmen.

Bis jetzt war mir noch nie in den Sinn gekommen, dass Paare einsam aussehen konnten.

Octavia

Im Taxi auf dem Heimweg schwiegen Jonathan und ich uns an. Meine Verletztheit, weil Roberta ein neues Leben anfing, und zwar eines, in dem ich außen vor war, hatte meinen Ärger darüber überschattet, dass Jonathan schon so bald wieder nach Sardinien verschwinden würde. Roberta hatte eine Firma gegründet, ohne mir davon zu erzählen. Offenbar war ich nur die Freundin für Krisensituationen. Nicole, Brenda und all die anderen geklonten Blondinen waren anscheinend die Mädchen für bessere Zeiten.

Ich legte Jonathan die Hand aufs Knie. Er rührte sich nicht und nahm mich nicht zur Kenntnis. »Entschuldige wegen heute. Ich vermisse dich. Mehr nicht.«

Er neigte den Kopf leicht zur Seite. Ich spürte einen Brennen hinter den Augen, als mir klar wurde, dass mich niemand brauchte. Roberta nicht. Jonathan nicht. Nicht einmal die Kinder. Der Beginn der Kricketsaison bedeutete, dass Charlie jede Minute seiner Freizeit damit verbringen würde, im Club Bälle ins Netz zu knallen. Polly fand, dass niemand langweiliger war als ihre Familie, und lachte über meine Enid-Blyton-Phantasien, wir könnten, bewaffnet mit einem Wildblumen-Bestimmungsbuch, einen gemeinsamen Spaziergang unternehmen. Immi beteiligte sich zwar manchmal noch gern am Backen von Apfel-Streuselkuchen, spielte aber am liebsten allein in ihrem Zimmer Zoo – das Tierspiel auf dem Computer.

Die fehlenden Stimmen hallten im Haus dröhnend wider. Mum wollte die Kinder nach dem Abendessen zurückbringen. Also hätten wir noch länger bei Roberta bleiben können. Doch je länger ich sie mit ihren neuen Freundinnen, in ihrem neuen Haus, ja, selbst mit einer neuen Firma erlebte, desto festgefahrener fühlte ich mich. Vielleicht lag es ja an den Nachwirkungen der Lebensmittelvergiftung, dass ich so niedergeschlagen war. Ich hatte mich doch nicht etwa in eine dieser verbitterten, miesen Freundinnen verwandelt, die Roberta um diese positive Wendung in ihrem Leben beneideten? Ich wartete darauf, dass Jonathan sich ins Arbeitszimmer verdrückte, um an seinem Computer herumzudoktern. Mein Ego hätte es vermutlich nicht ertragen, hinter YouTube-Videos oder Systemreparaturen zurückzustehen.

»Möchtest du eine Tasse Tee?«, fragte ich.

»Eigentlich nicht. Danke.«

»Musst du noch arbeiten?«

Jonathan zuckte die Achseln. »Eigentlich nicht.«

Ich war sicher, dass ich keinen Mann geheiratet hatte, dessen Wortschatz sich auf »eigentlich nicht« beschränkte.

»Lust, in die Kiste zu gehen?« Das war als Scherz gemeint, um festzustellen, ob er eine andere Antwort als »eigentlich nicht« auf Lager hatte.

Er runzelte die Stirn, nahm mich bei der Hand und führte mich nach oben. Ich war nicht sicher, was er vorhatte. Denn ich hätte es ihm durchaus zugetraut, mir ausgerechnet jetzt den Schimmel an der Badezimmerwand zu zeigen, weil »hier nie jemand das Fenster aufmacht«. Doch er zog mich ins Schlafzimmer. Ich bemühte mich, die kratzbürstige Stimmung abzuschütteln und in den Verliebtheitsmodus umzuschalten. Doch da ich ständig über seine Vorhersehbarkeit jammerte, musste ich selbst ein wenig spontaner werden. Ich riss mir die

Kleider vom Leib, während er seine Jeans faltete, die Socken glattstrich und die Boxershorts ordentlich oben auf den Haufen legte. Dann zog ich die Bettdecke bis zum Hals hoch. Doch Jonathan protestierte und zerrte die Decke weg. »Ich will dich anschauen.«

Ich konnte mir zwar nicht vorstellen, wie ein Close-up von meiner Zellulitis seine Erregung steigern würde, doch er warf sich genüsslich auf mich. »Wo ist das Babyöl?«

Inzwischen dachte Jonathan so selten über die Missionarstellung hinaus, dass ich einen Moment zögerte nur für den Fall, dass ich womöglich etwas falsch verstanden hatte.

Ich rannte ins Bad und wühlte im Schrank, wo ich nach einer Weile eine fettige Flasche zutage förderte, die vermutlich noch aus Immis Babyzeiten stammte. Als ich sie Jonathan reichte, fühlte ich mich verlegen, als täte ich nur so, als sei ich jung und abenteuerlustig.

Zu Anfang unserer Beziehung waren wir die besten Kunden bei Body Shop, wo wir Lotionen und Tinkturen erstanden. Inzwischen erschien es mir unvorstellbar, dass ich einst nach den Vorlesungen nach Hause geeilt war, um ein schickes Höschen anzuziehen und mich auf ihn zu stürzen, sobald er zur Tür hereinkam. Während unserer letzten Semester war er in meine winzige Wohnung mit reispapierdünnen Wänden gezogen. Unsere Umtriebe führten oft dazu, dass die Nachbarn missbilligend gegen selbige klopften. Unerotische Gedanken stiegen in mir hoch, in denen es darum ging, wie sehr die Leidenschaft angesichts von Bäuerchen machenden Babys, dem Wegputzen von Hundehäufchen und der Erläuterung der Bruchrechnung schwand. Dennoch versuchte ich, mich auf das Gleiten des Öls zu konzentrieren, als Jonathan mir den Rücken massierte. Allerdings hatte er offenbar vergessen, wie kitzelig ich war, denn er wechselte zu federzarten Berührungen.

»Hör auf zu zappeln.«

»Ich kann nichts dagegen tun.«

Jonathan drehte mich um und fing an, meine Brüste zu streicheln. Ich versuchte, nicht an unseren letzten Besuch bei Pizza Express zu denken, wo ich eine Ewigkeit Schlange gestanden hatte, während Immi zuschaute, wie die Pizzabäcker den Teig kneteten. Jonathan beugte sich vor. »Bist du bereit?«, flüsterte er mir ins Ohr.

»Fast.«

Ich zermarterte mir das Hirn nach etwas, das mich in Fahrt bringen würden. Ich versuchte, Bilder von Jonathan und mir unter der Dusche wachzurufen, als er mir die Zunge ins Ohr steckte. Meine Schultern schossen auf Ohrenhöhe hoch, und ich schob ihn weg. »Nicht so. Das ist, als ob einem beim Friseur Shampoo im Ohr kleben bleibt.«

Er ließ die Schultern hängen. »Gütiger Himmel, Octavia. Du schaffst es echt, einen Typen in Stimmung zu bringen.«

»Tut mir leid. Du weißt doch, dass ich nicht am Ohr geleckt werden will.«

»Gefällt dir überhaupt etwas, das ich tue?« Er klang verärgert.

»Natürlich. Komm her. Wir sind nur ein bisschen eingerostet, mehr nicht.« Und dann tat ich etwas, dem ich eigentlich endgültig abgeschworen hatte. Ich kramte in den Tiefen meines Gedächtnisses, bis ich Xavi entdeckt hatte. Meine weißen Gliedmaßen, damals schlanker, die sich um seine braunen Beine schlangen. Ein Farbfilm in Zeitlupe, der hinter meinen Augenlidern ablief. Seine dunklen Finger, die mich erkundeten und streichelten und die Energie, eine eindringliche Liebkosung nach der anderen, erhöhten. Als Jonathan in mich eindrang, griff ich nach der Erinnerung, wie wir beide um Mitternacht ins Bains de Caldane eingebrochen waren und uns im Thermalbecken geliebt hatten. Das warme Wasser drängte sich zwischen uns, erst plätschernd, dann Wogen schlagend, während unser Stöhnen über die Wasserfläche hallte.

Jonathan stieß in mich hinein, mit dem leisen Ächzen, das ich als mein Stichwort erkannte, die Sache zu Ende zu bringen. Ich presste den Kopf ins Kissen, umklammerte ihn fest mit Körper und Geist, am schimmernden Rand des Verrats, der der Erinnerung an Xavi nicht das Wasser reichen konnte, bis ich mich gegen Jonathan aufbäumte und dann, bebend von den Nachwehen, dalag. Ich schloss die Augen, um den Moment noch ein wenig festzuhalten.

Jonathan sackte zurück aufs Kissen. »Wir sollten die Kinder öfter abschieben.«

Ich griff nach seiner Hand. »Roberta hat angeboten, sich um die Kinder zu kümmern. Also könnte ich am Donnerstag mit nach Sardinien kommen.«

Jonathan hörte auf, meine Hand zu streicheln. »Schafft Roberta es denn, alle drei zu bändigen?«

»Da bin ich ganz sicher.«

»Drei Kinder sind ziemlich anstrengend, wenn man ganz allein ist. Außerdem hat sie ja noch Alicia.«

»Ich weiß, Jonathan. Ich muss mich oft allein mit drei Kindern herumschlagen. Außerdem arbeite ich auch noch Vollzeit.« Ich versuchte – vergeblich –, nicht gereizt zu klingen.

Jonathan machte sich von mir los. »Es ist nicht meine Schuld, dass ich wegen des einzigen Jobs, den ich kriegen konnte, dauernd ins Ausland muss. Im Moment ist meine Priorität, dass Patri mich nach der Probezeit auf Dauer einstellt.«

Ich holte tief Luft und versuchte es mit einem Kompromiss, eine Technik, die ich bei Roberta schon mit großem Erfolg beobachtet hatte. Für mich fühlte es sich aber so fremd an, als hätte ich Wippantennen auf dem Kopf.

»Du hast recht. Die Unterschrift auf der gestrichelten Linie muss bei dir an erster Stelle stehen. Aber es wäre so nett, wenn wir zusammen ein bisschen Abstand gewinnen könnten, auch wenn du arbeiten musst.«

Jonathan zuckte neben mir die Achseln. »Wir wechseln zu einem anderen Server. Also werde ich sehr beschäftigt sein.«

Ich verkniff mir ein »Willkommen in meiner Welt«. »Ja gut«, erwiderte ich stattdessen. »Ich werde mich schon beschäftigen. Wenigstens hätten wir dann die Abende.« Ich kuschelte mich an seine Schulter. »Ich rufe Patris Sekretärin an, um alles zu organisieren.«

»Wenn du meinst.«

Ergebnis: Noch nie zuvor hatte ich mich für eine Frau gehalten, die ihren Willen mithilfe von Sex durchsetzen konnte.

Roberta

Am nächsten Morgen räumte ich gerade den Partymüll weg, als mein Mobiltelefon läutete. Ich vergewisserte mich, dass es nicht Scott war. Inzwischen fand unser Kontakt eigentlich nur noch über unsere Scheidungsanwälte statt. Die Nummer erkannte ich nicht. Der wohl ewig auf Optimismus eingestellte Teil meines Verstandes hoffte, dass es Jake sein könnte.

Die Hoffnung welkte dahin, als sich eine ziemlich arrogant klingende Frauenstimme als Mrs Goodman, Freundin von Mrs Walker, vorstellte. Sofort war ich hellwach und erinnerte mich, dass Mrs Walker Nicole war. Ich hatte festgestellt, dass ihre Werbekampagne zugunsten meines Innenarchitekturbüros eine wahrhaftige Kontaktmaschine war. Mrs Walker wollte ihr gesamtes Wohnzimmer umgestalten, da ihr Mann Sidney vor kurzem verstorben sei. »Sidney wollte nie einen Penny in das Haus stecken. Doch da er jetzt nicht mehr lebt, kann ich aus dem Vollen schöpfen.«

Eine glückliche Witwe, wie sie leibte und lebte. »Wann könnte ich zur Besichtigung vorbeikommen?«

Mrs Goodman ließ sich nicht lumpen. »Sofort, meine Liebe. Zeit ist das Wichtigste. Meine Schwägerin kommt in drei Wochen aus Kanada, um hier zu übernachten.«

Ich unterdrückte einen Schreckensschrei. Drei Wochen, um einen Raum von Grund auf umzukrempeln. Allerdings wusste ich, dass Mundpropaganda der einzige Weg war, um mir einen

Namen zu machen. Eine riesige Zweifelskrähe ließ sich auf meiner Schulter nieder, als ich ein Kostüm anzog, zu meiner besten Handtasche griff und einige Farbmuster einsteckte, die ich in meinem eigenen Haus benutzt hatte.

Mrs Goodman wohnte in einem riesigen Haus aus den Dreißigern, wo, wie ich mir schon denken konnte, Avocadogrün und braune Badezimmer das Szepter schwangen. Ich saß im Auto und versuchte, den Mut zum Aussteigen zu fassen. Was, wenn mir die zündende Idee fehlte? Was, wenn sie mich bei all ihren Bekannten durch den Kakao zog? Während ich die Auffahrt entlangging, hielt ich mir eine strenge Standpauke. Ich läutete, und sie riss sofort die Tür auf, als habe sie durch den Spion gespäht. Sie war hochgewachsen, erinnerte an einen Vogel und hielt sich so gerade, als habe sie den Ratschlag, sich vorzustellen, eine Schnur verliefe von ihrem Scheitel bis zur Sohle, ein wenig zu wörtlich genommen. Ich erbot mich, die Schuhe auszuziehen.

»Nicht nötig. Ich lasse alle Teppichböden neu verlegen. Außerdem neue Vorhänge. Die Küche ist als Nächstes dran.«

Der arme alte Sidney drehte sich vermutlich im Grabe herum. Sie ging voraus in das gewaltige Wohnzimmer, eine dunkle Höhle mit schlaffen Blümchenvorhängen und Lampen mit Rauchglasschirmen. Sofort kamen mir unzählige Einfälle in den Sinn. »Phantastisch, wie viel Platz Sie hier haben.«

»Also übernehmen Sie den Auftrag?« Angesichts Mrs Goodmans Blick wagte ich nicht abzulehnen. »Mrs Walker hat Sie so gelobt und sagte, Sie seien die Beste in der Branche, weil Sie alles vom Design bis zum Anstrich übernähmen. Das hat sie mir erzählt, während sie mein …« Sie beugte sich vor und wies auf ihre Beckenregion. »Mein Untenrum untersucht hat.«

Ich nickte hastig. Vermutlich boten sämtliche Situationen die passende Ablenkung. Als ich die Decke mit ihrer Strukturtapete musterte, bereute ich das »Komplett-Service«-Werbeversprechen.

»Ich habe meine Schwägerin seit zwölf Jahren nicht gesehen. Sie hatte den Kontakt mit Sidney abgebrochen, aber wir haben uns immer gut verstanden. Sie darf keinen falschen Eindruck bekommen und glauben, dass Sidney ein Geizhals war.«

Am liebsten hätte ich laut gerufen, dass ich nur mein eigenes Haus ausgestattet und einige Entwürfe für Freundinnen gemacht hatte. Niemand hatte mich je für meine Dienste bezahlt, und vielleicht würde sie scheußlich finden, was mir als Neundunddreißigjähriger gefiel. Vor lauter Panik war mein Gehirn wie leergefegt, sodass mir keine passenden Vorschläge einfielen.

Plötzlich packte sie mich am Arm. Ihre knochigen Finger bohrten sich durch meine Jacke. »Es ist ein recht seltsames Gefühl, das allein machen zu müssen.«

Die angespannte Miene der alten Dame riss mich aus meiner Angststarre. Ich förderte meinen Skizzenblock zutage. »Warum setzen wir uns nicht? Soll ich Ihnen ein paar Ideen vorschlagen, und dann überlegen Sie es sich noch einmal?«

Bei Assamtee und Sandkuchen erörterten wir Farben, Stoffe und die Möglichkeit, das Traditionelle mit dem Modernen zu verbinden. Hin und wieder schüttelte Mrs Goodman nachdrücklich den Kopf, worauf ich wieder von Selbstzweifeln ergriffen wurde. »Nein, nein, absolut scheußlich.« Lampen aus gebürstetem Alu waren offenbar Teufelswerk. Gestreifte Vorhänge in Neonfarben hingegen zählten anscheinend zur Kategorie engelsgleiche Kunst.

Sie klatschte in die Hände. »Das wird ein Traum. Meine Schwägerin wird so beeindruckt sein. Das schaffen Sie doch in drei Wochen, oder?«

Mrs Goodman besaß die Fähigkeit, rhetorische Fragen zu

stellen, die wie Befehle klangen. Ich würde Tag und Nacht durcharbeiten müssen. Vermutlich sogar am Wochenende. Ich plante bereits, wie ich das hinkriegen würde. Zu Alicias großem Bedauern stand sie eine Woche bei Scott auf dem Programm, weil er bald wieder nach Australien fliegen musste. Ich wollte nicht, dass sie sich überflüssig fühlte, doch es würde ihr guttun zu sehen, wie ich mich für unseren Lebensunterhalt abmühte. Mrs Goodman musterte eindringlich mein Gesicht. Sie vertraute darauf, dass ich ihr half, die ersten Schritte auf dem Weg in die Freiheit und Unabhängigkeit zu machen.

Ich hatte viel zu große Angst, um sie im Stich zu lassen.

Octavia

Gerade fing im Radio *Ladies' Night* an, als ich in die Küche ging, um Roberta anzurufen. Eine Weile stand ich da, klopfte auf die Arbeitsfläche und dachte an unsere gemeinsame Party zum achtzehnten Geburtstag, sechs Wochen vor unserem Schulabschluss. Roberta hatte ein hellrosafarbenes knielanges Kleid getragen, das sie verabscheute. Aber ihr Vater hatte darauf bestanden. Das war in der Zeit vor Scott, als sie noch eine folgsame Tochter gewesen war. Ich hatte eine gelbschwarz gestreifte Hose und schenkelhohe goldene Stiefel an und erinnerte an eine exotische Hummel. Wir zählten die Tage, bis wir den Sommer über verreisen würden. Jedes Lied war eine Hymne an unsere Freiheit, die uns nicht enttäuschte, als es endlich so weit war. Wir zeigten einfach auf der Landkarte auf einen Ort, von dem wir irgendwann einmal gehört hatten, und sprangen in den nächsten Zug. Es waren glückliche zwei Monate, in denen unsere einzige Verantwortung darin bestand, Sonnencreme zu benutzen.

Nun hatte ich die Chance, mir einen winzigen Bruchteil dieser Freiheit zurückzuerobern. Während Jonathan arbeitete, konnte ich wieder unbekannte Orte erkunden. Um einiges anziehender als die windumtosten Wochen in Wales oder eine gelegentliche Billig-Pauschalreise auf eine sonnige, aber gesichtslose griechische Insel, denn mehr war seit der Geburt der Kinder nicht drin gewesen.

Ich hatte ein schlechtes Gewissen, dass ich auf Robertas Party so muffig gewesen war. Insbesondere deshalb, weil sie sich erboten hatte, mir die Kinder abzunehmen. Während ich wartete, dass Roberta an den Apparat kam, tanzte ich so wild, dass ich spürte, wie mein Hintern hin und her schwabbelte.

»Hallo, du. Ich wollte dir nur sagen, dass noch Zeichen und Wunder geschehen.«

»Was?« Roberta klang aufgeregt.

»Jonathan ist einverstanden, mich am Donnerstag für sechs Tage nach Sardinien mitzunehmen, wenn du es mit den Kindern aushältst. Ich hätte nie gedacht, dass er einverstanden sein würde. Aber offenbar hat sogar er gemerkt, dass wir ein bisschen Zeit für uns brauchen. Meinst du, du schaffst das?«

Eine lange Pause entstand. »O mein Gott, Liebes. Das hatte ich ganz vergessen. Wann fliegst du denn? Ich bin in den nächsten drei Wochen arbeitsmäßig total ausgebucht.«

Roberta erzählte mir die ganze rührselige Geschichte von der »armen Mrs Goodman, seit kurzem verwitwet«, und dass sie am Vortag den Auftrag angenommen habe.

»Wie lange bleibt er denn? Könntest du nicht nächsten Monat hinfliegen? Ich habe wirklich nicht mit so etwas gerechnet.«

»Nicht so wichtig.«

»Es tut mir wirklich, wirklich leid. Das Problem ist, dass Alicia die Woche bei Scott verbringt und ich das ganze Wochenende lang bei Mrs Goodman sein werde. Vielleicht könnte ich sie am Donnerstag und am Freitag nehmen? Oder soll ich eine Babysitterin anheuern?« Ich hörte Roberta die Anspannung an.

»Nein, das ist zu kompliziert. So schlimm ist es nun auch wieder nicht, wenn ich nicht fahren kann. Du musst jeden Auftrag annehmen, den du kriegen kannst. War einfach nur schlechtes Timing.«

Ich ließ mich in einen Sessel sinken. Typisch Murphy, dass

Roberta nach Jahren, in denen sie mit ein paar Vorhängen gespielt hatte, ausgerechnet jetzt zu einem richtigen Auftrag gekommen war, wenn ich ihre Hilfe brauchte. Die Glückliche hatte wenigstens einen Ex, bei dem sie Alicia parken konnte. Vielleicht würde sich Scott endlich einmal nützlich machen.

»Ich muss auflegen und die Sekretärin bitten, die Tickets zu canceln.«

»Zu jedem anderen Zeitpunkt liebend gern.«

Das Problem war nur, dass sich in meinem Leben eine Chance nie ein zweites Mal bot.

Als ich Jonathan eröffnete, dass Roberta uns nicht helfen könne, antwortete er mit seiner Lieblingsphrase, die ich eines Tages in seinen Grabstein würde einmeißeln lassen.

»Ach, nicht so schlimm.«

Der Spruch könnte dann neben dem »Aber ich fand es schlimm, verdammt« auf meinem Grabstein stehen.

Ich redete mir ein, dass sich im Laufe des Jahres schon noch eine Gelegenheit ergeben würde. Doch während der Woche ertappte ich mich dabei, dass ich nicht mehr in der Lage war, die Spülmaschine auszuräumen, ohne dass ich das Besteck unter großem Geschepper in die Schublade knallte. Ich warf den Kindern die Wäsche in die Zimmer. Zu ihrer großen Freude gab ich die üblichen fünf Portionen Obst und Gemüse pro Tag auf und setzte ihnen jeden Abend Pizza vor. Außerdem sparte ich mir die Mühe, mich an meine wöchentlichen vierzehn Einheiten Alkohol zu halten. Stan lag in der Küche auf der Schwelle, bedrückt, weil niemand mit ihm Gassi gegangen war. Selbst in der Arbeit, wo ich für Fröhlichkeit bezahlt wurde, verbrachte ich immer weniger Zeit damit, Schmetterlinge zu suchen, und verbarrikadierte mich zunehmend in meinem Büro. Angewidert von meinem kläglichen Versuch, ein wenig Abenteuer in mein Leben zu zaubern, hörte ich sogar auf, Xavi zu googeln.

Am Wochenende verwandelte sich Jonathan in ein lebendes und atmendes Alka-Seltzer, das vor Empörung brodelte und brauste, als er die Zeitungsstapel, die im Flur verstreuten Haufen aus Schuhen und die Ballen aus Hundehaaren sah. »Hast du diese Woche überhaupt keine Hausarbeit gemacht?«

Normalerweise hätte ich einen Riesenstreit angezettelt, dass das nicht alles meine Aufgabe sei. Stattdessen sagte ich einfach nur »nein«.

Jonathan stand mit verdatterter Miene da. In seinem Kopf ratterten die Zahnräder. »Fehlt dir etwas?«

»Alles bestens.« Ich fragte mich, ob Jonathan in der Lage sein würde, das als »Ich werde total ignoriert, und kein Mensch würde es bemerken, wenn ich in der Garage umkippen würde, während ich versuche, den Schraubenzieher zu finden, um die Dusche zu reparieren, bis a) kein Klopapier mehr im Haus ist oder b) der widerwärtige Gestank meiner verwesenden Leiche euch alle einhüllt«.

Eigentlich war es eine prima Idee, niemals mehr als vier Klorollen auf einmal im Haus zu haben, da das meine Überlebenschancen erhöhte.

Geistesabwesend fing Jonathan an, Krümel von der Arbeitsfläche in seine Handfläche zu fegen. Ich musste ein Grinsen unterdrücken, als er auf Immis Honigklekse vom Frühstück stieß. Er ging zur Spüle und wusch sich jeden Finger einzeln mit Seife. »Liegt es daran, dass ich nicht wieder wegfahren soll?«

»Ich habe kein Problem damit, dass du wieder wegfährst, sondern damit, wie du es organisierst, ohne dich darum zu kümmern, ob das so für mich okay ist. Du gehst einfach davon aus, dass ich, obwohl ich Vollzeit arbeite und etwa das gleiche verdiene wie du, die gesamte Belastung eines Haushalts mit drei Kindern schultern soll, während du nach Belieben auftauchst und wieder verschwindest.«

Eigentlich rechnete ich mit der hängen gebliebenen Schallplatte, er könne sich schließlich nicht aussuchen, zu welchen Zeiten er beruflich verreisen müsse. Doch stattdessen sagte er: »Ich rufe jetzt deine Mutter an.« Mit diesen Worten marschierte er zum Telefon.

»Denise? Ja, Jonathan. Octavia hätte die wirklich einmalige Gelegenheit, mich für ein paar Tage nach Sardinien zu begleiten und …«

Am liebsten hätte ich mich vor ihn hingestellt und ihm in Zeichensprache »Ich will nicht hin« signalsiert.

Ich malte mir aus, wie meine Mutter ihren mit Gymnastikkursen, Wohltätigkeitsveranstaltungen in der Kirche und Beerdigungen jedes auch noch so entfernten Bekannten gefüllten Terminkalender durchblätterte. Also ging ich hinaus. Ich hatte keine Lust, mir eine Auflistung der letzten Abschiede anzuhören, die sie dann würde verpassen müssen. So etwa nach dem Motto: »Du erinnerst dich doch noch an Mr Robertson? Er war ein Nachbar der Dame, die bei uns die Sonntagsschule geleitet hat, die, in die ich Immi immer schicken wollte. Speiseröhrenkrebs. Wirklich tragisch. So ein scheußlicher Tod.«

Kurz darauf kam Jonathan zu mir ins Wohnzimmer. »Deine Mutter war sofort einverstanden. Du kommst übermorgen mit. Es ist alles geplant.«

Manchmal hatte ich geglaubt, meine Fähigkeit, mich zu freuen, sei mit fünfunddreißig abgelaufen, so wie bei den angebrochenen Hustensaftflaschen, die in der Hausapotheke ihr Dasein fristeten.

Eigentlich hätte ich überglücklich sein sollen, nur dass Jonathan klang, als sei ich ein zusätzliches Gepäckstück, das er zum Flughafen schleppen müsse. »Alles geplant« war ein relativer Begriff, der nicht die logistischen Bemühungen einschloss, dass alle Shelton-Kinder einschließlich ihrer Ausrüstung – Tanzschuhe, Krickethandschuhe, Gymnastikanzüge – vor der Umsiedlung eingesammelt werden mussten, ehe mein Nachwuchs auch nur eine Zahnbürste eingepackt hatte.

Ich zupfte an dem kleinen Faden Begeisterung, verborgen unter den Bergen, die ich vor dem Aufbruch noch würde umschichten müssen. »Danke. Ich hätte nie gedacht, dass sie einverstanden sein würde.«

Jonathan lächelte. »Sie hatte schon immer eine Schwäche für mich. Immerhin habe ich ihre kostbare Tochter vor einem Leben in Sünde und ziellosem Umherwandern bewahrt.«

Offen gestanden konnte ich das ziellose Umherwandern kaum noch erwarten. Die schwindelnden Höhen der Sündhaftigkeit wagte ich mir gar nicht mehr vorzustellen.

Roberta

Immer wenn Scott Alicia abholte, rief ich Octavia an, um nicht mit ihm reden zu müssen. Ich ging nicht einmal mehr an die Tür, sondern presste den Telefonhörer ans Ohr und winkte Alicia durchs Fenster zu. Als er das letzte Mal, sechs Wochen nachdem er Jake die Mail geschickt hatte, versuchte, mit mir zu sprechen, zischte ich nur »du Arschloch« und flüchtete mich ins Haus. Falls ich einen Anflug von Triumphgefühl empfunden haben sollte, war dieser nicht von langer Dauer gewesen.

Dieser eine Vorwurf, die einzige Anspielung, die ich je darauf gemacht hatte, trat eine Lawine von E-Mails und SMS los mit dem Ziel, mich zu vernichten. Kein jemals wahrgenommener Makel wurde ausgelassen. Seine Tiraden begannen stets mit Hinweisen auf meinen Körper, wie fett ich geworden sei, meine Zellulitis, ja, sogar die hässliche Form meiner zweiten Zehe. Unweigerlich driftete seine »Logik« in einen unverständlichen Strom von Assoziationen ab, die zusammengefasst darauf hinausliefen, dass ich alle positiven Erfahrungen nur meinen Leistungen im Bett zu verdanken hätte.

Ich war noch nicht in dem Stadium angelangt, in dem ich seine Nachrichten ungelesen löschen konnte. Stattdessen verbrachte ich Stunden damit zu, mir sorgfältig formulierte Antworten zurechtzulegen. Es war Octavia, die mich stets davon überzeugte, dass es die beste Rache sei, Scott einfach zu ignorieren. »Wenn du nicht antwortest, wird er es irgendwann leid.«

An diesem Tag kam er, anstatt im Auto zu warten, an die Tür und bestand darauf, mich zu sehen, als Alicia aufmachte. Eigentlich wollte ich mich weigern und mich weiter mit den kühlblauen und stahlgrauen Stoffmustern befassen, um die optimale Lösung für Mrs Goodmans Wohnzimmer zu finden, und war versunken in einer Welt, die ich erschaffen konnte, anstatt sie einfach nur verteidigen zu müssen. Deshalb brauchte ich einen Moment, um mich zu erden und mir klarzumachen, dass Scott keine Macht mehr über mich hatte. Ich würde die moralisch Überlegene geben, würdevoll und zurückhaltend, ganz gleich, was er mir auch an den Kopf warf.

Unrasiert und mit dunklen Augenringen stand er auf der Schwelle. Ich hatte ihn erst einmal so erlebt, und zwar, als er sich eine hohe Geldsumme geliehen hatte, um Land in Neusüdwales zu kaufen, das sich später als verseucht entpuppt hatte. Ich machte mich auf das Schlimmste gefasst. Doch er schien eher verwirrt als streitlustig.

»Es geht um Mum. Sie hatte einen Schlaganfall. Ich muss sofort hin. Sie wissen noch nicht, welche Schäden sie zurückbehalten wird.«

»Wann war das? O mein Gott. Wo liegt sie?«

»Im St. Vincent's Hospital. Dort haben sie Spezialisten, aber es wird einige Tage dauern, bis wir mehr erfahren.« Seine Stimme zitterte. »Tut mir leid, ich kann Alicia diese Woche nicht betreuen. Keine Ahnung, wie lange ich wegbleiben werde. Ich nehme heute Nachmittag den Flieger nach Sydney.«

Alicia neben mir schluchzte auf. Sie hatte Adele schon immer geliebt. Dann brach auch Scott in Tränen aus. Ich legte ihm die Hand auf den Arm. »Komm kurz rein.« Während ich ihn in die Küche begleitete, überschlugen sich meine Gedanken. Ich wollte ihn nicht in meinen Haus haben. Das hier war mein Zufluchtsort, ohne Scott. Die arme Adele. Sie hatte doch immer so gesund gewirkt. Was, wenn der Stress unserer Trennung sie krank gemacht hatte? Schuldgefühle meldeten sich. Ich setzte den Kessel auf, drückte Alicia an mich und streichelte ihr über die Haare.

»Schau, Schatz, wir wissen noch nicht, wie schlimm es ist. Also keine Panik. Viele Leute erholen sich nach einem Schlaganfall wieder vollständig.«

Ich reichte Scott eine Tasse Tee. Seine Hand zitterte, als er sie an die Lippen hob. Am liebsten hätte ich ihn umarmt, bis er sich beruhigt hatte. Früher hätte ich ihm die Schultern massiert. Inzwischen war das undenkbar.

Dazu hallte mir noch »verwöhntes Dummerchen, mit einem silbernen Löffel geboren, du nimmst nur sinnlos Platz weg« zu laut in den Ohren.

Das Bedürfnis, ohne Rücksicht auf für mich selbst, alles richtig zu machen, wollte sich an die Oberfläche kämpfen. Der härtere, bösartigere Teil von mir hielt »nicht mein Problem« dagegen. Es war ihm gelungen, etwas in mir zu zerbrechen. Das eherne Band, die Treue, die auch den Anfeindungen durch andere Menschen standhielt, gab es nicht mehr. Die Beleidigungen, die Scott mir entgegengeschleudert hatte. Die Vorwürfe, ich sei eine egoistische Schlampe, hatten eine Lücke aufgestemmt, die durch kein Versprechen, keine Entschuldigung wieder zugeschweißt werden konnte.

Also stand ich unschlüssig da, ohne die richtigen Worte zu finden, um diesen Mann zu trösten, dessen Haut, Atemrhythmus und Stimme mir so vertraut waren wie meine eigenen. Er trank einen Schluck Tee. »Kommst du mit?«

»Wohin?«

»Nach Sydney. Heute Nachmittag.«

Das hatte schon öfter geklappt. Mehr als einmal. Ich hatte alles stehen und liegen und Menschen im Stich gelassen, sogar –

zu meiner Schande – Octavia an ihrem dreißigsten Geburtstag, um mit Scott nach Australien zu verschwinden. Diesmal zögerte ich nicht. »Nein.«

Ich sah, wie seine Schultern zusammenzuckten.

Er drehte sich um und sah mich aus blauen Augen flehend an. »Bitte. Du hast dich immer so gut mit ihr verstanden. Mum braucht unsere Hilfe. Wir können auch zu dritt fliegen. Wenn du rasch deine Sachen packst, schaffst du meinen Flieger noch. Er geht um 16:35. Der nächste startet um 23:15.«

Ich legte ihm die Hand auf die Schulter. »Scott, es tut mir aufrichtig leid, dass Adele krank ist. Aber ich kann nicht mitkommen. Menschen verlassen sich auf mich. Ich habe einen sehr kurzfristigen Auftrag angenommen. Außerdem darf Alicia nicht die Schule versäumen. Dieses Jahr ist sehr wichtig für die Vorbereitung auf ihren Abschluss. Außerdem wäre es sowieso nicht richtig. Ich möchte deiner Mum keine falschen Hoffnungen machen, indem wir alle gemeinsam dort erscheinen. Warum nimmst du nicht Shana mit?«

Scott schnaubte. »Shana? Shana kann nicht mit Familienkrisen. Vermutlich wird sie gar nicht mehr da sein, wenn ich zurückkomme. Mum liebt dich. Shana kennt sie gar nicht.«

Also war ich diejenige, die bei internationalen Dramen antanzen musste – obwohl es lachhaft war, dass Scott glaubte, ich könne in irgendetwas, das mit Krankenhäusern zu tun hatte, eine tragende Rolle spielen, ohne in Ohnmacht zu fallen. Ich hatte Adele immer gemocht. Sie war zwar anstrengend, hatte das Herz aber am rechten Fleck. Die Vorstellung, nicht an ihre Seite zu eilen, wenn sie krank und allein war, erschreckte mich. Und dennoch wusste ich, dass ich nicht in dieses Flugzeug steigen würde, ganz gleich, mit welchen Überredungskünsten und Drohungen Scott auch aufwartete. Als ich ihn verlassen hatte, waren alle Beziehungen, die Teil dieses Pakets gewesen waren, wieder seine alleinige Verantwortung geworden. Familienbande bröckelten in einem Bruchteil der Zeit, die es gedauert hatte, sie aufzubauen. Alicias Blick verriet mir, dass sie auch nicht hinfliegen wollte.

Ich nahm meine Tasse und stellte sie in die Spülmaschine. »Du musst jetzt gehen, damit du deinen Flug noch erwischt. Wir können nicht mitkommen. Umarm deine Mum von uns und richte ihr aus, dass sie rasch wieder gesund werden soll.«

Scott stand auf. »Robbie, tu mir das nicht an. Ich brauche dich. Ich schaffe das nicht allein.«

Nie wäre ich so tief gesunken, ihn darauf hinzuweisen, dass er mir vor einer knappen Woche gemailt hatte, er habe die besten Jahre seines Lebens an mich verschwendet. Ich sei eine Frau, die »ihr Ohrloch nicht von ihrem Arschloch unterscheiden kann, eine fette, verkommene Betrügerin, die keine Ahnung vom Arbeiten hat und etwa so kreativ ist wie ein Panda, dem man einen Stift in die Hand drückt«.

Er kam zu mir hinüber und fasste mich sanft, aber mit Nachdruck am Handgelenk. Ich spürte, wie sich mir die Kante der Granitarbeitsplatte in den Rücken bohrte. So sehr wollte ich mich losreißen, dass ich mich auf seine Worte nicht konzentrieren konnte.

»Wir sollten zusammen sein, Robbie. Als ich gestern Abend den Anruf bekam, wurde mir klar, dass nur die Familie zählt. Mum. Du. Alicia. Der Rest ist nichts als oberflächlicher Mist.«

Als ich ihm über die Schulter blickte, stellte ich fest, dass Alicia erbleicht war und uns beobachtete. Dass er dieses Gespräch in ihrer Gegenwart führte, bedeutete, dass er gar nichts begriffen hatte. Ich zwängte mich an ihm vorbei.

»Es ist zu spät, Scott. Viel zu spät.«

Er öffnete den Mund, um zu widersprechen.

Ich unterbrach ihn mit einer Handbewegung. »Nein. Nein.

Bitte geh jetzt. Geh, erwische deinen Flieger und kümmere dich um deine Mum.«

Er starrte mich an, als könne er nicht ganz glauben, dass ich ihn nicht mit offenen Armen willkommen hieß und mich nicht förmlich überschlug, um ihm seine Wünsche zu erfüllen. Ich marschierte hinaus in den Flur und öffnete die Tür. Kopfschüttelnd drängte er sich an mir vorbei. Ich machte die Tür hinter ihm zu und lehnte mich dagegen. Zwar zitterten mir die Knie, aber mein Herz frohlockte.

Ich hatte endlich gelernt, nein zu sagen.

Octavia

Im Flugzeug vergrub sich Jonathan hinter der *Financial Times*. Immer noch müde, weil wir um sechs Uhr morgens aufgebrochen waren, schwelgte ich in Erinnerungen an frühere Reisen. Roberta und ich, gestrandet auf einem schwedischen Bahnhof am Arsch der Welt, nachdem wir den Fahrplan falsch gelesen hatten. Hinreißende italienische *carabinieri*, die uns von einem Privatstrand vertrieben und uns schließlich im Garten des Polizeireviers schlafen ließen. Roberta, die einem Küchenchef in Antibes einen Topf abgeschwatzt hatte, damit wir am Stand Spaghetti kochen konnten. Und Xavi. Immer nur Xavi. Strandhütten. Nächte unter den funkelnden Sternen. Gebirgsbäche. Selbst jetzt bohrte noch der Schmerz bei den sonnigen Erinnerungen an ihn, die ich in meinem Gedächtnis bewahrte. Ich versuchte, sie beiseitezuschieben, indem ich Jonathan über Sardinien ausfragte. Allerdings schien er sich mehr für Hypothekenzinsen zu interessieren als für die Themen, über die ich gern geredet hätte.

Hin und wieder flammten kleine Funken der Besorgnis auf – hatte ich Charlie eine saubere Kricketuniform hinterlassen, für Pollys Steptanzstunden bezahlt? –, die mich zurück nach Hause holten. Doch als das Flugzeug über das in verschiedenen Türkistönen schillernde Wasser rings um Sardinien schwebte, hätte ich mir am liebsten den Sicherheitsgurt vom Leib gerissen und einen Tanz aufgeführt. Selbst Jonathans Gebrummel an der sich ewig dahinschleppenden Schlange vor der Passkontrolle konnte meine Freude nicht dämpfen. Das Chaos im Flughafen, das Gepäckband, auf dem sich die Koffer türmten, um dann einfach herunterzufallen, das Kindergeschrei, all das erschien mir eher lebendig als nervenzerfetzend.

»Ich kann es kaum erwarten, unsere Unterkunft zu sehen.«

»Mach dir keine zu großen Hoffnungen. Es ist nur ein stinknormales italienisches Hotel.«

»Hotel ist immer gut. Hotel bedeutet, keine Küche. Und keine Küche bedeutet kein Kochen, kein Abwasch, keine Wäsche.«

Jonathan stürmte durch den Ausgang und sah sich so hektisch um, als rechne er mit einem Hinterhalt. Ein attraktiver Mann in Sakko und dunkler Stoffhose hob eine sonnengebräunte Hand. Jonathan entspannte sich sichtlich. »Gianni, schön, Sie zu sehen.«

Die Fahrt zu dem modernen Hotelbunker dauerte nicht lange. Ich konnte das Gefühl nicht abschütteln, dass es eine Schande war, in so einem Kasten zu wohnen, der überall auf der Welt hätte stehen können. Nichts an seinen kantigen braunen Möbeln und den beigefarbenen Vorhängen wies darauf hin, dass man sich auf Sardinien, in Italien, ja, überhaupt im Mittelmeerraum befand. Das Doppelbett hatte eher anderthalbfache Breite, was zu Nähe oder auch zu Ablehnung führen konnte. Ich war nicht sicher, in welche Richtung sich die Dinge entwickeln würden. Jonthan hängte seine sämtlichen Hemden auf, legte alles andere gefaltet in die Schubladen und reihte Zahnbürste und Rasierer im Bad auf.

Ich klammerte mich krampfhaft an den Rausch der Freiheit, der gleich nach der Landung in mir aufgestiegen war. »Hast du Lust, irgendwo zum Mittagessen zu gehen?«

»Lieber nicht. Mir war im Flieger ein bisschen komisch. Ich

dusche nur rasch und gehe dann zur Arbeit.« Er drückte auf der Fernbedienung herum und jammerte, weil er Sky News nicht reinbekam.

»Erwarten die dich etwa schon?«

»Aber klar doch. Wenn ich hier bin, gibt es keine Zeit zu verlieren.«

Jonathan Shelton, eine Legende in Sachen italienische Mittagspause.

»Dann erkunde ich mal ein bisschen die Gegend.« Am liebsten hätte ich in die Hände geklatscht. Erkunden. Ich liebte den Klang dieses Wortes.

»Ich frage an der Rezeption, ob Patri sich um ein Auto gekümmert hat.«

»Das wäre prima. Ich fahre nicht weit.« Die Vorstellung von offenen Straßen, die ins Unbekannte führten, sorgte dafür, dass mich ein freudiger Schauder überlief.

»Wie du willst. Ich komme erst spät zurück.«

»Ich weiß. Zerbrich dir nicht den Kopf darüber. Ich werde sicher nicht hier rumsitzen und auf die hübschen braunen Möbel klopfen.«

Jonathan zuckte die Achseln. Kurz darauf stand er unter der Dusche. Ich konnte nicht umhin festzustellen, was für ein beeindruckendes Bild er abgab, als wir die Hotelhalle durchquerten. Selbst die kleinen grauen Strähnen in seinem rötlichen Haar verliehen ihm den würdevollen Habitus eines internationalen Geschäftsmanns. Offenbar färbte der sardische Stil auf ihn ab. Er hatte ein cremefarbenes Hemd herausgekramt, das er sonst kaum trug – und sogar mit offenem Kragen, für Jonathan der Gipfel der Lässigkeit. Der alte Mann an der Rezeption begrüßte ihn, indem er ihm die knorrige Hand hinhielt.

»Ich wollte nur wissen, ob Signor Cubeddu hier ein Auto für meine Frau hinterlassen hat?«

»Ihre Frau?«

Jonathan wies auf mich. Der Mann nickte und wirkte ein wenig verwirrt. »Einen Moment.«

Er schlurfte um die Ecke. »Vielleicht fahren Frauen auf Sardinien ja nicht Auto«, raunte ich Jonathan zu.

Einen Schlüssel in der Hand, kehrte der alte Mann zurück. »Fiat. Italienisch. Sehr gut.«

Lächelnd nahm ich den Schlüssel entgegen. »Soll ich dich zur Arbeit begleiten?«

»Es ist zu weit. Ich nehme ein Taxi.«

»Dann könnte ich dich ja auch hinbringen. Während ich mich daran gewöhne, auf der falschen Straßenseite zu fahren, würde ich mich besser fühlen, wenn du neben mir sitzt.«

Jonathan nickte. »Also beeilen wir uns besser.«

Ich wünschte mir, Jonathan würde sich öfter beeilen, um mehr Zeit für mich zu haben.

Die Fahrt durch die Straßen von Olbia brachte die Nabelschau zu einem jähen Ende. Den anderen Fahrern auszuweichen, die meinen kleinen weißen Fiat 500 von beiden Seiten, ohne zu blinken, dafür aber unter ohrenbetäubendem Gehupe, schnitten, nahm meine volle Konzentration in Anspruch. Auf halbem Wege fing ich an, Spaß daran zu haben, brüllte *»idiota«* und drückte auf die Hupe, während Jonathan sich am Sitz festklammerte und mit dem Fuß eine imaginäre Bremse betätigte. Nach einem Ampelrennen mit einem silbernen Punto, setzte ich Jonathan vor einem Gebäude ab, das eher an einen venezianischen Palazzo als an die Kommandozentrale einer Import-Export-Firma erinnerte, wobei ich es besonders genoss, in zweiter Reihe zu parken. Er beugte sich zu mir rüber und küsste mich rasch auf die Wange.

»Danke. Ich schicke dir eine SMS, wenn ich Feierabend habe.«

»Ich bleibe nicht lange weg. Vielleicht fahre ich ein Stück die Küste entlang.«

Jonathan marschierte auf den gewaltigen Türbogen zu, während ich mit quietschenden Reifen davonbrauste und das Gaspedal bis zum Anschlag durchtrat, um einen Dreiachser zu überholen.

Sobald ich Olbia hinter mir hatte, ließ der Verkehr nach. Ich sah den Wegweiser nach Süden zur Küste, nach Golfo Aranci, und nach Norden, wo Santa Teresa di Gallura lag. Der Hafen an der Norspitze Sardiniens. Von dort aus würde ich Korsika ausmachen können. Ich blinkte rechts in Richtung Meer und sagte mir, mein Plan für den Tag bestünde darin, einen kleinen Strand zu finden, um meine verschwitzten Füße in das türkisblaue Meer zu tauchen, das ich vom Strand aus gesehen hatte. Die ganze Zeit über drängte alles in mir, nach Norden zu fahren. Es war Urzeiten her, dass ich mich so waghalsig gefühlt hatte. Mein Fuß hob sich leicht vom Gaspedal, während meine Augen Ausschau nach einer passenden Stelle zum Wenden hielten. Ich bog in den Zugang zu einem Feld ein wo ich einen Moment sitzen blieb. Dann wendete ich den Wagen, wobei ich hinter mir Staub aufwirbelte, und fuhr nach Norden. Jeder blaue Wegweiser mit der Aufschrift Santa Teresa di Gallura lockte mich weiter.

Die Aufregung spülte herein wie Wasser durch eine Lücke in den Felsen. Ich würde mir ein Plätzchen auf den Klippen suchen, nach Korsika hinüberspähen und mich von diesem Teil meines Lebens verabschieden. Ich hatte ihn so lange verschüttet, dass es lächerlich gewesen wäre, sich ausgerechnet jetzt darin zu verbeißen. Vielleicht würde ich so einen Schlussstrich ziehen können, wie Roberta es ausgedrückt hätte. Normalerweise endeten solche Vorträge damit, dass ich ihr in einem nachgeahmten amerikanischen Akzent die Hölle heißmachte.

Ich zählte die Kilometer. Fünfundvierzig, einundzwanzig, zwölf. Dann war ich da und fuhr durch die kleinen Straßen, gesäumt von Läden, die das Leben in Italien ausmachten. Der Feinkostladen mit seinen Haufen riesiger Käselaibe. Die Bäckerei, überquellend von wurstförmiger Focaccia. Die *tabacchi*, wo man Busfahrkarten, Briefmarken und Zigaretten bekam.

Ich nahm die nächstbeste Straße, die aus dem Städtchen hinausführte, und folgte dem Wegweiser nach Capo Testa. »Capo« bedeutete sicherlich so etwas wie Ende. Wie passend. Ich steuerte auf den Leuchtturm zu, stieg aus und atmete einen tiefen Zug frischer Luft ein, in dem der überwältigende Geruch nach wilder Minze mitschwang. Unter mir wurden die Felsen von Wasser umspült, das so klar war, dass man seinen Kindern niemals wieder empfehlen konnte, einfach ins Meer zu pinkeln. Immi wäre begeistert von den glatten Granitbrocken gewesen, die die Form von Schildkröten und Löwen hatten. Ich hatte Mühe, über das Wasser zu schauen. Xavi konnte dort drüben sein. Nur wenige Kilometer entfernt. Eine kleine Fähre auf dem Weg nach Korsika hinterließ weiße Bugwellen im Meer.

Ich entdeckte einen flachen Felsen, auf den ich mich setzen konnte, und schickte Roberta eine SMS, um ihr mitzuteilen, dass ich es hierhergeschafft hatte und dass ich mir wünschte, sie sei hier, damit wir ein Thelma-und-Louise abziehen könnten. Sie hatte den Großteil meines Frusts abgekriegt, weil Jonathan sich geweigert hatte, mich nach Sardinien mitzunehmen. Und das empfand selbst ich, die Königin der Entschuldigungsverweigerinnen, als ziemlich unfair.

Die Sonne wanderte. Einige Stunden vergingen, und die Fähre tuckerte zurück, ein winziger Punkt, der wuchs und wuchs, bis ich die Leute an Deck erkennen konnte. Ich betrachtete die Gesichter, die sich nach Sardinien wandten, und die, die noch zurück nach Korsika schauten. Dort unten befand sich ein Mikrokosmos aus Gefühlen. Einige Passagiere zappelten ungeduldig herum und konnten es kaum erwarten, dass die Fähre anlegte, um ihrem Liebsten endlich in die Arme zu fallen. Zerrissen von einem Abschied. Oder brennend darauf, Sardinien zum ersten Mal zu entdecken, abgestumpft vom »bin doch längst überall gewesen«. Ich legte mich, eine milde Sonne im Gesicht, auf den Rücken, während dicke Wolken über mich hinwegsegelten.

Wo war Xavi? War er auf der anderen Seite des Wassers?

Ich stand auf und spähte angestrengt zu den fernen felsigen Umrissen von Korsika hinüber. Nach all den Jahren hatte sich meine Sehnsucht danach, Xavi wiederzusehen, aus den Tiefen hervorgekämpft, wo ich sie scheinbar zur letzten Ruhe gebettet hatte. Da mich die frühabendliche Brise an den nackten Armen frösteln ließ, stand ich auf und klopfte mir den Staub von der Jeans. Sechs Uhr. Noch immer kein Wort von Jonathan.

In einem stillen Abschiedsgruß hob ich die Hand.

Roberta

An dem Tag, als ich bei Mrs Goodman anfing, traf zufällig ein Brief von Scotts Anwalt ein. Ich nahm an, es handle sich um eine Bestätigung der Urlaubsplanung, mit der ich mich einverstanden erklärt hatte, nämlich dass Alicia im Sommer einen Monat nach Australien reiste, während Scott sich um die Genesung seiner Mutter kümmerte. Auf dem Weg zum Auto überflog ich das Schreiben. Die Worte »Kürzung der Unterhaltszahlungen« sprangen mir von den Seiten entgegen. Ich stellte die Tasche mit den Stoffmustern weg und las den Brief noch einmal.

Inzwischen sei er »rund um die Uhr mit der Pflege seiner invaliden und alten Mutter beschäftigt«, weshalb er seine berufliche Tätigkeit zurückgefahren habe und sich nur noch die Hälfte der vereinbarten Summe leisten könne. Ich wurde von Panik ergriffen. Dass Scott rund um die Uhr seine Mutter betreute, war absolut unmöglich. Es wäre einem Wunder gleichgekommen, wenn er mit einem Strauß Supermarktblumen und einer Zeitung aufgekreuzt wäre. Nein. Er wollte sich dafür rächen, dass ich nicht mitgeflogen war. Ich wusste, dass er seine miesen Tricks gut abgesichert hatte. Bei dem Versuch zu beweisen, dass er Geld vor mir versteckte, hätte ich mich selbst in die Pleite manövriert. Der Brief zitterte in meiner Hand. Wenn ich die Finanzkrise nicht ausgleichen konnte, würde ich mein Haus verlieren. Ich durfte Alicia nicht schon wieder entwurzeln. Während Scott zwischen den Kontinenten hin und her jettete, musste ich ihr Stabilität bieten.

Auf der Fahrt zu Mrs Goodman strömten mir Tränen des Selbstmitleids aus den Augen. Ein paar Meter von ihrem Haus entfernt versuchte ich, ihnen Einhalt zu gebieten, und puderte meine geröteten Wangen. Ich war ohnehin schon zwanzig Minuten zu spät dran.

Noch nie hatte ich einen Auftrag so sehr nötig gehabt.

Mrs Goodman gehörte zur alten Schule. Sie hielt sich stocksteif und verkrampft. Selbst als ich ich mich mit meinen Stoffmustern an ihren Küchentisch setzte und Entschuldigungen wegen meiner Verspätung murmelte, hatte ich noch Mühe, regelmäßig zu atmen.

Sie saß da und schnalzte missbilligend mit der Zunge. »Ich weiß, dass die Jugend nicht mehr dieselbe Einstellung zur Arbeit hat wie wir damals. Vermutlich finden Sie das jetzt schrecklich altmodisch, doch meiner Ansicht nach ist es eine Frage der Höflichkeit, andere Leute nicht warten zu lassen.«

Mein ganzes Leben lang war ich noch nie wegen meiner schlechten Manieren zurechtgewiesen worden. Am liebsten hätte ich ihr geantwortet, dass die Beseitigung ihrer Netzvorhänge und der Prägetapete angesichts der Gesamtlage nicht die höchste Dringlichkeitsstufe genossen. Doch ich schluckte heftig, breitete einige Entwürfe aus und legte einen Stapel Stoffmuster, Stahlgrautöne mit türkisfarbenen und grünen Einsprengseln, aus. Ich hielt sie gegen meine derzeitige Lieblingsfarbe, Französisches Grau. »Ich weiß nicht, ob Ihnen das gefällt oder nicht, aber vielleicht könnten wir es als Hintergrund für eine leuchtende Kontrastfarbe in Erwägung ziehen?«

Mrs Goodman wirkte verdattert. Ich sprach weiter, wobei ich ein Schniefen unterdrücken musste. »Das kann sehr elegant aussehen.«

Sie musterte mich noch immer mit einer Miene, als hätte ich ihr gerade einen Plan unterbreitet, das Zimmer im psychedelischen Stil der Siebziger umzudekorieren. »Natürlich gibt es auch noch andere Möglichkeiten, falls ich Ihre Wünsche missverstanden haben sollte.« Ich bückte mich nach einer anderen Farbpalette. »Cremefarben wäre ein wenig weicher in der Wirkung, allerdings meiner Ansicht nach auch einen Hauch weniger modern.« Meine stockende Stimme klang verzweifelt. Es gelang mir nicht, meine Farbmuster voneinander zu trennen, sodass sie in einem wirren Haufen auf dem Boden landeten.

Mrs Goodman lehnte sich zurück. »Was, um alles in der Welt, ist hier los?«

Ich kramte hektisch in meinen Mustern. »Habe ich es nicht richtig mitgekriegt? Ich dachte, wir hätten bei unserer ersten Besprechung über eine neutrale Farbgebung geredet.«

»Ich meinte nicht die interessanten Farben. Sie sind ja völlig außer sich. Haben Sie Lampenfieber? Ich nehme doch an, dass Sie schon öfter solche Aufträge ausgeführt haben.«

»Es tut mir leid. Ich hatte heute Morgen eine ziemliche Hiobsbotschaft. Alles in Ordnung.« Doch noch während ich »alles in Ordnung« aussprach, brach ich in Tränen aus, die auf meine so sorgfältig ausgewählten Farbmuster tropften. Die tolle Karrierefrau, die bei ihrem ersten richtigen Auftrag einen Weinkrampf bekam. Ich war fulminant gescheitert, und zwar gerade dann, als ich es mir am wenigsten leisten konnte. Scott hatte recht. Ich war eine Versagerin. Wer würde mir schon einen Auftrag geben?

Trotz meiner Tränen machte ich mich auf eine Standpauke gefasst. Aber zu meiner Überraschung legte Mrs Goodman mir die Hand auf den Arm.

»Liegt es an einem Mann, meine Liebe?«

Ich nickte.

»Lassen Sie sich von diesen Mistkerlen nicht unterkriegen.«

Bei dem Wort »Mistkerle« zuckte ich unwillkürlich zusammen. Mrs Goodman machte auf mich den Eindruck, als ob sich ihr Vorrat an Schimpfwörtern in »Taugenichts« erschöpfte. »Das alles tut mir so leid. Ich schaffe diesen Auftrag, wirklich, ich kann …«

Und ehe ichs mich versah, erzählte ich ihr die ganze traurige Geschichte.

Sie nickte und warf nur hin und wieder ein »dieser gerissene Halunke« ein.

»Lassen Sie sich nicht unter Druck setzen«, sagte sie, als ich fertig war. »Mein Sidney war darin Weltmeister. In der Öffentlichkeit der Inbegriff des Charmes. Alle hielten ihn für einen so reizenden Mann, mit Ausnahme seiner Schwester, die ihn besser kannte. Ich war zu schwach, ihn zu verlassen.«

»Sie klangen, als würden Sie ihn vermissen.«

»Natürlich vermisse ich ihn. Immerhin waren wir achtundvierzig Jahre lang verheiratet. Aber eines verrate ich Ihnen …« Sie beugte sich vor. »Er war ein unangenehmer Zeitgenosse. Nur dass es in meiner Generation eine Schande war, sich scheiden zu lassen. So etwas gehörte sich einfach nicht. Man wäre gesellschaftlich ausgestoßen worden. Also haben wir gute Miene zum bösen Spiel gemacht und uns glücklich geschätzt, dass wir einen Ehemann hatten, der die Brötchen verdiente. Aber Sie, Sie sind doch noch jung. Sie haben eine Chance, es richtig zu machen.«

Ich glaubte zwar nicht daran, dass ich es je richtig machen würde. Doch die Tatsache, dass es einen Menschen auf dieser Welt gab, der an mich glaubte, sorgte dafür, dass meine Schluchzer verebbten. Ich nahm die angebotene Tasse Earl Grey an und spürte, wie meine Anspannung sich legte.

Sie stand auf. »Kommen Sie mit.« Ich folgte ihr ins zweite

Wohnzimmer. »Sehen Sie diese Couchgarnitur? Ich wollte damals Leder, weil wir einen Golden Retriever hatten – Ruffles. Sie war so ein lieber Hund.«

Mrs Goodman verharrte einen Moment und nestelte an ihrem Saphirohrring. »Sie hat schrecklich gehaart. Ich dachte, mit Leder wäre es leichter, alles sauberzuhalten. Aber nein, Sidney hat auf diesem dunkelblauen Dralon bestanden. Absolut unpraktisch, man sah jedes lange weiße Haar darauf, und er ist immer sehr ungehalten geworden, wenn nicht alles blitzblank war. Ich habe nicht oft mit ihm gestritten, insbesondere nicht in der Öffentlichkeit. Doch weil die Verkäuferin im Laden auf meiner Seite war, ist er außer sich geraten. Wir haben den Laden verlassen, ohne etwas zu kaufen. Und am nächsten Tag, als ich beim Einkaufen war, ist er mit dem Hund Gassi gegangen, und er ist ihm ›weggelaufen‹. Ich habe Ruffles nie wiedergesehen. Aber zwei Wochen später wurde die Dralongarnitur geliefert.«

Ich drehte mich zu Mrs Goodman um. »Dann denke ich, dass es jetzt Zeit ist, sie loszuwerden.«

Sie klatschte in die Hände. »Soll ich Ihnen verraten, was ich schon immer verabscheut habe? Diese grässlichen Karaffen auf dem Kaminsims. Ich habe Sidney gehasst, wenn er Whisky getrunken hatte.«

Sie schürzte die Lippen, als habe sie zu viel geredet.

Kurz darauf verstauten wir die Karaffen des Grauens in einem Pappkarton. Ich erlebte einen Akt der Rebellion aus zweiter Hand. Mrs Goodman wies auf die kleine Hausbar in der Ecke. »Die kommt auch weg. Könnte ich eine cremefarbene Couchgartitur aus Leder und Beistelltischchen aus hellem Holz haben? Oder wäre das übertrieben?«

»Ganz und gar nicht.« Ich strotzte nur so vor Einfällen, dass ich es kaum erwarten konnte anzufangen. »Einen großen Spiegel über dem Kamin? Funktioniert der noch? Könnten wir das Gasheizelement darin ausbauen? Vielleicht einige helle französische Möbelstücke, ein bisschen verschnörkelt?«

Mrs Goodman stemmte die Hände in die Hüften. »Französisch. Sidney hat die Franzosen gehasst. *C'est parfait!*« Sie griff nach einem Figürchen, das eine Dame aus der ewardianischen Ära darstellte. »Zu jedem Geburstag und zu Weihnachten hat Sidney mir so ein Figürchen geschenkt. Ich fand sie alle scheußlich. Alberne kleine Dämchen in eleganten Kleidern, die ihren Mann zweifellos nach Strich und Faden bedient haben.« Sie wandte sich zu mir um. »Sollen wir?«

Bis es Abend wurde, hatten wir Kissen mit Troddeln in Müllsäcke gestopft, die Netzvorhänge weggeworfen, den geblümten Teppich aufgerollt und die Müllabfuhr angerufen, damit Sofa und Ohrensessel am nächsten Tag abgeholt wurden. Mrs Goodman vibrierte vor Aufregung, insbesondere nachdem sie uns beiden einen Sherry eingeschenkt hatte.

»Ich fühle mich, als würde ich ein neues Leben anfangen. Kaum zu fassen. Dieses Jahr werde ich siebzig. Vielleicht lerne ich ja noch einen netten Mann kennen.« Kokett warf sie den Kopf zurück. »Geben Sie bloß nicht auf, meine Liebe. Sie haben noch Ihr ganzes Leben vor sich. Dieser Kerl, der sich Ihr Ehemann nennt, wird den Tag noch bereuen, an dem er Sie wie ein Stück Dreck behandelt hat.«

Ich hoffte, dass er einfach in der Versenkung verschwinden würde, wenn es mit meiner Karriere voranging.

Octavia

Jonathan war vor mir wach und stand summend unter der Dusche, als ich die Augen aufschlug. Als er am Vorabend nach Hause gekommen war, hatte ich schon geschlafen. Ich stützte mich auf die Ellbogen, als er, ein Handtuch um die Taille, erschien.

»Hallo, du. Wie hast du den gestrigen Tag verbracht? Entschuldige, dass ich es nicht zum Abendessen geschafft habe. Allmählich habe ich den Verdacht, dass sie sämtliche Probleme so lange vor sich herschieben, bis ich wieder hier bin.«

Für einen Mann, der vermutlich bis spät in die Nacht vor dem Computer gesessen und dort quadratische Augen gekriegt hatte, wirkte er erstaunlich vergnügt.

»Nicht so schlimm. Ich habe eine nette Spazierfahrt die Küste entlang unternommen. Abendessen allein war ein wenig seltsam.« Am liebsten hätte ich ihn geschüttelt und ihm gesagt, er solle nicht ständig die Nase in die Arbeit stecken und sich auch ein wenig um mich kümmern. Doch mir fielen die richtigen Worte nicht ein. Normalerweise hatte ich damit niemals Probleme. Die Vorstellung, eine brave Ehefrau als Wurmfortsatz des bedeutenden Ehemanns/Geschäftsmanns/gefragten Spezialisten zu sein, machte mir beinahe Angst. Worin, verdammt noch mal, bestand denn meine Rolle? Allen anderen schien diese Frage keine Mühe zu bereiten.

Normalerweise.

Es sah ganz danach aus, als würde Jonathan sein übliches Hemdenzuköpfritual beschleunigen. »Ich habe dir doch gesagt, dass ich nicht viel Zeit haben würde.«

»Mir war nicht klar, dass ›nicht viel Zeit‹ gar keine bedeutet.« Ich bemühte mich um einen ruhigen Tonfall, doch meine Stimme zitterte. »Soll ich uns für heute Abend ein nettes Restaurant suchen? Oder wollen wir uns zum Mittagessen treffen? Ich bin an einer tollen Bäckerei gleich neben deinem Büro vorbeigefahren. Ich könnte uns ein paar Focaccias besorgen.«

»Mittagessen?« Jonathan klang, als hätte ich ihm vorgeschlagen, wir könnten uns auf eine Hummerplatte treffen und ein Dutzend Austern verdrücken. Ich ließ mich zurück aufs Kissen fallen. »Vergiss es. Ich melde mich später bei dir.«

Er stand da und nestelte an seinen Manschettenknöpfen herum. »Tut mir leid. Ich wusste, dass es ein Fehler war, meine Arbeit mit einem Urlaub zu verbinden. Aber du wolltest so gerne mit. Ich dachte, du erkundest ein bisschen allein die Gegend.«

»Ich habe mir vorgestellt, dass wir wenigstens ein gemeinsames Sandwich schaffen.« Schon als ich es aussprach, war mir klar, wie vergeblich es war.

Er schürzte die Lippen und beugte sich vor, ohne wirklich meine Wange zu berühren. »Ich schaue, was ich tun kann. Einen schönen Tag wünsche ich dir.«

Ich wurde von ohnmächtiger Wut ergriffen. Einen verdammten Teller Spaghetti mit ihm und vielleicht eine Flasche Prosecco – war das zu viel verlangt? Keine Kinder. Ein Hotelzimmer, in dem wir es wild treiben konnten, ohne dass Immi hereinplatzte. Was wollte der Mann denn noch? Eines stand fest: Mit Leichenbittermiene herumzuhängen würde ihn nicht beeindrucken. Nun, ich würde mir diese Chance, mich umzuschauen, nicht entgehen lassen. Immerhin hatte ich lange genug davon geträumt. Ich würde mich für eine Nacht verabschieden. Dann würden uns noch immer drei gemeinsame Abende bleiben. Ich blätterte meinen Reiseführer durch, führte ein kurzes Telefonat und hinterließ Jonathan eine Nachricht, ich würde erst morgen wiederkommen. Ha! Sollte er doch mal sehen, wie das war. Von dem Gefühl erfüllt, die Dinge wieder in der Hand zu haben, ging ich zum Auto.

Ich fuhr los. Diesmal ohne zu zögern. Auf direktem Weg nach Santa Teresa di Gallura und auf die Elf-Uhr-Fähre nach Korsika. Eine Stunde später war ich in Bonifacio.

Sobald ich den Hafen hinter mir gelassen hatte, hatte ich nur ein Ziel vor Augen: Cocciu, Xavis Dorf. Unterwegs meldeten sich immer wieder Gedanken an zu Hause: die Sorge, ob meine Mutter auch nicht vergaß, die Ekzeme in Pollys Kniekehlen mit E45-Hautpflege einzucremen und Charlie daran zu erinnern, seine Zahnspange gründlich zu reinigen. Dann katapultierten mich ein Hügel voller Mohnblumen, die Sonne, die sich im Meer spiegelte, und der Geruch nach wildem Thymian zurück nach Korsika, und ich trat das Gaspedal ein bisschen fester durch.

Mir war schwummerig im Kopf, als hätte ich auf nüchternen Magen zu viel schwarzen Kaffee getrunken. So selten war ich allein unterwegs, dass ich immer wieder in den Rückspiegel schaute, um festzustellen, ob mit den Kindern alles in Ordnung war. Ein winziger Hauch Freiheit stieg langsam in mir hoch. Die Art von Freiheit, die ich vor neunzehn Jahren empfunden hatte, als ich von Bord der Fähre aus Marseilles gegangen war, mit einem Koffer, von ausgeleierten Gummibändern an einem Rollgestell befestigt, und erfüllt von der Entschlossenheit, das Beste aus meinem Auslandsaufenthalt als Lehrerin zu machen, ehe mich meine berufliche Laufbahn ans Fließband kettete.

Ständig tauchten Lastwagen hinter mir auf und überholten

in unübersichtlichen Kurven, wobei sie meinen Fiat beinahe in die Klippen drängten, als sie an mir vorbeiächzten. Hin und wieder hörte ich das Aufheulen eines Motorrades, worauf ein glitzerndes Ungeheuer, sich beinahe horizontal in die Kurve legend, an mir vorbeibrauste. Ich sah keinen einzigen Fahrer ohne Helm. Anscheinend hatte sich die Straßenverkehrsordnung verschärft, seit Xavi und ich, die Helme in die Armbeuge gehängt, hinunter zum Strand gerast waren, so unsterblich, wie man sich nur in der Jugend fühlt.

Sein Dorf war mir als abweisend in Erinnerung. Fünf oder sechs Stockwerke hohe Gebäude aus Granit, direkt aus dem Felsen gehauen. Doch als Cocciu, die Maisonne hinter den Häusern, in Sicht kam, musste ich eher an eines der Städtchen in den toskanischen Bergen denken, die Jonathan und ich während unserer Flitterwochen besucht hatten.

Mein Magen krampfte sich zusammen, als ich über die Brücke am Rande des Dorfes fuhr. Vielleicht gab es sein Haus ja gar nicht mehr. Doch da war es. Sein Haus oder vielmehr das seiner Eltern, direkt vor mir. Wahrscheinlich wohnten sie noch alle zusammen unter einem Dach, und der alte Drache, der seine Mutter war, schwang weiterhin das Zepter. Beinahe konnte, wollte ich nicht hinschauen.

Vielleicht würde ich ihn ja nicht wiedererkennen.

Was, wenn er dastand, mit einer kleinen Tochter, seiner mediterranen Version von Immi? Oder einem Jugendlichen, geboren kurz nach unserer Tennung. Ich glaubte, ich würde für den Rest meines Lebens mit einem Schatten über mir aufwachen. Während ich starrsinnig, aber mit gebrochenem Herzen dasaß, auf eine Weltkarte starrte und mich fragte, wo er wohl sein und wen er lieben mochte. Die Kinder betrauernd, mit denen wir von einer asiatischen Insel zur anderen hatten ziehen wollen, mit braunen Füßen und in Batiksarongs.

Ich pustete Luft aus. Niemand da. Nicht einmal die Hexenmutter, falls sie überhaupt noch lebte. Mein Herzschlag verlangsamte sich wieder in Richtung normal. Die Kastanie, die wir zum Hochzeitstag seiner Eltern gepflanzt hatten, stand in voller Blüte. Keine Spur von Kinderfahrrädern oder Rutschbahnen. Einen wahnwitzigen Moment lang spielte ich mit dem Gedanken, einfach anzuklopfen. Was sollte ich sagen? »Überraschung!« Mein Magen sackte mir in die Kniekehlen, als ich mir eine superschlanke Ehefrau ausmalte, die, mit fragender und schmollender Miene, die Tür öffnete. Ich tat die Idee als unausgegorenen Schwachsinn ab, fuhr weiter und richtete mich hinter dem Steuer auf, als das Haus aus meinem Blickfeld verschwand.

Ich fuhr den Hügel hinauf und vorbei an der Schule, wo ich in meinem dritten Studienjahr Englisch unterrichtet hatte. Die Tore waren noch immer grün gestrichen. Bevor ich Xavi kennenlernte, waren sie hinter mir ins Schloss gefallen und hatten mich einsamen Wochenenden in der düsteren Pension überlassen, nachdem die Schüler in ihre abgelegenen Dörfer zurückgekehrt waren. Ich passierte den Tennisplatz und hielt Ausschau nach jenen breiten Schultern und einem Aufschlag, der in einem seltsamen Schlenkerer endete. Dabei musste ich mir vor Augen halten, dass ich nicht mehr nach einem Fünfundzwanzigjährigen suchte, der vor aufgestauter Energie buchstäblich auf der Stelle sprang. Es war niemand in annähernd dieser Altersgruppe in Sicht. Was, zweiundvierzig, dreiundvierzig? Ja, dreiundvierzig am 8. Mai. Also morgen. Nach all den Jahren hatte ich das noch genauso gut im Gedächtnis wie meinen eigenen Geburtstag.

Ich grinste, als mir einfiel, was ich zu seinem dreiundzwanzigsten Geburtstag veranstaltet hatte. Jonathan wäre schrecklich schockiert gewesen.

Mein Hotel, San Larenzu, war nur ein paar Meter weiter.

Immer noch graues Felsgestein, doch inwischen, gemessen an der Festungsoptik korsischer Dörfer, beinahe heimelig. Denn ansonsten wirkte alles so, als wolle man lieber die einstürmenden Genuesen mit siedendem Öl übergießen, als Touristen willkommen zu heißen.

Das Mädchen an der Rezeption hielt sich ans Prozedere. Höflich, tüchtig und doch misstrauisch. Ihre derben Züge blieben abweisend. Ich erkundigte mich bei ihr nach den Essenszeiten und spürte, wie sich etwas in mir verschob, als das Französisch, das ich vor all den Jahren, so ohne nachzudenken, gesprochen hatte, sich mühte, dem Anlass gerecht zu werden. Ich klang nicht wie ich, sondern selbstbewusst und arrogant, als bestünde mein Leben aus Affären in Hotels, Aperitifs in Bars und Nacktbaden im mitternächtlichen Meer. Als sie auf einen Flur wies, trottete ich zu meinem Zimmer, ungeduldig, die kopfsteingepflasterten Gassen entlangzugehen. Ich warf meinen Koffer aufs Bett und sah aus dem Fenster. All diese Berge hatte ich ganz vergessen.

Das Reisen ist an die Jugend verschwendet. Xavi hatte die Landschaft einer ganzen Insel überdeckt.

Ich zog das an, was Roberta immer als mein »Hippie-Oberteil« bezeichnete, juwelenblau und rot. Der Anblick meines Spiegelbilds gab mir ein klein bisschen Selbstbewusstsein zurück. Xavi würde mich nicht wiedererkennen, auch wenn wir uns zufällig über den Weg laufen sollten. Inzwischen war mein Haar viel kürzer und lockiger. Die Locken kamen während der Schwangerschaft mit Charlie und glätteten sich nie wieder. Dasselbe mit den Augen. Ein paar Fältchen in den Augenwinkeln. Und natürlich brauchte ich damals auch noch keine Lesebrille. Das Dekolleté. Herrje. Ein Stück Wellpappe war nichts dagegen. Nein, ich brauchte keine Verkleidung. Dafür sorgte schon das Alter. Dennoch setzte ich einen Sonnenhut auf.

Wenige Zimmer mit Aussicht, aber Korsika, ich komme.

Zurück am Marktplatz, suchte ich mir einen Platz in einem Café auf der von der Sonne beschienenen Seite. Jeder schwarzgelockte Schopf zog meinen Blick an. Vielleicht hatte er ja mittlerweile eine Glatze. Motorräder rasten dröhnend über die Piazza, während ich – entgegen jeglicher Logik – Ausschau nach einer grellroten Kawasaki hielt. Die Erinnerungen bedrängten mich, bis sie einander überlagerten. In der Kneipe gegenüber Belote zu spielen. Einander die Hände in die Hosentaschen zu stecken, um sich während der feierlichen Osterprozession warm zu halten.

Die Vergangenheit war so bunt, so lebendig, dass ich mich fühlte, als hätte ich seitdem ein beigefarbenes Leben geführt. Ich war zu ruhelos, um im Café sitzen zu bleiben. Also stand ich auf, hin- und hergerissen zwischen dem Wunsch, mich zurück in die Sicherheit zu flüchten, und dem, das Begonnene zu Ende zu führen. Ich sagte mir, dass ich hier sei, um mich selbst zu finden.

Aber eigentlich suchte ich nach ihm.

Ich hatte keinen Beweis dafür, dass er sich auf Korsika, geschweige denn in Cocciu, aufhielt. Und wenn ich ihm begegnen sollte, was dann? Eine unscheinbare Frau mittleren Alters jagte einem achtzehn Jahre alten Traum nach, der selbst im besten Fall nur in einem Albtraum enden konnte. Ich wich von dem ab, was ich meinen Kindern eingebläut hatte: »Kümmern wir uns um das, was ist, nicht um das Was-wäre-wenn.«

Willkürlich entschied ich mich für eine Richtung. Für Touristen war es noch früh im Jahr. Die Leute starrten mich an. Jedes Gesicht war eines, das ich zu erkennen glaubte, zwei Jahrzehnte gealtert wie durch ein Computerprogramm der Polizei. Kinder, die ich im Lycée unterrichtet hatte, Supermarktverkäuferinnen, Kellnerinnen, jetzt alles Frauen in den Dreißigern. Inzwischen gab es viel mehr Läden – sogar ein Internetcafé neben der mit Macken behafteten Telefonzelle, wo ich gestanden, hastig Fünffrancmünzen nachgeworfen und der gepressten Stimme meiner Mutter gelauscht hatte, die mir mitteilte, mit Dad sei etwas nicht in Ordnung.

Ich floh vor der Erinnerung und rannte einige Steinstufen hinunter, die so steil waren, dass ich Gefahr lief, mir jeden Moment das Steißbein zu brechen. Unten befand sich ein Platz mit einer Kunstgalerie in der Ecke. Die war neu. Zwischen den bunten Gemälden im Schaufenster, die Sonnenblumen und Mohnblumen darstellten, stand ein riesiges Bild, das eine kleine Bucht zeigte, typisch korsisch mit glasklarem Wasser, hellem Sand und den allgegenwärtigen grauen Felsen. Die Strandhütte war es, die meinen Blick anzog. Pietrus Kneipe. Weinfässer als Tische, ein abgewetztes graues Dach, alte Surfbretter, die die Tür flankierten. Ich verschlang das Bild mit Blicken. Hier hatten Xavi und ich uns ein paar Bier geholt und uns, noch immer aufgewärmt von der Sonne, in den Sand gelegt und die Sternschnuppen beobachtet, die über den Augusthimmel sausten. Hier hatte ich ihm mein Herz und meinen Körper geschenkt, so ganz und gar, dass ich sie nie wieder zurückbekommen hatte.

Ich wollte dieses Bild.

Als ich mich anschickte, die Tür zu öffnen, bemerkte ich plötzlich den Namen auf der Milchglasscheibe, noch während das Glöckchen bimmelte. Jean-Franc Santoni. Xavis kleiner Bruder. Bei unserer letzten Begegnung gerade zwölf Jahre alt. Ich rannte um die Ecke und außer Sichtweite. Jeder Nerv in meinem Körper vibrierte wie wild.

Wenn ich erfahren wollte, wo Xavi war, wenn ich es wirklich, wirklich wissen wollte, lagen die Antworten gleich nebenan.

Roberta

Alicia stellte sich quer, als ich darauf beharrte, dass sie sich auf sexuell übertragbare Krankheiten testen lassen müsste. Doch die grausige Aussicht auf Chlamydien, Tripper oder noch Schlimmeres verwandelte mich in eine Mutter, die sich nicht herumkriegen ließ. Wir stritten. Alicia warf mir an den Kopf, ich sei unfähig gewesen, auf sie zu achten und ihr ein Vorbild zu sein. Jeder Seitenhieb bohrte sich tief in mich hinein und drohte meine Entschlossenheit ins Wanken zu bringen. Aber ich blieb standhaft. Wenn ich schon mein eigenes Leben in den Sand gesetzt hatte, würde ich zumindest das von Alicia ordnen. Ich suchte mir eine Privatklinik in London aus, um das Risiko zu minimieren, eine Bekannte zu treffen.

Am Freitagmorgen, als Alicia und ich zur Klinik aufbrachen, konnte ich kaum ein Stück Toast bei mir behalten. Ich schickte Octavia, dem einzigen Menschen, dem ich verraten hatte, wo wir hinwollten, eine SMS. Sie antwortete sofort.

Hoffentlich ist alles in Butter. Ich weiß, dass du die Eiskönigin warst, doch ich bin in Sachen Pille danach, Filzläuse und Rumvögeln mit Typen, mit denen ich mich nicht mehr würde unterhalten wollen, ein alter Hase. Also hat Alicia keinen Grund, sich zu schämen.

Ich sehnte mich so danach, wieder jung zu sein. Und wenn ich nur die Uhr ein paar Monate hätte zurückdrehen können. Obwohl ich froh war, Jake nichts von dieser Episode erzählen zu müssen.

Bei unserer Ankunft in der Klinik wusste ich nicht, wer sich mehr genierte, Alicia oder ich. Wir standen vor einer sehr netten, aber ziemlich übergewichtigen Krankenschwester. Ich würde mich nie aufhören zu wundern, wie im Gesundheitswesen tätige Menschen so unbefangen Scheuklappen tragen konnten. Andererseits hatte sie vermutlich Mühe, sich die Bemerkung zu verkneifen, was für eine unfähige Mutter ich sei, weil ich meiner Tochter gestattete, Sex zu haben, ehe man ihr in einem Pub einen Drink servieren würde.

Ich wollte nicht die Mutter sein, die ihr Kind vernachlässigte.

Also erbot ich mich, Alicia ins Untersuchungszimmer zu begleiten, doch die Schwester scheuchte mich praktisch hinaus. Wahrscheinlich dachte sie sich, dass Alicia, wenn sie alt genug für Sex war, auch in der Lage sein würde, sich der Wirklichkeit von Abstrichen, Ausschabungen und Schleimhautproben zu stellen. Deshalb fügte ich mich in mein Schicksal, wanderte durch den Wartebereich und studierte aufmunternde Plakate zum Thema Herpes, Chlamydien und HIV. Die drei kalten Buchstaben – HIV –, sorgten dafür, dass mir die Knie weich wurden.

Nie würde ich mir das verzeihen. Niemals.

Da spielte es keine Rolle, dass Mrs Goodman von meinen bisherigen Leistungen so beeindruckt war. Auch nicht, dass das Hotel am Park mich gebeten hatte, es bei der Gestaltung seines neuen Cafébereichs zu beraten. Meine wichtigste Aufgabe von allen wäre gewesen, meine Tochter an sichere Gestade zu führen, und ich war gescheitert. Hatte das Boot kentern lassen und zugesehen, wie sie ertrank. Falls ich überhaupt eine zweite Chance im Leben verdient hatte, war nun der Zeitpunkt gekommen, selbige zu liefern.

Die Schwester winkte mich mit einem »alles erledigt« herein.

»Und was passiert jetzt?«

Die Schwester erklärte mir, sie werde mir die Ergebnisse mailen, was mich in riesige Panik versetzte, nur für den Fall, dass es Scott irgendwie gelingen könnte, sich in meinen Computer einzuhacken. Jeder Kontakt mit ihm erforderte noch immer, dass ich all meinen Mut zusammennahm, bevor ich seine Mails anklickte oder seine Anrufe beantwortete. »Könnte ich Sie stattdessen nicht anrufen?«

Die Schwester hatte die Miene einer Frau, die schon Gegenstände in Körperöffnungen gesehen hatte, wo sie absolut nicht hingehörten, und es dennoch schaffte, nicht schockiert zu wirken. Ich tröstete mich mit dem Gedanken, dass Sex bei Minderjährigen auf ihrer Katastrophenskala offenbar nicht vorkam. »Kein Problem. Es dauert ein paar Tag, bis die Ergebnisse da sind. Rufen Sie mich am Montag nach 16 Uhr an.«

Ich händigte ihr einen Stapel Banknoten aus. Falls Scott jemals einen Anlass finden sollte, Einblick in meine Konten einzuklagen, würde er keine Zahlungen an eine Klinik vorfinden, die er mit Vaginalabstrichen bei seiner minderjährigen Tochter in Verbindung bringen konnte.

Eines stand fest. Ich hatte Alicia im Stich gelassen. Das würde nie wieder vorkommen.

Octavia

Froh über die dunklen Schatten, hastete ich in die nächste Seitengasse. Trotz des Frühlingssonnenscheins erschauderte ich und zog meine dünne Strickjacke fester um mich. Erst heute Morgen hatte ich mich von Jonathan verabschiedet, und schon brachte ich mich in Schwierigkeiten. Ich strich mit der Hand über den rauen Granit und spähte die beiden Häuser hinauf, die sich, nur wenige Meter voneinander entfernt, einige Stockwerke hoch erhoben. Man hätte von einem Fenster zum anderen quer über die Gasse springen können. Vielleicht verbrachten korsische Mütter ihre Tage ja mit der Warnung »Nicht aus dem Fenster springen« anstatt »Immer am Zebrastreifen stehen bleiben«. Charlie, Polly und Immi erschienen mir ganz weit weg. Ständig musste ich mir vor Augen halten, dass ich drei Kinder hatte. Doch in Cocciu zu sein war, als fielen die Jahre von mir ab. Immer wieder schaute ich mich um in der Erwartung, die weiße Röhrenhose mit dem Wassermelonenmuster zu sehen, die ich für eine Handvoll Münzen auf dem Markt gekauft hatte.

Ich vermisste die großen Fünffrancmünzen mit der Prägung *»Liberté, Égalité, Fraternité«* am Rand. Dem Euro fehlte einfach das Gefühl der Verortung, der Geschichte. Xavi hatte eine dieser Münzen in der Mitte durchgesägt und mir das Stück, auf dem *Liberté* stand, gegeben. »Um dich daran zu erinnern, dass du frei bist.« Doch damals war mein Dad gestorben, was meine Freiheit beendet und mir den ersten Vorgeschmack auf Verantwortung geliefert hatte. Am Tag nach seiner Beerdigung hatte ich meine Hälfte der Münze in einen Müllcontainer geworfen.

Xavi hatte *»liberté«* mehr geliebt als mich.

Während ich ihn gebraucht hatte, brauchte er offene Straßen und weite Himmel, um unsere Tagträume in echte Abenteuer zu verwandeln. Er hatte unseren Plan, nach Neuseeland zu reisen, durchgezogen, während ich wie betäubt, trauernd zu Hause gesessen und versucht hatte, eine Welt zu verstehen, in der mein Dad nie wieder Roberta und mich in unseren zerrissenen Jeans ansehen und »Der liebe Gott steh den armen Jungs bei« sagen würde.

Vermutlich tanzte Xavi gerade einen Haka, als ich, an den Hund gekuschelt, auf dem Boden lag und eine neue Wirklichkeit ohne Dads bedingunglose Liebe begreifen wollte. Die Art Liebe, die hieß, dass er mit den Augen lächelte, während er mir eine seiner Standpauken hielt, war für immer fort. Meine eigene Reise spielte sich innerhalb der vier Wände meines Zimmers ab. Leidend, verzweifelt und zornig. Das gebrochene Herz hatte eine Mitfahrgelegenheit gefunden.

Eine junge Katze schmiegte sich miauend um meine Beine und riss mich aus Gefühlen, die noch immer so schmerzhaft offen lagen, dass man über das alte Sprichtwort »Die Zeit heilt alle Wunden« nur höhnisch lachen konnte. Wie viel Zeit? Wie viel verdammte Zeit?

Ich hätte nicht herkommen sollen.

Nachdem ich achtzehn Jahre lang den Deckel der Büchse der Pandora mit einem Stapel Betonbausteine niedergeknallt hatte, genügten ein paar Stunden in Cocciu, dass mir wieder vor Schmerz und dem Gefühl, verraten worden zu sein, schwindelte. Roberta bezeichnete das als nicht verarbeitete Gefühle, doch meiner Ansicht nach war das nichts weiter als Ratgebermist. Ich hätte nach Dads Tod mit Xavi die guten alten Kirchenglocken läuten lassen sollen, anstatt ihn aus meinem Leben zu streichen und nie wieder ein Wort mit ihm zu wechseln.

Ich bückte mich, um die Katze zu streicheln. Gerade dachte ich, was für ein hübsches Gesichtchen sie doch hatte, als sie mit den Krallen ausholte und mich in die Hand biss. Ich scheuchte sie weg. Verdammte Korsen. Selbst die Katzen waren hinterhältig. Ich bog wieder um die Ecke in Richtung Kunstgalerie und sagte mir dabei, dass ich es besser lassen sollte. Doch mein anderes Ich, das die Bewegungen meiner Füße und Hände steuerte, setzte einen Flipflop vor den anderen und betätigte die Türklinke.

Jean-Franc. Ich erkannte ihn sofort. Er war Xavi, wenn auch nicht so gut aussehend. Dünner, die gleichen Gesichtszüge, allerdings enger zusammengeschoben, sodass die Wirkung weniger dramatisch war. An Xavi war alles Aussage. Breite, kräftige Schultern. Weit auseinanderstehende Augen mit Wimpern, mit denen man den Boden hätte fegen können. Ein grollendes Lachen. Und Visionen. Nichts konnte ihn schrecken. Bei ihm klang Inselhopping in Thailand wie eine Zugfahrt nach Margate.

Ich wartete darauf, dass Jean-Franc mich auch erkannte, aber da war nichts, nur ein höfliches »Bonjour«. Als ich die verlegene Geste à la »ich schaue mich nur um« machte, zuckte er die Achseln und lächelte leicht, dabei sah er so sehr wie Xavi aus, dass es mir die Härchen an den Armen aufstellte. Also schlenderte ich zwischen den Bildern umher. Jeder Wacholderbaum, der sich an einen Felsvorsprung klammerte, jeder schwarzbemützte Fischer, der Seeigel hochhielt, zog mich in eine Zeit zurück, in der ich glücklich gewesen war und in der die Welt vor Möglichkeiten gestrotzt hatte. Als ich nicht durch eine einzige Entscheidung mein Leben an die Wand gefahren hatte. Ich wollte mich auf den mit Leder bezogenen Stuhl in der Ecke setzen, den Kopf zwischen die Knie stützen und wegen meiner verlorenen Träume, meiner mangelnden Kraft für einen Neuanfang und meines fehlenden Mutes toben. Ich hatte zugelassen, dass Langweile und Durchschnittlichkeit in jeden Winkel meines Daseins einsickerten.

Jean-Franc trat hinter der Theke hervor. Am liebsten hätte ich mich verhalten wie eine durchgedrehte, längst verflossene Geliebte und verlangt zu wissen, wo Xavi war. Jean-Franc angefleht, ihn anzurufen und ein Treffen zu vereinbaren, ganz gleich, was nötig war, um dieses mich wie Efeu überwuchernde Unbehagen abzuschütteln. Wenn ich gewusst hätte, dass er verheiratet war und Kinder hatte, hätte ich ihn vielleicht in einen Winkel meines Gedächtnisses zurückschieben können, um hin und wieder liebevoll seiner zu gedenken, anstatt zuzulassen, dass er mich aus der Mitte heraus zermürbte.

Und selbst wenn wir uns sahen und er ungebunden war, was dann?

Niemals hätte ich die Kinder verlassen. Ich hätte es nicht ertragen, Immi beim Zubettbringen nicht übers Haar zu streichen oder zu verpassen, was in Pollys Tag alles geschehen war. Oder nicht da zu sein, wenn Charlie hereinkam und sagte: »Jetzt fang nicht an zu schimpfen, Mum, aber …«

Aus dem Augenwinkel sah ich, dass Jean-Franc näher kam. Ich lächelte ihn an und schlüpfte in den kleinen Innenhof hinaus, wo Bilder stapelweise an der Wand lehnten und Boote, Muscheln und Meerjungfrauen darstellende Figürchen auf kleinen Eisentischen standen.

»Wenn Sie sich setzen und die Kunstwerke ansehen wollen, kann ich Ihnen einen Kaffee bringen.« Sein Englisch hatte einen starken Akzent, doch die sonore Stimme war ganz und gar Xavi.

Ich nickte, bevor mein Verstand sich einschalten konnte, und entschied mich für einen Stuhl in der Sonne. Die stärker werdende Wärme erhitzte mein Gesicht. Ich lehnte mich zurück, reckte den Hals hin und her und hörte, wie meine Muskeln knackten, als ich mich streckte. Selbst dieses Altdamengeräusch erinnerte mich an Xavi. Daran, wie wir uns manchmal beim Ausprobieren unsinniger sexueller Stellungen etwas gezerrt hatten, weil manche Gliedmaßen, der Natur folgend, eben dort nicht hingehörten. Inzwischen konnte ich mich glücklich schätzen, wenn ich mir beim Schuhebinden keinen Hexenschuss holte.

»Machen Sie hier Urlaub? Es ist noch zu früh, zu kalt jetzt.«

»Mein Mann arbeitet auf Sardinien, also erkunde ich die Gegend.«

So. Jetzt war Jonathan auf dem Tisch, quicklebendig, eine klare Grenze zu Jean-Francs Bruder.

»Gefällt Ihnen Korsika?«

»Ich liebe Korsika.«

Wahrscheinlich klang ich begeisterter als die Durchschnittstouristin, denn Jean-Francs Augen weiteten sich überrascht.

»Nun, das, was ich bis jetzt gesehen habe. Die Landschaft ist einfach ein Traum.« Ich wies auf ein Gemälde, das den Strand darstellte. »Ist das hier in der Nähe?«

»Ja. Propriano. Aber das habe ich gemalt nach einem altem Foto, als ich noch jung war. Jetzt sind da viele Hotels und viel, viel mehr Touristen. Ich fand es schöner, als da noch weniger Leute waren, doch natürlich ist es besser fürs Geschäft.«

»Ihre Landschaftsbilder sind wundervoll. Das mit der Strandbar im Fenster ist phantastisch.«

Als Jean-Franc lächelte, flammte eine Erinnerung an Xavi auf und verblasste wieder. Am liebsten hätte ich mich mit einem Eisbeutel auf dem Kopf irgendwo hingelegt. Es war, als schaute man in einen Fernseher mit geteiltem Bildschirm. Erinnerungen an Xavi, wie er den Kronkorken einer Bierflasche mit einem Stein entfernte, wie er im Wohnwagen Kaffee kochte, wie er sein Surfbrett zum Wasser schleppte, konkurrierten mit meiner erwachsenen Konversation mit einem Typen, der sicherlich fand, dass ich aussah wie seine Mutter.

Obwohl ich eigentlich gar nicht wie seine Mutter aussah. Seine Mutter hatte eine Haut wie eine Satteltasche, beinahe blauschwarzes Haar und buschige Augenbrauen, die ihrer Missbilligung wegen der Liebelei ihres Sohnes mit einer Ausländerin so gut Ausdruck verleihen konnten. Die allereinzige Freude an der Trennung von Xavi war, dass ich mir achtzehn Jahre lang erspart hatte, wie sie die Hände in ihrer Kittelschürze verbarg und abfällig die Nase hochzog, wenn wir ihr begegneten – kichernd über unsere Pläne, in Neuseeland eine Jugendherberge zu eröffnen.

Jean-Franc durchquerte den Hof und kramte in einem Bilderstapel. »Am liebsten male ich Menschen. Es ist so leicht, Leben in Augen und Mund zu legen.«

Er zeigte mir ein Mädchen, das an einem runden Turm von Genua lehnte, eine der vielen Festungen aus dem sechzehnten Jahrhundert, die an der korsischen Küste standen. Sie beobachtete eine Libelle. Ihre Gebanntheit und ihr Staunen sprangen einem förmlich von der Leinwand entgegen.

»Das war in Campomoro. Meine Tochter.«

»Ihre Tochter?« Jean-Franc war doch noch ein Teenie. In meiner Erinnerung war er ein kleiner Junge, der auf den Stufen unseres Wohnwagens hockte und Xavi anflehte, ihn auf dem Fischerboot mitzunehmen. Inzwischen hatte er selbst Kinder. Ich fühlte mich wie hundertfünf. »Sie ist reizend. Wie alt ist sie?«

»Auf dem Bild etwa sechs. Heute dreizehn.«

»Dreizehn!«

Herrje, Jean-Franc musste Sex gehabt haben, bevor er wusste, wie man Kondom schreibt.

»Ich habe zwei Töchter, die jünger sind. Sie müssen ja selbst noch ein Kind gewesen sein.« Insgeheim klopfte ich mir selbst auf die Schulter. Kinder, ein akzeptables Thema.

Er verzog das Gesicht. »Ich war siebzehn.«

»Sicher war Ihre Mum mächtig sauer. Haben Sie die Mutter Ihrer Kinder geheiratet?« Ich hatte vergessen, dass ich eine höfliche Engländerin war, die Jean-Franc noch nie zuvor kennengelernt hatte.

Sein Kopf fuhr herum. Auf Korsika gingen Familienangelegenheiten niemanden etwas an. Die Santonis sahen sich so ähnlich. Dieses berüchtigte Stirnrunzeln, das sich bis auf die zusammengerollten Augenbrauen hinunterzog. Ich wäre jede Wette eingegangen, dass die Drachenmama das Stirnrunzeln aller Stirnrunzeln hingelegt hatte, als Jean-Franc mit dieser glücklichen Nachricht nach Hause gekommen war. Zumindest hatte sich die Ausländerin nicht hereingedrängt und ihr den Sohn weggenommen. Jean-Franc war so ein niedlicher Zwölfjähriger gewesen. Gerechtigkeitshalber musste man einräumen, dass es in Cocciu nicht viel mehr zu tun gegeben hatte als eine Kinovorstellung einmal pro Woche und einen *café au lait*. Außer zu rammeln wie die Kaninchen.

Ruckartig griff Jean-Franc nach seinen Bildern. Ich hätte ihm verraten sollen, wer ich war. Es war unfair von mir, ihn für meine Detektivarbeit zu missbrauchen. Hinterlistig und verschlagen. Als Kind hatte Jean-Franc mich vergöttert und mich wegen meines Akzents gehänselt, meiner absoluten Unfähigkeit, das kehlige französische »r« auszusprechen. Letztlich jedoch waren die Santonis nichts als eine Sippe von Inselkriegern. Jean-Franc würde jeden zur Strecke bringen, der seinen Familienzusammenhalt bedrohte. Ihn in eine dunkle Seitengasse jagen und ihn dort erledigen. Wie alle anderen auch.

Insbesondere jeden, der Xavi von Korsika weglocken wollte.

»Ich bin es, Tavy«, hätte ich sagen sollen. Aber ich musste

mehr erfahren und deshalb verhindern, dass er mich einfach stehen ließ. Also beugte ich mich vor und deutete auf ein Bild neben ihm. »Was ist mit dem da?« Ich bemerkte, dass er zögerte, zweifellos schwankend zwischen der Gelegenheit, etwas zu verkaufen, oder eine unhöfliche Touristin vor die Tür zu setzen. Widerstrebend drehte er das Bild um und zeigte es mir.

»Das habe ich an Weihnachten gemalt.« Sein Tonfall war verhalten und unfreundlich.

Plötzlich hatte ich das Gesicht vor mir, das ich so gut gekannt und so sehr geliebt hatte. Ich stieß einen Schrei aus, wie wenn Polly sich hinter der Badezimmertür versteckte und mich aus dem Hinterhalt ansprang. Hüstelnd trank ich einen Schluck Kaffee. Mit missbilligender Miene wich Jean-Franc zurück, als würde ich mir gleich die Kleider vom Leibe reißen und anfangen, Amok zu laufen. Ich räusperte mich.

Eines musste ich Jean-Franc lassen, er hatte Xavis Augen, stets aufmerksam und jeden Moment bereit, sich zu erhellen, perfekt eingefangen. Xavi konnte sich für so viele Dinge begeistern. Herzförmige Steine, die wir auf dem Fensterbrett unseres Wohnwagens aufreihten. Das perfekte Wetter zum Wasserskifahren. Fische, die wir fingen und am Lagerfeuer grillten. Körperlich wirkte er nicht sehr verändert. Ein paar graue Strähnen in seinen Locken. Sonnengegerbte Fältchen um seine Augen. Er hatte die magere Angespanntheit verloren, die ihn stets wirken ließen wie auf dem Sprung. Ich schluckte. »Ein tolles Bild. Ist das ein Freund von Ihnen?«

Der Anflug eines Lächelns angesichts dieses Kompliments. Jean-Franc schüttelte den Kopf. »Nein, mein Bruder.«

Ich wartete. Mein Bruder, was? Mein Bruder, der in Ulan-Bator lebt? In Marseilles? In Sydney? Mein Bruder, der wahnsinnig in eine Engländerin verliebt war und sich nie davon erholt hat? Allerdings war die Familie Santoni ein störrischer Haufen.

Blut und Stein und so weiter und so fort. Also musste ich Neugier riskieren.

»Wohnt er auch in Cocciu?«

»Nein, in London.«

»London? London in England?« Mein Knie stieß an den Tisch, sodass die Kaffeetasse erschüttert wurde. Wenn er im Süden von London lebte, war das nur eine knappe Stunde entfernt von meinem Zuhause in Surrey.

»Manchmal steigen Korsen auch in Flugzeuge.«

Er musterte mich, als hätte ich eine Schraube locker. Zwar entriss er mir das Bild nicht direkt, doch er lehnte es in einer Art und Weise an einen Baum, die bedeutete, dass unser Gespräch zu Ende war. Eigentlich hätte ich noch weitere Fragen auf dem Herzen gehabt, aber Jean-Franc nahm meine Kaffeetasse und marschierte zur Kasse.

Xavi war in London.

Kein Wunder, dass ich ihn nicht hatte ausfindig machen können. Nie wäre ich auf den Gedanken gekommen, dass er in England sein könnte. Wie lange schon? Ich hätte ihm in der U-Bahn begegnen können. Warum England? Es war zu viel Zeit vergangen, als dass Xavis Anwesenheit in England etwas mit mir zu tun gehabt haben könnte. Vielleicht wohnte er ja in einem umgebauten Lagerhaus im East End, vollgestopft mit Holzschnitzereien und indonesischer Batik. Mit einer exotischen Frau und freigeistig erzogenen Kindern.

Besser, wenn ich das nicht wusste.

Ich förderte ein Bündel Euroscheine zutage und griff nach Xavis Porträt. Dann bat ich Jean-Franc, es einzupacken, damit ich Jonathan vormachen konnte, es handle sich um ein Geschenk für Roberta. Selbst wenn ich es auf dem Speicher aufbewahren würde, würde zumindest dieser Xavi mit mir nach Hause kommen.

Roberta

Offenbar hatte Alicia die große schwarze Wolke vergessen, die über uns hing, sobald wir die Klinik verlassen hatten. Ihr einziger Kommentar zu dieser Erfahrung war, was für eine »Wuchtbrumme« die Schwester gewesen sei. Ich hingegen verbrachte den Tag in einem Nebel der Sorge, ob Alicia Entwarnung bekommen würde, sodass ich mich auf nichts anderes mehr konzentrieren konnte. Deshalb brauchte ich, als Alicia mit Connor zur Tür hereingestürmt kam und mich fragte, was ich zur Grillfeier im Tennisclub anziehen würde, eine Weile, um zu verstehen, was sie meinte.

»Grillfeier?«

»Mum, du hast doch versprochen, heute Abend mitzukommen, um Connors Eltern kennenzulernen. Was ist denn los mit dir?«

Vermutlich hatte Connors Existenz Alicia gerettet. In ihren Augen hatte eben ein jugendlicher Ausrutscher stattgefunden, etwas, das man hinter sich brachte und aus seinem Gedächtnis löschte. Ich hingegen war ziemlich sicher, dass am Tage meines Todes die Worte »verfrühte sexuelle Erfahrung der Tochter« in mein Herz eingraviert sein würden.

»Entschuldige. Ich hatte eine Menge um die Ohren. Wann geht's los?«

»Um sechs. Du willst doch nicht etwa in diesem gammeligen T-Shirt hin, oder?«

Connor lächelte. »Lass deine Mum in Ruhe. Sie sieht prima aus. Schade, dass meine Mum nicht mehr so ist wie Sie, Mrs Green. Mein Dad sagt immer, dass sie sich offenbar bei Dunkelheit anzieht.«

»Danke, Connor. Bestimmt hat sie viele andere Qualitäten, um das auszugleichen. Ich werde mein Bestes tun, um dich nicht zu blamieren, Alicia.«

Neben Alicia und Connor ging ich zu Fuß zum Tennisclub und hatte dabei wie immer das Gefühl, nicht wirklich dazuzugehören. Sogar meine Tochter war nun Teil der Sippe »Noahs Arche«, deren Mitglieder sich bei gesellschaftlichen Ereignissen nie die Frage stellen mussten, wo sie sich hinstellen oder mit wem sie reden sollten, da sie ja einen Partner an ihrer Seite hatten. Ich hatte den Eindruck, dass alle Menschen, die sich um das Clubhaus scharten, mich mitleidig beäugten, weil ich mich an die Fersen meiner Tochter heften musste, um wenigstens ein paar Sozialkontakte abzubekommen.

Connor erspähte seine Eltern und winkte sie heran. Ich erkannte sofort, was sein Vater gemeint hatte. Seine Mutter war rotgesichtig, der Schminke abhold und trug eine zu kurze Hose und einen hochgeschlossenen Pulli, der ihren Hängebrüsten nicht schmeichelte.

Sie hielt mir eine sich rau anfühlende Hand hin. »Reizend, Sie kennenzulernen. Ich heiße Catherine. Ihre Tochter ist wirklich wundervoll, ein sehr sympathisches Mädchen.«

Am liebsten hätte ich sie dafür umarmt, auch wenn sie ihre Meinung vermutlich geändert hätte, wenn sie gewusst hätte, wo wir den Vormittag verbracht hatten. Catherine strahlte eine natürliche Wärme aus, eine Freundlichkeit, sodass ich mir sofort mies vorkam, weil mir ihr unmodischer Pulli aufgefallen war. Wie sie entspannt mit ihrem Mann Stuart, hochgewachsen, mager und mit einem dichten blonden Haarschopf wie

Connor, schäkerte, löste in mir die Frage aus, wie ich es all die Jahre mit Scott ausgehalten hatte. Ständig auf Habtachtstellung, weil er eine Bemerkung womöglich in den falschen Hals bekommen könnte.

Selbst als sie »Wo sind deine Manieren, Schatz, besorg Roberta etwas zu trinken« sagte, entschuldigte er sich und erkundigte sich, was ich denn gerne hätte. Niemals hätte ich an Scott eine auch noch so harmlose Forderung stellen können. Dann hätte ich sicher den typischen Spruch »Und woran ist dein letzter Sklave gestorben?« geerntet.

Gerade steuerten wir auf die Tische und Stühle zu, als Connor einen anderen Jugendlichen mit Baseballkappe am Arm fasste und diesen seltsamen Mit-der-Faust-zuerst-Handschlag vollführte, bei dem ich mir stets uralt vorkam.

Catherine gesellte sich zu ihnen. »Das war phantastisch. Ist als Nächstes Wimbledon dran?«

Ich hielt mich abseits, weil ich nicht stören wollte, während Connor Alicia seinem Freund vorstellte. Doch Connors gute Erziehung ließ es nicht dabei bewenden. »Das ist Alicias Mutter.«

Unvermittelt schüttelte ich die Hand eines jungen Mannes mit großen blauen Augen und einem selbstbewussten, offenen Lächeln.

Ich grübelte darüber nach, warum Angus mir bekannt vorkam, und wünschte im nächsten Moment, es wäre mir nicht eingefallen. Nackte Brüste auf Jakes Sofa. Ich schnappte nach Luft und steuerte eine beachtliche Hitzewallung zum Treibhauseffekt bei. Dabei wünschte ich sehnlichst, er würde mich nicht wiedererkennen.

»Waren Sie nicht mal mit meinem Dad zusammen?«

Ich spürte, wie mir die Röte den Hals hinaufstieg, auch wenn das Angus zu amüsieren schien. »Ja, stimmt.« Ich wich Catherines und Stuarts Blicken aus. »Wie geht es ihm?«

»Okay. Er arbeitet viel. Er meinte, vielleicht würde er später noch vorbeikommen.«

Warum hatte ich nichts Schickes, sondern nur Jeans und T-Shirt angezogen? Die Bemerkung »wann?« konnte ich mir gerade noch verkneifen. Stattdessen konzentrierte ich mich darauf, das Zittern in meinen Beinen zu unterdrücken. Es gelang mir ein neutral klingendes »Schön«, bevor ein anderer Junge Angus auf die Schulter klopfte. Darauf folgte ein Gespräch über ein Tennistrainingscamp in La Manga, und ich war mein Publikum los.

Alicias Körper ähnelte einem gewaltigen Fragezeichen. Ich hatte ihr erst von Jake erzählen wollen, wenn ich mir seiner absolut sicher war, und dann war es zum großen Knall gekommen, bevor ich die Gelegenheit dazu gehabt hatte. »Suchen wir uns einen Tisch?«, rettete Catherine mich aus der Affäre. Alle paar Meter blieb sie stehen, um jemanden zu begrüßen. Wie sie sich nach Ferienreisen, Kindern, ja, sogar Meerschweinchen erkundigte, erinnerte mich an Octavia. Ich stand neben ihr und versuchte, die Aufregung zu unterdrücken, die meinen Körper durchpulste. Schließlich fand ich die Gesellschaft eines Spaniels, der mir den Vorwand lieferte, mich zu bücken und den Rest der Menschheit zu ignorieren, ohne unhöflich zu wirken.

»Schrecklich, allein zu solchen Veranstaltungen zu kommen«, meinte Catherine, nachdem wir nicht mehr in Alicias und Connors Hörweite waren. »Sie sind sehr mutig. Bevor ich Stuart kennenlernte, war ich einige Jahre lang geschieden. Ich habe mich im Morgenmantel zu Hause verkrochen. Stuart war mein Untermieter, als er einen Ingenieurjob in Gatwick hatte. Also war es pures Glück, dass ich ihn kennengelernt habe.«

Dieses offene Geständnis verschlug mir den Atem. Ich war so sicher, dass alle aus dem Olymp ihrer glücklichen Ehe auf mich hinabschauten. Oder – noch schlimmer – mich mieden, damit ich sie bloß nicht mit dem Beziehungsvirus infizierte.

Mir fiel es schwer, mich damit abzufinden, dass einer von drei Menschen in meiner Situation enden würde. Scott hatte mich im Laufe der Jahre so sehr von meinen Freunden isoliert, dass ich Probleme hatte, mich anderen anzuvertrauen. Am liebsten hätte ich hervorgesprudelt, wie fulminant ich alles in den Sand gesetzt hatte. Doch ich beschränkte mich auf ein: »Es ist eindeutig eine Herausforderung.«

Das, und mich zu beherrschen, damit ich nicht auf der Suche nach Jake durchs Getümmel lief.

Aus dem Augenwinkel erhaschte ich einen Blick auf breite Schultern, kurzes blondes Haar und ein hellblaues Polohemd, eines der Hunderte von Details, die Jake ausmachten, worauf ich mit klopfendem Herzen herumwirbelte. Doch ich drängte die Hoffnung zurück und sagte mir, dass er ohnehin nicht mit mir sprechen oder mich womöglich demütigen würde.

Doch das würde er nicht tun, da war ich sicher.

Schließlich fanden wir einen Tisch, und Stuart erschien mit einer Flasche Pinot Grigio. Ich plauderte, nippte an meinem Wein und suchte bemüht unauffällig die Menschenmenge ab. Mit zunehmender Zeit und mehr Wein spürte ich, wie ich von Enttäuschung ergriffen wurde. Er würde nicht kommen. Ich hielt mir vor Augen, dass die Abwesenheit von Männern nicht das Leben der »neuen« Roberta bestimmte. »Niemand kann dich glücklich machen, wenn du dich selbst nicht glücklich machen kannst«, flüsterte ich.

Ich hatte Octavias gackernde Stimme im Ohr. »New-Age-Schwachsinn! Gib mir Kohle und ein Flugticket rund um die Welt, dann wirst du sehen, wie glücklich ich bin.«

Stuart und Catherine schlugen vor, etwas zu essen zu holen. Ich klammerte mich an mein Weinglas, um meine Hände zu beschäftigen. Auf dem Weg zum Grill fühlte ich mich wie der einzige Single auf der ganzen Welt. Frauen pflückten Fussel von den Jacken ihrer Männer, Männer rückten ihren Frauen Stühle zurecht, Arme wurden wie nebenbei um Schultern gelegt. Es schnürte mir die Kehle zusammen. Doch es waren der falsche Zeitpunkt und Ort, um in Selbstmitleid zu versinken.

Gerade hatte ich die Stufen vor dem Grill erreicht, als der Spanielwelpe an mir vorbeistürmte, sodass ich das Gleichgewicht verlor. Bei dem Versuch, weder den Hund zu erdrücken noch mein Weinglas zu zerbrechen, fiel ich hin und schnitt mir die Handfläche auf. Mein letzter Gedanke vor dem Sturz war, wie wütend Alicia sein würde, weil ich so ein Theater veranstaltete.

Ich hatte viele Jahre Übung darin, auf dem Boden zu sitzen, um nicht ohnmächtig zu werden. Also steckte ich den Kopf zwischen die Knie, damit er sich nicht mehr drehte und ich nicht das Bewusstsein verlor. Blut tropfte aus meiner Hand und verteilte sich auf den Stufen. Mit der unverletzten Hand wollte ich Taschentücher aus meiner Handtasche kramen. Ich hörte das Klappern von Absätzen und das dumpfe Geräusch von Turnschuhen und außerdem ein panisches Stimmengewirr, dessen Worte ineinander verschwammen, während ich mich darauf konzentrierte, das Surren in meinem Kopf und Magen zu unterdrücken.

»Lass mich mal schauen.«

Mein Kopf ruhte in meiner Armbeuge, um den Brechreiz zu unterdrücken. »Tut mir leid, ich kann kein Blut sehen.«

Ich öffnete meine Handfläche. Starke, sanfte Hände bogen mir, einen nach dem anderen, die Finger auseinander.

Als ich nach unten schaute, erkannte ich ein Paar Timberland-Stiefel.

Er rief, jemand solle den Erste-Hilfe-Koffer holen. »Das ist eine ziemlich tiefe Schnittwunde. Außerdem steckt noch eine Glasscherbe drin.«

Diesen West-County-Akzent kannte ich. Noch ehe ich antworten konnte, übergab ich mich auf mein T-Shirt.

Octavia

Mein erster Impuls war, aus Korsika zu fliehen – all die abgeschabten, alten Erinnerungen versetzten mich an Orte zurück, von denen ich mich fernhalten sollte. Cocciu mit seinen imposanten Gebäuden, alle eng gedrängt, um Fremde fernzuhalten, fühlte sich plötzlich bedrückend an. Vielleicht hatte ich ja davon geträumt, Xavi wiederzufinden, wie er über den Golfe du Valinco hinausblickte und sich wünschte, ich möge ihm als pummelige Meerjungfrau erscheinen. Doch aller Wahrscheinlichkeit nach kaufte er gerade in einem Künstlerviertel wie Stoke Newington alles für einen Brunch auf Biobasis ein. Ich musste endlich Schluss mit meiner Midlife-Krise machen und zu meinem Mann zurückkehren.

Ich rief Jonathan auf dem Mobiltelefon an. Es war doch Unsinn, in einem anderen Hotel auf einer anderen Insel zu übernachten, obwohl wir so viel zu klären hatten. Wenn ich mich beeilte, würde ich die letzte Fähre nach Sardinien noch schaffen. Vielleicht konnten wir uns ja eine kleine Trattoria suchen und uns bei ein paar Tellern Spaghetti aussprechen. Über uns und ob wir uns wiederfinden konnten. Eine ziemlich herausfordernde Aufgabe.

Ich überlegte, wann meine Ehe von einer zuverlässigen Selbstverständlichkeit zur Vergangenheit geworden war, zu etwas so Wackeligem, als versuchte ich, in der Mitte eines Sees aufrecht in einem Schlauchboot zu stehen.

Wahrscheinlich spielte sich das alles nur in meinem Kopf ab. Ich malte mir aus, wie ich nach Sardinien zurückbrauste und den lächerlichen kleinen Ausflug nach Korsika einfach vergaß. Dann würde niemand Schaden nehmen. Mir schoss das Bild durch den Kopf. Jonathan, wie er aus dem Büro spazierte: »Tut mir leid, Jungs, aber heute muss ich meine bessere Hälfte ausführen, also bis morgen.«

Einige Male erreichte ich nur die Mailbox. Als ich schon aufgeben wollte, ging Jonathan endlich ran. Seine Stimme klang gedämpft, als habe er das Telefon noch in der Tasche. Doch kurz darauf fiel ihm offenbar ein, dass er in die Muschel sprechen musste. Er klang genervt, als ich ihm sagte, ich hätte meine Pläne geändert und würde zurück nach Olbia kommen.

»Auf deinem Zettel stand, dass du heute Abend nicht da bist. Deshalb habe ich für diesen Abend und morgen Vormittag eine Menge Meetings angesetzt. Die kann ich nicht mehr absagen. Du weißt doch, wie die Italiener sind, ohne Anweisung kriegen die hier gar nichts gebacken. Vermutlich bin ich nicht vor Mitternacht zu Hause. Also wäre es eigentlich das Beste, wenn du bleibst. Tut mir leid. Hattest du wenigstens einen schönen Tag? Wo warst du denn?«

Er hörte mir eigentlich gar nicht richtig zu. Ich war versucht, ihm zu sagen, dass ich auf Korsika sei, um festzustellen, ob da bei ihm etwas klingelte. Es hatte eine Zeit gegeben, in der Jonathan eifersüchtig geschmollt hatte, wenn ich Korsika auch nur erwähnte. Im Hintergrund hörte ich Stimmen und Gelächter. Offenbar hatten die Italiener bei der Arbeit eine Menge Spaß. Ich nuschelte etwas in der Art, ich hätte mir ein paar hübsche Strände angeschaut. Doch die lange Pause, bis er endlich »Ausgezeichnet, sehr gut, schön, dass du dich amüsierst« sagte, sprach Bände. Ich verabschiedete mich, aber er tummelte sich in Gedanken schon wieder im Computerhimmel.

Mein Traum von Spaghetti Carbonara und einer Karaffe Wein schrumpelte in sich zusammen wie eine auf der Herdplatte liegen gebliebene Plastiktüte. Also marschierte ich schnurstracks zur Hotelrezeption und buchte noch eine weitere Nacht. Dann schickte ich Jonathan eine SMS, in der ich ihm mitteilte, er könne von mir aus so viel arbeiten, wie er wolle. Ich würde zwei Tage vor unserer Heimreise zurück sein.

So viel zum Thema »Eheprobleme klären«. Vielleicht konnte ich mich ja stattdessen von meiner Vergangenheit lösen. Ich entschied mich für den Ansatz »Was einen nicht umbringt, macht einen stärker«, indem ich sämtlichen Erinnerungen freie Bahn ließ in der Hoffnung, Xavis Geist endlich auszutreiben. Also besuchte ich am folgenden Tag alle Strände, an denen wir stundenlang herumgehangen, Unsinn geredet und die Wolken beobachtet hatten.

Wolken beobachten. Wer zum Teufel hatte noch Zeit, sich mit den Wolken zu befassen – außer wenn es um die Frage ging, ob heute das Fußballtraining abgesagt werden würde.

Wie auf Autopilot brachte mich das Auto zu meinem Lieblingsstrand in Tizzano. Mehr Restaurants, als ich es in Erinnerung hatte, doch so früh in der Saison bevölkerten nur wenige deutsche Familien die Tische davor. Ich schlenderte weiter und legte mich ein Stück entfernt hin, um in den Himmel hinaufzustarren. Das Geräusch der Wellen, der Sand unter meinem Rücken, die Wolken, die über mir dahinschwebten und miteinander verschmolzen, sie alle ließen die Jahre von mir abfallen. Xavi war für mich so real, dass ich ihn förmlich spürte. Fast vergessene Kleinigkeiten kehrten zurück. Wie er Ewigkeiten unter Wasser schwimmen konnte. Sein Gesicht über meinem, während er die Sommersprossen auf meiner Nase zählte. Wie er sich kaputtgelacht hatte, wenn ich auf Französisch fluchte.

Und wie ich ihn geliebt hatte.

Ich hatte nie mit etwas hinterm Berg gehalten, sondern alles heraussprudeln lassen, ohne mich selbst zu zensieren und mir die lebenswichtigen fünf Prozent zu bewahren, falls alles den Bach runtergehen sollte. Diesen Fehler hatte ich bei Jonathan nicht noch einmal gemacht. Bei ihm rationierte ich die Liebe und ließ nur ein Minimum durch die Schleusen entweichen, damit unsere Beziehung bloß nicht auf Grund lief. Vielleicht hätten wir die Sache ja nach einigen Monaten beendet, wenn Charlie nicht gekommen wäre, denn die Gegensätze, die sich anfangs angezogen hatten, stießen einander allmählich ab.

Das Piepsen einer SMS riss mich aus meinen Gedanken. Von Polly.

Mum,
Oma ist eine echte Spaßbremse. Kann es kaum erwarten, bis du am Dienstag nach Hause kommst! Vermisse dich.
xx

Mein Finger schwebte über dem grünen Knopf, um sie zurückzurufen, doch ich überlegte es mir anders. Womöglich würde ich etwas Dummes tun, wie zum Beispiel in Tränen auszubrechen. Das würde sie nur ängstigen. Ich konnte die Male, die ich seit der Geburt der Kinder geweint hatte, an einer Hand abzählen. Für meine Tränen war kein Platz zwischen all dem Geheule wegen verzogener Strumpfhosen, verschmierter Hausaufgaben und toter Hamster.

Also simste ich zurück:

Schicke euch allen dicke, fette Sabberküsse.
Kann es auch kaum noch erwarten, euch wiederzusehen. Seid Oma zuliebe brav!

Ich fügte ein Smiley hinzu. Eine Sekunde später:

Pfuibäh zu den Küssen.
Nicht mal Stan frisst, was Oma kocht. xx

Die unsichtbare Gummikordel, die meine Kinder mit mir verband wie Fäustlinge, erstreckte sich über viele Kilometer. Ich hatte im Leben so viel falsch gemacht, allerdings auch einiges richtig. Endlich begriff ich, warum Xavis Mutter mich so verabscheut hatte. Es war kein Hass gewesen, sondern die Angst, ihn zu verlieren. Nur dass er sowieso gegangen war.

Am nächsten Tag fuhr ich den ganzen Weg nach Calanques de Piana, einer sonderbaren Märchenlandschaft aus roten Granitfelsen. Ich hatte die engen Straßen und die steile Klippe ganz vergessen und war froh, dass Jonathan nicht neben mir im Auto herumzappelte.

Das letzte Mal war ich kurz vor dem Anruf wegen Dad hier gewesen. Damals, als ich noch geglaubt hatte, dass die Welt uns gehörte und sich in Form einer Reise in die Unendlichkeit vor uns erstreckte. Wir debattierten darüber, welche Tierformen wir in der Felswand entdecken konnten, und schleppten uns dann in brüllender Hitze den Bergpfad hinauf, wobei ich natürlich unaufhörlich meckerte.

Nun wollte ich dieses Erlebnis – selbstverständlich ohne Gemecker – wiederholen und durch die seltsam geformten Felsen mit den merkwürdigen Kaminschloten wandern, um die Aussicht zu genießen. Aber ich brachte die Kraft einfach nicht auf. Es war, als hätte mir jemand die Luft abgelassen. Also ging ich zum Felsen Tête de Chien hoch, wo einige Touristen sich hinunterbeugten, um zu fotografieren.

Wir hatten das Gleiche gemacht. Auf den Fotos, die ich Monate nach dem Tod meines Vaters entwickeln ließ, sah ich aus wie ein Mädchen auf der Schwelle zum Erwachsenwerden und verbreitete eine Aura von Selbstbewusstsein und Liebe, die Naivität der Jugend. Ich wusste noch genau, an welcher Stelle Xavi gestanden hatte. Meine Augen fingen an zu brennen.

Ich hastete zurück zur Straße, setzte mich auf die Mauer und ließ die Beine über die tiefe Schlucht hinweg ins Tal baumeln. Ohne mich zu rühren, beobachtete ich, wie die Adler aufstiegen und wieder hinunterstießen. Ich lauschte den vorbeiwehenden Gesprächsfetzen. Betrachtete die Boote, die weit unter mir auf den Wellen tanzten, bis die Sonne unterging und den Felsen ihre atemberaubend rötliche Färbung verlieh. Der romantischste Sonnenuntergang von allen. Mein Hintern war fast taub. Ganz zu schweigen von meinem Herzen.

Vielleicht würde diese Erfahrung mich ja nicht stärker machen. Vielleicht würde ich einfach umkippen wie ein vergifteter Kanarienvogel.

Ich schrieb Jonathan eine SMS.

Bin morgen Abend zurück. Freue mich schon auf ein Abendessen mit dir.

Zeit, diese Selbstmitleidsorgie zu beenden.

Auf dem ganzen Weg zurück nach Cocciu rumorte mein Magen. Ich ging zum Dorfplatz, hielt kurz die Hände in den eiskalten Brunnen und erinnerte mich daran, wie oft ich mich hier mit Xavi getroffen hatte. Der Sommer war noch nicht ganz da. Cocciu wartete auf die Touristen, die ihn zum Leben erwecken würden. Ich konnte gut nachvollziehen, warum Jean-Franc so früh den Sex entdeckt hatte.

Ich entschied mich für das Café, das immer mein liebstes gewesen war: Chez Ghjuvan, eine gemütliche, höhlenähnliche Kneipe, direkt in den Felsen gehauen, mit Tischen aus alten

Weinfässern und Kerzen, die in Weinflaschen steckten. Hier hatten Xavi und ich uns kennengelernt. Hier hatten wir unsere Reiseroute von Auckland nach Dunedin geplant. Beim Näherkommen hörte ich Livemusik. Ich machte mich auf das übliche Drehen von Köpfen gefasst, wenn »die Ausländerin« hereinkam. Zum Glück galt die allgemeine Aufmerksamkeit einer Gruppe, die traurige korsische Folklore spielte. Nur ein struppiger Hund am Tresen schaute in meine Richtung. Ich setzte mich in die Nähe der Tür.

Die Musik schlug mich in ihren Bann und ließ mich in ihrer Eindringlichkeit an eine Beerdigung denken. Der Sänger konnte nicht älter als fünfundzwanzig sein. Er zupfte seine Gitarre und sang etwas über *Terra Nostra*, in einer reinen Stimme, Leidenschaft und dem Gefühl hierherzugehören, was mich anrührte. Ich versuchte, mir Charlie vorzustellen, wie er Lieder erduldete, geschweige denn zu schätzen wusste, die den Bergen, dem See und dem Heimatland gewidmet waren. Vergebliche Liebesmüh. Ein bärtiger grauhaariger Mann, der aussah, als habe er sein Leben lang korsische Schweineherden gehütet, spielte die Panflöte. Als er den letzten ans Herz gehenden Klang verhallen ließ, brach ein mit lärmenden Zeitgenossen besetzter Tisch am Ende des Raums in Beifall aus. Bravos hallten von der niedrigen Decke wider.

Ich schaute mich um. Ein paar Lichterketten, rosafarben und kitschig und nicht zu den Schiffslaternen und alten Pernot-Werbeschildern aus Blech passend, die entlang des Tresens prangten. Ein Kellner näherte sich, dem sein Lächeln nicht so recht gelang. Er zuckte nicht mit der Wimper, als ich eine Karaffe Rosé bestellte, *grande*. Dann reichte er mir die mit schwarzem Filzstift auf braunes Papier geschriebene Speisekarte. Ich hatte seit dem Frühstück nur eine Handvoll Erdnüsse zu mir genommen. Eigentlich aß ich selten Fleisch, doch plötzlich hatte ich Heißhunger auf *sanglier*, Wildschwein, serviert in einer dicken Soße und mit wildem Thymian und Rosmarin gewürzt.

Als der Abend verging und der Wein mir die Kehle hinunterrann, schwand meine Befangenheit. Ich fühlte mich nicht mehr verlegen, insbesondere, als ich den Hund mit ein paar Bratkartoffeln bestach, damit er mein neuer bester Freund wurde. Die Kapelle spielte weiter ihre anrührende Musik, erfüllt von Sehnsucht und gebrochenen Herzen. Als ich mich gerade fragte, ob sie auch einmal etwas Fröhliches anstimmen konnten, war die korsische Version von *Happy Birthday* an der Reihe. Der Tisch am Ende des Raums überschlug sich fast vor Applaus und Rufen. Eine dicke Säule versperrte mir die Sicht. Ich konnte nur eine Reihe dunkler Haarschöpfe und die Hautfarbe ausmachen, die auf den Nachwuchs von Schäfern, Fischern und Olivenbauern hinwiesen.

Dann sagte der Sänger etwas in der Richtung, dass die Korsen alle Krieger seien, und fing dann mit *Sailing* von Rod Steward an. Nach all den Liedern, in denen Frauen auf ihre Banditen-Ehemänner warteten und um sie weinten und in denen sonst einsame Bäume auf windumtosten Klippen und Tränenmeere vorkamen, war *Sailing* eindeutig ein Unterhaltungssong.

Der Hund schnupperte an meinem Teller, um einen letzten Bissen zu erhaschen. Ich schob seine Schnauze weg und machte mich auf den Weg nach oben zum Klo. Beim Aufstehen bemerkte ich, dass ich mich konzentrieren musste, um gerade zu gehen. Als mein Fuß die unterste Stufe berührte, schnippte der Barmann mit den Fingern.

Ich war sicher, dass er »Verzeihung, Madame« meinte.

»*Toilettes par là*«, sagte er und wies nach hinten in den Raum. Zwei Jahrzehnte Fortschritt – Lichterketten und bessere Klos. Ich schlängelte mich zwischen den Stühlen durch und zwängte mich am Kicker vorbei, über den sich eine Horde Jugendlicher beugte, jenseits deren Hosenbünde etwa zwanzig Zentimeter Unterhose sichtbar waren. Charlie hätte da prima hineingepasst. Ich wurde von einem Kellner aufgehalten, der gerade Teller mit *figatellu* brachte, Würste aus Schweineleber, serviert mit den lästerlichen Bemerkungen, die nur möglich waren, wenn man die Gäste schon seit seiner Kindheit kannte.

Ich trat einen Schritt zurück, um ihm Platz zu machen. Als ich mich an den Tisch hinter mir lehnte, fing ich den Blick eines Mannes auf, der mir gegenübersaß. Jean-Franc. Nach einigem Bier wirkte er schon viel weniger mürrisch. Neben ihm befand sich eine Frau mit langem schwarzem Haar. Tonnenweise dunkler Lidstrich und Wimperntusche. Ich fragte mich, ob sie seine Frau war. Sie sah nicht alt genug aus, um eine dreizehnjährige Tochter zu haben.

Ich hob zur Begrüßung die Augenbrauen. Ein neuer Anflug von schlechtem Gewissen sorgte dafür, dass ich am liebsten hinübergelaufen und mein Verhalten erklärt hätte. Er nickte, beugte sich vor und rief über den Tisch.

»Ta compatriote. Elle est anglaise.«

Alle Köpfe am Tisch wandten sich blitzschnell in meine Richtung. Ich vollführte eine Geste à la »nett, euch kennenzulernen, aber ich muss jetzt weg«, winkte und ging aufs Klo.

Wenig später versuchte ich, mich zurück an meinen Tisch zu schleichen, ohne die Attraktion des Abends zu werden. Doch Jean-Franc richtete mit einem *»Eh, l'Anglaise«* wieder die Aufmerksamkeit auf mich, sobald ich mich zeigte. Er schob seinen Stuhl zurück, zeigte auf mich und erklärte, ich sei die Frau, die sein Bild gekauft habe.

Ein Mann rechts von mir reichte mir ein Bier. »*Bière*, gebraut aus korsischen *châtaignes.*« Kastanienbier war mir völlig neu.

Ich prostete ihm und Jean-Franc mit der Flasche zu. *»Santé.«* Leicht schwankend hielt ich mich hinter der Säule, unsicher, ob ich in die Runde eingeladen war oder nur als Galerie-Erfolgsgeschichte vorgeführt werden sollte. Noch immer wollte ich Frieden mit Jean-Franc schließen, doch dieser Abend, an dem ich den Rosé hinuntergekippt hatte, hatte meine für Entschuldigungen zuständigen Gehirnzellen beeinträchtigt. Während ich noch unschlüssig herumstand, berührte mich jemand von hinten am Arm.

»Darf ich die Frau kennenlernen, die bei sich zu Hause ein Bild von mir aufhängen will?«

Ich wirbelte herum.

Xavi.

Ich hatte mir unser Wiedersehen Millionen mal ausgemalt. Wie ich lässig auf ihn zuschlenderte und dabei den Bauch einzog. Wie ich ihn mit Blicken fixierte. Wie die Welt verblassen und ihr Geräuschpegel verstummen würde. Stattdessen verschluckte ich mich an meinem Bier, bis es mir aus der Nase quoll. Durch tränenüberströmte Augen sah ich, wie er die dunklen Brauen hochzog und sich, nacheinander, Ungläubigkeit, Überraschung und Erschrecken auf seinem Gesicht malten. Er schnappte sich eine Serviette und führte mich vom Tisch weg, während ich mich keuchend zusammennahm.

Er setzte sich neben mich. Ich drückte mir die Serviette vors Gesicht. Jetzt war er hier. Ich wollte nicht sehen, wie er auf mich reagierte.

»*C'est toi?* Du bist es wirklich?« Er klang, als habe er Mühe, ein Lachen zu unterdrücken.

Also doch nicht so verfettet, dass er mich nicht wiedererkennen würde. »Eigentlich solltest du doch in London sein. Ich hätte fast einen Herzinfarkt gekriegt, als du dich von hinten an mich angeschlichen hast.«

Octavia Shelton. Die Romantikerin des Jahres.

»Ich habe Geburtstag. Da komme ich immer nach Hause.«

Er zog mir die Hände vom Gesicht weg. Ich hatte nicht das Gefühl, von einem Fremden berührt zu werden. Vielleicht waren Hände wie alte Schaumstoffmatratzen. Sie trugen die Abdrücke von Menschen, die sie für immer geliebt hatten.

Ich betrachtete ihn von der Seite. Unfair, wie wunderbar Männer alterten. Seine Haut war ein wenig heller, als ich es in Erinnerung hatte. Die Sonnenfältchen, die er im Sommer stets in den Augenwinkeln bekam, waren tiefer geworden. Die kleine abgebrochene Stelle am Schneidezahn hatte er nie überkronen lassen. Obwohl er in London lebte, sah er noch immer nach Olivenöl und Leben im Freien aus. Hemd mit Manschettenknöpfen. Schick und städtisch. Ich hätte nie gedacht, dass ich Xavi je in etwas anderem als in einem T-Shirt erleben würde.

Ich wollte eine der lustigen Löckchen, die sich an seinem Kragen ringelten, um meinen kleinen Finger wickeln.

Er beugte den Kopf zu mir hinüber. »Also, Tavy. Mein Gott. Tavy.« Er rieb sich die Stirn. »Wie läuft es, *ma petite* Octavia?«

Obwohl er inzwischen in England lebte, war seine Ausdrucksweise noch so französisch. Er nahm mich bei den Händen. Mein Ehering steckte dort, Mattgold auf leicht runzeliger Haut.

Die Geschichte. Ich zermarterte mir das Hirn nach einem vernünftigen Anfang. Doch ein wilder und plötzlicher Ansturm von Gefühlen schnürte mir die Kehle zu. »Ich habe nicht damit gerechnet, dir zu begegnen. Ich habe zu viel getrunken.« Wie auf ein Stichwort wurde mir glühend heiß. »Ich brauche frische Luft. Lass dir deinen Geburstag mit deinen Freunden nicht verderben. Ich sollte gar nicht hier sein.«

»Wir sind sowieso fertig. Ich wohne bei meinem Bruder und habe noch zwei Tage, bevor ich nach Hause muss. Warte draußen auf mich.«

Ich legte ein paar Euro auf den Tresen und stürmte in die

Nacht hinaus. Tränen strömten mir über die Wangen, als hätten sie seit fast zwei Jahrzehnten darauf gewartet.

Xavi kam heraus, die Hände in den Taschen seiner Lederjacke und den Kragen wegen der Kälte hochgestellt. Seine Schultern waren straff, und er strahlte dieselbe Begeisterung aus wie damals, als er einen Plan hatte, ein kleines Körnchen Spitzbübigkeit, das er unbedingt umsetzen wollte. Ich hielt den Atem an, um meine Schluchzerei unter Kontrolle zu bringen. Anstatt eines witzigen Spruchs brachte ich nur ein »Habe ich dich gestört?« heraus.

»Schon gut. Ich bin bereits seit einer Woche hier. Allerdings sind meine Freunde mächtig neugierig darauf, wer du bist. Sie denken, du wärst ein heimliches Geburtstagsgeschenk, mit der Eilpost aus England geschickt.« Er zog die Augenbrauen hoch. »Tavy?«

Als er meinen Namen aussprach, hatte er noch immer denselben hauchigen französischen Akzent, der dafür sorgte, dass ich mich exotisch und wie etwas Besonderes fühlte.

Er nahm mich am Ellbogen und führte mich zur Ecke des Platzes. »Warum bist du hier? Achtzehn Jahre sind eine lange Zeit, um mir nachzureisen.« Obwohl Xavi scherzte, schwang in seinem Tonfall etwas Scharfes mit.

»Ich war auf Sardinien.« Meine Stimme zitterte.

»Sardinien. Warum Sardinien, wenn du auch *en Corse* sein könntest?«

»Es war eigentlich kein Urlaub, sondern eher eine Geschäftsreise.« Ich versuchte, in dem Gespräch eine Lücke für Jonathan zu schaffen, doch mir fehlten die Worte. Er würde früher oder später ohnehin aufs Tapet kommen.

Xavi lachte grollend auf. »Was für ein Geschäft? Korken? Wein? Schafskäse?«

»Nein, nichts dergleichen.« Offenbar war die Zurückhaltung

der Santonis ansteckend. Ich kramte in meiner Tasche nach einem Taschentuch. Es gab kein gutes Bild ab, wenn einem die Nase lief.

Xavi blieb stehen und drehte mich zu sich um. »Tavy.« Mein Magen machte einen kleinen Satz. »Vertraust du mir?«

»Wie meinst du das mit dem Vertrauen? Als Mensch oder dass du mir nicht die Kehle aufschlitzt?«

Ich wusste, ich konnte mich nicht darauf verlassen, dass er nicht verschwinden würde, wenn die Sache haarig wurde.

Verzweifelt hob Xavi die Hände. »Mir ist klar, was du von mir hältst. Darüber sprechen wir später. Aber nicht jetzt. Möchtest du mich begleiten?«

Ich nickte. Eigentlich war Xavi ein Fremder. Und dennoch war es, als hätte ich ihn erst letzte Woche gesehen.

»Also bist du noch immer ein Mädchen, das das Abenteuer liebt?«

Ich hätte es nicht ertragen, wenn er mich für spießig oder – sein schlimmstes Schimpfwort – *bourgeoise* gehalten hätte. »Natürlich.«

»Dann los. Steig auf.«

Ich schaute mich um. Er wies auf ein Motorrad, das an der Mauer parkte. Nicht die klägliche Kawasaki, auf der wir herumgetuckert waren, sondern ein gewaltiges verchromtes Ungeheuer, das einem beim Zusammenprall mit einem Baum in zehn Sekunden das Lebenslicht auspusten konnte. Er schloss die dicke Kette auf, die einen Helm sicherte.

»Den nimmst du.« Nach kurzem Zögern griff ich danach. »Tavy, Tavy, Tavy.« Sein Tonfall war scherzhaft. »*Allez*. Komm. Ich will dir etwas zeigen.«

»Ich habe seit Jahren nicht mehr auf einem Motorrad gesessen. Außerdem habe ich zu viel getrunken. Ich werde runterfallen.«

»Hast du vergessen, dass ich ein *pilote fantastique* bin. Halt dich einfach fest. Ich fahre langsam.«

Ich verschränkte die Arme. Er warf mir seine Jacke zu. »Hier, zieh die an, es kann ziemlich kalt werden.« Ich streifte sie über meinen Pulli und spürte seine Wärme in ihr. Ich schnupperte am Leder. Ein leichter Hauch Rasierwasser. Das war neu. Er förderte eine andere Jacke aus dem Gepäckkoffer des Motorrades zutage und reichte mir ein Paar Handschuhe. »Ich weiß noch. Immer kalte Hände.«

Mir schoss eine Erinnerung durch den Kopf, wie ich ins Bett gekrochen war und ihm die kalten Hände auf den Bauch gelegt hatte, damit er zusammenzuckte. Nickend betrachtete ich die Handschuhe und überlegte, ob es seine waren oder die kleineren einer Frau, vielleicht seiner Ehefrau. Sie machten einen beruhigend großen Eindruck.

Er stieg aufs Motorrad und klopfte hinter sich auf den Sitz. Als ich den Helm aufsetzte, fühlte ich mich lächerlich, ein Fass mittleren Alters mit einem Außerirdischen-Hut. Außerdem raubte mir meine eigene Weinfahne den Atem. Ich nahm ihn wieder ab. »Ich will den Wind im Haar spüren.«

Grinsend hängte sich Xavi den Helm in die Armbeuge. »Um diese Uhrzeit dürften wir keinen Ärger mit der Polizei kriegen. Nicht dort, wo wir hinfahren.«

Die Muskeln an der Innenseite meiner Oberschenkel ächzten, als ich mein Bein über das Motorrad schwang. Kaum zu glauben, dass ich mich einmal wie eine Motorradbraut gefühlt hatte, die Sozia des tollsten Typen der Stadt. Es erschien mir ein wenig zu vertraulich, die Arme um ihn zu schlingen, weshalb ich nur mit den Fingerspitzen seine Taille umfasste. Er schaute sich um. »Fertig?«

Das Aufheulen des Motors löste in mir den Wunsch aus, mir den Helm zu schnappen und ihn mir auf den Kopf zu stülpen.

Sobald er Gas gab, blieb mir nichts anderes übrig, als ihn um die Taille zu fassen. Jede Faser meines Körpers klammerte sich fest, meine Knie pressten sich ans Motorrad, meine Hände waren verkrampft. »Vergiss nicht, dich zur Seite zu lehnen«, rief Xavi, als wir die erste scharfe Kurve erreichten.

Sich daran zu erinnern, nicht zu schreien war die größere Herausforderung.

Immer wieder fragte ich mich, wie die französische Polizei es wohl meinen Kindern erklären würde, wenn man mich zerschmettert an einem Berghang auffand.

Doch irgendwann unterwegs entdeckte ich das alte Gefühl von *insouciance* wieder. Ich krallte mich nicht mehr an Xavi fest, als würde das geringste Lockerlassen dazu führen, dass ich quer über die Fahrbahn geschleudert wurde. Früher hatte ich das Flitzen um die Kurven als Vorwand benutzt, mein Gesicht an seine Schulter zu pressen und seinen Geruch zu schnuppern. Meine Knie lockerten sich. Mein Haar flog mir ums Gesicht, und die kalte Luft fuhr mir durch die Wimpern, dass mir die Tränen kamen.

Als wir eine unbefestigte Straße erreichten, die durch einen Olivenhain führte, drosselte Xavi das Tempo. *»Ca va?«*

Ich hatte ganz vergessen, dass seine Art, einfache Fragen zu stellen, in mir das Gefühl auslöste, als wickle er mich in eine warme Decke. Ich holte Luft. »Alles bestens. Danke.«

»Weißt du, wo wir sind?«

»Nein.« Ich betrachtete es bereits als Erfolg, dass ich meine Eingeweide im Zaum gehalten hatte.

In gespieltem Entsetzen hob er die Hände. »Also hast du, als du gegangen bist, Korsika einfach vergessen, was?«

Ich schüttelte den Kopf. Wieder hatte ich diesen seltsamen Kloß im Hals. Einen Moment lang hatte ich gelächelt, als sei die Welt ein Tanz durch die Osterglocken, der mir sämtliche Möglichkeiten offenhielt – und im nächsten bohrten sich Wellen der Trauer durch meine Brust wie ein Korkenzieher. Skurrile kleine Geister eines jüngeren Ich steckten die Köpfe zur Tür hinein und brachten längst verschüttete Erinnerungen daran mit, was es bedeutet hatte zu leben, nicht nur zu existieren.

Xavi gab wieder Gas, und wir holperten die Buckelpiste entlang. Das Licht unseres Scheinwerfers schreckte Wildschweine auf, die donnernd in den *maquis* flüchteten. Schließlich erreichten wir eine struppige, von Bäumen gesäumte Lichtung.

Mit knarzenden Gelenken wuchtete ich mich vom Motorrad. »Hatten wir hier unseren Wohnwagen?«

Xavi lachte. »Der ist längst verrostet. Er zerfiel ja schon, als wir noch darin gewohnt haben. Aber ich muss dir noch etwas zeigen.«

Roberta

Mir war die Situation so peinlich, dass es mir den Atem verschlug. Die Welt hatte aufgehört, sich zu drehen. Jemand erschien mit einem Eimer und spülte die Stufen ab. Catherine setzte sich auf meine unverletzte, nicht blutige Seite. »Meine Mutter war genauso wie Sie«, sagte sie. »Unser Labrador hatte sich das Hinterteil an irgendeinem Stacheldraht aufgerissen, und sie ist so übel gestürzt, dass sie sich eine Gehirnerschütterung geholt hat.«

Ich wusste, dass sie mich nur aufmuntern wollte, war aber nicht sicher, ob ich mich für heute zum letzten Mal übergeben hatte. Alicia stand neben mir, biss sich auf die Unterlippe und lehnte sich an Connor.

Jake hatte meine Hand gereinigt und die Glasscherbe entfernt. Er sah mich nicht an. Fast war es, als erkenne er mich nicht wieder. Er wickelte einen Mullverband um meine Wunde. »Du solltest das im Krankenhaus anschauen lassen.« Ich hatte den vagen Eindruck, dass er besorgt wirkte.

»Alles bestens.« Ich stand auf und musste mich im nächsten Moment auf ihn stützen, als ich Blut durch die Wunde sickern sah.

Jake packte mich am Arm und hielt mich fest. »Du musst ins Krankenhaus. Die Wunde muss ordentlich verbunden werden.«

Catherine war ganz seiner Ansicht. »Falls da noch Glas drin ist, könnte es sich entzünden.«

»Mum, mach keinen Aufstand. Du würdest mich im umgekehrten Fall hinprügeln.« Alicias Gesicht war bleich und besorgt.

»Ich begleite Sie im Taxi hin«, erbot sich Catherine. »Stuart kann mit den Kindern zu Fuß nach Hause gehen.«

Jack seufzte auf. »Ich habe nichts getrunken. Ich fahre dich.«

Trotz der Schmerzen flammte ein wenig Freude auf. »Ich kann doch nicht voller Kotze dahin fahren. Die werden glauben, dass ich betrunken war.« Das Blut breitete sich weiter aus. Die Welt fing wieder an, sich zu drehen.

»Ich habe ein T-Shirt im Kofferraum. Das ist zwar ein bisschen zu groß, wird aber genügen. Deine Jeans hast du ja nicht erwischt.«

Nur am Rande nahm ich wahr, dass Jake sich Catherine vorstellte und dass die beiden verabredeten, wie Alicia nach Hause kommen sollte. Dann zog er mich auf die Füße und führte mich wortlos zum Auto.

»Das ist wirklich sehr nett von dir. Hoffentlich stinkt es meinetwegen nicht in deinem Auto.«

»Schlimmer als Angus mit seinen verschimmelten Turnschuhen kann es nicht sein.«

Jake förderte ein T-Shirt aus dem Kofferraum zutage und half mir beim Umziehen. Seine Berührungen waren entschlossen und sachlich. Ich konnte es ihm nicht verübeln: Der Geruch von Kotze war alles andere als erotisch. Ich legte mich auf den Rücksitz. Abgesehen von einem »Geht's noch?« gab er auf dem ganzen Weg zum Krankenhaus kein Wort von sich. Ich presste die Wange an das kühle Leder und wartete darauf, dass das Schwanken endlich aufhörte. Meine Gefühle zu ergründen wagte ich nicht.

Jake begleitete mich in die Notaufnahme. Wie gerne hätte ich ihn gefragt, warum er sich diese Mühe machte, doch ich befürchtete, er könne sich dieselbe Frage stellen und mich allein lassen.

Er hielt sich im Hintergrund, während ich mich anmeldete.

Als mir die Empfangsdame achselzuckend mitteilte, ich würde etwa eine Stunde warten müssen, trat er an den Schalter. »Hallo, ich weiß, dass es hier ziemlich rundgeht, aber meine Freundin blutet nun schon seit einer Weile, und außerdem könnten noch Glassplitter in der Wunde stecken.«

Die Frau hinter dem Schalter warf lächelnd ihren Pferdeschwanz zurück und sagte, sie würde sehen, was sich machen ließe.

Wir setzten uns auf orangefarbene Plastikstühle, die in mir das Bedürfnis auslösten, mir die Hände zu desinfizieren. Jake lehnte sich mit verschränkten Armen zurück. Als ich mich bei ihm bedanken wollte, zuckte er die Achseln. »Zuerst habe ich gar nicht bemerkt, dass du es warst. Ich habe nur das Splittern von Glas und ein Stöhnen gehört.«

Uns gegenüber saß eine Frau mit Wollmütze, die strickte. Metallnadeln klapperten. Neben ihr sagte eine junge Mutter immer wieder »Es ist so verdammt ungerecht« in ihr Mobiltelefon, während ihre vier Kinder ein Xylophon bearbeiteten, auf Trommeln eindroschen und Tamburine schüttelten. Ich hatte Alicia nie erlaubt, beim Arzt mit irgendetwas zu spielen. Jake musterte seine Schuhe. Kaum zu fassen, dass wir bis zwei Uhr morgens aufgeblieben waren und ins Telefon geflüstert hatten, wenn wir uns nicht hatten sehen können. Und selbst dann, wenn wir uns gesehen hatten.

»Ich habe heute Abend deinen Sohn getroffen.«

Jake nickte.

»Er hat sich an unsere frühere Begegnung erinnert.«

»Ich weiß. Er ist sofort zu mir rübergerannt, um mir zu sagen, dass du da bist. Ich habe ihm nie verraten, dass wir Schluss gemacht haben, und ich glaube nicht, dass er das verstehen würde. Allerdings gab es in unserer Beziehung vieles, was ich auch nicht ganz begriffen habe.«

Ich schaute zu Boden und betrachtete das geometrische Tapetenmuster, schätzungsweise achtziger Jahre.

»Du hast mir nie eine Chance gegeben, es dir zu erklären«, erwiderte ich.

»War da etwas zu erklären? Für mich war die Sache sonnenklar. Du hast mit mir geschlafen und bist wieder zu deinem Mann zurückgekehrt.« Genau in diesem Moment verstummte das musikalische Getöse der Kinder, worauf meine Sünden, vorgetragen mit Jakes sonorer Stimme, im Wartezimmer widerhallten.

Ich errötete. Er vollführte eine entschuldigende Handbewegung. Ich drehte mich zu ihm um und blickte ihm geradewegs in die wunderschönen Augen. Dann senkte ich die Stimme zu einem Flüstern. »Lass uns eines klarstellen. Ich habe nicht mit Scott geschlafen. Ich will nichts mehr von ihm wissen, und er will mich eigentlich auch loswerden. Sein einziges Ziel ist, mir jede Gegelegenheit zu verderben, mit einem anderen Mann glücklich zu werden.«

Jake rutschte auf seinem Stuhl herum, schaute jedoch nicht weg.

Ich sprach weiter. »Ich wollte unbedingt Frieden mit Scott schließen, um stabile Verhältnisse für Alicia zu schaffen. Im Laufe der Jahre hatte ich mich so daran gewöhnt, Konflikte mit ihm zu vermeiden, um das Leben nicht zu verkomplizieren. Und als er mich an jenem Abend angebaggert hat, wusste ich nicht, wie ich reagieren sollte, um nicht alles zu gefährden. Allerdings bin ich rasch zur Vernunft gekommen. Als ich ihn geküsst habe, wusste ich, dass es falsch war und dass alles, was einmal zwischen uns gewesen ist, aus und vorbei war.«

Jake zuckte zusammen. Ich ließ nicht locker. »Ich wollte dir nicht wehtun.«

»Vielleicht nicht. Aber du hast es getan.« Er blickte aus dem Fenster.

Meine Hand pochte schmerzhaft. Gerade versuchte ich, die richtigen Worte zu finden, die ihm helfen würden, meine Welt zu verstehen, als die alte strickende Frau uns gegenüber sich einmischte.

»Keine Ahnung, warum ihr jungen Paare es euch so schwer macht. Wenn er Sie liebt und Sie ihn auch lieben, müssen Sie aufhören, sich den Kopf über die Vergangenheit zu zerbrechen. Zu meiner Zeit haben wir uns nicht so viele Fragen gestellt, und wir waren glücklich.« *Klick, Klick*. Sie schob ihre Brille hoch und fuhr fort, eine aufzunehmen, eine fallen zu lassen, ohne uns eines weiteren Blickes zu würdigen.

»Hat die uns gemeint?«, flüsterte ich. Jake nickte. Wenn ich nicht vor Schmerzen fast die Wände hochgegangen wäre, hätte ich gelacht.

Die Schwester rief mich auf.

Jake blieb sitzen. »Möchtest du, dass ich mitkomme?«

Der Gedanke, dass er es nicht tun könnte, erschreckte mich.

Er folgte mir. »Roberta kann kein Blut sehen«, sagte er sofort. »Dann wird ihr schlecht, oder sie fällt um.«

Die Schwester lächelte auf die Weise, die normalerweise Kindern vorbehalten ist, wenn sie fragen, ob es wirklich Gespenster gibt.

»Setzen Sie sich und schauen Sie weg. Ich entferne jetzt den Verband.«

Jake stand neben mir und beugte sich leicht zu mir herüber. Die burschikose Art der Schwester wurde versöhnlicher, als sie meine Hand untersuchte.

»Das sieht wirklich scheußlich aus. Die Wunde ist ziemlich tief, was heißt, dass sie genäht werden muss.« Sie forderte mich auf, meine Finger zu biegen. »Ich glaube nicht, dass es eine Sehne erwischt hat, aber sicherheitshalber machen wir mal eine Röntgenaufnahme.«

Die bloße Erwähnung von Sehnen ließ Bilder von fadenförmiger, elastischer Materie in mir aufsteigen. Der Raum verschwamm um mich herum. Als ich wieder zu mir kam, lag ich mit hochgelegten Füßen auf einem Bett.

»Ihr Mann hat nicht gescherzt, als er meinte, Sie könnten kein Blut sehen, was?«

Ich tat, als hätte ich das »Ihr Mann« nicht gehört.

Die Schwester verfrachtete mich in einen Rollstuhl und bat Jake, mich zur Röntgenaufnahme zu schieben.

»Danke, dass du mitgekommen bist. Ich habe Probleme mit Krankenhäusern.«

»Schon okay.« Sein Tonfall war abweisend und verspannt. Was ich an Jake immer so geliebt hatte, war seine Offenheit und dass er seine Gefühle so klar ausdrückte. Jetzt war es, als sähe ich fern mit abgestelltem Ton.

Ich sackte im Rollstuhl zusammen, zu niedergeschlagen, um auf die inkontinenten Rentner zu achten, die vor mir ihre Darmwinde fahren ließen. Das Schweigen wurde bedrückend. Ich wusste nicht, was ich dagegen unternehmen sollte. Jedes Wort von mir schien Jakes Abwehrhaltung nur zu steigern. Verglichen damit war eine Röntgenaufnahme fast ein Urlaub. Nachdem festgestellt worden war, dass ich keine dauerhaften Schäden davongetragen hatte, schickte der Arzt mich zum Nähen.

Diesmal erwähnte Jake meine Abneigung gegen Blut nicht. Verlegen nuschelte ich eine Erklärung. Die junge irische Schwester war sehr nett. Sie sah nicht alt genug aus, um ein Namensetikett anzunähen, geschweige denn Haut zu flicken.

Sie wandte sich an Jake. »Halten Sie bitte ihre gesunde Hand ganz fest und drücken Sie sie. Reden Sie mit ihr, um sie abzulenken.«

Das war ein hoher Anspruch angesichts dessen, dass es ihm schwerzufallen schien, überhaupt das Wort an mich zu richten.

Doch als ich sah, dass sie zu einer Nadel griff, die mich an einen Angelhaken erinnerte, umklammerte ich seine Hand. Trotz meiner Angst sorgte die Berührung dafür, dass mein Magen einen Satz machte. Als die Schwester ihn erwartungsvoll ansah, fing er an, beruhigend auf mich einzureden, als sei ich ein Hund, der sich vor Silvesterknallern hinter dem Sofa versteckt.

»Na, wie lange gehst du schon in den Tennisclub?«

Die Schwester warf ihm einen konsternierten Blick zu. Vermutlich war es eine Abwechslung zu »Was gibt es heute zum Abendessen, Schatz?«.

»Heute war das erste Mal. Alicias Freund hat mich eingeladen. Normalerweise spiele ich in Longridge Avenue.«

»Natürlich.«

Ich hätte mich ohrfeigen können. Longridge Avenue war elitär mit einer jahrelangen Warteliste.

Ich schaute zu der Schwester hinüber, als könne sie mir irgendwie helfen. Was keine sehr gute Idee war, weil sie die Wunde gerade mit einer Spritze örtlich betäubte. Bei dem Stich schrie ich auf und zwang mich, die Hand nicht wegzuziehen.

»Reden Sie weiter. Alles, um sie abzulenken.« Die Schwester stellte sich vor meine Hand, um mir die Sicht zu versperren.

»Ich war erschrocken, dich heute dort zu sehen«, sagte Jake. Das lenkte mich wirklich von den Schmerzen ab.

»Warum?«

»Keine Ahnung. Ich hatte nicht damit gerechnet.« Jake war so nah, dass ich sein Rasierwasser riechen konnte. »Ich war so froh, dich zu treffen, so froh, wie schon seit Ewigkeiten nicht mehr. Das, was du gemacht hast, gut, ich habe mich einfach wie der absolute Loser gefühlt.«

Seine Mundwinkel hoben sich schicksalsergeben.

»Es tut mir so, so leid. Ich habe damals nicht so klar gedacht wie heute.«

Seine Stimme hatte sich zu einem Flüstern gesenkt. Er kauerte sich neben mich, damit er mir ins Ohr sprechen konnte. »Obwohl wir uns noch nicht so lange kannten, war ich sicher, dass wir zusammenbleiben würden. Aber ich komme nicht damit klar, wenn da im Hintergrund noch jemand ist. Was meine Frau getan hat, hat mir beinahe den Rest gegeben. So etwas stehe ich nicht noch einmal durch.«

Ich drehte mich um, damit ich ihm direkt ins Gesicht schauen konnte. »Da gibt es niemanden im Hintergrund. Keinen einzigen Menschen. Aber ich habe dich in den letzten Monaten wirklich vermisst.«

Mein Vater hätte diese Äußerung für sehr gewagt gehalten.

Seine angespannten Lippen lockerten sich sichtlich. Seine Augen musterten mein Gesicht. Mein Herz, mein gesamtes Ich, bemühten sich, Verbindung zu ihm aufzunehmen. Ich brauchte nur eine Chance. »Und was ist mit dir?«

Jake wandte sich ab. Ich hörte, wie ein Mann nebenan über Brustschmerzen klagte.

»Ich habe vor kurzem jemanden kennengelernt.«

Ich lockerte meinen Griff um seine Hand, unsicher, ob ich meine Stimme noch unter Kontrolle hatte. »Schön für dich. Auch im Internet?«

»Nein. Sie hat meinen Garten umgestaltet.«

Die Hoffnung verflog schlagartig. Ich wurde von einer gewaltigen Welle der Erschöpfung ergriffen, als die Schwester irgendetwas abschnitt. »So, alles fertig«, verkündete sie.

»Das ging aber schnell.«

»Eigentlich nicht. Ich glaube, Sie waren einfach anderweitig beschäftigt.« Lächelnd tätschelte sie mir den Arm.

Nun musste ich nur noch mein Herz nähen lassen.

Octavia

Xavi parkte das Motorrad am Rand des Strandes. Ein von Fragen strotzendes Schweigen senkte sich über uns, während wir über den Sand gingen. Als ich mich hinhockte und mir die hellen Sandkörner durch die Finger gleiten ließ, kauerte er sich neben mich.

»Ich verstehe nicht, warum du jetzt hier bist. *Curiosité? Nostalgie?* Bist du noch verheiratet?«

Mein Ehering hatte mir das Reden abgenommen.

»Und du?« Ich spürte, wie sich mir in Erwartung der Verletzung der Magen zusammenkrampfte.

»Nein. War ich noch nie. Keine wollte mich haben.«

Ich versetzte ihm einen Rippenstoß. »Verschon mich mit diesem alten Mist. Wahrscheinlich lautet die Erklärung, dass keine dich lange genug halten konnte.«

Xavi verschlang mich mit lodernden Blicken, und dennoch zögerte ich. Ich wusste, dass die Wirklichkeit die Oberhand über diesen vom Sternenhimmel überspannten Winkel von Korsika gewinnen würde, sobald ich die Worte aussprach. Immis Gesichtchen stand mir vor Augen.

»Ich habe drei Kinder. Und einen Ehemann.«

Xavi stieß einen leisen Pfiff aus. »Drei Kinder. Wow.«

Ich wartete darauf, dass er mich nach den Namen, ihrem Alter oder sonst etwas fragte, aber er schob nur ein paar Steinchen herum, stand auf und zog mich hoch.

»Komm.«

Ich folgte ihm den Strand entlang. Der vertraute Geruch des Strandhafers versetzte mich in einfachere Zeiten zurück. Sich waschen in Wassereimern. Feuerholz sammeln. Tage in Sarongs und Badeanzügen. Ich erschauderte. Der Wind frischte auf, sodass die kleinen Wellen am Ufer weiße Schaumkronen bekamen.

Xavi wies auf ein kleines Boot, das in einem silbernen Dreieck aus Licht tanzte. Seine eingeholten Segel schlugen an den Mast. »Meine Beinahe-Jacht.«

»Das ist ein großer Fortschritt, verglichen mit dem alten Fischerboot, das wir mit einem Eimer ausschöpfen mussten.«

»Ich liebe es. Manchmal, im Sommer, wohne ich ein paar Tage darauf. Wenn ich in London bin, benutzt Jean-Franc es.«

»London, Xavi. Warum London? Ist das auf Dauer?« Es war das erste Mal, dass ich seinen Namen aussprach, und ich genoss es, wie er meine Lippen formte.

Er zuckte die Achseln. »Ist irgendetwas auf Dauer? Ich bin jetzt seit sieben Jahren dort. Um die englische Filiale eines neuseeländischen Reisebüros einzurichten. Inzwischen bin ich auf weltweiten Aktivurlaub spezialisiert. Es war nicht nötig, hierherzukommen, um mich zu finden. West Hampstead hätte genügt.«

»Ich bin nicht deinetwegen hier, du Riesenangeber. Du hast nie Anstalten unternommen, mich zu kontaktieren. Stattdessen bist du einfach wie eine Rauchwolke verschwunden.« Ich machte eine »Puff«-Geste mit meinen Händen.

Er beugte sich vor und stieß mich an. »Du weißt, dass das nicht stimmt.«

»Doch, das tut es. Dad ist gestorben, und du hast dich verdrückt und mich mir selbst überlassen.«

Ich legte mich flach in den Sand und versuchte, die Umrisse

der Cassiopeia zwischen den Sternen zu erkennen. Jetzt war nicht der richtige Moment für einen Streit. Ich wollte den einzigen Abend genießen, den ich mit Xavi verbringen konnte, anstatt die Zeit damit zu vergeuden, mit der Spitzhacke in alten Wunden zu bohren. Ich betrachtete die wenigen Wolken, die sich wie dunkelsamtiger Chiffon in Richtung Mond bewegten. Ohne die Lichtverschmutzung in der Stadt war der Himmel einfach ein anderer Ort.

Xavi stützte sich auf die Ellbogen und schaute zu mir hinunter. Seine Augen blickten so eindringlich drein, dass sie beinahe schwarz wirkten. »Also hat sie es dir nie gesagt, richtig?«

»Wer?«

»Deine Mutter.« Er stand auf und trat in den Sand, dass dieser in hohem Bogen aufflog. »Sie hat es dir nicht gesagt. Miststück.«

Das ärgerte mich. Ich war nicht sicher, ob Xavi und ich uns noch so nahestanden, dass ich ihm erlauben durfte, meine Mutter schlechtzumachen. »Was gesagt?«

»Dass ich angerufen habe. Dass ich dich nicht habe fallenlassen.«

Ich fuhr hoch. »Was?«

»Nach dem Tod deines Dad. Ja, ich bin nach Neuseeland. Aber nach zwei Wochen habe ich ständig bei dir angerufen. Deine Mutter meinte, du würdest wieder an die Uni gehen, und ich solle dich in Ruhe lassen.«

Mühsam erinnerte ich mich an die Wochen nach Dads Tod. Die Monate zu Hause, als ich nur in meinem Zimmer gelegen und mir Dads alte Platten von den Carpenters angehört hatte. Ich hatte mich um nichts und niemanden gekümmert, bis meine Mutter Roberta dazu überredet hatte, mich dazu zu bringen, am Anfang meines letzten Studienjahrs an die Uni zurückzukehren.

»Wie oft hast du angerufen?«

Meine Mutter war zwar knallhart, wollte aber auch nicht, dass ich unglücklich wurde. Allerdings wäre es ihr noch weniger lieb gewesen, wenn ich die Uni hingeschmissen und mich stattdessen nach Neuseeland verdrückt hätte.

»Herrgott, Tavy, dauernd. Damals war ein Anruf so teuer, nicht wie heute mit E-Mails und SMS. Ich habe ein Vermögen für zweiminütige Standpauken deiner Mutter ausgegeben. Sie sagte ständig, ich müsse dich vergessen.«

»Und das hast du ja auch achtzehn Jahre lang gut geschafft.« Obwohl man der Fairness halber sagen musste, dass Mum mehr Schuld daran hatte als er.

»Du doch auch. Ehemann. Kinder. Ich kann nicht sehen, dass du Xavi nachtrauerst.«

»Ich habe dich nicht verlassen. Sondern du mich.« Ich war wie ein Kind, das einen Stecken in eine Nacktschnecke bohrte, um festzustellen, ob die Eingeweide herausquollen.

Xavi warf einen Kiesel ins Meer. »Schnee von gestern. Ist dir kalt?«

Ich nickte, obwohl ich so gerne noch weiter nachgehakt hätte. Xavi hasste Engstirnigkeit. Er war der Großmeister des französischen Achselzuckens. Die Feuchtigkeit stieg aus dem kalten Sand direkt in meine Seele auf.

»Ich weiß, wo wir uns aufwärmen können.« Er wies mit dem Kopf auf das Boot. »Da habe ich alles, was wir brauchen. Nur ein kleines Problem.«

Ich schenkte ihm ein spöttisches Lächeln. »Was? Dass wir hinschwimmen müssen?«

»*Beh, oui.* Es ist nicht sehr weit.«

»Nein. Nein. Das war nur ein Scherz. Es wäre Schwachsinn. Das Wasser ist sicher eiskalt. In so einem Wasser kann man sterben.«

»Als du damals hier warst, sind wir im März schwimmen gegangen. Das hast du auch überlebt.«

»Schon, aber inzwischen bin ich fast vierzig, keine zwanzig mehr.«

»Und das war es dann? Leben vorbei? Keinen Spaß? Keinen Mut?«

Xavi brachte mich aus dem Konzept. Im wahren Leben war ich diejenige, die Menschen herausforderte und ihnen ihre Fehler aufzeigte. Ich hatte mich daran gewöhnt, dass die Kinder, Jonathan, ja, sogar Roberta mich um Rat fragten. Und nun tat Xavi so, als hätte ich keinen Mumm in den Knochen, weil ich nicht an einer Erfrierung zugrunde gehen wollte.

»Ich möchte nur lange genug am Leben bleiben, um meine Kinder aufwachsen zu sehen. Es gibt Leute, die Verantwortung tragen.«

Xavi stand, die Hände in die Hüften gestemmt, da. »Und manche Leute haben *joie de vivre*. Komm, nimm eine neue Erinnerung, wie es ist, wieder jung zu sein, mit nach Hause.«

Mich vor einem Typen, den ich geliebt hatte, bis auf die Unterwäsche auszuziehen – damals mit flachem Bauch und ohne Schwangerschaftsstreifen –, kam eigentlich nicht in Frage. Allerdings hatte ich schon so lange nichts Verrücktes mehr getan. Als ich daran dachte, wie ich Roberta die Geschichte erzählen würde, stieg ein leises Kichern in meiner Kehle auf.

Jetzt. Es musste jetzt sein, bevor ich wieder zur Vernunft kam.

»Also los.«

Xavi wirbelte herum, um festzustellen, ob ich es ernst meinte. Ich hielt inne. »Du zuerst.«

Er riss sich die Jacke vom Leibe und fing an, sich auszuziehen, als seien wir seitdem jedes Wochenende beim Windsurfen gewesen. Es war so lange her, dass ich einen Mann, irgendeinen Mann, zur Kenntnis genommen hatte, doch er hatte noch immer dieselben breiten muskulösen Schultern und den definierten Bizeps. Bei einem dämlichen Schreibtischjob. Die Natur war so ungerecht. Er trug Boxershorts, nicht den Typ Fallschirm, den Jonathan bevorzugte, sondern die engen, den Po umschmiegenden, wie bei einem Unterwäschemodel. Ich wandte mich ab.

Er malte mit der Zehe ein Herz in den Sand und löschte es mit der Ferse wieder aus. »Ich schwimme in zehn Sekunden los. Ich schaue dich nicht an.«

Ich zögerte, als es daran ging, die Hose auszuziehen. Nach einer Weile faltete ich sie in die Jacke.

Xavi fing zu rufen an: »*Allez, allez, allez!* Ich erfriere.«

So stand ich da in Unterhose und T-Shirt. Ich konnte doch unmöglich das T-Shirt ausziehen, um Himmels willen. Xavi war mit seiner Geduld am Ende. »Jetzt reicht es, los.« Er ballte die Kleider zu einem Haufen zusammen und nahm meine Hand.

»Bereit? Hör nicht auf zu rennen.«

Er zog mich hinter sich her mitten ins Meer hinein. Der Sand unter meinen Füßen fühlte sich weich an. Ich stand schon knietief im Wasser, als ich die Kälte spürte. »Weiterlaufen. Weiterlaufen. Wenn ich tauchen sage, tauchst du mit mir.«

Das Wasser umschwappte den Saum meines T-Shirts, und ich stieß leise Schreie aus, als die Wellen meinen Bauch berührten. Dennoch zerrte Tavi mich weiter. »Komm, es sind nur noch dreißig Meter. Und jetzt tauch.«

Ich stürzte mich ins eiskalte Wasser. Auf einen Schlag war ich stocknüchtern. Xavi trat Wasser und wirkte wie bei einem Sonntagsausflug in der öffentlichen Badeanstalt, während ich, halb brustschwimmend, halb paddelnd, auf ihn zusteuerte. Keuchend schnappte ich nach Luft, meine Brust bebte. Als der Mond kurz hinter einer Welle verschwand, schlug ich im pechschwarzen Meer panisch um mich. Ich fing an, schrill zu wimmern, und versuchte, nicht daran zu denken, dass sich Tintenfische an meinen Beinen festsaugen könnten.

»Tavy, hier bin ich. Folge mir.«

Ich drängte meine Furcht zurück und strampelte auf Xavi zu. Seine Hand schloss sich um meinen Oberarm und schleppte mich die letzten Meter zum Boot, wo er meine Hand um die Stahlleiter legte. »Halt dich fest. Ich gehe zuerst hoch.«

Er hievte mich ins Boot. Meine Brust hob und senkte sich, doch ich fühlte mich am ganzen Körper erfrischt. Die Benommenheit vom Wein war längst verschwunden. Er öffnete eine Luke zu einer kleinen Kajüte, lief die Stufen hinunter und kehrte mit einem Handtuch zurück. »Komm rein und zieh das T-Shirt aus. Ich habe Decken hier.«

Vor lauter Freude, nicht als Fischfutter geendet zu sein, musste ich laut lachen. Ich konnte mich nicht erinnern, wann mich jemand das letzte Mal zum Ausziehen aufgefordert hatte. Ich wickelte mich in das Handtuch und stieg vorsichtig die Stufen hinab. Durch die Luke konnte ich an Deck im Mondlicht Xavis Umrisse ausmachen. Bräunliche Linien umrahmten seinen göttlichen Hintern, während er sich frei von jeder Scham abtrocknete.

Ich hingegen benahm mich unter meinem Handtuchzelt wie Urgroßtante Gladys am Strand von Brighton und versuchte, mich aus dem klatschnassen T-Shirt und der Unterwäsche zu schälen, ohne mehr als einen Ellbogen zu zeigen. Zum Glück hatte ich mir die Zehennägel lackiert. Ich wünschte, ich hätte mir auch die Bikinizone enthaaren lassen.

Xavi sprang herunter, landete anmutig auf den Füßen und kramte unter einem der Sitzkissen herum, wo er eine gewaltige Fleecedecke zutage förderte, in die er mich einhüllte.

Er zündete das Gas an. »Du kannst einer Herausforderung

noch immer nicht widerstehen, was? Jetzt fühlst du dich spitze. Kluge Entscheidung.«

Ich bezweifelte, dass Jonathan dem zustimmen würde. Eine Kajüte mit angeschlossener Kombüse war wohl ein wenig zu eng für zwei nackte Menschen mit einer gemeinsamen sexuellen Vergangenheit.

Xavi erfüllte die Rolle einer Stepford-Hausfrau bis zur Perfektion. Jedes Mal, wenn wir uns niederließen und, gewiegt vom Boot, alten Erinnerungen aus Wohnwagenzeiten nachzuhängen begannen, sprang er auf, um Kaffee, Mandarinenwein, korsische Liköre oder Pistazien zu holen. Dabei drohte sein Handtuch, ständig abzurutschen, sodass sein nackter Po in meine Griffweite geraten wäre. Ich drängte diese Gedanken beiseite. Mein Leben mit Jonathan und den Kindern war ein geschlossener Kreis, in dem es nur wenige Öffnungen für Außenstehende gab. Ich hatte Xavi gefunden, meine Neugier gestillt und nun auch ein Abenteuer auf Lager, von dem ich Roberta erzählen konnte.

Das musste genügen.

Ich zog die Decke fester um mich, bis ich eingepackt war wie ein Beduinenenbaby.

»Frierst du immer noch?«

»Wird schon wärmer, danke. Der Likör hilft.«

Xavi berichtete mir von Jean-Franc und seiner verfrühten Vaterschaft. Als er seine Mutter nachahmte, die gedroht hatte, loszuziehen und dem Mädchen eine Glatze zu scheren, musste ich lachen.

»Sie hat sich aufgeführt, als sei Jean-Franc ein kleiner Junge, der einer bösen Kinderschänderin in die Hände gefallen ist. Aber nach einer Weile hat sie sich beruhigt. Sie hat ihre Enkelin geliebt. Inzwischen ist meine Mutter tot, das ist jetzt schon ein paar Jahre her.«

»Das tut mir leid.« Es stimmte, obwohl ich zu meiner Schande von Erleichterung ergriffen wurde, weil ich ihr nun nicht mehr zufällig begegnen würde. Vielleicht konnte ich sie nun so sehen, wie sie wirklich gewesen war. Als Mutter, die ihren Sohn beschützen wollte, nicht als die hinterhältige schwarze Krähe, wie ich sie in Erinnerung hatte.

Wir redeten über unsere Familien, Roberta, seine Freunde und ihr Leben, tauschten uns über die Gegenwart aus und genossen es, in der Vergangenheit zu schwelgen. Immer wenn das Gespräch sich fleischlichen Themen zuwandte, unserer Beziehung und dem Ehemann und den Kindern, die in den Ecken unseres Gesprächs lauerten, wich einer von uns aus, und wir flüchteten uns in Anekdoten, wie eine Überflutung im Frühjahr den Wohnwagen beinahe weggeschwemmt hätte oder wie Xavi mir voller Geduld Seeigelstacheln aus dem Fuß operiert hatte. Es erstaunte mich, wie viel wir lachten, aufrichtige Freude, die sich voller Energie Bahn brach.

Ich konnte mich nicht erinnern, wann Jonathan mich das letzte Mal amüsant gefunden hätte. Wenn ich zu kichern anfing, musterte er mich stets nur konsterniert.

Irgendwann im Laufe der Zeit schrumpfte der Abstand zwischen uns. Xavi streifte mich, und die Härchen an seinen Armen sorgten dafür, dass mich kleine Schockwellen durchfuhren.

Ich drehte Xavis Handgelenk herum, um auf seine Uhr zu schauen. »Oje, es ist Viertel nach zwei.«

»Hast du es eilig?«

»Nein. Ich gehe sonst einfach nie so spät ins Bett.«

Xavi sah mich an. »Bist du müde? Möchtest du zurückschwimmen?«

Ich wünschte, ich hätte das Thema nicht erwähnt. Ich wollte nicht gehen, nicht die Hand öffnen, um mir diese kostbaren

Momente entgleiten zu lassen. Außerdem erschauderte ich beim bloßen Gedanken, wieder in dieses eiskalte Wasser zu müssen.

»Und du?« Ich wollte auch nicht klammern und mich damit lächerlich machen.

»*Non.*« Er neigte den Kopf zur Seite. »*Non.* Überhaupt nicht.« Sein Blick wanderte über mich, musterte mein Haar und blieb an meinem Mund hängen, sodass ich schon befürchtete, es könnten dort Pistazienkrümel hängen geblieben sein. Schließlich sah er mich unverwandt an. Kurz saßen wir da und blickten uns tief in die Augen.

Ich erwartete schon, dass er jetzt aufspringen und auch noch bescheuerte Cashewnüsse servieren würde. Doch stattdessen nahm er meine Hand und drehte meinen Ehering herum. Ich legte die Finger locker in seine.

»Also?«

»Also was?«

»Also. *Ton mariage.* Ist sie glücklich?« Das tat er schon den ganzen Abend. Sobald das Thema schwierig wurde, verfiel er ins Französische.

»Kommt drauf an, wie man glücklich definiert.« Doch Xavi ließ sich nicht so leicht abwimmeln.

»Dann mal ganz einfach: Liebst du deinen Mann?«

»Ja.« Auf solche Fragen konnte es nur eine Antwort geben.

Xavi rutschte weg, sodass dort, wo gerade noch sein warmer Oberschenkel gewesen war, eine kühle Lücke entstand.

»Und warum bist du dann nicht bei ihm auf Sardinien?«

Sosehr ich es auch versuchte, ich konnte ihm nicht in die Augen schauen. »Er war beruflich beschäftigt. Und so dachte ich, ich erkunde die Gegend.«

»Nur dass du nichts erkundet hast. Du bist an einen Ort zurückgekehrt, den du kennst.«

Ich trank einen Schluck Wein. »Ich wollte nur mal sehen, was sich alles verändert hat.«

»Und ich? Habe ich mich verändert?«

»Eigentlich gar nicht. Du bist ruhiger, als ich dich in Erinnerung habe. Damals, als du jünger warst.« Ich hielt inne. »Und ein bisschen grauer.«

»Aber noch attraktiv, oder?« In einer gespielten Filmstarpose fuhr Xavi sich mit der Hand durchs Haar.

»Du warst schon immer schrecklich eitel.«

Xavi senkte die Stimme. »Hast du dich verändert, Tavy?«

Ich schnippte spielerisch mit dem Finger nach ihm. »Das musst du selbst rauskriegen. Von mir erfährst du es nicht.«

Wo sollte ich anfangen? Dass ich nicht mehr auf einem Trampolin herumspringen konnte, ohne mir in die Hose zu machen? Dasss ich im Winter Frostbeulen bekam wie eine alte Frau. Dass ich oft in den Flurspiegel schaute und mich fragte, wer diese Oma wohl sein mochte?

»Ich finde, dass du trauriger bist als früher.« Er stützte das Kinn in die Hand.

Ich hielt mir vor Augen, dass »traurig« bei ihm etwas anderes bedeutete als bei Charlie – peinlich, Opfer. Dennoch trafen die Worte einen wunden Punkt. »Was meinst du mit traurig? Gut, ich singe und tanze nicht die ganze Zeit. Aber wer tut das schon?«

»Ich erkenne an dir eine Ernsthaftigkeit, die damals nicht da war.«

Herrje. Ich hatte an diesem Abend mehr gelacht als in den vergangenen sechs Monaten. Vielleicht sollte ich ja irgendwo als Klageweib anheuern. »Das ist das Familienleben. Ständig muss man sich wegen irgendwas Sorgen machen. Man ist dann einfach nicht mehr so unbeschwert wie mit zwanzig. Die Ehe verändert einen. Kinder auch.«

Xavi rekelte sich. Als seine Decke wegrutschte, sah ich die Brust, auf die ich so viele Nächte lang meinen Kopf gebettet hatte. Meine Augen brannten vor Müdigkeit. Aber ich wusste, dass ich am nächsten Tag würde Abschied nehmen müssen.

Für immer.

Er räusperte sich. »Ich bin nach einem Jahr zurückgekommen. Um dich zu bitten, meine Frau zu werden.«

»Deine Frau? O Gott.«

Mir lag schon eine witzige Bemerkung auf der Zunge, doch ein bestürzter Ausdruck trat auf sein Gesicht.

»Wusste Mum Bescheid?« Meine Gedanken überschlugen sich. Was hätte nur alles werden können?

»Nein. Sie hat mir mitgeteilt, du würdest Jonathan heiraten und ein Baby erwarten.« Die Worte kamen ihm abgehackt über die Lippen. »Ich war erschrocken, dass du einen anderen so sehr liebst, dass du derart schnell schwanger geworden bist. Ich konnte dir nichts bieten – nur ein Surfbrett und einen Wohnwagen. Nichts für ein Baby. Manchmal ist das Leben eben Russisch Roulette. Ich dachte, dass ich das Abenteuer suche. Aber ich wollte dich, und dann war es zu spät.« Xavi sah mich von der Seite an. Die Wellen, die an den Rumpf schlugen, füllten die Stille.

Plötzlich brannten mir Tränen in den Augen. »Ich wünschte, ich hätte es gewusst.«

»Wärst du mitgekommen?«

»Keine Ahnung. Das Baby war nicht geplant. Ich wurde kurz vor dem Uniabschluss schwanger. Und bin in einem Leben gelandet, das ganz anders war, als ich es mir vorgestellt hatte. Jonathan war – ist – sehr beständig. Ich wusste, dass er zu mir halten würde. Ohne ihn hätte ich das letzte Studienjahr nicht geschafft. Nachdem Dad tot war und du mich verlassen hattest, war ich ziemlich am Boden.«

Eigentlich hatte ich erwartet, dass Xavi Jonathans konservative Lebenseinstellung ins Lächerliche ziehen würde, doch stattdessen verdüsterte sich seine Miene. »Ich kann beständig sein. Ich weiß, dass ich mich falsch verhalten habe. Die Verantwortung, *ça m'a fait peur*, verstehst du, sie hat mir Angst gemacht. Und letztlich habe ich dich dadurch verloren.«

Noch während ich mir eine Phrase zurechtlegte, dass wir beide nun nie erfahren würden, ob wir miteinander glücklich geworden wären, küsste Xavi mich mit einer Leidenschaft, so wild, dass ich nur noch Rot hinter den Augenlidern sah.

Ein Kekskrümel in meinem Verstand wehrte sich dagegen. Mit aller Kraft versuchte ich, mich an mein Eheversprechen, mein Gewissen, den Anstand oder was auch immer zu klammern. Doch meinem Körper fehlte der Rückwärtsgang. Es war, als hätte ich mir etwas vorgemacht. Mein Körper wusste, weshalb ich hergekommen war, auch wenn mein Kopf noch so tat, als sei ich eine treue Ehefrau. Und im Hintergrund schwang die beschämend oberflächliche Überlegung mit, dass Xavi Reißaus nehmen würde, sobald er meinen an Rührei erinnernden Bauch aus der Nähe sah.

Allerdings wollte ich nicht, dass er aufhörte. Seine Hände waren überall, zerrten an Handtüchern und Decken und liebkosten mich auf eine Art, die meine Denkfähigkeit auslöschte.

Kurz hielt Xavi inne und sah mir in die Augen, bis ich sie am liebsten geschlossen hätte nur für den Fall, dass meine gesamte Seele aus ihnen sprach. Er fragte nicht und bat auch nicht um Erlaubnis. Das brauchte er nicht. Mein Körper lieferte ihm alle nötigen Antworten. Er stieß in mich hinein, vertraut und dennoch anders, Aggression und Besitzenwollen schwangen mit, als er mich liebte.

Der unwillkommene Einfall, Xavi könne das Gefühl haben, in meiner nachgeburtlichen Möse in einen Steinbruch zu stürzen, ließ mich erstarren. Ich wollte schon etwas sagen, einen Witz machen. Doch Xavi schüttelte den Kopf, legte mir den Finger auf die Lippen, wurde langsamer und brachte mich mit einem Kuss zum Schweigen, der so sanft war, dass ich glaubte, darin zu versinken. An einen Ort, wo ich ihn nie wieder würde gehen lassen. Und dann, als habe ein neuer Gedanke Besitz von ihm ergriffen, packte er mich an den Schultern und rammte so kräftig in mich hinein, dass mein Körper ihn anzog, bis hinein in mein tiefstes Inneres, und mein armer, geschundener Beckenboden sich der Herausforderung stellte. Wir bäumten uns gegeneinander in einer Erlösung, die achtzehn Jahre voller Liebe und Verlust in sich trug.

Xavi lag auf mir. Sein Körper bebte, und er strich mir das Haar aus dem Gesicht, um meine Lippen zu finden. Er küsste mich so, dass ich daran denken musste, wie wir vor vielen Jahren am Strand gelegen und den Sonnenuntergang beobachtet hatten, ohne zu ahnen, dass die Zeitschaltuhr abgelaufen war. Ich betrachtete sein Gesicht. Xavi hatte den Mut der Santonis, eine Härte, die ich vermutlich nie hätte abschleifen können. Nur dass ich nun eine Zärtlichkeit und Verletzlichkeit vor mir hatte, an die ich mich nicht erinnern konnte. Er rollte sich von mir herunter, zog die Decke um mich und wickelte mich darin ein.

»Dein Mann ist wirklich ein Glückspilz.«

Xavi hatte die Eigenschaft, wütend zu klingen, wenn er traurig war.

Er drehte sich auf den Rücken und kaute an seiner Lippe.

Ich lag eng gedrängt neben ihm und suchte nach einer Antwort auf diese Bemerkung.

Eigentlich auf alles.

Xavi Santoni hatte den geschlossenen Kreis meiner Familie gesprengt, und jetzt brauchte ich einen Weg zurück. Es war ein

Irrtum von mir gewesen zu glauben, dass ich nicht romantisch war. Bei Jonathan war ich das nicht. Ich hätte daliegen, Xavis Gesicht streicheln und ihm all die Dinge sagen können, die ich vermisst hatte. Ihm von all meinen Träumen und der grenzenlosen Sehnsucht erzählen, bis die Sonne aufging.

Jonthan hatte keine Ahnung, was ich mir vom Leben wünschte – außer vielleicht eine neue Spülmaschine oder einen Mann im Haus, der die Regenrinne säuberte.

Ich hätte den Rest des Tages damit verbringen können, mit den Händen über Xavis sonnengebräunte Haut zu streichen, jedes Muttermal neu zu entdecken, jede kleine Narbe, alt und neu. Sex mit Jonathan war nur noch lästig für mich, wenn er zu lange brauchte, um sich die Socken auszuziehen. Wir hatten aufgehört, unsere Ehe zu wässern, worauf sie vertrocknet war wie eine vernachlässigte Basilikumpflanze auf dem Küchenfensterbrett.

Und anstatt das Düngemittel herauszuholen, hatte ich anderswo ein großes Feuer entfacht.

Roberta

Ich lag im Bett und versuchte, nicht auf das Pochen in meiner Hand zu achten. Ich weiß nicht, wovon mir mehr übel wurde – dem Anblick des Verbands oder der Vorstellung, dass Jake mit einer anderen schlief. Ständig griff ich nach meinem Mobiltelefon und wünschte, sein Name möge auf dem Display aufleuchten. Ich war so sicher, dass er anrufen würde, um sich nach meinem Befinden zu erkundigen. Um Mitternacht hielt ich es nicht mehr aus und schickte ihm eine SMS:

Vielen, vielen Dank, dass du dich um mich gekümmert hast. Es war wunderschön, dich wiederzusehen. R.

Immer noch nichts. Ich wälzte mich herum und redete mir ein, dass er mich nicht stören wollte.

Am nächsten Morgen machte ich mir vor, ich wolle bloß nachschauen, ob die Zeitung vor der Tür lag, rechnete aber in Wahrheit mit einem Blumenstrauß oder einem Zettel im Briefkasten. Ich hörte meine Mailbox ab, um mich zu vergewissern, dass ich unter der Dusche keinen Anruf verpasst hatte. Im Laufe des Vormittags plätscherte die Zeit, in der ich eigentlich einen kugelförmigen Kronleuchter für Mrs Gooodman hätte suchen sollen, dahin, weil ich alle zwei Minuten meine SMS abfragte in der Hoffnung, dass es ihm leichter fallen würde zu simsen, als mich anzurufen.

Am Nachmittag grübelte ich über plausible, allerdings zunehmend an den Haaren herbeigezogene Möglichkeiten nach, warum ich nichts von ihm gehört hatte. Ob er gleich in aller Frühe zu einer Tagung aufgebrochen war? Ein Notfall in seiner Druckerei? Mir war klar, dass er eine andere kennengelernt hatte. Doch dass ich mir das Knistern zwischen uns nicht nur eingebildet hatte, davon war ich überzeugt. Vielleicht war ich zu arrogant gewesen. Octavia sagte ständig, Männer würden gar nicht auf den Gedanken kommen, dass sie mir gefielen, weil ich »so eine prüde alte Schachtel« sei. Entweder das, oder »Er steht halt einfach nicht auf dich, sondern ist in eine andere verliebt«. »Er ist es nicht wert, dass du deine Zeit an ihn verschwendest.« Und ihr Lieblingsspruch: »Nach vorn schauen.«

Aber wie?

Octavia

Ich wachte mit einer Zerrung im Nacken auf. Grelles Tageslicht strömte durch das Bullauge direkt in meine verkaterten Augen. Xavi umarmte mich noch immer fest. Er hatte dunkle Augenringe, und seine Lippen zuckten verkrampft im Schlaf. Ich kramte in meinem Herzen nach einem Schuldgefühl. Und da war es schon, brodelte dicht unter der Oberfläche.

Gleich neben dem Ansturm der Liebe, der all die Jahre nur geschlummert hatte, jedoch nie verloschen war.

Mit weit geöffneten Augen starrte ich zur Decke und versuchte, mein neues Ich zu begreifen. Xavi zog mich enger an sich, ohne aufzuwachen.

Scham, dass ich nicht die Mutter war, für die meine Kinder mich hielten – praktisch, fürsorglich, zuverlässig –, stürmte auf mich ein. Als ich dieses Gefühl ein Stück weiter ergründete, das Bedürfnis, sie an mich zu drücken und ihnen zu erklären, dass es nicht um sie ging, sondern um das, was ich vor ihnen gewesen war, verkrampfte ich mich. Und weit dahinter ragte ein Schmerz auf, eine Schwere, die meine Strafe sein würde. Die unbezwingbare Aufgabe, diese Macht der Gefühle wegzusperren, diese Sehnsucht nach Xavi, und zwar in den hintersten Winkel meines Herzens.

Xavi regte sich. Ruckartig schlug er die Augen auf und streckte die Hand aus. »*Putain*. Tavy. Ich dachte, du wärst nur ein Traum.« Er setzte sich auf. »Ich bin zu alt, um in so einem schmalen Bett zu schlafen. Beim nächsten Mal gibt es ein breites Ehebett.«

Tief in mir bohrte sich ein Angelhaken in mich. »Kein nächstes Mal.«

Xavi rieb sich die Augen. »Nein. Moment. Moment mal. Ohne Kaffee kann ich nicht klar denken.«

Ich starrte auf seinen Rücken, während er das Gas anzündete, speicherte den Moment gleichzeitig ab und archivierte ihn. Ich wickelte mich in ein Handtuch, riss die Luke auf und blinzelte in den Sonnenschein hinaus. Wir waren so nah am Ufer, dass die Entfernung mir nun lächerlich erschien. Xavi reichte mir eine Kaffeetasse und gesellte sich zu mir aufs Deck. »Tavy?«

»Es gibt kein nächstes Mal, Xavi.«

»Also verlässt du mich wieder.« Er nahm ein Tau von der Reling und fing an, es zu verknoten.

»Niemand verlässt hier irgendwen. Wir waren von Anfang an nicht zusammen. Ich habe Kinder, Xavi. Ich kann nicht nach Hause kommen und ihnen erzählen, ich würde jetzt mit einem Typen abhauen, den ich vor zwanzig Jahren kannte.«

»Ich zeig dir etwas.«

Er verschwand die Treppe hinunter und kehrte mit einer kleinen Schatulle aus Olivenholz zurück. »Weißt du, was da drin ist?«

»Tote Maus. Murmel. Muschel. Seeigel. Keinen Schimmer.«

Als er den Decke anhob, wich ich zurück, weil ich schon damit rechnete, dass mir etwas daraus entgegenspringen würde. Kein Insekt. Kein totes Tier. Nur die Hälfte einer Fünf-Franc-Münze mit der Aufschrift »*... lité, fraternité*«.

»Hast du deine noch?«

Ich schüttelte den Kopf und erklärte ihm, dass ich sie weggeworfen hatte, um ihn endlich zu vergessen.

»Ich habe dich nie vergessen, Tavy. Und das werde ich auch

nie. Ich habe es versucht. Ich weiß nicht, was so Besonderes an dir ist.«

»Danke.« Es war mir schon immer schwergefallen, Xavi ernst zu nehmen, selbst wenn er es so meinte.

»Nein, das stimmt einfach nicht. Ich weiß, was so besonders ist. Du bist zärtlich, aber auch hart. Du bringst mich zum Lachen. Du lässt dich nicht vereinnahmen. Du bist gedanklich für jede Möglichkeit offen. Wenn du keine Familie hättest und ich jetzt sagen würde: ›Gut, wir gehen jetzt nach Afrika und gründen dort eine Schule‹, würdest du mitkommen. Das weiß ich genau.«

Ich liebte Xavi wegen seines Vertrauens. Die Wahrheit jedoch lautete, dass meine gedankliche Offenheit im Laufe der Jahre abgenützt worden war. Inzwischen war sie nur noch ein enger Gang, durch den ich gelegentlich eine Spontanidee zwängte. Ich fühlte mich wie eine Anarchistin, wenn ich die Kinder an einem sonnigen Tag die Schule schwänzen ließ und mit ihnen nach West Wittering fuhr, um in den Wellen herumzuplantschen. Allerdings wollte ich dem letzten Mann, der mich für Wonder Woman hielt, nicht die Illusionen rauben.

»Ich verstehe, dass du eine Familie hast. Ich weiß, was Familie bedeutet. Aber ich will dich nicht gehen lassen. Was, wenn wir warten? Bis die Kinder groß genug sind? Wie lange? Neun Jahre? Dann werde ich verrunzelt sein, und wir können zusammen alt werden.« Xavi zwang sich zu einem Lächeln, doch die Trauer schwebte zwischen uns.

»Kein Warten mehr, Xavi. Ich kann nicht das nächste Jahrzehnt damit verbringen, mir zu wünschen, dass das Leben meiner Kinder vergeht, damit ich mit dir zusammen sein kann. Es wäre auch nicht fair Jonathan gegenüber. Er ist ein netter Mann. Wir müssen einander loslassen. Vielleicht schaffen wir es ja in einem anderen Leben, wenn wir es richtig anstellen.«

Meine Stimme wurde schrill und brach. Ich versuchte, mir auszumalen, wie ich nach Hause fuhr, meine Sachen packte, die Kinder Jonathan überließ und eine Mum für Wochenenden und Ferien wurde. Es gelang mir nicht.

Xavi malte Muster in den Sand, der auf dem Deck lag. »Du hast mich gesucht. Jetzt hast du mich gefunden und willst trotzdem gehen. Ich habe mich achtzehn Jahre lang von dir ferngehalten, um dir nicht wehzutun. Wenn du glücklich wärst, wärst du jetzt nicht hier.«

Hatte er recht? War ich unglücklich? Eindeutig war das, was ich für Jonathan empfand, banal, verglichen damit, wie ich mich jetzt hier mit Xavi fühlte. Aber vielleicht war es ja auch nur der Reiz eines anderen Körpers nach so vielen Jahren mit demselben und keine tiefe, dauerhafte Liebe, die um Anhörung flehte. Vielleicht würde ich Xavi nach einer Woche auch annörgeln, er solle endlich das verdammte iPad ausschalten und den Hund füttern.

»Ich hätte nicht kommen sollen.«

»Ich werde nach dir keine Liebe mehr finden. Vielleicht werde ich ein oder zwei Mal nah dran sein. Doch letztlich werden sie alle nicht du sein. Nie mehr werde ich jemandem mit so viel *spontaneité* begegnen. Niemandem, der die Welt als *une grande possibilité* sieht.«

»Das kaufe ich dir nicht ab. Ich bin im mittleren Alter, verfettet und mit Kindern im Gepäck. Du bist wunderschön, erfolgreich, du bist frei. Welche Frau würde dich zurückweisen?«

Die Eifersucht bohrte ihre Krallen in mein Herz wie eine Katze, die einen Vorhang hinaufklettert, als ich mir vorstellte, dass Xavi eine andere kennenlernen könnte.

»Du.«

»Xavi, es geht nicht darum, dass ich dich nicht begehre. Ich kann dich nicht haben.«

Das Gespräch drehte sich immer weiter im Kreis, bis Xavi meinem Auto auf dem Motorrad nach Bonifacio folgte, dastand, mich umarmte und mir sämtliche Gründe aufzählte, warum ich ihn wiedersehen müsse, bis ein mürrischer Steward drohte, das Tor zur Fähre zu schließen, wenn ich nicht sofort einstiege. Ich schnupperte Xavis Duft, betrachtete sein Gesicht, um es mir für immer einzuprägen, und ging davon. Ich spürte weiter seine Hand in meiner.

Ich konnte mich nicht umschauen.

Roberta

Als es Abend wurde, war jedes Zimmer im Haus von Verzweiflung erfüllt. Ich hielt es in der Küche nicht aus, weil sie mich an meine Tagträume von sonnigen Sonntagmittagessen mit Jake erinnerte. Oben ertrug ich es auch nicht, weil ich mich an seine Bemerkung erinnerte, er wolle mein Schlafzimmer mit mir »einweihen«, so als ob es gestern gewesen wäre. Immer wieder kochte ich mir einen Kaffee und vergaß, ihn zu trinken. Ich googelte Urlaubsreisen für Alicia und mich, aber nichts sagte mir zu. Ständig griff ich zum Telefon, um Jake eine SMS zu schicken, und legte es wieder weg.

Das Leben hatte mich gelehrt, dass eine nicht erwiderte Liebe nicht genügte.

Doch als es um sieben an der Tür klingelte, machte mein Herz zum ersten Mal an diesem Tag einen Satz.

Bestimmt war er es.

Ich strich mein Haar glatt und zupfte mein T-Shirt gerade. Dann setzte ich einen bewusst überraschten Gesichtsausdruck auf. Doch als ich die Tür öffnete, verwandelte sich meine gespielte Überraschung in aufrichtige Enttäuschung. Nicht Jake. Eine schlanke Blondine um die dreißig.

»Hallo. Entschuldigen Sie die Störung. Ich suche Roberta.«

Ihr Tonfall war zwar ruhig und zurückhaltend, dennoch schwang etwas Angespanntes, Zorniges darin mit, als siebe sie ihre Worte durch ein feinmaschiges Netz.

Ich spürte, wie ich Verteidigungshaltung annahm. »Ich bin Roberta Green. Und Sie sind?« Es gelang mir gerade noch, einen Hauch Höflichkeit in diese Frage zu zaubern.

Ich hatte heute einfach nicht die Geduld, mir einen Vortrag der Zeugen Jehovas anzuhören, bevor ich mich ins Haus flüchtete, um den *Wachtturm* geradewegs in die Altpapiertonne zu befördern. Ein »Nein danke« stieg in mir hoch, ohne dass ich wusste, was diese Frau mir zu sagen hatte. Nur die Möglichkeit, dass sie vielleicht eine Innenarchitektin brauchte, verhinderte, dass ich ihr die Tür vor der Nase zuschlug.

»Ich bin Lorraine.« Mit hochgezogenen Augenbrauen wartete sie auf eine Reaktion. Ihre Augen, so hellblau, wie ich es bis jetzt nur bei Huskys gesehen hatte, wirkten in ihrem kantigen Gesicht riesengroß. Ich korrigierte meinen ersten Eindruck von »schlank« zu »abgemagert«.

Ich wusste, wer sie war, obwohl Jake mir ihren Namen nie verraten hatte. Natürlich wusste ich es. Die Landschaftsgärtnerin. Pech für sie. Meine verletzte Hand, mein Leiden wegen Jake und meine allgemeine Verstimmung förderten nicht unbedingt meine Neigung, die Frau, die mit *meinem* Freund schlief, in die Arme zu schließen. Ich würde ihn immer so sehen, selbst wenn er sie heiratete.

Also war ich nicht in großzügiger Stimmung. Ich bezweifelte, dass sie hier war, um die beste Bepflanzung für meinen Steingarten zu erörtern. »Verzeihung, aber sollte ich Sie kennen?« Ich spürte, wie sich der Oberschichtakzent, den ich jahrelang zu dämpfen versucht hatte, wieder in meinen Tonfall einschlich. Der spitze Klang übertönte meine Mittelschichtwortwahl, wodurch sie einen Hauch arroganter wurde. Octavia meinte immer, ich würde die empörte Industriellenwitwe gut rüberbringen.

Sie scharrte mit den Füßen und schaffte es, eine gewisse

Schüchternheit mit Gefühlen zu verbinden, die jeden Moment zu einem Aufstand führen konnten.

»Ich bin wegen Jake hier.« Sie hatte so eine sanfte Stimme; ihre Worte verschmolzen beinahe mit den leichten Bewegungen in der Luft. Ein krasser Gegensatz zu der Chuzpe, die sie überhaupt dazu gebracht hatte, bei seiner Exfreundin auf der Matte zu stehen.

»Was soll mit ihm sein?« Die Höflichkeit hätte verlangt, dass ich sie hereinbat, doch ich fühlte mich nicht höflich, und so standen wir, vorsichtig unsere Positionen verändernd, da. Ich bemühte mich um eine neutrale Miene, doch mein Körper hätte sich am liebsten lässig und die Hüfte leicht zur Seite geneigt an den Türrahmen gelehnt.

»Ich glaube, Sie wissen, dass ich mit ihm zusammen bin.«

»Ja.« Ich fragte mich, ob sie die Feindseligkeit spürte, die zwischen uns in der Luft knisterte.

Sie schob sich das Haar hinter die Ohren. »Mir ist klar, dass es zwischen Ihnen nicht gut geendet hat. Aber ich wollte sichergehen, dass keine Möglichkeit besteht, dass Sie wieder zusammenkommen.«

Mir missfiel die Vorstellung, dass Jake ihr alles erzählt hatte. Dass die Geschichte »Aus meinem Bett aufgestanden und dann direkt mit ihrem Ex in die Kiste gehüpft« mich nicht in einen Nachteil versetzen würde, war höchst unwahrscheinlich.

»Sollten Sie nicht *ihm* diese Frage stellen?«

»Er weigert sich, über Sie zu reden. Er meint nur, was zwischen Ihnen gewesen ist, sei nicht wichtig. Allerdings wundere ich mich, dass er gestern den ganzen Abend mit Ihnen in der Notaufnahme verbracht hat, obwohl alles aus und vergessen sein soll.«

Ihre Marshmallow-Stimme klang allmählich immer brüchiger.

»Das lag daran, dass alle schon etwas getrunken hatten. Ich musste genäht werden, und er war als Einziger nüchtern genug, um mich zu fahren.« Ich schwenkte meine Hand vor ihrer Nase. »Er war einfach nur nett.« Während ich das aussprach, musste ich den Funken einer Hoffnung unterdrücken, dass dies nicht die ganze Wahrheit war.

»Und sonst war da nichts?«

Im Laufe der Jahre hatte ich gelernt, meine Wut auf Sparflamme zu setzen. Ich ging nur selten jemanden direkt an. Also war es für Lorraine ein besonders unglücklicher Zufall, dass die Sterne mir heute nicht hold waren, sodass ich mich einfach in meine Höhle zurückgezogen hätte. Kein Mensch erschien einfach ungestraft vor meiner Tür, um mich ins Kreuzverhör zu nehmen.

Ich zuckte übertrieben mit den Achseln. »Da fragen Sie die falsche Person. Er hat mir erzählt, er sei mit Ihnen zusammen, und wirkte verhältnismäßig zufrieden. Woher soll ich wissen, welche Pläne er für Ihre gemeinsame Zukunft hat?«

Kurz malte sich Schmerz auf ihrem Gesicht. Ich altes Miststück hatte mit dem Wort »zufrieden« ins Schwarze getroffen. Sie hatte gehofft, ich würde sagen, dass er sie liebte und dass unser kleines Techtelmechtel Schnee von gestern sei. Sie wandte sich ab. Es zuckte um ihre Lippen, hin- und hergerissen zwischen dem Wunsch, mich weiter in die Mangel zu nehmen, und dem Bedürfnis, mir keine weitere Möglichkeit zu geben, ihr Dinge zu erzählen, die sie nicht hören wollte.

Ich schwieg, meinem Vater ähnlicher, als ich es mir je eingestanden hätte. Er siegte in Debatten stets dadurch, dass er eine Pause entstehen ließ, bis das Gegenüber zu plaudern anfing. Nur genug Zweifel säen, dass sie ihm nie wieder vertraut. Falls sie wirklich bei ihm blieb, würde ich sie zwingen, den Rest ihres Lebens überschattet von dieser Unsicherheit zu verbringen.

Aber er würde nicht zu mir zurückkehren. Ob er sie liebte oder nicht, spielte keine Rolle. Es war ohnehin Geschichte.

Sie blickte auf. Wenn ich aufhörte, sie als Feindin zu betrachten, konnte ich Gemeinsamkeiten zwischen uns erkennen. Stolz, verunsichert und verzweifelt darum bemüht, den nettesten Mann zu behalten, dem sie je begegnet war. Der einzige Unterschied war, dass sie noch jung genug war, ein ballastfreies Leben mit ihm aufzubauen, seine Kinder zur Welt zu bringen und ihn glücklich zu machen.

Ich seufzte auf und spürte, wie der letzte Rest Widerstand in mir schwand. »Gehen Sie zu ihm nach Hause. Ich schwöre Ihnen, dass er nichts mehr mit mir zu tun haben will.«

Ihre Miene erhellte sich. »Sind Sie sicher?«

»Hundertprozentig.«

Zum ersten Mal lächelte sie, und ich konnte erkennen, warum Jake ihr schüchterner Charme anzog. Ich fragte mich, ob ihre hauchige Stimme ihn störte. Vielleicht glaubte sie ja, dass sie damit ihr Image als Mensch förderte, der in Verbindung mit der Natur stand.

Sie trat von einem Fuß auf den anderen und überlegte offenbar, was sie sagen sollte. Wahrscheinlich hätte es »Loserin« am besten getroffen. Nun hatte ich nachgegeben, anstatt die Konkurrenz mit einer doppelläufigen Flinte aus dem Weg zu pusten. Wie gerne hätte ich mich ins Haus geflüchtet und das Bild ausgeblendet, wie sie zu ihm zurücktrippelte, alle Ängste beseitigt und eine funkelnde Zukunft vor Augen.

Allerdings ließ sie mich nicht so leicht von der Angel. »Danke. Sie waren sehr verständnisvoll. Verzeihen Sie, dass ich einfach so bei Ihnen hereingeplatzt bin, aber der Gedanke, dass er zu Ihnen zurückkehren könnte, hat mich fast um den Verstand gebracht. Ich kann es nicht verübeln, dass Sie ihn gewollt haben. Er ist ja so ein reizender Mann.«

Sie hielt mir die Hand hin.

Nach kurzem Zögern schüttelte ich sie und nickte. »Ich weiß.«

Ich wusste es wirklich.

Octavia

Jonathan kam zu spät zu unserer Verabredung im Da Alberto am Jachthafen. Da ich einfach keine Ruhe fand, kippte ich den Rotwein hinunter. Mein Verstand brauchte San Pellegrino, doch mein Herz suchte das Vergessen im Alkohol. Zwei Gläser später sah ich, wie Jonathan sich durch die Menschenmenge schlängelte. In seinem Leinensakko, an das ich mich nicht erinnern konnte, wirkte er fast wie ein Einheimischer.

Ich wurde von Schuldgefühlen geplagt. Ich war nicht die Frau, für die er mich hielt. Immer wenn ich an Xavi dachte, war es, als stürze ich von einer Klippe. Am liebsten hätte ich mich an meinem Stuhl festgeklammert.

Als Jonathan mich entdeckte, nickte er. Ich holte tief Luft und lächelte. Mit rotem Gesicht und abgehetzt eilte er auf mich zu und ließ sich schwungvoll mir gegenüber nieder.

»Hallo. Also hast du es geschafft. Entschuldige die Verspätung. Hast du gut hergefunden?«

Kein Kuss. Jonathan neigte nicht zu überschwänglichen Begrüßungen in der Öffentlichkeit. Oder sonst irgendwo.

Er griff nach der Speisekarte. »Ich verhungere. War letztens abends nach der Arbeit hier. Das Essen ist spitze. Allerdings auch nicht billig, aber ich dachte, heute gönnen wir uns einmal was. Im Job läuft es wirklich super. Ich habe mit Patri geredet. Von jetzt an muss ich mindestens zweimal im Monat herkommen, vielleicht sogar öfter.«

Jonathan wirkte lebendiger, als ich ihn seit Monaten erlebt hatte. Er redete wie ein Wasserfall über sein Team, bis ich Fabrizio nicht mehr von Pasquale und Dominigu unterscheiden konnte.

»Nicht schlecht für einen Haufen Italos. Es sind ein paar wirklich kluge Köpfe dabei. Ich war erstaunt, dass da selbst einige Frauen leitende Positionen bekleiden. Habe gedacht, dass es, mit Patri am Ruder, ein ziemlicher Chauviladen sein würde«, meinte er.

Ich hätte mich gerne dafür interessiert, aber mein Verstand sprang ständig zwischen dem Thema, wer nun das Installationsteam leitete, und Xavi hin und her. Seinem Blick, als wir uns voneinander verabschiedet hatten. Ich war froh, als der Kellner Jonathan unterbrach, um die Bestellung entgegenzunehmen. Mir hatte es den Appetit verschlagen, weshalb ich mich mit einem Vorspeisenteller begnügte. Jonathan, ansonsten ein Fleischesser und Gemüseverschmäher, der stets nach Kartoffeln verlangte, erstaunte mich, indem er gefüllte Anchovi und eine Schale Venusmuscheln orderte.

»Die Jacke gefällt mir.« Ich verkniff mir die Bemerkung, dass er Zeit zum Shoppen, aber nicht für mich gehabt hatte, um den Moment nicht zu verderben.

»Ja. Es ist so heiß hier. Ich brauchte etwas Leichteres.« Er zuckte die Achseln. »Das Essen ist eine echte Überraschung. Einige meiner Kollegen haben darauf bestanden, dass ich alle hiesigen Spezialitäten probiere. Habe festgestellt, dass die echt lecker sind, vor allem die Meeresfrüchte. Wir essen zu Hause ja kaum Meeresfrüchte …«

Ich biss mir auf die Zunge, um ihn nicht darauf hinzuweisen, dass Jonathan jedes Mal, wenn ich Muscheln vorschlug, das Gesicht verzog und einen Spruch abließ, dass sie aus den Kloaken der Meere stammten und aussähen wie Vaginas.

Stattdessen wartete ich auf Jonathans Frage, wie ich mir die Zeit vertrieben hätte. Wenn ich Korsika erwähnt hätte, hätte ich mich verraten. Ich hatte die Entfernung zwischen Santa Teresa di Gallura im Norden und Cagliari im Süden gegoogelt und beschlossen, dass es der beste Angriffsplan war, eine zeitaufwändige Besichtigungstour entlang der sardischen Küste zu erfinden. Da man auf den schmalen Serpentinenstraßen nur so langsam vorankam, konnte ich mühelos einige Übernachtungen unterwegs unterbringen.

Jonathan zählte die Kollegen auf, die er am liebsten mochte, und hielt nur ab und zu inne, um mit einem Stück Fladenbrot eine Venusmuschel aus der Schale zu angeln. Ich hätte begeistert sein sollen, weil er weltgewandter wurde, doch es war, als beobachtete ich die Szene aus dem Weltall. Mein Körper war anwesend, doch mein Geist schwebte noch im Jetlag.

Irgendwann gingen Jonathan die Arbeitsthemen aus. »Also, hast du dich gut amüsiert? Was hast du alles gesehen?«

Xavi, der mich zum Boot gezogen hatte. Xavi, der mir in die Augen blickte und mich wirklich erkannte. Xavi, der sich an mich kuschelte und mir die Lieder vorsang, die wir uns früher auf Radio Cuore angehört hatten. Ich riss mich von diesen Gedanken los.

Stattdessen trank ich einen Schluck Wein und schlug den fröhlich-aufmunternden Tonfall an, den ich anwandte, wenn die Kinder im Kindergarten sich vor dem Mittagessen nicht die Hände waschen wollten.

»Ich bin ganz langsam die Küste entlanggefahren und habe beinahe die ganze Insel umrundet.«

Zumindest hatte ich alles im Reiseführer nachgelesen.

»Ich hab einen phantastischen Campingplatz in der Nähe von Palau entdeckt, wo die Zelte schon aufgebaut sind. Man kann an der Spitze der Halbinsel campen, Ginsterbüsche und tolle Strände auf beiden Seiten. Die Kinder wären begeistert. Wir sollten sie im Sommer mitnehmen. Ich wette, Charlie wäre ein toller Windsurfer.«

Jonathan rümpfte leicht die Nase. »Camping? Glaubst du, das würde ihnen Spaß machen? Ich kann mir nicht vorstellen, dass sardische Sanitäranlagen der Knaller sind. Obwohl, vermutlich wäre es preiswert.«

»Ein großer Luxus ist es nicht, aber die Kinder hätten jede Menge Auslauf. Für eine Woche wäre es sicher nett. Immi und Polly haben keinen Moment Luft, ohne dass wir wie die Helikopter-Eltern über ihnen schweben. Sie könnten ein wenig Italienisch lernen.« Ich bemühte mich, nicht an die Abenteuer zu denken, die wir mit Xavi hätten erleben können. In Ko Samui rund um ein Lagerfeuer sitzend und Kokosnüsse essend.

Jonathan zuckte die Achseln. »Auf der Welt spricht doch kaum ein Mensch Italienisch, richtig? Spanisch wäre nützlicher.«

»Aber es ist eine wunderschöne Sprache. Würde dir dein Job nicht leichter fallen, wenn du es auch könntest?« Ich unterdrückte meinen sarkastischen Tonfall.

»Eigentlich nicht. Wenn die Leute, mit denen ich zu tun habe, nicht richtig Englisch sprechen, hole ich mir eine Sekretärin zum Übersetzen.« Jonathan tupfte sich mit der Serviette das Kinn ab.

»Wäre es keine Befriedigung für dich, dich in ihrer Landessprache mit ihnen verständigen zu können?«, hakte ich nach.

»Die Geschäftssprache ist Englisch. Wer international bestehen will, muss sie lernen. Das ist nun mal der Stand der Dinge.«

Um des lieben Friedens willen wechselte ich das Thema. Ich hätte heute Tausende von Themen finden können, um auf Jonathan herumzuhacken. Italienisch, Spanisch oder, verdammt, Suaheli zu lernen war das geringste Problem.

Also wandten wir uns unverfänglicheren Dingen zu. Die

Kinder und ob wir Geld in eine Privatschule für Immi investieren mussten, falls sie sich wirklich als Legasthenikerin entpuppen sollte. Ich spürte, wie ich lockerer wurde, als Jonathan vernünftige Lösungen vorschlug, die auf Fakten und nicht auf Bauchgefühlen fußten. Ich erinnerte mich daran, wie ich mich in meinem letzten Studienjahr an ihn geklammert hatte, völlig am Boden, weil mein Vater tot und ich kaum in der Lage war, den Lehrstoff zu bewältigen. Er war da gewesen, hatte für mich entschieden und darauf gewartet, dass ich wieder zu Kräften kam. Ich durfte nicht zulassen, daran zu denken, was geschehen wäre, wenn ich gewusst hätte, dass Xavi mich wollte.

So sehr, dass er bereit gewesen war, mich zu heiraten.

Ich griff über den Tisch, um seine Hand zu nehmen. Er drückte sie beiläufig und schob mich dann weg, um sich seiner Gabel zu widmen. Als wir fertig waren, schlug ich einen Spaziergang am Hafen vor, um ein Eis zu essen und unsere Traumjachten zu bewundern.

Jonathan klopfte sich auf den Bauch. »Da unten ist so ein Gedränge, und außerdem bin ich pappsatt. Die letzten Tage habe ich fast nichts anderes gemacht, als zu essen.«

Und ich hatte gedacht, dass er sich kaputtarbeitete. Doch angesichts der Tatsache, dass ich keinen Grund hatte, mich moralisch erhaben zu fühlen, versuchte ich, den Abend zu retten. »Komm schon. Dann trink eben einen Kaffee. Lass uns unsere letzten beiden Abende hier so gut wie möglich nutzen. Du weißt doch, was uns blüht, wenn wir am Dienstag zurückkommen. Rennereien wegen der Kinder. Wahrscheinlich werde ich eine Woche lang keine Gelegenheit zu einem richtigen Gespräch mit dir haben.«

Jonathan nickte, und wir schlenderten zum Hafen. Ich hakte ihn unter. Unbeholfen schritten wir ohne Gleichtakt dahin, bis er sich losmachte und die Hände in die Hosentaschen steckte.

Ich versuchte, die Umgebung, die Farben und das Menschengewühl zu genießen. Alle Frauen in Designerkleidern. Die kleinen Mädchen in Rüschenkleidchen und Söckchen, die mich an Waschmittelreklame erinnerten. Sogar die alten Damen trugen schicke Brillen und kecke Frisuren.

»Ich möchte eine von diesen *sa carapigna*-Eissorten probieren. Ich habe im Reiseführer davon gelesen. Sie sind aus Zitronen und Zucker hausgemacht. Wollen wir uns in ein Straßencafé setzen?«

»Ich bin ziemlich erledigt. Es war eine anstrengende Woche. Kauf dir eins zum Mitnehmen und iss es auf dem Weg zum Hotel. Ich muss morgen früh aufstehen.«

Ich gab die schwache Hoffnung auf, in einem Straßencafé zu sitzen, die Leute zu beobachten und den Moment zu genießen. Jonathan brauchte ein klares Ziel. Er ging in ein Restaurant, weil es acht Uhr und deshalb Essenszeit war. Er wollte keine Einblicke in die hiesige Kochkunst oder die Sitten und Gebräuche gewinnen oder seiner Frau wieder näherkommen. Er tat es nur, weil ihm der Magen knurrte. Nachdem das abgehakt war, sah er keinen Sinn in einer Fortsetzung. Die Türen zur Freiheit, die sich bei meinem Zusammensein mit Xavi weit aufgerissen hatten, wurden mir wieder vor der Nase zugeknallt.

Wenn ich den Kindern ein abgesichertes Leben bieten wollte, würde ich mich damit abfinden müssen. »Warum willst du das eigentlich?« würde die Frage bleiben, die mich in Zukunft begleitete.

Ich stellte mich an, um ein Eis zu kaufen, auf das ich eigentlich keine Lust mehr hatte, und beobachtete dabei ein junges Paar an einem Tisch, das sich abknutschte, als sei es allein auf einem einsamen Hügel. Als ich mich nach Jonathan umsah, stand er mit verschränkten Armen da. Er hätte mitten im Bahnhof Kings's Cross auf den Halb-drei-Uhr-Zug nach Leeds warten können. Keine Spur von Freude an seiner Umgebung oder Interesse an dem, was um ihn herum geschah.

Ich bestellte mein Eis und fühlte mich alt und unsichtbar, als der Verkäufer sein Geplänkel mit seiner langhaarigen Kollegin einfach fortsetzte. Er gab mächtig damit an, dass er den Eislöffel mit einer cheerleader-ähnlichen Geste konnte herumwirbeln lassen. Manche Männer hatten eben einen Porsche, andere einen Eislöffel.

Und manche liebten das Reisen und hatten ein kleines Boot an der Küste von Korsika.

Ich schleckte das Zitronensorbet, genoss den sauren Geschmack auf der Zunge und drehte mich zu Jonathan um. Inzwischen hatte er seine bahnsteigmäßige Wartehaltung abgelegt und plauderte ziemlich angeregt mit zwei Frauen.

Ich schlenderte zu ihm hinüber, baute mich neben ihm auf und wartete darauf, dass er mich vorstellte. Endlich wies Jonathan auf eine zierliche Frau, deren kurz geschnittenes schwarzes Haar ihr Gesicht umrahmte. »Das ist Elisabetta. Sie arbeitet für Patri. Und das ist ihre Freundin Alessandra.«

Lächelnd schüttelten sie mir die Hand. Dann taten sie beide das, was mir in Italien schon oft aufgefallen war. Ihre Augen verschlangen meine Kleidung, als wollten sie abschätzen, wie teuer ich angezogen war. Florence & Fred konnten offenbar nicht mit Max Mara mithalten. Ich schwor mir, mir sobald ich zu Hause war, ein Paar schicke Sandalen zuzulegen, um die Flipflops von Tesco abzulösen.

»Ich bin Jonathans Frau Octavia«, verkündete ich, nur um die Lücke zu füllen, falls sie mich für eine Touristin hielten, die sich ihnen zufällig aufgedrängt hatte. Darauf folgte ein quälendes Verhör, was ich bis jetzt schon auf Sardinien besichtigt hatte. Abgesehen von einer verklemmten Pause, als Elisabetta mich fragte, ob ich einige superberühmten Grabstätten besucht hätte, von denen ich noch nie zuvor gehört hatte, schaffte ich es, für jemanden, der kaum vierundzwanzig Stunden auf der Insel gewesen war, ziemlich überzeugend zu klingen. Ich schickte ein Stoßgebet zum Himmel, Jonathan möge sie nicht auf einen Drink einladen. Zum Glück scheuchte er mich rasch in Richtung Hotel, nachdem die beiden Frauen mir versichert hatten, wie sehr es sie gefreut habe, mich kennenzulernen.

Zweifellos würde ich ihnen für die nächste Zukunft Stoff für Gespräche darüber liefern, dass Engländerinnen kein Gespür für Mode hatten.

In dieser Nacht war ich es, die ins Bett sprang, die Decke hochzog, Jonathan meinen dicken Hintern zukehrte und mich zu einer Kugel zusammenrollte. Heute würde ich mir zum letzten Mal gestatten, an Xavi zu denken. Eine gewaltige Welle der Angst durchschwappte mich. Angst, dass es mir nie mehr gelingen würde, in meine alte Welt zurückzukehren. Angst, dass ich Xavi nie wiedersehen würde. Angst, dass ich Jonathans Leben und auch das der Kinder auf den Kopf gestellt hatte und dass alle mit dem Finger auf mich zeigen würden.

Wenn ich in ein paar Tagen aus dem Flieger stieg, würde ich in meinem Kopf ein tiefes Loch ausheben und Xavi für immer darin versenken.

Roberta

Als ich mich wenige Tage nach ihrer Rückkehr aus Sardinien mit Octavia traf, war es, als sei sie eine Ewigkeit weg gewesen. Beim Kaffee erzählte ich ihr von Alicias Untersuchung und dass die Ergebnisse sämtliche schauderhaften Krankheiten ausgeschlossen hätten. Als ich Anfang der Woche wegen der Ergebnisse angerufen und gehört hatte, wie die Schwester in ihren Computer tippte, war mir flau geworden.

»Sie sagte, die Tests seien nicht narrensicher, da sich die Inkubationszeit so unterscheidet.«

Octavia zuckte die Achseln. »Du hast getan, was du konntest. Hör auf, dir Sorgen zu machen.«

Sie klang ermattet, nicht wie jemand, der gerade aus dem Urlaub kam. Vielleicht glaubte sie ja, dass ich aus einer Mücke einen Elefanten machte. Und dann sprudelte sie hervor: »Ich muss dir etwas erzählen.« Es schien etwas Ernstes zu sein. Ich richtete mich schon auf schlechte Nachrichten ein. Als sie mir von ihrem Techtelmechtel mit Xavi berichtete, war ich gleichzeitig erleichtert und schockiert.

»Du bist eigens in der Absicht hingefahren, ihn zu finden?«

Ihre Antwort lautete, es sei einfach Ergebnis der Umstände gewesen – Jonathan habe nie Zeit für sie gehabt, und sie habe einige Orte wiedersehen wollen, um festzustellen, was sich dort verändert habe. Aber damit konnte sie mich nicht täuschen.

Es wollte mir nicht in den Kopf. Trotz Jonathans ewigen Herumwienerns mit Putzlappen und Mopps, trotz seines Hangs zum Geiz und seines ständigen Mantras »Misch dich nicht ein«, wenn Octavia Leuten »den Kopf zurechtrücken« wollte, hatte ich geglaubt, dass sie ihn liebte. Während Scott und ich stets am Rande des Abgrunds getanzt hatten, waren Octavia und Jonathan ein Paar, über das nie jemand ein Wort verlor. Es hatte mich immer in Ehrfurcht versetzt, dass Octavia, sobald sie schwanger geworden war, ihre Reisepläne an den Nagel gehängt und diese Energie in den Aufbau einer stabilen Familie gesteckt hatte. Und zwar ohne auch nur einen Funken von Selbstmitleid.

Nachdem Octavia ihre Beichte abgelegt hatte, saß sie, die Augenbrauen hochgezogen, da, als warte sie darauf, dass ich lachte. So wie damals, wenn sie nachmittags in den Unterricht hereingeplatzt war, die Wangen gerötet, weil sie in den Hügeln hinter der Schule den Freund einer anderen geküsst hatte. Doch was mit sechzehn noch lustig gewesen war, konnte einem mit neununddreißig das Leben ruinieren.

»Hast du kein schlechtes Gewissen, weil du die Ehe gebrochen hast?«

»Ich habe einen Horror davor, dass er mir auf die Schliche kommen könnte, aber ich schaffe es nicht, es zu bereuen.«

Octavia wirkte gleichzeitig beschämt und trotzig. Mir krampfte es den Magen zusammen. Ich war selbstverständlich davon ausgegangen, dass sie für immer bei Jonathan bleiben würde.

»Warum riskierst du alles, wenn du nicht mit Xavi durchbrennen willst? Ich nehme an, du hast nicht vor, Jonathan zu verlassen?«

»Nein, das geht nicht. Wie könnte ich?« Ihre Stimme wurde leiser. »Jetzt hältst du mich für einen schrecklichen Menschen, oder?«

»Nein, das tue ich nicht.« Ich holte tief Luft. »Ich bin nur ziemlich schockiert. Als wir vor ein paar Monaten über Xavi gesprochen haben, hast du mir den Eindruck vermittelt, dass du nicht mehr an ihn denkst. Langeweile ist kein Grund, um loszuziehen und eine Affäre zu haben. Ich hätte mich über einen Anlass gefreut, mich in meiner Ehe zu langweilen. Du hattest immer Sicherheit. Deine Kinder haben Sicherheit. Du darfst nicht unterschätzen, wie wichtig das ist.«

Octavia riss die Augen auf. »Hier geht es nicht um dich. Ich möchte mich nicht wie eine dicke Fähre fühlen, die mit einem hochmodernen Antikenterungssystem durchs Leben tuckert. Ich weiß, dass du Schreckliches erlebt hast, aber du hast keine Ahnung, wie es sich anfühlt, einfach immer bedeutungslos zu sein. Ich bin nicht auf der Suche nach der großen Romanze, aber ich denke, dass ich mir von einer Beziehung mehr erwarten kann als ein Abo für eine Kindergarten-Fachzeitschrift zu Weihnachten.«

Mir wurde klar, dass ich einen wunden Punkt getroffen hatte, doch noch ehe ich zurückrudern konnte, fuhr Octavia zornig fort: »Du hast die Männer immer angezogen, ich nicht. Niemand nimmt mich zur Kenntnis. Jahrelang hat mich kein Mensch mehr angeschaut. Und weißt du was? Zum ersten Mal habe ich mich wie etwas Besonderes gefühlt. So als hätte ich etwas an mir, das sonst niemand hat. Dass ich nicht nur jemand bin, der die verdammten Frühstücksflocken aufwischt und weiß, wo der Tesafilm ist.«

Mir war klar, dass dies ein guter Zeitpunkt war, das Gespräch zu beenden, bevor ich noch etwas sagte, das ich nicht rückgängig machen konnte. »Zumindest hast du jemanden, der dich unterstützt und nicht die ganze Zeit gegen dich arbeitet.«

»Habe ich nicht. Die meiste Zeit ist Jonathan ja nicht mal da. Ich habe von beiden Seiten das schlechteste Los gezogen. Ich bin an einen Mann gefesselt, der nicht anwesend ist, und wenn er es doch mal sein sollte, interessiert es ihn einen Scheißdreck, was ich tue, denke oder sage.«

Octavia marschierte wild gestikulierend durch die Küche. »Ja, für dich ist alles in Ordnung. Du hast jedes zweite Wochenende und zwei Nächte pro Woche, in denen du tun und lassen kannst, was dir gefällt. Du hast nur ein Kind, und wenn Alicia nicht da ist, brauchst du dich um nichts zu kümmern. Ich habe drei Kinder, und jedes fordert ein kleines Stück von mir. Wann habe ich mal Zeit, um zu machen, was ich will? Ich erkenne mich selbst kaum wieder. Früher habe ich gesungen, getanzt, bin auf Festivals gegangen und habe Freunde bekocht. Mein Gott, manchmal habe ich sogar gelacht.«

Ein Gefühl der Ungerechtigkeit loderte in mir hoch. »Für dich mag das so stimmen, wenn du eine der größten Protestbewegungen der Menschheit sein willst.« Ich bemühte mich um Beherrschung.

»Wie du sehr wohl weißt, hätte ich gerne noch ein Baby gehabt.«

Die Wunde war auch nach all den Jahren nicht verheilt und bereit, bei der leisesten Reibung wieder aufzubrechen.

Octavia nickte entschuldigend.

Trotz meiner Anstrengungen, ruhig zu bleiben, hörte ich, wie zornig ich klang. »Ich habe ein wenig freie Zeit, trotzdem muss ich sehr hart arbeiten, um das Chaos auszugleichen, das Scott und ich angerichtet haben. Jeden Tag schäme ich mich aufs Neue, dass wir Alicia im Stich gelassen haben. Ich glaube, eine Ehe ist nichts, an das man sich nach Lust und Laune andocken kann. Wer garantiert dir, dass du mit Xavi in ein paar Jahren nicht die gleichen Probleme haben wirst?«

Octavia setzte sich wieder und stützte den Kopf auf die Arme. »Keine Sorge«, murmelte sie aus den Tiefen ihres Pullis.

»Ich gehe nirgendwohin. Ich wollte mich einfach nur wieder jung fühlen. Wie ich selbst. So, wie ich war, bevor ich mich in eine alte Spießerin verwandelt habe, die keiner mehr wiedererkennt.« Sie hielt inne. »Ich weiß, dass das egoistisch klingt.«

Octavia hatte sich nie gescheut, ihre Charakterschwächen zuzugeben. Aber egoistisch war sie ganz sicher nicht. Sie besaß eine Großzügigkeit und Wärme, von denen ich nur träumen konnte. Ich durfte nicht zulassen, dass sie alles wegwarf.

»Anderswo ist es auch nicht besser. Das Leben ist kein Ponyhof, sondern ein von Sonderlingen, Exzentrikern und Elvis-Wiedergeburten bevölkertes Universum«, sagte ich. »Selbst wenn du jemand Netten kennenlernst, schleppst du ein solches Päckchen mit dir herum, dass du die Sache vermutlich an die Wand fährst. Du musst an die Kinder denken, nicht nur an dich selbst.«

Octavias Kopf fuhr hoch. »Genau das ist ja das Problem. Ich habe nie die Chance, an mich selbst zu denken. Immer ist da irgendein armes Schwein, dessen Bedürfnisse so viel wichtiger sind als meine. Und an meine Kinder denke ich dauernd.«

Ich rang um einen versöhnlichen Tonfall. »Du bist eine tolle Mum, das weiß ich. Ich wollte nur sagen, dass du dich durch eine Affäre langfristig nicht besser fühlen wirst. Damit verkomplizierst du nur alles. Es ist ein Privileg, eine so stabile Familie zu haben. Sie für einen One-Night-Stand aufs Spiel zu setzen ist die Sache nicht wert.«

»Xavi ist kein One-Night-Stand. Es war nicht so, als ob ich eine Webseite angeklickt und mich mit jedem alten Kerl verabredet hätte, der noch alle Zähne im Mund hatte. Ich bin zu jemandem zurückgekehrt, den ich geliebt habe. Geliebt.« Octavia fuhr sich mit den Fingern durchs Haar. »Eine nicht abgeschlossene Geschichte.«

»Und jetzt ist sie vorbei?«

»Es muss sein.«

Octavia

In den zwei Wochen, die ich nun aus Korsika zurück war, legte sich die Niedergeschlagenheit nicht. Robertas Tadel hatte einen bereits schweren Fehltritt noch gewaltiger erscheinen lassen. Ich schleppte mich durch die Tage, funktionierte, konnte mir merken, welches Kindergartenkind einen neuen Hund bekommen und welche Mutter wieder ein Baby gekriegt oder eine neue Stelle angetreten hatte. Ich schaffte es noch, die Erwartungen zu erfüllen. Meine Sucht, Xavi zu googeln, war weniger geheilt als im Keim erstickt. Ich durfte nicht mehr über ihn erfahren und auch keinen Kontakt zu ihm haben, wenn ich die Mutterrolle erfüllen wollte, die mir bestimmt war.

Für die angestrebte Rolle der Ehefrau war es zu spät, aber zumindest konnte ich noch Mutter sein.

Polly bemerkte die Veränderung zuerst. »Es ist viel schöner, seit du nicht mehr in mein Zimmer gestürmt kommst und mich anbrüllst, dass ich endlich aufstehen soll.« An diesem Morgen hatte ich mich sanft auf ihre Bettkante gesetzt, ihren Fuß gestreichelt, um sie zu wecken, und darüber gestaunt, wie sich diese winzigen Babyzehen in Beinahe-Teenager-Füße hatten verwandeln können.

Charlie hatte nur gegrunzt. »Du bist nicht mehr halb so stressig wie sonst. Hast du die Wechseljahre hinter dir?« Deshalb, weil ich nur die Achseln gezuckt hatte, als er einen halben Liter Cola auf dem Wohnzimmerteppich verschüttete.

Hin und wieder überkam mich meine Sehnsucht nach Xavi mit voller Wucht. Zum Ausgleich dafür versuchte ich, mein Augenmerk auf Jonathans Vorzüge zu richten, ihn dafür zu loben, wie sehr er sich wegen Immis Lesekünsten ins Zeug legte. Außerdem bewunderte er die Hütte, die sie sich gebaut hatte, anstatt darüber zu jammern, wie viele seiner Bemühungen in das Projekt hineingeflossen waren.

Meine Selbstkasteiung bestand darin, die Frau zu werden, die er sich wünschte. Spät im Leben hatte ich entdeckt, dass der Lieblingsspruch meiner Mutter stimmte: Müßiggang ist aller Laster Anfang. Sobald die Kinder abends im Bett lagen, raste ich wie eine Superhaushälterin durchs Haus, bespritzte die Armaturen im Bad mit den verschiedensten unökologischen Mitteln, um den Kalk zu entfernen, tauschte durchgebrannte Glühbirnen aus und staubsaugte unter dem Bett. Meine neue Hausfrauenflitze erschöpfte mich völlig. Wenn Jonathan nicht da war, machte ich mir nicht einmal die Mühe, mich ordentlich auszuziehen. Ich schälte mir den BH unter dem T-Shirt vom Leibe und fiel in Unterhose ins Bett. Ich konnte gar nicht schnell genug einschlafen, um die Erinnerungen an Xavi auszublenden.

Im Laufe der Tage versuchte ich, mir beizubringen, nicht mehr an ihn zu denken. Hin und wieder fiel sogar Jonathan auf, dass ich mich bemühte, eine gute Ehefrau zu sein. Er war begeistert, als ich unsere alte Fichtenkommode per Abbeizmethode in eine gefälschte Antiquität verwandelte. Meinen Wunsch nach neuen Schlafzimmermöbeln hatte er abgeschmettert und ein ganzes Wochenende damit verbracht, mir zu erläutern, wie viel Geld ich uns gespart hätte. Ich wollte ihm die Freude nicht verderben, indem ich ihm erzählte, nach dem Abschleifen sei ich so sehr erledigt gewesen, dass ich mich den ganzen Nachmittag ins Bett gelegt hätte. Er war schon immer der Ansicht gewesen, meine Fähigkeit, beim bloßen Anblick einer Bettdecke tagsüber ein Nickerchen zu halten, sei ein Beweis für meine angeborene Faulheit.

Am Samstagmorgen, als Jonathan Charlie zum Kricket gefahren hatte, kämpfte ich mich um halb zehn aus dem Bett, um dem Briefträger die Tür aufzumachen. Ich fühlte mich verkatert, obwohl ich nur ein paar Gläser Wein getrunken hatte, bevor ich im Lehnsessel eingeschlafen war. Benommen und ein wenig verlegen wegen meines Morgenmantels mit Dalmatinermuster, stand ich in der Tür, während er mich aufforderte, für ein Jiffy-Kuvert zu unterschreiben. Noch mehr Mist von Jonathans Computerzeitschriftenabos. Im nächsten Moment erkannte ich, dass die Sendung für mich war. Ich riss sie auf, damit rechnend, dass es sich wieder um Gratisstrumpfhosen handelte, die meine Mutter immer wieder bestellte in der Hoffnung, das ich mich endlich in das heiß ersehnte, zarte Töchterlein verwandeln würde.

Die Hälfte einer Zweieuromünze.

Ohne den Brief zu lesen, wusste ich, von wem sie stammte. Ich pirschte mich am Wohnzimmer vorbei, wo Polly gerade *Let Her Go* von den Passengers in ihre Kakaraoke-Maschine kreischte. Sehr passend. Als ich mich an den Küchentisch setzte, fühlte ich mich so sehr von Kraft erfüllt wie nach meiner Rückkehr aus Sardinien nicht mehr. Er hatte mich nicht vergessen.

Der Brief war in Xavis unerverkennbar verschnörkelter südeuropäischer Handschrift verfasst.

Tavy, das ist die moderne Version unserer Münze. Ich behalte die andere Hälfte. Mein Herz gehört dir. Was du damit anfängst, liegt bei dir. Ich werde dich immer lieben.

Dazu seine Telefonnummer.

Im Hintergrund verspürte ich Erleichterung, weil Jonathan nicht da war, um zu sehen, wie ich das Päckchen öffnete. Eigentlich hätte ich mich über Xavi ägern sollen. Wir waren keine Familie, die einander die Telefone, Computer oder Post überwachte. Nur dass ich so froh war, von ihm zu hören. Nun kannte er meinen Ehenamen und meine Adresse. Offenbar hatte Google Wunder gewirkt. Ich schnupperte an dem Brief, atmete ein wenig von seiner Welt ein und versuchte, nicht darauf zu achten, dass ich jetzt seine Telefonnummer hatte. Um mich abzulenken, machte ich mir einen Tee, doch schon beim ersten Schluck wurde mir übel. Ich sehnte mich verzweifelt danach, seine Stimme zu hören, damit sie den Schmerz linderte, den ich verspürte, seit ich wieder zu Hause war. Schließlich gab ich nach, kramte mein Mobiltelefon heraus und hastete in den Garten. Ich riss ein paar Handtücher und Bettlaken von der Leine. Die Kinder würden mich nicht stören, wenn es danach aussah, dass sie zur Hausarbeit eingespannt werden könnten. Dann tippte ich die Nummer ein, die oben auf dem Brief stand, und sah zu, wie das Display auf »Anrufen« umschaltete.

Ich drückte den roten Knopf.

Meine Kinder waren da drin im Haus, und zwar völlig arglos. Es war nicht ihre Schuld, dass ich beschlossen hatte, mit einem alten Lover ins Bett zu gehen, während ihr Dad bis über beide Ohren in Arbeit steckte. Ich wollte nicht diejenige sein, die ihr Leben auf den Kopf stellte. Also steckte ich das Telefon wieder ein und schleppte die Wäsche ins Haus. Anstatt alles chaotisch in den Trockenschrank zu stopfen, faltete ich jeden Kissenbezug zu ordentlichen Quadraten und strich die Überdecken so glatt wie im Hotel. Ich würde mich bei Jonathan entschuldigen, indem ich heimlichen Telefonaten mit Xavi einen Riegel vorschob.

Bis er vom Krickettraining zurückkam, blieben mir noch zwei Stunden. Genug Zeit, um die Zahnpastaspritzer von den Spiegeln zu schrubben. Das war eines der Tausenden von Dingen, die Jonathan zu Tiraden à la »in diesem Haus muss sich etwas ändern« beflügelten.

Alles zu polieren hatte etwas Therapeutisches an sich. Meine Mutter hätte gesagt, ich wüsche damit meine Sünden weg. Ich reihte Charlies diverse Deos auf dem Fensterbrett auf. *»Thrill«*, *»Verlockung«*, *»Inspiration«* – unnötiges Zeug, das dazu führte, dass er nach Kloreiniger roch. Dann stapelte ich Pollys Badesalze zu einem ordentlichen Häufchen auf. Ich griff nach der leeren Pillenpackung, die ich vor einigen Tagen aufgebraucht hatte, und legte sie zum Abfallhaufen.

Nein. Nicht erst vor ein paar Tagen. Vor einer Woche.

Ich setzte mich auf die Klobrille und versuchte, mich zu erinnern. Ich brauchte die Packung stets an einem Samstag auf und hätte in der besagten Nacht eine neue anfangen sollen. Keine Periode. Mein Herzschlag beschleunigte sich. Ich hatte keine einzige Pille vergessen. Ich konnte einfach nicht schwanger sein. Herrje, das war ja wie damals mit sechzehn, als ich darüber nachgegrübelt hatte, wann das letzte Mal gewesen war, dazu die komplizierten Berechnungen, wann man zuletzt einen Eisprung gehabt hatte. Nein, es mussten hormonelle Ursachen dahinterstecken. Der Stress, Xavi wiedergesehen zu haben und es dann zu verheimlichen müssen.

Ich gab das Badputzen auf. Am besten schaute ich bei Google nach, was es sonst noch für Ursachen geben konnte. Die Panik legte sich. Immerhin nahm ich schon seit Jahren die Pille. Seit ich mit Charlie schwanger geworden war, waren wir keine Risiken mehr eingegangen. Warum sollte das Zeug ausgerechnet jetzt versagen? Ich war sicher, mein schlechtes Gewissen sorgte dafür, dass mein Körper verrücktspielte. Ich rannte nach unten, googelte »nehme Pille, keine Periode« und erhielt die üblichen bescheuerten Antworten wie »Du solltest mal zum Doc gehen« oder »Du könntest schwanger sein«. Ich überflog die anderen Einträge: »Mein Arzt sagt, dass es normal ist, hin und wieder eine Periode zu überspringen.« Oder: »Wenn du zu dünn wirst, kann die Periode aufhören.« Also, diesen letzten Punkt konnte ich abhaken. »Ich hatte eine Lebensmittelvergiftung und hatte zwei Tage lang Kotzerei und Dünnschiss. Mein Doc sagte, ich hätte in der Woche danach Kondome benutzen sollen.«

Ich stieß einen kleinen Schrei aus, der Stan hochfahren ließ. Abgelaufene Pfahlmuscheln, kurz vor meiner Reise nach Korsika. O Gott. O Gott. Ich konnte doch unmöglich ein Baby kriegen. Nicht jetzt.

Besonders, ohne zu wissen, wer der Vater war.

Roberta

Ich ertrug es nicht, wenn es zwischen mir und Octavia kriselte. Unsere Gespräche waren kurz und knapp gewesen, insbesondere, seit sie mir vor drei Wochen von Xavi erzählt hatte. Sie war viel besser darin, Weisheiten zu verteilen, als sie sich anzuhören. Dennoch versuchte ich, nachdem ich Mrs Goodmans Wohnzimmer zu ihrer Zufriedenheit umgestaltet hatte – »Ein französischer Triumph, meine Liebe, ein Triumph!« –, Frieden mit ihr zu schließen. Ich überredete sie zu einem Ausflug, um ihre Garderobe auf den neuesten Stand zu bringen. Immerhin jammerte sie schon seit Ewigkeiten, dass sie sich vorkäme wie ein Mauerblümchen. Vielleicht konnte ich sie ja wieder in bessere Stimmung bringen – und vielleich würden auch Jonathan endlich wieder die Augen aufgehen, sodass er sie zur Kenntnis nahm.

»Shoppen? Muss das sein?«

Ich überzeugte sie davon, dass sie sich auf jede verfügbare Bank setzen konnte, während ich Klamotten zusammensuchen, mich mit den Kleiderbügeln herumärgern und sie in regelmäßigen Abständen mit Sandwiches füttern würde. Auf der Fahrt nach Bluewater wartete ich darauf, dass Octavia mit ihren üblichen Schilderungen von Katastrophen in der Familie Shelton anfangen würde, gefolgt von einem Gespräch über meinen Beruf, meine Beziehungen und Alicia. Doch an diesem Morgen war es anders. Octavia saß auf dem Beifahrersitz wie ein altersschwacher Labrador, den man nicht mehr aus seinem Körbchen locken konnte.

»Stimmt etwas nicht?«

»Doch, alles in Ordnung. Bin bloß ein bisschen müde.«

Diese wortkarge Octavia machte mir Sorgen. Immerhin war sie sonst eine Frau, die zu allem eine Meinung hatte. Mir wäre es fast lieber gewesen, wenn sie mich damit aufgezogen hätte, dass ich noch immer Jake nachtrauerte. Wir stoppten vor John Lewis.

»Ich weiß nicht, ob ich in der richtigen Stimmung dafür bin«, sagte sie, während wir auf der Rolltreppe hoch in die Damenabteilung fuhren.

Ohne auf ihren Einwand zu achten, parkte ich sie neben den Umkleidekabinen, bestach sie mit der Aussicht auf Sushi und hastete dann umher, um T-Shirts mit V-Ausschnitt, Longtops und Sandalen zusammenzuraffen.

Ich konnte die Sachen gar nicht so schnell durch den Vorhang schieben, wie sie schon wieder zurückkamen. »Das bin nicht ich. In diesem Zeug würde ich mir lächerlich vorkommen. Zu viel Betonung auf der Oberweite.«

Als sie mir ein superschickes pinkfarbenes Wickelkleid zurückreichte, zog ich den Vorhang auf. »Vertrau mir. Du wirst klasse darin aussehen. Probier es doch noch einmal an.«

Octavia verschränkte die Arme. »Nein, da habe ich keine Lust drauf. Heute passt irgendwie nichts. Ich sehe in allem fett und nach abgelaufenem Verfallsdatum aus.«

Octavias Sturheit begann, mir auf die Nerven zu fallen. Dennoch war es mir wichtig, mich für meine Reaktion auf ihr Tête-à-Tête mit Xavi zu entschuldigen. Offenbar hatte ich mich im letzten halben Jahr in eine moralinsaure Verteidigerin der Ehen anderer Leute verwandelt, obwohl ich mich aus meiner eigenen geflüchtet hatte. Ich wollte keine Seifenkistenpredigerin sein, die die Knute schwang und Standpauken zum Thema »Du sollst nicht ehebrechen« vom Stapel ließ.

Also versuchte ich, das Klamottenkaufen attraktiver zu gestalten. »Ich sag dir was. Warum besorgen wir dir nicht erst mal neue Unterwäsche? Mit dem richtigen BH sitzen auch die Sachen besser.«

»Nein, nein, von BHs und Höschen lasse ich die Finger.«

»Ein guter BH strafft alles und macht deine Silhouette stromlinienförmiger.«

Octavia zog ihre Jeans an. »Roberta, tut mir leid, aber ich schaffe das nicht.«

»Wir wollen etwas finden, in dem du dich super fühlst.« Ich hatte Octavia noch nie als Schmollerin erlebt. Von ihrer Meinung beseelt. Scharfzüngig. Stur. Aber niemals schmollend.

Anstelle einer Antwort schlug sie sich die Hand vor den Mund und rannte in Richtung Ausgang. Gerade hatte ich mir meine Handtasche geschnappt, als ich sah, wie sie sich schwallartig auf das kleine Stück Fliesenboden übergab, auf dem kein Kleiderständer stand. Selbst beim Kotzen dachte Octavia noch praktisch.

Ich ging streng mit mir ins Gericht. Das hier war kein Kotzwettbewerb. Ich strich mein Haar zurück, wies die nächstbeste Verkäuferin auf die Katastrophe hin und schleppte Octavia weg.

Sobald wir draußen waren, brachte ich sie zum öffentlichen Klo und versuchte, nicht zu tief einzuatmen.

»Hast du was dagegen, wenn ich nicht mit reinkomme?« Mir drehte es schon den Magen um.

Als sie wieder herauskam, sah ich sie an. »Du Arme, offenbar grassiert gerade ein Darmvirus. Du hättest mir sagen sollen, dass du dich nicht wohlfühlst.«

Sie blickte zu Boden. »Ich bin schwanger.«

Überraschung ergriff mich, gefolgt von dem kleinen neidischen Stich, den ich immer empfand, wenn eine Frau mir von ihrer Schwangerschaft berichtete. Ich musterte ihr Gesicht. »Freust du dich?«

Es erschreckte mich, wie heftig ihr »Nein« klang. Im Gegensatz zu mir, die jede blaue Linie im Schwangerschaftstest als Beginn einer Reise begrüßt hatte, die ich vermutlich nicht beenden würde, war Octavia stets aufgeblüht, als habe sie die optimale Nische in ihrem Leben gefunden.

»Und was ist passiert?«

Sie war zu bedrückt, um einen dämlichen Witz über Blümchen und Bienchen zu machen. »Erinnert du dich, dass ich Pfahlmuscheln gegessen habe und danach die Kotzerei und Dünnschiss gekriegt habe? Das hat die Pille außer Gefecht gesetzt. Ich hätte sieben Tage danach anders verhüten sollen.« Sie zwang sich zu einem Lächeln. »Ausgerechnet in dieser Woche musste ich zweimal Glück haben.«

»Weiß Jonathan es schon?«

»Nein. Und er darf es auch nicht erfahren. Ich habe bereits einen Abtreibungstermin in zwei Wochen vereinbart, wenn er das nächste Mal nach Sardinien fliegt. Bis er zurück ist, müsste alles wieder in Ordung sein.«

Die Klotür knallte zu, als sich eine ältere Frau mit ihren Einkaufstüten und einigen Enkelkindern im Schlepptau herauszwängte. Ich nahm die im Einkaufszentrum umherwimmelnden Menschen als Farbkleckse und Schatten wahr und musste die Augen schließen. Die Trauer wegen meiner beiden Fehlgeburten war immer da, bereit, wieder an die Oberfläche zu steigen.

Ich hatte mich so um ein weiteres Baby bemüht, meine zwei kleinen Jungen, die nie eine Überlebenschance gehabt hatten.

Ich strengte mich an, mir mein Entsetzen nicht anmerken zu

lassen. »Du hast den Abtreibungstermin schon vereinbart? Bist du sicher? Ein Kind mehr könntest du doch auch noch durchbringen, oder? Die Großen sind alt genug, um dir ein bisschen zu helfen. Ich verstehe, dass es nicht optimal ist, weil sie alle noch zur Schule gehen, aber du würdest es bestimmt schaffen.«

Octavia betrachtete mich, als sei ich der geistig minderbemittelste Mensch auf Erden. »Ich weiß nicht, von wem es ist.«

Ein gewaltiger Schwall muffigen Toilettengeruchs wehte über uns hinweg. »Setzen wir uns irgendwohin.« Ich schleppte sie durch das Einkaufszentrum, wobei ich eine Mum mit Kleinkind buchstäblich aus dem Weg rempelte, und erkämpfte uns einen Tisch bei *Pret*. »Hast du dir das auch gründlich überlegt? Du hast doch nur einmal mit Xavi geschlafen, oder?«

Ocavia beäugte die Kräuterlimonade, die ich für sie bestellt hatte. »In diesem Zeitraum habe ich auch nur einmal mit Jonathan geschlafen. Die Chancen stehen also fünfzig zu fünfzig.«

»Er hat ein Recht zu erfahren, dass du vielleicht ein Kind von ihm erwartest.«

»Wer? Jonathan oder Xavi?«

»Jonathan.« Ich überlegte einen Moment. »Und Xavi vermutlich auch. O Gott, Octavia. Jonathan könnte Verständnis dafür haben, wenn du es ihm erzählst.« Meine Stimme erstarb. Ich fing an, mich an den letzten Strohhalm zu klammern. »Eine Abtreibung. Das ist so endgültig. Das Geschwisterchen deiner Kinder zu beseitigen.«

Octavia zuckte zusammen. »Toll, dass du mich darauf hinweist. Ich weiß. Aber eine andere Lösung fällt mir nicht ein. Immer wieder grüble ich darüber nach. Ich kann das Baby nicht kriegen, nicht wenn ich bei Jonathan bleibe. Auf gar keinen Fall werde ich zulassen, dass er Xavis Kind großzieht. Früher oder später würde ich reinen Tisch machen müssen, und das wäre dann noch viel schlimmer.«

»Seit wann weißt du es?« Ich stocherte im Ruccola auf meinem Sandwich herum.

»Seit einer Woche. Aber den Test habe ich erst gestern gemacht. Ich habe gehofft, meine Periode sei nur deshalb ausgeblieben, weil ich Stress habe. Aber nein, Octavia Shelton, die Brutmaschine Nummer eins, hat wieder zugeschlagen. Ich hatte schon einen Termin in der Klinik. Jetzt muss nur noch das Geschäftliche geregelt werden.«

Octavias sachliche Kälte schnitt mir ins Herz. Ich versuchte, nicht daran zu denken, wie ungerecht das alles war, an mein Flehen um eine ausgebliebene Periode, das ständige Klogerenne, um nachzuschauen, und das Ausweichen der dauernden Frage: »Na, wann kriegst du denn einen kleinen Bruder oder eine kleine Schwester für Alicia?«

»Hast du dich mit Xavi in Verbindung gesetzt?« Der neutrale Tonfall kostete mich übermenschliche Kräfte.

»Nein.« Ihre Stimme senkte sich zu einem Flüstern. »Du hattest recht. Ich war egoistisch. Jedenfalls werde ich ihm nicht das Messer auf die Brust setzen. Er liebt mich, ja, aber wer weiß, ob er das Baby würde wollen, auch wenn es seins ist?«

In einer anderen Situation hätte ich Octavia damit gehänselt, dass auch mal jemand anders recht haben könnte. Ich versuchte, logisch zu denken.

»Du darfst nicht so schnell abtreiben lassen. Versprich mir, dass du noch mal gründlich darüber nachdenkst.«

»Das habe ich schon. Alles andere, sämtliche übrigen Alternativen sind noch viel schlimmer. Auf diese Weise bin ich wenigstens die Einzige, die darunter leidet.«

Manchmal beneidete ich Octavia um ihre Entschlossenheit, ihre unerschütterliche Weltsicht, während ich ständig schwankte und zögerte und mich in Zweifeln suhlte. Mich fragte »was, wenn?«, selbst nachdem die Entscheidung schon gefallen war.

Nur dass sich nun alles in mir gegen Octavias Hartnäckigkeit sträubte. Ich suchte nach einem Ausweg, um die Lage zu verändern und eine Alternative zu finden. Also räusperte ich mich. »Willst du denn kein Kind mehr? Du warst doch immer so glücklich, als sie noch klein waren.«

»Ich liebe Babys. Ich hatte kein weiteres geplant, aber ich bin sicher, dass ich es schaffen würde. Doch was ich nicht schaffe, ist, eine Lüge zu leben. Zu wissen, dass es Xavis Baby ist, und Jonathan glauben machen, es wäre seins.«

»Und wenn es nicht von Xavi ist? Es könnte auch Jonathans sein.«

»Und wenn doch? Was, wenn da ein schwarzhaariges, dunkelhäutiges Baby rauskommt? Was, wenn ich nicht auf den ersten Blick weiß, von wem es ist?«

»Stehst du den Rest deiner Ehe durch, indem du einfach den Mund hältst?« Mir stockte die Stimme. Abtreibungen waren etwas für Fünfzehnjährige, erwischt, bevor ihr Leben richtig angefangen hatte. Nicht für erfahrene Mütter in Octavias Alter. »Wie lange bleibt Jonathan auf Sardinien? Wirst du, wenn er zurück ist, wieder fit genug sein, um es ihm zu verheimlichen?«

»Was die Dauer seines Aufenthalts angeht, ist er ein wenig vage. Wahrscheinlich zehn Tage oder so. Da es ja noch in einem frühen Stadium ist, dürfte es klappen. Zu diesem Zeitpunkt ist es nur eine Absaugung.«

Octavia hatte Talent, sich an den eigenen Haaren aus dem Sumpf zu ziehen. Sie hatte mich so oft aufgerichtet, dass ich ihr einen Gefallen schuldig war. Allerdings konnte ich es nicht verkraften, dass ein kleines Baby nie eine Lebensschance bekommen sollte. »Entschuldige, ich finde es nur so traurig, ein Baby, irgendein Baby, wegmachen zu lassen.« Ich brach in Tränen aus. »Versprich mir, dass du dir überlegst, ob du es Jonathan erzählst. Xavi brauche ich ja wohl nicht zu erwähnen.«

»Das darf ich nicht riskieren. Ich kann damit leben. Das überstehe ich schon.« Sie reckte das Kinn. Octavia überraschte mich immer wieder. Hinter ihrer lockeren Fassade verbarg sich ein eisenharter, stählerner Kern.

»Ich kann nicht hier rumsitzen und mich wegen Dingen aufreiben, die nicht zu ändern sind. Ich muss planen.« Sie stapelte die Einwickelpapiere unserer Sandwiches auf dem Tablett. »Ich brauche eine Ausrede für den Kindergarten. Meiner Mutter erzähle ich, ich müsse auf eine Fortbildung, damit sie sich um die Kinder kümmert. Ich muss nur rausfinden, wann ich danach wieder Auto fahren darf.«

Ich schüttelte den Kopf. Das war die Frau, die ihren Kindern jeden Tag ihres Lebens vorgesungen hatte, im Mutterleib und auch danach. Die Frau, die sich wie eine große Schäferhündin mit ihren Welpen auf dem Sofa zusammenkuschelte. Die Mutter, die die Geduld besaß, Gesichter auf Essensteller zu malen. Ewig Kniffel mit ihnen spielte, mittanzte und ihnen erlaubte, ohne die starren Regeln und Verbote aufzuwachsen, die mir in meinem Erziehungsstil so unabdingbar erschienen.

Ich konnte mir nicht vorstellen, dass sie nach einem Abtreibungstermin noch derselbe Mensch sein würde. Immer wenn ich zum Sprechen ansetzte, wehte die Trauer, noch immer schmerzhaft und frisch, meine Worte weg.

Octavia lehnte sich zurück und schnippte Krümel vom Tisch. »Ich weiß, dass du nicht einverstanden bist, aber ich sehe keine andere Möglichkeit.«

Ich konnte nicht länger an mich halten. »Es geht nicht darum, ob ich einverstanden bin oder nicht. Ich möchte nur nicht, dass du einen Fehler machst, den du den Rest deines Lebens bereuen wirst.«

Octavia griff nach ihrer Tasche. »Dafür es es inzwischen zu spät.«

Octavia

Ich muss mit dir reden.«

Dieser Satz war so untypisch für Jonathan, dass mir unwillkürlich ein »Verzeihung?« entfuhr.

Ich zwang mich, ihm in die Augen zu schauen. Am nächsten Tag würde er nach Sardinien abreisen.

Sobald er weg war, würde ich zur Abtreibungsklinik fahren.

Ich schnürte meine Gefühle in ein Korsett und gestattete mir nicht, darüber nachzudenken, was ich vorhatte. Ich hatte ganz vergessen, wie man ein neutrales, nicht schuldbewusstes Gesicht zog.

»Worüber denn?« Ich wandte mich um und setzte den Kessel auf, alles nur, um seinem Blick auszuweichen.

Jonathan musterte seine Fingernägel. »Ich habe dir etwas Wichtiges mitzuteilen.«

Ich machte mich schon darauf gefasst, dass er wieder gefeuert worden war, keine Sommerferien in diesem Jahr, die übliche Tirade, er habe eines von Stans Hundehaaren in seinem Essen gefunden.

»Diesmal bleibe ich sechs Wochen auf Sardinien.«

»Sechs Wochen?« Bis jetzt war er immer höchstens zehn Tage weg gewesen. Typisch Jonathan, sich diese Nachricht bis zur letzten Minute aufzusparen. Wahrscheinlich hatte er sich überlegt, dass ich so nur einen Tag Zeit haben würde, den Aufstand zu proben. Mein erster Gedanke war, dass ich so viel mehr Zeit für die Genesung haben würde. Mein zweiter, dass er nun den Sportwettkampf in der Schule verpasste.

Noch ehe ich antworten konnte, sprach er hastig weiter. »Eigentlich möchte ich für immer dorthin ziehen.«

Offenbar machte ich ein Gesicht wie ein französischer Kellner, wenn ich versuchte, Französisch mit ihm zu sprechen.

»Was?« Das war der Ehemann, der schon Magenprobleme bekam, wenn wir nur auf die Isle of Wight reisten. Und nun wollte er in ein anderes Land übersiedeln, ohne sich zuvor mit mir abzusprechen? Mit uns allen fünf? »Was ist mit den Kindern? Gibt es dort internationale Schulen? Und was ist mit meinem Kindergarten?«

Jonathan schob einen Stuhl unter den Tisch und richtete einen Zeitschriftenstapel aus.

Ein winziger Teil von mir stellte sich bereits auf die Herausforderung ein. Ich malte mir aus, wie eine sonnengebräunte Immi mit den anderen Kindern auf der Piazza spielte, während Charlie, eine Sonnenbrille auf dem Scheitel, mit seiner Vespa herumsauste.

Endlich löste sich Jonathan von der Aufgabe, mit dem Ärmel Flecken vom Tisch zu polieren. »Es tut mir leid.«

»Ich hoffe, du hast noch nichts unterschrieben. So eine Entscheidung kannst du nicht allein fällen. Unsere Familie besteht aus fünf Personen. Und aus Stan.«

Jonathan hob den Kopf.

»Ich habe jemanden kennengelernt.«

Ich starrte ihn an. Mit weit aufgerissenen Augen und offenem Mund. Meine Beine drohten unter mir nachzugeben.

»Wen?« Mein Tonfall war barsch. Unwillkürlich fuhr meine Hand zum Bauch. Das löste das Problem, ob Jonathan das Baby wollte – mochte es nun seins sein oder nicht.

»Jemanden, mit dem ich zusammenarbeite.«

»Wie originell. Sag jetzt nicht, es war eine dieser stricknadeldünnen Frauen, die wir getroffen haben, als ich auf Sardinien war?«

Jonathan nickte.

»Na klar! Die haben sich sicher halb totgelacht. Die Ehefrau, die keine Ahnung hat, dass ihr Mann die Tussi vögelt, die genau vor ihr steht. Sehr stilvoll. Welche ist es denn? Die Vollbusige? Oder die ganz ohne Titten?«

»Tu das nicht, Octavia. Das ist nicht dein Niveau. Ihr Name ist Elisabetta. Du hast doch sicher auch gemerkt, dass es seit einer Weile zwischen uns nicht mehr gut läuft.«

»Vielleicht habe ich geglaubt, dass sich eine Ehe nach über zehn Jahren eben so entwickelt. Allerdings hatte ich nicht vor, das Handtuch zu werfen.«

Selbst ich spürte, dass meinem Tonfall die Empörung einer Unschuldigen fehlte. Während ich gedacht hatte, ich würde Jonathan einen Gefallen tun, wenn ich Xavi vergaß, hatte er ein neues Leben mit einer Frau geplant, die aus Liebe, nicht aus Pflichtbewusstsein, mit ihm zusammen sein wollte. Ich fragte mich, wann wir aufgehört hatten, einander wahrzunehmen. So wie einen Schrank, den man beim Einzug in eine Wohnzimmerecke stellt und dann zehn Jahre lang nicht mehr zur Kenntnis nimmt.

Allerdings war meine Wut noch nicht verraucht. Ja, ich hatte mit einem anderen geschlafen, Schande über mich. Doch ich hatte niemals beschlossen, dass alles vorbei war, ohne mich darum zu scheren, welches Schlachtfeld ich hinterlassen würde.

»Was ist mit den Kindern?« Immis Gesicht bei dieser Nachricht wagte ich mir gar nicht auszumalen.

»Ich habe das nicht geplant.«

Die Angst vor der Trauer meiner Kinder ließ mich zur Furie werden. »Ach herrje, erspar mir den Spruch, du hättest das nicht geplant, *es war Liebe auf den ersten Blick*. Mist, verdammter. Mir ist es egal, ob du einen kleinen Kalender hattest, um deine Sardinienreisen um ihre Periode herum zu organisieren. Außerdem interessiert es mich nicht, ob du deine Bonusmeilen für ein nettes Rendezvous in Rom gesammelt hast. Was mir wichtig ist, ist, wie wir es den Kindern erklären sollen, dass du beschlossen hast, sie zu verlassen, und zwar ohne vorheriges Gespräch, ohne Diskussion.« Es gelang mir noch immer nicht, den Zorn aus meiner Stimme zu vertreiben, wie ich es eigentlich von mir erwartet hätte.

Wie Jonathan es von mir erwartete.

Plötzlich galt Jonathans volle Aufmerksamkeit seinen Fingernägeln. »Ich erkläre es ihnen. Natürlich tue ich das. Ich verschwinde nicht einfach so. Ich hoffe, wenn Gras über die Sache gewachsen ist, kommen sie mich auf Sardinien besuchen. Ich weiß, dass sie in einem Alter sind, in dem ihre Freunde ihnen wichtiger sind als wir. Aber ich habe sie in den letzten Monaten wirklich vermisst. Ich liebe sie immer noch, das weißt du.«

Der Text zwischen den Zeilen – dich liebe ich nicht – war unmissverständlich.

Allmählich begriff ich, warum es Roberta so schwergefallen war, Scott zu verlassen, obwohl mir die Sache sonnenklar erschienen war. In einen Abgrund der absoluten Ungewissheit hinabzustarren war beängstigend. Es tat mir weh, dass Jonathan sich seine Rücksichtnahme für eine andere Frau aufsparte. Vielleicht für eine andere Familie.

»Hat sie Kinder?«

»Nein. Und jetzt ist sie zu alt. Sechsundvierzig.«

Ich konnte mir einen Anflug von Bewunderung nicht verkneifen. Diese verdammten Italienerinnen wussten, wie man in Form blieb.

»Also das war's? Du gehst wirklich? Ohne dir einen Einspruch von mir und für die Familie anzuhören? Einfach toll, nur an dich selbst zu denken, und zum Teufel mit den Folgen?«

»Dazu ist es zu spät, Octavia. Ich werde nächstes Jahr vierzig und kann mir keine weiteren dreißig Jahre in dieser Situation vorstellen, nicht einmal zehn.« Seit seinem neununddreißigsten Geburtstag wiederholte Jonathan unablässig, dass er fast vierzig sei.

»Also Midlife-Krise?«, hakte ich nach.

Er zupfte an einem losen Faden an seinem Pulli herum. »Nein. Ich glaube, wir passen einfach von Grund auf nicht zusammen. Du bist dauernd so unruhig. Du willst Neues ausprobieren, die Firma ausbauen und seltsame und wunderschöne Orte besuchen. Ich eben nicht. Ich brauche mein eigenes Bett und meinen Tagesablauf.«

Zorn baute sich in mir auf. »Sorry, mir war nicht klar, dass der Ausbau einer eigenen Firma mich zur schlechten Ehefrau macht.«

»Du weißt, was ich meine. Du bist nie zufrieden, schaust mich immer an und wünschst dir, ich könnte anders sein. Die Wahrheit ist doch, dass sich unsere Wege schon vor Jahren getrennt hätten, wenn du nicht mit Charlie schwanger geworden wärst.«

»Du bereust die Kinder doch nicht etwa?« Allmählich musste ich mich bremsen, um mich nicht auf den nächsten Baseballschläger zu stürzen.

»Nein, überhaupt nicht. Keine Minute lang. Und das ist genau der Grund, warum wir uns meiner Ansicht nach trennen sollten.«

Ich stieß ein höhnisches, scharfes Lachen aus. »Der heilige Jonathan, der um seiner Kinder willen seine Frau verlässt, um in einem anderen Land zu leben.«

»Ich möchte nicht, dass meine Kinder in dem Glauben aufwachsen, Liebe sei, wer jetzt mit dem Schul-Shuttledienst und den Hausaufgaben in Naturwissenschaft dran ist. Sie sollen wissen, dass es darum geht, den richtigen Partner zu finden, der einem das Gefühl gibt, man könne ein besserer Mensch sein, als man je zu träumen gewagt hat.«

Die italienische Theatralik färbte offenbar auf Jonathan ab. Wie gerne hätte ich ihn verspottet. Doch ich wusste, was er meinte. Bei Xavi hatte ich mich wie der interessanteste, begabteste und geliebteste Mensch auf Erden gefühlt. Ich konnte nicht fassen, wie es mir entgangen sein konnte, dass Jonathan eine andere hatte. Eigentlich hatte ich mir stets viel auf meine Argusaugen zugutegehalten. Ich war doch diejenige, die immer bemerkte, wie ein Mann seine Frau ansah, wie sie ihn berührte, wie sie miteinander sprachen. Und dennoch hatte ich nicht erkannt, dass er mich nicht auf Sardinien haben wollte, und zwar nicht wegen Arbeitsdrucks, sondern wegen Drucks auf seinen Eiern.

Abenteuer waren nicht mehr so verlockend, wenn man drei Kinder zu versorgen hatte. Und ich war ziemlich sicher, dass die sich Jonathans Argumentation nicht anschließen würden. Also holte ich tief Luft. »Versprich mir, dass du nach diesem Ausflug wiederkommst. Wir müssen uns einen Weg überlegen, es den Kindern möglichst schonend beizubringen, dass wir uns trennen und dass du auf Dauer nach Sardinien ziehst.«

»Natürlich. Es ist das Beste so. Solange wir noch jung genug sind, um ein neues Leben anzufangen.«

Jonathan, der am wenigsten abenteuerlustige Mensch auf diesem Planeten, griff mit beiden Händen nach der Möglicheit, sein Glück zu finden. Und Octavia, die große Abenteurerin, starb vor Angst.

Kurz überlegte ich, ob ich die »Ich erwarte ein Kind von dir«-Karte ausspielen sollte. Doch Jonathan hatte recht. Was ich als gemütliche liebevolle sechzehnjährige Ehe missverstanden hatte, war gar keine Liebe gewesen. Nur Langeweile und Alltag. Ich träumte von Abenteuern, zugegeben, doch irgendwie hatten in diesen Träumen Wanderstiefel und Rucksäcke eine Rolle gespielt, nicht Tag für Tag Fertiggerichte für eine Person.

Die Freiheit wirkte auf einmal ganz und gar nicht mehr so verheißungsvoll.

Roberta

Um halb sieben Uhr morgens sah ich Jonathan mit einem Taxi wegfahren. Ich beobachtete, wie sich die Nachbarin mit ihrem Nachwuchs, plus Polly und Immi, auf den Schulweg machte. Gegen halb neun schlurfte Charlie schließlich aus der Tür, während Octavia ihm von der Tür aus Anweisungen nachrief. Ich parkte ein Stück die Straße hinauf und betrachtete ihr Haus im Rückspiegel.

Ich wusste, dass Octavia mich abgewimmelt hätte, hätte ich sie vorher angerufen. Für sie war es ein Zeichen von Schwäche, andere um Hilfe zu bitten. Ich rang mit mir selbst. Sobald sich in meinem Leben auch nur der Schatten eines Traumas abgezeichnet hatte, war Octavia für mich da gewesen. Scott. Jake. Alicia. Auch wenn sie nicht immer meiner Ansicht gewesen war. Manchmal war ich sicher gewesen, dass sie mich für den unfähigsten Menschen auf Gottes Erdboden hielt. Anders als meine Tennisfreundinnen sagte sie mir nie, was ich hören wollte. Doch wenn es hart auf hart kam, war Octavia da und machte, den Korkenzieher in der Hand, die Tür auf, ganz gleich, was sich in ihrem eigenen Leben tat.

Und jetzt war ich an der Reihe, die Ärmel hochzukrempeln.

Ich musste aufhören, über meine eigenen Verluste nachzugrübeln. Abtreibungen waren für mich ein Horror. Wenn ich nur daran dachte, was sie vorhatte, fühlte ich mich ohnmächtig, ja, beinahe zornig. Obwohl Octavia weitermachen würde wie immer. Schwimmsachen und Kricketausrüstungen sortieren, Pausenbrote schmieren und sich weigern, vor dem Wahnsinn, der vor ihr lag, die Segel zu streichen, auch wenn sie innerlich vor Angst erstarrt war.

Sie konnte nicht anders.

Ich ging zum Haus und klopfte an die Tür. Octavia hatte Sachen an, die aussahen, als hätten sie ein bisschen zu lange am Fußende des Bettes gelagert. »Roberta!«

Ihr Haar war verfilzt und seitlich angeklatscht. Ihr Gesicht war verschwollen. Eindeutig nicht guter Stimmung.

»Ich komme mit«, sagte ich.

Octavia atmete lange und gepresst aus. »Danke.«

Und dann fiel sie mir schluchzend um den Hals.

Octavia

Roberta fuhr. Ich saß auf dem Beifahrersitz und fragte mich, wann ich mich in diesen fetten Trauerkloß von einer Frau verwandelt hatte, der bei jedem Problem zu wimmern anfing. Seit Robertas Ankunft hatte ich kaum ein Wort herausgebracht. Es war, als weinte ich mir die Eingeweide aus dem Leibe. Seit Dads Tod hatte ich nicht mehr so viel geheult.

Als meine Kinder klein gewesen waren und geweint hatten, weil sie keine Lust mehr zum Weitergehen hatten, hatte ich ihnen gesagt, sie sollten ihre Kräfte für das aufsparen, was getan werden müsse. Nun wollte ich mich an meinen eigenen Ratschlag halten und konnte es nicht. Immer wenn ich glaubte, die Trauer endlich niedergerungen zu haben, stand mir das Bild der zweijährigen Immi mit schokoladeverschmiertem Mund vor Augen. Charlie im Tor, die Augenbrauen zusammengezogen, sechs Jahre alt. Polly, die Zunge konzentriert zwischen die Lippen geklemmt, während sie die Kugeln an den Christbaum hängte, mit wild gesträubtem Haar, das an eine Pusteblume erinnerte. Dann dachte ich wieder an das kleine Wesen mit blondem Flaum oder dunklem Haarschopf, und es drehte mir den Magen um.

»Du musst das nicht tun«, meinte Roberta.

Anstelle einer Antwort wandte ich den Kopf zum Fenster. Ich erkannte mich selbst nicht wieder. Wenn eine Mitarbeiterin bei einer Besprechung in Tränen ausbrach, weil sie sich zu wenig wertgeschätzt, müde oder gestresst fühlte, verhinderten nur die Arbeitsschutzgesetze, dass ich einen Wutanfall bekam. Von den Millionen von Dingen, die mich auf die Palme brachten, standen Menschen, die mit den Gegebenheiten nicht zurechtkamen, ganz oben auf meiner Liste. Oder Eltern, denen ihr eigenes Glück wichtiger war als das ihrer Kinder. Oder Mütter, die außerehelichen Sex für die Lösung ihrer Probleme hielten. Was, wie das Leben mich gelehrt hatte, eindeutig nicht der Fall war.

Und nun würde ich das tun, was keine Mutter jemals tun sollte.

Ich machte mir klar, dass mein Baby nur die Größe einer Blaubeere hatte, nichts weiter als ein Zellklumpen. Es konnte nicht lächeln, winken oder mit den Füßen strampeln. Ich hatte meine Entschlossenheit hinterfragt, indem ich im Internet recherchiert hatte, wie weit die Entwicklung schon vorangeschritten war. Offenbar konnte er oder sie schon die Handgelenke anwinkeln und die Augenlider schließen. Die Information, die dafür gesorgt hatte, dass ich den Computer sofort ausschaltete, war der Ansatz einer Nase gewesen. Charlie hatte als Baby so eine wundervolle Stupsnase gehabt, ganz verschrumpelt und beweglich. Hätte es damals schon Facebook gegeben, ich hätte Fotos davon gepostet. Wenn ich diese Art von Mutter gewesen wäre.

Ich hatte Roberta noch nicht erzählt, dass Jonathan mich verlassen würde. Sechzehn Jahre lang hatte ich dramafrei gelebt und es dann tatsächlich geschafft, eine Affäre, eine Schwangerschaft und das Scheitern einer Ehe in ein paar Monate zu packen. Ich brauchte all meine Kraft, um die Abtreibung durchzustehen. Für eine Debatte über meine abgelaufene Ehe war da kein Platz. Ich lehnte mich zurück und unterdrückte die Tränen.

Roberta parkte oben an der steilen Auffahrt. »Wir sorgen für Ihre Gesundheit in der Zukunft« schien mir ein eigenartiger Wahlspruch für eine Einrichtung, die sich hauptsächlich mit Schwangerschaftsabbrüchen und HIV-Tests befasste.

»Ich komme mit rein.« Roberta zerrte den Zündschlüssel aus dem Schloss.

»Das brauchst du nicht. Ich weiß doch, wie du auf Krankenhäuser reagierst. Wahrscheinlich kippst du schon am Empfang um.«

»Nein, ich versprech's dir.« Sie öffnete ihren Sicherheitsgurt. »Bringen wir es hinter uns.«

Roberta marschierte voran zur Tür hinein. Die Empfangsdame war darauf trainiert, so zu tun, als sei ich nur beim Zahnarzt zur Zahnsteinentfernung bestellt.

»Miss Shelton? Ihr Termin bei Doktor Washington ist um zehn nach zehn. Nehmen Sie bitte links im Wartezimmer Platz.«

Vielleicht stumpfte man ja ab, wenn man Tag für Tag mit Frauen zu tun hatte, die ihre Babys loswerden wollten. Aber womöglich verbrachte sie auch jede Abendeinladung damit, Frauen wie mich durch den Kakao zu ziehen, weil sie sich gefälligst den Konsequenzen zu stellen hätten, wenn sie bei der Verhütung schlampten.

Wir setzten uns. Ich musterte die anderen Frauen. Kein einziger Teenager. Genau genommen niemand unter dreißig. Alle Frauen wirkten alt genug, um es besser zu wissen. Eine trug einen schicken Hosenanzug und Stiefel mit roten Sohlen, von dem Schuhdesigner, auf den Roberta so stand. Vermutlich war ihr Baby das Erzeugnis eines reichen verheirateten Mannes, der die Brieftasche gezückt hatte, sobald der Schwangerschaftstest sich blau verfärbte.

Dann war da noch eine magere Frau mit strengem, geradem Haarschnitt und einer spitzen Nase. Ich konnte mir nicht vorstellen, dass sie in wilder Leidenschaft die Kondome vergaß.

Ich überlegte, was die Frau im Tweedkostüm wohl für eine Geschichte hatte. Vielleicht schon vierfache Mutter? Gärtnerin beim Besitzer eines Landguts? Und dann rief eine Schwester meinen Namen auf.

»Soll ich mitkommen?« Roberta machte Anstalten aufzustehen.

Ich schüttelte den Kopf. Dass Roberta sich in der Senkrechten würde halten können, während sie das Leben aus mir heraussaugten, stand praktisch bei null. Doch ich liebte sie für dieses Angebot.

Sie drückte meine Hand. »Bist du sicher, dass du das Richtige tust?«, raunte sie mir zu.

»Jonathan verlässt mich wegen einer anderen«, flüsterte ich zurück. »Ich kann jetzt kein Baby kriegen. Er würde es ablehnen, selbst wenn es seins wäre.«

»Jonathan verlässt dich?« Roberta platzte so laut damit heraus, dass es uns gelang, alle Insassinnen des Wartezimmers für einen Moment von ihren eigenen Sorgen abzulenken.

Das Lächeln der Krankenschwester verharrte in einem Stadium zwischen »Ich bin ein netter, vorurteilsfreier Mensch« und »Hopp, hopp, hopp, hinter Ihnen wartet eine Schlange«.

Beim Davongehen schaute ich mich um. Roberta hatte die Hände vors Gesicht geschlagen. Ich folgte der Schwester den Flur entlang. Ihre Plastikschuhe quietschten auf dem Linoleum. Als wir die Tür erreicht hatten, tätschelte sie mir den Arm. »Keine Angst. Alles wird gut.«

Plattitüden gehörten offenbar zu ihrem Beruf.

Dr. Washington war ein schlanker Schwarzer. Er stellte sich vor und forderte mich auf, mich hinter einem Vorhang zu entkleiden. Die Schwester reichte mir einen Kittel. Der Arzt stellte noch einmal fest, dass ich keine Narkose verlangt hatte. Bei der Geburt meiner Kinder hatte ich mir verschiedene Medikamente, Rückenmarksnakosen, Lachgas und Sauerstoff verabreichen lassen, doch ich fand, dass ich mich diesmal nicht drücken durfte. So als könnte ich durch die Schmerzen irgendwie für meine Tat büßen. Ich zog den Reißverschluss meiner Stiefel auf.

Würde ich den nicht stattgefundenen Geburstag meines Babys für immer betrauern?

Ich öffnete Knopf und Reißverschluss meiner Jeans. Auf einer Webseite zum Thema »Damit müssen Sie bei einer Abtreibung rechnen« hatte ich gelesen, dass es eine gute Idee sei, eine weite Hose und nichts zu eng Anliegendes zu tragen. Also hatte ich mich für die uralten Superfett-Jeans entschieden, in denen ich die Monate nach Immis Geburt verbracht hatte, weil das zugelegte Gewicht sich damals an mich gehaftet hatte wie ein Stalker. Ich hatte mir außerdem gedacht, dass sie genug Platz für das Floß aus Damenbinden boten, in denen ich herausgewatschelt kommen würde.

Die Stimme der Schwester drang durch den Vorhang. »Alles in Ordnung bei Ihnen?«

Offenbar vergeudete ich wertvolle Operationszeit. »Komme gleich.« Als ich die Jeans zusammenfaltete, fiel eine winzige rosafarbene Socke aus einer Hosentasche. Ich hob sie auf und wunderte mich darüber, wie klein sie war. Kaum zu glauben, dass Immis Füße inzwischen eine solche Armada an Turnschuhen, Ballerinas und Flipflops nötig machten.

Dieses Baby würde ich nie im Arm halten.

Nie sehen, wie es die Socken auszog, die ich ihm gerade mühsam über die Füße gezwängt hatte. Nie eine Mütze gerade rücken. Oder kleine pummelige, kuschelige Beinchen sehen, die auf einem Wickeltisch strampelten. Nie dieses unerklärliche Glücksgefühl verspüren, das einen überkam, wenn ein Baby, ohne zu protestieren, Kürbispüree verspeiste.

Ich zog die Jeans wieder an.

Meine Ehe war sowieso am Ende. Mein altes Leben war vorbei.

Aber ich konnte einem neuen zum Anfang verhelfen.

Roberta

An diesem Abend nahm ich Octavia mit zur mir nach Hause. Am nächsten Abend würden ihre Kinder von der Oma zurückkommen. Stan schlief im Wäscheraum. Seit Jahrzehnten hatte ich Octavia nicht so verletzlich und verunsichert erlebt. Wenn ich jetzt aus dem Zimmer ging, war es, als wolle sie mir folgen. Den Kindern hatte sie erzählt, sie fühle sich nicht wohl und wolle sich von mir aufpäppeln lassen.

Auf dem Weg zu meinem neuen Auftrag – eine phantastische Orangerie aus Glas, für die ich Brunnen und Pflanzen auftreiben musste – hatte ich die Kinder in der Schule abgesetzt. Nach ihrem anfänglichen Protest wegen der Invasion der Shelton-Bande hatte Alicia sich mit ihnen in Sachen Karaoke verbündet. Und so wurde jede freie Minute mit Choreographien, Gesangswettbewerben und Heimvideos verbracht.

Ihr Freund Connor wurde immer mehr zum Familienmitglied. Seit ich seine Mutter kennengelernt hatte, war ich ein wenig lockerer geworden und machte mir kaum noch Sorgen. Beinahe. Connor und Charlie verstanden sich großartig – wenn ich zusah, wie sie im Garten Rugby spielten, wurde ich von der bittersüßen Erleichterung erfüllt, dass ich keinen Sohn hatte. Am liebsten wäre ich hinausgestürmt, um zu verhindern, wie sie einander an die Gurgel gingen, weil ich gebrochene Halswirbel und Schlüsselbeine und dauerhaft verstümmelte Ohren fürchtete.

Wenn es um die Kinder ging, hatte Octavia immer das Zepter in der Hand gehabt. Doch nun war sie geistesabwesend. Sie hörte zu, wenn Polly aus *Alone on a Wide Wide Sea* von Michael Morpurgo vorlas. Sie half Immi bei ihrem Referat über die Viktorianer. Sie erklärte Alicia sogar Details der spanischen Grammatik, mit denen ich überfordert gewesen war. Doch ihre Begeisterungsfähigkeit, ihr ungebrochener Tatendrang und ihre Lebensfreude schienen verblasst zu sein wie ein Paar Vorhänge, die zu lange an einem sonnigen Fenster gehangen hatten.

Ich hatte nie zu den Menschen gehört, die im Garten herumpusselten, zu Radiomusik tanzten oder theatralisch Pfannkuchen in der Luft wendeten. Ich war eher jemand, der mit dem Wischmopp hinter den Kindern herhetzte, den Klofußboden scheuerte und verstreute Turnschuhe zu Paaren ordnete. Nur dass ich mich in meinen Bemühungen, Octavia ein bisschen Luft zu lassen, ein wenig in eine dieser überbegeisterten Hundetrainerinnen verwandelte, die man so im Fernsehen sieht. Eine von denen, die einen Quietscheball in einer Socke als das größte Spaßererlebnis auf Erden verkauften. Éclairs, nur los damit! Tennis im Club? Na klar, Turnschuhe her!

Die Kinder waren zwar ein wenig verdattert, doch ich bekam auch kleine Belohnungen. Polly nahm mich bei der Hand. Charlie musterte mich eines Tages, als habe er mich noch nie zuvor gesehen, und meinte: »Ich habe nie kapiert, warum Mum dich so toll fand, aber inzwischen verstehe ich sie.«

Allerdings schien Octavia nichts zu helfen. Ich versuchte es mit Nachsicht: »Soll ich dich zu dir nach Hause fahren, damit du ein paar deiner Sachen holen kannst? Schließlich sollst du dich nicht wie ein Logiergast fühlen.«

»Nein. Wir schaffen das schon. Danke.« Mit diesen Worten schleppte sie sich wieder nach oben, als ob ich ihr soeben mitgeteilt hätte, dass sie mir im Weg herumstand.

Ich versuchte, an ihren Geschäftssinn zu appellieren. »Wusstest du, dass am anderen Ende der Stadt ein neuer Kindergarten aufmacht?«

»Ja, hab ich gehört.« Sie blätterte in der *Hello!*, einer Zeitschrift, über die sie stets gelästert hatte: »Ich fühle mich echt toll, wenn ich über die gestrandeten Leben anderer Leute lese.«

Mir war es lieber gewesen, als sie sich noch über die Konkurrenz ereifert hatte, die »miserable Verwaltung«, die »einschnürende konservative Haltung«.

Ich versuchte, ihr vor Augen zu halten, dass sie sich irgendwann der Realität würde stellen müssen. »Was willst du Jonathan sagen, wenn er zurückkommt?« Doch sie zuckte nur die Achseln.

Allmählich geriet ich in Panik. Anders als bei ihren früheren Schwangerschaften, in denen sie viertelstündlich um den Kühlschrank getigert war, hatte sie keinen Appetit mehr. Ich kochte ihre Lieblingsgerichte. Sie stocherte nur darin herum. Ich kaufte Blaubeeren, Granatäpfelsaft, Mango-Smoothies, damit sie endlich ein paar Vitamine abbekam. Sie dankte mir immer, doch nichts davon fand den Weg in ihren Mund.

Stan schlief direkt unter meinem Schlafzimmer und stieß während der Nacht leise Beller und Seufzer aus, genug, um mich wieder aufzuwecken. Ich lag da, beobachtete, wie es heller im Zimmer wurde, und grübelte darüber nach, was aus Octavia werden sollte. Wenn ich das Schlafen aufgab, fand ich sie oft zusammengerollt im Lehnsessel in der Küche vor, eine Tasse Ingwertee in der Hand. Seit einem Jahrzehnt versuchte sie schon abzunehmen, und nun, da sie etwas Nahrhaftes brauchte, fielen die Kilo förmlich von ihr ab.

Es war mir unvorstellbar, wie das Baby gedeihen sollte. Fast hatte ich den Eindruck, dass sie, nachdem sie sich gegen eine Abtreibung entschlossen hatte, nun fest dabei war, ihr Baby stattdessen auszuhungern. Ich wusste nicht, wie ich ihr helfen sollte.

Oder vielleicht doch.

Octavia

Während meiner Woche bei Roberta verwandelte sie sich in eine Mary Poppins. Fast rechnete ich damit, dass sie gleich, an einem Regenschirm hängend, ein paar Zentimeter über dem Boden schweben würde. Am zweiten Samstag entführte sie die Kinder zum Westfield-Einkaufszentrum zur Shoppingtherapie, damit ich mir etwas zum Thema Jonathan einfallen lassen konnte. Normalerweise hätte ich ihr einen Vortrag gehalten, dass es nicht darum gehe, was man besitzt, sondern darum, was man ist. Allerdings hatte ich rasch herausgefunden, dass Prinzipien ein Luxus waren, den ich mir nicht leisten konnte.

Roberta hatte mich gezwungen zu duschen und mich ordentlich anzuziehen, da das, ihrer Ansicht nach, meine Konzentration fördern würde. Sie hatte recht – im Bademantel traf man keine bahnbrechendenden Entscheidungen –, doch ich kritzelte noch immer zunehmend kleiner werdende Quadrate auf einen Zeichenblock, während ich jede Sackgasse entlangstolperte, in die mich in ein Leben ohne Jonathan führen würde.

Als es klingelte, dachte ich, es sei eine Lieferung von weiteren Bienenwachskerzen, Kaffeekapseln oder supertollen Jogginghosen, ohne die Roberta offenbar nicht leben konnte.

Es war Xavi.

Meine überkochenden Gefühle waren zu viel für eine einzige Reaktion. Ich wusste nicht, ob ich vor lauter Überraschung losschimpfen, vor Freue schreien oder weinen sollte.

Er trat ein, schloss mich in die Arme und schob mit dem Fuß die Tür zu. Der Tränenausbruch gewann die Oberhand. Wir standen in Robertas Flur, während sich ein gewaltiger, unbeherrschbarer Tränenstrom Bahn brach. Zum ersten Mal, seit ich von meiner Schwangerschaft erfahren hatte, wurde die Welt ein wenig stabiler. Als ich den Kopf hob, war sein T-Shirt an der Schulter dunkel geworden.

»*Bien. Tu as fini?* Was weinst du denn, mein kleiner Kohlkopf?« Ich musste lächeln. Xavi hatte das französische Wort für Liebling, *chouchou*, schon immer wörtlich übersetzt.

»Wie hast du mich gefunden?«

»Ein kleines Vögelchen.« Er hob mein Kinn an und drückte mir einen festen Kuss auf den Mund.

»Roberta? Ich fasse es nicht, dass sie das getan hat. Sie war so sehr dagegen.«

»Dass du mich wiedergetroffen hast? Dass du mit mir geschlafen hast?«

»Beides.« Ganz abgesehen davon, dass ich jetzt einen Braten in der Röhre hatte. Aber dieses kleine Detail sollte er zuerst ansprechen.

»Ich erzähle dir später, was sie mir gesagt hat.«

»Am besten erzählst du es mir jetzt. Komm in die Küche.« Zum Glück war ich bei Roberta, wo alle Bodenleisten blitzblank waren, alle Handtücher frisch und alle leeren Klorollen regelmäßig in den Müll geworfen wurden. Kein Sturzflug, um die auf der Heizung trocknenden Unterhosen zu verstecken oder mit der Klobürste den Schmierern zu Leibe zu rücken.

Ich lenkte mich mit Kaffeekochen ab, wobei ich bemerkte, dass sich die bleischwere Verzweiflung ein wenig gelichtet hatte.

Er trat hinter mich und legte mir die Arme um die Taille, die sich allmählich rundete. Noch immer merkte er nichts dazu an.

»*Alors.* Roberta hat mir erzählt, dass Jonathan dich verlassen hat? Er hat eine andere, *non?*«

Ich nickte. Seine Worte scharrten an einer Wunde. Meine Liebe zu Jonathan hatte nichts mit meiner Liebe zu Xavi gemein. Nichts schmerzte, nichts brannte, nichts sehnte sich, und dennoch war da eine Vertrautheit, eine eingespielte Gemütlichkeit, das Ergebnis dessen, wenn man gemeinsam Kinder großzog. Vielleicht liebte ich Jonathan ja nicht, doch das verhinderte nicht das Gefühl, dass mir ein ganzes Kapitel meines Lebens würde entrissen werden wie ein stark haftendes Pflaster – und dahinter blieb nur eine schwärende Wunde zurück.

Xavi neigte den Kopf zur Seite. Seine langen Wimpern fuhren nach oben. Selbst wenn er verletzt war, wirkte er noch immer leicht trotzig. »Also. Bist du traurig?«

»Ich bin traurig. Aber ich weiß nicht, warum. Vermutlich weil ich das Gefühl habe, versagt zu haben. Ich weiß nicht, welche Auswirkungen es auf die Kinder haben wird.«

Ich ging zu Robertas cremefarbenem Sofa. Stets hatte ich das Bedürfnis, die Rückseite meiner Hose auf Schokoreste überprüfen zu müssen, bevor ich mich daraufsetzte. Xavi folgte mir. Ich legte die Beine über seine Knie. Er massierte mir die Füße.

Ich nahm seine Hand. »Alles hat sich verändert, Xavi.«

»Eine gute Veränderung? Darf ich darauf hoffen, mit dir alt zu werden?«

Er wirkte so ernst, dass ein Anflug von Leben, von Freude mich durchströmte. Er beugte sich vor und küsste mich. Mein Körper gab nach, bis ich fast bereit gewesen wäre wegzuschieben, dass ich ein Paket, bestehend aus drei Kindern und einem Baby mit ungeklärter Vaterschaft, mit mir herumschleppte. Ich legte mich hin und spürte, wie er es sich neben mir bequem machte. Meine Erschöpfung schwand und damit auch meine Entschlossenheit. Seine Hände wanderten nach oben zu meinem Bauch. Ich sah ihn an, doch er machte keine Anstalten, dort zu verharren. Ich hievte mich zur Sitzposition hoch und schob ihn weg. Er wich zurück. »Also hast du jetzt eine Antwort für mich?«

»Im Moment gibt es vieles, was du nicht über mich weißt.«

Als Stichwort, um das Babythema abzuhaken, hätte ich nicht offensichtlicher sein können. Am besten hätte ich gleich eine Marschkapelle engagiert.

»Ich möchte die Dinge über dich, deine Familie, herausfinden, von denen ich noch keine Ahnung habe. Für mich hätte es keinen Abstand von achtzehn Jahren geben müssen. Also machen wir jetzt weiter, bevor es zu spät ist.«

Die Panik streckte die ersten zarten Tentakel aus, um mich zu ergreifen.

»Was hat Roberta dir sonst noch erzählt?« Ich hätte gewünscht, sie hätte mich vorgewarnt. Dann hätte ich zuerst einmal zur Zahnseide gegriffen. Und eine Ansprache zum Thema »Du könntest Vater sein, vielleicht aber auch nicht« vorbereitet.

Xavi lächelte. »Was glaubst du, hat sie mir erzählt?« Abgesehen davon, dass ich diesmal besser keinen S… bauen sollte?«

Ich konnte mir ein Grinsen nicht verkneifen. Roberta hatte das S-Wort benutzt. Offenbar wurde sie immer bösartiger. Xavi würde es mir nicht leicht machen. Er beantwortete jede Frage mit einer Gegenfrage. Die Freude, die ich empfunden hatte, ihn wiederzusehen, verwandelte sich rapide in Angst.

»Also, warum bist du hier?«

Er flocht die Finger in meine. »Du kennst den Grund. Mein Brief, den ich dir mit der Münze geschickt habe. Ich liebe dich. Ich kann warten.«

»Warten worauf?«

»Dass du frei bist. Frei, mich zu lieben.« Bei ihm klang das alles so einfach.

»Frei von den Kindern?«

Xavi zuckte die Achseln. Er zögerte. »Nein. Nicht frei. Ich glaube, eine Mutter ist nie frei. Ich möchte nicht arrogant klingen, aber ich wäre gern Teil ihres Lebens. Da es für Kinder vermutlich immer schwierig sein wird, einen neuen Menschen zu akzeptieren, wäre es vielleicht einfacher für uns, wenn sie unabhängiger sind.«

Mist. Er wusste es nicht. Ich hatte gedacht, dass er mich nur auf den Arm nahm, mich überreden wollte, mich neckte. Er hatte keine Ahnung, dass er noch mindestens achtzehn Jahre lang würde warten müssen. Ich musste es ihm sagen. Ich spürte, wie Angst in mir aufstieg, Panik, dass er einfach gehen würde wie damals vor so vielen Jahren. Sein Gesichtsausdruck, als ich ihm mitgeteilt hatte, ich könne nicht mit nach Neuseeland kommen, und mein Moment der Erkenntnis, dass er auch ohne mich trotzdem fliegen würde, hatten sich für immer in mein Gedächtnis eingeprägt.

Wie auf ein Stichwort verwandelte sich meine Blase in einen Fingerhut. »Bin gleich zurück.« Da ich nicht wollte, dass er mich im Gästeklo neben der Küche pinkeln hörte, lief ich nach oben. Ich hielt mir die Handgelenke unters kalte Wasser und betrachtete meine Lippen im Spiegel. Ein wenig rosiger als sonst. Bis jetzt hatte ich nie verstanden, was Sehnsucht war. Sehnsucht war etwas für Leute, die zu viel Zeit hatten. Für mich klang das zu sehr nach Cathy und Heathcliff.

Endlich fiel bei mir der Groschen.

Vielleicht würde Xavi mit den Kindern klarkommen, die ich schon hatte, und sie irgendwann mögen oder gar lieben. Aber ein Baby war eine Verantwortung, vor dem selbst echte Väter häufig zurückschreckten. Xavi war es gewohnt, auf Korsika zu segeln, in Brasilien zu surfen und im Atlasgebirge herumzuklettern. Er hatte keine Ahnung, was es bedeutete, mit einem greinenden Baby im Arm die ganze Nacht auf dem Treppenabsatz hin und her zu gehen. Begleitet von Babygeschrei, seine Mahlzeiten einzunehmen. So müde zu sein, dass einem die Wörter im Kopf verschwammen, ohne dass man die Kraft hatte, sie zu einem Gedanken zusammenzufassen.

Und das, während man jede Hautfalte, jeden Fingernagel und jeden Zeh musterte und sich dabei fragte, ob die Hälfte dieses Baby von einem selbst kam – oder nur das Kuckucksei eines anderen Mannes war.

Ich kehrte nach unten zurück. Wo gerade noch die Hoffnung gewohnt hatte, hatte sich Verzweiflung breitgemacht. Der Sog des Abenteuers hatte Xavi weggelockt, als er nur mich gehabt hatte, und zwar ohne mein derzeitiges Netz an Verpflichtungen. Damals hatte er nicht einmal ein paar Monate warten können, bis ich mich mit Dads Tod auseinandergesetzt hatte. Also gab es keinen Grund zu der Annahme, dass er mich auf diese lebenslange Reise ins Ungewisse begleiten würde. Es war zwecklos, die Sache hinauszuzögern. Auf eine Wiederholung der Geschichte vorbereitet, marschierte ich ins Wohnzimmer.

Xavi packte mich an den Händen und zog mich an sich. Ich streckte den Rücken so kräftig wie möglich durch und schob das Unvermeidliche vor mir her. Ich musste es aussprechen. Sofort. Ohne Einleitung.

»Ich bin schwanger.«

Er riss die dunklen Augen auf. »Schwanger?« Unvermittelt sackte er gegen das Sofa. Ich versuchte, seine Miene zu deuten, aber er hatte seine Korsenmaske aufgesetzt. Die Steinmauern sperrten sämtliche Gefühle aus. Falls er sich freute, versteckte er das verdammt gut.

Er stand auf. »Uff.« Er fuhr sich mit den Fingern durchs Haar. »Ist es von mir?«

»Ich weiß nicht.« Ich würde mich in den kommenden Monaten daran gewöhnen müssen, dass Octavia Shelton, Inhaberin einer Einrichtung, die sich dem Wohlergehen der Kinder anderer Leute widmete, keine Ahnung hatte, wer der Vater ihres Babys war.

Beziehungsweise zwei Alternativen anbieten konnte.

Xavi ging zur Terrassentür. »Es könnte meins sein?« Die Schultern hatte er bis zu den Ohren hochgezogen.

»Die Chancen stehen halbe-halbe. Tut mir leid. Seit ich mit dir geschlafen habe, war ich nicht mehr mit Jonathan im Bett.« Es war mir peinlicher zuzugeben, dass ich mit meinem Mann geschlafen hatte, als Roberta meine Nacht mit Xavi zu beichten.

»*Bien.*«

»Gut, was?«

»Ich weiß nicht, was ich sagen soll. Keine Ahnung, warum, aber daran hatte ich nie gedacht. Obwohl ich in meinem Alter eigentlich wissen sollte, wie Babys entstehen.«

Die Hormone waren nicht auf meiner Seite. Ich verdrehte die Augen. »Also stören dich die Kinder nicht, aber das Baby schon? Weil es von Jonathan sein könnte oder weil es ein Baby ist?« Mein Körper verspannte sich und stemmte sich gegen das Unvermeidliche.

Seufzend presste Xavi sich die Handballen an die Augen. »Damit hatte ich nicht gerechnet.«

»Ich auch nicht.« Ich erzählte ihm die Sache mit den Pfahlmuscheln, doch vermutlich hielt er mich für ein dümmliches Frauenzimmer, das die Verhütung nicht auf die Reihe kriegte – wieder einmal. »Du hast meine Frage nicht beantwortet.«

Mir wurde klar, dass ich mich an ein Märchen klammerte: »Kein Problem, Schatz. Ich liebe dich so sehr, dass wir alles überstehen können. Ich werde das Baby lieben, auch wenn es nicht von mir ist. Es ist dennoch ein Teil von dir.«

Ich wartete. Xavi schüttelte immer wieder den Kopf und

zog die Augenbrauen hoch. Gegen seinen Machostolz hatte ich keine Chance. Sein Schweigen sprach Bände. Die Möglichkeit, dass es das Baby eines anderen Mannes sein könnte, war stärker als sein Wunsch, mit mir zusammen zu sein. Ich trat auf ihn zu.

»Geh. Geh jetzt. Mein Baby braucht bedingungslose Liebe.« Das »ich auch« ließ ich weg.

»Tavy. Sei nicht albern. Ich gehe nirgendwohin. Ich liebe dich. Wenn es mein Baby ist, bin ich der glücklichste Mann der Welt, das weißt du. Ich brauche nur einen Moment, um darüber nachzudenken, ob ich mit einem Baby klarkommen würde, das nicht meins ist. Ich muss mit mir selbst und mit dir ehrlich sein. Ich möchte kein großes Versprechen abgeben, das ich nicht halten kann.«

Ich fiel ihm ins Wort. »Dann versprich überhaupt nichts. Ich werde das wunderbar hinkriegen. Wie beim letzten Mal.«

»*Putain*. Tavy, das war gerade eine gewaltige Neuigkeit. Ich versuche noch, das alles zu begreifen.«

»Was gibt es da zu begreifen? Ich bin schwanger, vielleicht von dir, vielleicht auch nicht, und habe außerdem drei Kinder. Entweder machst du mit, weil du mich liebst, oder du verschwindest, weil deine Liebe nicht ausreicht.«

Ich hätte so klug sein müssen, ihm kein Ultimatum zu stellen.

Xavi verschränkte die Arme. »Ich habe dir vor vielen Jahren wehgetan. Das möchte ich nicht wiederholen. Es ist keine Sache, die wir mit ›okay, kein Problem‹ regeln können, sondern etwas, über das wir wie Erwachsene nachdenken und Pläne machen müssen.«

Ich war durchaus in der Lage, ein Abwimmeln in aller Freundschaft zu erkennen. »Keine Sorge. Auf dich konnte ich mich schon damals nicht verlassen, und offenbar ist das nun wieder der Fall. Manche Dinge ändern sich eben nie.«

Als Xavi einen Schritt auf mich zumachte, wich ich zurück. »Tavy, hör auf damit. Das ist nicht fair. Du kannst mir vertrauen, aber wir müssen auch an andere Menschen denken. Möglicherweise entscheidet sich Jonathan zurückzukommen. Vielleicht werden deine Kinder mich ablehnen. Und mitten in diesem Durcheinander bin ich ein Vater. Oder auch nicht. Diesmal möchte ich keine Fehler machen.«

Ich wusste, worauf es hinauslief. Schon wieder.

»Nein, Xavi. Wenn du mich wirklich wolltest, müsstest du nicht darüber nachdenken.«

Ich ging zur Haustür, während Xavi mich weiter beschwor und mich in die Arme nehmen wollte. Ich schubste ihn mehr oder weniger auf die Straße hinaus.

»Ich brauche niemanden. Weder Jonathan noch dich.«

Roberta

Ich hatte einen schlaffen Haufen auf dem Sofa zurückgelassen und traf bei meiner Rückkehr einen Wirbelwind an. Alles war blitzblank und spiegelte. Octavia hatte den Fußboden gewischt, die Betten abgezogen und alles in die Waschmaschine gesteckt. Die Fenster standen offen. Fast erwartete ich, dass Stan in einer Wanne voller Schaumbad im Garten saß. Sie rief die Mädchen herein und begeisterte sich über Immis Großeinkauf aus pinkfarbenen und glitzernden Klamotten bei *Claire's Acccessories*, Pollys neuen Bikini und Alicias Sammlung an Trägertops, mit denen nur eine Vierzehnjährige durchkommen konnte. Dann kochte sie Tee und sagte mir, ich solle die Füße hochlegen. Nur dass sie dabei meinem Blick auswich, bis ich vor Neugier beinahe platzte.

Sobald sich die Mädchen zu einer Modenschau verdrückten, sagte ich: »Heute Vormittag Besuch gehabt?«

Ich bemerkte, dass ihre Unterlippe kurz zitterte.

»Ich denke, das weißt du.« Sie lächelte. »Danke, dass du versuchst hast zu helfen.«

»Und?«

»Er will nichts von dem Baby wissen.«

»Nein! Als ich ihn über sein Reisebüro aufgespürt hatte, hat er beteuert, er werde alles tun, um mit dir zusammen zu sein. Ich habe ihn gewarnt, sich nicht in dieses Haus zu wagen, falls er es nicht ernst meint. Ich habe ihn eine Ewigkeit verhört, bevor ich ihm meine Adresse gegeben habe. Er hat sich förmlich überschlagen und geschworen, dass er dich liebt.«

»Das Baby hast du nicht erwähnt?«

»Eigentlich hatte ich es vor. Aber dann dachte ich, dass er es nicht von mir hören sollte. Wie hat er reagiert? Erzähl mir alles. Von Anfang an.«

Ich hörte zu und unterbrach sie nicht, obwohl es mir in den Fingern juckte. Sie hatte die Chance gehabt, wieder mit der Liebe ihres Lebens zusammenzukommen. Doch weil der Gesprächsablauf nicht ihren Vorstellungen gefolgt war, hatte sie ihn rausgeschmissen.

Endlich war Octavia fertig. Sie wirkte ziemlich verlegen, als sei ihr klar geworden, wie lächerlich sie sich verhalten hatte, nun, da sie es laut aussprach.

»Gib dem Typen doch eine Chance. Er hat nicht gesagt, dass er nichts von dem Kind wissen will. Er wollte nur alles gründlich überdenken, bevor er Versprechungen macht, die er nicht halten kann. So schwarz und weiß wie bei dir läuft es nicht bei allen Leuten. Wir anderen kennen auch Grautöne. Wir sind nicht wie du, kleine Armeen, die immer den kürzesten Weg von A nach B marschieren, bis wir am Ziel sind. Einige von uns wanken und machen Umwege und brauchen einen halben Tag, manchmal eine halbe Lebenszeit, um uns über unsere Gefühle klar zu werden.«

Octavia stemmte die Hände in die Hüften. »Entweder ist er dabei oder draußen. Ich habe mein ganzes Erwachsenenleben mit einem Kerl verbracht, dem meine Wünsche und Gefühle total gleichgültig waren. Keine Kompromisse mehr.«

Als ich das hörte, wäre ich beinahe an meinem Tee erstickt. Octavia besaß einige wundervolle Eigenschaften, doch Kompromissfähigkeit gehörte sicher nicht dazu. »Das soll es also gewesen sein? Nach all den Jahren hast du ihn wiedergefunden, du liebst ihn, du erwartest vielleicht ein Kind von ihm, und nur weil er ein paar Tage Zeit zum Nachdenken braucht, bevor er dir verspricht, dass er für immer an deiner Seite stehen wird, schmeißt du ihn raus?«

»Möglicherweise hätte er mir nie etwas versprochen. Außerdem kann ich mich sowieso nicht auf ihn verlassen. Ich verlasse mich nur noch auf mich selbst.«

Diese ungerechte Bemerkung versetzte mir einen kleinen Stich. »Hoffentlich bin ich damit nicht gemeint.«

»Nein, ich habe von Männern geredet. Du warst wundervoll. Und deshalb werde ich dich jetzt in Ruhe lassen. Ich habe unsere Sachen zusammengepackt. Hoffentlich findest du im nächsten halben Jahr nicht noch alten Mist von uns unter dem Sofa. Ich nehme jetzt meine Bande und falle dir nicht länger zur Last.«

»Du brauchst nicht zu gehen. Du wolltest doch bleiben, bis Jonathan zurück ist.« So hatte ich das nicht geplant.

»Ich muss weiterleben. Für die Kinder ist es besser, wenn sie zu Hause einen normalen Alltag haben. Ich kann nicht von dir verlangen, dass du ständig alles für mich in Ordnung bringst.«

Gerade hatte ich gedacht, dass Xavi Octavias weiche Seite berührt hatte, und schon war ihre Härte zurück – und damit ihr unnachgiebiges Urteil über alle anderen, einschließlich ihrer selbst. Ich unternahm noch einen letzten Anlauf. »Ich bin deine Freundin. Wir alle brauchen manchmal ein bisschen Hilfe.«

»Du hast genug Mist um die Ohren und kannst mich nicht weiter mit dir herumschleppen. Ich weiß, dass du noch Jake, diesem Idioten, nachtrauerst. Was deine Ausflüge zum Coop in seiner Straße angeht, kannst du mich nicht täuschen. Früher hast du ausschließlich bei Waitrose eingekauft. Aber die Oliven sind lecker.«

Ihr entging einfach nichts. »Ich bekenne mich schuldig. Ich bin eben eine rettunglos frustrierte alte Schachtel. Ja, es ist lächerlich. Ich hoffe halt immer noch, dass er die Gärterin in die Wüste schickt und merkt, dass er ohne mich nicht leben kann.«

»Ich beneide dich darum, dass du noch an diesen Turteltäubchen-Schwachsinn glauben kannst.«

»Es macht mich wütend, dass ich noch immer einem Disneyland-Traum nachhänge.« Ich fing an, die Tüten von unserem Einkaufstrip zusammenzufalten.

»So ist dein Leben abgelaufen. Scott jettet durch die Weltgeschichte, fliegt dich zu Weinachten ein und taucht bei Silvesterfeiern auf, wo du ihn nicht erwartest. Das hatte ich nie. Jonathans Vorstellung einer superromantischen Geste war, mich bei Aldi abzuholen, wenn es geregnet hat.« Octavia bückte sich, um Stans Kauspielzeug unter dem Sofa hervorzuangeln. Allein der Anblick des zerfledderten Dings löste in mir das Bedürfnis aus, mir die Hände zu waschen.

»Bist du sicher, dass du die Sache mit Jonathan nicht wieder kitten kannst?«

»Wenn ich mich einem Mann zu Füßen werfen würde, dann Xavi. Ich vermisse Jonathan nicht einmal, nur auf einer Pawlowschen Gewohnheitsschiene. Wenigstens ruft er die Kinder noch an, auch wenn es ihn offenbar einen Scheißdreck interessiert, ob ich inzwischen den Kopf ins Backrohr gesteckt habe.« Sie faltete Stans ekliges, von Haaren übersätes Hundebett zusammen. Der Dyson winkte mir zu.

»Jonathan hatte es nicht so mit großen Gefühlsausbrüchen, richtig? Und du kannst ziemlich furchterregend sein, wenn du einen hast.«

»Furchterregend, zum Teufel damit. Das ist unsere Ehe, unsere Familie. Ich würde niemals einfach verschwinden, ohne mich darum zu kümmern, ob die Kinder nachts die Kissen nassheulen.«

Zum ersten Mal beneidete ich sie nicht darum, dass sie ein Baby erwartete.

Octavia

Drei Wochen nach meiner Rückkehr von Roberta war bei mir zu Hause die Hölle los. Immi weinte, wenn es ans Schlafen ging, weil sie Jonathan vermisste, was nichts Gutes für die Zukunft verhieß. Polly, sonst das sanfteste Mitglied meines Nachwuchses, sagte mir, ich solle mich verpissen, als ich sie bat, die Spülmaschine auszuräumen. Selbst mein unbekümmerter Charlie verbunkerte sich. Es war, als könnten Kinder Ungewissheit wittern, sosehr die Erwachsenen ihnen auch vorspielten, dass alles in Ordnung sei. Ich ignorierte die Armada von SMS, die Xavi mir seit meiner Rückkehr geschickt hatte, obwohl ich manchmal beinahe schwach geworden wäre. Angesichts der vielen Veränderungen, die auf uns zurollten, konnte ich es mir nicht leisten, mich auf einen Mann zu verlassen, der vor der Geburt des Babys vielleicht schon verschwunden sein würde.

Heute hatte er wieder angerufen. Bevor ich nachgab und ranging, beschloss ich, ihm eine SMS zu schreiben, in der ich jede Hoffnung im Keim erstickte. Bei einem Gespräch wäre es schwieriger gewesen, das, was richtig für die Kinder war, im Vordergrund meines selbstsüchtigen Verstandes zu halten.

Ich darf das Glück meiner Kinder nicht noch weiter aufs Spiel setzen, als ich es bereits getan habe. Hoffentlich hast du Verständnis für meinen Wunsch, in Ruhe gelassen zu werden, und respektierst ihn.

Ich tippte noch *Ich werde dich immer lieben*, löschte den Satz wieder und drückte auf Senden. Dann gestattete ich mir eine kurze, aber lautstarke Heulsitzung am Küchentisch, während Stan meine Hand leckte. Anschließend wusch ich mir das Gesicht und packte einen großen Galaxy-Riegel aus. Der winzige Vorteil an meiner Situation war, dass es niemanden mehr kümmern würde, ob ich für meinen Hintern einen oder zwei Stühle brauchte.

Einige mit dem Finger aufgepickte Schokoladenkrümel später saß ich mit hochgelegten Füßen da. Inzwischen war ich von der Schokolade zu einer Schachtel Lakritzesortiment übergegangen, hinuntergespült mit Lakritzetee. Es war seltsam, dass mir von Lakritze normalerweise kotzübel wurde, während ich in der Schwangerschaft einen Heißhunger darauf entwickelte. Ich schaltete den iPod ein und wechselte rasch von Paolo Nutinis *Last Request* zu den aufmunternden Songs der Beach Boys. Gerade versuchte ich, mich in einen Gemütszustand zu versetzen, in dem ich mir auch nur einen Funken Zuversicht für die Zukunft vorstellen konnte, als Jonathan in die Küche marschiert kam. Ich fuhr hoch. Er zuckte zusammen.

»Octavia! Ich dachte, du wärst bei der Arbeit.«

Ich riss mir die Ohrhöhrer heraus. »Verdammter Mist! Du hast mir einen Riesenschrecken eingejagt. Mir ging's nicht gut, deshalb bin ich früher aus der Arbeit weg. Ich dachte, du wolltest erst in zwei Wochen wiederkommen.« Alles in mir versuchte, sich eilig mit dem Gedanken anzufreunden, dass er für immer wieder da war.

Nichts tanzte. Nichts seufzte erleichtert auf.

»Ich wollte die Kinder sehen. Außerdem müssen wir endlich anfangen, ein paar Dinge zu klären.«

Plötzlich schnupperte er. »Was trinkst du da?« Er warf einen Blick auf meine Süßigkeitenschachtel. »Ist das Lakritze?« Im nächsten Moment wanderten seine Augen zu meinem Bauch, der sich noch nicht merklich ausgebeult hatte. Die Röte stieg mir ins Gesicht.

»Du bist doch nicht etwa schwanger?« Er lachte, als sei allein der Gedanke albern.

»Doch.«

Jonathan machte ein Gesicht, als säße er in der Ecke einer Höhle gefangen, während ein zähnefletschender Grizzlybär auf ihn zustürmte.

Er sackte auf einen Stuhl. Ich wartete darauf, dass er etwas sagte. Er wirkte erschüttert, so als ströme seine Freiheit, ein neues Leben zu beginnen, davon wie Wasser über ein Stauwehr. »Wie, schwanger? Nimmst du denn nicht die Pille? Was zum Teufel ist da passiert?«, stammelte er schließlich.

»Zwölfte Woche ungefähr. Erinnerst du dich noch an meine Lebensmittelvergiftung wegen der Pfahlmuscheln? Deshalb hat die Pille nicht mehr richtig funktioniert.«

Seine Miene verspannte sich. »Wir hatten kein sehr gutes Timing.« Er schlug die Hände vors Gesicht und fing an, sich die Schläfen zu massieren, als habe er wegen meiner »guten Nachricht« Kopfschmerzen bekommen.

Ich stand auf. Ein Wort von mir, und dieses ganze Babyfiasko würde völlig andere Dimensionen annehmen. »Ist das ein Kurzbesuch?«

Jonathan wandte den Blick ab. »Ich wollte den Kindern alles erklären.«

»Also kommst du nicht zurück?«

Obwohl ich gar nicht auf ein »Ja« hoffte, glaubte ich, aus einer Art irregeleiteten Höflichkeit nachfragen zu müssen.

Jonathan hob die Hände. »Was bringt das?«, sollte die Geste wohl heißen.

»Wissen die Kinder von dem Baby?«

Nun war ich es, die sich einen Fixpunkt in einer möglichst weit entfernten Zimmerecke suchte. »Noch nicht.«

Jonathan pfückte an einem am Tisch angetrockneten Weetabix herum. Vermutlich war er inzwischen an Tische aus schimmernder sardischer Eiche gewöhnt, nicht an zerkratzte Kiefer.

Als ich mich erhob, spürte ich, wie mir die Brüste schmerzten, während sie sich der Schwerkraft anpassten. »Möchtest du einen Kaffee?«

Millionen Mal hatte ich geübt, wie ich es Jonathan beibringen würde, als Rache dafür, dass er mich verlassen hatte, um ihm so wehzutun, wie er mir wehgetan hatte. Doch nun, da die Gelegenheit da war, gewann das Bedauern die Oberhand. Ich wollte ihn schonen. Nach all den Jahren war ein Sieg nach Punkten überflüssig. Ich wartete darauf, dass der Wasserkessel kochte. Wenn er sich abschaltete, würde ich es ihm vor die Füße knallen.

Meine Stimme klang dünn und zittrig. »Könnte sein, dass das Baby nicht von dir ist.«

»Was?«

Das sorgte dafür, dass er die Hände vom Gesicht nahm.

Ich reichte ihm den Kaffee. »Es tut mir leid, aber möglicherweise ist das Baby nicht von dir.«

Ich schilderte ihm die ganze Geschichte und beschönigte die eine oder andere Einzelheit – mein ewiges Cyber-Stalking zum Beispiel. Hin und wieder hielt ich inne, um zu schlucken und mir die Nase zu putzen. Ich brachte es nicht über mich, mir die Gefühle anzuschauen, die sich auf Jonathans Gesicht ausdrückten. Ich wollte die Kränkung – oder die Erleichterung – nicht sehen, dass er womöglich keine Verantwortung für das Baby würde übernehmen müssen. Er lauschte, ohne mich zu unterbrechen, und wirkte so verdattert, als müsse er sich gleichzeitig zwischen zwei Fernsehsendern entscheiden. Am liebsten hätte ich ihn geschüttelt und ihn gefragt, ob er mich überhaupt verstanden hatte.

Seine einzige Reaktion – und zwar eine, der ich absolut zustimmen konnte – bestand in der Feststellung, dass wir einander offenbar nicht förderlich gewesen seien. Wie begeistert er sich auf unsere Fehler stürzte, empfand ich als verletzend.

»So schlimm war es nun auch wieder nicht, oder?« Ich wollte nicht glauben, dass unsere ganze Ehe nichts als ein elendes Fiasko gewesen war.

»Damals habe ich das, glaube ich, nicht gedacht.«

Ein wirklich supertolles, dickes Lob. »Und, was willst du jetzt machen?«

»Ich möchte mit dem Baby nichts zu tun haben.«

Ich schnappte nach Luft. Wenn ich Jonathan eines zugutehielt, dann war das sein Pflichtbewusstsein.

»Nicht einmal, wenn es deins ist?« Seine Reaktion war wie ein Schlag in die Magengrube. Als ich mit Charlie schwanger gewesen war, hatte er mich mit dem Spinat praktisch zwangsweise gefüttert und mich prompt zum Altar geschleppt.

»Nein.« Jonathan blickte zu Boden. »Bist du sicher, dass du während unserer Trennung ein Baby kriegen willst? Es ist nicht unbedingt der optimale Zeitpunkt, um ein Kind in die Welt zu setzen, oder? Außerdem ist es noch früh genug, um andere Möglichkeiten in Betracht zu ziehen.«

»Meinst du Abtreibung?«

Jonathan nickte.

»Auf gar keinen Fall. Nein, das mache ich nicht.« Da Jonathan sich wie der hinterletzte Waschlappen aufführte, fiel es mir nicht schwer, die moralisch Überlegene zu mimen. Ich beschloss, meine Flucht aus der Klinik zu verschweigen.

»Versprich mir, dass du darüber nachdenkst. Ich weiß, dass

wir es nie geplant haben. Doch jetzt ein Baby zu bekommen wäre Wahnsinn.«

»Ich werde so etwas niemals tun. Ich lasse mir nicht mein Baby wegmachen, nur weil es nicht in deine Lebensplanung passt.«

»Octavia, hör mir zu. Ich werde auf Sardinien leben und du hier. Du wirst mir doch keinen drei Monate alten Säugling auf einen zweiwöchigen Urlaub schicken, oder? Wie könnte ich einem Neugeborenen ein Vater sein? Es wird schwierig genug werden, den Kontakt zu den Kindern zu halten, die ich schon habe.«

Jonathan sah so verzweifelt aus, als würde er gleich in Tränen ausbrechen.

»Die Entscheidung, zu ›Betta‹ nach Sardinien zu ziehen, war ganz allein deine, verdammt. Also jammer mir nicht vor, es könnte kompliziert werden, mit deinen Kindern in Verbindung zu bleiben. Das. War. Dein. Entschluss.«

Alles an ihm sackte in sich zusammen. »Sei doch ehrlich, Octavia. Wolltest du dich wirklich noch vierzig Jahre lang so weiterschleppen? Wenn du das Kind kriegst, kannst du mich absolut vergessen. Ich werde meine Chance auf ein neues Glück nicht aufgeben, weil du zu blöd zum Verhüten bist.«

Ich wartete.

Einen Moment lang spielte ich mit dem Gedanken, ihm einen Stuhl über den Schädel zu ziehen. Als ich endlich die Sprache wiederfand, erinnerte mich meine Stimme an das Geräusch, das Stan von sich gab, wenn ein anderer Hund ihn von hinten besteigen wollte.

»Für ein geplatztes Kondom kann man mich doch nur schwer verantwortlich machen. Und, wenn du es schon erwähnst, ich war diejenige, die das Risiko eingegangen ist, sich nicht die Pille danach zu besorgen. Und weißt du was? Ich bin verdammt froh darüber, denn ich habe keine einzige Sekunde lang bereut, dass ich Charlie habe. Aber da du ja unbedingt Schuldzuweisungen verteilen musst, möchte ich dich noch darauf hinweisen, dass ich gar nicht heiraten wollte. Du warst derjenige, der mir Gardinenpredigten zum Thema Verantwortung gehalten hat und mir auf Teufel komm raus einen Ring an den Finger stecken wollte. Offenbar hast du deine Einstellung zu diesem Thema in den letzten sechzehn Jahren geändert.«

Am liebsten hätte ich losgebrüllt, so sehr wollte ich dieses kleine Böhnchen in meinem Körper beschützen, das sich ans Leben klammerte, während sich winzige Fingernägel bildeten und sich Fäustchen öffneten und schlossen. In diesem Moment verstand ich, warum Frauen ihrem Mann den Schwanz abhackten. Ich hätte Jonathans Pimmel mit Zwiebeln und Knoblauch braten und ihn, fröhlich jubelnd, Stan vorsetzen können.

Jonathan kratzte sich am Kinn und zog ein Gesicht, als seien die Vorwürfe, die ich ihm entgegenschleuderte, ganz und gar ungerechtfertigt. »Es geht nicht darum, dass ich mich vor Verantwortung drücke. Mit diesem Baby, das – wollen wir das nicht vergessen – vielleicht gar nicht von mir ist, hätte ich keine Chance, eine neue Beziehung aufzubauen. Auch als ich noch hier gewohnt habe, hast du die Kinder stets ermutigt, mich lächerlich zu machen, den Spießer, den Computerfreak, den Ordnungsneurotiker in der Ecke. Vermutlich vermissen sie mich nicht halb so sehr wie ich sie. Als ich das letzte Mal mit Polly skypen wollte, meinte sie, sie sei zu beschäftigt.«

Ich fragte mich, ob an seinen Worten etwas Wahres war. Ein Funke Erkenntnis linderte meine Wut. Ich war mir der Liebe meiner Kinder stets so sicher gewesen, dass ich nie einen Gedanken daran verschwendet hatte, wie es sein mochte, daran zu zweifeln. »So sind Kinder eben. Sie sind egoistisch. So überleben sie. Das heißt nicht, dass sie dich nicht lieben. Nach ihrem Verhalten zu urteilen vermissen sie dich eindeutig.«

Seine Gesichtszüge entspannten sich ein wenig. »Elisabetta und ich würden uns freuen, wenn sie uns besuchen kämen, damit sie sie ein bisschen besser kennenlernen. Elisabetta möchte ihnen unbedingt Italienisch beibringen. Sie sind noch jung genug, um zweisprachig zu werden.«

Ich starrte Jonathan entgeistert an. All die Male, die ich versucht hatte, ihn zu überreden, ein Sabbatjahr im Ausland zu nehmen und über unser beengtes Leben hinauszuschauen. Er hatte sich gesträubt wie ein Rennpferd, das den dämlichen Wassergraben verweigert. Und jetzt war er plötzlich der supertolle Mann von Welt, der erkannte, wie wundervoll meine Begründungen gewesen waren, hatte sich aber eine neue Mutterfigur gesucht, die die Ernte einfahren würde.

Ich legte die Hände auf meinen Bauch und versprach dem Baby, ich würde es dafür entschädigen, dass ich mir so einen jämmerlichen Vater ausgesucht hatte – mochte er nun ein mediterraner Luftikus oder ein blasshäutiger Drückeberger sein.

Roberta

Surrey World hatte heute Morgen einen Artikel über meine Arbeit gebracht, und zwar unter dem Titel »Eine, die man sich merken muss«. Ich saß da und las Sätze wie »Roberta Green, aufstrebende Innenarchtektin, hat ein bemerkenswertes Auge fürs Detail«, es wurde berichtet über mein »florierendes Geschäft«, »einen klaren, aber zugänglichen Stil« und »der Name, der bei der besseren Gesellschaft von Surrey beim Frühstück in aller Munde ist«. Fotos von Mrs Goodmans Wohnzimmer waren auch abgebildet. Ebenso wie eines von Nicoles Schlafzimmer und der Orangerie, wie geschaffen, um einen Schluck Wein zu genießen. Mir die Fotos von mir selbst anzuschauen war mir zu peinlich.

Ich hatte etwas geschafft, das niemand für möglich gehalten hatte. Die verwöhnte Hausfrau, deren größte Fähigkeit darin bestand, den antiken Kronleuchter zu finden, der einen Raum größer wirken ließ, stand nun auf eigenen Füßen, und zwar erfolgreich. Alicia war so stolz, dass sie eine der Zeitschriften mit zur Schule genommen hatte, um sie ihren Freundinnen zu zeigen. »Mum! Du bist so cool.«

Noch ehe ich mein Müsli aufgegessen hatte, läutete das Telefon. Ein hiesiger Geschäftsmann wollte, dass ich, ich kleine Alte, mit Skizzenblock, Stift und Ideen im Kopf bei ihm vorsprach und mir das Hotel aus den Siebzigern ansah, das er gerade übernommen hatte, um es im Shabby-Chic umzugestalten.

Ich boxte siegessicher in die Luft. Roberta Green, eine Frau, die über ihr Schicksal selbst bestimmte.

Das hatte ich Jake zu verdanken.

Nie hätte ich den Mut gehabt, auch nur eine einzige Anmerkung zu den Häusern anderer Leute zu machen, wenn er mich nicht dazu ermuntert hätte. Die Euphorie in diesem Moment des Ruhms, der bewies, dass ich zu mehr in der Lage war, als die passende Handtasche zu einem Outfit auszuwählen, machte mich kühn. Jake hatte ein Dankeschön verdient. Ich nahm die Zeitschrift und griff mir eine Champagnerflasche aus dem Regal. Ich würde nicht an seine Tür klopfen. Nur die Sachen mit einem kurzen Brief auf der Türschwelle hinterlassen. Schließlich hatte ich keine Lust, Lorraine zu begegnen, während sie gerade den Löwenzahn rodete.

Als ich mich seinem Haus näherte, verließ mich der Mut. Die Vorhänge waren noch geschlossen. Hoffentlich hatten sie nicht gerade genüsslichen frühmorgendlichen Sex. Es überraschte mich, wie weh mir diese Vorstellung tat. Ich pirschte mich die Einfahrt hinauf und spähte um die Hecke herum nur für den Fall, dass Lorraine gerade dem Buchsbaum hauchig etwas zuflüsterte. Dann steckte ich meine Nachricht in die Zeitschrift und stellte gerade die Flasche darauf, als Angus herauskam.

»Hallo. Alles in Ordnung?« Er schulterte seine Schultasche. »Ist das für Dad?«

»Ja. Ich muss mich bei ihm für etwas bedanken.«

»Soll ich ihn für Sie holen?«

»Nein. Ich möchte ihn nicht stören. Richte ihm einfach aus, dass das von mir ist.« Ich sammelte hastig meine Mitbringsel ein und drückte sie ihm in die Hand. Während ich noch – würdevolle Geschäftsfrau, sich rasch in einen um Worte verlegenen Klemmfrosch verwandelnd – die Einfahrt hinunterschritt, rief Angus, typisch unbefangener Teenager, schon die Treppe hinauf.

»Dad, Dad, die Frau, die sich die Hand zerschnitten hat, ist hier.«

Ich wollte gleichzeitig die Flucht ergreifen und auf der Stelle stehen bleiben. Meine Füße konnten sich nicht entscheiden, ob sie beschleunigen oder verzögern sollten. Als ich es zum Auto geschafft hatte, schaute ich mich um, um festzustellen, ob Lorraine mir schon mit gezückter Gartenschere nachstellte. Doch stattdessen stand Jake in der Tür, mit gesträubten Haaren, nacktem Oberkörper und in Pyjamahose. Ich wurde von Sehnsucht ergriffen. In der einen Hand hielt er die Champagnerflasche, in der anderen meinen Zettel, den er gerade las. Ich schloss das Auto auf und wäre wegen meiner kitschigen Ausdrucksweise vor Scham am liebsten im Erdboden versunken. Als ich meine Tasche ins Auto warf, stellte ich fest, dass Jake mir hinterherhastete. Barfuß.

Er winkte mich zu sich.

Ich stand an der Autotür, bereit, die Flucht anzutreten.

Er rief mir nach. »Danke, für den Champagner. Aber mir hast du deinen erstaunlichen Erfolg nicht zu verdanken. Trotzdem freue ich mich über jedes Lob, das ich kriegen kann. Hast du Zeit, auf einen Kaffee reinzukommen, während ich lese, was die über dich geschrieben haben?« Er näherte sich und verzog das Gesicht, als sich der Kies ihm in die Fußsohlen bohrte.

»Nein, du darfst das nicht lesen, während ich daneben sitze. Das wäre mir zu peinlich. Außerdem hat sich die Journalistin jede Menge künstlerische Freiheiten erlaubt. Bei ihr klingt es, als wäre ich Wonder Woman.«

»Für mich sieht es aus, als hättest du es ziemlich gut hingekriegt. Komm kurz rein.«

Seit unserer letzten Begegnung hatte er ein bisschen zugelegt. Ich hoffte, dass es an fetthaltigen Fertigmahlzeiten lag, nicht an zahlreichen romantischen Abendessen.

»Ist deine ›Freundin‹ da? Ich möchte nicht stören.« Leider hatte ich das mit der neutralen Nachfrage nicht ganz geschafft.

»Nein, nur Angus, der jetzt gleich in die Schule geht, und ich, der sich brennend für deine Neuigkeiten interessiert.«

Ich achtete nicht auf die Entäuschung, die mich ergriff, weil Jake nicht geantwortet hatte, dass sie Schnee von gesten sei. »Also gut. Fünf Minuten. Ich habe gleich einen Termin mit jemandem, der möchte, dass ich sein Hotel aufmöble.« Ich fragte mich, ob er die Halbwahrheit enttarnt hatte, dass »gleich« erst in einer Woche war.

»Schau dich an, Roberta Green, die Beraterin der Reichen und Mächtigen.« Jake ging ums Auto herum auf mich zu.

»So habe ich es nicht gemeint. Meine Firma ist noch im Anfangsstadium. Ich suche noch meinen Weg. Aber ich hatte ein paar glückliche Zufälle.«

Er schob mich den Weg entlang, wo Angus kauerte und dicke Stapel eselsohriger Papiere in eine Schultasche stopfte. Er grinste so frech wie jemand, dem es Spaß macht, andere aufzuziehen. »Ich habe mit Connors Mum über Sie geredet. Wir finden, dass Sie ideal für meinen Dad sind.«

Ich fühlte mich wie das minderbemittelte Mädchen in der Schule, das nicht kapierte, ob etwas witzig gemeint war. Also antwortete ich nicht nur für den Fall, dass er einen Lachkrampf bekommen könnte, und brummelte stattdessen ein »ha, ha, ha«.

Jake schubste ihn spielerisch an. »Ab durch die Mitte. Am letzten Schultag vor den Ferien darfst du nicht zu spät kommen.«

Angus versuchte, Jake rugbymäßig anzurempeln. Jake schleuderte ihn auf den Hintern, und so rauften die beiden, wie nur Jungs es können. Ich hätte mir Sorgen wegen abgeschabter Schuhe, schmutziger Hosen und tadelnder Blicke der Nachbarn gemacht.

Während Jake nach oben ging, um sich anzuziehen, schaute ich rasch die Post auf dem Sideboard durch. Rechnungen und Kontoauszüge. Keine Schreiben, die an Lorraine adressiert waren. Also wohnte sie noch nicht hier.

Als Jake, das feuchte Haar um den Kragen gelockt, zurückkam, saß ich, die Unschuld selbst, am Tisch. Ich brauchte den Kaffee, den er gerade machte.

Inzwischen wusste ich nicht mehr, warum ich hergekommen war. Das Schweigen drohte peinlich zu werden, als Jake meinte: »Ich habe kürzlich deinen Mann getroffen.«

»Wo?« Mir krampfte sich der Magen zusammen.

»Wir gehörten zu drei Firmen, die er kontaktiert hat, um die Broschüren für ein neues Projekt in Australien zu drucken. Ein Makler in der Stadt hat uns empfohlen.«

Ich wartete. Er grinste. »Der Mann nimmt kein Blatt vor den Mund.«

»Gnadenlos, meinst du?«

»Geschäftstüchtig, würde ich sagen. Und eigentlich recht charmant. Ihn interessiert nur, was er will, doch irgendwie bringt er es rüber, als täte er dir einen Gefallen, wenn du es lieferst.«

»Ich habe ihn seit Ewigkeiten nicht gesehen. Er ist inzwischen so häufig in Australien. Mittlerweile schreiben wir uns nur noch SMS wegen Alicia.«

Jake fing an, Toast aufzuschneiden. »Ich will dich nicht entschuldigen, aber ich verstehe, wie er es schafft, einen in die Ecke zu drängen. Er hat ziemlich harte Bedingungen aus mir herausgehandelt. Ich hatte schon mit vielen Halunken zu tun, doch er stellt es sehr schlau an, einem immer einen Schritt voraus zu sein. Und dann behauptet er, er habe ein Recht auf etwas, das man vor einer halben Stunde beiläufig angesprochen hat.«

»Wusstest du vor dem Termin, dass er mein Mann – mein baldiger Ex – ist?«

»Ich google jeden, mit dem ich es zu tun habe.«

»Aber du hast nicht mit ihm über mich geredet, oder?« Ich konnte die Vorstellung nicht ertragen, dass Scott ein Urteil über seinen Nachfolger fällte.

»Natürlich nicht. Offenbar hat er meinen Namen nicht mit dem in Verbindung gebracht, was passiert ist. Ich habe ihm nicht einmal verraten, dass ich dich kenne. Das wäre kein guter Start für eine Geschäftsbeziehung gewesen. Er hat angedeutet, er brauche jemanden, der verschiedene Projektunterlagen für ihn ausarbeitet, also könnte das eine Menge Umsatz bedeuten.«

Er reichte mir eine Kaffeetasse und setzte sich mir gegenüber. Ich beobachtete, wie er die Butter – kein Light-Produkt oder etwas Margarineähnliches – ordentlich bis in die vier Ecken seines Toastbrots verstrich. Die neue lässige Haartolle stand ihm. Ich hoffte, dass er mich nicht nur hereingebeten hatte, um mich auszuhorchen.

»Hast du den Auftrag gekriegt?«

»Ja, habe ich.«

Ich erschauderte. Es war, als fände man heraus, dass die beste Freundin mit jemandem in den Urlaub fuhr, den man hasste, und bisher hatte man geglaubt, dass sie das ebenfalls tat.

Ich hatte kein Recht, mich verraten zu fühlen. Tat es aber dennoch.

»Sei vorsichtig.«

Als ich meinen Kaffee hinunterkippte, verbrannte ich mir die Zunge. »Jedenfalls wollte ich dir nur die Zeitschrift vorbeibringen und mich für deine Unterstützung bedanken. Du hast mich in die richtige Richtung geschubst.« Ich griff nach meiner Handtasche. Jake streckte die Hand aus, um mich zurückzuhalten.

»Ich habe nicht gesagt, dass ich den Auftrag angenommen habe.«

»Nicht?«

»Nein. Ich hatte niemals vor, für ihn zu arbeiten.«

»Aber warum bist du dann überhaupt hingegangen?«

»Anfangs war mir nicht klar, dass er dein Ex ist. Als ich ihn gegoogelt habe, bin ich auf ein Foto von dir bei irgendeiner Wohltätigkeitsveranstaltung gestoßen. Du sahst absolut hinreißend aus.« Er hielt abrupt inne, als habe er diesen Gedanken nicht aussprechen wollen. Dann seufzte er auf. »Willst du die aufrichtige Wahrheit erfahren?«

Ich verkniff mir meine übliche pedantische Feststellung, dass die Wahrheit stets aufrichtig war. »Ja, mit der Wahrheit kommt man bei mir immer weiter.«

»Ich wollte den Menschen kennenlernen, der so viel Macht über dich hatte.«

Ich verspürte einen Anflug von Freude, gefolgt von Enttäuschung.

»Warum? Ich dachte, du bist in die Gärtnerin verliebt.« Es kostete mich übermenschliche Anstrengung, mir den höhnischen Unterton zu verkneifen.

»Lorraine? Nein. Eindeutig nein. Mehr verrate ich nicht. Du kannst Angus fragen. Er ist ein ziemlicher Fan von dir, sofern dir das noch nicht aufgefallen ist.«

»Weißt du, dass sie bei mir war?«

»Ja.«

»Und?« Ich zwang mich, nicht den Blick abzuwenden.

»Und es tut mir leid. Wenn es dich tröstet, ich habe sofort mit ihr Schluss gemacht.«

Es wurde totenstill. Jakes Gesichtsausdruck war sanft. Ich hatte die Möglichkeit, dafür zu sorgen, dass die Würfel zu meinen Gunsten fielen, wenn ich nur die richtigen Worte fand.

»Nur damit du es weißt. Scott hat keine Macht mehr über mich.«

»Bist du sicher?« Wieder klang seine Stimme hart. Er bog die Finger durch, bis seine Gelenke knackten.

»Absolut hundertprozentig sicher. Ich bin einmal zu viel beschimpft worden.«

Jake verzog angewidert das Gesicht. »Mit mir war er auch nicht sehr zufrieden. Er konnte es nicht kapieren, dass jemand nein zu ihm sagt. Hat mir immer mehr Geld angeboten, und dann wurde er fies.«

Als ich das hörte, wurde mir übel. »Scott kann es nicht ertragen, wenn er seinen Willen nicht bekommt.« Am liebsten wäre ich aufgesprungen und ihm um den Hals gefallen, weil er Scott gezeigt hatte, was eine Harke war.

Eigentlich brauchte ich gar keinen besonderen Grund.

»Wahrscheinlich werde ich jetzt in Beton eingegossen und in einem stillgelegten Steinbruch versenkt.« Zwischen Jakes offenem Lächeln und Scotts ironischem Grinsen war ein himmelweiter Unterschied.

Er umrundete den Tisch und kam auf mich zu. Mir wurde heiß und zittrig. Er stand vor mir und legte mir die Hände auf die Schultern. Ich wagte nicht aufzublicken nur für den Fall, dass das, was ich mir erhoffte, nicht da sein würde.

»Weißt du, wer Macht über mich hat? Wen ich vergeblich zu vergessen versucht habe? Wer mich so umgehauen hat, dass ich mich auf keine andere Frau mehr einlassen kann?«

Ich blieb reglos sitzen. Wenn ich den Mund hielt, würde ich hoffentlich keinen Fehler machen.

»Schau mich an.« Es kostete mich unendliche Mühe, ihm in die Augen zu sehen, die ernst und eindringlich dreinblickten. »Eine Weile habe ich dich gehasst. Doch mein Bauch hat mir gesagt, dass du im Grunde deines Herzens ein ehrlicher

Mensch bist. Als ich versucht habe, das, was du getan hast, und das, was ich über deine Gefühle wusste oder zumindest zu wissen sicher war, miteinander in Einklang zu bringen, ergab es einfach keinen Sinn.«

»Es tut mir so leid. Sicher hast du mich nicht mehr gehasst als ich mich selbst.«

Ich ließ den Kopf nach vorn sinken und sog seinen Geruch ein. Er rührte sich nicht. Ich erstarrte und fragte mich, ob ich die Signale falsch verstanden hatte. Im nächsten Moment spürte ich einen Kuss auf meinem Scheitel. Kräftige Hände zogen mich hoch.

Jake wich ein kleines Stück zurück. »Kein Scott mehr?«

»Überhaupt kein anderer mehr. Nur noch du.« Als der Kuss kam, war er voller Verheißungen und Begierde, trotzdem zärtlich und fürsorglich und dennoch leidenschaftlich.

Ausnahmsweise kümmerte es mich nicht, dass ich mich in ein ungemachtes Bett legte.

Octavia

Ohne Zeit zu verlieren, stürzte sich Jonathan auf die Haushaltspflichten. Als ich ihn in der Küche beim Bettlakenbügeln antraf, war ich ihm einen kurzen Moment lang beinahe dankbar für seine Hilfe. Bis ich feststellte, dass er die Laken wie im Krankenhaus um die Ecken der vergammelten alten Sofapolster feststeckte, und erkannte, dass er, verdammt noch mal, zu geizig war, Geld für ein Hotel auszugeben.

»Was machst du denn da?«

»Unter den gegebenen Umständen halte ich es für unpassend, dass wir das Ehebett teilen.«

»Ach herrje. Hör auf, einen Mist daherzureden wie ein Wirtschaftsanwalt. Es ist, zum Teufel, ›unpassend‹, dass du überhaupt hier bist.«

»Ich bin nicht der Einzige, der sich schuldig gemacht hat. Darüber hinaus bis jetzt mit weniger weitreichenden Folgen.«

»Jonathan. Bitte kehr jetzt nicht den Heiligen raus. Warum gehst du nicht einfach in eine Pension?«

Er fuhr fort, die Laken glattzustreichen »Warum gehst du nicht? Da wir in Kürze unser Hab und Gut aufteilen werden, muss ich sparsam sein.«

»Weil ich mich um die Kinder kümmere. Was soll eigentlich dieses Pseudo-Anwaltsgequatsche?« Im nächsten Moment fiel bei mir der Groschen. »Mein Gott. Du warst bereits beim Anwalt, richtig?«

Jonathan nickte. »Ich hielt es für wenig sinnvoll, die Situation hinauszuzögern.«

Jetzt war ich also eine »Situation«.

Da ich in Gefahr schwebte, mir Charlies Kricketschläger zu schnappen, damit durchs Haus zu toben und zum krönenden Abschluss nach Jonathans Schädel auszuholen, hob ich die Hände. »Okay. Schön, dass bei dir das Finanzielle über allem anderen steht. Stört es die hinreißende Elisabetta nicht, dass du die Nacht unter demselben Dach verbringst wie deine Frau?«

»Sie weiß, dass es schon lange vorbei ist.«

Der Pfeil traf voll ins Schwarze. Hatte er schon jahrelang in den Startlöchern gestanden und nach meiner Nachfolgerin Ausschau gehalten, während ich mich damit abgeschuftet hatte, die Familie zu versorgen, wohl wissend, dass ich mich zwar nicht vor Glückseligkeit überschlug, doch in dem Glauben, dass ich einigermaßen zufrieden war?

»Dann wollen wir hoffen, dass das Baby nicht von dir ist. Sonst könntest du in Erklärungsnöte geraten«, entgegnete ich.

Dass Charlie gerade verschwitzt und ausgehungert vom Krickettraining nach Hause kam, ersparte Jonathan eine weitere Standpauke. Ich konnte Jonathans Unfähigkeit nicht mehr ertragen. Charlie gebärdete sich wie ein typisch prahlerischer Jugendlicher, ein Verhalten, das ich stets als »Mr Coolmac« bezeichnete, doch ich merkte ihm an, wie sehr er sich freute, Jonathan zu sehen. Nach einer verlegenen Umarmung zeigte Jonathan seine Begeisterung, indem er ihn einem Verhör unterzog, wo er seine stinkenden Turnschuhe und Schienbeinschoner hingeräumt hätte.

»Wie lange bleibst du denn zu Hause, Dad? Mum, können wir nicht nach Sardinien ziehen? Die Frauen dort sollen toll sein. Die Sonne scheint. Ich könnte windsurfen lernen.« Er grinste Jonathan an. »Und dann kriegen wir dich vielleicht öfter zu sehen.«

Ich musste ein Aufschluchzen unterdrücken. Eigentlich hatte ich geplant, Charlie zur Seite zu nehmen und ihm die Wahrheit zu sagen, wenn Jonathan nicht da war. Dann hätte er weinen, toben und um sich schlagen können, ohne dass Jonathan ihm Vorträge darüber hielt, er sei zu alt, um »rumzuheulen«, wie er es ausdrückte. Ich hatte keine Ahnung, wie ich es ihm nun schonend beibringen sollte.

Zu guter Letzt bekam ich Panik. »Ich wäre bestimmt bereit, ins Ausland zu ziehen«, erwiderte ich, worauf Charlie Luftsprünge machte und schon überlegte, wen er im Sommer einladen würde und ob wir manchmal zu Weihnachten zurückkommen könnten, damit wir nicht vergäßen, wie Schnee aussehe. Am liebsten hätte ich auf meinen Bauch und auf Jonathans Bettzeug auf dem Sofa gezeigt und »so einfach ist das nicht« gebrüllt, bis ich heiser war.

»Setz dich. Dad und ich müssen dir etwas sagen, das vielleicht ein kleiner Schock ist.«

Jonathan drückte sich in der Küche herum und machte ein Gesicht, als wolle er sich unter der Fußbodenleiste verkriechen.

Ich kniff die Augen zusammen und griff nach Charlies Hand – was ihn erschreckte. »Dad und ich werden nicht mehr zusammenleben«, erklärte ich ihm.

Charlies Miene wurde ungläubig, als habe er bis jetzt gedacht, wir seien ein miteinander verschmolzener, untrennbarer Klumpen. »Warum?«

»Es ist ein bisschen kompliziert, aber Dad hat sich in eine andere Frau verliebt, die auf Sardinien lebt. Also wird er für immer dorthin ziehen, und …«

»Und deine Mutter ist schwanger und weiß nicht, wer der Vater ist.«

»Gerade wollte ich Charlie sagen, dass nicht alles einseitig ist, aber du hast mir ja keine Gelegenheit dazu gegeben!«

»Ich habe nicht gedacht, dass ihr überhaupt noch Sex habt. O mein Gott.« Charlie zwirbelte an seiner Haartolle wie damals als Krabbelkind. »Wirst du das Baby wirklich kriegen?«

Trotz Jonathans Bemühungen war die Kernfrage der mehrfachen Vaterschaft offenbar an Charlie vorbeigegangen. Allerdings schien er sich in das Thema Abtreibung zu verbeißen. Ich nickte. »Ja, Schatz. Ich verschone dich jetzt mit dem Spruch, dass es sicher wundervoll wird, wenn du einen kleinen Bruder oder eine kleine Schwester bekommst, denn ich verstehe, dass du das im Moment wahrscheinlich nicht so empfindest. Doch ich hoffe, dass du es irgendwann akzeptierst.«

Charlie wirkte verdattert und ein wenig genervt. »Du meine Güte. Können wir nicht trotzdem nach Sardinien ziehen? Dann sehen meine Freunde dich wenigstens nicht rumwatscheln. Mit wem poppt Dad denn eigentlich?« Anscheinend konnte er es nicht fassen, dass eine Frau auf seinen Vater stand.

Ich blickte mich nach Jonathan um. Er kratzte an einem eingebildeten Fleck auf seinen Jeans herum. Ich zog die Augenbrauen hoch. Diese Frage würde ich nicht beantworten.

Jonathan erging sich in einem langatmigen Vortrag zum Thema Beziehungen. Dass sich die Bedürfnisse von Menschen im Laufe der Zeit änderten, wie der Druck am Arbeitsplatz zuweilen die Perspektive verschöbe und wie wichtig es sei, kein reduziertes Leben zu führen. Charlies Augenausdruck wurde leer. Wut durchfuhr mich. Als ich schon dachte, dass ich die Lücken würde füllen müssen, stieß Jonathan schließlich den Namen »Elisabetta« hervor. Er besaß sogar die Frechheit hinzuzufügen: »Sie wird deine Mum nicht ersetzen, aber ich hoffe, dass du sie nach einer Weile als eine Art weise Tante betrachten wirst.«

Dass es mir gelang, nicht zu schnauben wie ein angriffslustiges Rhinozeros, sicherte mir gewiss einen Platz im Himmel.

Der Druck, dass ich mich nicht mit der Beißwut eines Jack Russel in den Wechseljahren auf Jonathan stürzte, verursachte mir Magendrücken. Ich stand auf und trank verstohlen einen Schluck Gaviscon.

Verwirrt saß Charlie einen Moment da. »Verdammte Scheiße.«

Wir gingen beide nicht auf seinen Schimpfwörtergebrauch ein. Charlie stand auf und machte sich ein gewaltiges Schinkensandwich, das auch als Türstopper hätte herhalten können. Es juckte Jonathan in den Fingern, ihn aufzufordern, die Butter von der Arbeitsfläche zu entfernen, doch selbst ihm gelang es, die Hände vom Wischlappen zu lassen, bis Charlie nuschelte, er werde jetzt Xbox spielen, und sich verdrückte.

»Offenbar möchte er gern nach Sardinien«, stellte Jonathan fest. »Vielleicht könnte er über die Sommerferien kommen.«

Ich widerstand dem Bedürfnis, »halt's Maul« zu brüllen. Die Vorstellung, dass mein wunderbarer Sohn bei einer anderen Frau wohnte, die sich mit Eis und Pizza bei ihm einschmeichelte, ließ mich erschaudern. »Wir haben drei Kinder. Möchtest du sie alle einladen und dir den Sommer freinehmen, um sie zu beaufsichtigen? Oder wird ›Betta‹ eine Hausfrau und Stiefmutter, die jeden Tag mit ihnen an den Strand geht?«

Selbst in meinen eigenen Ohren hörte sich mein Tonfall gehässig an. Es versetzte mir einen Stich ins Herz, als ich mir vorstellte, wie Immi an der Hand dieser anderen Frau dahinhüpfte. Was sie sicher tun würde. Das Beste für alle Beteiligten war, wenn die Kinder Betta vergötterten. Nur wusste ich nicht, ob ich erwachsen genug war, sie dazu zu ermuntern.

Ich senkte die Stimme. »Bei den Mädchen müssen wir es ein bisschen geschickter angehen als bei Charlie. Vielleicht erzählst du ihnen zuerst deine Version. Dann fühlst du dich nicht mehr bemüßigt, mich bei meiner zu unterbrechen. Wir haben beide Fehler gemacht. Ich will dir nicht die Schuld in die Schuhe schieben. Ziehen wir es so schmerzlos wie möglich durch.«

Jonathan nickte zwar, wirkte aber nicht sehr kooperativ. Ich machte mich auf die Suche nach Charlie.

Er blickte nicht von dem Blutbad auf seiner Xbox auf. Ich setzte mich auf die Armlehne seines Sessels und zeigte Jonathan in Gedanken den Stinkefinger. Dann legte ich Charlie die Hand auf die Schulter. »Alles in Ordnung?«

Ein Brummeln.

Ich brummelte zurück. »Das heißt, dass ich dich liebe und dass es mir leidtut, wenn ich Mist gebaut habe.« Wieder brummelte ich. »Und das heißt auch: Könntest du bitte deinen Schwestern nichts sagen, bis Dad und ich Gelegenheit hatten, mit ihnen zu sprechen?«

Charlie drückte auf Pause. »Mom, hör mit dem Gebrummel auf. Das ist schräg und megakrass.« Er sah mich an. »Mir geht es gut. Voll viele in meiner Klasse haben geschiedene Eltern. Aber ich kapiere trotzdem nicht, warum wir nicht auch dorthin ziehen können. Als Dad seinen Job verloren hat, hast du dauernd damit angefangen, dass wir doch ins Ausland gehen sollten. Und jetzt will ich und du nicht. Liegt es daran, dass du hier einen Freund hast?«

Ich drehte sein Gesicht zu mir hin. »Ich habe keinen Freund. Ich habe einen großen Fehler gemacht und gedacht, ich sei noch in jemanden verliebt, den ich von früher kannte. Anstatt die Dinge mit Dad zu klären – ich weiß, ich predige dir ständig, dass man niemals aufgeben darf –, habe ich mich nicht an meinen eigenen Rat gehalten. Und auch nicht an den zum Thema Safer Sex.« Charlie verzog angewidert den Mund. »Sorry, mir ist klar, dass du das nicht hören willst, aber ich finde, dass du es wissen solltest.«

Charlie hob die Hände. »Mum, es ist alles in Butter. Ich glaube, mehr will ich wirklich nicht mehr hören. Also hast du eigentlich keinen Grund, um hierzubleiben.«

»Bis auf meine Firma.«

»Könntest du dir keine Geschäftsführerin suchen? Dann könntest du kassieren, ohne die Arbeit machen zu müssen. Du wärst nicht mehr dauernd so erledigt.«

»Ich kann nicht einfach nichts tun«, erwiderte ich.

»Du könntest Italienisch lernen. Du predigst mir doch immer, wie wichtig es ist, die Gelegenheit beim Schopf zu packen, um nicht mit fünfundachtzig ›hätte / sollte / wäre‹ sagen zu müssen. Und wenn du noch ein Baby kriegst, kannst du sowieso eine Weile nicht arbeiten.«

Er wurde still. »Wenn es ein Junge wird, glaubst du, dass du ihn mehr lieben wirst als mich?« Er versuchte, es witzig klingen zu lassen, doch sein Auflachen klang ein wenig verzweifelt.

»Wie könnte ich je einen Menschen mehr lieben als dich? Niemals.« Ich umarmte seine Schultern, und ausnahmsweise lehnte er sich an mich.

»Überlegst du dir das mit dem Umzug nach Sardinien?«, fragte er, das Gesicht bedeckt von meinem Haar. »Ich meine richtig überlegen, nicht nur vor sich herschieben.«

Ich drückte Charlies Hand. Ich liebte seine Abenteuerlust. Zum Glück hatte er wenigstens eine gute Eigenschaft von mir geerbt. »Wir werden sehen. Ich bin nicht sicher, ob Dad sehr scharf darauf wäre, wenn ich bei ihm nebenan wohnen würde.«

»Wir müssen ja nicht nebenan wohnen. So könnten wir wenigstens noch eine Art Familie sein. Ihn immer wieder mal sehen.«

Als die Kinder geboren wurden, hatte ich nicht im Traum daran gedacht, je in einer »Art Familie« zu leben.

Nie wäre ich auf die Idee gekommen, dass wir uns mit ihnen

zusammensetzen und ihnen mitteilen würden, dass einer von uns freiwillig ging. Beim Tod meines Vaters war ich einundzwanzig gewesen, und hin und wieder vermisste ich ihn noch immer so sehr, dass ich am liebsten in den Garten hinausgerannt und diese Ungerechtigkeit aus mir herausgeschrien hätte. Es erschien mir so herzlos, den Kindern ihren Vater zu nehmen, obwohl er noch lebte. Sie die Qual der Sehnsucht, des Bedürfnisses nach Kontakt durchleben zu lassen. Vermutlich war ein bisschen von Jonathans zwanghaftem Ordnungswahn da noch erträglicher.

Sobald ich mir gestattete, mir einen wundervollen Neuanfang an einem anderen Ort auszumalen, entstanden in meinem Kopf Bilder in sonnendurchflutetem Technicolor: ein Reihenhaus, Steinstufen, die zu einer Eichentür führten, gewundene Pfade zum Meer. Nackte Füße. Balkone. Aufwachsen in einer Gemeinschaft, nicht in einer anonymen Vorstadt in Surrey. Wochenenden am Strand. Seeigel aufklauben. Herbstspaziergänge, bei denen wir Holz fürs Kaminfeuer sammelten. Eigentlich alles, was ich mir immer für meine Kinder erträumt hatte.

Ein winziger Apfelkern der Aufregung trieb einen Schössling aus.

Roberta

»Das ist der absolute Wahnsinn. Du wirst nicht auf eine winzige Insel ziehen, wo dein Mann mit seiner Geliebten lebt. Das lasse ich schlicht und ergreifend nicht zu.«

Die Schwangerschaft hatte Octavia den Verstand vernebelt. Übersprudelnd vor Meerespanoramen, Pizzerien und Dachterrassen voller Geranien, war sie bei mir aufgekreuzt. Genau wie damals, als sie eine Asienreise für zwei Pfund am Tag geplant hatte.

»Du hast keinen Sinn für Abenteuer«, sagte Octavia. »Charlie freut sich brennend darauf. Das Haus hier werden wir vermieten. Jonathan zieht bei ›Betta‹ ein, und wir suchen uns etwas anderes zur Miete. Die Schulen halten die Plätze für ein Jahr frei. Ich betrachte es als Sabbatjahr.«

»Und was ist, wenn das Baby kommt? Du kennst dort niemanden, der dir hilft.«

So hatte ich Octavia schon häufiger erlebt. Wenn sie sich etwas in den Kopf gesetzt hatte, konnte sie kein Einwand davon abbringen. Da konnte ich ihr die Risiken aufzählen, bis ich schwarz wurde.

Sie zuckte die Achseln. »Die Italiener lieben Kinder. Bestimmt finde ich eine Jugendliche mit zehn Geschwistern, die mich unterstützt. Schlimmer als in England kann es ja nicht sein, wo man von Kindern erwartet, dass sie in der Öffentlichkeit dasitzen, als hätten sie einen Stock verschluckt. Vielleicht kann ich sogar in einem Café stillen, ohne dass alle vor Entsetzen in Ohnmacht fallen.«

Octavia klang streitlustig. Obwohl ich wusste, dass ich den Mund halten und ihr alles Gute wünschen sollte, fühlte ich mich verpflichtet, die Themen anzusprechen, die sie übersehen hatte.

»Ich wette, dass Polly nicht mitwill. Sie wird ihre Freundinnen vermissen.«

Octavia gab zwar nicht nach, musste aber zugeben, dass Polly sich in ihrem Zimmer verbunkert hatte, als ihr das Tohuwabohu in der Familie Shelton in seiner ganzen Pracht offenbart worden war. Sie lächelte zittrig. »Ich habe ihr eine Vespa versprochen, wenn sie alt genug ist, was sie ein wenig zugänglicher gemacht hat.«

»Und was ist mit Immi?«

»Sie steht Jonathan am nächsten und wird alles tun, solange sie ihn nur sehen kann. Immi wird ihn am meisten brauchen, wenn das Baby kommt. Ihre größte Sorge war Stan, doch ich denke, wir können ihn mitnehmen, wenn wir eine Bleibe finden, wo Hunde erlaubt sind.«

»Was willst du denn mieten?«

Plötzlich fand Octavia die Tischkante brennend interessant. »Bin noch nicht sicher. Ich muss mich informieren, was es so gibt.«

Mir stand das Bild vor Augen, wie die Sheltons mit einem Haufen abgenützter Besitztümer und einem an einem Seil zerrenden Stan von Bord der Fähre gingen. Ich konnte mir nicht vorstellen, dass Octavia es schaffen würde, ihr Haus jemals so zu säubern, dass jemand Geld dafür ausgeben würde, um darin zu wohnen. Sie würde die türkisfarbenen Wände im Wohnzimmer überpinseln müssen. Und ihre limettengrüne Küche war gewöhnungsbedürftig.

Octavia war so begeistert, dass ich mir mies vorkam, kaltes Wasser über ihre Pläne zu kippen. Doch die Frau tickte nicht mehr richtig. Der bloße Gedanke, den Krimskrams von ihren Reisen, die Gemälde der Kinder ab dem ersten Lebensjahr und die Jeans, in die Octavia sich noch hineinhungern wollte, auszumisten, verursachte mir Kopfschmerzen.

»Kommen die Kinder mit dem Baby klar?«

»Charlie ist, glaube ich, ein bisschen eifersüchtig. Er ist richtig pampig zu mir. Wahrscheinlich wird es ihn weniger stören, wenn es ein Mädchen wird. Ich dachte, Immi würde die Krise kriegen, aber sie ist richtiggehend begeistert. Ständig hält sie das Ohr an meinen Bauch, um ihn atmen zu hören.«

»Ihn?«

»Ich bin überzeugt, dass es ein Junge wird.«

»Hast du auch eine Idee, von wem?«

»Darüber wage ich gar nicht nachzudenken. Der arme Wurm wird sowieso ohne Vater aufwachsen, also macht es vermutlich keinen großen Unterschied. Deshalb ist es auch gut, von hier wegzugehen. Für die Kinder wäre es so schwierig, wenn alle in der Schule über sie tuscheln. Und kannst du dir vorstellen, wie es im Kindergarten wird? All die Mütter, die mich beglückwünschen und dann im Park zu tratschen anfangen?«

»Und was ist mit mir? Werde ich dir fehlen?« Das war nicht nur scherzhaft gemeint. Die Vorstellung, nicht mit Octavia in derselben Stadt zu wohnen, war mir völlig fremd. Wir waren zwar durch die Weltgeschichte gegondelt, aber stets zurückgekehrt, um wieder eine Viertelstunde entfernt voneinander zu leben. Ich wusste, dass ich egoistisch war, doch Octavia war wie eine Familienangehörige, nur netter.

»Du kannst mich besuchen, wann immer du willst. Mir jeden Tag eine Mail schicken. Ich erwarte den neuesten Klatsch. Außerdem bist du sowieso bis über beide Ohren verliebt. Und da du jetzt die Topdesignerin des Landes bist, wirst du viel zu beschäftigt sein, um mich zu vermissen.«

Ich hörte den Zweifel in ihrer Stimme. Zum allerersten Mal war mein Leben durch einen lukrativen Job abgesichert. Ich hatte Jake, und dank der Erleichterung meines Dad, dass ich endlich einen »anständigen Burschen« gefunden hatte, wurden die elterlichen Versöhnungsversuche angeboten und angenommen.

Octavia hingegen machte gerade die stürmischste Phase ihres Lebens durch. Ein Umzug nach Sardinien erschien mir deshalb so wahnwitzig, als würde man am Deck der *Titanic* ausharren, anstatt zu den Rettungsbooten zu stürmen.

»Freut sich Jonathan?«

»Ob er mich jemals wiedersieht, ist ihm eigentlich schnurzegal. Doch die Vorstellung, die Kinder in seiner Nähe zu haben, gefällt ihm sehr. Ich denke nicht, dass er jeden Monat hin und her fliegen wird, um sie zu besuchen, falls wir in England bleiben, wenn er sich erst einmal in seinem neuen Leben eingewöhnt hat. Und was das Kleine angeht … wer weiß?« Sie streichelte ihren Bauch.

»Hast du Xavi von deinen Plänen erzählt?«

»Nein. Ich habe überhaupt nicht mit ihm gesprochen, sondern ihn gebeten, mich in Ruhe zu lassen, und das hat er auch getan. Letztlich könnte er nie das Baby eines anderen Mannes annehmen.« Bei diesen Worten presste sie die Finger an die Augen. »Frag mich nicht nach ihm.«

Ich schlug einen sanfteren Tonfall an. »Wirst du es ihm nicht sagen?«

Octavia verzog das Gesicht. »Nein. Er hatte seine Chance, mit an Bord zu kommen, und wollte sich nicht festlegen. Und da wir jetzt sowieso bald nach Sardinien gehen, ergibt es auch keinen Sinn mehr. Ich habe keinen Raum, ständig hin und her zu lavieren. Ich muss für die Kinder stark bleiben und kann mich nicht ständig fragen, ob Xavi sich plötzlich eingeengt fühlen und Reißaus nehmen könnte.«

Bis jetzt hatte ich Octavias verrückte Pläne stets mitgemacht, selbst wenn ich fand, dass sie total danebenlag. Doch diesmal musste jemand die Stimme der Vernunft sein.

Octavia

Ich nahm den Sommer und den Ferienbeginn kaum zur Kenntnis, während ich versuchte, die Trümmer einer sechzehnjährigen Ehe zu sortieren. Jonathan blieb eine Woche, ordnete seine Werkstatt und stapfte schimpfend hinauf auf den Speicher, um Weihnachtsbäume und Kartons voller Schulzeugnisse und Geschäftspräsentationen hinunterzuschleppen, die eine halbe Lebenszeit alt waren.

»Das war's, ich glaube, mit dem Rest kommst du allein klar«, verkündete er, während er den letzten lebensnotwendigen Schraubenzieher in seinen überquellenden Koffer stopfte. Offen gestanden war es eine verdammt gute Idee von ihm gewesen, den Hammer nicht offen liegen zu lassen, denn ich wäre stark versucht gewesen, seinem Gebiss eine neue Optik zu verpassen.

Ich konnte es immer noch nicht fassen, dass eine Ehe zweier Menschen, die sich liebten – denn ich hatte Jonathan geliebt –, das Schlechteste in ihnen zutage förderte, bis sie einander bei jeder Gelegenheit nur noch »Arschloch« hinterherzischten.

An dem Morgen, als er ging, versteckte ich mich in der Küche, während er sich von den Kindern verabschiedete, weil ich mich vor ihrem Schmerz fürchtete. Charlie marschierte nach oben. Immis Trauer war so herzzerreißend laut, dass ich mich völlig hilflos fühlte. Polly reagierte verhalten. Selbst wenn sie sich durchs Haus bewegte, tat sie das bewusst und zielstrebig, als überlege sie sich jeden Schritt.

Als ich an der Reihe war, stand er, inmitten von Gepäckstücken, auf der Schwelle. »Ich melde mich«, sagte er, als habe er mich gerade zurechtgewiesen, weil ich den Trockenschrank nicht saubergemacht hätte. Ich hatte versucht, meinem Verstand einzutrichtern, dass ich ihn nicht förmlich umarmen durfte. Es war, als lernte ich alles in umgekehrter Reihenfolge.

An den nächsten Wochenenden schuftete Roberta, Gott segne sie, sich Seite an Seite mit mir ab. Sie räumte Schränke aus und verpackte mein Geschirr. Sie hatte aufgehört, mich als verrückt zu bezeichnen, doch ich merkte ihren Versuchen, mich auf die Schwachstellen meines Plans hinzuweisen, an, dass ich für sie eindeutig in die Kategorie verantwortungslose Mutter fiel.

Je öfter ich Jake traf, desto weniger Sorgen machte ich mir, weil ich Roberta zurückließ. Er half dabei, Möbelstücke in Transporter zu hieven, kutschierte schimmelige Plastikstühle zur Müllkippe und verlor dabei niemals die gute Laune. Als ich beobachtete, wie er im Garten Robertas Haar zurückstrich und sie so sanft küsste, als habe er einen kostbaren Edelstein entdeckt, musste ich den Blick abwenden.

Jonathan bombardierte mich mit E-Mails, in denen es immer um das Gleiche ging.

Ich halte uns nicht für wohlhabend genug, um Dinge zu verschenken, die wir auch verkaufen könnten. Ich bin ziemlich sicher, dass es einen Markt für meine Computerbücher, die verbliebenen Werkzeuge und die Sportausrüstungen gibt.

Pech für ihn, aber ich war nicht so blöd, die Schwimmflossen, an die er sich seit Unizeiten klammerte, für zwei Pfund fünzig zu verhökern. Ein alter Schnorchel reichte nicht, um mich aus der Scheiße zu retten. Stattdessen spendete ich den Großteil unseres Krams. Meine klägliche Schmucksammlung, einschließlich Verlobungsring und Ehering, verkaufte ich bei eBay. Die halbe Zweieuromünze, die Xavi mir geschickt hatte, legte ich in eine Streichholzschachtel. Ich brachte es einfach nicht über mich, sie das gleiche Schicksal erleiden zu lassen wie ihre Vorgängerin.

Mitte August campierten wir im Wohnzimmer, und ich traf Vorbereitungen dafür, die Kinder zwei Wochen zu Jonathan vorauszuschicken, damit ich in Ruhe alles Liegengebliebene erledigen konnte.

Immer wenn ich an die Abreise der Kinder dachte, hätte ich sie am liebsten festgehalten und ihren Geruch, ihr Lachen, ja, selbst ihre Launen in Flaschen abgefüllt. Ich versprach ihnen einen Strandurlaub, sobald ich da sei. Ich hatte ein großes Familienzelt auf einem Campingplatz ganz in der Nähe von Jonathan gebucht.

Als ich Roberta davon erzählte, starrte sie mich an, als hätte ich ihren Pfefferminztee mit einem von Stans Kauknochen umgerührt. »Ein Zelt? Ach, du meine Güte, Octavia! Sag jetzt nicht, dass ihr eine Gemeinschaftsdusche benutzen werdet.«

»Es ist sämtlicher moderner Komfort vorhanden. Zum Beispiel ein Kühlschrank, Lampen und so weiter. Außerdem ist es nur vorübergehend, während die Kinder und ich uns eine Unterkunft suchen. Ich möchte, dass wir das gemeinsam entscheiden.«

»Und was machst du, wenn du so schnell nichts findest?«

»Nichts. Wahrscheinlich einfach dortbleiben, bis sich etwas ergibt. Während Jonathan arbeitslos war, haben wir den Großteil unserer Ersparnisse aufgebraucht. Natürlich wird der Kindergarten noch ein kleines Einkommen abwerfen. Aber ich musste ganz schön was springen lassen, um eine qualifizierte Geschäftsführerin zu kriegen. Wenn ich erst mal Miete für das Haus kassiere, entspannt sich die finanzielle Lage.«

Schade, dass ich keine Kamera hatte, um Robertas Gesicht zu fotografieren.

»Du kannst nicht in einem Zelt wohnen. Du bist schwanger. Bitte, tu das nicht. Du solltest dich ausruhen. Wie willst du dich auf einem Campingplatz richtig ernähren?«

»Roberta, manche Leute verbringen ihr ganzes Leben in einem Zelt und schaffen das ganz wunderbar. Ich brauche kein Fünfsterne-Luxushotel.«

»Du könntest hier in einem Haus mit fünf Zimmern bleiben, und Jonathan wäre machtlos dagegen. Was machst du mit der Wäsche?« Roberta konnte sich keine bescheidenen Lebensumstände vorstellen. Sie kannte nur Zimmerservice und Schokoladentäfelchen auf Hotelkopfkissen.

Ich versuchte, sie zu beschwichtigen. »Ich verspreche, nach England zurückzukommen, wenn ich es dort nicht schaffe, bevor die kalte Jahreszeit da ist.«

»Octavia! Du kannst nicht bis Oktober in einem Zelt hausen. Was willst du damit beweisen?« Robertas Stimme wurde laut vor Entsetzen.

»Ich will gar nichts beweisen. Es ist ein Abenteuer. Wir werden etwa zwanzig Meter vom Meer entfernt wohnen. Denk nur, keine Tanzstunden, kein dämliches Krickettraining, keine Elternabende mit Mittelschichtmüttern, die sich einen Kopf darüber machen, ob ihre Zweijährigen richtig mit Plastelin spielen, kein Übertrittsstress für Polly – schafft sie es nun aufs Gymnasium oder nicht, und kommen wir alle stante pede in die Hölle, wenn es nicht klappt? Ich kann es kaum noch erwarten.«

Roberta entfaltete eine weitere Bahn Luftpolsterfolie. »Fast wäre ich überzeugt gewesen, dass Sardinien das Richtige für dich ist. Aber du hast dir das nicht gründlich genug überlegt. Camping ist langfristig nicht praktikabel. Wo willst du eure Pässe aufbewahren? Was, wenn die Wehen verfrüht einsetzen?«

Und so ging es immer weiter, bis Jake sie abholte und die beiden sich verdrückten, um in einem französischen Bistro in der Stadt zu Abend zu essen. Ich wünschte, ich bräuchte nur eine Flasche Sancerre und ein paar *cuisses de grenouille*, um mich glücklich zu machen.

Roberta

Jake fuhr uns zum Flughafen, wo wir nach Sardinien starten wollten. Nur der Himmel wusste, wie Octavia sich fühlte, denn ich hätte mich am liebsten an Jake festgeklammert. Ich hatte am Vorabend gewartet, während Octavia eine letzte Runde durchs Haus machte, um sich zu vergewissern, dass alles für die Mieter vorbereitet war, die nächste Woche einziehen sollten. Obwohl sie es nicht zugeben wollte, verabschiedete sie sich von ihrem alten Leben. Ihr Mut beschämte mich. Sie ging den kleinen Gartenweg entlang, schaute sich um und meinte: »Ich habe das Haus noch nie gemocht. Nur Steine und Mörtel. Abenteuer, ich komme!«

Ich hatte darauf bestanden, sie zu begleiten. Da Alicia eine Klassenreise nach Frankreich machte, hatte ich Octavia davon überzeugt, dass ich eine Dosis Sonnenschein brauchte, bevor ich im Herbst das große Hotelprojekt in Angriff nahm.

Anfangs sträubte sie sich. »Du möchtest doch nicht in einem Zelt wohnen. Sei nicht sentimental. Du wirst es verabscheuen.« Sie war felsenfest dazu entschlossen zu beweisen, dass sie stärker, abgehärteter und tüchtiger war als jede gewöhnliche Sterbliche, die mit drei Kindern im Schlepptau und einem weiteren in der Warteschleife in ein fremdes Land aufbrach.

Ich stemmte mich tapfer gegen die Einwände, mit denen Octavia mich bombardierte. »Du behauptest doch immer, ich würde nur davon profitieren, wenn ich meinen Horizont erweitere. Also, hier bin ich, bereit, ihn ins Unendliche auszudehnen. Falls es wirklich nicht auszuhalten ist, gehe ich ins Hotel.«

Als ich mich von Jake verabschiedete, hätte ich mich beinahe auf peinliche Weise in sein Sakko verkrallt. Wir fassten uns kurz, doch er flüsterte mir »Pass auf dich auf. Ich werde dich schrecklich vermissen« ins Ohr, was mich mit einer Wärme erfüllte, die ich in mir speichern und nötigenfalls wieder aktivieren konnte.

Sobald wir im Flieger saßen, zog Octavia sich zurück und verbunkerte sich hinter einem Buch, ihre übliche Überlebenstaktik, wenn ihr alles zu viel wurde. Ich war froh über das Schweigen und zwang mich, mich entspannt zurückzulehnen. Ich konzentrierte mich auf Bilder von Jake, manche so eindringlich, dass ich es bis tief in den Bauch hinein spürte, wie es mich nach England zurückzog. Mir fiel auf, dass Octavia ihre Hälfte der Zweieuromünze an einem Kettchen um den Hals trug. Doch ich verkniff mir eine Bemerkung.

Als wir zum Landeanflug auf Sardinien ansetzten, drückte sie mir den Arm. »Danke, dass du mitgekommen bist. Ich bin froh, dich hier zu haben. Hoffentlich ist der Campingplatz in Ordnung. Leider kein Butler. Aber das Vordach gehört dir.«

Ich wandte den Blick ab, als die Maschine ruckelnd abbremste. Ich wollte nicht, dass sie meiner Miene etwas entnahm.

Octavia sprang sofort auf und zerrte ihre Sachen aus dem Gepäckfach. Ich spähte angestrengt aus dem Fenster, um festzustellen, ob ich Einzelheiten am Boden ausmachen konnte. Dann schickte ich ein Stoßgebet zum Himmel.

Jetzt gab es kein Zurück mehr.

Octavia

Auf den Stufen des Flugzeugs blieb ich stehen und strich mir über mein Bäuchlein. »Willkommen in deinem neuen Leben, Baby.« Nur noch eine Taxifahrt trennte mich von den Kindern. Ich konnte nicht fassen, wie lang die zwei Wochen mir erschienen waren. Roberta war ein Geschenk des Himmels. Sie hatte Jake überredet, Stan zu nehmen, bis ich mich häuslich eingerichtet hatte, die Flüge gebucht und Taxis bestellt, während ich zu Hause mit Erledigungen in letzter Minute beschäftigt gewesen war. Eigentlich wollte ich mich freuen, doch als das Gepäck quietschend über das Kofferband wanderte, fühlte ich mich, als würde ich gleich in Tränen ausbrechen. Verdammte Hormone.

»Hat der Taxifahrer ein Schild mit unseren Namen darauf?«

»Ich glaube schon.« Roberta schaute durch die Glasscheibe in die Ankunftshalle hinaus.

»Welche Firma suchen wir?« Meine Knöchel waren geschwollen, weshalb die Vorstellung, mit einem Minimum an Umständen in ein klimatisiertes Taxi zu steigen, sehr verführerisch war. Ursprünglich hatte ich Roberta überreden wollen, die öffentlichen Verkehrsmittel zu nehmen. Sie sah mich nur an und meinte: »Ich fahre nicht Bus. Grundsätzlich nicht.«

»An den Namen der Firma kann ich mich gerade nicht erinnern. Ich erkenne ihn wieder, wenn ich ihn sehe. Ich habe die Unterlagen in der Tasche.«

Wir schnappten uns meine riesige Reisetasche und schleppten sie neben Robertas elegantem Alukoffer her. Roberta hatte sich geweigert, mich im Jogginganzug reisen zu lassen. »Fang so an, wie du weitermachen willst. Du darfst nicht aussehen wie ein optischer Notfall. Die Kinder haben dich seit zwei Wochen nicht gesehen. Du willst doch nicht, dass sie glauben, dass du verwahrlost, wenn sie nicht da sind, um auf dich aufzupassen.«

Offen gestanden hätte Charlie es nicht bemerkt, wenn ich mit einem Pavian auf dem Kopf aufgekreuzt wäre. Dennoch zog ich Robertas Glücksbringer-Geschenk an – ein wunderschönes indigoblaues Oberteil und eine schwarze Leinenhose aus einem sündhaft teuren Laden für Umstandsmode, von dem ich noch nie zuvor gehört hatte. Meine früheren drei Schwangerschaften hatte ich in Leggings absolviert, doch ich wollte nicht undankbar sein.

Wir drängelten uns durch die Ankunftshalle. Roberta blieb ein Stück zurück und kramte in ihrer Handtasche herum. Die Menschenmassen lösten Beklemmung in mir aus. Deshalb schob ich mich, einen Arm schützend vor mein Baby gelegt, voran, weil ich dringend Platz zum Atmen brauchte. Ich schaffte es an all den Großfamilien vorbei, die zurückgekehrten Enkeln um den Hals fielen und dabei den Ausgang blockierten. Dann blickte ich mich nach Roberta um.

Eine Hand packte mich am Arm. »Also glaubst du, du könntest einfach nach Sardinien verschwinden, ohne mir ein Wort zu sagen.«

Ich schlug die Hand vor den Mund. Dann starrte ich Xavi an, das Sinnbild eines wilden Korsen, der in einer Geste, die wohl »was zum Teufel sollte das?« besagte, die Hände hob.

»Was machst du hier? Woher wusstest du …?« Es war einfach zu viel, um es auf einmal zu verarbeiten. Erleichterung ergriff mich mit einer Wucht, dass mir schwindelig wurde. Er war hier. Er hatte meine Forderung, mich in Ruhe zu lassen, in den Wind geschlagen. Meine Sturheit ignoriert.

Vielleicht liebte er mich wirklich.

»Ich bin hier, weil du dich geweigert hast, mit mir zu sprechen, und weil wir etwas klären müssen.« Allerdings fehlten die ausgebreiteten Arme und die Liebesschwüre.

Er bugsierte mich weg von den Menschenmassen. Seine Schultern waren angespannt. Nachdem er mich auf einer Sitzbank geparkt hatte, fing er an, auf und ab zu tigern. Das kannte ich schon von damals, wenn sich etwas seinen Reiseplänen in den Weg stellte. »Was soll dieser Unsinn, Tavy? Ich höre nichts von dir. Nur zwei Zeilen nach dem Motto ›lass mich in Ruhe‹. Und dann muss ich erfahren, dass du mit einem Baby in einem Zelt hausen willst. Dass du einfach abhaust, ohne es dem Vater zu sagen? Ich lasse nicht zu, dass mein Sohn oder meine Tochter auf einem sardischen Campingplatz geboren wird wie ein Flüchtlingskind ohne Zuhause.«

Ich selbst war mein schlimmster Feind. Es war ein Fehler gewesen zu hoffen. Hier ging es um Stolz, nicht um Liebe. »Ich habe drei, bald vier, Kinder, um die ich mich kümmern muss, und nicht genug Geld dafür. Es ist Sommer. Wir werden es überleben. Du hast doch selbst oft genug in Zelten gewohnt.«

Laut ausgesprochen klang das als Familienkonzept ziemlich wackelig.

»Außerdem könnte es ja sein, dass das Baby, von dem du nicht willst, dass es auf einem Campingplatz geboren wird, gar nicht von dir ist.«

»Das weiß ich«, erwiderte Xavi leise, worauf ich mir sofort kleinlich vorkam.

Roberta hatte uns eingeholt. Sie machte ein verlegenes Gesicht. Also hatte Xavi weder mein Haus verwanzt noch sich in meine E-Mails eingehackt. Die beiden begrüßten sich so verschwörerisch, dass Wut in mir aufstieg. Ich sah Roberta finster an.

»Ich musste es ihm erzählen. Ich konnte nicht anders.« Sie verzog das Gesicht.

»Eigentlich wollte ich ja nach Sardinien kommen, um einen Neuanfang zu machen.«

Ich wusste nicht, was ich fühlen sollte. Zweifellos hatte sie nur mein Bestes gewollt. Doch Roberta war keine Freundin, die hinter meinem Rücken handeln durfte. Solche Manöver waren entfernteren Freunden und Bekannten vorbehalten. Menschen, denen ich nie mein Leben anvertraut hätte.

Ich sah Xavi an, der, die Arme verschränkt und eine Augenbraue hochgezogen, dastand. Meine geistige Landkarte seiner Körpersprache war im Laufe der Jahre verblasst. Aber er war eindeutig mächtig sauer auf mich. Ich unterdrückte das Bedürfnis, seine schlechte Laune mit einem Scherz zu zerstreuen und mich an ihn zu schmiegen. All die verpassten Momente nachzuholen.

Er hatte keine zweite Chance verdient.

Roberta wandte sich an mich. »Ich habe einen Fahrer und werde heute im Hotel übernachten. Du gehst mit Xavi. Ihr habt eine Menge zu bereden.«

Ich stand auf. »Nein, ich kann nicht. Die Kinder erwarten mich heute. Ich darf sie nicht enttäuschen.«

Roberta blickte über meine Schulter hinweg. »Ich habe schon alles für morgen arrangiert, mit Jonathan gesprochen und ihm erklärt, bei der Haushaltsauflösung habe es Verzögerungen gegeben. Und deshalb würden wir einen Tag später kommen.«

Mein mütterliches Adrenalin geriet ins Sprudeln. Ich hatte an Immis blondes Haar und ihre Fingerchen gedacht. An Charlie, der auf mich zutrottete, zu cool, um mich zu küssen, solange jemand zuschaute. Polly, die redete wie ein Wasserfall und mir ihren Aufenthalt auf Sardinien in allen Einzelheiten schilderte. Ich wurde von Trauer ergriffen. »Ich kann nicht weg. Sie werden sich fragen, warum ich nicht selbst angerufen habe. Jonathan wird ihnen allen möglichen Mist erzählen und sie gegen mich aufhetzen, weil ich eine unzuverlässige Mutter bin. Hat er dir überhaupt geglaubt?«

Der Boden schwankte unter meinen Füßen. Andere Menschen entschieden über meinen Kopf hinweg.

Roberta nickte. »Ich denke, er war froh, dass du alles mit dem Haus regelst, damit er davon verschont bleibt. Er sagte, die Kinder verbrächten ihr Leben am Strand und wüssten vermutlich kaum, welchen Wochentag wir haben.«

Obwohl ich sicher war, dass Roberta mir nicht wehtun wollte, fiel meine Reaktion emotional aus. Sie litten überhaupt nicht unter der Abwesenheit ihrer Mutter. Ihre E-Mails und SMS hatten nur von Schwimmen, Eiscreme und »supergeiler Pizza« gehandelt.

»Warum hast du mir nichts davon verraten? Dann hätte ich mich darauf einstellen können.«

Xavi ergriff das Wort. »Wenn Roberta etwas gesagt hätte, hättest du dich geweigert. All die Wochen habe ich versucht, mit dir zu sprechen, und jetzt behauptest du, du könntest wegen der Kinder nicht bei mir sein. Du allein entscheidest, was die Wahrheit ist, und gibst anderen keine Chance.«

Die Haare klebten mir am Hals. »Ich wollte nicht mit dir reden, weil ich es nicht riskieren konnte, wieder zusammenzubrechen, falls du plötzlich verschwindest.«

»Du hast ja keine Ahnung, was du da sagst. Ich wollte dich unterstützen.«

»Vermutlich so wie beim letzten Mal.«

Darauf folgte ein Schwall französischer Schimpfwörter, so schnell, dass ich nicht alles verstehen konnte.

Roberta klappte den Griff ihres Rollkoffers auf. Sie sparte sich die Mühe, sich direkt an mich zu wenden. »Xavi, du bist nicht den ganzen Weg hergekommen, um dich zu streiten. Du musst mit Octavia sprechen, warum tut ihr es dann nicht einfach? Du kannst sie heute Abend noch immer am Campingplatz absetzen.«

Nie hätte ich Roberta für eine Frau gehalten, die in der Lage war, dominante Männer zu bändigen. Xavi hörte mit dem Herumlaufen auf. Er steckte die Hände in die Taschen. »Langfristig betrachtet ist es besser für die Kinder, wenn wir eine Lösung finden. Ich entführe dich nicht. Ich fahre dich zu den Kindern, wann immer du willst.«

Der Gefühlsansturm, weil ich England verlassen hatte, hatte mir den Kämpfergeist geraubt. »Ich rufe Charlie vom Auto aus an.«

Roberta umarmte mich und verschwand. Sie hatte es geschafft, eine Entschuldigung mit Trotz zu verbinden. Die Asche meiner Gefühle würde ich später durchwühlen. Seit meine Mutter Xavi vergrault hatte, damit ich Jonathan heiratete, war, soweit ich wusste, niemand mehr das Risiko eingegangen zu entscheiden, was das Beste für mich war. Ich blickte Roberta nach, das selbstbewusste Ausschreiten einer Frau, die es gewohnt war, Chauffeuren Anweisungen zu geben. Stets ruhend in der Gewissheit, dass genug Geld da war, um das Ziel der Reise zu ändern, wenn es ihr dort nicht gefiel.

Xavi half mir hoch. Sein Tonfall war zwar noch angespannt, aber ein kleines bisschen freundlicher. »Du siehst gut aus. Das Baby steht dir. Komm. Ich bringe dich zum Auto.« Er wuchtete meine Reisetasche hoch und schüttelte den Kopf. Draußen brannte die Sonne so sengend vom Himmel, dass ich blinzeln musste. Er schloss ein BMW-Cabrio auf. »Heute kein Motorrad.«

»Wo fahren wir hin?« Ich war noch immer nicht sicher, ob

er mich zu einem Winkeladvokaten kutschieren wollte, damit ich Papiere unterschrieb, in denen ich auf jegliche Rechte auf sein zukünftiges Einkommen verzichtete. Oder suchte er wirklich nur das offene Gespräch? Xavi war ein Mann, der mit seiner Meinung nicht hinter dem Berg hielt. In dieser Hinsicht passten wir gut zusammen. Er antwortete nicht auf meine Frage, sondern zog den Sicherheitsgurt vorsichtig über meinen Bauch.

Langsam ließ er den Wagen vom Flughafengelände rollen. Immer wieder schaute ich zu ihm hinüber. Der Mistkerl sah einfach schweinisch gut aus. Allerdings schwebte die Forderung nach einer Erklärung weiter in der Luft. Er nahm die Straße nach Norden, vorbei an Palau, wo, wie ich wusste, die Kinder waren. Um einen ruhigen Tonfall bemüht, rief ich Charlie an.

»*Ciao, sono Carlo.*«

»Sehr beeindruckend. Mach nur weiter mit dem Italienisch, Charlie. Ich bin es, Mum. Ist alles in Ordnung? Das mit heute tut mir so leid. Es hat in letzter Minute noch Probleme gegeben.« Ich brachte es nicht über mich, ihn schamlos anzulügen. Die Sehnsucht, seinen zerzausten Haarschopf zu wuscheln, zerrte an meinem Herzen.

»Chill einfach. Heute waren wir mit der Banane draußen. Immi und Polly haben Freundinnen gefunden, denen geht es also spitze.«

»Banane?«

»Du weißt doch, so ein Schlauchboot, das einen durchs Wasser zieht.«

»O Gott. Hattet ihr Schwimmwesten an?« Mir war klar, dass Xavi lauschte. Das machte mich verlegen, so als wolle er sich ein Urteil bilden, ob ich seinem zukünftigen Kind eine gute Mutter sein würde.

»Ja. Es war supergeil. Wir sehen dich doch morgen, oder?« Er klang einigermaßen begeistert.

»Ja, ich kann es kaum erwarten. Sag Dad, dass ich ihn später anrufe. Und richte Immi und Polly ganz liebe Grüße aus.« Meine Stimme begann zu zittern. »Der Empfang ist ziemlich mies. Ich lege besser auf. Bis morgen. Ich liebe dich«, fügte ich noch hinzu, doch Charlie war offenbar schon wieder damit beschäftigt, knackige Mädchen im Bikini anzugaffen.

Xavi sah mich an. »Okay?«

Ich nickte. In mir tobte die Verwirrung. Ich wusste weder, wo wir hinfuhren, noch, was Xavi wollte. Meine Kinder hatten sich an ein Leben ohne mich gewöhnt. Ich verspürte eine tiefe schmerzhafte Sehnsucht nach etwas, das nie stattgefunden hatte. Nach dem einfachen Leben, das ich vielleicht mit Xavi hätte führen können, wenn beim ersten Mal alles geklappt hätte. Wenn, wenn, wenn.

Und trotz alledem hatte ich Hunger. Ich war so rasend hungrig, wie es nur möglich ist, wenn ein Baby alle Nährstoffe aus einem heraussaugt, bis man nur noch von einer Tüte Haribo und einer Rolle Smarties lebte.

»Xavi, könntest du mir verraten, wo dieser geheimnisvolle Ausflug hinführt?«

»Ganz ruhig.« Und das aus dem Mund eines Mannes, der das Lenkrad umklammerte wie einen Rettungsring.

»Die Sache ist, dass ich etwas essen muss. Sonst wird mir schlecht. Das liegt am Baby.«

Ohne mit der Wimper zu zucken, griff er hinter den Sitz und förderte eine Tüte mit selbstgemachten Sandwiches zutage. Wildschweinschinken, Ziegenkäse mit Feigenmarmelade. Verglichen damit sahen die schlappen Mittagspausenbrötchen vom Laden an der Ecke aus, als hätten sie eine Mund-zu-Mund-Beatmung nötig.

»Darf ich im Auto essen?«

Xavi warf mir einen Blick zu, als hätte ich nicht mehr alle

Tassen im Schrank. »Bin ich etwa ein Mann, der wegen ein paar Krümel ein Theater veranstaltet? Wenn du Hunger hast, musst du etwas essen. Ich habe für dich sogar pasteurisierten Ziegenkäse aufgetrieben.«

Ich dachte daran, dass Jonathan jedes Mal einen Tobsuchtsanfall bekam, wenn er nur ein paar Schokopapiere im Handschuhfach fand. Und ich fragte mich, wie zwei so unterschiedliche Männer mein Leben hatten beherrschen können. Gerade ließ ich mir die letzten salzigen Stücke Ziegenkäse auf der Zunge zergehen, als wir Santa Teresa di Gallura erreichten. Es schien Jahrhunderte her zu sein, dass ich an der Küste gestanden und über das Wasser geschaut hatte. Meine Ehe noch intakt, das Baby noch nicht gezeugt.

Das Leben, wie ich es kannte.

»Xavi? Fahren wir nach Korsika?«

»Ja. Ich finde es richtig, dass wir dafür an die Anfänge zurückkehren.«

Ich gab es auf, darüber zu spekulieren, was zum Teufel hier gespielt wurde. »Ich muss morgen wieder hier sein.«

»Keine Sorge. Ich fahre dich gleich in der Frühe.«

Als wir auf der Fähre waren, sah ich mir Xavi zum ersten Mal richtig an. Noch nie hatte ich ihn so ernst und so vor mir zurückgezogen erlebt. Die Idee, dass er als große romantische Geste eingeflogen war, kam mir inzwischen ziemlich unwahrscheinlich vor. Ich hatte recht damit gehabt, nichts von ihm zu erwarten.

»Geht es dir gut?«, fragte ich.

»Ich bin nervös.« Er wurde ein wenig versöhnlicher. Sein wunderschöner Mund war nicht mehr ganz so verspannt.

»Rede mit mir. Was ist hier los?«

»Ich habe monatelang versucht, mit dir zu reden. Jetzt werde ich dir etwas zeigen.«

Ich fühlte mich, als sähe ich die Welt durch eine Taucherbrille. Mir wollte einfach nicht in den Kopf, warum Xavi sich die Mühe gemacht hatte, mich vom Flughafen abzuholen, um nun vor sich hin zu brodeln und kaum ein Wort von sich zu geben. Warum blieb er nicht einfach zu Hause in einem feuchtkalten Zimmer und setzte sich, nur so zum Spaß, auf ein paar Stecknadeln? Ich war zu erschöpft für Spielchen. Ich würde es überstehen. Obwohl ich mich hätte sträuben und weigern müssen, mich von Roberta konfus machen zu lassen. Dann hätte ich jetzt bei meinen Kindern sein können.

Sobald Xavi auf heimischem Terrain war, wurde er lockerer. Das Lenkrad glitt ihm durch die Hände, als er die gewundene Küstenstraße hinauffuhr. Einige Kilometer vor Propriano wurde er wieder unruhig. Radio an, Radio aus. Sitz gerader gestellt. Fenster auf, dann wieder zu. Wir bogen scharf in eine unbefestigte Straße ein. Ich spürte jedes Schlagloch in meiner Blase. Dreißig Meter vom Meer entfernt, gerade noch rechtzeitig für meinen Beckenboden, hielten wir auf einer von Eichen und Olivenbäumen gesäumten Lichtung an. Rechts von uns stand ein graues Steinhaus mit einer Veranda aus Holz.

Xavi stieg aus und streckte den Rücken wie eine Katze. »Komm.«

Er half mir aus dem Wagen. Meine Haut prickelte, wo seine Finger sie berührten. Er griff so fest nach meiner Hand, als könnte ich davonlaufen.

Vor dem Haus blieb er stehen und zog die Kette, die er immer um den Hals trug, aus seinem Hemd. Er machte einen Schlüssel los. »Das ist dein neues Zuhause. Es ist nicht luxuriös, aber ich hoffe, es gefällt dir.«

Ich starrte ihn an. Später wünschte ich mir, mir wäre etwas Wortgewandteres und Geistreicheres eingefallen als einfach nur: »Was?«

»Das ist eines meiner Häuser. Normalerweise vermiete ich es. Jetzt gebe ich es dir und deiner Familie, so lange du möchtest.«

Das unerwartete Angebot trieb mir die Tränen in die Augen. »Es ist absolut phantastisch, aber warum machst du das? Du bist nicht für mich verantwortlich.«

Xavi riss in einer mir sehr vertrauten Geste die Hände hoch. »Du könntest dort mein Baby zur Welt bringen. Deshalb bin ich für dich verantwortlich. Lass dir von jemandem helfen, Tavy. Herrgott. Du bist so *têtue*, so stur.«

So gern ich meinen Widerstand auch aufgegeben hätte, ich konnte es einfach nicht. Xavi drückte mir den Schlüssel in die Hand.

»Er gehört dir. Nimm ihn.«

Heiße Tränen rannen mir über die Wangen.

»Ich kann nicht. Denn dann wäre ich dir für immer verpflichtet. Ich würde anfangen zu hoffen.«

»Was zu hoffen?«

»Das weißt du genau.«

»Ich weiß überhaupt nichts, wenn es um dich geht.« Er trat einen Schritt vor und zog mich an den Schultern näher. Dann flüsterte er mir etwas ins Ohr.

»Was hast du gesagt?« Ich musste sicher sein.

»Du hast mich verstanden.«

Xavi ließ mich los, hob einen Stein auf und schleuderte ihn gegen einen Baum. »Tavy. Genug. Ich liebe dich. Ich liebe dich so sehr, dass mir das Herz wehtut. Ich will immer bei dir sein. All die Monate habe ich gedacht, dass du mich nicht mehr liebst und dass es vielleicht besser ist, wenn ich mich von dir fernhalte. Ich habe geglaubt, dass du zu deinem Mann zurückkehren und mich vergessen willst. Trotzdem habe ich gewartet und gehofft, dass du mich anrufst, wenn du begreifst, was du für das Baby tun musst.

Aber nein, ich habe einen Fehler gemacht, *une erreur si grande*, und zwar vor achtzehn Jahren. Und du hast mir nie verziehen. Mein ganzes Leben lang habe ich nach einem anderen Mädchen gesucht, das mir so auf die Nerven fallen kann wie du. Und habe ich sie gefunden? Nein. Stattdessen habe ich all die Jahre lang auf eine zweite Chance gewartet. Das ist meine zweite Chance. Ich gebe dir dieses Haus, damit du mir für immer ›verpflichtet‹ bist. Ich will dich. Das Baby wird zur Welt kommen, und wir werden es lieben. Ich hoffe, dass es von mir ist, doch wenn nicht, lieben wir es trotzdem.«

Ich stand da und nestelte am Saum meiner Tunika herum. Immer noch wartete ich auf das »aber« oder den Scherz.

Männer hielten Frauen wie mir keine solchen Ansprachen.

Sie nuschelten Dinge wie »schon gut« und tätschelten mir die Hand. Sie stellten sich nicht vor mich hin, flehten mich an, sie zu erhören, zogen mich an sich und nahmen die Furcht von meinem Herzen. Sie boten mir keine Lösungen für meine Probleme an, sie versprachen mir nicht, für mich da zu sein, ganz gleich, was auch geschah, und sie fanden mich eindeutig nicht sexy.

All die Gefühle, die ich niedergeprügelt hatte, stiegen in mir auf, und ich ließ den Kopf an seine Brust sinken. »Danke. Ich danke dir so sehr.«

Noch nie hatte ich solche Worte aus Xavis Mund gehört. Wir waren jung, die Liebe war für uns selbstverständlich, und hin und wieder fiel ein spielerisches *»Je t'aime«*, während wir die nächste Bierflasche entkorkten.

Damals hatten wir nicht gewusst, wie groß eine Liebe sein musste, um zu überleben.

Und nun, in der sengenden Mittagssonne, küsste Xavi mich, bis sich das Rauschen in meinen Ohren mit dem des Meeres mischte, das sich an den Felsen brach. Als wir innehielten, um

Luft zu holen, nahm er meine Hand, als seien wir schon immer gemeinsam über den Strand geschlendert – nur mit einer kleinen achtzehnjährigen Pause dazwischen.

»Komm und schau dir das Haus an.« Er zog mich die Stufen hinauf und schob die Tür auf, worauf ein sonnendurchflutetes Wohnzimer in Sicht kam. Überall weißes Holz und Meerblick. Wir traten auf den kleinen Balkon hinaus. Ich lehnte mich ans Geländer und malte mir ein Tischchen und Stühle aus, wo ich mit Xavi unter den Sternen sitzen und wagen konnte, von der Zukunft zu träumen.

»Das ist paradiesisch. Absolut paradiesisch. Die Kinder werden begeistert sein. Ich muss mir ein Windsurfbrett besorgen.« Mein Herz machte vor Erleichterung einen Satz, weil ich ihnen nun ein richtiges Zuhause würde bieten können. Ein Abenteuer, aber zumindest ein bodenständiges mit Warmwasser, Kopfkissen und Klopapier. Das Survivaltraining konnte warten.

»Das hier ist mein Lieblingshaus. Abgeschieden. Sicher für die Kinder. Vielleicht zu einsam?« Zwar war der harte Ausdruck aus seinen Augen gewichen, aber es stand noch immer Zweifel darin.

»Hängt von dir ab.« Ein kleiner Anflug meines flirtenden Ichs von vor so vielen Jahren.

Xavi lächelte, und seine Miene entspannte sich sichtlich. »Ich habe vor, ein Reisebüro in Propriano zu eröffnen, etwa zehn Autominuten von hier. Das in London behalte ich, das ist mein Einkommen. Das in Propriano wird eher ein Hobby.«

Er führte mich nach oben und zeigte mir einige kleine Zimmer mit weißgekalkten Wänden, dekoriert mit Muscheln, Fischernetzen und Treibholz. Dann öffnete er die Schlafzimmertür, ein beeindruckend heller Raum mit Blick auf die Bucht. Sanft schob er mich aufs Bett und legte den Kopf auf meinen Bauch. »Ich habe viel über diesen Tag nachgedacht.«

»Ich habe Angst. Was, wenn es nicht dein Baby ist und du es nicht lieben kannst?«

Xavi hob den Kopf. »Ich werde es lieben. Es wird nicht immer leicht sein, doch selbst die Menschen, die man liebt, können einen in den Wahnsinn treiben.« Er zog die Augenbrauen hoch und stützte sich auf, um mich zu küssen. »Dürfen wir?« Seine Hände wanderten nach unten. »Wenn ich vorsichtig bin? Ist es sicher?«

Ich nickte, gab mich ihm hin und spürte, wie seine Liebe mich erfüllte. Er schaute zu mir hinunter. »All die Jahre habe ich darauf gewartet, dich in meinem Haus, in meinem Leben zu haben. Ich schwöre dir, dass ich niemals fortgehen werde. Ich habe die ganze Welt bereist, und inzwischen weiß ich, dass immer du das Ziel warst.«

Ich fühlte mich, als habe ich monatelang mit gezückten Colts dagestanden und könne nun endlich begreifen, dass keine Bösewichte zur Saloontür würden hereingestürmt kommen. All die Zerrissenheit und der Schmerz verwandelten sich in etwas Warmes und Tröstendes. Ich schaffte es sogar, »Ich liebe dich« zu flüstern, ohne mir wie eine Vollidiotin vorzukommen.

Manchmal konnten Freundinnen Dinge sehen, vor denen man selbst die Augen verschloss.

Epilog – Drei Jahre später

Roberta

Fest umfasste ich Gabriels Hand und sah zu, wie sein blondes Haar bei jeder Welle hochflog. Es war so lange her, dass Alicia klein gewesen war, dass ich ganz vergessen hatte, wie aufregend Kinder den Strand fanden. Sie begeisterten sich für Muscheln, gruben versteinerte Schätze aus und bestaunten ihre Fußabdrücke, die sich mit Wasser füllten. Immi kam angelaufen, um ihn hochzuheben. »Komm und schau dir die Seeigel an.« Er trottete ihr nach, seine pummeligen Beinchen gerieten auf dem Sand ins Stolpern. Verglichen mit den anderen war er so blass.

Insbesondere Charlie hatte sich in einen waschechten Südländer verwandelt. Er konnte die typische Sonnenbrille, die Bräune und das jugendliche Machotum vorweisen. Selbst Angus war tief goldbraun geworden. Jeden Tag sausten die beiden auf Charlies Vespa davon. Angeblich, um Tennis zu spielen, doch wie sich herausstellte, waren sie mehr mit den langhaarigen kurzberockten Mädchen beschäftigt als damit, Aufschläge zu üben. Alicia saß unter einem großen Sonnenschirm, einen gewaltigen Sonnenhut auf dem Kopf, den Kindle in der einen und das Mobiltelefon in der anderen Hand und immer noch begeistert über ihre Abschlussnoten.

Jake hatte sich wunderbar auf die Urlaubsgemütlichkeit in einer korsischen Bucht eingestellt. »Was kann man hier nicht mögen? Ich weiß doch, wie sehr du Octavia vermisst. Die Kinder amüsieren sich prächtig, und ich bin in einem Land, wo ich noch nie mit einem einheimischen Reiseführer gewesen bin.«

Ich ging zu seinem liebsten Rückzugsort hinüber, eine der Hängematten, die Xavi aufgehängt hatte. »Rutsch rüber. Ich lege mich dazu.«

»Hat man hier nie einen Moment Ruhe?«, beklagte er sich im Scherz, als ich in die Hängematte kletterte, worauf wir beide beinahe im Sand gelandet wären. »Darf ein Mann denn keine zwei Sekunden für sich haben, ohne dass du meine Höhle stürmst?« Er schaute sich um. »Hältst du es für möglich, sich in einer Hängematte zu lieben, ohne rauszufallen?«

Ich lachte. »Das kannst du vergessen. Wir würden es nicht mal bis zur ersten Base schaffen, ohne dass Gabriel auch dabei sein will. Wollen wir uns vor Weihnachten ein paar Tage zu zweit gönnen?«

Jake streichelte mein Haar. »Aber du könntest auch nicht ohne ihn, oder?«

»Um Himmels willen, nein. Obwohl ich nichts gegen ein bisschen mehr gemeinsame Zeit ohne Baby einzuwenden gehabt hätte, kann ich das nicht mehr behaupten, seit Gabriel auf der Welt ist. Ich habe so lange auf dieses Kind gewartet. Vermutlich war es auch die Probe aufs Exempel für uns.«

»Roberta! Hör bitte auf, nach Beweisen dafür zu suchen, dass ich dich liebe. Was willst du denn noch?«

»Ich weiß. Ich weiß es doch.«

Jake kuschelte sich an mich. »Sollen wir noch eins machen?«

»Auch wenn es undankbar klingen mag, muss ich ablehnen.«

»Undankbar? Weshalb?«, fragte Octavia, die gerade mit einen Tablett Kastanienbier erschien, nach dem Jake und ich inzwischen süchtig waren.

»Er will noch ein Baby. Aber ich fühle mich an dieser Front erfüllt und befriedigt.«

Octavia lachte. »Ich, glaube ich, auch. Inzwischen bin ich zu alt.«

Xavi kam mit Polly vom Strand. Luc thronte auf seinen Schultern. Seine gebräunten Beinchen bildeten einen Kontrast zu seinen weißen Fußsohlen. Octavia stellte das Tablett ab. »Habt ihr Fische gefangen?«

Xavi schwenkte einen Eimer in ihre Richtung. »Ein paar *raies*, du weißt schon, Rochen, und drei Seeteufel. Nicht schlecht. Polly wird immer geschickter mit der Angelrute. Also reicht es heute Abend fürs Grillen.«

Octavia hob Luc von seinen Schultern und küsste ihn auf den Scheitel. »Und was ist mit dir, Lukey? Was hast du gefangen?«

Luc breitete die Arme so weit wie möglich aus. »Ich habe einen *requin* gefangt, so groß.«

»Einen Hai? O mein Gott. Hattest du Angst?«

»Nein. Es war ein netter *requin*.«

Xavi nickte zustimmend. »Der *requin* wusste, wie groß und tapfer du bist. Deshalb hat er sich nicht getraut, dich anzugreifen.« Er schwang den quietschenden Luc durch die Luft.

Wieder einmal starrte ich hin. Immer wenn ich Luc ansah, änderte ich meine Meinung. Er war Charlie als Kleinkind sehr ähnlich. Dieselben Gesten. Seine Augen waren dunkel, kleine spitzbübisch funkelnde Knöpfe. Sein Haar war mittelbraun, fast wie das von Polly. Er hatte eine eindringliche Art, so wie Xavi, als wolle er einen abschätzen. Außerdem erkannte ich Octavias Widerstandskraft in ihm und ihre Neigung, sich in etwas zu verbeißen. Bis jetzt hatte ich noch nichts von Jonathans Pedanterie entdecken können. War Zwanghaftigkeit angeboren oder anerzogen?

Wenn ich – nach einigen Gläsern Wein – wagte, Octavia zu fragen, was sie glaubte, zuckte sie nur die Achseln. »Was mich betrifft, ist Luc Xavis Sohn. Jonathan hat Wort gehalten und keine Spur von Interesse gezeigt, geschweige denn, dass er auf seinen Rechten als Vater bestanden hätte. Xavi hat ihm schon beigebracht zu fischen, Boules zu spielen, geistig offen zu sein, den Augenblick zu genießen, das Abenteuer zu lieben … Ich muss es nicht wissen.«

Octavia und ich setzten uns mit unserem Bier in die Hängematte auf der Veranda. Sie stieß mit mir an. »Auf ein Leben nach der Scheidung, auf die Freundschaft, aufs Überleben und darauf, dass man schließlich die guten Männer entdeckt – oder wiederfindet.«

Ich prostete ihr zu. »Aufs Abenteuer – vorzugsweise auf eines ohne Zelte.« Ich schaute zu Jake hinüber. Er warf einen Blick auf Gabriel. Gabriel rannte auf Alicia zu.

Offenbar meinte es das Universum gut mit uns.

Danksagung

Seit der Veröffentlichung meines ersten Romans *Die Liebe, das Glück und ein Todesfall* im letzten Jahr habe ich derart viel Unterstützung erfahren, dass ich kaum weiß, wo ich diesmal anfangen soll, um meine Dankbarkeit zum Ausdruck zu bringen. Meine Leserschaft hat mich so ermutigt, dass ich mich zuerst ganz herzlich bei allen bedanken möchte, die mich bei Facebook und Twitter aufgespürt oder eine Rezension bei Amazon verfasst haben, um mir mitzuteilen, wie sehr ihnen mein Buch gefallen hat – das muntert mich wirklich auf. Außerdem vielen Dank den Buch-Bloggern – sie geben sich solche Mühe, Autoren zu fördern, und ich erstarre in Ehrfurcht, wenn ich mir vorstelle, welche Unmengen von Büchern sie lesen und besprechen.

Da die ersten Szenen in einem Polizeirevier spielen, bin ich schrecklich erleichtert, dass ich keinen ganzen Krimi auf Faktentreue hin recherchieren musste. Tracey Blair, Mandy Bewicke, Gary McDade und Alan Tebboth haben mich großzügig unterstützt und mich vor vielen Fehlern in Sachen polizeiliche Dienstabläufe bewahrt – sollten dennoch welche übrig sein, liegt das einzig und allein daran, dass ich mir künstlerische Freiheiten erlaubt habe.

Ich habe das unglaubliche Glück, viele sympathische Autoren zu kennen, die mir unterwegs weitergeholfen haben, wobei ich meine Schriftstellerfreundin Jenny Ashcroft ganz besonders erwähnen möchte. Ohne sie wäre alles um einiges schwieriger gewesen. Ein großes Dankeschön auch an Harriet Benge, die mir anfangs einige sehr nützliche Ratschläge gegeben hat.

Ein dickes Lob an meine Kinder, die das »Ja, schon gut, wir wissen, dass du arbeitest, aber kannst du mich in die Stadt fahren / Ist noch Brot da? / Darf ich an deinen Computer?« auf ein Minimum begrenzt haben – insbesondere in der anstrengenden Überarbeitungsphase. Und natürlich auch an meinen Mann Steve, der einfach ein guter Mensch ist und möchte, dass ich Spaß an meiner Arbeit habe.

Natürlich darf ich meine Agentin Clare Wallace bei Darley Anderson nicht vergessen, die mich so wundervoll betreut. Es ist ein bisschen peinlich, dass ich so viel älter bin als sie, aber nur halb so weise. Zu guter Letzt war es ein Privileg, mit dem Team von Avon zusammenzuarbeiten, insbesondere mit meiner Lektorin Helen Huthwaite, die mir geholfen hat, *The Island Escape* zu einem Buch zu machen, auf das ich stolz sein kann. Oder – nur für den Fall, dass mein Dad das liest – ein Buch, das allen Grund zum Stolz bietet.

Kerry Fisher

spricht fließend Italienisch, Spanisch und Französisch, ist in Peterborough aufgewachsen und lebt heute mit ihrem Ehemann, ihren zwei wundervollen Kindern und dem Familienhund Poppy in Surrey. Im Anschluss an ihr Studium an der Bath University hat sie an der City University ein Aufbaustudium zur Journalistin absolviert – um nach einigen Jahren in ihrem vermeintlichen Traumjob zu erkennen, dass sie in Wahrheit vom Bücherschreiben träumt. »Ein wunderbarer Sommer« ist nach »Die Liebe, das Glück und ein Todesfall« der zweite Roman der Autorin.
Mehr Informationen zu Kerry Fisher unter:
www.kerryfisherauthor.com und
www.facebook.com/kerryfisherauthor.

Mehr von Kerry Fisher:

Die Liebe, das Glück und ein Todesfall. Roman
(auch als E-Book erhältlich)

GOLDMANN
Lesen erleben

Unsere Leseempfehlung

448 Seiten
Auch als E-Book erhältlich

Die Schreibblockade erwischt Nantuckets Starautorin Madeline King zum denkbar schlechtesten Zeitpunkt: Ihre Deadline rückt näher, die Rechnungen stapeln sich – nur von Inspiration fehlt jede Spur. Indessen ist Madelines verheiratete Freundin Grace mit der Neugestaltung ihres Gartens beschäftigt – mithilfe eines attraktiven Landschaftsarchitekten. Unwiderstehlich attraktiv ... Könnte Graces Tête-à-Tête die Lösung für Madelines Kreativitätsproblem sein? Liebesgeschichten funktionieren schließlich immer. Also bedient sich Madeline ein bisschen an der Realität – mit ungeahnten Folgen ...